In der damaligen DDR zirkulierte dieses Buch bereits in mehreren zehntausend Exemplaren, bevor es erstmals Mitte der siebziger Jahre in der Bundesrepublik publiziert wurde – dreißig Jahre nach Abschluß des Manuskripts, »am Siebenzehnten nach dem D-day«, der Landung der Alliierten in der Normandie 1944. Als Konterbande war die Edition des Aufbau-Verlags natürlich auch im Westen bekannt, zumal der ostdeutsche Literaturwissenschaftler Walter Dietze Heinrich Manns Aufzeichnungen aus den Jahren 1941 bis 1944 zu den »bedeutendsten Autobiographien unseres Jahrhunderts« zählte. Autobiographie ist freilich eine unzureichende Bezeichnung. Heinrich Mann greift in seinem Erinnerungsbuch *Ein Zeitalter wird besichtigt* weit über seine eigenen Lebensdaten hinaus. Er spannt den Bogen von der französischen Aufklärung (während der er vielleicht selbst gern gelebt hätte) bis zum Ende des Zweiten Weltkriegs, vom Aufstieg bis zum Fall des Bürgertums. Vor allem ist diese Autobiographie – der Begriff kommt übrigens erst nach 164 Seiten, im sechsten Kapitel, vor – eine große Danksagung. An Italien und Frankreich, die seine Bildung geprägt haben, an die Dritte Französischen Republik, die ihm als vergleichsweise ideales Staatswesen erschien (sie hatte ihm nach seiner Flucht aus Berlin politische und literarische Wirkungsmöglichkeiten gegeben), an die Tschechoslowakische Republik, deren intellektueller Präsident Tomáš G. Masaryk ihm ganz selbstverständlich die ČSR-Staatsbürgerschaft samt Paß verliehen hatte, mit deren Hilfe Heinrich Mann nach der Besetzung Frankreichs in die USA weiterflüchten konnte. Mit Sympathie auch würdigt Heinrich Mann die antifaschistischen Aktivitäten seines Bruders Thomas im amerikanischen Exil und kann eine gewisse Genugtuung darüber nicht verhehlen, daß mit des Bruders Engagement sein eigenes, so viel früheres, späte Rechtfertigung erfährt. Gleichwohl findet sich im *Zeitalter* ein liebevoll gezeichnetes Porträt »Mein Bruder«, das später als Glanzstück in die berühmte Sondernummer der ›Neuen Rundschau‹ zum siebzigsten Geburtstag von Thomas Mann aufgenommen wurde.

Heinrich Mann, geboren 1871 in Lübeck, begann nach dem Abgang vom Gymnasium eine Buchhandelslehre, 1890 bis 1892 volontierte er im S. Fischer Verlag, Berlin, gleichzeitig Gasthörer an der Universität; freier Schriftsteller; 1893 Paris-Aufenthalt, bis 1914 längere Italien-Aufenthalte, später München, ab 1928 Berlin; 1931 wurde er zum Präsidenten der Sektion Dichtkunst der Preußischen Akademie der Künste zu Berlin gewählt. Die Verfilmung seines Romans *Professor Unrat* (unter dem Titel ›Der blaue Engel‹ mit Marlene Dietrich) machte ihn weltberühmt. Februar 1933 erzwungener Ausschluß aus der Akademie; Emigration nach Frankreich (Paris, Nizza), dann über Spanien und Portugal 1940 nach Kalifornien. 1949 nahm er die Berufung zum Präsidenten der neu zu gründenden Deutschen Akademie der Künste zu Berlin/DDR an. Heinrich Mann starb 1950 in Santa Monica/Kalifornien. Seine Urne ist auf dem Dorotheenstädtischen Friedhof in Berlin beigesetzt.

Die wissenschaftlichen Mitarbeiter an diesem Band
Klaus Schröter, 1931 in Königsberg geboren. Dr. phil., lehrte an der Columbia University und der State University of New York deutsche und vergleichende Literaturgeschichte; zahlreiche Publikationen zur neueren deutschen Literatur mit den Themenschwerpunkten Goethe und Heinrich Mann; Autor der Bände in Rowohlts Monographienreihe über Thomas Mann, Heinrich Mann, Döblin und Böll; wiederholt Beiträge im Fernsehen des NDR und WDR.
Peter-Paul Schneider, Jahrgang 1949, Dr. phil., Wiss. Mitarbeiter am Deutschen Literaturarchiv/Schiller-Nationalmuseum, Marbach am Neckar; zuvor Wiss. Assistent für Neuere deutsche Literaturwissenschaft an der Universität Bamberg (1977–1983). Veröffentlichungen zum 18. Jahrhundert (Mitherausgeber der *Friedrich Heinrich Jacobi-Brief-Gesamtausgabe*) und zu Heinrich Mann (Herausgeber der ›Mitteilungsblätter des Arbeitskreises Heinrich Mann‹, jetzt des ›Heinrich-Mann-Jahrbuchs‹ (zusammen mit Helmut Koopmann).

Heinrich Mann
Studienausgabe in Einzelbänden

Herausgegeben von Peter-Paul Schneider

Textgrundlage:
Heinrich Mann: *Ein Zeitalter wird besichtigt*
Berlin und Weimar: Aufbau-Verlag, 2. Auflage 1982
(= Heinrich Mann: Gesammelte Werke
Herausgegeben von der Akademie der Künste der DDR
Redaktion: Sigrid Anger
Band 24. Bearbeiter des Bandes: Gotthard Erler)

Heinrich Mann

Ein Zeitalter wird besichtigt

Mit einem Nachwort von
Klaus Schröter
und einem Materialienanhang,
zusammengestellt von
Peter-Paul Schneider

Fischer Taschenbuch Verlag

11.–12. Tausend: Mai 1996

Ungekürzte Ausgabe
Veröffentlicht im Fischer Taschenbuch Verlag GmbH,
Frankfurt am Main, April 1988

Lizenzausgabe mit freundlicher Genehmigung
des S. Fischer Verlages GmbH, Frankfurt am Main
Die Erstausgabe erschien 1946
im Neuen Verlag / Ljus Verlag, Stockholm

Umschlaggestaltung: Max Bartholl
unter Verwendung des Gemäldes
›Paul Klee, Gezeichneter‹ (1935)
(Sammlung Nordrhein-Westfalen, Düsseldorf)

Gesamtherstellung: Clausen & Bosse, Leck
Printed in Germany
ISBN 3-596-25929-0

Gedruckt auf chlor- und säurefreiem Papier

Inhalt

Fünftes Kapitel

Sechstes Kapitel

Siebentes Kapitel

Achtes Kapitel

Neuntes Kapitel

Ein Zeitalter wird besichtigt

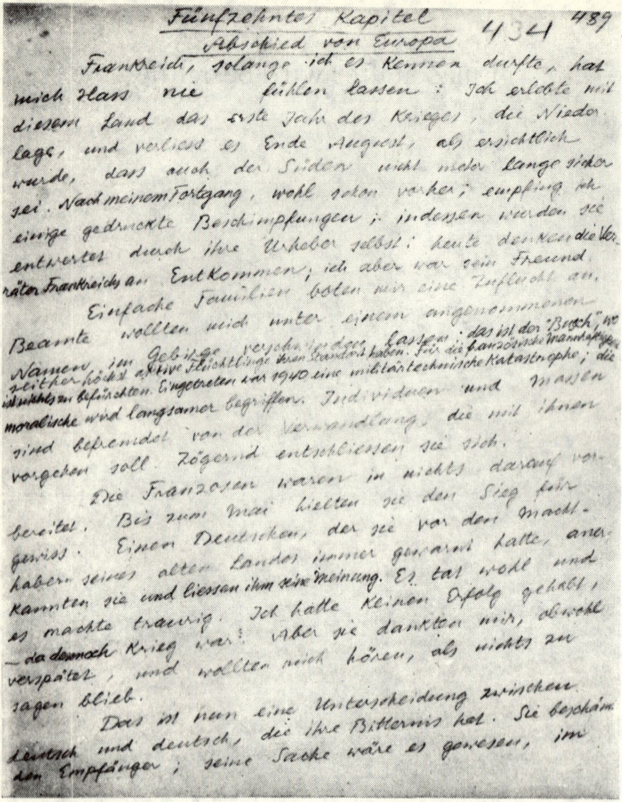

Fünfzehntes Kapitel 434 489
Abschied von Europa
Frankreich, solange ich es kennen durfte, hat
mich Hass nie fühlen lassen: Ich erlebte mit
diesem Land das erste Jahr des Krieges, die Nieder
lage, und verliess es Ende August, als ersichtlich
wurde, dass auch der Süden nicht mehr lange sicher
sei. Nach meinem Fortgang, wohl schon vorher, empfing ich
einige gedruckte Beschimpfungen; indessen werden sie
entwertet durch ihre Urheber selbst: heute denken die Ver
räter Frankreichs an Entkommen; ich aber war sein Freund.
Einfache Familien boten mir eine Zuflucht an.
Beamte wollten mich unter einem angenommenen
Namen im Gebirge verschwinden lassen: das ist der „Bruch", wo
seither höchst aktive Flüchtlinge ihren Standort haben. Für die französische Mannhaftigkeit
ist nichts zu befürchten. Eingetreten war 1940 eine militärtechnische Katastrophe; die
moralische wird langsamer begriffen. Individuen und Massen
sind befremdet von der Verwandlung, die mit ihnen
vorgehen soll. Zögernd entschliessen sie sich.
Die Franzosen waren in nichts darauf vor-
bereitet. Bis zum Mai hielten sie den Sieg für
gewiss. Einen Deutschen, der sie vor den Macht-
habern seines alten Landes immer gewarnt hatte, aner-
kannten sie und liessen ihm seine Meinung. Es tat wohl und
es machte traurig. Ich hatte keinen Erfolg gehabt,
– da dennoch Krieg war. Aber sie dankten mir, obwohl
verspätet, und wollten mich hören, als nichts zu
sagen blieb.
Das ist nun eine Unterscheidung zwischen
deutsch und deutsch, die ihre Bitternis hat. Sie beschäm
den Empfänger; seine Sache wäre es gewesen, im

Beginn des 15. Kapitels von *Ein Zeitalter wird besichtigt* in der Handschrift Heinrich Manns

Erstes Kapitel

Das Lebensgefühl

Die wenigen Jahrhunderte, die noch nahe genug liegen, daß sie mich nicht befremden, haben offenbar das Leben auf ungleiche Art empfunden. Da sind aufbegehrende Zeitalter, und da sind die zurückgefallenen. Einmal wird ein Glaube revidiert, er drückt nicht die Gemüter, er erhellt sie. Renaissance und Reformation haben, bei stark abweichendem Inhalt, beide das Lebensgefühl verstärkt.

Aber Jesuitismus und Barock setzen es nachher nicht herab; mit anderen Mitteln haben sie es nochmals angespannt. Der Pessimismus wird produktiv: die Tragiker und die Moralisten bezeichnen ein großes französisches Jahrhundert. Das Vorhergegangene war ebensowohl italienisch wie deutsch gewesen. Mir bedeutet es viel, daß der Vorrang Frankreichs anhebt in demselben Augenblick, da das Lebensgefühl streng – streng bis zur Ausschweifung wird.

Etwas Äußerstes, von den Erfindungen des Gefühls die gewagteste, war die Majestät. Ludwig der Vierzehnte hatte sie dargestellt, mit innerem Vorbehalt, die Herzen waren es, die sie forderten und ihm grenzenlos zutrugen. Er ist einige Male vor sich erschrocken, hat sich bedacht und sich zurückgenommen.

Achtzig Jahre nach ihm erfuhr die Majestät ein gewaltsames Ende, aber genauso vielversprechend wie vormals sie, trat nunmehr der Zauber der Freiheit ein. Wieder einmal will das Leben sich fühlen und wird spektakulär – mit einer Revolution, die, außer in der Schwärmerei ihres Morgenrots, von niemand als endgültig genommen wurde und für integral gehalten nur von einigen Fremden.

Ihr Sinn ist eigentlich vollendet bei Voltaire, der an ihr wirkliches Erscheinen nie geglaubt hätte. Die Freiheit, will sagen die Unabhängigkeit der Person, geht bei ihm weit, sie kommt der Souveränität gleich; die Fürsten empfanden diesen Geist als die absolute Macht, die sie hätten sein wollen. (Sein eigener König ließ sich nicht verblüffen.) Er folgte aber auf den anderen äußersten Typ, Pascal, den Anbeter der Allmacht, der, vor ihr hingekniet, verzückt, gebückt, sobald er spricht, nur immer bezeugen muß, ihr Thron sei leer. Voltaire, ein Erschütterer alles Weltlichen, tastet Gott nicht an.

So haben Menschen die Autorität ausgeübt, wenn sie ihren Mißbrauch denunzierten, und dem Zweifel arbeiten sie zu, gerade mit ihrem Zuviel an Gläubigkeit. Weltanschauung, was auf deutsch diesen Namen trägt, hat einen doppelten Boden. Nicht mißzuverstehn, notgedrungen ehrlich ist das Lebensgefühl.

Wäre es schmerzlich bis nahe der Selbstvernichtung, das Leben stark fühlen ist alles. Es ergibt die Werke und die Taten. Es bannt das menschliche Gefolge. Der junge Werther beendet seine Leiden freiwillig: die Mitlebenden wurden überzeugt. Sie haben der Nachwelt, als Andenken eines nach außen leichten Jahrhunderts, des achtzehnten, gerade Werther und Manon überliefert. Beide beschwert ihre unstillbare Begierde zu leben, nichts stillt sie, nur der frühe Tod.

Unzählig sind die Werke des Lebensgefühls, die nichts als das sind. Seine Taten ergriffen manchen, der kaum vorbereitet schien. Klopstock und Kant, in ihrer Begierde für die Ereignisse in Frankreich, detonieren. Mozart wird seither so tragisch bedeutungsvoll nicht empfunden, wie er es ein einziges Mal sein wollte. Dennoch, in der »Zauberflöte« vernahmen die Zeitgenossen ein noch unerhörtes Gefühl, sie gaben sich hin und erklärten es nicht. Es war 1791 der Schwanengesang ihres Herzens und seines, bald vollendeten. Die strengen, dunklen Klänge hat er, hellhörig, in sanfter Ahnung der heraufziehenden Leidenschaften, aus Frankreich empfangen.

Ein Weltgeschehen, kaum begriffen, die Gesinnung teilt man nicht, unwiderstehlich ist allein das entfesselte Lebensgefühl – es begleitet jedes Verhängnis.

Es rechnet mit den Kräften nicht, in dreißig Jahren hat es sie noch immer erschöpft, dann bekennt die nächste Zeitgenossenschaft, daß sie von der Maßlosigkeit ihrer Vorgänger verbraucht ist.

Die Generation nach Napoleon hat ihm im Grunde nur vorgeworfen, daß sie müde sei. Ihr Gefühl belasteten die Toten aus seinen Kriegen. Er verantwortete die Überanstrengung der Nation und die interessanten Ängste der Nachgewachsenen. Stendhal hat sich in Julien Sorel um zwanzig Jahre jünger gemacht, damit ein Anhänger des Kaisers in der müden Welt, die jetzt folgt und die unempfänglich für starke Naturen ist, ein Heuchler und ein Mörder werden soll. Julien ist die dunkle Kehrseite der glänzenden Jugendjahre mit dem großen Mann, die seinem Autor erlaubt gewesen waren. Beide hätten ein und dasselbe Lebensgefühl, lägen nicht zwischen ihnen die zwanzig Jahre.

Wieder um eine Generation jünger, erhebt Michelet seine Anklage. Hier bejammert kein Geschädigter mehr sich selbst. Die historischen Nachwirkungen eines Eroberers, der nicht für Frankreich gehandelt habe, erbitterten ihn allein. Napoleon hatte Frankreich entvölkert, das Sterben mißbraucht für Siege ohne nächsten Tag. Was anhält: die Entvölkerung.

Noch mehr, die Revolution, als die wahre, moralische Eroberung, ist abgestumpft worden auf den müßigen Schlachtfeldern. Der überdimensionale Dichter der Revolution, Jules Michelet, hatte damals seine Vision vom leuchtenden und erlöschenden Genie eines Zeitalters beendet. Er war jetzt alt, ohne Geduld; für Napoleon, der dennoch die letzte Fackel der Revolution über Europa getragen hat, findet sein Geschichtsschreiber nur noch zerhackte Beschimpfungen.

Ich vergleiche mit dem Menschentum außerhalb jeden Ranges, das Napoleon, seine Epopöe, seine Erscheinung, einer ganzen Welt zu fühlen gegeben hatte, als er auf ihr wandelte. Nationen verachteten auf einmal jede Macht, die nicht seine ist. Noch wenn sie kriegerisch werden und sich befreien von ihm, vermögen sie nur Frankreich und ihn viel kleiner nachzuahmen. Er ist der einzige Herrscher und General, den die geistigen Spitzen Europas für ihresgleichen gehalten haben. Goethe war sein Freund.

Aber kaum ist seit dem Tode Goethes ein Menschenalter verstrichen, da wird das Monstrum an Machtwillen verworfen ohne Appell. Das Urteil fällt der nationale Geschichtsschreiber Frankreichs: durch seinen Mund die Nation selbst, sie liest ihn seither hundert Jahre. Sie fährt gewiß fort, den einstigen Herrn Europas zu bewundern, da er es mit französischen Heeren wurde. Gleichwohl erkennt sie seit einigem in allen militärischen Eroberungen den Trug und die Vergeblichkeit. Es könnte sein, daß die einmalige, ausgiebige Erfahrung nie verwunden, aber genutzt wäre. Daher mehr als ein Phänomen, das für französisch gilt, aber sich zögernd herangebildet hat seit 1815.

Der einzelne lebt kurz, vollendete Verwandlung erblickt er selten, eher wird er zuletzt noch Zeuge eines Rückfalles der Nation in längst widerlegte Zustände. Als Michelet alterte, mußte er das zweite Kaiserreich über sich ergehen lassen: gerade daher seine uneingeschränkte Verwerfung des ersten. Die militärischen Eroberer haben nicht genug daran, daß sie das Land entvölkern, die Nation ermüden: sie hinterlassen eine Wurzel, die noch treibt. Sie werden nachgeahmt.

Napoleon III. war ein zaghafter Nachahmer des ersten.

Er begehrte seinen Glanz und nicht erst die Mühen. Er hat die Kriege, zu denen seine Herkunft ihn verpflichtete, mit Vorsicht geführt: der letzte, über den er stürzte, mußte ihm abgenötigt werden, ebensowohl von seiner Umgebung wie von dem Angreifer.

Er hat wie jeder andere gefühlt, auf Grund der Erfahrungen Frankreichs mit seinem großen Kaiser hat der gealterte Nachahmer gefühlt: die militärischen Auseinandersetzungen mächtiger Nationen sind vergeblich, sie entscheiden nichts, da immer dieselben, wenigen Gegner, soweit man zurückdenkt, aufeinanderstoßen. Die Kriege in Europa hatten bisher – nur bis auf uns – einen begrenzten, einmaligen Zweck – der auch anders zu erreichen war.

Gedanken eines kranken Machthabers, falls der gealterte Nachahmer des großen Napoleon sie hatte. Er konnte sie nur empfangen, als er nicht mehr weit hatte und sich eingestand, die Ordnung Frankreichs, das Gefühl der Nation sei von Grund auf demokratisch; sein Reich hänge haltlos über den wirklichen Menschen; er sei verspätet; sein letzter Krieg falle aus der Zeit.

Sein Gegner Bismarck begegnete damals keinem einzigen der Gedanken, die dem anderen nahelagen, weil er am Ende, die Nation über ihn hinaus war. Die Revolution hat sich dauerhafter erwiesen als der große Kaiser: sein Nachahmer, neunzehn Jahre, ihre vorläufig unterbrochene Erfüllung, die Dritte Republik, siebzig Jahre, und Erfüllungen darüber hinaus werden erwartet.

Bismarck war zehn Jahre jünger als sein Opfer, war gesund und auf ansteigender Linie. Die deutsche Nation fand seine Kriege rühmlich, sie ließ ihn das Reich, das sie wollte, auf seine Art herbeiführen. Für die Nation bis in ihre geistigen Spitzen ist dies alles gewesen, der Sieg und Triumph, ausgedrückt in einem machtvollen Reich. Nicht für Bismarck. Er kannte, als es nun da war, die Gebrechlichkeit des Reiches. Die Gefahr der Triumphe ist ihm immer gegenwärtig gewesen, ohne daß er sie bereute. Oder man müßte an das Wort denken: »Über meine Kriege habe ich mit Gott abgerechnet.«

Er hat das Reich nicht nur geschaffen: es zu erhalten war schwerer. Die gefürchteten Koalitionen abwenden. Die Rache – nicht Frankreichs, sondern aller – ermüden. Den Frieden, trotz Bedrohungen und Verlockungen den Frieden durchsetzen. Andere haben genug getan, wenn sie ihn nicht brachen. Von 1875 bis 90 brütete Europa für seinen Krieg die Anlässe, wenn nicht sogar die begründeten Vorwände aus. Sie erschienen überzeugender als je nachher.

Die Deutschen haben ihrem einzigen Staatsmann seine vornehmsten Verdienste nie gedankt, sie kennen sie gar nicht. Er eroberte seinem Reich – nicht Provinzen, die hat er kaum gewünscht, sondern Dauer für seine eigene Lebenszeit. Nach ihm war es sofort in Frage gestellt. Der Bestand des Reiches Bismarcks bleibt weit zurück hinter der Haltbarkeit der französischen Republik. Ohne ihn hätte es auch die knappe Zeit der festen Grenzen, einer halbwegs beruhigten Staatlichkeit niemals erlebt.

Der tiefe Grund des Hasses, den Bismarck gegen Wilhelm II. empfand: er sah ihm die Zerstörung des Reiches an. Der Unernst des Erben gegen das Vermächtnis hat ihn mehr empört als die Leichtfertigkeit, mit der er selbst behandelt wurde: sie verriet nur den ahnungslosen Komödianten einer Geltung, auf die der Erbe kein Recht hatte. Bismarck nennt seither Friedrich den Großen, das angemaßte Vorbild Wilhelms, einen Schauspieler. Er sah den späten Enkel des berühmten Königs sich ergehen und mißtraute ihm selbst. Gewisse Papiere Friedrichs fand er jetzt gefährlich, er schrieb groß und steif darauf: Dauernd geheimzuhalten.

Das ist, wenn ich will, die Abneigung eines Alten gegen die Fortsetzung seines Werkes in weitaus größeren Unternehmungen, die er nicht mehr kennen soll. Ich glaube lieber, daß er sie durchaus gekannt hat. Was er zuletzt mehr fürchtete als äußere Verschwörungen gegen das Reich, war das innere Komplott Deutschlands gegen den europäischen Frieden. Seine Bündnispolitik, die sein erster Nachfolger »zu kompliziert« nannte, beweist, daß er die militärische Macht Deutschlands für begrenzt hielt. Er hat natürlich gewußt, daß die Herausforderung an alle, mit der er den jungen Wilhelm spielen sah, das Ende wäre. Quieta non movere, das Wort seiner späten Tage, heißt eben dies.

Der Fürst wird seine Kriege bereut haben, wenn er an den nächsten dachte. Dies muß der Inhalt seiner Abrechnung mit Gott gewesen sein. Übrigens meine ich, daß von etwas Geschaffenem wenigstens einer den Sinn in sich trägt und begreift: es ist der Autor. Mir gefällt es zu denken, daß auch Deutschland, wie einst das Frankreich Napoleons, nicht völlig blind das Verhängnis der Welt und sein eigenes heraufbeschworen habe. Wenigstens der eine war da, zu wissen und zu warnen. Er hatte, weise geworden, die Folgen eigener Schuld zu unterdrücken oder aufzuhalten.

Zusammenhänge gibt es, man entziffert sie wohl, unter der Bedingung, daß man schon dabei war und nachher lange genug lebt. Sie definieren geht nicht. Ich halte dafür, daß die deutschen Abenteuer von Beginn bis Schluß, sei es wenig oder kaum bewußt, Napoleon nachahmen.

Von Bismarck bis Hitler

Das deutsche Kaiserreich hat pünktlich das zweite französische abgelöst. In Versailles mußte es eröffnet werden. Ohne ein besiegtes Frankreich war das deutsche Reich politisch vielleicht zu haben, seelisch nicht. Die Deutschen, ob sie es sagten oder nur fühlten, haben von ihrem Reich verlangt, daß es mit dem Prestige von Siegen glänze, wie bis dahin das andere. Der deutsche Kanzler konnte, nachdem dieser Weg einmal beschritten, nur der Schiedsrichter Europas sein, wie vorher Napoleon III. – der Nachahmer eines Größeren.

Was Deutschland sich im 20. Jahrhundert erlaubt hat, ist ein Maximum, viel zu ungeheuer, als daß es eine natürliche Überlieferung fortsetzen könnte. Traditionen enthalten Erfahrung. Sie lehren Vernunft. Die preußische, wenn sie wirklich nur kriegerisch wäre, geht das alte, kleine Land Friedrichs an, und hier zuerst die Kriegerkaste – sie ist es aber nicht, die diese unwahrscheinliche Überhebung des ganzen Deutschland gepflegt, sie zum kritischen Ende gebracht hat. Weniger die alten Preußen als die sehr viel neueren Mächte im Reich.

Deutschland ist nicht Preußen, es hat von dem alten Preußen beiläufig den undeutlichen Begriff wie alle übrige Welt. Schon sein zweiter Kaiser, Wilhelm, war und handelte unpreußisch, flüchtig, ohne Nüchternheit und Sinn für das noch Erlaubte. Ausreden auf Friedrich den Großen besagen nichts, Friedrich hat wohl seine Preußen als die neuen Römer erträumt – in einer unabsehbaren Zukunft. Inzwischen ermüdeten sie ihn, er hat sie nicht geachtet. Er ehrte allein die Franzosen seiner Zeit, jeden letzten Untertan des Königs von Frankreich, dem zu dienen sein wirkliches Glück war.

Den Deutschen ist Friedrich ein Name, mehr nicht. Die Schulen außerhalb Preußens unterrichten über seine Geschichte wenig, die preußischen lehren eine Fabel. Das ältere Preußen oder das unbestimmte Bild, das man von ihm hatte, verführte niemand, eher stieß es ab. Gerade an seiner Spitze verfiel seine Tradition. Wilhelm II. hat versucht, den absoluten Herrscher zu spielen, nur keinen preußischen. Seine Mittel waren häufiges Umkleiden, immer reisen, alles wissen und noch mehr reden.

Das sind zivile Mittel, dieser deutsche Kaiser war kein Militär. In dem Krieg, der nicht seiner ist – ganz andere hatten ihn gewollt und gemacht –, brachte jeder, der es konnte, sich zur Geltung. Gekämpft wurde für die Geldinteressen dieser, das Prestige jener, für bunte Kriegsziele. Der Kaiser allein trat zurück, mit jedem Kriegsjahr weiter zurück, bis er sprach: »Ich spiele nicht mehr mit«, und zu Bett ging. Dieser König von Preußen war ein herabgesetzter Preuße, oder ein abgewichener. Sein Nachfolger Hitler ist gar keiner.

Wenn Deutschland ein Großpreußen wäre und die preußische Geschichte fortsetzte, dann haben die Deutschen jedenfalls ihren neuesten Führer von draußen geholt, aus demselben Österreich, das Friedrich haßte, dessen Herrscher er der Kaiserwürde entkleiden und das er zerstückeln wollte. Der neue Auserwählte der Deutschen hat mit Preußen-Deutschland das geringste nicht gemein, weder Vergangenes, das man im Blut trägt, noch auch nur das Schulwissen. Die Landkarte von Deutschland mußte er erlernen, als ihm erlaubt wurde, zwischen den Städten dieses fremden Landes umherzufliegen, in Ausübung seines Berufes als Tribun. Reden, wie Wilhelm, und auch wieder nach den Reden der Krieg.

Napoleon war vom ersten Tag an französischer Offizier und nie etwas anderes, kein fauler Handwerker oder unwissender Hetzredner. Er mußte seine Heimat Korsika nicht besetzen, sie gehörte freiwillig zu Frankreich – Frankreich war anziehend schon vor Napoleon. Deutschland ist es am wenigsten durch seinen Hitler geworden.

Besonders fand Napoleon eine Revolution vor, seine Laufbahn vollzog sich nach ihrem Gesetz, in ihrem Zeitmaß. In den achtziger Jahren ein Unterleutnant, der einen Roman schrieb; um 1800 auf Schlachtfeldern herangewachsen zu dem Ersten seiner Zeitgenossenschaft. Man kann es normal nennen. Es geht hervor aus dem damals verbreitetsten Lebensgefühl – das heute nirgends begriffen werden kann, mit der einzigen Ausnahme der Sowjetunion.

Der arme Wilhelm II., in seinem Bedürfnis zu reden und sich jede Blöße zu geben, hat nicht unterlassen, ihn den korsischen Parvenu zu nennen. Da liegt es gerade. Er selbst war der Emporkömmling, seinem Auftrag, vornehm ein gesichertes Reich zu leiten, hat er nie genügt. Inmitten der liberalen Jahrzehnte brachte er halb faschistische Gesetze ein, der erregten Öffentlichkeit opferte er sie alsbald. Fuhr übereifrig einem fremden Milliardär bis an den Hafen entgegen, aber mit seinem Onkel von England trieb er Scherze, die teuer zu stehn kamen. Übrigens hat er Napoleon nachgeahmt – in der Herrschergeste, da ihm sonst nichts freistand.

Die schaubare Haltung, das Inbetriebsein, die Ubiquität, das Vornean-Agieren um jeden Preis, auch auf die Gefahr von Kriegen, die man durchaus nicht zu wagen gedenkt: dies alles bedeutet das Hinschwinden der Legitimität. Die ehemals Europa regierende Familie – da die souveränen Häuser verwandt waren – sah gewöhnlich noch auf Würde. Bei allen Treulosigkeiten wahrte doch jeder den gemeinsamen Anstand, das hieß aber: die Mächte blieben mehr oder weniger die gleichen, und über den Kriegen der Nationen erhielt sich ein Frieden der Souveräne.

Der Kaiser eines neuen Reiches fiel aus der Reihe der Legitimen. Zu schweigen von der »Kunst des Möglichen«, wie Bismarck die Politik genannt hatte – dafür bedarf es eines Künstlers; aber Wilhelm II. machte auch nicht die Politik seines Hauses. Sie wäre vereinbar gewesen mit der Politik der anderen regierenden Häuser. Unvereinbar mit allem Bestehenden waren die Gier und der Neid der kürzlich in Deutschland heraufgekommenen Mächte. Wilhelm, der nur das Geld achtete, verband sich ihnen.

Der Neid allein bestimmte Deutschland, will sagen seine neue herrschende Schicht, im südafrikanischen Kriege gegen England Partei zu nehmen. Wilhelm, mit den illegitimen Gefühlen des Emporkömmlings, der noch immer benachteiligt sein will, gab sich geräuschvoll als der Beschützer der Buren, aber nun ihr Präsident nach Berlin kam, empfing er ihn nicht. Provozieren, zurückzucken, Spielerei mit tödlichen Feindschaften und Furcht vor ihnen. Da er sich und seine Gesten nicht ernst nahm, verlangte er von anderen dasselbe. Bis an den Rand des Krieges und darüber hinaus erwartete er von Großbritannien, daß es sich enthalte.

Noch naiver hat Hitler an die britische Friedfertigkeit geglaubt. Er rechnete nicht nur auf den Betrug, einen dauernd unbeanstandeten Betrug – indessen schon der unfähige Chamberlain gesagt hatte: »Man versucht es mit ihm noch einmal, auch wenn man nicht mehr glaubt.« Hitler muß überdies in dem merkwürdigen Traum dahingelebt haben, das europäische Gleichgewicht, seit zweihundert Jahren die Sorge Britanniens und Bedingung seiner Existenz, habe plötzlich aufgehört, die Briten zu interessieren. (Das Gleichgewicht ist seit 1943 wirklich aufgegeben, um das besiegte Deutschland dauernd machtlos zu erhalten.)

Nicht genug, daß dieser Hitler aus seinen Träumen das britische Vorurteil versehentlich wegließ. Wahrscheinlich ist, daß er von dem europäischen Gleichgewicht niemals gehört hatte. Alle folgenden Zeugnisse seiner Unwissenheit sprechen dafür. Siehe seine einfach blödsinnige Meinung über den Zustand der Sowjetunion, derentwegen er sie angriff. Siehe seinen frevelhaften, aber auch hirnverbrannten Vorsatz, die europäischen Nationen aufzuheben.

Sie sind die ganze Lebenskraft Europas, alles, was den Erdteil des Bestehens wert macht. Wer verfällt darauf, sie abzuschaffen? Napoleon nicht, er hat nicht gerührt an die Nationen. Sein entferntester, unberufenster Nachahmer unternimmt den mörderischen, vergeblichen Unfug. Noch angesichts seines eigenen Zusammenbruches betreibt er das Ende aller.

Ich mag es kaum hinschreiben, so selbstverständlich ist es, daß der Politiker Hitler dieselbe Stufe hält wie der Stratege Hitler: die unterste, eher gar keine mehr, sondern den nachgiebigen Boden des frechsten Dilettantismus. Das soll eine Idee sein: niemand will den Krieg, daher kann ich ihn machen? Als sie mußten, haben sie ihn allerdings gewollt. Die einzige Idee des Politikers führte ihn nach Stalingrad und geleitet den Strategen treulich – bis zurück in das zertrümmerte Deutschland.

Das Problem ist nicht dieser Pinsel, auf Zimmerwänden wird er sich auch nur talentlos betätigt haben. Die schwere Frage betrifft Deutschland – und dies Zeitalter. Deutschland, das sich einem durchaus niedrigen Individuum in die Hände gab. Die gesamte Mitwelt der Mächte und Völker, die es ihm erlauben mußte. Das eine wie das andere geschieht, wenn man es verstehen will, folgerichtig. Das Schicksal werde nicht bemüht. Was wirklich ist, ist berechenbar.

Napoleon

Bis zu diesen Kriegen machte auf die Deutschen den nachhaltigsten Eindruck das Ereignis, das genau hundert Jahre hinter ihnen lag. 1914 – die Marne. 1815 – Waterloo. Das erste, der Beginn der Niederlage; das zweite, die letzte von Entscheidungen, die meistens im Innern Deutschlands ausgemacht worden waren. Schwere Niederlagen und eine lange Fremdherrschaft mußten hingenommen werden, bis Deutschland einen Freiheitskrieg haben konnte – auch dann nicht aus eigener Kraft allein. Bei

Leipzig 1813 waren die Armeen der Militärstaaten gegen
Napoleon aufgeboten. Ohne die russische wäre nicht über
ihn gesiegt worden.

Der Freiheitskrieg der Deutschen hat sich bei ihnen, in
ihnen, für ihr Gemüt und ihre Geschichte nachhaltig aus-
gewirkt: seine Folgen halten bis zur Stunde an. Weder der
dreißigjährige des 17. Jahrhunderts noch die zwanzig-
jährigen Kriege Friedrichs des Großen hinterließen ver-
gleichbare Spuren.

Es blieb, beiläufig achtzig Jahre, der Respekt vor Ruß-
land. Es wurde übernommen der Begriff Napoleon, als
die sieghafte Macht schlechthin. Besiegt, gestürzt, wuchs
er insgeheim und beständig, nistete sich ungenannt, kaum
mehr bewußt, in Deutschland dennoch ein – bis zur
Nachahmung, bis den Deutschen ihn zu wiederholen
möglich schien. Ungeheuerlicherweise schien es ihnen
auch erlaubt. Sie hatten inzwischen vergessen, moralische
Werte mitzuzählen. Sie kannten nur technische, damit
kann man siegen, aber nicht für lange. Man kann, eine
bemessene Weile, Herr über geraubten Raum sein, nie-
mals über seine Bewohner.

Die Völker fallen dem sittlich befugten Eroberer zu, so-
lange seine Legende stark ist. Enttäuscht sie, schüttelt man
ihn ab. Napoleon kam über Europa als Exekutor einer tief
menschenfreundlichen Revolution. Hitler hat es befallen
als eine Seuche. Die Freiheit zog unter den Fahnen des
Kaisers in die besiegten Länder ein. Er befahl ihnen keinen
inneren Umsturz, sowenig er die größeren der staatlichen
Gefüge zerstörte. Die Regierungen selbst begannen Re-
formen – unzulängliche, wenn es nicht bei Versprechun
gen blieb. Aber die Gegenwart des Befreiers klärte die
Völker über ihre Knechtschaft auf, bedenklich wurden so-
gar die Inhaber der Vorrechte.

Die Sache ist, daß erst die körperliche Anwesenheit der
Französischen Revolution in Gestalt der kaiserlichen

Heere und ihres großen Mannes auch den Deutschen ihre überholte Lage zum Ekel machte. Ihr Abstand von Frankreich beschämte jede Nation. Vorher war die Revolution wechselvoll und spannend gewesen: da erregte sie draußen viele geistige Hoffnung – die Teilnahme der Massen kaum. Als die Revolution um Frankreich kämpfte, hatte sie alle Zustände durchlaufen von ihrem hochsinnigen Aufgang bis zur tragischen Dämmerung, der nichts mehr gefolgt wäre als bittere Nacht. Napoleon allein setzt sie fort. Wenn er mit seiner einzigen Person die ganze große Revolution ablöste, hat er sie auch erhalten: er trug sie durch die Lande. Er senkte sie in die Herzen.

Dies ist der Fall, wo ein Feldherr mehr vermag, als Schlachten zu schlagen. Er kann eroberten Völkern ein Segen sein. Im Verlauf der menschlichen Dinge, durch den Druck des Alltags und die Gefühle, die wechseln wollen, kam es dennoch dahin, daß der Sieger lästig wurde. Die Deutschen haben sich gegen eine Last erhoben.

Die unbestreitbarste Last sind immer unsere Gefühle und keineswegs die Tatsachen, mit denen wir sie begründen. Die berühmte »Franzosenzeit« hat den Deutschen, Generationen von ihnen, die sittliche Rechtfertigung abgeben müssen für ihre eigenen Gastspiele in Frankreich und anderswo. Aber jede Fremdherrschaft bietet Einzelzüge, die einander nicht gleichen, wie auch diese Fremdherrschaft nicht jener gleicht. In deutschen Häusern sind die einquartierten Sieger ebensooft wohlwollend empfangen als widerwillig geduldet worden. Man erkannte Gesinnungsfreunde, verständigte sich, man lebte am Rhein und im Süden mit ihnen intimer, als wären sie Preußen gewesen. Indessen waren sie, nach der heutigen Auffassung, die »Welteroberer«. Auch »Herrenrasse« hätte der Name sein können. Er war nicht erfunden.

Die Nationen müssen nicht unbedingt als totes Objekt behandelt werden, nur weil man einmal auf ihrem Boden steht. Das ist eine neuere Erfahrung, sie galt noch nicht. Keine Absicht bestand, Deutschland französisch zu besiedeln, niemals sind Massen von Einheimischen nach der Fremde verfrachtet worden, wie jetzt. Es sind weder Geiseln getötet worden, noch Juden und Kommunisten, noch die bekannten zweihundert Zivilisten für einen überfallenen Mann der Besatzung. Den einzelnen Buchhändler Palm haben die Franzosen erschossen, dafür wußte bis zu meiner Zeit jeder ihn auswendig, die deutschen Schulen lehrten unermüdlich diesen Buchhändler – haben wohl wenig Auswahl gehabt.

Exaktionen betreffend hat der kaiserliche Heeresintendant Henri Beyle, M. de Stendhal als Autor, aus Braunschweig an Abgaben einiges über den verordneten Betrag herausgeholt. Für seinen Eifer lobte ihn der Kaiser. Nächste Folgerung: der Funktionär handelte ungewöhnlich. Warum überführten sie nicht die gesamte deutsche Wirtschaft in französische Hände. Wie? Sie hatten doch die Macht!

Die Deutschen erhoben sich gegen eine Last – womit sie auch schon begeistert sein wollten für ihre Freiheit; aber es war keine. Nach beendetem Freiheitskrieg, der Deutschland räumte – von fremden Armeen, nicht von seinen überfälligen Machthabern –, trat in Deutschland die gründlichste Erschlaffung ein.

Wenn nicht das Auftreten des Völkerbefreiers, sondern seine Vertreibung das Ereignis unter allen gewesen wäre, hätte nach seinem Abgang das Lebensgefühl nicht dermaßen herabgesetzt sein dürfen. Das aber war es. Das deutsche Lebensgefühl ist damals nicht, wie das französische, angegriffen gewesen, durch die Überanstrengung der Nation während eines Vierteljahrhunderts, durch Menschenverluste, proportionell unersetzlich. Der deutsche Freiheitskrieg war umsonst. Er hat nichts gekostet, außer der besseren Zukunft, die ohne ihn bestimmt schien. Der deutsche Sieg über Napoleon, insoweit er deutsch war, trug in sich seine Strafe. »Der Mann ist ihnen zu groß«, hatte Goethe gesagt, und hat recht behalten.

Deutsche Zeitgenossen, die keine Freude an der vergeblichen Befreiung fanden, sind kaiserlich gesinnt gewesen. Sie taten sich weniger Zwang an als die anderen. Der Anschluß des kontinentalen Westens an Frankreich war als Gedanke vernünftig, als Unternehmen erträglich, um nicht beglückend zu sagen. Man hatte vor Augen, daß die Gegenwart der verkörperten Revolution, ihr Anblick, ihr Beispiel, die Nationen nicht ausstrich, nicht schwächte. Im Gegenteil, erst der Kaiser hat sie verwirklicht. Das 19. Jahrhundert, wie es dann geworden ist, seinen mächtigsten Antrieb, die nationale Idee, hat es immer noch von ihm.

Ein Jahrhundert umdenken wollen ist müßig, vergebens vermißt man sich gegen das wirklich Geschehene. Wahr bleibt, daß die Vereinigten Staaten des Westens greifbar nahe, daß sie damals in freundlicherer Gestalt angeboten waren, als sie es morgen sein werden nach dem Sieg über Hitler-Deutschland. Wenn die einen entmachtet sind, die Potenz der anderen gelitten hat und als Vermächtnis dieses Zeitalters nur Elend und Mißgefühle bleiben, dann soll ein friedlicheres, geeintes Europa nunmehr in Aussicht stehn. Leichter und schöner, um einen längst unmöglichen Gedanken dennoch zu fassen, war das Reich des Okzidentes, da jemand von sich sagen konnte: »Ich setze nicht die Könige von Frankreich fort. Ich bin der Nachfolger Karls des Großen.«

Als für ihn alles schon vorbei war, hat derselbe, durchaus unvergleichliche Europäer vielmehr hingesprochen, was er nicht glauben konnte: »Einmal nach Indien gelangt, wäre ich Kaiser des Orients gewesen.« Man hält seine Bestimmung nicht jederzeit gegenwärtig, auch dieser nicht. Genau zu wissen, wer ich bin, ist schon mir das

Unzugänglichste, und was wüßte ich damit viel. Der andere – l'autre, wie die Seinen ihn nach dem Ende geheimnisvoll nannten – hätte ein Universum, das er war, unbeirrt ermessen müssen.

Er beging Fehler. Er war, wie ein Mensch, der Furcht unterworfen. Seine schädlichen Kriege, Spanien, Rußland, haben als Ursache die Furcht. Wäre es der Übermut gewesen! Aber er zweifelte, um so sehr zu irren, an seinen eigenen Folgen überhaupt. Dies gerade haben die Völker gefühlt, und verließen ihn. Sie taten es nicht mit freiem Gewissen. Die deutschen Freiheitskämpfer versuchten sich, nicht ganz glaubwürdig, in Begeisterung. Den schwereren Fällen gelang allenfalls eine künstliche Rauschsucht. Sie wollten sich fanatisch, das entbindet vom Denken.

Mit voller innerer Aufrichtigkeit, aber wo ist sie in Kriegszeiten, hätten alle voraussehen können, was die Räumung des nationalen Bodens wirklich bringen werde anstatt der Freiheit der Nation. Als er den Herrn los war, brach der König von Preußen sein Versprechen, eine Verfassung zu geben. Erstaunlich wäre gewesen, wenn er es gehalten hätte. Der Betrug an einem Volk, das gekämpft hatte, ist der preußischen Monarchie vorbehalten worden, solange sie noch bestand, hundert Jahre. Das waren mithin hundert enttäuschende Jahre, ihre Erfolge und Mißerfolge beiseite.

Das niedrigste Lebensgefühl

In Gegenwirkung auf den kaiserlichen Revolutionär ist von dem Deutschland nach dem Freiheitskrieg die Trennung der gesellschaftlichen Stände streng eingehalten wie lange nicht. Die Bevorrechteten ergingen sich mit ihren märchenhaft überlebten Befugnissen in einer Atmosphäre, die selbst unlebendig war. Daher war sie ihnen günstiger als, vor allen Ereignissen, die geistig bewegte Zeit der Aufklärung. Keine Fortführung der Reformen natürlich, angenommen, sie hätten ernstlich begonnen. Ob das richtige Wort im Gebrauch war, deutsche Bauern waren Leibeigene.

Die geistige Atmosphäre nach dem Freiheitskrieg wird beschönigt, wenn sie »Romantik« heißt. Romantisch denken und dichten bedeutet nicht jedesmal, nicht überall die Abkehr vom Gegenwärtigen und ein ermüdetes Lebensgefühl. Mit langer, maßloser Überanstrengung konnten damals allein die Franzosen das Nachlassen ihrer Geister entschuldigen. Dennoch sind in ihrer Literatur der Zeit die dunklen Erscheinungen die selteneren – auch die nur vorläufigen, wie sich versteht. Victor Hugo tritt auf, alsbald verbreitet sich Helligkeit, Jugendfreude, eine sieghafte Energie. In dem einen hat sie angehalten bis an sein spätes Ende: da hatte er alle, die er haßte, begraben, auch den letzten Despoten seines Landes.

Hier ist romantisch ein besonders hohes Herz und sein unfehlbarer Ausdruck. Romantisch die abgekürzte Psychologie in Figuren, die um sich schlagen, wie auf Gemälden, oder aus einem Stück dastehn, Bildwerke, kaum dem Stein erst abgewonnen. Genau so hat Rodin den Dichter selbst wiedergegeben. Das ist er, dieser moderne Mensch. Romantischer Stil, die großen Gefühle, mitsamt Erfindungen, die nach dem Rechenbuch zu weit gehen, das alles hat ihn nicht gehindert, klar und scharf zu sehen.

Wenn seinesgleichen ins Exil wandert, ist es, weil er zu viel gesehen hat, dafür muß er noch mehr sehen. Die drei Bände, vor, während, nach dem Exil, zeigen Hugo im Straßenrock, Hugo auf der Ebene der Passanten; – und einem anderen halben Jahrhundert wäre diese Darstellung zu wünschen: exakt, aber bestrahlt, die Wirklichkeit selbst, unmittelbar und ewig, wie der Genius. Nicht im

Wissen, nicht in der universalen Persönlichkeit, aber kraft seines standhaften Lebensgefühls finde ich den alten Sänger, den Kämpfer, der immer strebend sich bemühte, herangewachsen bis zu Goetheschen Maßen. Von keinem der deutschen Romantiker ist das gleiche zu sagen.

Die deutsche Nachkriegsliteratur ist sichtlich der Befreiung von Napoleon zu danken; daher wird an der Romantik nichts derart wahrgenommen, als folgte sie zeitlich auf die große Dichtung des 18. Jahrhunderts. Die Klassiker haben befestigt und erhalten, was den Deutschen je zu eigen war an Form und Vernunft. Sie fassen Deutschland zusammen, will meinen: aus seiner Geschichte, dem Leben der Nation in allen Zeiten erwecken sie die guten Momente, bei ihnen sieht Deutschland normal, edel sogar sieht es aus; man erfährt, so könnte es sein. Wäre nicht jeder dieser Autoren eine erlesene, einmalige Blüte des Bodens, und nicht dieses Bodens allein, alle zusammen würden verführen, das Beste zu erwarten von Deutschland.

Die Romantiker haben den Tatbestand richtiggestellt. Ungestalt und das Unterbewußte herrschen vor – nicht aus innerem Zwang allein, auch gewollt, in Flucht aus äußerer Not. Man hält es ja nicht aus, unter staatlichen, gesellschaftlichen Umständen, die von den Schlägen der Französischen Revolution schon niedergebrochen, nachher zurechtgekramt und einer schwachen Nation doch wieder aufgehalst sind. Um die Ehre der besser unterrichteten Intelligenz zu retten, spielt man verrückt oder ist es wirklich. Man tut mystisch, mit dem Tod auf du und du – um vor dem Sterben aufzuschreien: nur leben!

Man erzählt Märchen, lustig leichtflüssig, aber die Laune ist erheuchelt, die Verlegenheit wäre schrecklich, müßte man ein einziges Mal die unverblümte Wirklichkeit hinschreiben – noch schlimmer: ein wahres Wort über Dinge, die da kommen. Die deutschen Romantiker sind keine Analytiker (bis auf einen) und werden niemals Propheten. Die Atmosphäre der Zeit ist ihnen zu dick, um hindurchzublicken. Sie wissen sich nicht zu helfen gegen all die Heuchelei, sind selbst auch eingefangen.

Ein Zeugnis der Selbsthilfe, ganz fern der deutschen Romantik, ist »Le Rouge et le Noir«. Da empört sich einer gegen die übermächtigen Lügen des Zeitalters, er überbietet sie in feindlicher Absicht, macht angestrengt seinen ehrgeizigen Weg, und der endet am Richtplatz. Aber Julien Sorel hatte als innere Stütze den General Bonaparte – er war dagewesen, nicht nur für seinen Augenblick der hochgespannten Wahrheiten: sie müssen immer wieder siegen. Als Stendhal, vordem kaiserlicher Offizier, das Buch schrieb, entblößte er, höchst nüchtern, den Zustand seiner jüngeren Zeitgenossen, sofern sie Geist und Herz besaßen. Für seinen Teil hatte er gehabt, was sie unbekannt beklagten. Bis zuletzt fühlte er sich als den Gefährten des Siegers der Freiheit. Ihn sollte nichts anfechten.

Er trug den Kopf hoch, legte ein ungedrucktes Werk nach dem andern fort und sagte auf das Jahr genau voraus, wann man sie lesen werde. Er war nicht mehr dabei. Seine Berechnungen beruhen zweifellos auf der Kenntnis Frankreichs, seiner Zukunft, sie gehen nur dieses Land an. Unerforschlich blieb ihm, daß ein anderes, entferntes Reich den Sinn und Gehalt seiner revolutionären Jugendtage erneuern werde und daß ihm dort, erst dort die unbemessene Zahl von Lesern bestimmt sei.

Die armen deutschen Romantiker, die Gabe vorauszuwissen haben sie sich nicht beigelegt; sie zogen ein Halbdunkel vor, sogar über ihre Lage bei Lebzeiten. Die Weltflucht ist bedingt durch ein fragwürdiges Gewissen. Preußische Offiziere sind unter diesen Schriftstellern. Sie und ihre Generation hätten gegen Napoleon, wenn sie ihn schon zum Teufel wünschten, nicht ein Wesen veranstalten dürfen, als erfüllten sie die höchsten sittlichen Gebote.

Die waren wohl eher auf seiner Seite, und als praktischer Vorwand, ihn zu bekämpfen, konnte nur dienen, daß er ein Fremder war. Der Erfolg seiner Feinde hatte sie enttäuscht: jeder öffentlich Denkende muß es empfunden haben – in höherem Grad, als die sich still verhalten.

Das Lebensgefühl der deutschen Romantiker ist das niedrigste, das eine Literatur haben kann. Das kommt nur vor, wo, mit oder ohne Nötigung, falsch gehandelt wurde. Eine Mannschaft von Romanciers, die soziale Tatsachen darstellt, kann meinen, die nächste Equipe werde für ihre Zeit dasselbe tun. Hundert Jahre ist dies wahr gewesen, in Frankreich wie in Rußland. Aber Zaubermärchen, altdeutsche Maskierung, künstliche Verzückung, ein grundloser Tiefsinn, wer soll das fortsetzen? Diese Dichter schreiben wie die letzten Menschen.

Goethe, der große Liebhaber des Lebens, mochte die ganze Gesellschaft nicht. Er nannte sie krank. Sie standen aber für ein Land, das nicht gesund war, es auch nie wieder ganz geworden ist. Ihrerseits haben sie Goethe wenig verkannt; die Hauptsache, sein hohes und einfaches Lebensgefühl, überzeugte die meisten. Es ergriff ohne Zweifel den Lebensfähigsten, E. T. A. Hoffmann: verstreut in seinen Werken sind Liebeserklärungen an Goethe – der keine Kenntnis davon nahm. Nach den ersten von Hoffmanns Erzählungen hat er zu Eckermann gesprochen: In den gewöhnlichen Alltag das Wunderbare einzuführen überrasche, und für einmal möge es hingehn, aber nicht oft. Der arme Hoffmann starb zu früh, um hiervon noch zu erfahren.

Der wirkliche Zustand Deutschlands erklärt sich offen, wenn ich von den Schöngeistern übergehe zu den Philosophen und Gymnasten. Politik kommt nicht in Betracht; in eine Sackgasse verrannt, ist man mit der Frage, wie es unmittelbar weitergehn soll, fertig. Als Ersatz hat man Geschichte. Zur Tröstung züchtet man einen verhängnisvollen Fanatismus nationaler Geltung. Je gedrückter die Nation bei sich zu Haus ist, um so gewisser muß ihr Beruf in der Welt ohne Grenzen sein.

Weltherrschaft – der deutsche Traum hat angefangen mit Leuten, die den großen Kaiser, als es seine Bestimmung war, denn auch besiegt hatten, sie selbst aber konnte jeder Profoß durchprügeln. Die Anfänger der deutschen Weltherrschaft verkleideten sich altdeutsch, schlugen die Bauchwelle und kamen oft auf Festung. Den überkommenen Mächten im Staat waren Umwälzungen verdächtig, auch wenn sie auf erweiterte Grenzen Deutschlands abzielten und nur in großen Worten vollzogen wurden. Die Herrscher witterten richtig. Weltherrschaft – war ihre Konkurrenz. Wer von ihr schwärmte, die Turner, die Denker, meinte auch, meinte vor allem die versäumte deutsche Freiheit. Ehrenhalber und um der Wahrheit willen sei es vermerkt.

Der Königliche Rat am Kammergericht Berlin, Hoffmann, auf seinem anderen Gebiet als der »Gespenster-Hoffmann« namhaft, rettete einen der »Demagogen« – so hießen sie –, den sein König, der König der nicht gegebenen Verfassung, durchaus fangen wollte. Desgleichen stand es um Arndt, Jahn, Fichte, deren ausgelassenes Deutschtum heute überall beweisen muß, daß die Deutschen von jeher wie Hitler waren. Ihre übelsten Sätze werden jetzt den feindlichen Völkern zu lesen gegeben; sie haben gegen das Deutschland aller Zeiten eine gewagte Propaganda gemacht.

Auch das Bekenntnis zur Freiheit wäre zu finden bei diesen Patrioten, die national ausschweiften und um so eher als Demagogen büßen mußten. Aber wenn von vergessenen menschlichen Zeugnissen eines wieder auftaucht, noch dazu weit draußen, wo man es nie gekannt hatte, dann ist es das übelste, und die Völker sind im Krieg. Sätze von Ernst Moritz Arndt, die jetzt englisch zu lesen sind, würden allerdings »Mein Kampf« zieren. Gewiß, die Anfänger der deutschen Weltherrschaft nehmen das Buch und seinen Verfasser vorweg, schon 1815. Wer weiß indessen, wenn sie zu wählen gehabt hätten? Laßt die Welt sich selbst, macht vielmehr aus eurem Land das Bestmögliche! Die Wahl war nicht gegeben.

Die Nachahmung

Die natürlichen Rachegefühle der Deutschen hätten seit dem Sturz ihres Feindes befriedigt sein können. Indessen, das befreite Vaterland bekam als wesentlichen Inhalt eine Knechtschaft, hoffnungslos, unvergleichlich zäher, als wäre die Eroberung des Bodens nie gerächt worden. Unlogisch, aber menschlich, wuchs, anstatt des vergeblichen Bestrebens, frei zu sein, eine unbemessene Rache sinnlos weiter. Zum »Erbfeind« wurde Frankreich ernannt. (Napoleon hatte nicht nur für Frankreich gehandelt, um das Reich Karls des Großen ging es ihm.) Der Rhein war nie so deutsch gewesen wie nunmehr ohne Straßburg. »Nous l'avons eu votre Rhin allemand«, antwortete Musset.

Eine Rache, die nicht gekühlt ist, erhält sich aus eigener Kraft, das Andenken des Beleidigers wurde endlich unentbehrlich. Man vertauscht es mit den eigenen frommen Wünschen. Wäre das Frankreich des Kaisers das Deutschland – wessen? – gewesen! Gleich wird aus dem verhaßten Abenteuer ein hoher Beruf. So geht es, wenn Rache sich in Nachahmung umsetzt.

Die Rache war nicht auf einmal zu stillen. Hundertdreißig Jahre einer immer mehr ausschweifenden Nachahmung des Eroberers haben zum Schluß auch niemandem wohlgetan. Die deutschen Heere stehen seither das vierte Mal in Frankreich, das dritte Mal in Paris. Nach dem zertrümmerten Deutschland werden sie heimkehren. Wenn dies ein Trost wäre: Europa ist vorläufig aufgelöst, anstatt geordnet und verbündet.

Der Veranstalter eines universalen Débâcle ist Deutschland, mit seinen mißverstandenen napoleonischen Kriegen – ohne Napoleon, ohne Revolution, ohne das Gewissen einer echten Revolution. Mit nichts als Menschenhaß angreifen, siegen, sich schlagen lassen, sich anklammern und inmitten des eigenen Zusammenbruchs zäh und krampfhaft schaden, noch immer schaden, aber gegen sich selbst den Haß bis über die Wolken häufen, als genügte es nicht, daß er schon hoch wie die Alpen war: das ist der letzte Zustand des letzten deutschen Krieges. Der Führer der Deutschen entrüstet sich nun, daß man wage, Deutschland »einzukreisen« – Deutschland, das die Hoffnung Europas »war«. Eine Hoffnung, die nie bestand, ist gestrichen.

Hier wird zusammengefaßt und ohne Schwanken behauptet: von den Lehren des Phänomens Napoleon war nur die kriegerische für Unfreie brauchbar. Konnte er so viele Armeen schlagen, alle die Länder unterwerfen, dann auch wir, dann wir erst recht! Aber mehr. Nöppel (der Name des preußischen Hofes für seinen Gast, die Lippen der zarten Königin Luise sprachen ihn hinter seinem Rükken so aus; ihm ins Gesicht hieß er Sire und mon cousin) – Nöppel hat es fertiggebracht, zwanzig Jahre sich überall herumzuschlagen, und allein sein Frankreich blieb bis kurz vor dem Ende vom Krieg unberührt.

Das hat er gut gemacht, das wird festgehalten. Kein Patriot, der nicht wenigstens diese einzige Erfahrung aufbewahrt und überliefert hätte: die Entscheidungsschlachten des Weltbeherrschers haben deutschen Boden zerstampft und gerötet. Seine Laufbahn war Deutschland, seine Siege und zuletzt noch seine Niederlage sind bezahlt mit deutschen Städten, Feldern, Menschen. Nie wieder! Dieses Nie-wieder ist unbedingt, ohne den Schatten eines Zweifels ist es die Hinterlassenschaft der »Franzosenzeit« in Deutschland.

Daraus ergibt sich, daß man angreifen muß, im Recht oder Unrecht. Noch zu besonnenen Zwecken wie Bismarck oder schon getrieben von uneingestandener Verzweiflung wie Hitler – muß man angreifen. Der Angreifer trägt den Krieg auf fremden Boden, seine Sache, seine einzige Sache, ihn dort zu erhalten. Der Krieg wäre verloren, wenn er das eigene Land ergriffe: Glaubenssatz, gilt nur für Deutschland. Napoleon hat sich nicht verlorengegeben 1814, beim Feldzug in Frankreich, es soll sein kunstreichster gewesen sein. Die Battle of Britain 1940 hat aus Großbritannien gemacht, was es nunmehr ist und sonst nicht war, die kriegerische Größe. Die Russen bekämpfen mit Leidenschaft, unweigerlich bis zum Sieg den eingedrungenen Feind – Karl XII., Napoleon, Hitler.

Die Deutschen allein erfaßt Grausen und Abscheu, wenn der Krieg sich ihren Grenzen nähert. Für das einzig Unerträgliche halten sie den Krieg im Lande – noch zu einem Zeitpunkt, da elf ihrer Städte in Trümmern liegen und Berlin gezeichnet ist. Aber das waren Bomben aus der Luft, ein Unglücksfall. Man begegnet ihm mit dem Verzicht auf Schlaf, mit Evakuationen, einem ruhelosen Hin und Her der Bevölkerung. Es ist allerdings ein Leben des beständigen Grausens, welches andere könnte schlimmer sein? Doch. Die Deutschen sind überzeugt, das Äußerste träte ein mit Schlachten auf deutschem Boden.

Der fanatische Widerstand der letzten deutschen Armeen, in der Sowjetunion, in Italien, wird damit erklärt, daß sie nicht mehr für Deutschland fechten, nur für sich. (Sie haben auch früher nicht für Deutschland gefochten, wie konnten sie, ihr Führer hat an Deutschland nie gedacht.) Die Truppen wollen vermeiden, so wird erklärt, daß sie als Besiegte betroffen werden in denselben fremden Ländern, wo sie Massen überflüssigen Unheils angerichtet haben.

Sie hoffen der Rache der gequälten Völker zu entgehen. Ihre Rückzugsgefechte nach Deutschland dienen ihrer eigenen Rettung. Überdies wäre eine Wendung des Kriegsglücks immer denkbar, solange sie Reste fremden Bodens halten. Es wird bezweifelt, daß sie Deutschland mit derselben Ausdauer verteidigen werden wie ihre Eroberungen. Dies sind psychologische Spekulationen. Ich weiß nur eins.

Ich sehe und weiß, daß die Zusammenhänge weit zurück führen. Die Nachahmung Napoleons, hervorgegangen aus dem deutschen Bedürfnis nach Rache für erlittene Nachteile, die übrigens bestreitbar sind, hatte Selbstzweck erlangt, sie erlangte die Kraft der Besessenheit. Preußische Tradition? Sie erforderte von dem Geschehenen nichts – ungeachtet gewisser Worte Friedrichs des Großen, als hätte er seine Preußen, die er aber herzlich verachtete, wie Römer der Zukunft geträumt.

Der Anzettler und Führer des letzten Rückfalles der Deutschen in ihre Angriffskriege ist kein Preuße und ist undeutsch – weniger durch den Ort der Geburt als in Anbetracht seiner Instinktlosigkeit für Deutschland. Er hat begriffen, daß Deutschland nach neuerem Herkommen Angriffskriege führt, sonst nichts. Was ein Deutscher wahrscheinlich doch unterlassen hätte, er hat den vorigen Angriffskrieg überboten mit einem zweiten, der nichts mehr zu beweisen hatte. Bewiesen war, daß Deutschland nicht siegen kann. Wer Ohren hatte, hörte die Warnung der ewigen Gerechtigkeit, es dürfe nicht siegen!

In dem trostlosen Bewußtsein, daß er, um es mit Europa aufzunehmen, weder der Stärkere noch der Berufene sei, hat Hitler oder das Kollektiv von Militärs und Doktrinären, das so heißt, zu der Auskunft der Verzweiflung gegriffen. Blitzkrieg – ist das Eingeständnis, man könnte nur mit einem Tag Vorsprung an das Ziel kommen, dann nie wieder. Totaler Krieg – heißt deutlich, daß die lebenden Nationen niemals wirklich besiegt sind: man muß sie umbringen.

Verzweifelte Betrüger allein gehen sogar in einen Krieg, der eine äußerste Erprobung ihres Volkes sein soll, mit lauter Lügen. Aber Herrenvolk, Lebensraum, Geopolitik und jeder andere Schwindel sind verspätete Antworten auf das eine machtvolle Wort, das Europa einst wirklich erobert hat: Freiheit. Alles ist, wie je, die Nachahmung Napoleons, eine Nachahmung, tiefer von Stufe zu Stufe, nunmehr angelangt bei der Hefe.

Welch ein Unglück, in die neuere Geschichte falsch eingetreten zu sein! Welch ein Unglück – und welch eine Schuld!

Das Lebensgefühl hatte in Deutschland seinen niedrigsten Stand gehabt sogleich nach dem Sturz des Kaisers Napoleon. Es steht niedriger als damals seit diesem Krieg, seit seinem Anfang, seit den Siegen. Mit Recht. Solange Hitler siegte, unterlag Deutschland.

Zweites Kapitel

Die Sowjetunion

Anders als die Deutschen ist Rußland niemals versucht gewesen, eine europäische Welteroberung zu unternehmen. Die russischen Heere sind einst, so gut wie die deutschen, in Paris eingezogen. Ihre Fürsten oder Fabrikanten haben daraus nicht den Schluß gezogen, daß sie mehrmals wiederkommen, endlich aber sich für die Dauer festsetzen müßten.

Wenn Berlin den Russen näher liegt, nun wohl, im Verlauf der Auseinandersetzungen Katharinas mit Friedrich dem Großen standen sie zweimal in Berlin. Sie erhoben Lösegelder, die ihre Kosten nicht deckten, und gingen ihrer Wege. Den Besuch zu wiederholen, haben sie in zweihundert Jahren sich nicht veranlaßt gesehen. Sollte diese Enthaltsamkeit heute nachgelassen haben, muß viel geschehen sein.

Die Fähigkeit, den Krieg in fremde Länder zu tragen, wäre somit gegeben. Die Sitten und Gebräuche des Westens, hat man ihn glücklich erreicht, sind erlernbar, noch eher die Sprachen. In Koblenz, kann ich mich erinnern, stand am Ufer des Rheins ein stattliches Denkmal, der französische Sieger aus den Tagen Napoleons hatte darauf verzeichnet, wie stolz und glücklich er sei, sich dort zu befinden. Der nächste Sieger, ein Russe, setzte darunter: Vu et approuvé.

Die russischen Soldaten scheinen sich in dem Deutschland der letzten Napoleonischen Zeiten eher beliebt als verhaßt gemacht zu haben. Allerdings sprachen gegen sie nicht dieselben Vorurteile wie gegen die Franzosen – sondern andere. Große Massen einer fremden Nation, besonders wenn sie bewaffnet sind, können den Einheimischen nie ganz gefallen. Aber General Suwarow wurde bewundert – das »Schatzkästlein« des Volkserzählers Hebel zeigt es an –, weil er ein auffallendes Original und von geringer Herkunft war: beides Eigenschaften, die in der preußischen Armee nichts galten.

Verbündete müssen nicht beliebt sein, sie sind fast immer das Gegenteil. Nicht jeder Verbündete bringt es dahin, daß eine Nation, der er helfen sollte, ihn mehr verabscheut als den amtlichen Feind. Das ist, seit diesem Krieg, der Fall der Deutschen in Italien. Ich sehe noch keinen italienischen Erzähler der Nachkriegszeit einen deutschen Heerführer mit liebenswerten Zügen schmücken.

Die slawischen Völker

Es ist heute so und wird auch früher wahr gewesen sein: die slawischen Völker haben von ihrer ursprünglichen Menschlichkeit vieles bewahrt. Sie sind unmittelbarer als andere, in der Güte, in der Reue, im Zorn. Sie nehmen die Seele, wenn ich recht verstehe, für den besten Teil der Wirklichkeit. Was mit Leidenschaft gefühlt und gedacht ist, findet sie zur Aufmerksamkeit, ja, zur Nachfolge bereit.

Die russische Oktoberrevolution läßt neben allen ihren notwendigen Voraussetzungen gewiß eine besondere zu. Die konsequentesten Denker besaßen den Willen ihrer Überzeugung nicht nur selbst: sie begegneten bei einem Hauptteil des Volkes ihrer eigenen Aufrichtigkeit und Unbedingtheit. Das allein ermöglicht die geraden Taten und ihre Dauer.

Es scheint mir erlaubt, vom Geringen auf das Große zu schließen und meine eigene unbedeutende Erfahrung anzunähern dem öffentlichen Geschehen. Nicht in Moskau, aber in Prag fuhr ich, früher einmal, auf einer voll besetzten Straßenbahn und mußte stehn. Nicht lange, ein Mann mit den Kennzeichen eines Kleinbürgers winkte mir, seinen Sitz einzunehmen. Ich wollte es nicht glauben. Ich war im besten Alter, sah auch nicht krank aus. »Bietet er mir wirklich seinen Platz an? Warum?« fragte ich meine einheimische Begleitung. Antwort: »Weil er dich für einen Intellektuellen hält.«

Denn ihr Präsident – Befreier Masaryk, ein Professor und Schriftsteller – hatte mit tapferen und erfolgreichen Handlungen den nationalen Glauben an die Macht des Denkenden bestärkt, wenn er ihn nicht geschaffen hatte. Das war auch die volkstümliche Wirkung Lenins. Es ist übrigens die einzige, jetzt erlaubte Wirkung auf die Völker. Der Staatsmann Churchill hat seine Wurzel in dem Schriftsteller Churchill. Roosevelt ist der vergeistigtste Typ, den Amerika kennt, und eben dank seinem Wissen um das neue Zeitalter, das er tätig einleitet, wird er im Gedächtnis der Vereinigten Staaten der außerordentliche Präsident bleiben.

Als größter Realist unter den öffentlichen Männern hat Stalin sich der widerstrebenden Mitwelt herausgestellt. Gerade er verzichtet am wenigsten auf den Rang eines Intellektuellen. Eher noch ließe er seinen Marschallstitel fallen. Der einzige jetzt authentische Realismus deckt sich mit dem Ausbruch von Wahrheitsliebe, der dieses Zeitalter bewegt.

Die beiden Revolutionen sind eine

Vorerst hat der Ausbruch von Wahrheitsliebe zweihundert Millionen Menschen durchaus verändert, er hat sie befähigt für Siege, die nicht zuerst militärisch waren. Die

Sowjetunion kann den Krieg gewinnen, weil sie vorher soviel Wahrheit besaß. Nicht ohnmächtige Wahrheit, sondern lebendige – das wirkliche Leben eingerichtet nach bester Erkenntnis, mit dem besten Willen für die Menschen.

Das Phänomen der ausbrechenden Wahrheitsliebe wiederholt sich an jeder größten Zeitenwende. Die Französische Revolution war ursprünglich der russischen wesensgleich. Nicht ganz früh erklärte sich, daß nur eine andere Klasse, statt der vorigen, zur Macht kam. Gewiß war es unmöglich, vor allen seither gemachten Erfahrungen zu wissen, was Freiheit heißt, solange es Besitzende und andere gibt. Übrigens besaß noch niemand die nationalen Grundwerte, außer dem Land, und das wurde aufgeteilt.

Der Abstand der Französischen Revolution von der russischen ist allein zeitlich bedingt, niemals durch die verschieden bemessene Wahrheitsliebe, durch anders verstandene Menschenpflicht. Menschenpflicht und Wahrheitsliebe sind dasselbe, und es gibt sie nur in einerlei Gestalt.

Die Französische Revolution hatte die Menschenrechte statuiert. Sie wirklich zu besitzen blieb jedem einzelnen überlassen. Der Ruhm des Jahres 1789 ist die Befreiung der menschlichen Persönlichkeit. Sie darf endlich so groß sein, wie sie ist, so mächtig, wie sie werden kann. Der Auszeichnung – und dem Abstand sind keine Schranken gesetzt. Es ist erlaubt, unsterblich oder wenigstens reich, bald wird es erlaubt sein, Kaiser zu werden.

Die Gleichheit bleibt unter diesen Umständen eine gedachte Voraussetzung. Beim Absprung ins Leben seien alle gleich. Aber setze dich durch, wenn du in Wirklichkeit benachteiligt, wenn du arm geboren, in Unwissenheit gelassen und womöglich von dunkler Hautfarbe bist! Schon die Verpflichtung auf eine einzige Sprache, die jeder mitbekommen haben muß, um sie in der Art aller zu gebrauchen, macht manche zu Unterlegenen.

Eine neue Revolution wird sich sozialistisch nennen, weil sie vor allem, oberhalb jeder praktischen Einzelheit, auf die menschliche Gleichheit gerichtet ist. Unentschieden bleibt, ob Natur die Gleichheit begünstigt. Die Gesellschaft könnte sie schließlich verwirklichen. Sobald sie ihn braucht, stellt der gute Wille sich ein. Gefühlvoll wird er nicht zuerst sein. Was überwiegt nach langen Zeiten der sozialen Ungerechtigkeiten, ist der entschlossene Überdruß an ihnen insgesamt. Ihre Gesamtheit – ist die Ungleichheit. Oft von Natur bestimmt, noch öfter an den Zufall der Macht gebunden, die Ungleichheit ist nicht mehr erträglich, die Gesellschaft will sie begrenzen.

Als erste hebt der revolutionäre Staat die Ungleichheit der Arten auf. Die Sowjetunion begreift die kaukasische und andere Rasse ein: aber Unterschiede gelten nicht mehr. Die höchstentwickelten Arten – höchstentwickelt nur nach westlichem Maß – sind nicht beispielhaft von Amts wegen, geschweige bevorrechtet. Sechzehn Republiken, jede mit einer homogenen Bevölkerung, bekommen gleiches Gesetz, jede ihre angepaßte Verfassung. Sie behalten ihre Sprachen, die russische wird nur gelehrt, nicht übergeordnet.

Nun ist tatsächlich erwiesen, daß lauter Ungleiche, staatlich bisher durch bloße Gewohnheit verbunden, auch mit eigener Zustimmung ihre Pflichten tragen, wenn jeder die Rechte der anderen besitzt. Das Vaterland selbst wird mehr als eine auferlegte Schuld. Es übertrifft den sentimentalen Gegenstand, der es sonst gewesen war. Es wird deutlich wie der Acker vor dem Haus. Es wird daher verteidigt, überzeugt, unbedingt, als ob es der eigene Acker wäre. Dies ist das Vaterland nach Aufhebung der Ungleichheit. (»Das Leben für den Zaren« – und Stalingrad.)

Als die Französische Revolution die Gleichheit nur voraussetzte – schon der Gedanke der Gleichheit machte die Nation unbesieglich. Wie erst, wenn eine andere Nation ihre Gleichheit – die schwierige Gleichheit der Arten – durchsetzt und verwirklicht! Hier steht Gleichheit nicht im tatsächlichen Widerspruch zur Freiheit: sie ist ihr Anfang, der wirksamste Versuch ihrer Erfüllung. Den Beweis durch das Gegenteil gibt der Feind, der dieses Land überfallen wird. Der deutsche Feind hat aus der Ungleichheit der Arten seine Waffe gemacht.

Der eigentliche menschliche Gegensatz ist hier Deutschland, das Objekt einer Rassenpsychose, die Sowjetunion, das Versuchsfeld für die Gleichheit der Arten. Das ist der Punkt. Die Gleichheit der Arten fordert von selbst die Gleichheit der Klassen und Individuen. Sie verbietet einen übertriebenen Unterschied des Besitzes und der persönlichen Pflege, wie sie den Vorrang einer Rasse leugnet. Kommunismus, so verstanden, existiert auf höherer Ebene als nur wirtschaftlich. Er ist ein technisches Mittel der wahrhaft gemeinten Gleichheit der Menschen.

Der Feind, diese Deutschen, wie sie jetzt sein müssen, erklären den Sozialismus der Sowjetunion für erniedrigend, das Merkmal angeborener Knechtschaft. Gleichwohl liegt er für die Sowjetunion auf dem Weg ihrer – mehr als ökonomischen – Befreiung. Durch Gleichheit zur Freiheit – wird dort erprobt. Der Versuch scheint wenigstens weitherziger als der enge deutsche.

Ein Volk von zusammengesetzten Beständen, altdeutschen, slawischen, keltisch-römischen, jüdischen – mit geringen nordeuropäischen Spuren –, will nicht nur Rasse haben. Schon damit sagt es zuviel. Aber überdies Herrenrasse, das Herrenvolk schlechthin – da hört verschiedenes auf. Die Kraft, wahr mit sich selbst zu sein, hört auf. Der Mut, seiner eigenen Geschichte ins Gesicht zu blicken. Es zeugt nicht gerade von deutscher Herrlichkeit.

Wer die Deutschen achten wollte, Goethe unter vielen anderen, nahm sie einzeln, mit ihren Gaben, die sie bewährt haben, einzeln, nicht als nationale Gesamtheit und allzu oft trotz dem Unvermögen der Nation, gegen ihren Widerstand. Jeder Deutsche von Rang hat unter den Deutschen gelitten. Wenn er Ansehen der Welt eroberte, war es Not; er zwang sein Land, ihn zu achten. Das geht auch nicht mehr, seitdem die Deutschen das Herrenvolk sind. Sie sind es ausdrücklich geworden, um niemand und nichts mehr achten zu müssen.

Was sie ihren Antibolschewismus genannt, womit sie überall die geängstigten Eigentümer betrogen haben, war niemals die Sorge um den Besitz – der anderen.

Der genaue Ursprung des Antibolschewismus ist sowenig in der Wirtschaft zu suchen wie die Herkunft des Kommunismus. Sondern die Widersacher eines Ausgleichs zwischen arm und reich widersetzen sich zuerst der menschlichen Gleichheit: ein Aufstand gegen Natur und Gesellschaft. Wenigstens für Unterschiede, wie Menschen sie machen, hat die Natur ihre souveräne Nichtachtung. Die Gesellschaft aber, wenn sie nicht ausgleicht, wofür bestände sie. Besser offene Anarchie.

Niemandem muß gesagt werden, daß die vollendete menschliche Gleichheit nicht vorkommt. Frei geboren zu sein ist auch nur der Begriff, den die Sterblichen von sich haben. Es ist ihr unsterblicher Begriff. Wenn das Leben ihn jemals wirklich erfüllte, hätten sie zu leben vielleicht keinen Grund mehr?

Es ist lebenfördernd, frei und gleich sein zu wollen – das eine um des anderen willen. Feindseligkeit gegen das Leben verrät sich, wo die Gleichheit der Arten, Klassen, Individuen schlechtweg verboten ist. Mit ihr fiele auch die Freiheit, soviel davon wirklich errungen ist, soviel noch aussteht.

Um die Gleichheit unmöglich zu machen, widerruft man tatsächlich die ganze Freiheit. Der Antibolschewismus erklärt sich gegen die Französische Revolution, als hätte sie die Sowjets erfunden. Der Konvent ist kein geringerer Schrecken für die Schicht von Bürgern, die sich inzwischen bereichert haben; er ist kein schlechterer Vorwand für den antibolschewistischen Betrüger. Der Betrüger kennt ihren point névralgique – kein Kunststück, der schmerzhafte Punkt ist nicht von heute.

Die Furcht vor dem Volk hat die besitzende Schicht in Frankreich selbst bis zum Haß ihrer eigenen Revolution getrieben – ohne die Revolution bestände sie gar nicht. Um ihren Besitz zu retten, hat sie ihre Herkunft, endlich sogar ihr Land verraten, wie man sah. Wie man nicht zum ersten Mal sah. Schon der bürgerliche Haß gegen die Pariser Commune von 1871 ging bis zur Zusammenarbeit mit den bewaffneten Fremden im Land. Die Kollaboranten der Jahre 1940 bis 44 haben Vorläufer und rühmen sich einer Tradition.

Damit nichts versäumt werde und der Zustand keinen Zweifel lasse, hat die alte Revolution ihre volle Gegenwart wiedererlangt – bei der neuen, die sie fortsetzt. Die Sowjetunion ist es, wo sie in ihrer währenden Revolution die längst abgelaufene Frankreichs verfolgt haben. (Dies am Anfang, als die Ereignisse nur zu entwirren waren, wenn man verglich.) Sie haben dringend aufgemerkt, bei jedem Auftreten handelnder Personen, in welcher Bedeutung sie einst schon dagewesen wären.

Sie haben die Vorgänge auf ihre Richtigkeit geprüft, an den alten Parallelen. Sie haben die Französische Revolution nicht nachgeahmt; in ihrer selbstgewachsenen, ihnen auferlegten haben sie versucht, die Fehler der Vorgängerin zu ertappen und ihnen zuvorzukommen.

Es ist wirklich ergreifend – als ein menschlicher Vorgang, auch wenn es kein politischer wäre: dieser Anschluß, den über ein Jahrhundert hinweg eine große Nation mit der andern vollzieht, mit den höchsten Augenblicken der andern. Es zeigt eine hingebende Seele mit einem harten

Mut. Es tröstet wahrhaft – über die häßlichsten Gebärden dieses Zeitalters.

Die Mühen der Toten waren dennoch nicht vergebens. Unter Umständen, die den ihren einigermaßen gleichen, wird, räumlich weit davon, nochmals gehandelt wie einst bei ihnen; und wenn das zeitlich bedingte Ergebnis abweicht und weiter geht, die Begeisterung erinnert wieder an die Morgenröte, ein harter Wille schlägt und schmiedet auch hier. Die slawische Seele ist nicht immer weich, wie man erfährt.

Das Ergebnis betreffend, was weiß ich? Obenhin scheint es zu wechseln, wie alles Menschliche, mit den auftretenden Menschen. Die Revolution selbst ist wesentlich unbeirrbar. Sie hat die Produktionsmittel ergriffen und behält sie; für das Gegenteil spricht kein Anzeichen. Man sucht Vorbedeutungen in diesem Kriege selbst: Katastrophen der Nation sollen ihre Wirtschaft um-, man meint zurückwälzen. Es werde, wie vormals, arm und reich geben.

Die gibt es schon jetzt. Ich möchte mir auch ausbitten, daß ein Mann, der für seine Verdienste um die seelische Erhebung der Massen den Titel Volksschauspieler verdient, höher bezahlt wird als ein anderer Techniker mit Kenntnissen, nicht der Menschen, sondern der Maschinen. Natürlich muß jeder seinen gerechten Lohn haben, und um so eher die Masse der Ausführenden, die in ihren Händen, auf ihren gebeugten Schultern die ganze Wohlfahrt tragen. Reich – und ganz arm, das widerspricht offenbar dem Sinn einer sozialen Revolution, will sagen jeder echten. Die Sowjets wissen es am besten.

Es ist abstellbar. Es ist schwieriger, langwieriger zu beseitigen, wenn ein ganz erstaunlicher Aufbau des Landes, die vorher unternommene Sicherung der gesamten Arbeit mutwillig unterbrochen werden durch einen Angreifer. Ein dreijähriger Krieg wie dieser, von der Sowjetunion nicht gewünschte, aber vorausgesehene und großartig bestandene zerstört von den Ergebnissen zwanzigjähriger, planvoller Mühen viel.

Er zerstört dort an Menschenleben mehr, als jedes andere Land erträglich fände. (Deutschland, das dieselben oder noch höhere Verluste hinnimmt, wird zu spät erkennen, daß sie auf seiner Seite unersetzlich sind.) Vom nationalen Gut zerstört der Krieg so viel, würde man sagen, wie in hundert Jahren nicht herzustellen ist. Aber die Sowjetunion hat bewiesen, was sie in zwanzig Jahren kann. Wenn's vorüber ist, ihren Völkern darf zugetraut werden, daß sie unentwegt an die Arbeit zurückkehren. Das bedingt, dort und anderswo, bei allen abgerüsteten Soldaten, die vollkommene moralische Gesundheit. Die bloße Notwendigkeit tut es nicht.

Nun haben die Verwaltungen der Union dafür Sorge getragen, daß ihre Menschen nicht nur mehr leisten, sondern auch mehr denken. (In Deutschland wird seit zehn Jahren wenig gedacht, zufolge amtlicher Strenge soll gar nicht gedacht werden.) Nach dem Krieg wird klarwerden, daß am schnellsten hochkommt, wer denken gelernt hat – gesetzt, die Einsicht hätte man nicht jetzt schon. Ein englischer Priester, der unlängst, mitten im Krieg, über die Sowjetunion schrieb, hat Aufsehen erregt mit manchen seiner Worte und mit diesem: »Ein Land, das Arme und Reiche hat, ist nicht frei.«

Dieser Begriff der Freiheit war sonst nicht im Gebrauch. Der Geistliche mag ihn schon mitgebracht haben, aus dem Christentum, dessen innerer Sinn auch nur selten verstanden wird. Aber die neue Auffassung der Freiheit, eine christliche Auffassung, erzielt nunmehr Erfolge, die noch unabsehbar sind. Sollten sie mit dem Auftreten und Wirken der Sowjetunion anders nicht zusammenhängen, die Gleichzeitigkeit wenigstens besteht.

Es liegt doch wohl derart, daß die Sowjetunion das alte

Vorurteil gegen die Gleichmacherei praktisch widerlegt hat. Unabhängig davon, was einer kann, hätte sie ohne Ansehen der Unterschiede jeden Arbeiter auf ein Existenzminimum beschränken dürfen. Sie bezahlt im Gegenteil die Leistungen ungleich, und Leute, die sich auf ihren Vorteil verstehen, läßt sie Geld verdienen. Von dem Erworbenen bleibt ihnen nichts, sie müssen es ausgeben: zu kaufen, was Bestand hätte, Land, Kohlengruben, Petroleumlager, ist ihnen verboten. Somit sind sie nicht wirklich reich. Der Reichtum ist wirklich, wenn er in Macht über Menschen umgesetzt wird. Gerade das verhindert die Sowjetunion.

Die Revolution wirkt in die Weite

Ohne Entstellung, nur mit Weglassung der Hauptsache, wird jetzt meistens geurteilt, von Geschäftsleuten und anderem Durchschnitt, sofern er sich vorgeschritten gibt: aus einer ursprünglich verrufenen Wirtschaftstheorie habe die Union das Bestmögliche gemacht. Noch weltklüger könnten Idealisten nicht vorgehn. Sie lassen verdienen, sie zahlen ungleich, aber das Ganze bleibt, um dem harten Wort nicht auszuweichen, Kommunismus. Andere meinen im Gegenteil, Kommunismus sei das nicht mehr.

Die weggelassene Hauptsache betrifft das Moralische. Den neueren Begriff der Freiheit im Volk zu verbreiten war kein Luxus, kein geistiger Überbau. Sondern gewisse wirtschaftliche Maßnahmen konnten wirksam werden und dauern, unter der Bedingung, daß ein Volk seine Freiheit begriff. So lange ein anderes Volk dabei beharrt, der einzige Wertmesser des Lebens sei das Geld; es könne nie genug verdient werden von wem immer; dem Reichen etwas zu nehmen schädige auch den Armen, denn er wolle reich werden: so lange fehlt für wirtschaftliche Neuerungen der Raum, der seelische Raum.

Wo noch geglaubt wird, daß der geglückte Erwerb eine genügende Rechtfertigung der Macht über Menschen sei, da ist die leichtgläubige Menge ihrer Mächtigen wert. Reformen würden fehlschlagen, bevor nicht die Moral erleuchtet ist. Die Macht ist durch eine erleuchtete Moral manchmal wohltätig geworden. Der Wille zur Macht als Ausgang und als Ende war von jeher das Übel selbst. Die alte Weisheit der christlichen Kirche hat an die Spitze der sieben Todsünden (der Sünden, die den Geist töten) den Stolz gesetzt. Der Stolz – ist die Macht, der Wille zur Macht.

Das eigentlich Lebenswichtige war schon längst, die Macht unschädlich zu machen. Die Demokratien haben es versucht, sie teilten die Macht auf, sie wollten die zahllosen Mitbeteiligten der Macht abhängig von all und jedem. Sie übersahen nur, auf welche, vorgeblich unpolitische, Art man Macht über Menschen erlangt. Durch den Besitz der Produktionsmittel. »Ein Land, das Arme und Reiche hat, ist nicht frei.« Dieser Satz allein, die Erkenntnis, die er ausdrückt, die Hoffnung, die er anspornt, begründet alle Sympathien, die heute der Sowjetunion gelten.

Denn er sei frei geboren, ist die einzige bleibende Vorstellung, die der Mensch von sich hat. Der erste Satz des »Contrat social«: »L'homme est né libre et partout il est dans les fers«, drückt keine soziale Wirklichkeit aus, wohl aber die psychologische Wahrheit über den Menschen. Die Freiheit tatsächlich zu besitzen bleibt seine Forderung – an sich, an die Welt und das Schicksal. Sie haben unendliche Auskunftsmittel erfunden, Parlamente, Gewerkschaften – und Freiheitslieder, um nur diese drei zu nennen, damit sie sagen könnten, sie seien frei. Sogar die unverbindliche Erlaubnis, viel Geld zu verdienen, soviel wie die wenigen, die es wirklich verdienen, nennen sie Freiheit.

Der menschliche Durchschnitt müßte allerdings bedenklich werden, erführe er, daß die Sowjetunion keine allgemeine Versklavung vornimmt, wie man meistens hörte. Er könnte hier und da zu überlegen anfangen, wie es um seine eigene Freiheit steht, da er arm ist und dem Dutzend künftiger Reicher desselben Lebensalters näher besehen wohl schwerlich angehören wird. Das berührt sogar den geistig knapp gehaltenen Durchschnitt. Hinzugerechnet sei, daß die militärischen Erfolge der Sowjetunion auch ihre staatlich-wirtschaftlichen Einrichtungen etwas weniger verdächtig machen werden. Viel abergläubische Vorurteile beseitigt der Sieg.

Ihre beständigen Erfolge, gesetzt, es gäbe Erfolge, die nicht schwanken, verzeichnet die Revolution dieses Jahrhunderts bei den Intellektuellen. Es müßte verwundern, wenn es anders wäre. Die französische Parallele versagt auch hier nicht. Die Revolution von 1789 hat, solange sie eine innere Angelegenheit Frankreichs schien, in den anderen Ländern nur die erregbaren Geister berührt. Schiller, der nationale Dramatiker der Deutschen, und Klopstock, Dichter des »Messias« und unvergeßlicher Oden, wurden für ihre intellektuelle Mittäterschaft ausgezeichnet mit dem Namen französischer Bürger. Der Konvent hat die Abwesenden zu Mitgliedern erhoben.

Die Völker lernten die Revolution erst kennen, als die Heere Napoleons sie ihnen in leiblicher Gegenwart vorführten. Soviel an Teilerfolgen der menschlichen und öffentlichen Freiheit im Verlauf eines Jahrhunderts auf dem Kontinent eingebürgert wurde, ohne die Episode Napoleon hätte man weder den Antrieb noch den Vollzug gesehen.

Wenn die Parallele nicht versagen soll, wären die Sowjetarmeen gehalten, sich über Europa zu ergießen. Es wird geschehen oder nicht. Weder Berlin noch Paris sähen russische Sieger das erste Mal. Nachher kämen außerhalb des Ursprungslandes ihre bekannten Teilerfolge. Vollständigkeit würden sie nirgends erreichen. Bestritten wären sie immer. Die sich Kommunisten nennen – und noch lange im abfälligen Sinn so heißen würden –, wären nicht mehr und nicht weniger als Progressisten. Sie hätten den neueren Begriff der Freiheit anerkannt. Ein Land ohne tiefste Armut und unbeschränkten Reichtum wäre frei.

Bis der neuere Begriff der Freiheit sich überall durchgesetzt hätte, wären diesmal nicht hundert Jahre, vielleicht wären nur die übrigen fünfzig dieses Säkulum hingegangen – man ist schnellfüßiger. Dann bestände noch immer keine zweite Sowjetunion. Völker, die innerhalb einer plausiblen Frist ihren Sowjetstaat nicht erworben haben, brauchen ihn nicht oder wagen ihn nicht: das gilt gleichviel. Der Satz Bismarcks: »Die Politik ist die Kunst des Möglichen«, behält recht, und zuerst muß es möglich sein, eine Nation zu überzeugen.

Dagegen ist nicht wahrscheinlich, daß dort, wo nahezu die Gesamtheit von der Freiheit im heutigen Verstande schon überzeugt ist, eine Zurückführung in vorige Zustände irgend Erfolg verspricht. Für einige Augenblicke hat im Frankreich des 19. Jahrhunderts die Reaktion triumphiert. Die bürgerliche Freiheit hatte für sich den Glauben und die Gewohnheit, sie ist jedesmal wiedergekehrt.

Die Sowjetunion darf sich kein Zurück erlauben. Es wäre nicht, wie einst in Frankreich, die vorläufige Unterbrechung der Revolution, sondern ihr Ende. Die reprivatisierte Wirtschaft verstaatlicht man nicht noch einmal. Das kostet mehr, als wenn eine bürgerliche Presse bald geknebelt, bald freigegeben wird. Es wäre für das Land der sozialistischen Revolution der innere Krieg, ein höchst mörderischer Krieg, der nicht nur diesen, sondern jeden Staat zerstören müßte. Die Wirtschaft wäre inzwischen reprivatisiert, aber nicht zugunsten Einheimischer. Das Ende wäre eine Fremdherrschaft.

Es ist lächerlich, an dergleichen unsinnige Kombinationen auch nur einen Gedanken und wenige Schriftzüge zu wenden – in dieser Zeit der leidenschaftlichsten Verteidigung der Sowjetunion. Sie verteidigt sich gut, weil sie ihre Völker überzeugt hatte von der Güte der sozialistischen Freiheit. Ihre Völker verteidigen sie mit völliger Hingabe, weil sie ihr Land frei wollen und die Sowjets gleichsetzen dem Land und seiner Freiheit. Es sind die Erfahrungen eines Vierteljahrhunderts, die hier kämpfen.

(Die Deutschen verteidigen – oder verteidigten bis gegen das schlimme Ende hin – gar nichts. Niemand hatte sie und ihr Land bedroht. Sie selbst waren die Angreifer jedes anderen Landes, und waren es einzig und allein, weil ihr Führer »immer recht hat«. Die Niederlage gibt ihm sichtbar unrecht, da bleibt nur übrig, in heller Verzweiflung weiterzukämpfen.)

Die Völker der Sowjetunion sind überzeugt, nicht daß ein Mann »immer recht hat«, sondern ihr Land, ihre Idee, seine Einrichtungen haben heilig recht: daher die unwahrscheinlichen Arbeiten, die Opfer von schauriger Phantastik, aber so einfach dargebracht. Auf hoher Ebene verteidigt sich nur das Volk, das seine Revolution verteidigt. Ein innerer Krieg muß gewonnen und überstanden sein, damit die Nation es mit ganzer Seele verdient, einen verhaßten Eindringling aus dem Land zu jagen. Auch der noch? auf ihn!

Vor diesem neuen Einbruch eines Schädlings haben sie es, gleich zu Anfang ihrer Revolution, mit ihren ersten Feinden zu tun gehabt, aufständischen Generälen des alten Regimes, verbündet mit fremden Expeditionsarmeen. Alle Mächte Europas waren, wie einst die Heilige Allianz, willens, den Herd der Revolution auszuräumen, bevor es zu spät wäre. Das sind haltbare Erinnerungen, weniger für die Mächte, die das Unliebsame schnell vergessen, als für die Leute der Sowjetunion. Sie sprechen: »Alle Schrecken des heutigen Krieges beiseite, in der größeren Gefahr waren wir damals, an unserem noch ungefestigten Beginn.«

Sie sind fertig geworden mit den frühesten Feinden, die aus Furcht vor einer Weltrevolution die Oktoberrevolution ungeschehen zu machen dachten. Hiernach allein war in jedem Augenblick vorauszusehen, daß der Staat der Arbeiter und Bauern von einem späteren, zu späten Angreifer nicht mehr zu fassen sein werde. Er konnte schon längst nicht mehr sie, sie mußten ihn überkommen – wie furchtbar er übrigens wäre an Gewalt und List.

Von ihrer Entschlossenheit hatten die Sowjets vor aller Augen das Maß gegeben – als sie den Verräter Tuchatschewski hinrichteten. Es gehört für jeden Staat etwas dazu, einen militärischen Befehlshaber mit tatsächlicher Macht nach dem Gesetz über Spionage öffentlich zu exekutieren. Eine moralische Autorität oberhalb der materiellen muß ihrer selbst außerordentlich sicher sein. (Hitler hat Generäle, die er haßte, heimlich beseitigt. Einer erlag während des Massenmordes vom 30. Juni 1934 einem Unbekannten. Der Gefürchtetste fiel an der Front, als der Feind nicht schoß.)

Ein Sowjetmarschall, der verrät, kann nichts anderes sein als Handlanger der Fremden, die wie er die Sowjets stürzen wollen. Über die böse Lust des Verräters hinaus und jenseits der Absichten von 1920 will dieser Feind das Land nehmen, ja, die Nation von ihrem Boden verdrängen. An die Stelle der Sowjets würde er keinen anderen setzen als sich selbst. Jeden Angreifer, nur diesen nicht, hätte der Tod des Marschalls gewarnt.

Die Sympathien, deren die Sowjetunion sich außerhalb ihres Gebietes erfreut, gelten, so gut wie ohne Rest, einer Idee, der Idee der neu verstandenen Freiheit. Nur die noch immer Unbelehrten denken sich die Revolution des 20. Jahrhunderts schlechthin stofflich. Die Verstaatlichung der Produktionsmittel bleibt ihnen Selbstzweck, sie steht im sozialistischen Programm, hiermit ist es erfüllt.

Wenn das alles wäre, und hätte eine wirtschaftliche Maßnahme weder geistige Voraussetzungen noch sittliche Folgen, dann – bliebe sie noch immer belangreich. Aber nicht notwendig von günstigem Belang. Ein Staat kann seine wirtschaftliche Macht über die Menschen so sehr und mehr mißbrauchen als die privaten Monopolinhaber. Warum nicht die wirtschaftliche, da die soziale, politische, militärische Macht der Staaten so vielfach schlecht verwendet worden ist.

Die Auswirkung von Reformen – eine Revolution sei nicht immer vorausgesetzt – hängt ganz und gar davon ab, in welcher Geistesverfassung sie vorgenommen werden, welche Geschichte eine Nation hat, unter was für Taten und Lehren sie bis zu diesem Augenblick lebte. Lasse man die Deutschen nach zwölf, vierzehn Jahren Hitler – mit den Denkgewohnheiten der Hitlerzeit, mit ihrer Art des Empfindens, des längst nicht mehr humanen Empfindens – urplötzlich durch einen Zauberschlag oder coup de théâtre den Kommunismus bekommen. Er hat ihnen, wie sie sind, nichts zu geben. Er kann von dem, was sie sind, nichts fortnehmen.

Der Wahn vom einzigen Herrenvolk ist ihnen, vielen Zeugnissen und der Wahrscheinlichkeit zufolge, gründlich genug beigebracht worden. Er hat die Führung in einer Reihe anderer böser Träume. Eine veränderte Wirtschaftsregelung bewirkt nicht von selbst die geistige Gesundung. Wenigstens wäre die Annahme noch willkürlicher als die entgegengesetzte Vermutung, daß die deutschen Welteroberer, wirtschaftlich reformiert (und sich selbst überlassen), alsbald zu frischen Taten schreiten. Sie müssen es nicht – obwohl erst der Kommunismus ihrem Staat die völlig zentralisierte Gewalt gegeben hätte. Die Gelegenheit oder der Mut, eine neue Katastrophe auszubrüten, könnten dem kommunistischen Deutschland fehlen: nicht die inneren Voraussetzungen.

Die Entscheidung, ob eine Nation im heutigen Zusammenhang der Welt sich einen und, geht er verloren, den zweiten Angriffskrieg erlaubt – beide irrational, beide verworfen und aussichtslos: die Entscheidung ist beschlossen in dem Maß ihrer Weisheit, und nirgends sonst.

Die Deutschen waren seit wenigstens fünfzig Jahren stufenweise verdummt. Sie verachteten, was man nicht sieht, was nicht technisch gehandhabt wird und Lärm macht. Sie waren ohne Stille, das ist es. Ihre ursprünglichen Gaben werden nunmehr allem anderen gewidmet, nur nicht der Meditation. Nur der uninteressierten Erkenntnis nicht. Um sich in Morallosigkeit tief hineinzuknien (»moralinfrei« ist leider eine Wortbildung Nietzsches), haben sie keinen Hitler abgewartet.

Eine sozialistische Revolution konnte gelingen, ihr Ergebnis, die Sowjetunion, kann bestehen, weil beide geistig erkämpft worden sind. Aber geistige Kämpfe geschehen in der Stille, soviel gnadenloses Geräusch sie endlich aufrühren müssen. Hundert Jahre großer Literatur sind die russische Revolution, vor der Revolution.

Das alte Rußland konnte geistig bearbeitet werden zufolge seiner sozialen Schichtung, seiner altväterischen Gesittung – und ihrer grausamen Kehrseite: das Dasein der Erniedrigten war mit der Hand zu greifen und zu schildern. Günstig war auch die geistige Duldsamkeit eines

Staates, der – wenn auch nur literarisch – mit sich reden ließ. Die »Gesellschaft« rang sie den Machthabern ab, sie kleidete ein erschlafftes System, Anfälle von Strenge unterbrachen das Geschehenlassen. Mit all dem war das alte Rußland genau der Boden, dessen eine große Literatur bedarf.

Die angespannte Teilnahme des ganzen Reiches galt nur ihr. Ohne sie wäre das hingefristete Leben ohne Interesse gewesen, um so mehr ohne Aussicht. Man hatte die Literatur und hatte die Musik, beide erfüllt von demselben Lebensgefühl: ein ansteigendes Gefühl für ein Leben voller Forderungen. Ihrer erste war die Wahrheit, eine intransigente Wahrheit über die menschliche Lage, nie verklärt, außer durch die Gnade des Glaubens und der Barmherzigkeit.

Die russische Literatur des 19. Jahrhunderts ist ein Vorgang ungeheuer und von einer Erbaulichkeit, daß wir, gewöhnt an Niedergang und Abbruch, kaum glauben wollen, wir wären dabeigewesen. Manches begreifen wir nachträglich – oder legen es, angesichts des Nachher, hinein. Ich höre ein Marsch-Scherzo von Tschaikowski und meine die offene Verhöhnung des verjährten Militarismus zu hören, einer großtuerischen Maskerade, die ausarten soll in das Blutbad und doch lächerlich bleibt wie ein altmodisches Duell. Wie aber ist Dostojewski, wie Tolstoi gelesen worden?

Sie sind mit Beben gelesen worden. Sie sind gelesen worden von Augen, die weit wurden, um so viel Gestalt, um all das Wissen zu empfangen, und als Gegengabe tropften Tränen. Von Puschkin bis Gorki haben diese Romane, Glied an Glied in lückenloser Reihe, eine tiefe Kenntnis, des Menschen, seiner Schwäche, seiner Furchtbarkeit, seiner unerfüllten Berufung, gelehrt – und sind aufgenommen worden als Lehre.

Ein Volk, eine »Gesellschaft«, mit allen ihren Abständen, lernte hier, nicht ganz vergebens. Hätte der Ungerechte nur diesmal, beim Lesen dieser Seite, sein Gewissen schlagen lassen, hätte das nächste Mal, vielleicht sogar an der gleichen Stelle, ein Unterdrückter im Zorn aufgeschluchzt, nichts ist zu Boden gefallen, vergebens war nichts. Und die Bücher vereinten alle.

Für den guten Willen einer nationalen Gesamtheit hinsichtlich der menschlichen Sorgen spricht ihr Verhältnis zur Literatur. Die menschliche Natur und Lage wird den Leuten um so mehr Teilnahme abgewinnen, je ernster sie die Literatur nehmen. Es kommt vor, daß die Literatur den weniger geachteten oder national verdächtigen Teilen der Gesamtheit allein überlassen wird. Es kann geschehen, daß die eigene große Literatur bei der Nation nur noch conventionelles Ansehen genießt. (Beides traf in Deutschland zu, während derselben Jahrzehnte, als die russische Literatur die höchste Angelegenheit der Gesamtheit wurde.) Dann ist zu wetten, daß es schlecht steht um die Aussichten für das Menschenglück – und um die Nation.

Die Revolution, eine wahre und tiefe Revolution, ist zuletzt kein Aufstand der einen gegen die anderen. Im Grunde verlangt und empfängt sie die Übereinkunft aller. Nach ihr hingestrebt haben die Bevorrechteten, die ihre widernatürlichen Vorteile opfern sollen, und die Benachteiligten, die noch ganz andere Leiden werden durchstehen müssen, bevor sie die Freiheit, oder ihren Widerschein, erblicken. Die französischen Feudalen des 18. Jahrhunderts waren die ersten und eifrigsten Adepten des Humanismus in Enzyklopädien und Romanen, dem sie endlich erliegen sollten: hatten ihm aber vorher ihren Geist geöffnet.

Die russischen Aristokraten schrieben die Romane sogar selbst. Ein unverhältnismäßig großer Teil der revolutionären Literatur – der Literatur der schamlosen Wahrheit – ist das Werk von Unersättlichen – nach aller Macht, dem schrankenlosen Genuß forderten sie für sich auch noch das Wissen, das sie aufhob. Als der unermeßliche Tolstoi seine »Anna Karenina« schrieb, war ihm allenfalls noch unbekannt, daß eine dermaßen durchschaute Gesellschaft keinen langen Bestand mehr hat. Bei seinem letzten Roman, der »Auferstehung«, angelangt, hat er danach gelechzt, die Folgen zu erleben. Das Martyrium, nicht mehr, nicht weniger wollte er für sich. Für alle anderen – seine nackte Wahrheit.

Die russische Literatur – als die Revolution selbst, wie sie im Buch steht – hat seit dem Ende des vorigen Jahrhunderts unsterblich eingeschlagen in die Welt und bei den Intellektuellen des Westens. Ich gedenke der völlig vereinzelten Wirkung der »Kreutzersonate« – das Gebot der Keuschheit nach tausend Jahren wieder wörtlich, heilig genommen. Wir waren fremd angesprochen, der Ungläubigste erschrak, indes er zu lächeln meinte. Eine dynamische Moral (soeben hatte Nietzsche uns sogar ihre ohnmächtigen Reste ausgeredet) brach jäh herein. Sie machte Sensation, bis hinein in stumpfe Mengen, die nichts lasen. Die »Kreutzersonate« ist eines der Wunder des Zeitalters.

Geistig Bewanderte haben ihr bald angesehn, daß die geforderte Keuschheit nur ein Teil des Ganzen war. Um die integrale Reinheit ging es, um das sittlich bestimmte Leben, die Wahrheit, die Wahrheit! – es komme nach, was mag, es komme gar nichts mehr. Um dieselbe Zeit geschah ein anderes Zeichen von gleichem Anspruch und nicht geringerer Kraft, die Affäre Dreyfus. Der Abstand der beiden ist nicht geistig, er ist soziologisch bestimmt.

Die französischen Intellektuellen in ihrem Entscheidungskampf um die Wahrheit blieben allein, trotz zahllosen aufgerührten Gewissen, mit soviel Haß, der sie traf, und bei aller Ergriffenheit der westlichen Welt. Die sozialen Tatsachen ließen in dem klassischen Fall, der ausgetragen wurde, keine unverbrüchliche Entscheidung zu. Die Wahrheit war »auf dem Marsch« – und erstickte unter Kränzen, als sie ankam.

Die Russen, ihre herrlichen Romanschreiber, waren in besserer Lage – wenn ein Leiden ohnegleichen, das Leiden am »Totenhaus«, an der Verkehrtheit aller und an der eigenen, wenn sogar das Leiden unter der Wahrheit, die durchgesetzt werden will, irgendwen je gut gebettet hat. Dafür sind sie nunmehr wohl aufgehoben in der anonymen Verehrung unendlicher Leserschaften, die das eine Mal – nur dieses Mal in Generationen – bestätigt fanden, daß auch die Erkenntnis, auch der sittliche Wille siegen kann; nicht unfehlbar gehört der Erfolg der niedrigen Schlauheit und Bosheit.

Die Oktoberrevolution ist, wie jede echte, tiefe Revolution, die Verwirklichung einer hundertjährigen Literatur. Dies ist hauptsächlich darum die Tatsache, weil alle Intellektuellen unseres Kulturkreises, in dessen Mitte die Sowjetunion liegt, es so wissen wollen. Wenn – par impossible – die Sowjetunion eine Selbstverleugnung vornähme –.

Aber es geht nicht: mit dem ersten Zugeständnis höbe sie sich schon ganz und gar auf. Sie würde, ohne daß ein Wort fiele, den ungeheueren Ruhm der Nation ausstreichen: er ist literarisch.

Sie verlöre – aber wer weiß es so gut wie sie – alle intellektuellen Sympathien, die in nackter Wirklichkeit nichts anderes sind als die vollendete Weltrevolution. Sie ist nicht mehr zu unternehmen, sie bedarf weder der militärischen Eroberungen noch kommunistischer Propaganda, der künstlichen Ernährung mehr oder weniger verwandter Parteien (die es niemals ganz sind). Die Weltrevolution hat als Nährboden die Geister – ausnahmslos alle menschlichen Organismen, die jetzt denken, die jetzt sich selbst achten.

Die Teilerfolge der Revolution! Hier wurde vermutet

und eingesehn, daß jenseits ihres Mutterlandes die Revolution eher zugelassen als umarmt, lieber anständig begrüßt als leidenschaftlich heimgeführt werden könnte. Aber auch die erwarteten Teilerfolge sind geistig-sittlich zuvor, erst nachher wird daraus, soviel von Umständen und Menschen erreichbar ist. Praktisch wäre dies ein Vorgang in vielen Etappen, kein Oktober tut es, viele Monate Oktober werden vorausgesetzt – und daß eine Menschenart nach der anderen ihren Geist öffnet.

Der Begriff des geistigen Menschen, des Intellektuellen oder Geisteskindes umfaßt das Menschengeschlecht. Die Unzugänglichen beweisen die Macht des Gedankens durch ihre Falschheit – auch sie ist nicht leicht durchzuhalten. Intellektuell kann ein Bauer sein. Ihren Arbeitern, die mit Maschinen umgehen, will die Sowjetunion nach ihrem ausgesprochenen Programm die Schulung von Studierten geben. Nur, damit die Maschine den Vorteil habe? Der Mensch soll gedeihen und kann es, wenn er denkt.

Der Sozialismus ist kein Einfall von Technikern oder Ökonomisten. Fourier, Saint-Simon und le Père Enfantin waren alles andere. Marx ist ein Philosoph der Tatsachen. Ihr Denker und Vollzieher zugleich ist Lenin. Zu der währenden Zeit des Realisten Stalin war die betonte, anschaulichste aller Kundgebungen (bis der Krieg kam) ein Schriftstellerkongreß.

Das Volk von Moskau, samt den eingeströmten Völkern, hat mit brennendem Eifer dem Auftritt seines Maxim Gorki beigewohnt, als dem Abschluß eines fruchtbaren Jahrhunderts, als dem Versprechen eines neuen fruchtbaren. Das Volk hat mit Recht die Reden der Schriftsteller für sein öffentliches Bekenntnis (am Kreuzweg wollte es die alte Sitte) – für sein eigenes, laut gewordenes Herz hat das Volk die Reden gehalten.

Des Kongresses erinnerte ich mich, als einen dieser Tage ein Geschäftsmann, früher im Vorstand einer Londoner

Bank, auch seinerseits etwas bekannte. (Der Dritte im Gespräch hörte starr zu.) Die Worte hießen ungefähr: »Wenn die Revolution nicht das Beste vom Denkbaren verwirklicht hätte, ja, angenommen, sie hätte auf lange Sicht überhaupt nichts verwirklicht, es stäke nichts dahinter.« Pause. Sinnende Augen. Leiser: »Es scheint doch, etwas steckt dahinter.«

Ein Mann des praktischen Verkehrs, der dies äußert, glaubt mehr, als er sagt, er hält auf, was über die Lippen möchte. (Noch sitzt ein Dritter starr dabei.) Der Mann ist ein Intellektueller, er hat seinen Geist geöffnet. Wer aber kam früher? Eindringlich bedacht, wer kam zuerst?

In russischen Hütten, an Winterabenden, beim Talglicht, es ist wohl sechzig Jahre her, hat ein Bauer den anderen Bauern vorgelesen – dies an tausend Abenden in tausend Hütten; und war zumeist nur einer, der die Kunst des Lesens selbst entdeckt hatte, gelehrt wurde sie damals nicht jedem. Er las zum Beispiel die Volkserzählungen des Grafen Leo Tolstoi, eines hohen Herrn, der aber schrieb, was Bauern zu lesen not tat.

Der Bauer las »Wieviel Erde braucht der Mensch?«. Da läuft einer im weitesten Bogen um das Land, das er besitzen will. Die Regierung hat ihnen Land versprochen, soviel ihre Füße an einem Tag nehmen können im Lauf. Seine Gier läßt den Mann kein Maß finden, er läuft, sein Antlitz rötet sich feurig, er erblaßt schneeweiß, er läuft. Mit keuchender Lunge, dem Herzen, das stocken will, läuft er, bis er umfällt. Ist tot, wird auf der Stelle begraben. Sechs Fuß war er lang. Sechs Fuß Erde braucht der Mensch.

Das ist der Ursprung.

Ein Gleichnis von einer Schlagkraft, einer Unerbittlichkeit, wie Jesus Christus es erfunden hätte, über die Vergeblichkeit des Besitzes und das Menschenleben, das nicht seinetwegen dahingehen soll. Dergleichen mehr, gesetzt, ein Volk wäre dafür begabt und lauschte darauf, ergibt zuletzt die Revolution. Sie war vor ihrem Ausbruch zugegen.

Das ist der Ursprung. Westliche Intellektuelle, die seiner gewahr werden, verneigen sich. Sie hatten manchmal die Revolution sogleich begrüßt, unbesehen und mit einiger Anmaßung, als geschehe sie ihretwegen. Indessen waren sie dem Ursprung fremd.

Andere, vielleicht die Bescheideneren, haben abgelehnt und nicht begriffen. Ich wüßte zu melden, was diese Schritt für Schritt überzeugt hat: es ist die tiefe, ursprüngliche Intellektualität der Revolution. Züge von ihr, die manche frühen, sogar parteimäßigen Anhänger enttäuscht haben bis zum Abfall – von der Partei, wenn nicht von der Revolution –, die Moskauer Prozesse insbesondere, haben andere, zögernde Zuschauer erst vollends aufgeklärt, vermöge ihrer in aller Welt einzigen Intellektualität.

So weit wir sind, so weit wie der Dean of Canterbury, der Londoner Bankier, waren vor sechzig Jahren die Bauern in der Hütte beim Talglicht, wenn sie lauschten.

Drittes Kapitel

Großbritannien

Wirkungen der Battle of Britain

Einer Nation von klarem Selbstbewußtsein darf man ihre Größe nicht vorhalten, man träte ihr zu nahe. Ein Fremder, der, während dieser Zeiten oder vorher, einer Engländerin britische Eigenschaften rühmte, zog sich die Antwort zu: »Wir wissen es, aber wir wollen es nicht hören.« Wenn er ihr bestätigt hätte, sie selbst sei das Vornehmste auf Erden, sie würde es eingesteckt haben. Auf ihre Nation bezogen, ist die Gewißheit heilig und wird nicht genannt. Bekenntnisse verbietet die Selbstachtung.

Großbritannien hat nicht, wie Frankreich, letzthin Zweifel zugelassen an seiner Festigkeit und Würde. »Unselig« konnte es nie gescholten werden, so nahe ihm zeitweilig der Untergang schien. Nach Dunkerque hat dieses Land allein den Kampf nicht nur fortgesetzt, es war sogar fähig, ihn entblößt und wehrlos dennoch zu bestehn. Seine eigene Rüstung im Verein mit den amerikanischen Waffenfabriken holte eilig auf. (Über dem drangvollen Augenblick vergaß man nicht, solider zu arbeiten als die Deutschen. Wie einen Maßanzug im Frieden.)

Dies aber geschah, während jeden Tag, ein Jahr hindurch, die Existenz des Reiches und der Insel in Frage stand. Bis der Angreifer, weil er mußte, auch noch die Sowjetunion überfiel. Die deutsche Niederlage vor Moskau beendet für Britannien die Gefahr, vor der es jedem Land geschwindelt hätte. Über Sein oder Nichtsein hatte es selbst entschieden.

Die Battle of Britain hat den Krieg gegen Deutschland entschieden. Aber erstens, wer sieht das zur gleichen Stunde. Am 9. September 1914 oder mehrere Tage später, da in Deutschland von einer Schlacht an der Marne nichts bekanntgemacht wurde, habe ich wohl erraten, nicht nachgeprüft, daß virtuell das Ende ausgehandelt sei. Nur daß ich dieser Grundtatsache zeitweilig beinahe vergaß in den folgenden Jahren der langwierig hingeschleppten Schlächtereien.

Mit den gebotenen Abwandlungen vollzieht sich jetzt das gleiche. Deutschland ist eine Landmacht; es mußte in Stalingrad verunglücken, wenn es jemals begreifen soll, daß keine Landmacht die unbedingt stärkste bleibt, es gibt immer eine noch stärkere. Überdies aber soll Deutschland endlich lernen, daß eine Landmacht überhaupt nicht den Stoff hat, die Welt zu besiegen und zu behaupten. Im scheinbaren Besitz des Kontinentes unter Ausschluß der verhängnisvollen Insel hat Deutschland in Wirklichkeit nicht gesiegt, und herrschen wird es nie. Diesen Sinn ergibt die Luftschlacht über England vom Jahre 40 für den Verlierer, gesetzt, er faßte ihn.

Großbritannien muß damals ebenso ungeschickt gewesen sein, den Vorgang zu begreifen. Wie ging die Insel aus ihm hervor! Verwüstete Küsten, eine Hauptstadt, durchsetzt mit aufgerissenen Lücken, die Bevölkerung straßenweise ohne Obdach, zwischen Trümmern im Schmutz ihrer Bedürfnisse, in der Not ihrer Blöße. Die einzige Arbeit einer unermeßlichen Siedelung anständig gewöhnter Menschen war fortan das Nachgraben, Abräumen, das Suchen und Bergen der Gefallenen – der Kinder unter den Leibern ihrer Mütter. Wer hätte bei voller Arbeit, unterbrochen nur durch Flucht in die Unterstände, an Guernica gedacht.

Guernica, eine spanische Kleinstadt, ist die erste, schwache Anspielung der Zerstörung von London. Dort fielen die Bomben auf eine Schule, nunmehr das Muster für die Schulen des Jahrhunderts: seither sind sie bestimmt, ihre Schüler unter sich zu begraben. Die Vorübung der fliegenden Landsknechte, ein eingefangener Kindermörder hatte sie schlicht und glaubwürdig erklärt. »Der deutsche Soldat denkt nicht. Er gehorcht.« Das war richtig für die spanische Kleinstadt, über die sie herfielen, sie wußten selbst nicht, wieso.

Während ihrer Luftschlacht um England, das kann beschworen werden, hat jeder einzelne das Hochgefühl seiner Berufung genossen. Die Erwähltheit seiner Herrenrasse war noch das wenigste. Sogar eine Jahrtausendgestalt, den Liebling der Weltgeschichte, ihren Hitler, konnten die beflügelten Knechte nicht dauernd im Auge behalten. Immer gegenwärtig war England, erkennbar des Nachts an den Bränden, tagsüber in dem Wabern von Haß, den sie gleichfalls hinunterspien. »Umgürte dich mit dem ganzen Stolze deines Englands!« Endlich hilft das nicht mehr. Endlich muß der Brite kriechen. Aus mit dem vornehmen Gönner, für den die Wilden kämpften, und das Geld des Weltalls floß gratis hierher, in dasselbe Land, das jetzt raucht und wo sie kriechen.

Die Knechte sind glückselig erinnert worden an ihre eigene Kriecherei vor dem Übermut jedes Stärkeren. Sie vor ihrem Hitler, ihrem General, ihrem Industriellen, sie vor Versailles, dem Engländer in Köln, dem Franzosen in Düsseldorf – aber vor ihnen der stolze Brite. Alles kriecht, sie sind endlich auf gleich. Kniend im Geröll, angelt der Brite unter wankenden Steinen nach seinen Sovereigns und verfehlt sie, die Mauer erschlägt ihn. »Rein in den Untergrund-Bahnhof! Raus aus dem Untergrund-Bahnhof, immer gleich tausend Briten. Nochmal tausend Briten bitt ich mir aus, damit sie einander massenhaft erdrükken, flüchten kann nicht jeder im Mercedes. Die armen Leute sind mir die liebsten, weil ich selbst nichts habe, und zeig ihnen, wer ich bin. Ich bin ein Deutscher, so sehen wir aus.«

Stoßgebete aus der Höhe des Gefühls: »Gott strafe England!« (1914.) »Wo ich England treffe, greife ich es an.« (Der Führer.) »Polen existiert nicht mehr. Nur noch das britische Weltreich bleibt zu vernichten.« (Seine Leute.) »Alles vernichten, was nicht deutsch ist, und wenn ich wählen soll, England!« (Der fliegende Landsknecht.) »Ha! Es geht, es klappt, es passiert: Kampfflieger haben sie keine. Was sie haben? Fesselballons. Ich siege, vernichte, ich strafe, die Rache macht selig.« (Das ganze Deutschland, das brünstig mitfliegt.)

Auf zehn deutsche Flugzeuge kam allenfalls ein britisches. Jedes muß überaus besonnen gekämpft haben, wenn es standhielt. Einer gegen zehn war nicht das ärgste. Das Schicksal Londons war nicht das ärgste, obwohl hier zuerst versucht worden ist, ein so weites, vielfältiges Gebilde menschlichen Lebens umzubringen, alle seine Teile gleichzeitig: die Viertel der Armen, die Gebäude, die England darstellen, sein Herkommen, seine Macht.

Bei einem französischen Katholiken las ich aufgezählt die katholischen Kirchen, die, über die ganze Stadt verteilt, wie auf Verabredung dennoch alle getroffen sind. Die Docks scheinen weniger empfindlich gewesen zu sein als Westminster, das nicht weniger greifbaren Wert hat als die Schiffswerften: es stellt um einiges mehr vor. Was es bedeutet und auch das Alter des Monumentes mißfiel dem Feind (der seither die Beschädigung von Nürnberg für eine Kulturschande erklärt hat, heute aber dem Untergang Berlins die Tragik abspricht).

Dieser Feind ist der erste und bleibt der einzige, der es wirklich auf die Kultur abgesehen hat, insofern eine Nation ihr Gedächtnis verliert und endlich selbst verlorengeht, wenn ihre Denkmäler fallen. Heute, im fünften Jahre des Krieges und angesichts seines schimpflichen Endes, sind deutsche Gelehrte in den Archiven der besetzten Hauptstädte tätig. Sie versehen das Amt, Dokumente verschwinden zu lassen, uralte Zeugnisse vom Ursprung und der Eigenheit der Nationen. Keine Inkunabeln mehr, keine Vergangenheit. Eine geschlossene École des Chartes ist mehrere Schlachtensiege wert.

Dies ist »Deutsch-Europa«, wie es gemacht wird mit Hilfe der deutschen Kultur, die genau das gehorsame Gesicht der Forscher in den Archiven hat. England aus der Luft herab einzudeutschen bleibt ein ungelöstes Problem. Der Schwan von Avon, ob sein Geburtshaus dem Erdboden gleich gemacht würde, ist für alle, die jemals einen Vers hörten, ja für alle, die nie einen hören werden, der größte Dichter Europas, und ist ein Brite, kein Deutscher. Goethe sprach ungefähr: »Es ist falsch, mich dem oder jenem (Tieck) zu vergleichen. Ich messe mich nicht mit Shakespeare.«

Die Gefahr, ihre Geschichte, die Geschichte einer meisterhaften Gestaltung, verschwinden zu sehen, war bei weitem nicht die ärgste während der Battle of Britain. Buckingham Palace wurde eine Ruine, die königliche Familie mußte ausziehen. Nun vertritt das Haus Windsor, seit dem Abgang Habsburgs, allein noch die ehrwürdige Überlieferung, deren Europa bedarf, um es selbst zu bleiben – und um seiner künftigen Erinnerung willen, falls mit ihr gerechnet wird.

Man erreicht sie nicht durch abrasieren, durch wohlberechnete Bombentreffer und die Akribie von diebischen Philologen. Ehrfurcht wird verlangt vor der Gesamtheit unseres Daseins, das ein und dasselbe ist. Die Nationen mit ihrem gemeinsamen Bestand, die Jahrhunderte, die uns alle formten, erwarten guten Willen und nicht Haß. Zu danken gilt es, nicht zu rächen.

Die deutschen Flieger und Nichtflieger 1940 rächten vielmehr, daß England uns alle bereichert hat. Dies rächten sie wütender, als daß es selbst reich ist. Genug, von allem das ärgste waren der Haß und die Rache, die über England die Luft verpesteten. Sie schnaubten greulicher, als Bomben zischen und zerspringen. Sie machten trostlos, auf die Dauer konnten sie sogar Abgehärtete des Unglücks niederzwingen, und England war nicht abgehärtet, weit davon. Es hatte in der Welt meistens Erfolge, zu Hause immer Frieden gehabt. Es hatte niemand gehaßt, am wenigsten die Deutschen seit Versailles.

Jählings diese Lawine schlechter Gefühle. Auf so viel war Britannien nicht gefaßt, obwohl schon vorher feststand: diesmal schrecken die Deutschen vor nichts zurück. Diesmal wird gesiegt – auf alle Fälle, den Weltuntergang einbegriffen. Um so weniger werden Bedenken zugelassen, wie noch 1914, hinsichtlich des Völkerrechtes, Menschenrechtes, der letzten Überreste einer ehemaligen Achtung des Nächsten, der Selbstachtung und mitbekommenen Lebenslehren. Fort damit! Nichts gilt fortan, außer der Vernichtung des Lebens, wenn einer durch Widerstand sich strafwürdig macht. Aber wehe dem, der sich ergibt!

So siegt man nicht, die Haltung ist biologisch ungesichert. Ihre moralische Verworfenheit folgt aus der Irreleitung der Nerven und einem unbeherrschten Sonnengeflecht. Aber wer weiß das, solange die Gefahr den Himmel verdunkelt. Welcher Mut und Verstand ist einer Tobsucht gewachsen wie dieser. Ich kann nicht entscheiden, ob der britische es war. Sie haben vielleicht nur ausgehalten, des Endes im Grunde gewärtig. So stand es wohl, besonders da die deutsche Luftmacht, scheinbar unberührt von Verlusten und verfließender Zeit, übermächtig hereinbrach alle Tage wieder, seit dem ersten bis in die spätesten: von Britannien wurden sie stoisch abgezählt.

Es kam der letzte, wer hätte es gedacht, die deutschen Flieger gaben es auf, sie kehrten nicht mehr wieder. Nachher ist gesagt worden: wenig fehlte. Nur um einiges öfter mußten die Deutschen erscheinen, das äußerste der britischen Tragfähigkeit war erreicht: ergeben hätte sich England. Was dies Wort enthält! Welch ein Gedanke hier mit Wirklichkeit droht! Gleichviel, so war es nicht bestimmt.

Verheißen und aufgelegt war, daß England seine Verwandlung erfuhr, vergleichbar einzig einer Wiedergeburt. Diese ist verständlicherweise tragisch. Gern und fröhlich läßt niemand sich herbei, noch einmal anzufangen – und nach einem Vorleben wie hier. Das Früheste ist die automatische Umkehr der Begriffe gewesen – nicht einmal ihre bewußte Réconsidération. Eine ganze Nation betrachtet weder, noch revidiert sie.

Vielleicht einzelne, vielleicht in Behausungen, die halbwegs verschont geblieben: nur die Treppe war weggerissen, und eine Mauer klaffte. Zum Glück standen die Bücher an der anderen Wand. Der leidlich erhaltene Einwohner, nur sehr geschwärzt durch die Explosion und Überfluß von Kummer, es läuft kein Badewasser – dieser Berußte, aber Lebendige nimmt die Zuflucht zu seinem Meditations-Sessel, der in angepaßtem Zustand auch noch da ist, auf seinem Platz vor dem neuerdings zerbrochenen Kamin. Eigentlich ringt er die Hände, während er doch alle Glieder augenscheinlich von sich streckt.

Er denkt: Wozu? So ist natürlich der Lauf der Welt, es gibt Schlimmeres als kein Bad, kein Essen, keine Fensterscheiben. Ich frage nur, wozu. Einigermaßen funktionierte das Leben doch, mit Ach und Krach, wie gewöhnlich. Vernachlässigte Menschen, ja, benachteiligte Klassen, man sagt es. Dummköpfe, gar kein Zweifel. Aber proletarische Nationen? Der unüberbrückbare Abstand zwischen den Staaten, die alles haben, und den anderen, die nur recht haben? Mir war das nie aufgefallen. Ich erkannte die alte menschliche Zanksucht wieder und andererseits den Hochmut, der sie belächelt. Schlichten wollen erbittert nur. Dennoch, woher dies?

Woher der grausige Haß – entgegen dem einfachen Instinkt für Selbsterhaltung. Wer überschwenglich haßt, zerstört sich selbst. Die Leidenschaften sind achtbar, sie wohnen hoch. Ce n'est que du cinquième qu'on se jette par la fenêtre. Diese Deutschen aber sind zum Weinen.

Wenn kein Irrtum vorliegt, bekommt der Ruß im Gesicht des Meditierenden tatsächlich feuchte Rinnsale. Er sinnt:

Massenhaft aus den Wolken fallen, begeistert sterben, entschädigt durch das Bewußtsein: England geht unter – das ist ein schwerer Krankheitsfall. Seine Behandlung darf in Zukunft nur noch streng sein. Wir haben alles verkannt, wir glaubten Deutschland heilbar durch vernünftiges Entgegenkommen, eine demonstrative Gleichberechtigung. Die konnten wir ihm allerdings zugestehen, aber nur für Gegenwart und Zukunft. Wir konnten nicht machen, daß es dieselbe Geschichte hatte wie wir. Da liegt der Fehler.

Die Minderwertigkeit, die nicht wirklich besteht, aber ihre Vergangenheit – und der Vergleich mit der unseren – redet sie ihnen beständig ein: dieses Mißgefühl nimmt mit ihren Erfolgen nur zu. Der Neid wird tausendfach. Als sie uns überflogen, hätte der Himmel von ihnen gelb sein müssen, quittengelber Neid allein setzt die Deutschen instand zu hassen, wie uns wenigstens niemand gehaßt hatte, zu vernichten um des Vernichtens willen, ja, die Existenz des Menschen zu leugnen. Es gibt nur neidische Deutsche.

Dagegen muß etwas geschehen. Viel muß geschehen, bedenkt man die erbärmliche Nichtigkeit des Anlasses, weshalb sie über London kamen. Wir hatten ihnen nichts nehmen, ihr Reich beileibe nicht auflösen wollen. Wir ließen sie nur allzu theoretisch wissen, daß wir ihre Überfälle auf kleinere Nationen für unanständig hielten. Das heißt dann eine Kriegserklärung, indessen ließen wir Krieg noch immer Krieg sein: eines Tages hätte man verhandelt.

Ihre Einnistung in Frankreich, die gleichfalls unrühmlich enden wird, und die Battle of Britain haben gezeigt, was sie wirklich wollen. Vernichtung eines jeden, der sie nicht angreift, sie nur warnt.

Sie wollen nicht ihr Gebiet vergrößern auf Kosten schwächerer Nachbarn, was nichts Neues wäre. Sie träumen den Erdteil, wahrscheinlich alle Erdteile, als deutsche Kolonien. Ein Traum – man ist nicht verantwortlich für seine albernen Träume. Wer aber handelt, wir selbst haben oft nicht streng rechtlich gehandelt, ist dennoch angehalten zu einem Mindestmaß von Voraussicht und Anstand. Sie dagegen führen sich auf, als ob nach ihnen nichts mehr käme. Das geht nicht. Es ist eine unerlaubte Haltung, das menschliche Zusammenleben würde mit ihr unmöglich. Europa besonders hätte abgedankt. Großbritannien wäre eine Erinnerung.

Der scham- und hirnlose Versuch, diese ungehörige Haltung einzuführen, muß erstickt, leider in viel Blut erstickt werden. Wir haben den Deutschen ihren eifrigen Wunsch nach Vernichtung diesmal zu erwidern, mit der überlegenen Milde und dem klugen Wohlwollen ist nun einmal nichts getan. Wir werden sie unschädlich machen, sie haben nicht eher geruht, als bis wir uns entschließen. Das ist nicht leicht, zunächst erscheint es wenig ehrenvoll. Wir geben uns das Ansehn, als sänken wir auf ihre Stufe herab: nur noch hassen, immerfort rächen. Was hilft es. Sie erniedrigen uns, gerade dafür sind sie hassenswert, vor allem dies werden wir rächen.

Aber wer weiß, ob wir nur nachlassen oder nicht vielmehr zunehmen, ja, verjüngt hervortreten aus dem Abenteuer, wenn wir künftig der unerbittliche Erzengel mit dem Schwert sind. Sie mögen sich hüten. Ein Entrinnen gibt es fortan nicht.

Hier endet die Meditation. Der bewußte Brite, vorher sehr human, wird aus seiner luftigen, aber unhaltbaren

Höhe herabgeholt in die Mitte anderer Briten, die durchaus denken wie er. Oder hätten sie auch gar nicht erst meditiert, bleibt das Ergebnis der überstandenen Prüfung doch dasselbe: Schluß mit den Deutschen! Die deutsche Drohung abschaffen für immer!

England, verwandelt

Seither hat die Insel mit ihrem Reiche den Krieg nicht nur geführt wie jeden vorigen. Er begleitet keineswegs ihre Existenz von außen: sie fühlt ihn zentral, er ist die unausweichliche Bedingung ihres Daseins. Da alles, was uns erhält, zum Genuß wird, nimmt Großbritannien nunmehr Vergeltung und liebt sie. Als in Deutschland zwei lebenswichtige Dämme einstürzten und das Ruhrgebiet ersoff, haben die Deutschen, gemäß ihrer stumpfsinnigen Übung, Juden geschlachtet – diesmal unter dem Vorwand, jüdische Emigranten hätten die Briten auf die Dämme hingewiesen. Da meldete England aber laut und entschieden seinen Anspruch auf die Idee. Es hatte sie ganz allein gefunden und hält auf dieses Verdienst.

Britannien ist nunmehr die große Luftmacht, die über Deutschland gebietet: welche Stadt noch stehnbleibt, welche untergeht. Im gleichen Atemzug, ein mächtiger Atem, wurde aus der Insel eine Landmacht. Der britisch-amerikanische Sieg in Afrika, wahrhaftig ist er kein kolonialer Kleinkrieg mehr. Die Befreiung Ägyptens von dem Feind, der schon Alexandrien bedrohte, hat die äußerste Anstrengung verlangt, sie war eine weitaus echtere Tat als der Einmarsch der sechs deutschen Divisionen in Frankreich. Die Eroberung von Italien bedingte bisher die kühnsten Landungen. Noch härter werden andere sein. Britannien zögert, von seinem Bestand an Menschen mehr, als es erträgt, zu opfern.

Tunis und Bizerta waren Schlachten europäischen Stils – aber der deutschen Niederlage folgte kein Dunkerque, kein vollendeter Rückzug zur See, nicht einmal ein angedeuteter. Sondern die Deutschen, die nicht gefallen waren, gaben sich gefangen, mit ihnen der ehrenhafte General von Arnim. Schon in Sicherheit, war er zu seinen Truppen zurückgekehrt, in Erwartung der deutschen Schiffe, die nicht kamen. Seinem Gesicht war die Tragödie taghell abzulesen, als er in London das Flugzeug verließ. (Der Rückzugsstratege der Landschlachten, Rommel, blüht glücklicher mit jedem Rückzug; das Bild einer Wiederbegegnung mit Hitler zeigt ihn flott und fühllos wie je.)

Mehrere hunderttausend Achsentruppen verlorengegangen: was sollte einen Mißerfolg in Deutschland hiervon noch unterscheiden. Die Voraussetzung ist, daß Deutschland verteidigt wird, wie Tunis. Die Landmacht Britannien glaubt sehr lange, daß die Vorzeichen der Invasion eine solche selbst hinfällig machen werden. Die Deutschen haben tatsächlich den Krieg im Lande, das ist sein böses Gesicht, das einzige, das sie nicht sehen wollen. Immer noch lieber ihre ganze Ostfront aufgehoben.

Dort brennen fremde Städte, und in den Häusern verkohlen die Bewohner, die man einschließt, bevor man flüchtet. Hier und jetzt wird aus der wohlbehüteten Heimat Reißaus genommen, um nicht – o unvorhergesehene Wendung! – selbst durch Feuer umzukommen. Außerdem ist sie eher unbehütet, der britische Wüstling der Lüfte verliert fünf Prozent seines Bestandes. So hatten wir nicht gewettet. Das ist nicht der »totale Krieg«, den Deutschland erdacht und ins Werk gesetzt hat.

Er umfaßt allerdings die Vernichtung nationaler Gesamtheiten mit ihren Städten, ihren Kindern. Aber gemeint waren gefälligst andere, keine deutschen Nichtkämpfer, deutschen Wohnstätten. Sie sollten dem humanitären Gegner heilig bleiben. Das Ganze muß ein Irrtum sein, sein Ausgang wäre verhängnisvoll.

Gerade dieses Mißverständnis, das in den Vorgängen nunmehr waltet, beunruhigt die Deutschen. Gerade mit ihrer Verstörtheit infolge fehlgegangener Berechnungen machen die Briten ihre Rechnung. Ihr Kriegsministerium unterhält wohl kein »psychologisches Laboratorium« wie die Wehrmacht. Die deutsche Seelenkunde indessen bietet in einem Punkt kaum Schwierigkeiten: geht ihnen etwas schief, dann winseln sie. Nach Versailles hat ihre Wehleidigkeit alle gerührt, die sie nicht anwiderte.

Aus der Luft herab gehemmt, schließlich vielleicht außer Aktion gesetzt zu werden ist wirklich ein besonders peinliches Erlebnis – schon wegen seiner Neuheit, seiner Unheimlichkeit. Diese erklärt auch, daß man nur dulden, nur hinnehmen und sich ducken kann. Gegenwehr auf gleichem Fuß gibt es bis jetzt nicht. Um so weniger für eine Luftmacht, die sich in vier Jahren verbraucht hat und den britisch-amerikanischen Vorsprung nie mehr einholen wird. Welches Volk hält, ohne an seiner Seele Schaden zu nehmen, den Verwüstungen von oben stand? Den Ängsten aus dem Gewölk?

Mr. Churchill hat schon früher prophezeit, den Deutschen wäre es eintretenden Falles nicht gegeben. Britisch allein sei die Ausdauer im Widerstand, der nichts ist als Erleiden. So war es auch, es war allzu lange wahr; die Befürchtung regte sich, der passive Mut werde der einzige bleiben, den ein dergestalt mitgenommenes Volk hinüberrette. Sie würden nichts mehr tun, nach ihrer furchtbaren Schulung im Aushalten.

Heute: die klare, überzeugte Forderung an den – keineswegs erledigten – Gegner, sich bedingungslos zu ergeben. Einst – wie stand es einst, das faßt man nicht mehr. Keine drei Jahre, aber die Verwandlung Britanniens ist das ausgesprochen phantastische Ereignis des Zeitalters.

Schritt für Schritt hat man ihr beigewohnt, betrachtet aber das Ergebnis, als wäre es gehext.

Die Energie, nach der einstigen Wohlerzogenheit. Das Wagnis, anstatt des Sichergehens. Der Zufall und das Imponderable als zugelassene Faktoren. Mißerfolge sind kein Hindernis, sie versprechen nur das künftige Gelingen. Das Reich trägt Verluste, die immer unerlaubt erschienen wären. Es wird getroffen an seinen points névralgiques und schreit nicht auf. Es bleibt still während einer indischen Revolution, der gefährlichsten, die verzeichnet wird. Jeder andere hätte die Nerven verloren. Das Reich läßt kommen und gehen, beharrt auf seinem Posten, so zähe, still – und wird Indien erhalten.

Wavell, ein großer General des Reiches, macht von Ägypten durch die halbe Länge Nordafrikas einen Gewaltmarsch, für den es damals durchaus nicht an der Zeit ist. Er hat weder Nachschub noch Stützpunkte. Eingetroffen, wird er, es kann nicht anders sein, den Weg zurück antreten. Als ob er dies nicht gewußt hätte, sagt er von sich: »Ich muß ein Stück Abenteurer sein.« Sein Briefwechsel mit dem Prime Minister lautet anders. »Klopfet an, so wird euch aufgetan!« sagen die beiden Briten mit Worten der Schrift.

Denn ihr Vorsatz ist nicht, in diesem Augenblick ein sieghaftes Ziel zu erreichen, vielmehr es anzumelden, noch eher, sichtbar zu machen, was sie wollen, bis die Stunde schlägt, da sie es auch können. Das Jahr, als Britannien allein, völlig allein stand gegen den glücklichen Hitler und sein unbesiegtes Heer, das Jahr, bevor die Sowjetunion antrat und die Erlösung Europas mächtig begann, dieses großartige britische Jahr ist rein angefüllt mit Donquichotterien, die Sinn und Nachdruck haben.

Das oftmals angeführte »perfide Albion« läßt sich glatt hereinlegen von der »nordischen List«, ihre authentischen Inhaber sind der Schlawiner Hitler und der Rheindampfer-Admiral Darlan: dieser seither dahingerafft, nil nisi bene. Die Kumpane verlocken die britische Mittelmeerflotte, sich auf einige italienische Schlachtschiffe zu stürzen, sie to the bottom zu senden – für einen einzigen Zweck, der dem unschuldigen Albion später aufgeht.

Während die Briten sich heldenhaft abarbeiten und die armen Italiener tapfer bezahlen, schmuggelt Darlan, von niemand beaufsichtigt, ein deutsches Korps nach Afrika hinein. Dies ist die besonders ehrenhafte Geburt des »Afrikakorps«. Eine verbündete Flotte ist dafür aufgeopfert worden, bis endlich das Afrikakorps selbst, ohne den kleinsten Ansatz eines Rettungsversuches, ad acta gelegt wird.

Die Insel Kreta kommt vor, wie die britische selbst. England verteidigt sie gegen die deutsche Übermacht in der Luft und kann sie nicht halten. Die Anspielung hierin begreift sich. Die Ausdauer einer Insel, auch unserer, ist unverbürgt. Wir haben uns durchgebracht, aber wenn nicht? Wir wären in Kanada. Wir wären zur See. Auch hier sind wir! Immer bleiben wir von dieser Welt – mehr als ihr, die nicht wißt, wo die Entscheidung liegt. Auf dem Atlantik.

Versucht es noch einmal mit der Einnahme unseres Landes! Wir werden mehr tun, als uns nicht ergeben. Wir sind nicht länger die Dulder. Eher ihr. Zu erdulden steht euch, so oder so, bevor. Greift Länder an, je mehr, je besser für uns. Wir werden euch überall – noch nicht das Ende bereiten, aber im Weg sein. Euer Blitz wird nächstens nicht mehr blitzen. Man muß kühn werden durch bestandene Lebensgefahr, aber nicht jeder wird es – dann folgt der Gewaltmarsch von Wavell, folgen Salerno, Anzio, vielleicht noch Kühneres.

Zu jener Zeit, und das ganze kritische Jahr, blieb Britannien von der Invasion bedroht. Sie konnte kommen, man hat es nie gewußt. Die Insel und ihr Reich lebten von Tag zu Tag. Die Invasion wurde nicht mehr unternommen, denn die deutsche Strategie und die deutsche Politik, beide waren unbegabt. Sie waren kenntnislos, waren so albern wie roh. Kein alter Preuße hat leichtsinnig Krieg geführt, außer Friedrich dem Großen, aber ihn bewahrte sein verdientes Glück. Dies Umspringen von Front zu Front – nachdem am Anfang der Zweifrontenkrieg abgeschworen war; dieser falsche Stil 18. Jahrhundert, ohne alle Rechtfertigung durch die Gegebenheiten des Zeitalters: warum, was ist darin zu suchen? Gar nichts.

Europa ist von diesen Deutschen im Umherspringen zusammenerobert worden, l'incohérence complète, eine Oberflächlichkeit wie in Ägypten, von wo sie noch etwas schneller wieder herausflogen. Der alte Preuße Ludendorff, ein Wahnsinniger, nur als Stratege noch immer nüchtern, hatte vorausgesagt: in Afrika wird es hapern. Er hätte ergänzen können: zuerst in Afrika, dann überall.

Ein Verein boshafter Dilettanten, haben sie »sich das Gericht gegessen«, als sie daran gingen, die Sowjetunion in sechs Wochen niederzuwerfen. Auf dem Boden des überrannten, nicht wirklich besiegten Frankreich hätten sie höchstens sechs Wochen bleiben dürfen.

Die gesunde Wahrheit ist ihnen lange vorenthalten worden, die »unbesiegbaren deutschen Heere« wurden von allen Nichtbeteiligten, oder die sich dafür ansahen, mit aufgerissenen Mäulern bestaunt. Das erste Wort fand ein Brite: der General der berühmten achten Armee – die Landmacht Großbritannien hat berühmte Armeen. Die militärischen Gegner pflegen einander hochzuachten, wenigstens tun sie so. Das Verdienst des Siegers mißt sich an den Talenten des Unterlegenen.

Sir Montgomery nannte mit britischer Einfalt seinen geschlagenen Rommel eine krasse Mittelmäßigkeit. Das hätte man ihnen längst versetzen sollen – nicht dem einen Bürschchen, sondern dem Quark insgesamt. Sie würden es gehört, ihre Sicherheit würde gelitten haben. Im Grunde wissen sie: Hochmut kommt vor dem Fall. Der Satz sagt mehr als eine ganze Rassenlehre.

Kapitän Langsdorf

Großbritannien und Deutschland waren nicht in jedem Fall unvergleichbar. Ich bin weit entfernt, die falsche Meinung zu unterstützen, als gäbe es nur unehrenhafte Deutsche. Es wäre gegen die Selbstachtung. Es wäre gegen die Wahrheit, die man unter anderen dem Kapitän Langsdorf schuldet.

Sein Tod ist lang her, Dezember 1939, ein überholtes Vorkommnis, schon vergessen. Ich habe es mir gemerkt, hier soll es stehn.

Der deutsche »Taschenkreuzer« »Admiral Graf Spee«, ein Korsar, wie diese Vereinzelten, Verzweifelten genannt werden, hat das Unglück gehabt, britischen Kriegsschiffen zu begegnen. Es geschah ihm nahe von Uruguay und wahrhaftig nicht mit Absicht. Schlachten zu liefern, den Auftrag hatte er nicht. Er sollte, entgegen dem Seerecht, die Handelsschiffe, feindliche wie neutrale, versenken. Wenn es sich machen ließ, nahm er wohl die Besatzungen auf. Wenn nicht, ertranken sie.

Der »Admiral Graf Spee« versah kein lobenswertes Geschäft, obwohl er seine Pflicht tat. Der erste der begegnenden Briten war kleiner als er selbst, der Deutsche wäre mit ihm noch fertiggeworden. Indessen kamen zwei andere Einheiten der britischen Flotte rechtzeitig hinzu. Schwer beschädigt, mit sechsunddreißig Toten und achtzig Verwundeten, flüchtete der »Graf Spee« in den Hafen von Montevideo.

Vielleicht hätte er vor der Schlacht, ohne Kampf, das Weite suchen können. Er war der Schnellere. Er hatte

Grund, sich dafür zu halten. Er mußte darauf gefaßt sein, daß in diesen belebten Gewässern sein Gegner alsbald Beistand fände. Aber er hat das Feuer des »Exeter« erwidert. Unter anderen Umständen wäre er für tapfer, sehr tapfer gerühmt worden. Deutschland ist verrufen, sein Kreuzer ein Korsar, und noch so viele bewiesene Seemannsehre rechtfertigt seine vorigen Verrichtungen nicht. Die Augenzeugen aus der Gegend hatten denn auch kein Wort für ihn, sie bewunderten einzig die Taktik der Engländer. In Berlin empfing man zu derselben Stunde auf drahtlosem Wege die Photographie des Kreuzers nach seiner Beschießung. Trotz dem Augenschein beeilte man sich, ihn als den Sieger auszuschreien. Dabei wußte man: das kranke Schiff in der feindlichen Ferne hat vierundzwanzig Stunden, keine mehr, um seine Verletzungen zu heilen. Es fährt aus, in welchem Zustand immer, oder wird für die Dauer des Krieges interniert. Draußen erwarten den »Graf Spee« zwei der Engländer, mit denen er schon im Gefecht gewesen ist, und statt des dritten, das gelitten hatte, ein neues.

Aber der Befehl ergeht, er muß ausfahren. Hitler selbst verbietet sowohl die Internierung als auch eine Niederlage. Kapitän Langsdorf trägt die Verantwortung für seine Beschlüsse.

Das Telephongsspräch am Siebzehnten, zwischen Berchtesgaden und Montevideo, betraf die Ehre des Führers. Seine Ehre, ein Ableger der Propaganda, verträgt keine Internierung seiner Kreuzer, die übrigens gezählt sind. Die britische Flotte hätte an dreien nicht so viel verloren wie die deutsche an dem einen. Der »Graf Spee« ist von Hitler aufgegeben, unter dem Vorbehalt, daß Menschenverluste zu vermeiden sind. Sie würden der Menschlichkeit des Führers nichts ausmachen, um so mehr der persönlichen Geltung, die er sich beimißt.

Kapitän Langsdorf hat das Schicksal seines Schiffs vor Augen gehabt. Er hat seine Toten begraben, nicht auf dem englischen Friedhof, wie der großbritannische Gesandte ihm angeboten hatte. Der deutsche Kapitän hat sich und sein Schiff für outlaw erachtet – schlimmer, er kannte keine zivilisierte Gemeinschaft mehr. War gegen sie nicht nur empört, sondern verachtete sie, mitsamt dem ritterlichen Anerbieten des Feindes, den Besiegten die Gräber zu gewähren. Grüße aus englischen Gewehren über die Särge von Piraten – »da lach ick öwer«, hat dieser deutsche Seemann gedacht. Er hat bei sich entschieden: »Die sollen nicht auch noch die Gerechten spielen, weil sie die Stärkeren sind. Mein Handwerk war gemein – weiß ich, und will um so weniger ihre ehrbaren Salven hören. Sie fahren zur See nach Recht und Gesetz, sind aber in anderen Zeiten Räuber gewesen, Jacke wie Hose, jetzt bin ich's. War es – aber wenn das Ende kommt, fällt der Schein weg und gilt kein Name.«

Kapitän Langsdorf hat weiter erkannt, daß alles zwecklos gewesen war von Anfang her, sein Amt und Dienst, das feindselige, heimliche Schweifen in Weiten und Gebreiten, wo er nur den Wehrlosen begegnen durfte, um sie zu vernichten. »Wofür? für wen? Mein Land kann mir nichts danken, jeder meiner Dienste hat nur seine Lage verschlechtert. Dies Deutschland kommt zu spät, mit allem, was jetzt los ist, um Hunderte von Jahren zu spät, und handelt daher falsch und nicht ehrbar, sondern verhaßt. Seekrieg – wir, und jetzt, und auf unsere Art! Wer war ich? Nicht einmal ein Korsar. Es ist an dem, ich fahre aus, aber Tote will ich nicht mehr, außer einem vielleicht. Der Mensch in Berlin hat nicht nötig gehabt, mir groß zu befehlen, *wer* der sein soll. Mich internieren sie hier nicht. Die draußen auf mich warten, die Ritterlichen, die von meinesgleichen die Meere säubern und den Dank der Welt haben, weil sie die Angenehmen sind und nicht sind wie ich – die kriegen mich auch nicht. Die sollen diesmal nichts zu tun bekommen. Was übrig ist, kann ich allein.«

Auch die verlängerte Frist lief ab, sie wurde nicht nochmals erneuert. Neun einheimische Arbeiter flickten an dem großen Schiff, das weder fahren noch kämpfen konnte. Langsdorf setzte der Behörde auseinander, die Küche sei nicht fertig – ein ironisches Schriftstück, so breit wie möglich, damit sie lesen sollten und die Zeit verginge. Zur Not wäre er über die Bucht bis Buenos Aires gelangt. Ein Aufschub; aber an diesem 17. Dezember war ihm danach nicht zumut. Ihn verlangte es, abzuschließen.

Um elf Uhr abends verließ der Kreuzer »Admiral Graf Spee« den Hafen von Montevideo. Fünf Seemeilen entfernt versenkte er sich selbst, vor den Augen des überlegenen Feindes, der zusehn mußte, und von zweihundertfünfzigtausend Gaffern, die auf eine große Seeschlacht gehofft hatten. Da war es vier Uhr früh, die Sonne ging auf. Die Verwundeten waren vorher ausgeschifft. Tausend von der deutschen Mannschaft gingen an Bord eines deutschen Frachtdampfers, sind dann interniert worden, wie auch das Handelsschiff. An der Sprengung des Kreuzers beteiligten sich Freiwillige. Auf Deck waren alle Offiziere und der Kommandant. Als die Lunte schwelte, haben sie das letzte Boot bestiegen. Niemand ist umgekommen, bei der Versenkung niemand. Argentinier haben sie abgeholt. Die Matrosen sagten: »Für uns ist der Krieg aus.« Der Kommandant erklärte sich befriedigt.

Die Sache scheint unblutig verlaufen, wenn das genug ist, um sich befriedigt zu finden. Das Ende war dann doch die Internierung samt und sonders, für die Dauer des Krieges – ganz entgegen der Propagandaehre. Die Propagandaehre verbot indessen noch dringender einen großartigen Sieg der Gegner, eine zum voraus verlorene Seeschlacht und das Schaustück, wie so viele deutsche Seeleute sterben. Wofür denn auch und für wen! Der Kommandant hatte vor der Versenkung einen Auftritt mit den Offizieren, die kämpfen und fallen wollten. Dagegen hat er die Mannschaft befragt. Ein Glück, daß sie nein sagte. Sie war seit Monaten auf der Fahrt ins Ungewisse. Täglicher Alarm, kaum noch Nahrung, aber mit drei britischen Schiffen hatten sie und ihr Kommandant es aufgenommen. Sie hatten genug getan oder ihre Nerven genug gelitten.

Die erste Meldung war, Kapitän Langsdorf habe Selbstmord verübt. Vorgehabt hat er mehr oder weniger die Schlacht, die Explosion, den Selbstmord und das Entkommen mit heiler Haut. Er hat es darauf ankommen lassen. Ein Deutscher, dem Hitler die Entscheidung und Verantwortung zuschiebt, was er tun will, schuldet seinem Hitler alles andere, nur nicht den festen, inneren Befehl, nur das Gewissen nicht. Die sind von Hitler verdorben, da gähnt die Lücke in diesen Deutschen. Das Ende des »Graf Spee« wird unrühmlich genannt. Man erinnert daran, der Admiral, dessen Namen der Kreuzer trug, habe zu seiner Zeit wirklich gekämpft und den Untergang nicht überlebt. Damals aber scheinen die handelnden Personen sich mühelos selbst bewertet zu haben, wofür sie lebten und wann sie besser starben. Ihre sittliche Welt stand sicher.

Jetzt zeigen sich merkwürdige Zweifel hinsichtlich des Lebens und Sterbens. Dieser Krieg enthüllt. Er enthüllt allerseits – wenn auch die deutsche Tragödie der Gewissen die anschaulichste ist. Halte doch einer auf verlorenem Posten, wie der Kreuzer »Admiral Graf Spee«! Ich habe mit ihm gefühlt und sein Abenteuer, eine Einzelheit schließlich, dennoch der Hervorhebung höchst würdig befunden. Besonders aber den Nachtrag drei Tage darauf. Kapitän Langsdorf hat sich erschossen. Er hinterläßt die Mitteilung, daß es schon an Bord seine Absicht gewesen ist. Der Tote spricht die Wahrheit. An Bord, während der fünf Stunden vor der Sprengung und wohl noch, als die Lunte schwelte, hat er vieles vorgehabt. Zuletzt wurde es der Selbstmord, die Kugel in die rechte Schläfe, des

Nachts in dem trostlosen Zimmer des »Einwanderer-Hotels«, Buenos Aires.

Am Abend hatte er dortselbst noch einmal seine Leute gesehen, erteilte ihnen Weisungen, die schon postum waren. Dann Gott befohlen, da von allen Menschen nichts zu hoffen bleibt. Deutschland hat ihn aufgegeben, der Führer horcht. In seinem Schloß auf dem Obersalzberg allein mit seiner geliebten Person, horcht der Führer auf den Schuß. Daß er nur trifft und ihm die Ehre erweist! »Dem Manne kann geholfen werden.« Die Flagge, es ist die alte schwarzweißrote, liegt über den Boden gebreitet, damit sie dieses Blut trinkt.

Am Siebzehnten machte Langsdorf sich über Hitler und sein Deutschland die Gedanken, die hier aufgezeichnet stehn. Je einfacher der Seemann war, um so eher ist ihm der Sinn geöffnet worden. Er hat begriffen: was ihm zum Abschluß seiner Wirrnisse auch immer zu tun blieb, den hochgeehrten Seemannstod erreichte er nie mehr. Hoch geehrt ist ein Admiral Graf von Spee, der kämpfte und in die See versank. Der Kerl dort drüben hätte auch ihn zum Selbstmord verurteilt – dachte der Verurteilte bei einbrechender Nacht.

Er hatte die letzten Menschen gesehen, das »Einwanderer-Hotel« wurde still. Er nahm die Waffe, er bat Weib und Kind um Verzeihung für ein solches Ende. »Glaubt meinetwegen, daß ich die Ehre der Flotte rette, weil einer darauf lauert! Die Zeitungen heute abend konnten es auch nicht erwarten. Geduld! Selbstmörder wird es bei uns billig geben. Vivant sequentes!« Und den Revolver angesetzt. »Folgt mir nicht nach! Bleibt leben!«

Das heißt scheinbar eine taktische Maßnahme wie jede andere: das europäische Gleichgewicht fallenzulassen. Indessen war es die Existenz Großbritanniens als einer Friedensmacht: der einzigen Friedensmacht. Der europäische Friede, insofern er bestanden hat, war eine Pax Britannica. Die britische Macht war herangewachsen, bis eine Welt sie als Wohltat empfand: zum wenigsten das Viertel der Erde, das dem Commonwealth angehört. Man sei vorerst selbst überzeugt, daß man der Welt eine Wohltat ist, eher als ein Abscheu. Umgekehrt käme man nicht weit.

England hat, um das Gleichgewicht zu wahren, Ungerechtigkeiten begangen, die letzte zwischen den beiden Kriegen, zum Schaden Frankreichs, aber Deutschland sollte die Vorteile des britischen Friedens erkennen. Umsonst, Deutschland bleibt unzugänglich. In dem Maße, wie es ihm nachsichtig erlaubt wird, drängt es in die Stellung Englands – nicht, um der Welt eine Wohltat, sondern um ihr Abscheu zu sein, dies starr und dünkelhaft, als ob es das Höhere entdeckt hätte.

Hier läßt England das Gleichgewicht fallen: oh! nicht unvermittelt, es ist schwer, aus einer schon ausgereiften Friedensmacht noch einmal das kriegerische Land zu werden. Gleichwohl ist seither beschlossen, daß der Friede, wenn er eintritt, nicht mehr durch Überredung erhalten werden soll. Er wird auf Macht beruhen. Keine gleichberechtigten Gruppen verhandeln. Nur die eine hat das Recht, gerüstet zu sein, sie allein verfügt über einen Willen und über die Mittel, ihn durchzusetzen. Sie diktiert, aber wehe dem, der diesmal über Diktate weint.

(Was alles dazwischenkommen kann, bleibt hier beiseite. Auf die Dauer verlangt der Friede das Einverständnis aller Teile, aber es ist auf keinem der jetzt gangbaren – oder denkbaren – Wege zu erreichen. Der Vorwand, Krieg zu führen, war diesmal der Faschismus. Es sieht nicht aus, als sollte er verschwinden. Seine Niederlage angenommen, übt er vielleicht auf einen Teil der Sieger die Anziehung, vor der ein Unterlegener sich hüten würde. »Kriege wird es immer geben«, sagt Stalin. Traurig genug. Noch trauriger, daß die Vorwände so schlecht und mehrmals dieselben sein dürfen.)

In Rede steht das Britannien, das für die Dauer des Krieges, wie Gott es nachher auch füge, sein Schicksal selbst verantwortet, bis an die Grenze, wo die Bestimmung über unsere Kraft geht. Britannien läßt das Gleichgewicht fallen. Es wählt seine Verbündeten für seinen künftigen Frieden der – gerechten – Übermacht: darunter die Sowjetunion. Ein unbelehrbares England hätte sie als seinen notgedrungenen Mitkämpfer hingenommen – mit dem Vorbehalt: nachher sind wir ihn glücklich los, ni vu ni connu, würde Mr. Churchill in seinen französischen Ansprachen sagen. Er sagt überall das gerade Gegenteil. Für ihn und für ganz England ist die Sowjetunion der anerkannte Staat des Zeitalters, ja, der einzige, der es überschreitet, es weiterführt. Sie sprechen: »Das Bündnis Großbritanniens mit Rußland wird den Krieg überdauern.« Sie verkünden: »Nach dem Krieg wird es in diesem Land keine Drohnen mehr geben.« Der Prime Minister selbst hat die verurteilten Drohnen nach ihren Schichten aufgeführt: die ganz alten (seine eigene adelige Klasse), die bürgerlichen Reichen, die frischen Profitmacher. Sie alle sind unstatthaft in einem Volk, das Unermeßliches getragen und unwahrscheinlich neu gehandelt hat. Ein Volk wie dieses kann nicht länger mit den alten Tricks der sozialen Ungleichheit übervorteilt werden.

Das wäre erstens praktisch untunlich. Ein Volk, das sich für den Krieg mitnichten gebrauchen ließ, sondern seinen selbstgefaßten, nüchternen Beschluß vollzog, wird nach allem Ermessen nicht mehr ungestraft benachteiligt.

(»Nach allem Ermessen« ist leider ungenau. Völker, so gut wie Individuen, haben Anwandlungen von Willensschwäche. Gewöhnliche Kriege hinterließen endlich die entwaffneten Kämpfer mit Verdiensten bedeckt wie ein General mit Orden, aber dennoch gehorsamer oder gleichgültiger als vordem. Wie wird das erst mit dem »totalen« Krieg kommen. Er hat nicht den bewaffneten Teil des Volkes, das ganze Volk hat er erfaßt, mitgenommen, ermüdet. Gerade hierfür hatten die deutschen Erfinder des totalen Krieges ihn bestimmt. Ihre Intelligenz ist übrigens unzulänglich. Nur wo es darauf ankommt, das Volk zu verringern, reicht sie.)

Praktisch verfehlt bliebe es darum doch, ein Volk, das gekämpft hat wie das britische, um den Preis zu prellen. Die Bestrafung der Unredlichen wäre nur vertagt: eine Demokratie mit der alten Erfahrung der britischen weiß es. Sie mogelt wie die anderen Demokratien. Sie hat, bis zu diesem Krieg, ihre faschistischen Bestandteile groß werden lassen. Die deutschen Schlauköpfe zählten sogar nach ausgebrochener Katastrophe auf ihre Zuhälter in England: sie schickten ihren Heß hin. Er hätte, stände es noch immer wie einst, Großbritannien gegen das deutsche Verbrechen abstumpfen, wenn nicht dafür gewinnen sollen.

Er hat gar nichts gewonnen und durfte höchstens klagen, daß er noch immer nicht fein genug speiste – als der mittlere Engländer schon die Reste seiner Mahlzeit in Papier wickelte und aus dem Restaurant nach Haus trug. Die ehemalige Nummer 2 der Nazi-Elite ist von ihren britischen Freunden peinlich verleugnet worden: niemand will ihn gekannt haben. Was er beichten möchte, ist erlogen oder ist zufällig echt, auf keinen Fall interessiert es.

Seinen Auftrag, zu intrigieren, hat er inzwischen selbst als kindisch erkannt: dies sind die Jahre, die alles verwandeln. Als dieser Heß vorgab, er wäre geflüchtet, log er.

Jetzt fände der geborene Ägypter ein längeres Verweilen in Deutschland tatsächlich unerwünscht.

Faschistische Sympathien können in England schlechterdings nicht einbekannt werden. Bei der Fügsamkeit des menschlichen Gemütes und solcher Gemüter heißt dies auch schon: sie sind abgelegt. Geduldet wird der Antikommunismus. Aber jemand muß der Mann sein, sich vor die Brust zu schlagen und den Ton des herausfordernden Bekenntnisses zu gebrauchen. Auch darf er nicht vergessen, die Sowjetunion zu schonen.

Man redet dann: »Einem russischen Kommunisten würde ich ausweichen. Neben einem britischen Kommunisten möchte ich nicht einmal begraben sein.« (Engländer werden anrüchig durch Meinungen, die den Russen eben noch hingehen.) Die mannhafte Stimme gehört einer Dame, von britischer Herkunft ist sie wohl nicht. Damit wäre erklärt, daß sie den Verdacht der Unmoral nicht scheut. Britisch ist es, unter allen Umständen seinen Frieden mit der Moral zu machen. Neue Zugeständnisse, die für vernünftig und unausweichlich erkannt werden – so die Anerkennung eines mehr oder weniger kommunistischen Staates und seiner universalen Auswirkung –, werden in England moralisch gewertet. Wenigstens bekommen auch die sonst Unkundigen den überzeugenden Eindruck.

Es bleibe dahingestellt, ob vielmehr ein neu geoffenbartes Sittengesetz das Früheste ist. Vielleicht lag es zugrunde und wartete nur, bis die Schule des praktischen Lebens es tauglich erwies und ans Licht zog. Nehmen wir für alle Fälle an, daß zuerst die russischen Erfolge kamen, dann die Einsicht: ein Staat und Volk wie diese können nicht länger bemakelt bleiben. Es ist keine Schande, Kommunist zu sein, da Einrichtungen und eine Auffassung vom Leben, die kommunistisch heißen, in zwanzig Jahren ein Land groß und da sie es siegreich machen. Dem Siege vorbestimmt ist die proletarische Revolution – ist immer die echte Revolution. Stalingrad gleich Valmy.

Hinzugerechnet die Schicksalsgemeinschaft. Denn die große britische Verwandlung vollzog sich unmittelbar, bevor auch die Sowjetunion um ihr Leben kämpfen mußte – um die Nation selbst, wie Großbritannien. Aus einem Mittler und Gönner von vornehmer Statur wird der nackte Mensch, verkrümmt von lange ungewohnten Anstrengungen: nicht wahr, da erkennt man den Proletarier, man errät seine Seele.

Einer schien für immer gesichert, die edle Langsamkeit der Entschlüsse, eine praktische Vernunft ohnegleichen saßen ihm wie angeboren. Schneller, als es sich sagen läßt, wird er ein großer Dulder, spannt sich an, kehrt um, bis er der erstaunlichste Abenteurer, ein Don Quichotte gar ist. Nicht wahr, das eröffnet Einblicke in das Wesen der Sowjetunion.

»Unser Bündnis mit Rußland wird den Krieg überdauern.« Nicht nur, weil beide auf der gleichen Seite kämpfen. Erst recht, weil sie mit verwandter Seele gekämpft haben und, ob sie wollten oder nicht, einander die Nächsten wurden. Wo ist das Jahr 40, als England, zu spät, der französischen Republik die Vereinigung der beiden Reiche anbot! Großbritannien und die Sowjetunion, nur sie enthalten alle Kräfte, deren Europa bedarf, gesetzt, es sollte nochmals leben. Verantwortet wird das neue Europa von ihnen allein.

Großbritannien und die Sowjetunion haben niemals daran gedacht, einander nachzuahmen. Wollten sie es, wäre viel zu überwinden, ein konventioneller Abstand, noch größer als der praktische. Das Bewundernswerte ist, wie sie ohne Absicht, ohne Vorbild dennoch zu gleichen Vollendungen gelangen. Nicht allein ist die britische Auffassung der Freiheit nunmehr abgewandelt in Richtung der Gleichheit – (ohne daß sie erreicht wird; wörtlich besitzt auch die Sowjetunion sie nicht). Sondern die andere Parallele, unerwartet, aber tief vorbereitet, tritt zutage. Die Sowjetunion errichtet wahrhaftig ein zweites Commonwealth.

Das sieht unmöglich, es sieht wie eine im voraus verlorene Wette aus. Jede der sechzehn Republiken soll ihre eigene auswärtige Politik haben; Polen würde mit der Ukraine zu tun bekommen anstatt mit Moskau. Übrigens ist es dahin so weit wie zum britischen Kommunismus. Man begnüge sich mit der Neigung und dem Bekenntnis. Die Logik der Dinge wird begriffen, lange vor ihrer Verwirklichung. Offenbar verwandelt keine zentralisierte Autokratie sich über Nacht in eine Föderation. Das britische Reich hat mehr als hundert Jahre gebraucht.

Die Selbständigkeit der Sowjetrepubliken ist in ihrer Verfassung vorgesehen – nicht nur für ihre auswärtigen Angelegenheiten, sogar für ihre militärischen. Wenn beides schon heute durchgeführt wäre, könnte die Union diesen Krieg nicht bestehen. Damit wäre nicht bewiesen, daß der Vorsatz unernst ist. Aus der anerkannten Gleichheit der Menschenarten ergeben sich Rechte – auch Rechte, die in der Zukunft liegen. Worauf es ankommt: den Punkt eins zu erreichen, wo die Selbstbestimmung der Republiken die Union nicht unsicherer macht, sondern sie befestigt. Das britische Commonwealth ist freiwillig und verbürgt einem Viertel der Erde seinen inneren Frieden.

Die Briten haben niemals befürchtet, Hitler werde mit der Sowjetunion fertigwerden, weder in sechs Wochen noch überhaupt. Wer sowohl Antifaschist als auch Antikommunist war – aber Demokratie ist das noch nicht, sie setzt sich nicht aus Antis zusammen –, hat allenfalls gewünscht, Nazis und Rote möchten einander aufreiben und unschädlich machen. Das war alles, was man tun konnte, um die innere Annäherung an Rußland zu durchkreuzen. Es ist wenig. Unvergleichlich kühner handelte zu derselben Zeit die Moral.

Das Buch des Dean of Canterbury über die Sowjetunion, so bedeutend es ist, fällt doch nur unter die Symptome. Die wiedergeborene Moral schreit dermaßen zum Himmel, daß einer der höchsten Priester des Landes, wo sie das meiste gelten, nicht anders kann als einstimmen. Es war aber sein Traum von je, so sprechen zu dürfen, von dem Heiland als seinem Zeitgenossen, von den Verheißungen des Heilands an die Armen, nur an sie, und von dem Ende des verhängnisvollen Unterschiedes, den die christliche Welt bisher krampfhaft festhält, zwischen Wirklichkeit und Lehre.

Der Abstand vom Wissen zum Handeln ist verringert, wenn nicht aufgehoben, in der Sowjetunion. Dies allein geht den Dean an – nicht Worte wie Kommunismus. Die meisten machen sich mit Worten bezahlt. Wenn sie Entrüstung in die Aussprache des Wortes Kommunismus legen, fühlen sie sich mannhaft oder doch erleichtert. Es ist ihr fragwürdiges Gewissen, das sich hiermit beruhigt.

In Rußland ist mit der Verstaatlichung der Produktionsmittel der Kommunismus durchgeführt. Was die Gerechtigkeit schlechthin betrifft, werden Kommunisten wie andere Sterbliche sich ihr allenfalls annähern: ihr gleichkommen, nie. Schon die Wirtschaft des einzelnen kann nach seinem Belieben außerhalb der Gemeinwirtschaften bleiben. Nur ist dafür gesorgt, daß wirtschaftliche Übermacht weder erlangt noch mißbraucht wird. So einfach ist das.

Den Antikommunisten außerhalb der Sowjetunion, den handgreiflichen wie den sprachlichen, fehlt die technische Kennerschaft dieses Geistlichen. Sie werden niemals richtig wie er angeben, was vorgeht bei den Sowjetvölkern, in dem kollektiven Ackerbau oder der Ölgewinnung, der Technik und Wissenschaft, die beide, von Rücksicht auf den Handel befreit, der menschlichen – und internationalen – Wohlfahrt helfen dürfen. Es wird ihnen keinen Eindruck machen, wenn sie hören, daß die Höchstgeehrten im Lande die Lehrer sind.

Die Abschaffung, das tatsächliche Ende aller Verfolgungen von Rassen, Religionen, Gedanken dürfen sie nicht sehen – liberal, wie die Antikommunisten zu sein pflegen, und auch Juden sind sie oft. Aber sie sind ungläubig, daher würde sogar eine bessere Informiertheit sie nicht weiterbringen. Sie wollen nicht und können nicht wollen.

Eine ganz ungewöhnliche Begabung muß sich, unter Schwierigkeiten wie den jetzt zeitgemäßen, finden und hervorarbeiten, damit jemand Moralist wird – vielleicht, ohne es zu wissen. Da ist Chaplin, ein Schauspieler, kein sittenstrenger Geistlicher. Sicherlich hat er, ganz von selbst, den Antrieb gehabt, sich in Szene zu setzen. Absichtsvoll die Existenz der Mühseligen nachzuleben, wie mancher Intellektuelle es zeitweilig tut, ist ihm nicht eingefallen.

Aber obwohl er von Anfang an besser als die Lohnarbeiter bezahlt wurde, teilte er dennoch ihr Lebensgefühl, und teilte es beständig. Es kostete ihn Aufrichtigkeit, aber keine Überwindung, damit er aus seinen, scheinbar glücklichen, Umständen eine arme, umgetriebene Gestalt ans Licht zog: sie war nun der wirkliche Mensch. Nicht seine bürgerliche Existenz, nur die lächerliche, reizende, bedauerns- und liebenswerte, die er fortan spielte, war wirklich. Die Gestalt verkörperte, bewahre, daß er es gewollt hätte, sittliche Forderungen. Das Publikum, höchst zweifelhaft gesonnen, nahm der Gestalt zuliebe Mahnungen hin – jedem anderen hätte es sie verboten.

Es konnte nicht ausbleiben, daß die Bedeutung der Gestalt, die zuerst als wehmütiger Spaß gedacht war, ihrem Urheber aufging; daß sie über ihn Macht gewann, ihn selbst zu einem Geisteskind und Empörer machte: das letzte, was er jemals von sich erwartet hätte. Da zeigt er, in einem seiner späten Filme, die Arbeit am laufenden Band – ein schauerlicher Wettlauf des Menschen mit der Maschine, eine groteske Atemlosigkeit, nur erträglich, weil grotesk. Offen, kaum noch statthaft, erklärt sich die Drohung: so geht das nicht lange. So wird mit Menschen nicht verfahren.

Chaplin, in Amerika verhaßt bei allen, die für das laufende Band sind, ist Engländer geblieben. Kommunist, nein. Seine Begabung ist die Moral.

Auch der Dean of Canterbury ist nicht Kommunist. Westeuropäer werden es in der östlichen Bedeutung selten sein; der ganze Antikommunismus ist gegenstandslos. Der Priester, ein normaler Einverstandener, durchaus kein abseitiger Kritiker, erfreut sich einer christlichen Erfüllung: das ist die »neue Demokratie der Arbeiterschaft, als eines Bollwerkes der Sowjetfreiheit«. Das meint, anders gesagt: »Die Armut muß man kennen, um sie zu verstehn.« The Very Reverend Hewlett Johnson hat, wie manche Intellektuellen beim Beginn dieses Zeitalters, selbst die Probe gemacht, er hat körperlich gearbeitet mit den Mühseligen und ihre rauhe Art der Existenz auf sich genommen.

Seither kennt er das »gefährliche Leben«: es ist allein bei den Kämpfern um das tägliche Brot. Die Feinde der Arbeiter und Enteigner fremder Nationen haben das Wort nur geschändet. Für nichts und wieder nichts fallen, noch lieber andere in den Tod schicken, ist kein gefährliches Leben. Man drückt sich vielmehr von dem harten, aber normalen Leben.

Seither weiß er um Ziele – die natürlich noch fern sind, aber es kommt darauf an, sie zu sehen. »Den Unterschied zwischen Hirn- und Handarbeit aufheben, dadurch daß Arbeiter soviel lernen wie Ingenieure«, ist real und erreichbar. – »Das junge Volk kontrolliert die Faktoreien, Werkstätten und wissenschaftlichen Arbeiten«, wird geistig vorausgesetzt, nicht deutlich angeschaut. Seinesgleichen, gesättigt mit Wirklichkeit, hängt doch immer an Träumen. Ein weiser Skeptiker, der er zum Glück nicht ist, hätte aber niemals den endgültigen Satz gefunden – aus Traum und Erfahrung formt sich die lautere Wahrheit: »Ein Land, wo es arme Leute gibt, ist nicht frei.«

Der Very Reverend betet die Freiheit an, wie seinen Gott selbst. Er gibt wahrhaftig keinem Liberalen nach, sein Dafürhalten wird eher sein, daß sie von Freiheit nur dahinreden und getünchte Gräber sind. Er läßt nichts ab, und die sozialen Bürgschaften sind ihm heilig, um so mehr, da sein Land unter den Ländern mit kapitalistischer Klassenherrschaft das letzte ist, wo sie noch eingehalten werden. »Den Arbeitern steht es frei, die Arbeit niederzulegen, obwohl der Hunger sie meistens zwingt, doch wieder zu arbeiten.«

Stolz trotz allem. Engländer geblieben, ungeachtet des glänzendsten Vorbildes dort draußen. Will auch die Pressefreiheit. Unter den gewohnten Umständen ist sie die schroffe Umkehrung der Freiheit: das wird nicht hindern, sie eines Tages richtig zu wenden.

Ein Volk, das lernt und liest, wird keine betrügerische Publizistik der überreichen Interessenten mehr haben. Die Interessenten sind weg, und was sie zu sagen hatten, verfiele dem Gelächter. Die Sowjetunion mit ihrer Unzahl von Büchern und den Konsumenten der Bücher nimmt die europäische Zukunft voraus, sie ist schon unsere Nachwelt. Unter den meistgelesenen der heutigen Autoren nennt der britische Priester auch mich: ich bin ihm innig dankbar. Es ist Tatsache: ob ich wollte oder nicht, solange Europa – »Deutsch-Europa« – mir verschlossen bleibt, habe ich ein einziges Feld, Sowjetrußland.

Ich habe es mit Romanen, in denen das Wort Kommunismus weder vorkommt noch dem damals bekannten Sprachgebrauch angehörte. Der Kommunismus, wie seine Heimat ihn versteht, ist mehr als nur ein politisches Bekenntnis. Die Bücher, die ihm Genüge tun, zeugen von einer Anschauung des Menschen, seiner Lage, seiner Bestimmung, die erstens wahr ist, zweitens unsere Würde hebt. Das ist alles. Mehr muß man nicht haben oder tun, um – gegenwärtig allein in Sowjetrußland – populär zu sein.

Die Kommunisten regieren das Reich nur so lange, bis, nach der Definition Lenins, jede Köchin das Regieren erlernt hat. Was Lenin definiert und der englische Priester sich zu eigen macht, ist die moralische Reife: das Erwachsen eines Volkes bis zur sittlichen Männlichkeit, die innere – und praktisch experimentierte Zuversicht, daß sie erreichbar sei.

Statt Kommunismus sage man Moralität. Der Kommunismus als Technik der Einrichtungen wäre kein Gegenstand der erregten Neugier. Seine sittlichen Hintergründe sind es. Umgekehrt ist jeder Antikommunist an der Moral durchaus unbeteiligt. Dasselbe gilt für den Antichristen, Antiintellektuellen, es trifft viele Antifaschisten, die nichts weiter sind. Gegen dies und jenes gerichtet – wird man nichts wesentlich anderes als die Widersacher. Was man gerade ablehnen soll, bedingen die Umstände, es ist auswechselbar. Standhaft erhält die Moral. Nur sie macht fruchtbar.

Der Dean of Canterbury hat über den Diktator Stalin das Gute und Rechte gesagt: er ist kein Diktator. Er wäre es, wenn er, gleich den faschistischen Machthabern, die Diktatur für ein Ende, ja, für das Immerwährende hielte. »Sein persönliches Verdienst ist die nationale Freiheit, sie ist seiner größten Werke eines.« Der Brite meint: Freiheit einer Nation ohne arme Leute. Er meint: Freiheit einer Nation mit hohem sittlichem Anspruch.

Ich bin ihm einmal begegnet oder weiß nur von dem einen Mal, da unsere frühesten Erlebnisse die späteren überschatten: damals gingen wir in so viel Sonne – und bedauern sie nicht weiter. »J'ai vu tant de soleil«, sagte Stendhal, als er des schönen Italien müde war.

Mein Bruder zählte erst zwanzig Lenze, ich ein paar mehr, man schrieb 1895; da sahen wir über Piazza di Spagna in Rom einen Herrn kommen. Es war ein Herr, neben ihm wurde jeder Beliebige weniger als das. Hierüber verständigten wir uns sogleich, wir hatten den wahrhaft herrschaftlichen Typ erblickt. Unverkennbar war er ein Brite.

Im heimischen Deutschland war uns seinesgleichen nicht vorgekommen, existierte übrigens nicht. Um dieselbe Zeit, dies habe ich nie vergessen, trugen ein deutscher Gelehrter und meine Wenigkeit unsere Namen in das Fremdenbuch des Gasthauses von Tivoli ein. Unseren Beruf gaben wir mit »Globe-trotters« an. Tags darauf fanden wir gleich darunter geschrieben: »Graf und Gräfin Sowieso, globe-riders.« Sie betonen ihren Vorrang, weil sie nicht immer auf ihren Füßen tippelten, sondern zu Haus ihre Ackergäule ritten. Trotzdem hatte der Mann einen Bauch, die Frau keine Figur.

Unnütz, den Herrn zu beschreiben. Hakennasen, aufgeschossene Gestalten ohne Fett kann man haben. Niemand, außer unserem Lord, der auch ein Kaufmann aus Birmingham sein durfte, besaß in Haltung, Gang und Mienen diese einfache Selbstgewißheit. Ungewollt ist sie da; ein Eigenlob wie »globe-riders« widerspräche ihr. So frei von Neugier war nur das eine Gesicht: es verglich nicht. Es ließ das andere – das andere sein. Sich an Menschen und Dingen messen lag keineswegs im Sinn des Herrn.

Das alte römische Weltreich, über dessen Mittelpunkt

er zur selben Stunde schritt, war aus seinen Gedanken abwesend. Nicht, daß er es verachtet hätte; Verachtung ist eine Abart von Interesse. Ihn ging es nichts an. Die selbstverständliche Tatsache des britischen Imperium deckte alles Gewesene zu. (In Wahrheit ist es kleiner als das römische, die ganze bekannte Welt nimmt es nicht ein. Die Pax Romana hat zweihundert Jahre nach dem praktischen Ende Roms noch immer vorgehalten. Die Pax Britannica ist schon jetzt in hohem Grade der Revision bedürftig.)

Das alte Weltreich, wenn er es dem seinen angenähert hätte, führte allerdings, einmal etabliert, dieselben Kriege mit kleinem Aufgebot: Kolonialkriege, die seinen Mittelpunkt nie berührten. Sein Prestige behauptete es weniger mit angewendeter Gewalt als durch die kluge Suggestion, sie sei zum Gebrauch bereit.

Der Herr, kann ich mich entsinnen, lächelte. Es war Ironie, oder weniger als das: eine Viertelsironie, die keinen bewußten Hochmut wiedergab. Nur ein Zustand und ein Sachverhalt verzog den Mund. So bewegte sich, ohne Aufsehen zu suchen, unter dem Gewühl der mittleren Zeitgenossen, an einer mehr oder weniger schätzbaren Örtlichkeit – der Herr.

Es ist schon lange her, das freut uns um so mehr, wurde in einer vergessenen Oper gesungen. Zuletzt frommt es nicht, von den Taten seiner Ahnen die ewig stabilen Einnahmen zu haben. Das viktorianische Antlitz über Gebühr festzuhalten ist für niemand gut. Mächtig und nahezu unbestritten, da hinkt etwas. Ein Herr, aber leidenschaftslos, aber korrekt, setzt die Natur ins Unrecht.

Die Briten dieses Krieges und Zeitalters sind unermeßlich größer als ihre nächsten Vorgänger – die nicht übermütig geworden waren. Gearbeitet haben sie wie jeder, die viel berufenen Rohstoffe bekamen auch sie nicht umsonst. Ihr Ruhm, soviel ist richtig, war ein Nachleuchten.

Die letzte wirkliche Gefahr Britanniens war Napoleon

gewesen. Seit seinem Scheitern bei Trafalgar und Waterloo hat England immer zugenommen an Glanz, ohne daß seine Mühen wuchsen. Die anderen waren verhindert, durch eigene Schuld gewiß. England kassierte Erfolge für ganz Europa, zweifellos verdiente Erfolge.

Sein Glanz erlaubte der Insel zeitweilig eine »glanzvolle Scheidung« vom Kontinent. Splendid isolation – kommt fortan nicht wieder. Sondern Abhängigkeit ist verordnet. Sondern Verantwortung ist auferlegt. Aus Europa etwas machen, heißt der Auftrag. Auf alle Fälle etwas aus ihm machen – besser wird es schon werden, als was der gegenwärtige Inhaber des Kontinentes mit ihm beginnt und vorhat.

Der Unglückliche siegt, wo immer es ihm glückt, ins Leere hinein: früher in Rußland seine Sommerschläge, denen der winterliche Rückschlag zu folgen pflegte. Jetzt klammert er sich, ohne Überzeugung, an das letzte Stück russischen Bodens. Wenn er trotzdem recht behielte? Wenn die Sowjetunion, sehr begreiflicherweise, es satt bekäme, sogar außerhalb der eigenen Grenzen ihre Menschen hinzuopfern? Gesetzt, die Invasion des Kontinentes durch ihre westlichen Verbündeten wäre von ihr chimärisch befunden – oder nur zu langsam! Aber das ist vorbei.

Die britische Zähigkeit muß auf der Höhe der russischen Geduld sein – was sonst gewonnen würde, ist kein Friede: nur die Verzweiflung einer versklavten Welt, ihr chronischer Sklavenaufstand, ein Krieg ohne Ende, der nicht mehr den Namen verdient, eine Abdankung Europas, die keine ist, sondern mit Unheil schwanger geht.

Dem Weltteil die Freiheit retten, heißt das Gesetz Britanniens, ein höheres war ihr nie gegeben. Sich selbst behaupten mit dem Zusatz, daß es auch Europa behauptet, das würde viel Stolz rechtfertigen, mehr Stolz, als der Herr von 1895 besaß. Es bedingt ebensoviel Bescheidenheit.

Bescheiden wird man durch Erkenntnisse – die Vorgänger besaßen sie noch nicht. Eine tiefe Bekanntschaft ist nötig, mit unserer Fragwürdigkeit, unserer Gebrechlichkeit. Dieser Krieg hatte kürzlich eingesetzt, als das Schlachtschiff »Hood« versenkt wurde. Der Untergang des »Hood« fiel, der eindringlichen Mahnung wegen, auf den hundertzwanzigsten Jahrestag der Königin Viktoria.

Ihr Zeitalter, das Viktorianische, bleibt das berühmte, seit zweitausend Jahren einmalige Beispiel, wie ein Weltreich, kaum bestritten, wächst, gedeiht, friedlich gedeiht, dies trotz Kriegen. Für einen Teil des Weltreiches, der es grade erst werden sollte, war Krieg, ein anderer hatte ihn hinter sich – niemals Großbritannien selbst. Von seinen fernen Feldzügen unberührt, ihrer meistens kaum anders bewußt als eines sportlichen Ereignisses, das sich anderswo begibt, aber Lloyd nimmt Wetten an: so herrschte das England der Königin. Das war das Gesicht seiner herrschenden Klasse.

Der Herr von 1944

Seit er der Regierung Seiner Majestät vorsteht, veröffentlichte der Schriftsteller Winston Churchill ein Buch, das von Blut, Schweiß und Tränen handelt. Was er tut, ist ebenso schmerzensreich. Der Minister hat dem Parlament, während es alle seine Rechte wahrnimmt, ganz offen erklärt, zu erwarten habe es nur Blut, Schweiß und Tränen. Auch Disraeli-Beaconsfield sprach seinerzeit zu dem Unterhaus im Stil seiner Romane, er selbst ihre Hauptfigur.

Der Landoffizier und Seemann Churchill hat dem Frieden nie getraut. Als andere davon absahen, war ihm bekannt, daß England der Neuheiten viele werde erleben müssen, sich neu bedenken, kämpfen auf unerhörte Arten und für gründlich andere Ziele als je vorher. Der Abenteurer Churchill wurde allgemein zu kriegerisch befunden. Im vorigen Krieg hatte er ein Amt versehen. Zwischen den Kriegen, als der zweite noch vermeidbar war, aber einzig mit der brutalen Bereitschaft, ihn zu wagen – kam kein Churchill daran.

Er wurde gerufen, als die Not ausbrach. Die hohe Tragödie gab endlich dem Edelmann Churchill seine vornehme Rolle. Sie bleibt die seine bis in Untergang oder Sieg, für ihren tragischen Stil ist jedenfalls gesorgt. Ob er über die Bösewichte der Welt (ihre billigen Bösewichte) triumphiert oder in den verschiedenen Zonen der Erde sein Hobby pflegt und Hüte kauft (mehr wert als die schlechten Gesellen), er bleibt, unter der Maske des Zeitalters, ein Held von Corneille.

Er hat den Glauben, er hat auch die Geste, und tritt er auf wo immer, »il es un peu là«. Das macht: unterhalb seiner Berufung, die das Fatum selbst ist, liegt in seiner Brust eine Gleichgültigkeit ohne Namen. Ich bin, was ich bin; solange ich da bin, wird gehandelt bis zur Vernichtung der Feinde. Träfen sie mich früher als ich sie, es hilft ihnen nicht. Sie sind gerichtet, nicht erst von mir. Ich bin entbehrlich.

Das ist aber die vollendete Form des Tragöden: »Sogar ich bin entbehrlich.« Daher fliegt er kreuz und quer über die Erdteile. Gibt bekannt, wo er ist, gesetzt, es wäre nicht sowieso ausgespäht. Auf sein Flugzeug wird eine organisierte Jagd gemacht. Sein Weg von Afrika zurück nach London hat eigens abgeschossene Apparate gekostet, nur seinen nicht. Ein Schauspieler, Jude, aus Polen geburtig, von Aussehen der perfekte Engländer, ist für Churchill gefallen. Wäre es nicht geschehen, bleibt es als ein Gleichnis wahr.

Er selbst überstand noch mehr als eine Reise, deren Verlauf nicht verbürgt war, auch noch zwei Lungenentzündungen. Die hohe Luft hatte auf sein altes Herz gedrückt, wer sagt, daß er durchkommen mußte. Er kommt durch, dank Fatum und Gleichgültigkeit. Tritt wie ein Unsterblicher vor die Kammer hin und verkündet das endgültige feste Ziel: bedingungslose Unterwerfung – der anderen. Für seinen Teil wird er davon nicht abgehen – er und sein Gewissen, nie.

Käme es anders und er wäre noch da, er dächte wohl: »Auf meinen Krieg mußte ich zwanzig und mehr Jahre warten. Das Folgende mitanzusehn aus der Ewigkeit verlangt weder Geduld noch Verzicht.« Es ist sicher, daß er an ein Fortleben glaubt, in der Art und aus dem Grund wie Bismarck: »Sonst wäre das Leben nicht das An- und Ausziehen wert.«

Sie sind so, in diesem Zeitalter, und in jedem. Aber dann haben sie sein umwölktes Gesicht, das ich einzig finde. Klasse? Andere seiner Klasse sehen wahrscheinlich noch immer glatt aus, wie ihresgleichen unter Viktoria. Der tragische Mensch läßt hinter sich seinen Stand, die geistigen Gewohnheiten, nebenbei auch die äußeren, seines Standes.

Sein leidvoller, furchtbar tiefer Blick. »Und wenn die Welt voll Teufel wär«, spricht der Blick. Diese gespannten Lippen. »Ich – oder das Ende«, spricht der verschlossene Mund. Alles, die Zusammenziehung des Wangenmuskels, das dreifach gefaltete Fleisch an der Nasenwurzel, jeder Zug und das ganze Gesicht sprechen aus einer Nähe, als fühlte ich den Atem: »Klopf an, so wird dir aufgetan. Habe Mut! Habe den Mut auf Trümmern und die Kraft, die dem hartnäckigen Dulder zuwächst!«

Die armen Leute, die er während der Battle of Britain aufsuchte bei ihren rauchenden Trümmern, fühlten und verstanden den Mann. Ihnen mußte er keine Reden halten. Ein Wink mit der Zigarre, sie riefen ihn an. »Winnie!« riefen die Obdachlosen, voll Freundschaft für den breiten, umwölkten Gast. Er saß im Wagen allein, keine Leibgarde, was siegreichen Diktatoren empfohlen sei. Er – war damals nur der Vorderste der Geprüften, inmitten eines Kampfes ohne Zukunft, außer man glaubte und wollte.

»Halten Sie Mr. Churchill für keinen fortschrittlichen Idealisten! Er lebt in den herkömmlichen Anschauungen der englischen Aristokratie«, sagte, bald nach Dunkerque, ein hochgebildeter, sehr wohlmeinender Amerikaner, damals in Frankreich mein hilfreicher Freund. Aber eine aristokratische Herkunft verpflichtet niemand, stehenzubleiben. Der menschliche Adel kommt, woher er kann. Man muß erfahren haben und muß wissen.

Am 4. August 1789 legte der französische Adel freiwillig (was man so nennt) seine Vorrechte nieder. Dem reichen Bürgertum fiel damals nichts dergleichen ein, und kommt ihm heute, nach Überschreitung jeder anständigen Frist, noch weniger bei. Nie und nirgends hat der Adel sein Unrecht verteidigt mit einer Entschlossenheit wie die Truste. Ihren zweiten Krieg, den Krieg der Welt um die Truste, haben sie nächstens hinter sich gebracht, aber bis zur völligen Ausrottung der Menschheit ist noch weit: sie geben sich nicht verloren.

Deutschland, das, aller Redensarten ungeachtet, nur für die Truste kämpft, zieht ihre Niederlage gar nicht erst in Betracht. Sie sind universal verschachtelt, die europäischen sind nunmehr in Berlin zentralisiert: das Ende der deutschen Bourgeoisie wäre nicht ihres allein. Alles wird für ihre Rettung zusammenwirken, gleichviel, wie der Krieg verläuft. Aber, höchst paradox, wird auch die Niederlage Großbritanniens von seinem Gegner nicht mehr ernstlich eskomptiert. Sie ist versäumt und nicht nachzuholen. Übrigens hätte sie Ergebnisse, die zu weit führen. Die Deutschen fürchten eine heillose Verwirrung, als ob sie nicht mitten darin wären.

Widerspruch über Widerspruch, hassen sie dennoch

den einzigen Churchill. Ihn wollen sie töten, nur ihn, dann wäre, ihrem Wahn zufolge, in England niemand übrig, um sie zu enthüllen. Das ist aber ihr Schmerz: erkannt zu sein als viel zu gering für all das Wesen, das ihnen erlaubt wird. Daher ihre Friedensoffensiven, dreister als jede militärische. Der Witz mit Heß unterstellte, daß England nur den einen harten Nacken hat. Nach seiner glücklichen Beseitigung wären sie selbst nicht länger die verdächtigen Nebenfiguren, die sich vordrängen. Ihr historischer Auftrag könnte für beglaubigt gelten.

Sie wären Europa. Sonst keiner. Nun hat dieser Churchill sich wortwörtlich einen »guten Europäer« genannt. Das hat er von Nietzsche, und Nietzsche sprach – für ihn. Er meinte den wahren und starken Mann: kein geistiges Wagnis umgeht er, zu schweigen von den derben Abenteuern. Er darf hintreten und einbekennen: ich bin geschlagen – wie in der Stunde von Dunkerque. Er, ein konservativer Brite, verspricht seinem Volk das Ende der Drohnen – im guten Glauben, wie völlig feststeht. Neuestens läßt er ein Gesetz vorbereiten: jeder Untertan Seiner Majestät ist künftig seiner Existenz gewiß, derart, daß er das Recht auf Erhaltung gewinnt, sobald er sich einreiht unter die Arbeiter, die Rechenschaft schulden. Wer es ablehnt, darf allein bleiben – nicht anders als in der Sowjetunion.

Konservativ ist nicht das Beharren auf dem Unhaltbaren. »Die Kunst des Möglichen« nannte Bismarck die Politik, seine lebenerhaltende Politik. Das ist auch Churchill. Zu der lebenbejahenden Sowjetunion zieht es ihn ehrlich. Das mörderisch entartete Deutschland widerstrebt ihm: es lügt aus Ohnmacht. Die Lüge ist seine Amme, die keine Milch gibt. Die britischen Kriegsgefangenen anketten und behaupten, England habe es mit den deutschen zuerst getan – es ist schlechthin unbegreiflich, wie man dermaßen die Verachtung eines Churchill herausfordern mag. Man haßt ihn doch. Von einem, den man haßt, will man doch geachtet sein.

Die deutschen Militärs, immer noch meistens Adelige, haben leider verlernt, daß die Lüge unvornehm ist und daß sie endgültig Schande bringt anstatt Vorteil. Ihre bessere Natur (als sie für den König und den Ruhm kämpften) ist nicht nur den Erfolgen Hitlers erlegen. Viel schlimmer, das Wesen der Truste, das über Deutschland waltet, hat auch den Militäradel erfaßt. Er ist zugelassen bei den Monstrespießern der Truste.

Man sagt, damit die Welt Frieden habe, müsse die deutsche Kriegerkaste zerstört werden. Das wäre wenig. Die Kriegerkaste sitzt verschwägert, angestellt und beteiligt in den Präsidialbüros, wo ein Kontinent betrogen wird. Krieg zu führen ist ihr Nebenberuf. Um wenigstens dies zu ihren Gunsten anzuführen: die Militärs sind es nicht gewesen, sie haben kaum jemals gedrängt, daß wieder ein Land überfallen werde. Sie sind nicht, wie gesagt wird, Verbündete der Truste. Verschluckt ist nicht verbündet.

Die Vornehmheit, die nicht lügen mag, erscheint noch jetzt in der Adelskaste Britanniens: nicht zu oft; es wäre schade, wenn Vornehmheit die Regel würde. Aber daher das reine Antlitz ihres Königs – der sich in jeder seiner Ansprachen König seiner Völker nennt, in Britain, North Ireland and the Dominions beyond the seas. Daher das umwölkte Gesicht seines Prime Minister – einem Denker und einem Schwerarbeiter würde es anstehen. Er ist beides.

Um England wird nicht gebangt. Zur Zeit ist England dieser Mann, um den niemand bangt. Wenn er krank ist, beten sie, und er steht auf. Indessen liegen nicht weit zurück die Tage, als er und alle Grund zur Furcht hatten. Da erließ er Anweisungen, wie die Nation sich verhalten müsse im Fall der Invasion. Er weiß: der Schrecken eines Einbruchs läßt nach, je näher man sich ihm fühlt, je genauer der Vorgang erwogen wird.

Der mittlere Brite soll ohne Phantasie sein. Dann lehrt jedenfalls ein Churchill ihn, wie es zugehen könnte und wie es ausgehen soll. In vierzehn Millionen von Abdrucken hat er damals der Nation seine Anweisungen erteilt. Er bereitete sie vor: »Leicht mag es einige Wochen währen, bis der Eingedrungene völlig vernichtet ist.« Nur Monate sind es, da wurde der wirkliche Beginn der Invasion verkündet, nur daß es nicht die deutsche in England ist. Die Verbündeten landeten endlich auf Sizilien.

Mr. Churchill und seine amerikanischen Alliierten werden wissen, wie es weitergeht. Er hat vor ihnen sonst allenfalls nichts, nur das eine hat er voraus: sein Land war einstens in Gefahr. Es ist noch gutgegangen für das Leben des Landes. Es hat sich zum Besten gewendet mit seiner Moral. Die heimgesuchte Bevölkerung Englands hatte Tote, sie waren um einiges zahlreicher als die übrigen Opfer der Verkehrsunfälle. Man vervielfache sie, nachgerade steht fest, daß ein Volk vom Sterben der Mütter und Kinder nur härter wird. Nicht jedes, aber dieses Volk.

Dem Herrn von 1944 – Cäsar nannte ihn, in dieser oder jener Absicht, eine politische Dame – würde der »Blitz« liegen. Die deutschen Propagandisten des Blitzes waren ihm, als der Ernst anbrach, mitnichten gewachsen. Das Tempo eines Churchill, wenn nicht alles täuscht, ist presto allegro – und, darf man vermuten, mit langsamen Tränen beiseite. Hiermit will ich aufhören, ich würde zuviel sagen. Für alle die Verachtung, die zu fühlen mir peinlich ist, kann mich nur entschädigen, daß ich auch bewundern darf.

Man gibt, soviel man kann, oder hat es schon gegeben. Was ist vornehm, volkstümlich, liebenswert? Am Schluß meiner Lebensbeschreibung des Königs von Frankreich, Henri Quatre, lasse ich ihn zu uns allen sprechen – französisch, da dies seine »langue d'inclination« war. Außerdem hält er seine Allocution lange nach dem Tode und von einer Wolke hernieder.

Er spricht: »J'ai eu mes heures de grandeur. Mais qu'est-ce qu'être grand? Avoir la modestie de servir ses semblables tout en les dépassant. J'ai été prince du sang et peuple. Ventre saint gris, il faut être l'un et l'autre, sous peine de rester un médiocre amasseur d'inutiles deniers.«

Das ist es. Excusez du peu.

Viertes Kapitel

Deutschland gegen alle

Der Angriff Deutschlands auf Europa 1939 ist allenfalls erklärbar mit Zuhilfenahme der Soziologie – und der Psychiatrie. Der nachträgliche Überfall auf die schwer vergleichliche – in mehr als einer Hinsicht seltene – Sowjetunion macht Schwierigkeiten auch dann noch.

Gut, die deutschen Erfolge waren in der Friedenszeit, die 1914 endete, außerordentlich gewesen. Vor allem ging es damit schnell – verhältnismäßig schnell. Die nachmaligen Erfolge der Sowjetunion und ihr Tempo seien nicht herbeigezogen. In jenen vierundzwanzig Jahren ist kein anderes Land nach diesen Maßen industrialisiert worden. Keines hat sich, in Anbetracht der knappen Zeit, so sehr bereichert. Die Deutschen erstaunten selbst, sie kamen aus der Selbstbewunderung nicht heraus. Aber man muß von sich selbst im Grunde schlecht überzeugt sein, damit das Glück so schlecht vertragen wird. Wäre die Sache »mit rechten Dingen zugegangen«, das heißt normal, und ihnen wohl bekömmlich gewesen, sie hätten von sich nicht all das Aufheben gemacht: die Periode Wilhelms II., die ganz Prahlerei und Überhebung ist, wäre anders verlaufen.

Gleich der erste Nachfolger Bismarcks kündigte den Vertrag mit Rußland: das russische Bündnis mit Frankreich war demgemäß beschlossen. Die Regierungen des prahlsüchtigen Kaisers, vor allem er selbst, haben England herausgefordert, sooft sie konnten: folgte das britisch-französische Einvernehmen. Dem Dreibund des ersten deutschen Kanzlers – Deutschland verbündet mit Österreich und Italien, aber nicht mehr bei Rußland rückversichert – stand seither gegenüber die doppelte Entente dreier Mächte, die zusammen volkreicher und stärker waren als Deutschland mit seinen beiden Freunden. (Italien ist auch zu der Zeit Bismarcks kein überzeugter Freund Deutschlands gewesen, nur der Minister Crispi war derselbe verrannte Ehrgeizige wie später Mussolini.)

Zwei feindliche Gruppen von Mächten werden endlich Krieg haben. Die Drohung hat sich bis 1914 hingezogen trotz Krisen: die Völker nahmen sie merkwürdig leicht. Den Krieg in Europa kannte nach einem langen Frieden niemand mehr; er wurde, sooft er drohte, nicht ernsthaft geglaubt: das war ein Grund des gewährten Aufschubs. Nicht einmal der Nation, die angreifen sollte, wurde es mit vollem Bewußtsein zugemutet. Was einmal geübt ist, wiederholt man, und wäre es das erste Mal noch so übel verlaufen. Das deutsche Phänomen wäre unwahrscheinlich, aber zu viele erfahren es jetzt am eigenen Leibe.

Deutschland, im ersten Weltkrieg geschlagen, geht leichten Herzens in den zweiten – nur zwanzig Jahre nach seiner Niederlage. Hätte es fünfzig Jahre aufgehalten werden können, auch Deutschland wäre, lange nach allen übrigen, inzwischen zur Besinnung gelangt. Die zwanzig Jahre sind genau die Zeit der Spannung, in denen ein schwer belehrbares Volk sich zwischen zwei Kriegen fühlt und den nächsten erwartet – ohne ihn wirklich zu wünschen. Aber es handelt wahnsinnig, damit er kommt.

Deutschland hat 1939 unvergleichlich mehr getan als 1914. Es hat, anders als damals, jetzt die ganze Schuld auf sich genommen. Sein Vorwand, der Vertrag von Versailles, besagt geradezu, daß es an der vorigen Entscheidung nicht genug hat und eine neue wünscht. Es nimmt sich einen Führer – oder läßt ihn über sich kommen –, der ohne Grund und Gegenstand wäre, ausgenommen allein den Krieg. Für den Krieg hat er sich selbst bestellt von Beginn seiner Laufbahn.

Im Besitz der Macht, nähert er sich mit jeder seiner Handlungen dem Krieg. Die Aufrüstung allein täte es nicht. (Sie hatte vor ihm begonnen.) Der Terror in Deutschland ist geboten, damit kein Widerspruch laut wird gegen den Krieg. Man gibt vor, den Schrecken weltanschaulich zu gestalten. Hingerichtet, aus ihrem Land vertrieben, gefangengehalten, ausgebürgert werden Sozialisten, Juden, Intellektuelle, Christen. Ihr Haupttitel bleibt: Kriegsgegner. Verdächtig fremder Freundschaften und eines Gewissens für Europa – einbegriffen Deutschland –, damit wird man der Feind und entzieht sich durch die Flucht einem qualvollen Tode, wenn man es noch kann.

Die Arbeiter sind entrechtet worden, der Mittelstand proletarisiert. Verfolgt wird die christliche Kirche, mit ihr jede moralisch bestimmte Vereinigung und die sittlichen Individualitäten. Eine gleichförmige Masse ohne Gedanken, bar jeder eigenen Kraft, ist hergestellt worden als bequemes Objekt einer einzigen Partei. Die allein übrige Partei hatte als Vorwand ihrer Tyrannei den Krieg: oder sie wäre nur dagewesen, um sich zu bereichern. Ihr sinnloses Regiment hätte sie bald verbraucht, sie hätte sich in Diebsbanden auflösen können. Was sie am Leben erhielt, war lange vor dem Krieg der Krieg, das Pressen der Nation in den geistigen – auch schon in den wirtschaftlichen – Zustand des Krieges, die lückenlose Erziehung des Landes für den Krieg.

Die Partei und ihre Führer sind, wenn sonst bei niemandem, gerechtfertigt vor sich selbst seit dem Ausbruch des Krieges. Wer hätte, wenn nicht sie, die gute »Moral« der Nation erzwungen auf diesem hochgehenden Meer des Wahnwitzes. So viele Siege, die keinen Deutschen etwas angehen! Alle die unterjochten Nationen: Feinde für hundert Jahre; aber wer achtet dessen. Die Partei und ihre Führer haben den Deutschen fügsam gemacht bis zu dem Grade, daß ihn nunmehr auch die Niederlagen nichts angehen! Die Front kämpft unverdrossen, indessen das Innere sie vergessen hat. Es ist einzig bemüht, seine brennenden Städte zu fliehen. Die Front flieht auch, in planmäßigen Rückzügen. Das Innere nimmt geordnete Evakuationen vor.

Es dürfte keinen Deutschen wundern. Hierfür – hierfür allein ist zehn Jahre lang gelebt, gewütet, erduldet und ist immer gehorcht worden. Keine Arbeit, kein Entbehren – »Kanonen statt Butter« –, nichts, außer für den einen Zweck. Block und Beil, das vergossene Blut der Empörer – die Absicht immer dieselbe. Eine Sintflut erlogener Weltanschauung, hergeholter Einbildungen, Glaubenssätze aus dem Tollhaus – alles ging um das Leben, die ganze lange Zeit.

Jeder Deutsche, dem sein Leben lieb war, stellte sich schwachsinnig oder verlor den Verstand. Bewiesen war ihnen allen, ihr kaum mittleres Land trage in seinen Falten den Sieg über die ganze Welt.

Die unwürdigen und unbrauchbaren Unternehmen bedürfen um so mehr einer großspurigen Ideologie, die in alle Köpfe gerannt wird. Da sitzt sie – und verewigt den Krieg, nachdem es ihr gelungen ist, ihn schwindelhaft zu beweisen. Das Herrenvolk, über seinen Kopf hinweg zum Herrenvolk ernannt und unterwürfig genug, den Titel anzunehmen – heute hat es kein Land mehr.

Die Städte liegen in Trümmern, die Bewohner werden abgeführt, nach deutschen Gegenden, die unheimatlich sind, nach fremden Ländern, die sie für erobert halten sollen. Sie könnten sich aus eigener Anschauung überzeugen, daß gar nichts erobert ist als nur der Haß: er schlägt über ihnen zusammen, sie atmen ihn, schlucken ihn, sie ersticken.

Sie, wohlbestalltes Herrenvolk, irren obdachlos durch dasselbe Europa, dessen Völker sämtlich verstreut, in das Elend verschleppt werden – um der Größe des Herrenvolkes willen, und dem ergeht es ebenso. Ihm fällt das Los sogar schlechter. Alle seine kräftigen Männer, die schwächlichen auch schon, sind außer Landes, sind ohne Verbindung mit ihren geflüchteten Leuten, führen an den Fronten ein Leben für sich, bis sie fallen. Sie fallen in unvorstellbaren Mengen wie nicht einmal der geprüfteste ihrer Gegner, und der kämpft in seinem Land, um sein Land. Sie – für Deutschland nicht. Für Hirngespinste.

Das Luftgebilde, sie seien die erwählten Herren, hat sie schwerlich verlassen. Das Falscheste wird am zähesten festgehalten, zufolge der Mühe, die es macht, dank der Vergewaltigung des gesunden Instinktes, die es verlangt. Aber gesetzt, sie gäben ihre Herrlichkeit auf, sogleich tritt die andere Zwangsvorstellung ein. »Die Nation, die verliert, wird aufgehört haben zu existieren, weil –«. Der Scharlatan, der sie führt, hat seine Logik. Wenn er etwas behauptet hat, begründet er es damit, daß er dasselbe noch einmal behauptet. »Weil es wahnsinnig ist, von dieser Schlacht etwas anderes zu erwarten als Sieg oder Untergang.«

Aber was ist es, welchen Namen – welche Sanktionen – fordert es heraus, wenn einer die Nation, die ihm überantwortet war, in »diese Schlacht« führt? In den Krieg, der ein infames Spiel um das Leben ist! Nicht mitgerechnet – da er selbst keine Regung hierfür fände –, daß mehr als nur die eine Nation auf die Glücks- oder Todeskarte gesetzt ist. (Glückskarten sind nicht im Spiel.)

Welcher dürftige Schurke, ein Verbrecher durch Armut des Geistes und Herzens, verwandelt Europa in seine Festung, sein Zuchthaus, und möchte noch verhandeln. Bevor er endgültig geschlagen und abgetan wäre – aber das ist er und betrügt sich nur –, denkt er zu feilschen mit dem selbstverfertigten Elend der Welt: wieviel auf seinen Teil kommt. Nichts, meint er.

Wie kommt man dahin

Dieser Krieg ist ungeheuerlich – nicht erst durch den Zustand, den die Welt und das Leben nunmehr erreicht haben. Schon die Absicht, die ihn herbeiführte, wiederholt kein dagewesenes Beispiel. Gengis Khan fand keine Nationen abzuschaffen, Attila hat nicht Hunnen eingesetzt, wo Franken wohnten, noch die Überraschten »nach dem Osten« verfrachtet. Der reisende Bandit wird gesucht, der schon einmal Hitlersche Bevölkerungspolitik verfolgt hätte.

Überall, wohin er mit seinen Soldaten kommt, läßt er sie von der fremden Nation genauso viele umbringen, daß sein berechnetes Verhältnis der Bevölkerungszahlen nicht gestört werde. Sein imaginäres Herrenvolk muß das virtuell stärkste sein. Da es von der Ziffer, die eine Wolke in seinem dunstigen Kopf ist, in Wirklichkeit nur die größere Hälfte beträgt, müssen alle andren Nationen, je nach ihrem Umfang, dezimiert oder halbiert werden. Was übrigbleibt, soll ohne Recht, ohne Staat, als unbewaffnetes Arbeitsvolk sein Dasein fristen. Dies ist der längst vorher ausgesprochene Vorsatz. (Was ihn nicht abhält, seinen Krieg »uns aufgezwungen« zu nennen.)

Weil an einem bestimmten Tage die deutschen Sturmwagen in der Überzahl waren – aber eines anderen Tages wären sie es nicht gewesen –, hört in seinem dunstigen Kopf eine Nation zu existieren auf. Seine eingebildeten deutschen hundert Millionen wären erst vollgemacht mit Hilfe geschändeter, sterbender Völker. Nicht vorgesehen war – da niemand so falsch rechnet wie der Ruchlose –, daß Hungersterben, Tuberkulose und die Lawine der

Brandbomben nicht gerade halt bei dem Herrenvolk machen. Es erfährt dieselbe Verkleinerung des menschlichen Bestandes, eher übertrifft sein Verlust die Schäden anderer.

Franzosen, Zwangsarbeiter in Deutschland, kehren krank in ihr Land zurück – ein hoher Prozentsatz, die Hospitäler sind voll Schwindsüchtiger. Wenn aber nicht einmal dringend benötigte Rüstungshandwerker ernährt noch vor Kälte geschützt werden konnten, was dann mit dem Teil der Deutschen, der im Krieg entbehrlich und zur Last ist! Man weiß und belegt es durch Zeugnisse, daß sie abgeschafft werden.

Wäre eine menschliche Gemeinschaft dabei angelangt, der Vergasung kranker Kinder zuzusehen – oder davon wegzusehen –, dann geht nichts sie noch an, ihre verfallenen Fronten nicht, kaum das Geschick der Söhne draußen, und die Nation? Von ihr mag einer allein weiterreden. Er hat, er mit seinem schäbigen Gerüst und nichts darin, die Nation verkörpern wollen. Steil abschüssig bis hierher gelangt, stimmt jeder Deutsche zu: er ist die Nation.

Das bedeutet die Stufe von geistiger Auflösung, wo endlich die ehrlichste Wissenschaft irrational vorgeht und Lügen brütet. Sie wollen ein Trost sein. Die Sternwarte Berlin – voreinst war sie namhaft – hat den aufgelösten Deutschen zu melden gewußt, daß sie ein fatales Gestirn entdeckt habe. Dieser Neuling werde ehestens mit der Sonne zusammenstoßen, dann sei »ohnehin alles aus« und der (verlorene) Krieg keine Sorge mehr.

Wenn die Anekdote nicht wahr wäre, verdiente sie doch erfunden zu werden. Sie hält Schritt mit dem geistigen Niedergang, der zuerst kam, dann erst konnte dieser Krieg – und dieser Führer – sein. Der Vernunfthaß ist das Zeichen eines Zeitalters. Der Entschluß zum Irrationalen, weil es aller Pflichten entbindet, Deutschland hat ihn gefaßt, früher als andere. Wenn andere die Probe machten, ließ Deutschland sie weit hinter sich, es beschritt den Weg und ging bis an sein Ende: das wird nunmehr abgehandelt.

Deutschland steht zu Europa – und zu sich selbst – in einem irrationalen Verhältnis. Was es tut, ist falsch, die Voraussetzungen so widernatürlich wie die Folgen. Warum hängt eine deutsche Bestattungskolonne sich an das verunglückte Frankreich, das die sogenannten Sieger verachtet? Der Vorwand, Juni 40 sei Frankreich erobert worden, ist hinfällig. Da kein deutsches Heer übrig ist, um Frankreich heute nochmals zu erobern, kann auch die vorige Eroberung nicht echt gewesen sein. Sie stehen nicht als Sieger in Frankreich. Eingeschlichene Blutsauger klammern sich an, ohne Recht, nicht einmal mit dem Recht des Stärkeren; dezimieren die Bevölkerung, beseitigen alle Wehrhaften. So hält man sich gegen Vernunft und Augenschein – die zu quittieren pflegen.

Warum verwüsten die deutschen Zerstörungskommandos jede russische Stadt, die aufgegeben werden muß? Wo ist die Notwendigkeit. Es gibt keine. Jeder Soldat weiß nachgerade, daß sie das Land verlassen werden, wie sie gekommen sind, nur sehr verringert an Mannschaft, Gesundheit, Hochgefühl. Was heute noch geschieht an greulichen Taten, fällt zurück auf die Verüber – die es wissen. Die vernichteten Städte werden sie mit eigener Hand wieder aufbauen müssen, und nichts damit gutmachen. Gleichwohl – Vernichtung.

In Kiew, als sie es räumten, erschossen sie hundertsechzigtausend Menschen, und wie viele vorher? Die Stadt von einer Million Einwohner hat gegenwärtig vierzigtausend. Jemand, der beiwohnen konnte, berichtete, sechzigtausend zu erschießen habe drei Tage erfordert. Nach dieser harten Arbeit verzehrten die deutschen Soldaten das russische Brot.

Wie kommt man dahin? Wie werden Massenmörder aus

Menschen, die zu kämpfen dachten? Jede vernünftige Erwägung spräche wenigstens jetzt dagegen. Natürlich hat sie von jeher gegen das ganze System gesprochen.

Dies alles war möglich geworden, seitdem die Vernunft in Verruf erklärt, das Denken strafbar ist. Die Massenmorde sind ohne Zweck, nicht einmal die überlebte Illusion, als korrigierte man das Verhältnis der Bevölkerungsziffern, könnte sie an diesem Punkt noch erklären. Gleichwohl sind es tote Glaubenssätze, die weiterhandeln, gegen das Wissen, gegen das Gefühl. Der deutsche Führer hat erklärt, Gefühle würden ihn niemals abhalten. Übrigens fühlt er nichts, außer für das Stückchen Ungemach, das er selbst ist. Gestehen, daß es an der Zeit ist, widerlegte Glaubenssätze abzulegen? Das erste Zugeständnis an die Vernunft wäre seine Abdankung.

»Alles andere ist eher möglich, als daß ich die Nerven verliere«, spricht das Geschöpf, und im Untergang begriffen und besessen von schrecklicher Todesfurcht, bleibt es dabei, zu töten. Nach dem Wegfall jeder Doktrin – sterben wird er wohl nicht aus Lehrhaftigkeit – mordet er von der Bevölkerung einer Stadt den ausgerechneten Prozentsatz, aber die Juden alle, bis auf drei, die von ihm melden sollen.

Dies ist der Führer, den die Deutschen, nicht ohne inneren Zusammenhang, bekommen und behalten haben. Sie schätzen Gründlichkeit als einen ihrer Vorzüge. Auch ein Gesicht der Gründlichkeit ist die Zähigkeit – im Falschen. Wäre es das Rechte, man könnte sich darauf verlassen. Die großen Lügen verlangen, daß eher der Geist aufgegeben als die Wahrheit gesagt wird.

Hitler – jedesmal schreibe ich mit Widerstreben den Namen eines Menschen, der es nicht wert ist – hält zu seinem Glaubenssatz, daß es zwei starke Rassen gebe, Deutsche und Juden: darum rotte er die eine aus. Die Völker der Sowjetunion hat er nicht schwächlich gefunden, sowenig wie das britische Reich. Die Sowjetunion, das sind zweihundert Millionen, zusammengehalten von dem ältesten Urinstinkt für ihr Land und von der lebendigsten Überzeugung einer Gemeinschaft (die gleichfalls bei ihnen das älteste ist).

Das britische Reich, das ist ein Viertel der Erde und ist kein Reich, wie diese Deutschen es verstehen würden. Es ist eine freiwillige Vereinigung vieler zum Gemeinwohl. Die weit getrennten Länder, die Dominions heißen, wären, jedes vereinzelt, weniger wohlhabend und gesittet, vor allem wären sie hilflos. Sie werden von Großbritannien nicht »kontrolliert«, aber beschützt und zur Macht erhoben. Alle anerkennen sie dasselbe Mutterland – eine Insel mit dreiundvierzig Millionen, und sie sind ein Viertel der Erde.

Das war nie, hätte niemals sein können, ohne das mehr als politische, das menschheitliche Genie Englands. Die vorige Reichskonferenz wurde präsidiert nicht vom britischen Minister: vom General Smuts, Südafrika. Ihn hat Churchill, im Fall seiner eigenen Verhinderung, beauftragt, ihn vor dem Parlament zu vertreten. Vor dem Haus, auf das die Welt blickt, steht kein Brite, kein Angehöriger des Herrenvolkes, denn dort kennt man keines. Transvaal ist, noch zu unserer Zeit, niedergeworfen worden. Es ist aufgerichtet, ist erhoben worden. Sein Minister präsidiert das Reich, für die großbritannische Regierung spricht er zu dem Haus.

Es übersteigt das deutsche Maß, sie haben nicht erfaßt, was da vorgeht. Sie taten noch keinen Blick in das wirkliche Gesicht der Welt, die Züge, die ihre Zukunft trägt, bleiben ihnen dunkel. Das britische Gemeinwohl, die gerechten Verwirklichungen der Sowjetunion, sie konnten beides nur hassen aus Unwissenheit, die Armen.

Sie hätten sonst begriffen, daß ihre Raubkriege, mit aller Schuld, allem Verderben, das sie häufen, lumpig sind und nachhinken. Es wäre schwer, für die öffentlichen

Dinge noch unbegabter zu sein als sie. Es ist unmöglich, mit weniger Fug und Recht das Erdrund mit sich zu beschäftigen als nunmehr die Deutschen. Wer nichts erkannt hat, nichts weiß und das Wissen mit Strafe belegt, dem ist der Kampf verboten.

Ihr letzter Raubkrieg kostet die Deutschen ihr Land: nicht, wie sie glauben sollen, daß die Sieger sie ausrotten wollten, ihre Nation aufheben würden. Ihr Hitler fände keinen Sieger, um zu handeln wie er selbst. Er selbst hat das Land, gleich jedem unterworfenen, von Männern entblößt. Fremde aus allen Teilen bevölkern es zu Millionen, unlängst waren es vierzehn. Die Zwangsarbeiter besorgen den deutschen Nachwuchs. Wenn die Frontkämpfer heimkehren, die Heimatlosen werden sie selbst sein.

Wie viele heimkehren – und zu wem noch, in welchen Schoß welcher Gemeinschaft noch –, entscheidet der untergehende Hitler mit seiner endgültigen Ausgeburt, dem Himmler. Deutschland wird gegen eingedrungene Armeen schlecht oder gar nicht verteidigt werden. Aber der Himmler ist da, um den Hitler vor den Deutschen zu retten. Sie werden massenhaft fallen im Lande, getrennt von ihren Heeren, die eigens hierfür draußen bleiben müssen, sich abschlachten lassen müssen bis über die Niederlage hinaus.

Soldaten, an der russischen Front gefangen, fürchten von Hitler-Himmler noch mehr, als anderen einfiele. Sie sehen voraus, daß Gestapo und SS die Transportzüge sprengen werden, damit nicht Männer, bewaffnete Männer, im Lande ihr Geschäft stören. Ihr Geschäft, der letzte Auftrag ihres Hitler, ist, Deutschland zu entmannen.

Dahin führt geistige Blindheit, die von einer Nation gewollt oder ihr eingeübt ist. Dahin ein unziemliches Verhältnis zur Welt und Menschheit, eine Selbstbesessenheit, die ein klinischer Fall ist, und die Gründlichkeit im Verkehrten. Dahin führt die Überwindung der Moral.

Fünftes Kapitel

Eine Nation überfallen heißt hinter ihr zurück sein

Gewiß, das deutsche Verhältnis zum ganzen Europa ist abgeschweift von jeder Wirklichkeit. Die gesunde Vernunft beiseite, läßt es sich noch erklären. Die westlichen Mächte und Nationen waren auf diesen Krieg weder vorbereitet noch willens, ihn zu führen. Wer sich entschlossen hatte, den Krieg herauszufordern, gerade wegen seiner moralischen Unmöglichkeit, die nur ihn allein nicht abschreckte, der durfte losschlagen.

Der Angriff auf die Sowjetunion ist auch mit moralischem Irresein nicht mehr zu erklären. Der gewöhnliche Kranke behält dennoch den Sinn für seine Selbstbewahrung. Er rennt sich nicht den geschwächten Kopf ein – gegen offenkundige Tatsachen, und niemand hatte ihnen aus der Nähe aufgepaßt wie er.

Die deutsche Industrie hat für die Industrialisierung der Sowjetunion die Maschinen geliefert: ihre Techniker stellten sie auf, sie haben das Land an der Arbeit gesehn. Die Ergebnisse wurden in russischen Filmen den Deutschen vorgeführt. Die Maschinen sind bar bezahlt worden. Das ist kein ermüdetes Volk, kein verarmter Staat, so kurz nach ihrer Revolution, schon in voller Schwungkraft, um sie auszunutzen.

Die Filme zeigten uns, wie die Revolution zusehends fruchtbar wurde. Rationalisierte Produktion. Arbeit, die Elend nicht bedingt, sondern es einschränkt. Die technische Erziehung eingeordnet einer gehobenen Bildung der Menschen. Daher: Freude. Der freudige Stolz der Dörfer, die ihre Maschinen in Empfang nehmen – ich sehe es noch.

Die Freudigkeit der proletarischen Studenten, der Arbeiter, die eine selbstgebaute Untergrundbahn als ihr eigen bejubeln: wer vergißt das?

Alles stand klar wirklich vor uns, hätte niemals Mache sein können, Potemkinsche Dörfer hat kein deutsches Publikum darin vermutet. Wir erkannten auf Straßenbildern die vollen, lachenden Gesichter der Mädchen, den selbstbewußten Gang eines jeden. »Seht! dahin haben wir es nun doch gebracht. Die Existenz hätten wir gesichert, ganz arm, ganz reich – ist nicht mehr.« Das Lebensgefühl des Sowjetvolkes stand unverkennbar hoch.

Aber der Stand ihres Lebensgefühls zeigt fehlerlos an, was von den Völkern zu erwarten ist. Mit geistiger Entmutigung, unter Zweifeln an den Einrichtungen des Landes und der eigenen Lage, werden sie weder ihrem Staat noch sich selbst ergeben sein bis in die ausgebrochene Katastrophe, bis zur letzten Entscheidung.

Das Sowjetvolk, die einfachen Individuen, ohne Wissen um die Menschheit jenseits ihrer Grenzen, fühlten sich überlegen, allein auf Grund ihres Lebensgefühls. Sie meinten richtig, ein gleich hohes könnte draußen niemand haben. Nur darum nahmen sie den Rest der Welt für veraltet. Nicht, daß es sie gedrängt hätte, ihn zu erneuern. Man hilft sich selbst, andere versuchen höchstens zu stören, das kannten sie. Man muß wehrhaft handeln, opfern, leiden, alles wehrhaft, alles über jeden bisherigen Begriff – bevor das Glück eintritt, oder noch nicht das Glück, aber der verheißungsvolle Schein, der ihm vorausgeht.

Andere das Glück lehren wollen wäre vergeblich, die Leiden und Opfer haben sie selbst sich abzugewinnen. Ich gestehe, daß ich die nunmehr aufgehobene Komintern als eine Geste der Revolution, nicht für mehr bewertet habe. Die Weltrevolution wird nicht gemacht: sie vollzieht sich geistig, sittlich und auf einer weiten Skala des Erlebens. Wenn nicht alles täuscht, ist das Sowjetvolk während seiner zwanzig Jahre Aufbau mit sich allein geblieben. Es hat den Völkern, die nach seinem lebendigen Gefühl hinter ihm zurück waren, wenig Gedanken gewidmet, den Gedanken, sie anzugreifen, nie.

Das Vorige betrifft die Anschauung menschlicher Zustände, der seelischen noch mehr als der handgreiflichen. Es ist recht eigentlich eine ästhetische Aufgabe, die meisten Politiker sind dafür schlecht geeignet, die üblichen deutschen – gar nicht. Hitler und Genossen bleiben, was sie sind, wenn sie des Menschen nicht achten: haben sie ihn doch ausdrücklich abgelehnt. Sie unterscheiden Deutsche – und den minderen Rest. (In Wahrheit unterscheiden sie nicht. Auch die Deutschen sind nur ein Rest.)

Punkt zwei: der militärische

Indessen ist es nicht das Menschliche allein: es sind drei Punkte, in denen Hitler und Genossen grob danebenraten mußten, damit ihr Angriff auf die Sowjetunion ihnen herzhaft vonstatten ging. Der zweite ist der militärische. Wo waren ihre Beobachter (solange möglich, das Wort Spion vermieden), die, in Moskau zugelassen, gewiß mehr sahen, als sie von Amts wegen durften? Sie konspirierten. Wer mit schlimmen Absichten umgeht, hat geheime Quellen – und hat Hintertüren. Gerade darum übersieht er das Offenkundige.

Die deutschen Beobachter haben den Roten Platz, mit dem Sarkophag Lenins und der beständigen Verehrung, die ein ganzes Volk ihm erwies, für eine Attrappe angesehen. Um so eher hielten sie jeden Aufmarsch der Roten Armee, mit aller leidenschaftlichen Teilnahme der Zuschauer, für Theater. Gutes Theater hat aber die Intensität des Lebens selbst. Die Wirklichkeit in ihren besten Stunden bekommt dieselbe Kraft und Anschaulichkeit wie gutes Theater. Hier nun war der Fall, wo die Vorführung und das Vorgeführte sich deckten.

Die Rote Armee, das sind Arbeiter und Bauern, die es unverändert bleiben auch in Uniform. Verlangt wird nicht, daß sie ihre soziale Herkunft vergessen, wenn sie Soldaten sind. Sie leisten keinen Schwur auf das Interesse anderer Leute, wenn sie ihrem Staat schwören, ihn zu verteidigen. Der Staat sind sie. Die Rote Armee, wie sie aufmarschiert, das Volk mit seinen glänzenden Augen: – alles eins.

Menschenbeobachtung beiseite, bloße militärische Horchposten müßten den Tatbestand gewürdigt haben. Sie waren verpflichtet zu sehen: die Revolution ist militaristisch. Sie ist es nicht auf höheren Befehl und durch mechanische Abrichtung. So kam sie zur Welt, so beharrt sie, oder wäre verloren. Sie kann nur, bei Lebensgefahr, hoch-, mit innerster Leidenschaft hochhalten, was ihr Wesen selbst ist. Ein und dasselbe Prinzip verteidigt unbeirrbar die verstaatlichten Produktionsmittel und das Volksheer.

Die deutschen Horchposten machten sich dumm. Sie wollten, dies solle eine Armee sein wie andere mehr, besonders wie die deutsche. Die war unter der Republik das vorsätzlich angefertigte Machtmittel einer Klasse gewesen. Hitler hat, um sie zu seinem Instrument zu machen, Ränke gebraucht bis nahe der Gewalt. Einst, noch an seinem Beginn, rückte er gegen die Bendlerstraße an. Die Generäle verschanzten sich in ihrem Kriegsministerium und hätten geschossen. So weit geht er nicht.

Dies aber ist das Verhältnis von Staatsgewalt und militärischer Macht, das er kennt. Ein anderes begreift er nicht. Um so weniger hat er verglichen, welche Opfer das Sowjetvolk seiner Armee brachte und was die Deutschen sich ihre kosten ließen. Um es zu sagen: nichts. Die deutsche Aufrüstung ist von anderen bezahlt worden. Geldgeber waren dieselben Mächte, die es nachher büßen mußten in dem deutschen Raubkrieg.

1929 bis 30, auf Grund ihres zweiten Fünfjahresplanes, fing die Sowjetunion zu rüsten an. Hitler, Ende 1932 zur Macht gelangt, mußte auf nichts anderes in der Welt ein so aufmerksames Auge haben. Aus eigener Kraft allein, ohne Unterstützung von seiten der Mächte, die den sozialistischen Völkerverband noch nicht wirklich anerkennen (einige auch formal nicht), macht der neuartige Staat sich stark. Er will vorgeschritten und muß kraftvoll sein.

Hitler, allerseits anerkannt und mit Anleihen überschüttet, merkt nichts. Denn er glaubt an die Revolution nicht. (Er will eine gemacht haben, weiß aber, ohne es wissen zu wollen, daß er im Gegenteil beauftragt war, der Revolution vorzubeugen.) Alles, was seine Erfahrung und sein Denkvermögen ihm sagen: ein Staat mitsamt seiner Armee kann unterwühlt werden. Man überredet einige konservative Politiker, als wäre man selbst ein Erhalter, kein Vernichter, der aufzubauen nichts übrigläßt. Bewegt man jetzt noch die militärischen Befehlshaber, wenigstens neutral zuzusehen – dann ist eine deutsche Republik bald umgebracht. Andere werden folgen.

Die deutsche »Wehrmacht« (für »Angriffsmacht«) bekam von Hitler das Versprechen eines Angriffskrieges – von der Republik hätte sie keinen zu hoffen gehabt. Sie traute auch diesem Führer nicht. Gleichviel, das Zusammengehen der Angriffs-»Wehrmacht« mit ihm hat begonnen, zugleich der zehnjährige Prozeß der Unterordnung einer Armee unter eine Partei.

Der glückliche Tribun zog ein für alle Male seine Lehre über die Beziehungen von Staat und Heer. Bestich die Generäle, mit was du willst: von der Aussicht, in die Geschichte zu kommen, bis zu cash and carry, aber bestich sie, dann hast du sie und die wirkliche Macht.

Viel bemerkenswerter, als gerade dieses Zeitalter wahrnehmen konnte: mit dem Heer als einer Gesamtheit von Soldaten wird nicht gerechnet. Ein hoher General genügt. Zwei hohe Generäle sind der Überfluß, bald schon eine Verlegenheit. Vielleicht meinte Hitler an den Befehlsstellen der Roten Armee mehr als nur die eine verschwiegene Sympathie zu genießen? Genügt hat ihm bestimmt der eine Tuchatschewski. Der wird die anderen anstecken, sie von ihrem Interesse überzeugen: das Interesse dieses Staates, dieses Volkes ist es nicht (meint Hitler).

Es scheint Wahnsinn, versteht sich aber von seiten eines Tribunen der Gegenrevolution. Mit einem Marschall, der zufällig ohne befestigte Gesinnung ist, stürzt ein Fremder – in seiner Einbildung – den riesengroßen Verband von Volksrepubliken, einen Staat mit der stärksten, entschlossensten Führung, wie dem fremden Intriganten jeder sagen könnte. Übrigens weiß er es; er selbst möchte so stark sein wie die Sowjets, wie Stalin, sein heiß beneidetes Vorbild – von der anderen, ihm verschlossenen Front der sittlichen Welt, des zeitlichen Zustandes. Dennoch hält er »unterwühlen« immer für möglich und glaubt an den Verrat.

Seine Beobachter, von denen Moskau wimmelt (allerdings dürfen sie selten ohne Begleitung ausgehen), sollten ihm doch einiges zur Kenntnis gebracht haben. Wie ein vollendeter Volksstaat funktioniert. Daß Verräter nicht weit kämen, der klar bewußte Verrat dort nirgends, wahrscheinlich auch bei dem Marschall nicht, statthaben kann. Er würde zermalmt werden zwischen Regierung und Volk, die übermächtig sind, die, im Wesen eins, dem Haupt der Minerva auf einmal entsprungen sind.

Aber dem Schreckensmann Hitler sagen seine Beobachter wohlweislich, was er hören will. Übrigens, was haben sie denn bemerkt? An der Sowjetunion konnte ihnen nur auffallen, daß ihr eigener Herr und Meister sie in dieser, jener Hinsicht noch übertraf. (Bei ihm war es schlechtes Theater: keine Wirklichkeit dahinter.)

Die Beobachter hatten von der nichtswürdigen Passivität großer Volksmassen, ihrer Gebrauchsfertigkeit für kleine, dreiste Cliquen dieselbe Vorstellung wie Hitler, wie alle deutschen Faschisten und die anderen. Um richtig zu sehen, hätten sie den Kreis ihrer Existenz durchbrechen müssen.

Der Marschall wird erschossen. Nichts wäre einfacher vorauszusehen gewesen. Auch daß die Rote Armee – das Sowjetvolk – sich nicht beifallen ließ, ihn zu rächen. Sie hätte denn Hitler mehr lieben müssen als Stalin und als sich selbst – was viel verlangt wäre. Der Schluß aber, den Hitler aus der Beseitigung seines Werkzeuges zieht, ist überraschend trotz allem: phänomenal wäre nicht zuviel gesagt. Er hält nunmehr eisern fest: die Sowjetunion ist unterwühlt.

Sie ist unterwühlt, nicht weil sein übler Streich ihm gelungen wäre, vielmehr, weil er verfehlt ist. Ein Staat, der seinen eigenen Marschall hinrichtet, ist unmöglich. Ohne Respekt vor dem höchsten militärischen Rang besteht kein Staat: nach deutschem Begriff, aber besonders nach dem geistigen Vermögen eines alten Gefreiten, der niemals Unteroffizier werden konnte. Er steht innerlich stramm vor Generälen, und wenn er sie bestäche. Er wird mehrere umbringen, aber unter der Hand, und will es nie gewesen sein. Was immer ein Marschall begangen hätte, der Staat, der ihn offen aburteilt und richtet, hat sich selbst das Urteil gesprochen: er ist unterwühlt.

Die Revolution schlachtet ihre eigenen Leute, sie verzehrt sich selbst. Da hat man die Revolution, die es mit den Massen ernst gemeint hatte! – denkt der Gegenrevolutionär, der nichts konnte als die Massen betrügen mit der Afterseite einer Revolution anstatt des Gesichtes. Der Marschall, dies sieht er in heller Schadenfreude, war nicht der einzige Feind der Sowjets. Jetzt marschieren andere vor Gericht auf, manche, die er nicht kennt. Um so weniger begreift er, daß die Sowjetunion sich der Neugier preisgibt. Sie macht Sensation, die erste erfreuliche. Sie gesteht, daß sie unterwühlt ist!

Die Moskauer Prozesse

Aber dies sind die Moskauer Prozesse, deren ganz anders gemeinten Ruhm sogar der Krieg nicht verdunkelt. Gerade die Prozesse haben erwiesen – die Zeit wäre gekommen, es einzusehn –, daß die Sowjetunion für ihre Verteidigung gerüstet, moralisch gerüstet war. Noch einmal gelten die Worte des französischen Kämpfers Émile Zola:

»Wahrheit und Gerechtigkeit gehen über alles (sont souveraines), denn sie allein sichern die Größe der Nationen. Es kann geschehen, daß politische Interessen sie einen Augenblick verdunkeln, aber jedes Volk, das nicht auf sie sein einziges Daseinsrecht stellte, wäre heute ein verurteiltes Volk.«

Hier bekennt ein Demokrat, daß er die Demokratie zu Ende gedacht hat. Er wiederholt den Glauben der Französischen Revolution, solange sie wirksam war. Die neue Revolution ist effektiv, daher gelangt sie über revolutionäre Methoden zu demokratischen. Zuerst die Prozesse machten es augenfällig. Man darf nicht zugunsten einer Meinung auf die Wahrheit verzichten. Nur Mut, hier gibt es Wahrheiten, die eine Rüstung sind.

Unter den Zuschauern, die man freiwillig zuließ, befand sich ein britischer Jurist von Rang. Nachher bestätigte er, in keinem Rechtsstaat wäre das Verfahren anders verlaufen. Es ist nicht allein dies. Wären die Kompromittierten nur zu Recht verurteilt worden, der Vorgang hätte wenig Erinnerung hinterlassen. Das Eindrucksvolle ist das Hinableuchten, dem man beiwohnte, bis zu ihren tiefsten Motiven – sie selbst hatten sich nicht gekannt, bis die Diskussion sie entblößte.

Da ist der große Dialog zwischen dem Staatsanwalt und dem Journalisten Radek: wörtlich könnte er bei Dostojewski stehen. Derselbe psychologische Kampf um den Besitz der unterirdischen Wahrheit – nicht um die Bestrafung oder die Straflosigkeit, das scheint beiderseits vergessen: nur um die Wahrheit. Der Angreifer, der Verteidiger haben zusammen den einen, zwingenden Ehrgeiz, zu wissen, was in dieser Seele war, wohin die Worte dieser Lippen, genaugenommen, gezielt hatten – und welche Wege diese Füße gegangen?

Ein Satz trifft grell in eine Windung der Seele – dahinter starrt noch Finsternis, ist aber gewärtig, daß der Schein auch sie entdeckt. Der Ankläger mit allen seinen suggestiven Fragen ist keineswegs der Begierigste: An einen toten Punkt gelangt, würde er nach allem seine Ohnmacht eingestehen. Aber der Beklagte hilft ihm, es ist für ihn dahin gekommen, daß er den Zweifel nicht länger erträgt. Seine Schuld war, daß er irrte. Die Wahrheit! Um sie wird gerungen in einer klassischen Auseinandersetzung.

Der Verräter, Quasi-Verräter oder nur ein Unglücklicher, hatte den ersten falschen Schritt getan, noch unbewußt, infolge verführerischer Gedanken, denen er glaubte und auch nicht. Er gerät in ein Getriebe, möchte sich zurücknehmen, kann es nicht mehr. Politische Streitsucht? Man will die Revolution besser verstehen als jetzt die Orthodoxen. Man hat eine Richtung, sie trägt einen Namen.

Wenn die Richtung die einzig denkbare Fortsetzung der Revolution wäre, gut. Da sie es nicht ist, gelangt sie an die Grenze des Verrats, einige überschreiten die Grenze. Streit um Gesinnungen ist das nicht mehr, sondern ein Verhängnis von Attentaten gegen die eigene. Die armen Teufel waren selbst Revolutionäre, handelten aber gegen die Revolution, wie sie ist. Daß sie so und nicht anders sein mußte, ist leicht zu sagen, nachher, wenn sie sich und das Land gut verteidigt haben wird im Krieg.

Warum bleibt nach einer großen Szene Dostojewskis der Eindruck, als wäre der Schuldige schon durch sein tiefes, abgründig tiefes Verhör gereinigt und müßte nicht erst in das Gefängnis gehen? Die Gestalten aus den Moskauer Prozessen sind getötet oder eingekerkert. Entsündigt – auf psychologischem Wege wie bei Dostojewski – waren schon in der Verhandlung, vielleicht nicht sie, aber die Revolution war es. Zuerst werden Menschen erlebt in ihren tragischen Fehlgängen: dann eine soziale Gesamtheit. Jeder starken Revolution zuvor kommt eine unerbittliche Literatur.

Gerade dies ist unter Hitler, und schon vorher, den Deutschen das Fremdeste. Sie finden keinen Zugang, ihnen bleibt nur übrig, die Revolution für verurteilt zu halten, weil einige Abgewichene sie büßen müssen. Sie glauben an keine Revolution. Was bei ihnen so hieß, 1918 und 1933, war fahrlässige Mache, war schamlos ungeglaubt. Dafür bedurfte man wahrhaftig keiner Ergründung der Seelen, die in Deutschland längst schon für Dunst gelten. Um so weniger der Kenntnis der Massen. Wozu waren deutsche Massen da?

Um sie zu betrügen, um sie zu verachten.

Die Verachtung der Massen

Das Zeitalter der Massen wird allerseits anerkannt. Es ist ein massiges Zeitalter, wer klug ist, versteht mit ihm zu leben. Den Massen muß alles versprochen werden; mit so gut wie nichts an Zugeständnissen lassen sie sich hinhalten. Immer gibt es Teile von Massen, die auch das Minimum von Ausgleich noch entbehren wollen und lieber zu den Übermächtigen stehen, als daß sie ihre eigene Kraft entdecken. Freiwillig unterworfen – zwei unvereinbare Worte stehen nebeneinander –, kann man sich groß fühlen, wie das Phänomen des Faschismus zeigt und diese Deutschen der Welt zu beweisen scheinen. (Wer ihnen ihr Selbstgefühl glaubte! und daß es sie glücklich macht!)

Die Massen – gesetzt, sie hätten nicht gerade Tolstoi gelesen und den Marx schon vergessen – fordern allerdings dazu heraus, sie zu betrügen. Es ist trotzdem nicht klug, im Hinblick auf die Folgen, die furchtbar sind. Aber Massen, die nichts wollen, verdienen Führer, die nichts können – besonders nicht voraussehen. »Die dicksten Lügen werden am leichtesten geglaubt«, sprach in seinen munteren Anfängen der deutsche Führer. Das war seine ganze Psychologie der Masse, damit hatte er sie in der Tat, der Tatenmensch.

Die deutsche Republik hatte, ganz wie er, die Sozialisierung versprochen. Was eintrat, war eine Plutokratie, die keiner andern nachgab, die Masse eines mittelgroßen Landes ins Verhältnis gezogen. An ihrem Ende hatte die Republik einige der reichsten Individuen des Kontinentes, und unerhörte Massen überließ sie der öffentlichen Fürsorge. Hitler hat den Zustand beibehalten, vertieft und ausgebaut.

Seine Kriegsrüstung, die alle mit Arbeit versorgte, ist verschwendet wie die einfache Fürsorge. Sie ist in Wahrheit unergiebig; damit sie aber nicht umsonst war, wird Krieg sein müssen. Ihre vollbrachte Arbeit kostet die Armen das Leben, ja, vielleicht wird die Kriegsrüstung endlich bezahlt mit dem Besitz der paar Reichen. (Aber er ist verschoben und international verschachtelt.) Die weitest getriebene soziale Gesetzgebung wäre billiger gewesen – wenn Hitler bestellt gewesen wäre, den Frieden zu rüsten, nicht den Krieg.

Hier hat einer den Krieg als einzige Rechtfertigung seines politischen Daseins. Wie begreiflich, sieht er Versuche, mit den Massen, diesem streckbaren, drückbaren Objekt, anders auszukommen, für einen vergeblichen Unfug an. »Haben wir alles schon gehabt«, äußerte er über Léon Blum und seine schwachen Reformen 1936 – nicht weil sie schwach, nur weil es Reformen waren. Wie erst, wenn die Massen eine Revolution machen! Schlimmer, Intellektuelle, für ihn die unmögliche Menschenart, machen die Revolution mit den Massen anstatt, wie es richtig wäre, gegen sie!

Die Verachtung der Massen, eine Seite dieses Zeitalters, seine Kehrseite, wie der Verlauf dartun soll, spricht keineswegs für die glückliche Natur der Verächter. Ihnen wäre wohler, sie könnten achten – die Massen und sich selbst. Einer mag groß auftrumpfen und sich feiern lassen. Wirkliche Selbstüberzeugtheit war niemals glaubhaft bei den Vereinzelten, die sich anmaßen durften zu verachten: lebende Menschen und die Gattung bis zu ihrem Begriff. Das Lebensgefühl leidet. Der Zustand des Mißratenen erklärt sich in unvermittelten Depressionen, im Versagen der Selbstkontrolle, im Wüten, Verzagen, Untertauchen, in Unternehmungen ohne Maß – weil ohne Sicherheit.

Da sie anerkannt sind und es bleiben bis zu ihrem vollendeten Scheitern, drücken sie auf das Lebensgefühl der großen Mehrheit, die ihr Kreis und ihr Treiben zwangsweise mit einbezieht. Wenn es jetzt erst sänke! Ach! schon vorher muß der Stand des allgemeinen Lebensgefühls niedrig genug gewesen sein, daß die Massen in dem krankhaften Typ Hitler ihr perfektes Muster erblicken, daß eine Nation sich ihm hingeben konnte.

Festgehalten sei, daß die Massen, eine gewisse Zeit lang, gefahrlos verachtet werden. Damit steht es, dank der fortgeschrittenen Technik des Redens und des Tötens, ganz anders als in dem 19. Jahrhundert, das die Massen noch fürchtete.

»Gegen neun Uhr strömten die Zusammenrottungen

von der Bastille und dem Châtelet zurück auf den Boulevard. Zwischen Porte Saint-Denis und Porte Saint-Martin ergab dies ein einziges ungeheures Gewimmel, dunkelblau, beinah schwarz. Wenn man Gesichter unterschied, hatten sie glühende Augen, sie waren bleich, von Hunger abgezehrt, erbittert durch Ungerechtigkeit. Indessen ballten sich Wolken; der stürmische Himmel erhitzte mit seiner Elektrizität die Menge, sie wirbelte um sich selbst, unentschlossen, weithin schaukelnd, wie ein Meer, das sich geschlossen erhebt; und man fühlte in ihren Tiefen eine unberechenbare Kraft, die Gewalt des Elementes.« (Gustave Flaubert, »l'Éducation sentimentale«, Édition du Centenaire, Seite 385.)

Dies ist ein Augenblick der kleinen Revolution von 1848, sie war nur ein Nachzügler der großen. (Der Gegensatz, liberales Bürgertum – sozialistisches Proletariat war seither herangewachsen.) Dieselbe Furcht und Bewunderung, wie sechzig Jahre vorher, geboten der Anblick der Masse und ihr Anteil am Geschehen. Wie machen es nunmehr die gebeugten einzelnen, um zusammen ein »Element« zu bilden? Das wäre schwierig. Schon die Lautsprecher übertönen erregte Massen und hypnotisieren sie. Gegen Sturmwagen-Barrikaden?

Sie haben nicht nur gehungert, sind nicht nur hunderttausend mechanisierten Reden erlegen: aus Hunger und vom Radio gebändigt, haben sie ihren listigen Führern die Waffen gegen sich selbst gemacht. Von da an gilt so bald kein Widerstand mehr. Letztes Mittel der Verständigung: über den Köpfen würden Bombenflugzeuge manövrieren – feindliche wären es diesmal nicht, es wären »eigene«. Hallo! wer flüchtet da? Verschwindet unter dem Boden? Das war vor Zeiten ein Element!

Die Massen haben sich mit der Arbeit ihrer Hände – und Köpfe – um ihr Recht betrogen. Sie sind in ihrer Selbstachtung gesunken. Sie werden, verhältnismäßig lange, kaum gefürchtet. (Deutschland kennt, in seinem Krieg gegen alle und gegen die Deutschen, eine »innere Front«, drei viertel Millionen schwerbewaffneter Volks- und Landesverräter, falls dem Volk die Geduld ausginge.) Der Zustand dauert nicht. Es wäre zu schön für billige Staatsmänner, die mit der Technik regieren. Die Erkenntnis ist ihre Sorge nicht. Um so unerwünschter könnte sie ihnen aufgehen; aber sie werden unbelehrt dahinfahren. Die Herrenmenschen von der Kehrseite des Zeitalters sehen ihm niemals ins Gesicht.

Punkt drei: der politische

Wäre ein erniedrigtes Volk – wie jetzt diese Deutschen, wie noch andere – unlustig und nicht danach angetan, mit seinen Herrenmenschen (von der Kehrseite) aufzuräumen, sie besorgen das Nötige selbst. Der deutsche Überfall auf die Sowjetunion ist kein Ergebnis gediegener Überlegung: soviel scheint sicher. Aber sogar nach Aufgabe der Vernunft, im offenen Irresein, wahrt einer den Instinkt, einen lebensnotwendigen Rest von Instinkt. Geht der ganz und gar verloren, dann »sollte es sein«, und Deutungen erübrigen sich.

Die Tatsache ist, Hitler – und seine Art, die nicht deutsch allein ist – hielten eine revolutionäre Nation für angreifbar, aus keinem anderen Grund, als weil sie revolutionär ist. Der einzige Umstand beseitigt ihre zahlenmäßige Überlegenheit mitsamt dem Verhältnis des militärischen Mannschaftsbestandes. Denn Revolutionen schwächen. Sie enttäuschen ein Volk, sie ermüden eine Nation. Die Sowjetunion hat in ihrem Innern mehr Feinde, als sie selbst kennt. Aber Hitler kennt sie, auf Grund seiner Erfahrungen mit Revolutionen.

Seine eigene war zum Glück eine Gegenrevolution, das

macht ihre Stärke. Ihm ist es gelungen, nicht nur die Deutschen zu betrügen, andere waren von ihm listig bearbeitet worden, brachen denn auch zusammen, als er über sie kam. Mit dem Lande der echten Revolution wird es dasselbe sein. Um so schlimmer für sie, wenn sie echt wäre, aber gibt es das? Jemand hat doch immer die Macht ergriffen, und einige werden reich. Umsonst bemüht man sich nicht, Führer Hitler weiß es am besten.

Bedürfnislosigkeit zur Schau tragen, wie die Herren des sozialistischen Reiches, kann er selbst und übt es gegen den Augenschein. Zehn Jahre haben alle zugesehen, wie er sich bereicherte. Die Stunde ist da, den sozialistischen Staat und seine besitzlosen Beauftragten anzugreifen: da stellt er sich nochmals vor sein Gefolge hin, es ist ehrlich wie er, es zwinkert ihm zu, und wie nennt er sich? Einen Habenichts, den Führer der Habenichtse. Wenn ehemals ein Rothschild vor allem Volk sein letztes Hemd hätte ausbessern wollen! Heute geht es. Das Zeitalter verzeichnet moralische Fakten.

Der Angriff auf die Sowjetunion soll ihn weiter bereichern. Die Reichen sollen ungemessen profitieren, die Armen nichts. Für die Deutschen bleibt es dabei, daß sie das Herrenvolk sind, mehr wird nicht vorgesehen. Wenn sie im eigenen Land von ihrer gesamten Produktion das nackte Leben, jetzt eher schon den nackten Tod haben, dann wäre es unzuträglich, sie draußen, auf eroberter Erde, zu verwöhnen. Genug, daß sie ausziehen, ein Königreich zu erobern, und selbst ein Esel sind.

Ein Volk aber, das in allem Ernst Revolution macht, wird untauglich für den Krieg. Es ist an seine inneren Erfolge gebunden, die Eröffnungen von Untergrundbahnen und so. Es hat Friedensgedanken, das heißt allemal, daß der Krieg kein Ausweg der Verzweiflung, daß er verschwendet wäre. Dieser deutsche Staat kann sich nur durch Krieg erhalten. Anders der Sowjetstaat, und darum wird er am Krieg zerbrechen. Was er nicht nötig hat, wird er mit ganzer Kraft nicht durchführen – wird weder angreifen, noch bis zu Ende sich wehren. Die allein wirksame Verteidigung ist der Angriff.

So viele Fehler, wie hier aufgereiht sind, stehen selten in zehn Zeilen. Aber es sind die Irrtümer, die einen Führer verführt haben, bis er richtig in sein Verhängnis fuhr. Er nahm den gewohnten Blitzzug. Vorausgesetzt wäre, daß einer, der nicht denken kann, irren kann. Er handelt ohne geistige Umwege. Er folgt Eingebungen, die wohl einmal falsch sind. Er hört auf Sterndeuter, die zufällig danebendeuten. Als letzte Sicherheit hält er abergläubische Daten ein. Den Einmarsch Napoleons in Rußland wiederholt er auf den Tag.

Wie einst den Kaiser treibt seinen Nachahmer (von der Kehrseite) die Furcht. Er fürchtet, zu viel Land geraubt, die Kräfte seines mittleren Reiches überschritten zu haben. Daher muß er auch das größte Reich noch angehen, die stärkste Landmacht gegen sich aufbieten. Das Motiv der Furcht ist unfehlbar, hätten auch nicht zuverlässige Konstellationen die Gewähr übernommen, daß die Sowjetunion in sechs bis acht Wochen um und um zu rennen sei.

Es ist immer schon etwas, sich wenigstens zu fürchten wie ein großer Mann. An derselben Stelle einsetzen, wo vormals das Unglück begann, nicht jeder hätte es getroffen. Das Unternehmen Hitlers gegen Europa war mehr oder weniger modern herangewachsen. Mit dem Zug gegen Rußland fängt das Kostümstück an, eine historische Rolle wird übernommen – und wer kennt in dem irrationalen Spieler, der es aus Not ist, das Dunkelste? Er wäre selbst der letzte. Vielleicht hat er sich für stärker als Napoleon gehalten. (Durch Technik? Durch Genie?) Oder, ganz anders, hat der dumpfe Druck seiner Unmöglichkeit, der ihn niemals verläßt, hier überhandgenommen, und er leitete ein, wonach es ihn heimlich verlangte, sein Ende.

Die Sowjetunion ahmt nichts nach, keine dagewesene, widerlegte Welteroberung, auch frühere Revolutionen nicht. Die Vollendung der Französischen verwirklicht sie als Berufener, aus eigener Kraft. Der Auftrag ist schwer, die Kraft muß immer gegenwärtig sein. Dort wissen sie, als wäre es gestern gewesen: um ihren neuartigen Staat wurde, als er am Anfang und ungefestigt war, ein Pestgürtel gezogen. Das Überholte vergessen alle leicht, dem Betroffenen allein geht es nach. Den Cordon sanitaire kannte nur noch die Sowjetunion: sogar in ihren Siegen, als Verbündeter der Weltmächte, gedenkt sie seiner.

Das heißt: auf ihrer Hut war sie immer. War außerdem stolz. Wie sollte es nicht schmeicheln, den gewöhnlichen Leuten am meisten, wenn ihre inneren Einrichtungen, das Ergebnis unvergleichbarer Kämpfe, Opfer, Arbeiten, zwei Jahrzehnte lang die Welt bewegen. Der Krieg der Klassen wird in jedem Land genährt durch das Dasein eines Staates. Die ihn fürchten und verabscheuen, sind nunmehr im Klassenkampf die Angreifer.

Der Faschismus stand sogar ohne die russische Revolution zweifellos bevor. Seine geistigen Voraussetzungen (die irrationalen) waren ebenso gegeben wie die wirtschaftlichen; das geltende System hatte angefangen, der Nachhilfe durch Gewalt zu bedürfen. Die wirkliche Existenz der Sowjetunion aber bestätigte die vorhandene Neigung, sie lieferte den entscheidenden Antrieb und einen Vorwand, der sich bekennen ließ. Der Weltrevolution vorbeugen! Die Kulturwelt bewahren vor der Eroberung durch den aufständischen Barbaren, der sie versklaven würde!

Daraufhin wurde der Antibolschewismus eine Weltanschauung. Die Sowjetbürger, der bescheidenste von ihnen, durften sich etwas einbilden: der hochentwickelten

Kulturwelt hatten sie die jüngste Weltanschauung beschert. Ihr Staat allein war die Sorge aller andern – daß sie nur vermieden, zu werden wie er! Es wird bezeugt, daß in der Sowjetunion die geängstigte Kulturwelt eine beschränkte Hochachtung genossen hat.

Das Mitgefühl mit den Völkern war wohl nicht ausgeschlossen, die Begierde, das Wissenswerte von ihnen zu lernen, ist evident. Eine Gefahr entsteht gerade, wenn Nationen, die eigentlich so viel können, jetzt verstockten Regierungen hilflos ausgeliefert sind. Diese Meinung über den Rest Europas wird vorgeherrscht haben bei den Sowjetleuten. Stark zu sein war von außen her geboten, wenn nicht die Revolution um ihrer selbst willen verlangt hätte, daß man wachsam sei.

Wen haben die politischen Grundbedingungen der Sowjetunion gleichgültig gelassen? Einen gewiß. Den ersten, der aus dem Antibolschewismus sein ganzes politisches Kapital bezog. Hitler. Er schäumte über von Drohungen mit der Weltrevolution, er überzeugte den Kontinent, in jedem Lande die mächtigste Schicht. Sich selbst hat er nie überzeugt. Dies ist ein selten beobachteter Widerstand gegen eigene Lügen. Bei längerem Gebrauch erliegt der gewöhnliche Betrüger ihnen selbst. Nein, dieser sieht, wie die ganze Gesellschaft ihm die bolschewistische Welteroberung glaubt, und er allein bleibt gefeit.

Allerdings war der präsumtive Welteroberer ihm nach seinem wahren Namen bekannt, so viel hatte er voraus. Die anderen hätten ihn ebensowohl denunzieren können: gerade sein Antibolschewismus hielt sie ab. Wenn sie gutgläubig waren, was nicht überall zutraf, mißverstanden sie die Wahrhaftigkeit der Revolution. Er – hat sie hartnäckig abgeleugnet. Er hat, trotz noch so vieler Zeichen, dabei beharrt, daß Revolutionen, je echter sie sind, ein Volk wehrlos machen.

Die Anspannung aller Kräfte, deren eine legitime Revolution bedarf, ihm hat sie nichts zu denken gegeben. Ihr gehobenes Lebensgefühl nichts. Die Einheit von Volk und Staat hielt er für unwahre Mache, wie sie es bei ihm und seinem Deutschland war. Die Freiheit eines Landes ohne Reiche und Arme? Aber wenn jemand nach Herkunft, Lebenslauf… Weltanschauung keiner Freiheit traut, warum gerade dieser? Sie werden schlecht kämpfen. Gut kämpft der rabiate Gehorsam, nachdem Gewissensverweigerer an ihre Maschinengewehre gefesselt sind.

Der Führer eines Volkes durch Verhängnis hat aus seinen Berechnungen bald dieses, bald jenes fortgelassen, aber immer die Völker. Der Krieg im Lande, den er dem Sowjetvolk aufzunötigen dachte, wäre für das deutsche Volk die unerträgliche Probe gewesen. Dem Sowjetvolk zugemutet, war der innere Krieg ernst, aber nicht neu. Die Revolution lehrt vieles, auch den Krieg im Lande.

Davon zu schweigen, daß schon das alte Rußland seine Feinde meistens bei sich zu Hause geschlagen hat. Poltawa und die Beresina sind eine Tradition. Gerade in ihrem Zustand eines erhöhten Lebensgefühls sollten Revolutionäre unfähig sein, die alten Schlachten noch einmal zu schlagen? Da scheint einer von Valmy nie gehört zu haben. Die waren auch nicht gerüstet. Der letzte Jakobiner, Clemenceau, sprach: »Fertig ist man nie, und führt doch Krieg.« So Frankreich, so die Sowjetunion.

Die Deutschen hatten sich ganz und gar auf die technische Fertigkeit verlegt. Sie ist ein leidliches Ruhekissen für Köpfe, in denen es wüst zugeht. Der politische Punkt, wenn der Angriff Hitlers auf die Sowjetunion untersucht wird, existiert nicht. Statt einer Politik läßt er Lücken, er weiß nichts, weil er nichts wissen darf. Übrigens fehlt ihm für deutsche Geschichte das Gefühl. Aber Politik wird auf Grund des Vergangenen gemacht, oder sie schwebt und fällt.

1812 ist das Jahr Rußlands: der ungeschwächte Widerhall gelangt bis in dieses Jahrhundert mit der Musik von Tschaikowski, auf vielen hundert Seiten von »Krieg und Frieden«. An seinem Teil wird Rußland mit dem Herrn Europas fertig, indessen der Rest des Kontinentes ihn aussichtslos ertrüge.

Das russische Beispiel, die fern vernommene Legende eines Landes, an dem der Dauersieger zerbricht, ermutigt Deutsche, die sich nicht rühren würden. Seiner eigenen Legende macht diese andere ein Ende.

Auch das ist, wie die »Franzosenzeit«, in Deutschland lange unvergessen geblieben. Zar Alexander hat auf die Deutschen, mir scheint, überzeugender als Friedrich der Große gewirkt. Er besaß, was man nicht angestrengt erringt, sondern mitbringt: Schönheit und Geheimnis. In seinem Rücken lag das Land der unermessenen Kraft. Dies der Begriff, den Deutschland den längsten Teil des Jahrhunderts von Rußland behielt. Die Könige von Preußen haben selbst keinen andern gehabt; alle folgenden, Wilhelm I., deutscher Kaiser, noch mit dabei, haben jeden der Zaren für ihren Vorgesetzten gehalten. Die preußische Monarchie hat, angelehnt an die russische, als ihr Zögling bestanden.

Bismarck, der es sich versagte, »in Kontinenten zu denken«, achtete Großbritannien wie eine fremdartige Macht – Konflikte mit ihr sind immer vermeidbar. Er erklärte dem Reichstag, daß er mit dem Auswärtigen Amt in London nicht mehr in französischer Sprache verkehre. »Sie schreiben uns englisch, wir antworten deutsch.« Aber das gemeinsame Französisch gebrauchte er in seinem viel näheren Verkehr mit den Russen. Sie blieben für den Sieger in drei Kriegen die größte Landmacht, ihre Art zu sein erschien ihm liebenswert.

Er bewunderte das Reich der Zaren, das auf eine fremde Art zusammengebracht war und hielt: der Begründer des deutschen Nationalstaates hätte sie niemals zu der seinen gemacht. Aber er begriff – es war immer zu begreifen –, daß so viele Völker, ungleich von Herkunft, Sitten und Religion, nicht schlechthin gezwungen werden können, sich zu demselben Vaterland zu bekennen. Dafür hat es in dem alten Rußland (wie nunmehr bei der Sowjetunion) einer besonderen Regierungskunst bedurft. Worin besteht sie?

»Unsere Kaiserin hält sich vor Augen, daß ihr weiter Staat, wo alle Meridiane sich begegnen, Rücksicht nehmen muß auf alle die Völker unter den verschiedenen Meridianen. Die erste ihrer Sorgen war die Duldung sämtlicher Religionen. Ihr mächtiger Geist hat erkannt, daß nur die Kulte abweichen, die Moral aber dieselbe überall ist. Auf Grund der Moral hat sie ihre Nation angeschlossen an alle Nationen.«

Die Sätze sind von Voltaire, sie beziehen sich auf seine Freundin Katharina. Ausschließlich zeitliche Umstände beschränkten seine Aufmerksamkeit auf die religiöse Toleranz. Heute sähe er »unter den verschiedenen Meridianen« vor allem die gleiche Geltung der Rassen. Der preußische Gesandte, Bismarck, hat sie zu seiner Zeit bemerken können. Drill und Knute befestigen kein Reich. Dieses Reich hielt er für befestigt – in der Form der Verwaltung, wie er sie kannte. Jede spätere, angemessene hätte er eingesehen, ich behaupte: gutgeheißen.

Das Vertrauen des Zaren, das er sogar gegen den Anschein verdienen wollte, kam unter seinen Anliegen gleich nach dem Vertrauen seines Herrn. Ein Zusammenstoß mit Rußland hatte bei ihm die Bedeutung von Selbstmord und von Lästerung. Statt dessen versicherte er sich bei Rußland.

Als das deutsche Reich mit Rußland in Krieg geriet, war

Bismarck erst sechzehn Jahre tot – so sieht das Nachleben der Mächtigen und Wohlberatenen aus. Einer hat nur dies für die wirkliche Katastrophe gehalten. Alsbald tritt sie ein, und kein Hahn kräht. Wilhelm II. hatte sich ohnehin in alles bloß hineingeredet, dann sagte er ahnungslos: »Das habe ich nicht gewollt.«

Aber ich wüßte nicht, daß in dem Deutschland von 1914 irgend jemand den russischen Aufmarsch begriffen hätte, als was er war: die ungeheuerste Wendung – der deutschen Geschichte. »Hier werden Kriegserklärungen angenommen«, las man eine Inschrift am Auswärtigen Amt Berlin. Pöbel, Mob oder Populace hatten sie verfaßt, werden aber in Kriegszeiten für genehme Eigenmächtigkeiten das Volk genannt.

Hiermit war Rußland aus dem Respekt der Deutschen endgültig gestrichen. Ein Feind unter vielen, nicht der gefährlichste, zu Lande machte Frankreich mehr zu schaffen. Die schwersten Kämpfe gegen die russischen Armeen überließ die deutsche Heeresleitung den Armeen der österreichisch-ungarischen Monarchie – die noch immer zusammengehalten haben muß, um so zu kämpfen. Den Deutschen, ihrem Hindenburg, genügte es vollauf, daß sie gleich anfangs, bei Tannenberg, russische Truppen in den Sumpf getrieben hatten.

Wenn man ihnen gesagt hätte: Tannenberg ist auch wieder eure Marne-Schlacht, ihr werdet dereinst teuer bezahlen, daß ihr diesen Sieg leicht fandet? Wenn man ihnen gesagt hätte: Die Ukraine haltet ihr nur diesmal noch besetzt bis an das Ende des Feldzuges, der eine Unterbrechung erleiden soll? Fünfundzwanzig Jahre nachher werdet ihr die Ukraine nicht mehr auf Übereinkunft, sondern geschlagen, in wilder Flucht räumen? Es ist wahr, daß zwischen den beiden Feldzügen, die ein und denselben Krieg bilden, aus dem russischen Reich die Sowjetunion wurde.

Was ändert das? Was hätte es dem Reichskanzler Bismarck ausgemacht? Er hat doch nicht den Hof von Sankt Petersburg verehrt. Er hat an den russischen Kern geglaubt. Er sah die Nation der Zukunft, sah sie unverbraucht und schlechthin jeder Probe gewachsen. (Den deutschen Kriegen zog er enge Grenzen.)

Nicht der kleinste Zweifel ist zulässig, daß er in der Revolution eine Enthüllung der ganzen nationalen Kraft, ihre epochale Nutzanwendung erkannt haben würde. Er wäre denn nicht derselbe Realist gewesen wie Stalin.

Es handelt sich darum, das Wesentliche der Persönlichkeiten mit einem Blick zu umfassen und über die Anwesenden Auskunft zu holen bei ihresgleichen, die waren. Wie kann man es vergessen! Die deutsche Anmaßlichkeit ist unheimlich wie der Verlust der Persönlichkeit durch Amnesie – wenn Deutschland unterlassen konnte, über sein Erlebnis mit Rußland seinen einzigen Staatsmann zu befragen. Die Antwort Bismarcks kam aus großer Nähe, mir ist sie laut erklungen durch den Lärm der Ereignisse.

Die Katastrophe mit Rußland war immer vom Unerlaubten das letzte. Damit sie das eine Mal zugelassen wurde, mußte das Reich Bismarcks in vollem Verfall sein. Aufgelöst, schon nicht mehr zugegen war es, als sie ein zweites Mal nicht ausbrach, sondern vorsätzlich entfesselt wurde.

Der Pakt

Der zugereiste Führer der Deutschen macht es meistens mit der List. Vielleicht hält er die List für eine ihrer wesentlichen Eigenschaften und zeigt ihnen, daß sie gerade ihn verdienen. Eher baut er auf ihre Dummheit: noch fester auf ihre als auf die Geneigtheit der anderen Völker, sich von ihm betrügen zu lassen.

Wundervoll bequem hatte dieser mondiale Schlaukopf es gehabt, der Welt den Antibolschewismus einzureden. Unter dem Schutz ihrer Furcht (und ihres schlechten Gewissens) durfte er, entgegen den Verträgen, Deutschland aufrüsten. Ihm war erlaubt, nacheinander das Rheinland, Österreich, die Tschechoslowakei mit seinem Militär zu versorgen. Als er bei Polen angelangt, hinkte etwas.

Sein Vorsatz, den Kontinent deutsch zu machen, ihn unter Umgehung eines wirklichen Krieges Stück für Stück sich anzueignen, fiel nachgerade in die Augen. Schon vorher war er nur mit Anstrengung übersehen worden. Daladier, Vorsitzender des Ministerrates, kehrte heim von München, wo er den verbündeten Staat des soeben dahingegangenen Masaryk verkauft hatte für einen Frieden ohne Kraft und Gewähr.

Er hat erwartet, Paris würde ihn niederschreien, sein Ende wäre da. (Er ist damit bestraft worden, daß es später kam.) Als eine gutgekleidete Volksmenge, keine Populace natürlich, ihm zujubelte, entfuhr ihm vor Schrecken die Wahrheit. »Quels imbéciles!« hat er gesagt.

Bei Polen angelangt, brauchte man kein Minister der Republik, mußte man der ganzen Selbstachtung Frankreichs bar sein, um noch zu fragen: »Mourir pour Danzig?« Indessen, Großbritannien und Frankreich, die ihm, viel zu spät, den Krieg erklärten, bekamen wenigstens bei einem schlankweg unrecht: das war er selbst, Hitler. Von so viel Duldsamkeit verwöhnt, empörte es ihn, daß diese Grenzen haben sollte. »Der Krieg ist uns aufgezwungen«, heißt noch heute seine Meinung, und wenn nicht ehrlich, was ihm nun einmal nicht gegeben, ganz erlogen ist sie auch nicht. Die ungestörte Eroberung des Kontinentes schien ihm nachgerade geschuldet.

Gesetzt, daß Frankreich auch dem Überfall auf Polen zugesehen hätte! Aber es sah zu, die Kriegserklärung blieb ohne Folgen! Es änderte nichts, auch dann wäre Frankreich angegriffen worden, sogar in demselben Jahr 40. Nur äußerste Pünktlichkeit konnte das Unwahrscheinliche dennoch schaffen, wenn eine bekanntlich unzureichende Macht – 1914 bis 18 als unzureichend erwiesen – sich nochmals gegen das ganze Europa vermißt. Vor allem durfte Hitler die antibolschewistische Welle nicht versäumen. Noch stieg sie an, sie zerwühlte die Länder und Heere, dieser oder keiner war sein Zeitpunkt.

Alles dies wäre erstaunlich genug. Der Widersinn, die Inkohärenz wird nur übertroffen durch den Pakt mit der Sowjetunion, eigentlich durch seine Aufnahme.

Für den Pakt ergeben sich bessere Erklärungen als für seine Aufnahme bei der scheinbar gutgläubigen Welt. Der deutsche Angreifer überbot in Moskau seine Mitbewerber aus London und Paris, erstens um des bloßen Erfolges willen. Sie sollten keinen heimbringen, als sie ihn so gut wie in der Tasche hatten.

Um den 20. August meldeten Augenzeugen, bulgarische Abgeordnete, daß sie unmittelbar vor dem Krieg in Moskau den Eindruck gehabt hätten, der Vertrag mit den Westmächten gelte für abgeschlossen. Mit einigem Nachdruck beiderseits wäre er es gewesen. Die Sowjets kannten ihren Hitler. Den Pakt mit ihm haben sie in voller Kenntnis seiner Wirkung abgeschlossen. Er schob auf, mehr konnte er gegen die Tatsachen nicht.

In seinen Krieg, als er neu war, brachte der Stratege Hitler das Prinzip der einzigen Front mit: soviel weiß man. Wenn er kämpfen mußte – lieber hätte er Europa bei vollem Frieden erobert –, dann vor allem im Westen. Ihn hielt er für stärker. Die Sowjetunion kam in seinen nebligen Zukunftsbildern an die Reihe, wenn nichts mehr zu besiegen blieb. Dann fiel sie ihm von selbst zu. So die richtige Vorausschau des Strategen, der heute sieben Fronten – nicht mehr ganz beherrscht.

Das Wichtigste bleiben dennoch seine deutschen

Gründe. Der Tribun, der über Deutschland dreißigtausend Meilen geflogen ist, um überall nur sich selbst reden zu hören, hat für deutsche Zustände nicht mehr als seine vorsätzlichen Irrtümer. Der Traumwandler Hitler indessen erfuhr auf mystischem Weg, daß mehrere Millionen Deutsche die Sowjetunion aufrichtiger liebten als ihn. Es ist nicht ratsam, einen Krieg, bevor er Übung, die eingewöhnte Form des Daseins ist, sogleich zu eröffnen gegen den großen Freund des Proletariates.

Später wird auch das hingehen. Im Siegesrausch (die Deutschen sollen sich ihm kaum überlassen haben). In der Verzweiflung (ihr schon eher). Wenn völlig aufgeklärt sein wird, daß der Krieg nur einen Inhalt, einen Sinn hat: sich selbst – dann, dann wird es erlaubt sein, gen Ostland zu stürmen. Vorerst – der Pakt.

Seine Aufnahme bei der Welt gibt traurig zu denken. Der Antibolschewist von Beruf, alle andern hatte er gelähmt vermittels ihrer Hinneigung zu seiner politischen... Weltanschauung. Auf einmal macht er seinen Frieden mit der entgegengesetzten, die dasselbe Recht haben soll wie seine. »Jeder bleibe, was er ist.« Er gibt seine Quittung den anderen Antibolschewisten, die ihn, den vordersten, endlich beanstanden möchten. Verspätet kommen sie mit ihrer Kriegserklärung ohnedies; um tief Ernstes, um das Leben, wird nicht gehandelt.

Welch ein beschämendes Konzert, dieses europäische! Alle gleichzeitig wissen plötzlich und verkünden, daß ihr Meister im Antibolschewismus von jeher selbst nur ein Bolschewik war, und man habe es ihm angesehen. Gar nichts hat man. Es wäre schwer gewesen. In Wirklichkeit ist er nicht dies noch das. Er will an der Macht bleiben, ohne Krieg kann er es nicht. Das normalisierte Deutschland Bismarcks, wenn es noch bestehen könnte, läge niemals in Händen wie diesen. Aufgelöst, moralisch wie geographisch ohne Gesetz und Grenze, mußte Deutschland sein, für die irrationalen Ausschweifungen, denen es sich jetzt ergibt.

Vom Tage des Paktes an, bis zu der Stunde seines Überfalles auf die Sowjetunion, hat Hitler in dem Ruf gestanden, als ordne er sich unter. Führend seien die Sowjets, die Verschwörung gegen Europa gehe von ihnen aus, auf den Trümmern der Kultur, wie sie ist (und wie ist sie?), der Freiheit, wie sie verstanden wird (will sagen unzulänglich oder verkehrt), werde die triumphierende Barbarei sich aufpflanzen.

Hitler, bisher ein Liebling Europas, schien damals zu verraten, es war recht hart. Halbfaschistische Mächte, wie die französische Republik in ihren letzten Zügen, sahen den Krieg mit ihm darum nicht lieber – unternahmen auch nichts, solange alle seine Tanks noch über die Weichsel stürmten und die Gelegenheit günstig war. Eine zweite Front in diesem stark beanspruchten Augenblick hätte ihn empfindlich gestört – hauptsächlich aus didaktischen Gründen: er hatte sie sich verbeten. (Heute hat er sieben Fronten.) Er hielt streng zu den Lehrsätzen von »Mein Kampf«. Unter den vordringlichen Tugenden dieses Tatmenschen ist die Lehrhaftigkeit.

Bei seinen unwiderstehlich Sympathisierenden hat er damals nicht viel verloren. Was unmöglich schien, die Sowjetunion sank in der Meinung noch tiefer, sie machte das Maß voll und verführte einen Hitler! Danach blieb ihr keine Tücke mehr übrig. Die Gefahr, die von ihr ausging, war unterschätzt worden!

Oder, je nachdem, fanden die Hoffnungen sich enttäuscht. Gutgläubige Menschen wurden niedergeschmettert von dem Schlag. Dies zu erleben, hatten sie niemals erwartet. Ihr innerer Halt in aller Trübsal der Zeiten war die Sowjetunion allein gewesen, jetzt verriet sie die Weltrevolution an Hitler und an seinen imperialistischen Krieg.

Auf dieser Seite, der kommunistischen, ist viel mehr gelitten worden als auf der andern. Der vorausgesetzte Verrat Hitlers wurde von seinen virtuell Verbündeten niemals völlig ernst genommen: schließlich unterscheidet man von den Feinden die Freunde, wo sie in bar zu berechnen sind. Winke an die Zuverlässigen sind nicht ausgeblieben.

Die verwandten Parteien des Westens blieben von dem fernen, rätselhaften Moskau ohne Nachricht, ohne Losung. Warum, werden sie nach allem Geschehenen wohl begriffen haben. Damals sind im Westen die und jene an Moskau verzweifelt.

Nicht gleich die Massen. Sie sind langsam, ihr Urteil wird gewöhnlich vertagt, bis die irreführenden Tatsachen sich selbst berichtigt haben. Übrigens bedarf es der geistigen Überhebung, um jemand, der viel geleistet hat, aufzugeben, sobald man ihn nicht versteht. Es waren die Denkenden von den Mitgegangenen, einzeln Gewonnenen, die ihren kritischen Kopf oben behielten. Nichts Menschliches verblüffte sie; nur ihr Pessimismus wurde bestätigt.

Die größte Revolution, gerade sie, behält die Unzuverlässigkeit allen Menschenwerkes. Sie kann abweichen, jederzeit besteht der Verdacht, daß sie sich überschlägt bis ins Gegenteil. Schon die Moskauer Prozesse nährten den Argwohn der Scharfsinnigen, die nur noch etwas scharfsinniger hätten sein müssen, oder etwas kindlicher. Ihre Aussicht, das Richtige zu treffen, hätte zugenommen. Aber ihresgleichen, Revolutionäre oder Intellektuelle, waren hingerichtet oder eingekerkert. (Den Marschall zählten sie nicht mit.)

Das hatten sie nie verziehen. Die Diktatur des Proletariates, ihre nicht mühelos festgehaltene Meinung, erwies sich praktisch beseitigt. Von dem Schlagwort war die bessere Hälfte, das Proletariat, gestrichen. Übrig blieb die nackte Diktatur vereinzelter Terroristen, eines einzelnen sogar; für ihren Teil schüttelten die Kritiker der Revolution ihn von sich ab. Er war seines Hitler wert und mit Recht zu ihm übergelaufen. Der Pakt befriedigte sie bitter; dunkle Tatbestände, die nur sie entziffert hatten, trafen allseits sichtbar nunmehr zusammen in dem Pakt.

Die Auffassung hat sich seither als fehlerhaft erwiesen. Von seiten der enttäuschten Freunde der Sowjetunion war sie kein Fehler aus falsch berechnetem Eigennutz. Sie war der Irrtum einer Menschenart, die schließlich eigene Unglücksfälle für gerecht hinnehmen würde, stände einmal fest, daß der Zusammenhang der vernünftigen Ereignisse sie will. Den Pakt hielten sie für ein unentschuldbares Unglück. Auf die geistige Untersuchung der Vorgänge gestellt – weit mehr als auf den Willen, sie zu bestimmen –, hätten sie allerdings genauer nachgraben sollen – auch aufrichtiger. »Creuse-moi ça.«

Um die auffallendsten Widersprüche eines Zeitalters aufzuklären ist erstens nötig, daß man die gesamte Zeitgenossenschaft als eine Einheit nimmt. Sie hassen einander bis zur Vernichtung: das ist der Augenschein. Unsichtbar sind sie gleich gerichtet – nicht alle auf denselben Gegenstand, aber unfehlbar unter gleichen Voraussetzungen. Ihre Methoden sind technisch experimentell. Wie sonst hätten sie sich auf diese ihre Kriege eingelassen. Woher sonst die Nichtachtung von Tod und Leben einer Menschheit.

Durch das kriegführende Europa gehen im Querschnitt zwei Fronten, überall (ausgenommen das einzige Land der erklärten Revolution) ist die sozialistische Front durchsetzt mit der anderen, die kapitalistisch heißt. (Ihr Kapital ist fraglich. Ohne die Duldung der sozialistischen Massen, ohne ihre Mitwirkung hätte sie keines, nicht einmal ein eingebildetes.)

Aber die ganze armselige Gesellschaft – das ist der kontinentale Reichtum, mitsamt dem deutschen Monstrekonzern, der heute die geraubten Werte des Kontinentes kontrolliert, wodurch sie wertlos werden –, diese schlechten Wirte glauben immer noch an die Wirtschaft allein.

Das verbindet grundsätzlich alle, die Kapitalisten, die nicht enteignet werden wollen, sosehr sie es schon sind, mit den Sozialisten. Auch sie denken höchstens an die Enteignung: darin sind sie stramme Sozialisten. Im Drang der Umstände, hypnotisiert von dem Problem eines Besitzes oder Nichtbesitzes, das tief in den Massenmord geführt hat, sind die meisten Sozialisten ungeeignet zu bemerken, daß ihre eigenen Forderungen wirtschaftlich nur begründet, aber sittlich gemeint sind.

Der Satz, daß ein Land ohne arm und reich frei: nicht vor allem wohlhabend, sondern frei sei, ist von einem Geistlichen gefunden. Kein Mann der Wirtschaft hat ihn während dieses Krieges gesprochen, lange vorher war der Gedanke ihnen fremd oder gleichgültig geworden.

Marx hat ihn natürlich gehabt; nur die Absicht auf mehr Menschenglück vermochte seine Theorie mit Leben zu füllen. Das ist nicht durchaus eine humanitäre Absicht, es kann eine logische sein. Die Vernunft will befriedigt sein, noch eher als das Herz. Der Sowjetstaat konnte selbst ins Leben treten kraft seines geistigen Begriffes vom Menschen, seiner Absicht auf menschliche Befreiung, Veredelung. Die Wirtschaft? Sehr wichtig – als Mittel, als Handgriff.

Die westlichen Sozialisten, genau wie ihre feindlichen Genossen vom entwerteten Kapital, sind konzentriert auf den Handgriff. Weder den einen noch den anderen gelingen Wirtschaftspläne (Planwirtschaft, Vierjahresplan, Volksfront), weil sie darüber hinaus nichts wollen noch wissen.

Die einen übersehen, was sie endlich selbst in den Abgrund gestürzt hat: Mißbrauch der Menschen für ihre eigene Bereicherung. Die anderen lassen den Menschen dahingestellt. Allenfalls folgt, was ihn angeht, automatisch, nach berichtigter Wirtschaft. Die Gleichberechtigung der Massen, eine Errungenschaft der Sowjetunion, die geistige Hebung jedes Arbeiters, ihr Ziel, hängen aber nicht gerade von gerechten Löhnen ab. Eintretenden Falles würden andere Länder den Beweis erbringen.

Wenn meine Ansicht über die Zeitgenossenschaft mich trügt, woher denn ihre merkwürdige Einmütigkeit über den Pakt? Sie hätte kopfstehen können. Sie hätte nicht einmal entsetzt sein müssen von dem Pakt, einem sittlichen Ungeheuer außerhalb des Lebensfähigen. Alle konnten ihm den Glauben verweigern. Die Heilige Allianz hat den Thron Frankreichs keinem Jakobiner garantiert. Hitler, ganz gleich, was er behauptet, hat keinem Bolschewisten sein Reich verbürgt, besonders dieser nicht ihm das seine. Beide Emissäre zweier unvereinbarer Welten hatten ihre Gläubigen gehabt.

Wo waren sie geblieben! Von der Nahezu-Gesamtheit (der Urteilenden, nicht der Massen), von allen hier wie dort wurde Verrat angenommen, der gleichzeitige Verrat zweier Welten und ihrer Beauftragten. Das Phänomen fällt aus der Natur, die Vernunft hätte es geleugnet. Einzig die eingefleischte Überzeugung von der Allmacht des sofortigen Nutzens läßt keinen Verdacht aufkommen. Denn beide Verräter profitieren. Der erste deckt seine geplanten Überfälle gegen eine Konkurrenz, die sie stören könnte. Der zweite beschließt, die Räubereien des anderen geschehen zu lassen für den Preis des Anteils, den er sich nimmt. Beide vermehren ihren Besitz und sichern einander wirtschaftliche Nachhilfe, bei diesen schwierigen Zeiten.

Die schwierigen Zeiten und wer sie erlebt, begreifen. Wie trostlos nachgiebig müssen die Gemüter sein, damit man den unsittlichen Widersinn für wahr und geschehen hält. Moskau verliert Anhänger, die aber nur zu warten brauchten, ihre eigene Vernunft zu prüfen brauchten: ihr

Freund hätte sie endlich belehrt, wer er ist – und was ihnen abgeht: die Festigkeit.

Im Behaupten menschlicher Gewinne wird man fest, wenn man die politische Neuordnung – auch die wirtschaftliche – als unerläßliche, äußere Formen der menschlichen Gewinne erkannt und erkämpft hat. Zuletzt gelten diese allein.

Den Pakt für echt zu halten bestand kein Grund, außer dem einen, der das Zeitalter selbst angeht. Es hat die moralischen Werte gestrichen. Es unterscheidet sie nicht mehr, keiner öffentlichen Person, die sich diesem Zeitalter aufdrängt, wie Hitler tat, sieht es seine Minderwertigkeit an. Die Sowjets oder Hitler, nachgerade geht der europäischen Gesamtheit das Vermögen, den Abstand zu messen, aus. Sie richtet sich nach ihren, sehr gegensätzlichen, Vorteilen.

Hitler bedient seine Auftraggeber, seine Kreaturen und gemeinhin das Interesse aller, die haben oder nehmen. Weshalb er sich den Führer der Habenichtse nennt. Gestände er aber ein, er sei der homme de main, der Habeviel, wäre auch das eine Lüge. Sein wirklicher Auftrag geht auf die umfassendste Vernichtung allein.

Das Wesen und die Berufung der Sowjets sind lebenfördernd, zufolge dem auffallend hohen Lebensgefühl ihres Landes. »Weltanschauungen« können gemacht, einer nationalen Gesamtheit können sie aufgenötigt werden: niemals ihre Zuversicht oder ihr innerer Verfall. Indessen, wenn die sittlichen Werte gestrichen sind, sieht man einfach: zwei Diktaturen, abweichend bisher noch in den Absichten, aber mit verwandten Methoden – und die Geste schafft das Wesen, sie entscheidet endlich. Nunmehr sind die Sowjets imperialistisch.

Die Verwechslung war von Hitler seit jeher gewünscht und herausgefordert. Der falsche Revolutionär, mitnichten der echte, gewann dabei. Sein vorgetäuschter Vierjahresplan, seine Kulturkammer gegen die Kultur, sein Volksgericht der blutigen Rache am Volk, dies und mehr der Art sollte Verwandtschaft mit den Sowjets heucheln: die Sowjets, gespiegelt im Haß und in der Furcht Europas. Hitler hat mit seinen Imitationen den Widerwillen gegen das Vorbild vermehrt. Eine durchaus schändliche Einrichtung wie seine Gestapo wirkt zurück.

Der Nutzen für Hitler? Seinen Schutzbefohlenen in ganz Europa konnte er sagen: Ich, euer Erhalter, eure Hoffnung, gebe an Energie eurem Feinde nichts nach.

Wurden irgendwo gesittete Zweifel laut an einem Regime, das durch zu viele Morde auffiel? Die Antwort war: »Man scheint nicht zu wissen, was eine Revolution ist.« Für einen Hitler war sie, was er trieb, und nicht mehr als das. Wo Leben vernichtet wird, da, glaubt er – sofern er sich selbst etwas glaubt –, sei Revolution.

Selbstüberwindung wurde nicht erfordert, als er den Pakt schloß. Der Pakt lag auf dem Wege seiner betrügerischen Angleichung an die Macht, deren bloßes Dasein ihn entlarvte, sobald man ehrlich war, ihn als sittliche Erscheinung auflöste – übrig blieb ein Mechanismus.

Nach gelungenem Abschluß des Paktes triumphierte er unverschämt. Die Sowjets haben mit keinem Wort den Pakt weder angepriesen noch entschuldigt. Sie schwiegen, weil sie zu viel wußten. Hitler redet, um sich und andere aus den Fuchsfallen seiner Unwissenheit herauszureden.

Er triumphierte über die westlichen Demokratien, weil sie ihn um seinen Erfolg beneiden sollten. Wenn sie aber des Bündnisses mit der Sowjetunion militärisch bedurft hätten, um ihrer Arbeiter willen mußten sie es nicht haben: gerade dies war der Fall Hitlers. Er hat die soziale Stärke Großbritanniens nicht gekannt, keine Ahnung berührte ihn, daß die älteste Demokratie ihre Verbundenheit mit den neueren entdecken würde, wenn es Zeit, gerade noch Zeit wäre.

Er triumphierte auch über die Sowjets; mitleidig und höhnisch gab er zu, daß »jeder bleibt, was er ist«: der Schlaukopf er, und sie die Überlisteten. Denn er bildete sich ein, er prellte die Paktfreunde; den Pakt in Händen, vergäßen sie, was sie von ihm zu erwarten hatten: den Angriff, sobald er konnte.

Die schweigsamen Sowjets hatten nach der Unterzeichnung des Paktes, am gleichen Tage hatten sie in Moskau mit dem Bau von Unterständen begonnen. Sie hielten für ausgemacht, daß sie angegriffen werden sollten und daß sie kämpfen würden. Hitler nimmt Kleinigkeiten nicht zur Kenntnis.

Von seinen Berichterstattern wimmelte es in Moskau. Sie haben die Unterstände gesehn. Der Feind, gegen den sie dienen sollten, war zu erraten, wenn er nicht sogar genannt wurde. Seine Berichterstatter werden überlegt haben, was es sie kostete, wenn sie ihren Despoten unterrichteten. Gar nichts kostete es. Er triumphierte zu sehr und setzte damals nur den ersten Fuß auf seine Via triumphalis – die lang sein sollte und ihm bereitet war für zwei Jahre ungetrübten Größenwahns. (Wenn einer alle Vorzeichen übersieht.)

Die Unterstände von Moskau sind auch in Paris verschwiegen worden. Sie wurden nirgends erwähnt. (Ich selbst hörte erst kürzlich von ihnen.) Sie hätten die Ideen verwirrt. Die Sowjets wären nicht mehr gewesen, wie die Welt sie damals wollte, eine ärgere Spielart des Hitlerschen Gewaltstaates, sein unerreichtes Muster.

Zwei Räuber, aber der eine auch noch Kommunist: er mußte der Verhaßtc blciben. Die Verräter überall – und in Frankreich – hätten es weniger leicht gehabt, wenn der Kommunist nicht mit dem anderen auf Raub auszog, ihn vielmehr hinhielt bis zu der unvermeidlichen Auseinandersetzung.

Die Sowjetvölker wachsam gegen Hitler, das durften

andere Völker nicht erfahren. Ihre Regierungen, die sie hätten aufklären müssen, waren selbst im dunkeln. Sie kannten Tatsachen wie die Unterstände gegen Hitler, aber in ihrer Lage glaubt man nicht, was man doch weiß. »Ich habe meinen Weg gewählt«, ist das Wort des einen Daladier für sie alle. Es war der Weg des Antikommunismus, und er hat ins Verderben geführt.

Das persönliche Erlebnis

Schließlich erleben Völker nichts anderes als der einzelne. Sie werden betrogen, sie begreifen zu ihrer Zeit, will sagen nachträglich. Wenn der einzelne früher die Wahrheit findet, kommt er dennoch zu spät. Es ist dafür gesorgt, daß er sie nicht bekanntmachen kann.

Während des ersten Kriegsjahres war ich in Frankreich. Ich habe mit dem französischen Volk gefühlt – hätte auch in Deutschland, wenn es mir erlaubt gewesen wäre, das Volk in seinen wahren Gefühlen wiedererkannt. Der Feind, hier wie dort, war Hitler, seine Gewaltherrschaft, der Krieg, den er vom ersten Tag an gewollt und nötig gehabt hat. Eine unergiebige Gewaltherrschaft muß um sich greifen, damit sie zu handeln scheint.

Von den Deutschen dieses Krieges spreche ich nicht als Augenzeuge, nur aus Erinnerungen. Die Vorliebe für die Sowjetunion war in Deutschland weit verbreitet, das Verständnis für die Revolution, die Begierde, dem größten Ereignis des Jahrhunderts nahe zu sein, betraf bei weitem nicht die Kommunisten allein. Die Aufmerksamkeit wendete sich dem geistigen Vorgang zu. Hätten die Deutschen es nicht gewollt, die befohlene Dummheit zwang im Bereich Hitlers zur geistigen Flucht aus dem Lande, das nur noch eine Anstalt für Zurückgebliebene war.

Wohlverstanden, die denkenden Köpfe, die um ihrer

Selbsterhaltung willen den Moskauer Sender hörten, wurden abgeschlagen. Das Beil hat nicht verhindert, daß andere es herausforderten. Welch eine unabweisbare Nötigung hat sie bewogen! Wahrhaftig, ihre berühmten Vorgänger im Zeitalter der anderen großen Revolution, Kant, Schiller, Klopstock, Hölderlin, wagten so viel nicht wie jetzt ein deutscher Arbeiter.

An der Wende der Zeiten sind die Denkenden eine Saat, über das Feld gestreut. Deutsche Arbeiter, die unter Hitler auf Moskau horchten, russische Bauern, als sie unter dem Zaren einander Tolstoi vorlasen, beide halfen den Entscheidungen zu reifen. Früher oder später wäre auch Hitler gefallen – ohne Krieg. Sein Krieg war nichts als ein Aufschub. Er hielt ihn für das sichere Versprechen seiner eigenen Dauer. Eins sagte ihm sein übrigens schwacher Instinkt: anzufangen bei der Sowjetunion verbot ihm die deutsche Lage.

Daher der Pakt.

Er war am ersten Tag bestimmt, gebrochen zu werden, die Sowjets rechneten damit. Inzwischen behielten sie Zeit, sich zu rüsten. Sollten sie angegriffen werden, dann lieber von einem verwegenen Sieger, nach zwei Jahren glücklicher Eroberungen. Sie kannten die Sieger, die an nichts mehr zweifeln – obwohl eigentlich die Furcht vor der immanenten Rache ihnen keine Ruhe läßt, bevor sie auch das letzte der kontinentalen Reiche unschädlich gemacht. (Als ob damit die Furcht beruhigt wäre. Jenseits der Meere warten die beiden größten Reiche.)

Die Sowjets haben mit dem Pakt nur für das Bedürfnis der Stunde gesorgt. Wer nüchtern und klug ist, arbeitet nicht auf Vorausbestellung und bindet sich an keinen selbstverfertigten Leitfaden »Mein Kampf«. Wahrscheinlich beschließen die Sowjets von Schritt zu Schritt, aus dem vorigen erfahren sie etwas über ihren nächsten. Dennoch werden sie in dem Pakt wenigstens den einen Nachteil schon beim Abschluß mitberechnet haben. Er verwunderte ihre Freunde, anderswo und in Deutschland. Er enttäuschte schlechthin alle. Die Leidenschaften wurden erbittert. Die einzeln Überzeugten – mehr von sich als von der Sowjetunion überzeugt – bekamen mit ihren trübsten Vorhersagen recht.

So stand es für eine Weile in der Tat. Jeder Beobachter, jeden Ortes in Europa, konnte die Wirkung der jähen Annäherung Hitler–Stalin feststellen. (Annäherung! Sie haben einander nie gesehn, das Bedürfnis muß durchaus gefehlt haben. Eher sind sie einander ausgewichen. Merkwürdig; blieb aber unbeachtet.) Der eine gewann an Achtung nichts, der andere verlor.

Indessen kommt es in dieser Stunde und für die folgenden mehr auf die Armeen als auf die Völker an. Die deutsche Angriffs- oder Wehrmacht soll nunmehr der Roten Armee begegnen, nicht feindlich, vielmehr vertraulich. In Polen werden sie zusammenarbeiten, was ungewollt – auf deutscher Seite ungewollt – den Verkehr der Mannschaften und der Offiziere ergibt.

Nach den Ereignissen ist es leicht zu sagen, wer von beiden für den anderen anziehender sein mußte. Inzwischen ist der Pakt dahingefallen – hinfällig war er immer. Der Angriff liegt weit zurück, Schlachten haben ihn gebrochen. Die deutschen Heere, deren Ruf als stärkste Landmacht verloren ist, klammern sich an die allerletzten Reste ihrer Eroberungen – vergebens. Die deutschen Gefangenen in der Sowjetunion aber bilden 1943 ein Nationalkomitee für das befreite – von seinen Schändern befreite – Deutschland. Im Vorsitz, als Gleicher unter Gleichen, ein emigrierter Schriftsteller mit mehreren Generälen.

Wie wenig deutsch hätte gerade dies angemutet, ohne die Berührung der deutschen Heere mit der Sowjetunion! Daß wir das Erstaunlichste nie voraus erraten, während es doch das Natürlichste ist! Wir hätten auch wissen sollen: wenn den deutschen Heerführern die Mannschaft knapp wird, werden sie russische Gefangene in deutsche Uniformen stecken und sie vortreiben in die Schlacht gegen ihr Land. Mehr, als sie zu erniedrigen, können sie mit den roten Soldaten nicht anfangen.

Der Feind – der Feind, den die deutschen Soldaten bekamen, ohne daß er es gewesen war – zwingt sie keineswegs, ihre eigenen Leute zu töten. Er bekehrt sie – nicht gerade zum Sowjetismus. Er stellt ihnen frei, ein freies Deutschland ins Leben zu rufen.

Dies und einiges darüber mußten wir entziffern in dem Pakt selbst. Er enthielt es: gerade darum war er voll Andeutungen und ein Reiz der Gemüter. Ich erlebe nicht anders als die Völker; sie haben zweifellos gefühlt wie ich, in Anbetracht des Paktes. Er ist unter den Anstalten zum Selbstmord, die der deutsche Führer getroffen hat, die bedeutendste, auf weite Sicht konnte sie unmöglich fehlschlagen. Den Pakt zu schließen war ein Geständnis. Als er ihn brach, ergab er sich in seine tödlichen Folgen.

Nicht, daß ganze Völker den wörtlichen Ausdruck ihres tiefen Wissens fänden oder inständig darum bemüht wären, wie ich es sein mußte. Der Augenschein des Verrates, dem sie beiwohnten, ließ das tiefe Wissen nicht zu Worte kommen; die wenigen, deren Beruf das Wort ist, erlangten damals schwer genug die Sprache wieder. Die Nachricht von dem Pakt – dem Verrat, der Katastrophe – hatte mich erschüttert wie jeden. Die beiden Tage und Nächte, die folgten, sind unter meinen denkwürdigen.

Die ruhelosen Überlegungen zweier Tage und Nächte zeigten mir allerdings den Sinn des Vorgangs, wie die Handelnden ihn meinten. Daß ihr Friedensschluß trüge. Daß Hitler seine Lehre von der einzigen Front durchführe, bis er sie werde büßen müssen. Daß er nicht wage, seine proletarischen Massen gleich anfangs gegen die sozialistische Union von Völkern zu schicken. Er schickte sie dennoch: als Freunde, das war noch gefährlicher.

Hiermit endeten meine Entdeckungen, die übrigens nahelagen. Sie haben nicht nur mir viele Mühe gemacht. Wir wissen nichts, oder höchstens, wohin ihre Rolle die Handelnden verweist. Zu welchem Ende sie wirklich handeln werden, bleibt der Phantasie überlassen, da sie selbst es nicht wissen und oftmals erst erfahren, wenn es geschehen ist. Am Einundzwanzigsten des ersten Kriegsmonats konnte ich meinen Aufzeichnungen hinzufügen:

»In Polen ist sein Paktgefährte für Hitler eine Unbequemlichkeit geworden anstatt eine Erleichterung. Auf seinem Wege stehen Sowjetdivisionen. Die polnischen wären ihm lieber. Warschau für ihn zu erobern, wenn er es nicht selbst kann, das haben sie vergessen. Indessen haben die Sowjetdivisionen die deutschen überholt im Wettlauf nach der ungarischen Grenze. Nicht Hitler – die Sowjets halten die Gegend, wo die drei Grenzen, Ungarns, Polens, Rumäniens, sich treffen. Der Einmarsch des berühmten Eroberers in ein Land, wo Petroleum fließt, stößt auf unvorhergesehene Hindernisse. Wenn dies nicht die Absicht des Paktes war, sein Ergebnis ist es jedenfalls.«

Tatsachen festgestellt, mehr oder weniger anerkannt – gleichwohl blieb bei der Mitwelt, ihren öffentlichen Exponenten, der Pakt in Kraft, sie wollte ihn vollgültig für die Dauer des Krieges. Die Sowjets sollten ohne Vorbehalt, ohne Witterung für den anderen Täter, geschweige Selbstbesinnung, zur Mittäterschaft an einem imperialistischen Raubkrieg übergegangen sein. Wen die Unterstände in Moskau, ihr Bau am Tage des Paktes, nicht nachdenklich gemacht hatten, dem sagte das Auftreten der Roten Armee in Polen ebensowenig.

Gewiß darf von den Dirigenten der Öffentlichkeit, die auch die Geschichte zu dirigieren meinen, niemals erwartet werden, daß sie politisch-militärische Vorgänge ins

Menschliche übersetzen und unterscheiden, was mit den Leuten vorgeht. Das gäbe ihnen das peinliche Gefühl, die Geschichte zu »romancieren«. Strategie, hohe Diplomatie, wer immer mit ihnen befaßt ist, weiß: er bearbeitet kein literarisches Gebiet. Die Psychologie des Alltags und gemeinen Mannes spielt wahrhaftig nicht hinein, es wäre denn in der Form des Nervenkriegs, der allerdings für die ungeschulte Phantasie seiner Erfinder zeugt.

Man bestimmt vielleicht, was die dirigierte Geschichte aus der Unzahl sterblicher Objekte machen wird: nichts Gutes meistens, allzuoft Leichen. Man bestimmt es, ohne daran zu denken. Sonst müßte man auf die bescheidene Wirklichkeit eingehen. Man hätte bewegliche Gesichter vor Augen und Szenen des kleinen Lebens, die immer wechseln. Nichts davon. Die Geschichte ist kein Roman.

Für mich ist sie gerade das, ein Roman. Sie fällt nirgends aus dem täglichen Leben, das den Vorwand für die Erkenntnis des Menschen hergibt. Die Geschichte ist keineswegs die Geschichte von Staaten, Machthabern und Millionen Dummköpfen, die nicht wissen, wie ihnen geschieht. Zuletzt stellt sie sich als der Lebensweg des einzelnen heraus: rätselhaft wie er, und ebenso ordinär. (»Einzig in der Geschichte«, die jetzt gebräuchliche Wendung, einzig ist gar nichts.) Wer die wirkliche Geschichte der einzelnen, die eine Masse sind, plant? Niemand.

Von dem Pakt 1939 bis zu dem deutschen Nationalkomitee in Moskau 1943 führt eine weite Strecke, obwohl geradlinig. Sie von Anfang bis Ende zu berechnen fehlte mir der Scharfsinn, und die augenscheinliche Aussicht war lange verborgen hinter einem Getümmel von Ereignissen. Für meinen Teil habe ich nur vermocht, die einfache erste Wirkung des Paktes auf die wirklich Beteiligten – die Soldaten – zu sehen, sie aber deutlich.

Die deutschen Soldaten haben anfangs in Polen mit den Rotarmisten eines Umgangs gepflogen. Es kam vor, daß er angenehm war. Lehrreich war er immer. Ein Jahr, dann gestaltete der Verkehr sich blutig; der Überfall war geschehen. Leidenschaft und Fanatismus haben miteinander nichts zu tun. Die Rote Armee verteidigte ihr Land und ihre Revolution. Die deutschen Heere befolgten nach Kräften den Auftrag, beide zu vernichten. Je weniger sie ihre Taten begriffen, um so verantwortungsloser wüteten sie gegen ein Volk, das sie hätten lieben können. Aber man hatte ihnen gesagt, die Russen wehrten sich mehr als Tiere, weil sie weniger als Tiere seien. Worte eines vertierten deutschen Schriftstellers, sie machten ihren Weg.

Als die Rote Armee von der Verteidigung zum Angriff schritt, wurden die geschlagenen deutschen Soldaten instruiert über die »Minderwertigkeit der slawischen Rasse«. Der Anlaß war der rechte, nicht um Glauben zu erzeugen, aber um Fanatisierte, die sich fürchten, jedes Verbrechens fähig zu machen. Die Geschlagenen von Stalingrad und Kiew wissen genau, was sie tun, wenn ein Mann allein hundert russische Kinder tötet. Ein gefangener deutscher Unteroffizier hatte sich den Anschein gegeben, als vermöchte er zwischen seiner kriegerischen Tätigkeit und Mord durchaus nicht zu unterscheiden. Angesichts des Galgens hat er seinen Richtern über sein wirkliches Lebensgefühl, einen wahren Abgrund, die Auskunft erteilt. Das psychologische Verfahren aus den Moskauer Prozessen: auch auf Deutsche angewendet, wirkt es Wunder.

Als belanglos, oder aus Schamgefühl, ließ er weg, ob er schon am Anfang, in Polen, dabeigewesen war. Dort ging zwischen den deutschen Soldaten und Rotarmisten diese und jene Szene vor – damals konnten sie erfunden sein, mit der Zeit sind sie glaubhaft geworden. Die deutschen Generäle, die jetzt, unter dem Vorsitz eines emigrierten Schriftstellers, das Nationalkomitee für ihr – sie hoffen, freies – Deutschland bilden, denken gewiß zurück.

Der Zusammenhang ist deutlich. 1939 wollte Hitler mit seinem Pakt beide vergeblich betrügen, die Sowjets und die deutschen Soldaten. Nach wirksamer Belehrung erinnern 1943 deutsche Soldaten sich des alten Paktes – und machen ihn selbst.

Auch ich erinnere mich. Am 26. September 1939 entwarf ich dies Gespräch.

Fortsetzung des angenehmen Verkehrs

Die Sowjetsoldaten plaudern mit den deutschen Gemeinen und niederen Chargen. »Hör einmal, Väterchen, hier habt ihr aber gehaust! Nun ja, niemand will Prügel bekommen, und bevor ich alle viere von mir strecke, soll er selbst dran glauben.«

Der deutsche Gefreite: »Du bist ein kluges Kind, die leben nicht lange. Meinst du, wir haben Lemberg zum Spaße erobert? Hätte ich gewußt, daß wir es, kaum drinnen, an euch abtreten sollten und hundertfünfzig Kilometer zurückgehen?!«

Der Sowjetgefreite: »Dann hättest du dich nicht so schrecklich geplagt. Du siehst gar nicht gut aus. Schone dich, Väterchen! In Lemberg haben wir euch beizeiten abgelöst, die Stadt steht noch. Hier, wo ihr gehaust habt, liegen die Häuser am Boden, und kein Geschöpf Gottes, weder das Vieh noch die Christen, haben Gliedmaßen zum Umherkriechen. Begreif doch, mein Lieber, daß du dir vergeblich Mühe machst!«

Der deutsche Gefreite: »Ein deutscher Soldat begreift nicht, sondern gehorcht. Ist es bei euch anders?«

Der Sowjetgefreite: »Wir versuchen zu begreifen – besonders versuchen wir zu begreifen, warum man sterben muß. Ist es zwecklos, dann sind uns Lebende lieber als Tote.«

Der deutsche Gefreite: »Wieso?«

Der Rotarmist: »Weil wir aus ihnen Kommunisten machen können.«

Der Hitlersoldat: »Auch was. Aber ich sage nichts. Mein Führer ist einverstanden. Ich denke wie mein Führer. Ihr macht aus den Polen sogenannte Kommunisten, wir echte Kadaver. Jeder von uns beiden bleibt, was er ist, Freundchen.«

Der Rotarmist: »Was ist denn aber aus dir geworden, mein Liebling? Ich bin besorgt um dich. Dein angenehmes Gesicht ist verfallen. Du könntest dich die letzten Wochen ununterbrochen im Branntwein gewälzt haben, zusammen mit Frauenzimmern. Kommst du tatsächlich aus dem Krieg?«

Der Hitlersoldat: »Besieh dir die Flecken an meiner Jacke! Hast du schon mal Blut gesehn? An deiner ist nichts.«

Der Rotarmist: »So muß man es machen.«

Der Hitlersoldat: »Auf unsere Kosten.«

Der Rotarmist: »Vielleicht begreifen wir unsere Leitung. Ihr versucht es nicht erst. Mögt schließlich recht haben. Eure hohen Herren sorgen sich um euch noch weniger als ihr um sie. Seid ihr nicht Menschen?«

Der Hitlersoldat: »Wenn man wollte. Wir sollen nun einmal Soldaten sein.«

Der Rotarmist: »Ich bin ein Bauer, bin es erst recht als Soldat. Wir Arbeiter und Bauern der Roten Armee haben nur einfach einen anderen Rock angezogen. Wir beurteilen, was uns befohlen wird, und handeln zum Besten unseres Staates. Damit meinen wir die wirklichen Äcker und Weiden, die unser gemeinsames Eigentum sind. Besitzt auch du dergleichen, mein Herzchen?«

Der Hitlersoldat: »Ich nicht. Mein Onkel war ein Erbhofbauer. Hat sich ausgeerbt, ausgebauert. Jetzt geht er in die Fabrik. Überstunden unbezahlt.«

Der Rotarmist: »Da hast du es, warum du wie ein Betrunkener die Polen kaltmachst. Wozu sollen sie leben? Weißt ja selbst nicht, wofür du lebst.«

Der Hitlersoldat: »Du sprichst wie ein Pfarrer. Von der Bekenntniskirche einer oder so ein roter Kaplan. Proletarier denken sich dergleichen manchmal.«

Der Rotarmist: »Die Winternächte sind lang. Sitzt ihr nicht beisammen und lest euch vor?«

Der Hitlersoldat: »Manchmal. Den Sender Moskau haben wir auch abgehört. Was hat es geholfen, jetzt sind wir hier.«

Der Rotarmist: »Es kann sich immer noch lohnen. Das Abhören und das Kriegführen. Ist dir wohl bekannt, Kamerad, was ihr von den Polen, die ihr am Leben laßt, eigentlich wollt?«

Der Hitlersoldat: »Ihr Geld natürlich. Nicht wir natürlich, der Führer natürlich.«

Der Rotarmist: »Natürlich. Und wenn ihr das Geld, das Korn und die Kohle weggenommen habt für eure Kapitalisten, dann ist es natürlich, daß ihr auch die Menschen nach Deutschland verfrachtet. Die Arbeiter und die Bauern, als Kriegsbeute, die nichts kostet. Wo Sklaven eingestellt sind in die Betriebe, müssen eure eigenen Leute noch billiger werden. Das ist alles, was euer oberster Rat anzufangen weiß mit einem großen, wertvollen Zuwachs an Bürgern der Republik.«

Der Hitlersoldat: »Oberster Rat ist gut. Du meinst wohl unsere Industriellen. Bürger ist auch gut. Ich kenne eine Republik ohne Bürger und ohne Freiheit.«

Der Rotarmist: »Wie du plötzlich redest! Väterchen, wer hat dir die Zunge gelöst?«

Der Hitlersoldat: »Bilde dir nichts ein. Ich weiß mehr, als du denkst. Wir sind noch zu schwach gegen die Gewalt.«

Der Rotarmist: »Mit so viel Waffen?«

Der Hitlersoldat: »Gerade deshalb. Es schadet dem Klassenbewußtsein. Der Krieg stellt die Volksgemeinschaft her, verstehst du.« Er stößt den Rotarmisten mit dem Ellenbogen in die Seite. Er lacht bitter.

Der Rotarmist stößt zurück: »Ich verstehe, aber du sollst nicht bitter sein, Genosse.«

Der Hitlersoldat: »Ich bin über und über verdreckt, Genosse.«

Der Rotarmist: »Jetzt ist die Zeit, zu baden, aber nicht im Blut. Euer Führer ist mit uns verabredet, ihr werdet auf Befehl von oben eine bequeme Revolution haben und euch reinlich fühlen.«

Der Hitlersoldat: »Wenn du da nur nicht irrst!«

Der Rotarmist: »Ich irre wohl, da die echten Revolutionen nun einmal nicht bequem sind. Die unsere war schwer, obwohl wir es nur mit einem gewalttätigen Gegner zu tun hatten. Ihr überdies mit einem betrügerischen.«

Der Hitlersoldat: »Betrogen, immer betrogen, wie kommt man da heraus!«

Der Rotarmist: »Laß dich auf die Stirne küssen, Bruderherz!«

Sechstes Kapitel

Es wird Zeit

– daß ich mich vorstelle. Mein Name ist Jx, ich bin ebenso gewöhnlich wie auserlesen. Meinesgleichen kommt überall vor, aber jeder bleibt das einmalige Phänomen. Manchmal soll es beträchtlich sein. Das könnte ich von mir nicht sagen, vielmehr habe ich das Gefühl: was ich denke, mache und kann, sollte eigentlich jeder fertigbringen. Nur wenig fehlt ihm dazu. An seiner Maschine muß gedreht worden sein.

Wollte ich mich hinwieder nicht nur für einen leicht verständlichen Fall, sondern auch für einen allgemein verbindlichen halten, dann wäre ich alsbald die einfache Norm nicht mehr: ich würde mich als ein höchst anspruchsvolles Vorbild aufstellen. Davor hüte ich mich. Auf diesem Wege verkehrt sich eine Bescheidenheit, die zu weit geht, in einen noch unleidlicheren Stolz.

Aus Tugenden werden, bevor man es sich versieht, Fehler, während die Fehler, so scheint es, auch Lob verdienen. Nur die Lumpe sind bescheiden, meint Goethe. Ein anderer Dichter desselben Zeitalters, Klopstock geheißen, hat seinen Landsleuten ihre übertriebene Gerechtigkeit widerraten. Nehmen wir an, daß sie einst »allzu gerecht« waren: seither sind sie es nicht im geringsten und halten dieses eklatante Gebrechen für eine Auszeichnung. Man muß sich wirklich hüten.

Eine Autobiographie sieht am besten von ihrem Urheber ab, wenn es anginge. Er trete als Augenzeuge auf – der Ereignisse und seiner selbst. Das verdirbt noch nichts. Ein Zeitalter wird besichtigt. Von wem? ist immer die Frage.

Sie verpflichtet Jx, sich vorzustellen, aber mit Maßen. Zu sagen: ich bin der und der, und bin es ganz für mich allein, ergibt Widersprüche. Ein moralischer Wirrwarr tut sich auf. Mit wirklichem Recht weiß Jx nicht einmal, ob er platt wie der Tisch ist oder die Höhen und Tiefen eines geschlachteten Kalbes aufweist.

Das besichtigte Zeitalter kennt sich ebensowenig. Wie nun, wenn zwei Masken einander begegnen. Aus meinen jungen Tagen gedenke ich der italienischen Masken, des Stenterello von Florenz. Ami la vita? wurde er gefragt. Ob er das Leben liebe. Er umgürtete mit den Händen seine Taille, die gleichfalls la vita genannt wird. Aber ja, antwortete er, ich liebe die Ohren, die Füße, la vita, alles liebe ich.

Auf Umwegen und durch ein Mißverständnis hatte sich herausgestellt, daß er das Leben liebe. Mehr und besseres kann eine gesamte Zeitgenossenschaft, jeden Jx mit einbegriffen, über sich nicht aussagen. Sie kommt darauf umständlich wie Stenterello: ein Zeitalter tötet, tötet – um endlich zu bemerken, daß es das Leben liebte.

»Le maschere« hieß ein Spiel, das ich mit Entzücken sah – vor dreißig Jahren, aber sie konnten das Entzücken nicht tilgen. Der Maestro Mascagni hat wahrhaftig mehr gemacht als nur die eine Oper, durch die sein Name lebt. Wie das glücklich und schön war, alle die Masken, jede aus einer anderen der hundert Städte Italiens, jede ein herkömmlicher Charakter. Zusammen aber, mit ihren grotesken Nasen oder auf süß geschminkten Gesichtern, stellten sie die Menschheit dar. Sie sangen unvergeßlich reizend. Die Menschheit wäre erfreulich, wenn sie es könnte, wie sie im Grunde mochte.

Das wirkliche Leben ist nicht so übersichtlich, ist im Durchschnitt nur mäßig begabt. Die Intensität von gutem Theater wird in der Wirklichkeit selten erreicht. Was ist ganz ernst? Das Spiel der Kinder.

Hieran erinnerte meine Gedenkrede auf den Theatermann Max Reinhardt. Er war in der Verbannung gestorben, und ich sprach plötzlich englisch: beiläufige Einzelheiten eines Zeitalters, das noch ganz anders ausschweift.

Diesmal könnte man das Leben intensiv nennen, wäre es nur nicht ganz so verlottert. Une vie de bâton de chaise, heißt das. Jemand, dem ich gern glaube, sagte: »Der Krieg ist ein Hinter-die-Schule-Laufen.« Er ist, was man will: hochherzig, teuflisch, Ehrensache, Niedertracht, heldenhaft allerseits, ein großes Schauspiel sowieso. Eigentlich aber liefert er Schülern eine Ausrede, die gegen Tadel geschützt ist, um nicht zu arbeiten, nichts mehr zu lernen.

Um Gottes willen, was erlaube ich mir. Hunderttausende lassen sich töten, opfern sich in einer einzigen Schlacht! Zählt das nicht höher, als hätten sie Ingenieur studiert? Aber erstens will keiner sterben, die anderen sollen es für ihn. Ferner: was wird aus den Siebzehnjährigen, die jetzt ihr Bildnis mit dem Ehrenzeichen in der Zeitung bewundern? Zu fürchten ist, daß dies ihre beste Zeit war, daß nichts Erhebliches nachkommt. Sie werden nachher enttäuscht sein. Sie selbst werden enttäuschen, oder kaum das: nicht benötigt, schnell vergessen sein. Wenn in die Spanne eines kurzen Menschenlebens zwei Kriege fallen – richtiger derselbe Krieg mit eingelegter Pause –, dann können wir über manches Bescheid wissen.

Kriege ersten Ranges, die Napoleonischen, jetzt dieser, gefährden bei mehreren Generationen das Lebensgefühl. Sie waren die unsinnigste Überanstrengung aller Lebenden – immer ohne ergiebige Arbeit, ohne daß gelernt wurde. Davon erholen sich die Folgenden nicht so bald. Ein Lebensgefühl ist noch schwerer wieder aufzubauen als die zerstörten Länder und Städte, ganz zu schweigen von den Lücken im Nachwuchs.

Zuletzt kommt alles ins gleiche. Meines Amtes ist es nicht, das Schicksal einer Welt zu beklagen, wenn sie es gewollt hat. Die einen ergingen sich in Herausforderungen des Unheils. Die anderen waren, um es aufzuhalten, weder einmütig noch entschlossen. Gut, ich beklage alle, obwohl ich es nach ordentlicher Überlegung nicht dürfte. (Den gewissen Jx beklage ich nicht. Bei ihm allein finde ich unverzeihlich, daß er nichts ändern konnte.)

Ich bewundere sie auch. Sogar die Zähigkeit im Falschen, nachgerade eine deutsche Eigenschaft, hat, bis auf weiteres, etwas Großartiges; ausgehen wird es damit eher klein und weinerlich. Wirklich überzeugt bewundere ich den Aufschwung mehrerer kämpfenden Nationen, voran Großbritanniens und der Sowjetunion. Ihre Wandlung im Krieg, ihre Bestätigung durch den Krieg sind von imposanter Sittlichkeit. Nur das Sittliche ist imposant. Ein Ausbruch von Wahrheitsliebe, dem ich beiwohne, ein ganz neues Interesse für die menschliche Lage, das sich anmeldet, lassen mich hoffen, daß dennoch kein herabgesetztes, vielmehr ein erhöhtes Lebensgefühl das Zeitalter beenden werde. Taten, auch wenn sie unerhört wären, erhalten durch sich allein keinen Anspruch auf Geltung. Der Gedanke macht sie groß, gesetzt, daß er sie nicht entwertet. Welcher Gedanke wird die Abgründe der Natur, die während eines Krieges geöffnet sind, den Haß, die Rache, das betäubte Erbarmen – nicht rechtfertigen, aber weniger beschämend machen? Es ist die gedachte Verbesserung der menschlichen Lage. Die Ehrlichsprechung unseres Geschlechtes. Der Vorsatz eines Daseins in Gerechtigkeit und Wahrheit. Kurzum, das Menschenglück – wenn es erfaßlich wäre und nicht so oft sein Gesicht änderte.

Wenigstens essen und ruhig schlafen wollen alle. Jx, die zahllosen Personen dieses Namens, haben für die voraussichtlichen Sieger dieses Krieges – und Zeitalters – Stellung genommen, zuerst aus den primitiven Beweggründen, die auch ein Höhlenbewohner hätte. Von den Deutschen, wenn sie siegen könnten, drohen für unabsehbare Zeiten schlechte Ernährung, gehetzte Nächte, lustlose Arbeit ohne anderes Ergebnis als nur wieder Krieg. Der Sieg der Alliierten soll den Menschen, die übrigbleiben, so viel Sicherheit des Lebens bringen, wie manche Tiere ohne Krieg haben.

Unbescheidene erwarten mehr. Schonung, ja etwas Pflege von seiten der Gewinner, die den Krieg führten unter dem Zeichen der Menschenfreundschaft. Oder mindestens die Gegner eines Feindes waren, der sich als der Antichrist, als ein wahres Anathem etabliert hatte. Da sollte es doch nicht schwer sein – ich bitte um Entschuldigung –, nie wieder Faschist zu werden. Das war doch der Widersacher, der Fluch, der so furchtbar schwer, so über die Maßen teuer zu entkräften war.

Dasselbe wie er müßte jeder andere werden, wenn er dasselbe unternähme. Wenn er nachträglich, post festum kann man sagen, auch wieder versuchte, den natürlichen Ausgleich von reich und arm mit Gewalt zu verhindern. Was ist denn der Faschismus oder die Hitleritis? Was waren sie, sollte es heißen, wäre es nur sicher, daß sie, in Mitteleuropa geschlagen, nicht anderswo wieder aufleben!

Die Demokratie ist voll Edelmut und Würde, solange die Wähler für den freien Wettbewerb der Kräfte stimmen. Immer einmal kommt der Augenblick, wo die Menschheit schwankt. Bald vielleicht wird sie nicht mehr den freien Wettbewerb – die Freiheit unter dem Besitz – vorziehen, sondern sich dem Sozialismus zuneigen. Noch ist nichts geschehen, aber schon der Verdacht genügt. Die Mächtigen – das ist eine geringe Minderheit, denen der freie Wettbewerb gut bekommen ist – ergreifen starke Maßnahmen gegen die Beinah-Gesamtheit, der er schlecht bekommt.

Sie stellen einen homme de main an, er kann gar nicht Bandit genug sein, es handelt sich um scharfe Mittel, es geht um das Ganze. Der Bandit wird an die Macht erhoben, was nicht so leicht ist gegen eine mehr oder weniger eingesessene Demokratie. Die wenigen Reichen des einen Landes schaffen es nicht, aber ihre auswärtigen Freunde fühlen sich beteiligt an dem Experiment, sie tragen bei. Eine Unmenge Geld wird in den Banditen investiert.

Endlich ist er oben und beginnt zu wüten. Lügen durfte er schon vorher, die Demokratie erlaubte es ihm. Wenn der Lügner wüten kann, ist es Faschismus.

Seine Gewalttaten bringen ihn dermaßen in Sicht, daß er seine Hintermänner, die wirklich Mächtigen, überschattet. Ihnen ist es recht, sie wollen nicht gesehen werden. Haben sie doch dem Banditen hinaufgeholfen, damit er statt ihrer alle Greuel verantwortet, zuletzt den Krieg. Der Faschismus erhält sich nur durch Krieg, aber er endet unfehlbar in Niederlagen. An diesem Zeitpunkt, da der deutsche Faschismus soweit ist, klingt es gewöhnlich.

In Wirklichkeit ist es nicht begriffen, nicht zu Herzen genommen. Das Problem der Gewalt bleibt aufrecht. Hitler stürzt nicht, weil er stärkere Mächte angegriffen, sich an ihrem Eigentum vergriffen hat. Er stürzt im Gegenteil, weil er das deutsche Privateigentum, die stärkste Macht im Lande, gegen demokratisches Recht mit Gewalt verteidigt hat – übrigens, bevor es bedroht war. Sein Schicksal ist die Gewalt, gleichviel, ob sie verbrochen wird an fremden Nationen, die er überfällt und entrechtet, oder an der deutschen: *sie* überfiel und entrechtete er zuerst. Eins bedingt das andere, wird das unvermeidlich tun überall und immer. Wer Gewalt ißt, stirbt an ihr.

Das ist eine Erkenntnis, sie verlangt den vollen Ernst der Geschlechter, die sie jetzt erfahren müssen. Aber der Ernst fehlt. Die törichte Sensation ist ausschließlich Hitler, als wäre er kein gemieteter Knecht, sondern aus eigener Kraft der Veranstalter. Zu Hunderten von Millionen erscheint sein Name gesprochen und gedruckt. Maschinen schreien ihn über die Welt. Schlachten, »die größten in der Geschichte« heißen sie, bespritzen die Lande, die Erdteile mit seinem roten Namenszug – wie der Besitzer eines Gartens Blumen sät, von weitem liest man sie als den Namen seines Lieblings.

Der einstige Liebling einer Welt war nie etwas anderes als ein Wicht und eine Niete. Darum heult er, nun alles verspielt ist. Tränenkrisen, wie seine neuesten Besucher sie zu sehen bekommen – ach! wer doch seine Auftraggeber und Vorgesetzten bei Weinkrämpfen ertappte! Das kommt nicht vor. Die halten schon ihren nächsten Banditen in Bereitschaft. Der darf aber wirklich kein Pech haben! Sie wissen noch immer nicht, daß kein Hitler ihr Unglück war: die von ihnen selbst verbrochene Gewalt war es.

Die Gewinner des freien Wettbewerbs – der Freiheit unter dem Besitz – sind dumm, das ist es. So unfähig zu lernen war nie vorher eine andere Gruppe von Mächtigen, ist auch heute keine. Monarchen oder demokratische Führer müssen nicht ihr Leben und ihren Verstand abnutzen mit eigener Bereicherung allein. Ein König und ein Sozialist behalten geistigen Raum genug, um mit Erfolg den Leuten in ihre Gesichter zu blicken. Eine Figur wie dieser Hitler richtet doch der Augenschein! Die reichen Leute haben ihn für ihren Volltreffer gehalten.

Die Lichtseite

Dies war die Nachtseite des Zeitalters, das Jx und alle anderen Jx über sich ergehen lassen, wenn sie nicht vorziehen, dem Zeitalter beizupflichten wegen seiner Lichtseite. Natürlich hat es eine, sie läßt sich schnell benennen. Es ist die Mitwisserschaft der meisten. Niemand, der nicht halbwegs aufgeklärt wäre über Technik und Verlauf der Vorgänge. Ja, sogar die sozialen Anlässe sind Gemeingut. Die geistigen Grundlagen – das wäre viel verlangt. Um ihre Kenntnis sich zu bemühen, ist unter anderen Jx da.

Dieses Zeitalter ist eines der durchschautesten, nur daß die meisten es sich nicht sehr zu Herzen nehmen. Ihre Herzen sind von den nächsten tödlichen Sorgen schwer. Was kümmert sie die Ergründung der Tiefen. Die Oberfläche, wo sie weilen, ist gerade unheimlich genug. Aber sie wissen. Ich bezweifle, daß – nur beispielsweise – die Menschen des Dreißigjährigen Krieges über ihre wirkliche Lage so weit unterrichtet gewesen sind wie meine eigenen Leidensgefährten.

Ein Beweis wäre vielleicht, daß 1618 bis 48 von Deutschland einfach wiederholt wurde, was Frankreich während einiger voriger Jahrzehnte schon durchgeübt hatte. Eine Liga der Großgrundbesitzer und provinzialen Monopolisten zerriß und zerstörte das Königreich – natürlich ohne sich zu ihrer Sache zu bekennen. Wenn man die Herren hörte, verteidigten sie einen Glauben, sprich: Weltanschauung; unter denselben Umständen hätten sie seither ihren Antibolschewismus angepriesen. Der Befreier Henri Quatre handelte revolutionär, seither wäre er Bolschewik genannt worden. Indessen hieß er Ketzer, und die wirklichen Zusammenhänge blieben im dunkeln. Sonst wäre nicht ein verwandter Tatbestand gleich nachher im Nachbarlande eingetreten.

An unserem Zeitalter ist das Hellste, daß es über sich Bescheid weiß. Es faßt sogar den Vorsatz, seine eigenen Fehler auf seine Nachfolger nicht zu übertragen. Was seine Zuständigkeit offenbar überschreitet. Niemals mehr Krieg! scheint diesmal das wirkliche Kriegsziel zu sein. Niemals wieder Krieg von einer so wenig berufenen Seite wie der deutschen. Wenn das deutsche Verhältnis zur Welt schon vorher falsch war, kann Deutschland es mit Krieg am wenigsten richtigstellen. Sein Sieg wäre schädlich gewesen für alle und für Deutschland.

Auch wenn der Fall Deutschland einmal erledigt, kann doch nicht im vorhinein ausgeschlossen werden, daß eine andere Macht – Mächte verlieren mitunter die Macht über sich selbst – in ein falsches Verhältnis zur Welt tritt. Dies wäre sogar sicher, sobald eine Macht sich dem Faschismus post festum, eigentlich einem postumen Faschismus ergäbe. Sie wird ihn anders benennen, der Name hat Unglück gebracht. Die Sache, die er deckte, kann irgendwo wieder für möglich erachtet werden. Die Sache wäre modifiziert, die Lage darf nicht gleich wiederzuerkennen sein. Ganz den gleichen Kriegsmachern wird keine Nation noch einmal hereinfallen.

Die allgemein menschliche Neigung, auf Katastrophen hinzuarbeiten, kann schwer vergessen werden. Sie ist zu oft bewährt. Dieses Zeitalter bezeugt inmitten seiner Katastrophe ein sympathisches Vertrauen auf die Lenkbarkeit der menschlichen Beziehungen, zur Vernünftigkeit hin, zur Beherrschtheit hin. Es meint, jetzt sei des Unfugs genug – womit es wahrhaftig recht hätte.

In dem Konzert von guten Vorsätzen erinnere ich mich nur einer einzigen Stimme, die detonierte. Marschall Josef Stalin sprach: »Krieg wird es immer geben.« Warum gerade er? Sein Land hat mit diesem Krieg, den es so großartig besteht, ursprünglich am wenigsten zu schaffen. Nicht einmal erklärt hat es den Krieg, und spät erst vorbereitet. Es hatte ernstlich mit sich selbst zu tun. Das ist auch die beste Art, wie ein einzelnes Land der Gemeinschaft aller dienen kann: sich höher entwickeln. Warum »Krieg wird es immer geben«?

Der Marschall, nicht zuerst ein Militär, vielmehr vom Typ des intellektuellen Militärs, wünscht vielleicht, daß dieser Krieg der letzte sei. Der Intellektuelle hält es mit der Wahrheit: mit seiner Erfahrung, die für die Wahrheit einsteht. Er kennt die Vergeblichkeit von Illusionen. Er weiß: mit dem guten Willen aller ist nicht einmal im Innern eines

Landes zu rechnen. Bis es den Ansprüchen der einfachen Sittlichkeit, dem bloßen Anstand des Lebens auch nur genügte, mußte unerbittlich gekämpft werden. Der Krieg mit Hitler war die vorausbestimmte Fortsetzung der Revolution.

Intellektuelle sind sehr streitbar. Auch von den Staatsmännern erweisen sich am streitbarsten die Intellektuellen. Die den Krieg mit Hitler umgehen wollten, waren ausnahmslos Mittelmäßigkeiten. Die ihn voraussahen und durchführen, Churchill, Roosevelt, Stalin, verstehen einander auf einer geistigen Ebene: die Praxis ihrer Staaten verliert daneben an Bedeutung.

Ich glaube, daß Gott mir helfe: die beiden Angelsachsen wenden gegen ihren Freund Joe am wenigsten seinen Kommunismus ein. Für ihre eigenen Gemeinwesen wird er bis jetzt nicht benötigt. Sollte der innere Verteidigungskrieg gegen Präpotente sich ihnen jemals aufdrängen, unmittelbar, unausweichlich wie der Krieg gegen Hitler, dann bürge ich weder für den Konservativen noch für den Liberalen. (Beiseite gesprochen: Hitler vernichten ist schon ein Sieg über ihre eigenen reichsten Leute. Das sollten sie nicht wissen?) Sie sind streitbare Intellektuelle. Ihr Gesichtspunkt ist schwerlich, daß diese oder jene Form der Wirtschaft durchaus erhalten oder durchgesetzt werden muß.

Die Wirtschaft ist ein sehr wichtiger, aber nicht der einzige Anlaß der Völker, bei guter Gesundheit zu bleiben oder zu erkranken. Dies physisch verstanden, und demgemäß sittlich. Eine starke Moral beruht keineswegs auf der Wirtschaft allein. Theoretisch könnte eine ganz verkommene Ökonomie von dem entschiedensten sittlichen Aufschwung begleitet sein. Die letzten Jahrzehnte des Zarismus erscheinen als wirklicher Beleg, wenn die damals beobachtete Wirkung der Literatur so ernst genommen wird, wie sie verdient: als eine sittliche Erhebung inmitten staatlichen Verfalls.

Andererseits stand das deutsche Reich in seiner wirtschaftlichen Blüte, als es ohne Not, aus purem Übermut und Luxus, zu den unsittlichsten Ideen griff. Eine düstere Tatsache. Aber hier sind wir bei der Lichtseite.

Das Zeitalter, das auch mich verdüstern könnte, hellt sich auf, sobald ich bedenke: es sind Intellektuelle, es sind Moralisten, die jetzt die Macht haben und den Sieg an sich bringen. Zwei von ihnen reden und schreiben klassisch, und denken volkstümlich. Nur eine vollkommene Sprache erreicht den Anschluß an jedes Begriffsvermögen und ergreift jedes Gemüt. Der dritte beläßt es bei Salutschüssen aus hundertzwanzig Kanonen, wenn seine Meinung, daß die menschliche Lage besser werden könne, sich wieder einmal bestätigt hat. Denn die Rote Armee siegt.

Die Sowjetunion ist ein Beispiel, nicht das einzige, des guten Willens, die menschliche Lage zu verbessern. Die westlichen Demokratien, mit ihren intellektuellsten Männern an der Spitze, geben dasselbe Beispiel. Der Sozialismus hat den Wert einer praktischen Maßnahme, zu ihrer Zeit, an ihrem Ort wird sie vorgenommen. Um seiner selbst willen wäre ein Bund sozialistischer Republiken weder hassens- noch liebenswert. Die ganze Macht dem Staat – bedeutet zunächst gar nichts. Es kommt darauf an, wie er es mit seinen Menschen meint.

Der andere große Bund von Republiken, der das Britische Commonwealth genannt wird, funktioniert geistig und sittlich unter den gleichen Voraussetzungen: sonst hielte er nicht zusammen. Auch er überzeugt seine Völker, versichert sich ihrer Freiwilligkeit und hat erreicht, daß sie den Krieg, diese Entscheidung über Tod und Leben ihres Gemeinwohls, auf sich nahmen. Es muß wohl ein geglaubtes, der Zukunft sicheres Gemeinwohl sein, wenn Kanadier, Australier, Neuseeländer, Südafrikaner, die Indier auch dabei, ungenötigt in Europa ihr Blut opfern. Offenbar geht es um mehr als nur die Sache der Insel, die sie ihr Mutterland nennen.

Die Angelsachsen, genau wie die Sowjetunion, haben Grund, sich für die sittlich Überlegenen zu halten. Dies zuerst; die staatlichen Einrichtungen folgen im Abstand. Sie sehen, daß Europa, ein alter, lange auch ein vorbildlicher Teil der Welt, jetzt Gefahr läuft, tief zu sinken. Wie tief, ist nicht ausdrückbar. Die vermeintlich dunkelsten Zeiten des viel umgetriebenen Erdteils hatten ein starkes Christentum. Mit ihm waren sie nicht unbedingt dunkel.

Finsternis sinkt und verbietet den Ausweg, wenn der Mensch selbst in Frage gestellt wird. Wesen ohne geistig-sittliche Verantwortung sind keine Menschen mehr. Wer sie so haben will, der hat sie in seinem Bewußtsein schon entmenscht. Demgemäß züchtet oder vernichtet er sie wie Getier, sobald er kann. Dies ist der deutsche Vorgang, gegen den die Welt aufsteht. Europa ist nicht wirklich erobert. Seine wirkliche Eroberung wäre der Anfang vom Ende der Menschheit. Daher ihr Aufstand, der den Sieg verbürgt.

Gut und Böse

Dies wären unpersönliche Feststellungen? Es sind die allerpersönlichsten. Mein eigenes Dasein hängt ganz und gar davon ab, daß sittliche Bemühungen möglich sind. Das Auftreten des Antimenschen und sittlichen Fluches, der Hitler-Deutschland sein will, hat der Welt die Moral interessant gemacht. Sie war es sonst nicht, im besten Fall verstand sie sich von selbst. Lebendig bleibt nur, was bestritten ist und verteidigt, wenn nicht sogar zurückerobert werden muß.

Die Auffindung der Moral, ihre überlegte Geburt für das einzelne Gewissen, geschieht durch Anschauung und vermöge Erkenntnis. In Laufbahnen wie meine ist das erste die Anschauung. Ich habe gesehen und gestaltet, bevor ich den Sinn der Dinge begriff. Die treue und hochgespannte Darstellung erwirbt zuletzt auch Geist. Wer die Geste von Menschen nachahmt, erlebt ihren Charakter. Ein unsterbliches Handbuch des moralischen Wissens heißt ausdrücklich »Les Caractères«.

Moralisten sind nicht so sehr Prediger wie Betrachter. Für sie wäre kein Raum mehr, sobald feststände, daß ohne Wissen, ohne Verantwortung eine Menschenwelt bestehen kann. Heute erweist sich im Gegenteil, daß sie es weder kann noch will. Der Feind der Moralisten, unser persönlicher Feind, zugleich das Symbol alles Unmöglichen: Hitler, treibt in vollem Mißerfolg seiner Versenkung entgegen.

Der Preis ist hoch, die Anstrengung unvergleichbar. Dieses Zeitalter, was es übrigens versäumt und verschuldet habe, entlastet sich mit seinen Mühen und Opfern. Sie werden dargebracht nicht um weltlichen Besitz allein, sondern weil das Unterscheiden von Gut und Böse wieder einmal erwacht, sehr großartig erwacht ist.

Dafür bedurfte es einer Gestalt wie dieses Hitler. Eine armselige Gestalt, für sich allein genommen. Aber beladen mit allen Verirrungen einer Mitwelt und ihretwegen in die Wüste geschickt, wird auch der Sündenbock ansehnlich. Will ich ihm sonst nichts zugestehen, keine Intuition, nicht einmal seinen Traumwandel – einen durchschnittlichen Verstand, soweit er die Kenntnis des eigenen Interesses angeht, hat jeder, auch dieses Exemplar besaß ihn. Ich erstaune noch jetzt: vor dem Beschreiten seiner unschicklichsten Abwege äußerte er seine Furcht vor dem Intellektualismus.

Seine Furcht kleidete sich in Ausbrüche von Haß; gleichwohl sind sie unter seinen emotionellen Kundgebungen die vernünftigsten. Er hat selbst nie gewußt, warum er die Juden haßte, oder die Bolschewiki, und bei zunehmendem Wahn alle Welt, die Menschen, den Begriff des Menschen. Das war Bestimmung, die Traurigkeit der Dinge wollte es.

Aber er war fähig, Rechenschaft abzulegen über sich und die Intellektuellen. Es geschah zu Anfang, als er nur erst Deutschland quälte und verfolgte. Die übrige Welt wohnte dieser vermeintlich inneren Angelegenheit einer einzelnen Nation zutraulich bei, noch ging es niemand an, außer den Sympathisierenden anderswo, die es gemacht hätten wie Hitler. Da beschimpfte er die Intellektuellen, geräuschvoll, aber intim, als hätten er und sie an demselben Tisch im Café gesessen. »Nichts mit ihnen zu machen. Abfallprodukte der Nation.«

Er war wohl um sie bemüht gewesen, durchweg vergeblich. Die er ohnedies hatte, waren ihm gleichgültig, ihre Beflissenheit ist niemals belohnt worden. (Der Titel eines Volksdichters wurde verliehen, einfach um der Sowjetunion noch einen ihrer äußeren Gebräuche nachzuahmen.) Über den verarmten Zustand der Universitäten klagte ein sonst unverdächtiger Wissenschaftler dem Führer seine Besorgnisse. Nicht lange, der alte Gelehrte wurde scharf unterbrochen. »Ich soll wohl die jüdischen Professoren zurückholen? Wenn Sie nicht so alt wären, ließe ich Sie ins Lager bringen.«

Nein, er hat keinen zurückgeholt, und die auf seinen Ruf gekommen wären, ob Jude oder Christ, hätte er seinen »Umschulungs«-Lagern übergeben. Ihn beschäftigten die Entkommenen, Gesicherten, sicher vor ihm und sicher ihrer selbst. An ihnen hing sein giftiges Herz. Seine Reden erwähnen – mehr als einmal, wie oft, wie unruhig! – die Menschenart der Intellektuellen, die ohne äußere Not, um ihres Gewissens willen, den Strich gezogen haben zwischen sich und seinem Deutschland.

Er schildert ihnen das Exil, das sie besser kennen als er.

Anders als er haben sie kein Land, wo sie unzuständig waren, als Verschwörer überfallen. Sie haben gearbeitet, des Brotes wegen oftmals unter ihrem Rang. Sie haben sowohl Mühsal als Demütigung erlitten. Was sie im tiefsten angriff, war die Unmöglichkeit, das Weltenunheil aufzuhalten. Das und nichts anderes wäre ihre Rechtfertigung gewesen: sie kamen aus dem Lande des Ursprungs; sie wußten. Wenn Selbstmorde geschahen, war es auch aus Hunger, nie aus Hunger allein.

Seelische Verzweiflung, eine tödliche Sehnsucht, die ausnahmsweise sogar den Reichen, Namhaften übermannt, einem Hitler ist sie unzugänglich, er hat daneben hingeredet, wie über alle Tatsachen des Lebens. Das Exil war, ihm zufolge, die Buße des verstockten Hochmuts, es verlief rapide in das Vergessenwerden, in die gebührende Verachtung der Erfolglosen. Erfolg – war bei ihm allein. Ihnen blieb nur, ohnmächtig aus ihrem Dunkel seiner Lichtgestalt beizuwohnen.

Eitel Triumph über uns Ausgetriebene, wenn man ihm geglaubt hätte. Wie war es wirklich? 1933, im Einweihungsjahr des tausendjährigen Reiches, nahm ich pünktlich seine Würdigung vor; heute könnte ich sie nur erweitern, nicht verändern. Das Buch hieß »Der Haß«. Seine erste Fassung war französisch, sie erschien in Paris. Die deutsche folgte in Amsterdam. Wer der unbeschränkte Herrscher über mein Land ist und die anderen Länder nächstens unterwerfen wird, darf Worte, wären es die treffendsten, für nichtig halten und darf schweigen.

Dieser meldete sich. Die »Kölnische Zeitung«, nächster Lautsprecher vor der Grenze, bedrohte Holland, wenn es die Verbreitung meines Buches weiterhin zuließe. Drohungen 1933! Noch nicht einmal eine Armee, groß genug gegen Holland, hatte der Fürchterliche. An Frankreich sollte er sich noch lange nur in Reden messen. Die gebotene Antwort ist nicht erfolgt. Aber während acht erwartungsvoller Jahre brachte eine Zeitung, der Regierung der französischen Republik persönlich verbunden, meine Artikel. Es waren regelmäßige Warnungen vor Hitler. Sie veranlaßten, nicht ganz so regelmäßig, einen Besuch des Hitlerschen Botschafters im Auswärtigen Amt.

Er befolgte den Auftrag, meine öffentliche Tätigkeit zu stoppen. Den Bescheid kannte er nachgerade. »Wir haben auf die ›Dépêche‹ keinen Einfluß.« Gewiß nicht, wenn nur der ständige Innenminister ein Mitbesitzer der Zeitung ist! Der Präsident der Republik hätte es mindestens sein müssen, noch besser Hitler selbst.

Vermöge eigener Erfahrungen begreife ich völlig die deutsche Schwelgerei in französischer Meinungsmache seit der Okkupation. Ein gestautes Bedürfnis entlädt sich. Wie jetzt mußte die Presse schon längst gehandhabt werden. Kollaborationisten, so weit das Auge reicht, hätten die deutschen Tanks erspart. Wozu dann mourir pour Danzig. »Auf eurer Halbinsel könnt ihr eure Kultur pflegen.« Hitler – an Frankreich, als noch Zeit war.

Gleichgültigkeit gegen ausgewanderte Schriftsteller ist in meinem Fall nicht erwiesen, wird auch sonst nicht bemerkt. Als wir nach dem Sturz der französischen Republik in einer Falle saßen – aber es wäre keine gewesen, sogar in Vichy wollte einer uns hinaushelfen –, da war es der Eroberer, der befahl, uns alle für ihn aufzubewahren. Wehe den Unglücklichen, die er bekam. (Er bekam Ermattete, die es nicht anders wollten.) Der, auf seine emigrierten Intellektuellen verzichten? Weil sie vergessen wären? Nicht bei ihm.

1941, bald wird er auch mit den Vereinigten Staaten seinen Krieg haben, antwortet er auf Radioansprachen, die Thomas Mann via England an die Deutschen richtet. »Bis nach Amerika ist er davongelaufen«, hieß das Hauptargument des Herrn über einen Kontinent. Spottet seiner eigenen Schande, da alle, die mit ihrer Person den Ruhm

Europas für die Zukunft retten, auf anderen Erdteilen inzwischen Fuß faßten. Aber seine Schande, er kennt sie, ich bin versichert, daß er sie durchaus kennt.

Aus Ehrgefühl könnte er sie nicht begreifen, er hat keines. Er rühmt sich, daß er es »sich nicht leisten könne«. Seine Furcht allein drängt ihm Wahrheiten auf. Die deutschen Intellektuellen stehen an seinem Anfang, als der Feind selbst. Was Juden und Kommunisten! Das sind Falschmeldungen, es sind betrügerische Ausflüchte. Im Ernst handelt es sich um die Intellektuellen ohne Ansehen der Denkungsart und Geburt. Die es mit ihm halten möchten, bleiben ihm verdächtig: sie kennt er durch sich selbst. Die einzige, mißgestaltete Abart von Intellektualität, die ihm gegeben war, ist die Lüge.

Jemand kommt daher und kommt zur Macht mit dem Auftrag und Beruf, das Denken aus der Welt zu schaffen. »Der Führer denkt für euch.« Zu ergänzen: »Wenn ihr dächtet, wär er euer Führer – gewesen.« Darin ist er weit gegangen, die Absicht wurde laut, nur noch den abgerichteten Parteinachwuchs das Lesen zu lehren. Weder die Deutschen noch die unterworfenen Völker sollen die Mittel haben, wahr von unwahr, recht von unrecht, den Antimenschen vom Menschensohn zu unterscheiden.

Wen wird der Berufene und Beauftragte hassen und fürchten unentwegt, nach elf Jahren befohlenen Nichtdenkens noch immer wie am ersten Tag? Das Wort. Der Trieb seiner Selbsterhaltung hat ihn gewarnt, um so dringlicher, als sein Glück sogar die Phantasie überstieg. »Wenn ich Reichskanzler werden konnte, ist alles möglich.« Da ist es heraus. Sein Glück geht nicht mit rechten Dingen zu. Er weiß: gegen ihn steht eine Macht und wird ihm gefährlich werden.

Den Kontinent, eine weite Sklavenplantage, in Erniedrigung erhalten vermittels einer Kriegerkaste, die zufällig deutsch ist (sie könnte auch afrikanisch sein), das geht.

Man muß eine bestimmte Anzahl Zungen lähmen, diesem wissenschaftlichen Experiment erlagen Intellektuelle, von Schuschnigg bis Herriot. Könnte es allen bereitet werden, die Wette wäre gewonnen, es gäbe keine Lebenden mehr. Das Einheitsreich der Totgeborenen, die arbeiten und töten, wäre Wirklichkeit.

Es geht nicht, die Furcht dieses Hitler behält recht. Die Intellektuellen im Exil wären allein keine Macht, wenn andere Intellektuelle nicht Reiche regierten. Diese lernten aber, was zu tun sei, nicht ohne die beständigen Arbeiten, die treu übermittelten Erfahrungen der anderen, die allein nichts vermochten. Im Schwachen ist der Geist stark. Die Wege Gottes sind wunderbar. »Klopfet an, so wird Euch aufgetan« – schrieb Churchill seinem General Wavell.

Ich müßte erstaunen. Alle diese gewöhnlich hingesprochenen Worte bekommen ihren vollen Sinn. Die Mächtigen wenden sie an, oder die Macht der Dinge verwirklicht sie: was ein und dasselbe ist. Ein Kampf um Gut und Böse entscheidet sich jetzt. Dieser Krieg konnte vermieden werden, wenn etwas Versäumtes nachträglich denkbar wäre. Nötig war, Gut und Böse als Maße zu nehmen für Urteile, für Handlungen sogar. Welche Mächtigen gebrauchen solche Maße?

Der Krieg war zuerst nichts weiter als das Vorhaben, einen Eroberer unschädlich zu machen, wie andere vor ihm. Im Lauf der Ereignisse, ihrer technischen Verschärfungen, sittlichen Ungeheuerlichkeiten, bekam der Krieg ein durchaus neues Gesicht: er wurde ein Vorgang der streitbaren Moral. Es geht seither um Gut und Böse, ob das eine oder das andere künftig den Inhalt des allgemeinen Bewußtseins bildet, wem von beiden die Welt zufällt. Den Staaten und Nationen, die den Krieg gewinnen, das versteht sich. Wollten sie nur als Mächte über andere westliche Mächte entscheiden, wäre es nichts Besonderes.

Etwas ganz Seltenes ist das Vertrauen, die Macht könnte

nicht nur anders verteilt, sie könnte erträglicher werden durch den erhofften Sieg über das Böse. Den Krieg gewinne die Menschheit, ihre Lage solle davon den Vorteil haben, eine hohe Zeit des besser verstandenen Lebens beginne. Dies zu hören von der Exekutive selbst, im Namen der Sieger! Noch dazu auf dem Gipfel – wenn nicht am Wendepunkt – eines Zeitalters, das vom Humanen, o gewiß, auch vom Humanen überzeugt war, aber, gelinde gesagt, weniger als vom Geschäftlichen. Auf einmal scheinen beide dasselbe.

Die Frage entsteht, ob idealistische Staatsmänner aufrichtig sein können. Oder ob sie schwärmen. Indessen erinnern sie sich vom vorigen Friedensschluß, daß keine leeren Hoffnungen genährt werden dürfen. Die ärgere von zwei Katastrophen ist eingetreten, nachdem die erste absichtlich verflacht, ohne Festigkeit abgeschlossen war.

Die Sieger werden diesmal in die Tiefen der Staatskunst, bis zur weisen Menschenbehandlung werden sie gehen, oder sie gewärtigen ein Unglück, das endgültig wäre. Die Intellektuellen an der Spitze der Vereinigten Staaten und Großbritanniens sind zweifellos belehrt, daß, allgemein betrachtet, der Mensch mißbraucht worden ist vom Staat.

Dies ist die Sache selbst. Man ist wohl naiv, wenn man sie nennt. Man ist gerade naiv genug, um eine sittliche Wahrheit zu entdecken, was den nur Weltklugen noch niemals unterlief. Zwei Kriege wie diese, der zweite bedingt vom ersten, beide von einem Umgang mit Menschen, der darauf hinauslief, daß sie einfaches Schlachtvieh wurden: dem Naiven ist es klar, daß da etwas hinkt. Eine bestehende Ordnung ist erhalten, vielmehr sich selbst überlassen worden bis über jede Grenze ihrer natürlichen Dauer, bis sie faulte und skandalös verfiel.

Das 18. Jahrhundert empörte sich – sittlich, lange vor jedem politischen Aufstand –, weil jährlich vierzigtausend Menschen in Schlachten verlorengingen. Auf die erste, kleinere Hälfte des 20. Jahrhunderts werden kaum weniger entfallen als pro anno eine Million. Da zieht keine Berufung auf die vermehrte Bevölkerungsziffer oder den kleiner gewordenen Planeten mit seinem massigen Verkehr, wovon auch der Massenkrieg mit Teilergebnis sei. Was zuviel ist, richtet sich. Was nicht mehr geht, muß anders werden.

Die Sicherheit des Lebens ist wieder herzustellen. Die Forderung gilt für erlaubt, wenn sie eine Direktion heruntergekommener Bahnen oder Gruben betrifft. Sie leidet noch weniger Widerspruch hinsichtlich veralteter Staaten. Ihr bisheriger Bestand, die innere Machtverteilung, die äußeren Beziehungen haben sich bewährt in einer Weise, daß jedes Unternehmen genötigt wäre, seine Geschäfte einzustellen.

Der Abstand von arm und reich ist übertrieben worden bis zum Widersinn, offenen Unfug und automatisch aufgeopferten Leben. Dazu eine internationale Politik desselben Stils, und nichts fehlt mehr, damit die Million Schlachtopfer jedes Jahr voll wird. Der sogenannte Friede mit seinem abgeschmackten, trostlosen Existenzkampf besorgt sich seine Legionen Gefallener ohnedies. Dies sind nicht ohne weiteres die Feststellungen des gegenwärtigen Biographen seiner selbst, eines Jx.

Er würde sie nicht der Mühe wert halten – gesetzt, sie wären ihm auch nur zugänglich –, wenn nicht bis an die Spitzen der Staaten genauso, oder dem ähnlich, gedacht würde. Unweigerlich gewinnt Jx den Eindruck. Er ist nur ein Gestalter, will sagen, daß er Gesicht und Geste seiner Person erfaßt und nachübt, bevor er sie deutet. Dabei erfährt er, daß die Handelnden nachgerade auf dem Punkt sind, naiv zu denken wie Betrachtende. Naiv heißt: ohne Voraussetzung, außer der sittlichen. Das Böse muß gebändigt werden – es abzuschaffen steht nicht in Frage. Das

Gute drängt nach Zulassung – Alleinherrschaft wagt es nie.

Der heutige hohe Kurs der Moral wäre erstaunlich. So treffliche Prognosen, und gestellt von Personen, die imstande sein sollten, sie wahr zu machen! Dennoch ist Jx nicht gerade verblüfft, da er als Zuschauer seine Erfahrung hat – und nicht nur den 4. August 1789. Eine viel schlimmere Enttäuschung war, nur beispielshalber, der Völkerbund von 1919, dessen mit Recht noch weniger gedacht wird als eines um hundertvierzig Jahre älteren Versuches, sittlich zu handeln.

Es gerät, im Dasein der Allgemeinheit wie im einzelnen Leben, meistens mißlich, sittliche Vorsätze zu fassen – sie indiskret zu verlautbaren, wie beim vorigen Friedensschluß und leider wieder jetzt. Sie haben die erwiesene Neigung, als Heringsschwanz, en queue de poisson, auszugehen. Jx hätte eher die Stille gewünscht, eine wortkarge Entschlossenheit. Die Sowjetunion hat ihre Angelegenheiten, die auf der gleichen Ebene lagen, wenn es möglich war, ohne erschwerendes Geräusch versehen.

Das scheint nicht statthaft, wo die Ausführenden zahlreich sind und die Zustimmung von Mehrheiten eingeholt werden muß. Die Unfreundlichkeit wird weiter, mit verhältnismäßigem Erfolg, mitwirken wollen bei der Behandlung der Menschen, rechnen wir damit. Dies sogar nach den äußersten Proben auf die menschliche Geduld. Es fragt sich immer noch, wer diesen Krieg schon für das Äußerste hält. Genug, die vordersten Individualitäten sind der Meinung – heute, den 10. Januar 1944.

Jx denkt – viele Jx, wenn sie einmal der Masse entrückt ihr Zimmer hüten mögen, denken: »Genug, ich bin dankbar.« Wofür, darf nicht untersucht werden – oder doch. Für Ermutigungen, die erfahrungsgemäß zu fünfzig Prozent versagen werden. Aber gibt es vom guten Willen die Hälfte? »Betet Gott an, seid gerecht und tut wohl: das ist der ganze Mensch« – sprach, früher einmal, ein anglikanischer Geistlicher zu einem spanischen Bakkalaureus. Er hätte nicht verstanden, wie man sich, anstatt des ganzen Menschen, auf den halben einigen kann.

Lassen wir diesen Mr. Friend. Jx gleicht ihm nicht zum Verwechseln. Denn Friend, ein glücklicher Freund des Menschen, kann aus ihm und seiner Geschichte das Böse fortdenken: man konnte es einst. Der arme Jx, mit seinem Zeitalter auf der Brust, würde sich kein Wort glauben von dieser Art der Menschenfreundschaft. Er ist des Bösen allzu gewöhnt. Scharf befragt, würde er am Ende gestehen müssen, daß er es braucht. Beweis sind seine Gespräche über den Lauf der Welt, die ihn nicht immer niederdrükken, weit davon. Dieselben Gespräche fanden längst statt, zwischen anderen Jx, die tot, aber um so namhafter sind.

»Am folgenden Tage speisten die drei Denker zusammen; und da sie nun gegen Ende der Mahlzeit lustiger wurden, wie es den Philosophen bei Tisch zu ergehen pflegt, unterhielt man sich trefflich mit der Aufzählung aller Jämmerlichkeiten, Albernheiten und Greuel, die unsere Gattung Säugetiere heimsuchen vom südlichsten Fleck der Erde bis über den Nordpol. Diese abwechslungsreichen Scheußlichkeiten machen ihnen immer viel Vergnügen.«

So Voltaire, der das Böse schätzte, da er es bekämpfte. Alle seine Lorbeeren holte er aus seinen vorläufigen Siegen über Albernheiten und Greuel. Die Siege sind vergangen, der Lorbeer blieb frisch: er will immer wieder errungen werden. Dieser praktische Denker – den Namen eines Philosophen sprachen deutsche Systemmacher ihm ab, als ob das Wissen schwächer würde, wenn das Leben es ernährt – ist der besterhaltene. Er ist, mit seinen zweihundert Jahren, der modernste, uns nächste. Er weiß, wie kein späterer, um alle Schändlichkeiten der Unvernunft.

Mehr, sie quälen ihn, wie nunmehr uns, und auf dieselbe Weise, unter fortwährendem Anreiz unseres Lebensgefühls. Das Vergnügen, die Schändlichkeiten tief zu ermessen, gleicht jede Erbitterung aus, und die Pflicht, sie zu überwinden, ist eine süße Pflicht. Wahrhaftig, das Böse hassen, indes es uns erheitert, gewährt eine Haltung, die Zukunft hat – hinaus über die vergangenen zweihundert Jahre des einen Voltaire. Was läßt sich dagegen noch anfangen mit der Apologie des Bösen? Was mit Nietzsche, einem gutherzigen Wesen, schwach, auf Schonung angewiesen, und forderte den Menschen bedenkenlos!

Der Einfluß Nietzsches korrespondiert mit der Wirkung, die Richard Wagner, geistig-emotionell, auf die Deutschen geübt hat. Sie haben verwirrt; sie waren zweigesichtig, zweideutig. Ihre Meinungen waren ihre Meinungen: sagten sie das Gegenteil, war es ihre Wahrheit auch.

In ihrem Fall ist die Musik stärker als das Wort, was der Meister des Wortes durchaus empfand. Eine Öffentlichkeit erregen, sie überzeugen allein vermittels der Diktion der Leidenschaft: die Musik und das Theater werden hierbei immer im Vorteil sein.

Am Anfang unterwarf Nietzsche sich dem anderen: eher von ihm als von sich verlangte er die totale Umwälzung der Werte. Durch Wagner nicht befriedigt, wandelte er seine bedingungslose Liebe in Haß um. Ach! der Haß rechtfertigte sich gerade mit der Liebe, seiner unzerstörbaren Wurzel. Der reife Denker liebte aber in dem alten Zauberer seine eigene Natur und eine Bestimmung, vergleichbar nur der seinen.

Richard Wagner ist von jeher der Künstler ohne Umschweife, der Diener an seinem Werk und an sonst nichts. Die Kunst, seine Kunst, eine Macht außer den Mächten, jenseits der Vaterländer, wäre sein Bekenntnis gewesen, wenn er sich eröffnet hätte. Wenigstens gab er sich noch nicht für die deutsche Kunst in Person aus, als er seine

Laufbahn in Paris begann – um dort, alles in allem, die besondersten Erinnerungen bis heute zu hinterlassen.

Warum ist der Theatermann Sacha Guitry ein Co-Operationist der deutschen Bedrücker geworden? Aus Schwäche. Aber längst vorher hatte er in seinem Film der »Champs Élysées« den deutschen Kapellmeister Wagner zu einem Helden der historischen Avenue gemacht: die Gestalt gab er selbst. Er folgte der Geschichte.

Die ersten, Sinn und Nerven für Wagner zu haben, sind wirklich die sensitivsten der Franzosen gewesen – womit sich versteht, daß es weder der Kaiserliche Hof noch das breite Publikum waren. Ein Name: Baudelaire. Wer einen Geistesfreund dieses Namens hat, sollte über sich Bescheid wissen. Aber hier ist ein Nurkünstler von unbegrenztem Wirkungsdrang.

Man hört von keinem noch heutigen deutschen Komponisten, der, wie Claude Debussy, aus seiner originalen Begabung diese Nachklänge des »Tristan« hervorgebracht hätte. »Tristan« ist, nicht anders als soviel später »Parsifal«, eine Schöpfung ohne Nation und ein katholisches Werk. Was nicht hindert, daß die politische Erhebung Deutschlands, als sie evident war, Richard Wagner so gut wie andere erfaßte. Seine universale Musik, die immer gesteigert, immer nur ihn und seine emotiven Probleme abspielt – nun, er hat gewollt, daß sie alles und auch die Sache Deutschlands umschließe.

Sein Ehrgeiz wollte es. Noch dringender forderte sein Bedürfnis, im Bereich seiner Erregungen nicht eine auszulassen. Daher »Siegfried«, der mit »Tristan«, mit »Parsifal« wahrhaftig nichts gemein hätte, wäre es nicht dieselbe Musik, dasselbe unersättliche Herz.

Nietzsche ist, nicht als der einzige, abgestoßen worden von der Atmosphäre Bayreuths. Der Ort und das Festspielhaus waren allerdings kein Tummelplatz derber Vaterlandsfreunde. Eine verfeinerte Auslese der europäischen Gesellschaft übervölkerte sie zu ihrer besten Zeit. Nietzsche aber war doch der gute Europäer, der Hasser des »Reiches« (bei ihm immer in Anführungsstrichen) und Zögling der französischen Moralisten? Gerade er hätte wohl den uneingestandenen Katholizismus Wagners herausfühlen müssen, bevor er offen an den Tag trat. Da aber verwarf er ihn als undeutsch. Und warum hätte Wagner deutsch sein sollen? Weil die »Meistersinger« es sind? Oder zu Ehren der »blonden Bestie« des anderen Nurkünstlers?

Es ist dasselbe mit ihnen. Nietzsche hat, wie Wagner, seinen Siegfried, er nennt ihn »blonde Bestie«, auch »Herrenmensch«: es ist seine Glanznummer. Nietzsche, ohne diesen Akt am freischwebenden Trapez, wäre niemals populär geworden. Seine »Genealogie der Moral« hätte meinesgleichen ihm gedankt. Der Ruf seiner »blonden Bestie« hat den Anschluß an Begehrliche erreicht: sie wollen nicht wissen; sie wollen auf irrationalem Wege zu Hochgefühlen gelangen. Die »blonde Bestie«, der »Herrenmensch« zu sein darf jeder sich einbilden: das Exemplar, das Nietzsche darbietet, sein Cesare Borgia, war ein rötlicher Spanier.

Den Deutschen, die seither das Ungetüm, die freie Erfindung eines hohen Intellektuellen, über die Welt gebracht haben, kann Nietzsche erwidern, woher sie das spezielle Recht nehmen? Von Germanen, die sie übrigens nicht seien, habe er nie gesprochen. Wagner, der jetzt den Deutschen ebenso unlustig zusähe, findet das Alibi seines ruchlosen Jungsiegfried in seiner Musik, die den Knaben widerlegt und unmöglich macht.

Gleichviel, beide Künstler haben in ihrer Neigung, sich mißverstehen zu lassen, zweigesichtig, zweideutig haben sie den Deutschen die Wahl freigegeben, aus ihrem Werk zu nehmen, was ihnen anstände: den festen Sinn, die Fragwürdigkeit, das Echte allein oder vor allem das Verführerische. Die Deutschen haben gewählt.

Das ist vorbei. Wir haben es gehabt. Der »moralinfreie«

– »Herrenmensch«, nicht seinem Erfinder, aber uns war er beschieden, jenseits von Gut und Böse, ja, jenseits seiner Legende, in anschaulichster Leiblichkeit. Er sieht nicht aus wie der Traum des armen Nietzsche von einem Borgia – der in seinen wirklichen Tagen auch nur ein Jammerprinz war. Unser Borgia mit vielen Köpfen, aber alle krank, die Körper sämtlich mißgestaltet, ist grausam, weil er Komplexe verdrängen muß. Er ermordet seine Ärzte, so viel hat er zu verbergen. Er haßt die Gesunden, er entwöhnt sie der Moral, die sie gesund erhält. Das Phänomen schwelgt in den Greueln, die ein menschlicher Durchschnitt für ihn verübt. Unfähig der einfachen Vernunft, weidet er sich an dem entfesselten Irrsinn der Dutzendware. Impotent, mißgönnt er ihnen zu lieben und errichtet Gestüte. Dies sind einige der psychologischen Nötigungen, die den Herrenmenschen machen: Nietzsche hat ihn nicht gekannt, aber Voltaire – und nach ihm wir.

Siebentes Kapitel

Fortsetzung der Autobiographie

»Vor dem Sündenfall« hätte ich bald darübergeschrieben. Das Zeitalter war in den Jahrzehnten meiner Jugend von einer Unschuld, man faßt es nicht mehr. Ein Krimineller kann lange am Zuchthaus vorbeistreifen. »Mit der Hand über 'n Alexanderplatz« – wo in Berlin das Polizeipräsidium stand. Wird auch schon gelitten haben.

Das kriminelle Zeitalter hat lange sich selbst nicht geahnt. Es war wohlerzogen, es betrachtete die Schonung jedes einzelnen, nicht seine Überspannung und Gefährdung, als das Richtige. Normal fand es das Vertrauen in Menschen, anstatt sie für verdächtig anzusehen. Es klingt sonderbar und unglaubwürdig, aber durch Europa reiste man ohne Paß. Man benötigte keines Ausweises, um Geld zu erheben. Wer in mehreren Ländern zu Haus und ohne ständige Wohnung war, bemerkte nie eine Behörde, besonders keine, die ihren Zoll verlangte. Einmal hat auf dem Finanzamt München ein Herr, o wie höflich, dem Besucher nahegelegt, daß man irgendwo doch steuern müsse. Dann ließ er es dabei.

Würde man es noch für möglich halten? Den Varieté-Theatern, vor Eröffnung der Kinos die volkstümliche Abendunterhaltung, wurden die lebensgefährlichen – scheinbar lebensgefährlichen Nummern glattweg verboten. Um den Artisten war man wohl weniger besorgt, er hätte sich aus der Sache gezogen. Die Nerven der Zuschauer waren gemeint. Keine krankhaften Erregungen zulassen! Dies übertrage man, o Zeit, o Ewigkeit! – in die Städte von heute, mit ihrer zehrenden Gespanntheit auf die nächste Ladung von Fliegerbomben: an ihren unterirdischen Zufluchtsstätten hören es die Töchter und Söhne der vordem milde Behandelten und lächeln bleichen Hohn.

Die Selbstmorde waren verhältnismäßig selten, wenn ich in Betracht ziehe, daß gerade eine zarte Art der Sitten – wer will, nennt sie Erschlaffung – den Lebenswillen schwächen könnte. Tatsache ist, daß die meisten der giftigen Medikamente frei verkäuflich waren. Als der zweite Krieg sich ankündigte, war in Frankreich plötzlich nichts, kaum noch ein Gurgelwasser, ohne Rezept zu haben. Für Amerika scheint dies schon vorher rätlich befunden zu sein.

Um dem Verhungern durch Erhängen vorzugreifen, schied das Motiv aus: man brauchte nicht zu darben. Die ersten Spuren der unfreiwilligen Arbeitslosigkeit erschienen gegen das Jahr 1914, weshalb die Kriegsmacher Erfolg haben konnten. Nichtstuer von Beruf, wie der bekannt gewordene Hitler, fanden immer ein öffentliches Asyl für ihre schöne Jugend. Ein ehrenhafterer Fall, dessen ich mich entsinne: der vereinzelte Student, der nur noch bummelte und schlief, bis er, seiner überdrüssig, im Bett sich totschoß.

Rührend beschrieb damals eine Zeitschrift den Tag einer armen Witwe. Sie hatte ihr Genügen an Kaffee und Butterbrot; nur des Sonntags bereicherte ein Topfkuchen ihr Frühstück. Mir will scheinen, der Zug steht, hinsichtlich sozialer Ironie, kaum zurück hinter der Frage der kleinen Prinzessin von ehedem: »Wenn die Leute kein Brot haben, warum essen sie nicht Kuchen?« Nur umgekehrt. Gerade Kuchen hatten sie.

Wir hatten sehr vieles, worüber wir uns nicht wunderten; oder das geringste bestätigte uns fortwährend das Bekenntnis des 19. Jahrhunderts zum unbegrenzten Fortschritt. Auf den deutschen Eisenbahnen, die es nicht nötig gehabt hätten, sie waren staatlich, wurde, wenigstens für die erste Klasse, die Leselampe eingeführt. Eine Lampe hinter jedem Sitz, welch ein unerhörter Luxus! Der Verweichlichung kann fortan allein mit einem »Stahlbad« begegnet werden. Der Krieg muß ausdrücklich unserer Leselampe gegolten haben: sie ist nachher nie wieder erschienen.

Der schnellste Zug Europas lief zwischen Venedig und Mailand. Er machte nirgends halt, bei der Ankunft wurde mehr als einmal der Lokomotivführer ohnmächtig herausgehoben. Dies für müßige Reisende, und, wohlverstanden, damit das Land in der Welt voran sei. Jedes Land war in der Welt voran, in jedem Punkt, am liebsten in den fragwürdigen. Die Bürgermeister von Wien und Berlin wetteten, welche ihrer Metropolen das größere »Nachtleben« aufweise. Wien gewann.

Die Sexualität der großen Städte, einschließlich von Gastspielen in der Provinz, ist damals üppiger gewesen, als sie so bald wieder sein kann. Die Nazis haben durch Folterungen nachgeholfen – echte diesmal, früher waren sie gespielt. Gerade die echten sind nicht das Wahre, sie verraten ein Nachlassen des Geschlechts; es sollte eine Zentrale des Lebens sein, und wird ein Ort, wo man tötet.

Das Essen, einmal heruntergekommen, erreicht selten die verlorene Höhe. Wer weiß noch, daß im Frankreich der Vorkriegszeit jede Tasse Kaffee von einer kleinen Karaffe Cognac begleitet war. Zwischen den beiden Kriegen bin ich mehrmals gerührt, wenn ich wollte, sogar erschüttert worden durch eine unvorgesehene Wiederbegegnung mit dem alten französischen Diner. Während meiner Lehr- und Wanderjahre in Angelegenheiten des Königs Henri Quatre gelangte ich nach der abgelegensten seiner kleinen Residenzen. Das gegebene Quartier war das Hôtel de France: Häuser dieses Namens sind gewöhnlich gut.

»Voyageur de commerce?« fragte die Wirtstochter. Ich

gab es zu; tatsächlich galt mein interessierter Besuch dem ersten der heimischen Notables, gestorben 1610. Im Speisesaal saßen die unverheirateten Männer der Stadt bei einem Essen – diese Ausführlichkeit, diese Sorgfalt sind verschollen wie der Platz, wo sie noch geübt wurden. Als das Programm erschöpft war, stand, als Überraschung, vor mir ein blumenbekränzter Topf: Rebhuhnpastete hausgemacht. »Da möcht man weinen wie ein kleines Kind.«

Dies war ländliche Unschuld, die sich über die Zeit erhalten hatte. Das Pariser Vorkriegsdiner ist mir in den zwanzig Jahren nachher ein einziges Mal zuteil geworden – in bewußter Abweichung vom sonst Dargereichten. Ausnahmsweise aß ich an meinem Wohnort, Nice, in einem Hotel. Ich staunte: Was ging da vor? Was fiel den Leuten ein uns aufzutischen? Verantwortlich war der Tag: der Jahrestag des Waffenstillstands, ich hatte daran nicht gedacht. Überdies war es sein letztes Begängnis 1938. Aber das wußte niemand.

Hier ermaß ich den ganzen Abstand zwischen vorher und nachher – nicht in der Ernährung allein: in der Fähigkeit, Freuden zu genießen, reich zu sein ohne viel Besitz, glücklich ohne atemlosen Anlaß. Ein Clochard oder Vagabund geht langsam über den Damm, er hebt die Hand, das Luxusautomobil bleibt gehorsam stehen. Sich fühlen, sei man wenig oder viel: das ergibt, alles in allem, das hohe Lebensgefühl, das unser war.

Die geistige Lage

Das 19. Jahrhundert erhielt sich bis zum Schluß die Achtung vor der Intellektualität, mit der es angetreten war. Sein geistiges Lebensgefühl war stark genug, um in die ersten zehn Jahre des nächsten Säkulum fortzuwirken, worauf es ermattete, bis es zur bloßen Übereinkunft herabsank. So kam der Augenblick, wo auch die öffentliche Gewalt den Intellektuellen absagen und sie schlechthin verbieten konnte.

Das geht nur, wenn sie selbst als soziale Macht schon abgedankt haben. Ihren Verzicht machen Popanze, inexistente Köpfe wie Hitler oder sein Laval, sich zunutze. Sie wären anders gar nicht in der Lage, zu herrschen oder nur geboren zu sein. Wenn ich mir die Mannschaft der Affäre Dreyfus beisammen denke, Zola, Clemenceau, France – und im Hinterhalt den Winkelpolitiker, der heute per procura als Tyrann des intellektuellsten Landes zeichnet! Er wäre, solange die Mannschaft zur Stelle war, nie hervorgekrochen, sowenig wie der ganze Rest des Unheils.

Mag die Feststellung unzeitgemäß sein, auch für Deutschland ist sie wahr. Wenn das 19. Jahrhundert unter einem Himmel machtvoller Ingenien dahinging, sie leuchteten auf dieses Land. Der Sohn des ersten deutschen Kaisers, liberal wie ein alternder Kronprinz, ließ sich malen in Gesellschaft stolzer Gelehrter. Sichtlich repräsentiert jeder ein Amt von hohen Gnaden; keinen Fürsten hat Gott in gleicher erhabener Absicht bestellt.

Das Bildnis des Historikers Leopold Ranke, als Rector magnificus der Universität Berlin, zeigt ihn im Hermelin, und von einer Haltung, die seither niemand fände, oder die veränderten Umstände würden sie dem Gelächter preisgeben. Das kommt nicht vor. Niemals trifft geistige Macht zusammen mit der öffentlichen Gewalt von Minderwertigkeiten. Das Furchtbarste, das Absterben der Intellektualität, ist schon geschehen, bevor das Leben selbst niedrig wird, unansehnlich wird und sich schließlich ausdrückt in der Trefflichkeit, mit der man es vernichtet.

Die Deutschen, um unter anderen besonders sie zu nennen, sind die leichte Beute profaner Machthaber geworden, seitdem sie nach keinen geistigen Denkern mehr die

Augen erheben konnten. Ungelehrte, Geringe hatten vordem durchaus gefühlt: das sind sie, durch die ich etwas gelte. Mein Recht und Leben ist geschützt durch sie. Man muß das gekannt haben – oder es künftig nochmals erwerben von Grund auf –: das Vertrauen in menschliche Güte und Duldsamkeit. Die Achtung des Menschen, die Selbstachtung.

In der jetzt noch währenden Pause der Humanität möchte ich einem Jungen, ob an der Front oder zu Hause, nicht gern gewisse Züge von sonst berichten: vielleicht käme ich an den Unrechten. Er würde mir bestenfalls ins Gesicht lachen, wollte ich ihm erzählen, daß ein großer Arzt seinen Studenten einprägte: »Der Beruf des Arztes ist, das Leben zu erhalten.« Leben erhalten? Ein Menschenleben? Eine Kartoffel ist mehr wert.

Der Name des denkwürdigen Mediziners war Nothnagel, in Wien. In Berlin begann der Physiker Helmholtz jeden Kursus mit dem Satz: »Vorausgesetzt, daß die Natur erkennbar ist.« Man sage es ihnen, die Jungen von 1944 werden antworten: »Entweder versteht er, Giftgase und Gleitbomben zu machen, oder er soll den Mund halten.«

Denn von der Wissenschaft haben sie gehört als einer bloßen Utilität. Ersatz für echtes Essen, neue Tricks, um möglichst schnell möglichst viel Leben zu vernichten: das sind ihre Grenzen, hiermit endet die menschliche Erkenntnis. Aber von 1890 bis 98 war ich befreundet mit einem jungen Doktor, der seine Jahre an aussichtslose Untersuchungen setzte. Sie sind zu keinem Ergebnis gelangt, oder auch die negative Entscheidung der Natur wäre ein Erfolg. Das war sie bei allen, die urteilten, und mein Freund ein ausgezeichneter Schüler der Helmholtz und Dubois-Reymond.

Sie können nichts dafür, den neuen Jungen ist das Bedürfnis, uninteressiert zu denken, abhanden gekommen. An ihrer Stelle, wenn es um das eigene Leben, sonst um keines geht, wäre auch zu meiner Zeit jedem das Denken um des Denkens willen vergangen. Oder das Gestalten. Ich habe die ersten fünfzehn Jahre meine Romane unter der stillen Zustimmung, etwas lauteren Ablehnung von zweitausend Personen geschrieben. Die Welt erfuhr nichts davon. Sie waren damals sozial unbrauchbar, ähnlich, wie die Experimente des jungen Physikers von der Natur abschlägig beschieden wurden.

Aber beide existierten, seine Versuche und meine. Ein Werk der Wissenschaft war unbedingt lohnend, da es vornehm war: so auch der Dienst am Wort. Die Grundlage unserer Existenzen war vielfältig, von unseren Voraussetzungen ist keine jetzt gegeben. Wir mußten warten können. Wir mußten bescheiden sein, bei einem inneren Stolz, der bis zur gelinden Verachtung des Erfolges ging. Wir bedurften der Heiterkeit. »Wer schaffen will, muß fröhlich sein.« Wozu fröhlich? Gelassen und mit sich selbst im reinen, genügte. Die Hauptsache, unsere Unabhängigkeit, hätten wir kaum erwähnt, so sehr war sie ein Teil von uns.

Unsere Väter hinterließen uns meistens an Geld das Nötigste. Ich habe mein ererbtes Einkommen erhalten genau bis zu der deutschen Inflation. Da brauchte ich es nicht mehr. Als das Geld entwertet war, verdiente ich es haufenweise – mit denselben Romanen, die vorher nichts abwarfen. Ich habe für glückliche Zufälle zu danken, angenommen sei: dem Zeitalter, das ein Zusammentreffen verheerender Umstände mit anderen, gleichfalls ungeahnten ist.

Eine ähnliche Koinzidenz von Unglück und Glück hat sich einige Male wiederholt, zuletzt, als ich meinen Wohnsitz in Berlin notgedrungen aufgab und nach Frankreich übersiedelte. Man nennt es Exil, es soll sehr hart sein, ist es wohl auch. Wer vor dem Hunger bewahrt bleibt, kann wieder, wie Heinrich Heine, vor Heimweh nicht schlafen.

Gern gestehe ich, daß die sinnlose Sehnsucht nach einem zugrunde gegangenen Deutschland mich in der Verbannung nie belästigt hat. Hitler-Deutschland hätte mich abgestoßen, wäre ich auch keines seiner vorgesehenen Opfer gewesen. Dagegen brachten mir die Atmosphäre Frankreichs und seiner Sprache gerade den Gewinn, der in diesem Zeitpunkt der willkommenste war. Ohne Vorausberechnung der Ereignisse und meiner veränderten Lage hatte ich unternommen, die Geschichte eines Königs von Frankreich zu schreiben.

Einzelheiten, auf ein Leben verteilt. Meine Jugend wenigstens war ihrer selbst leidlich sicher, sie erwartete ihre Erschütterungen nicht von außen. Damit eine ganze Jugend einheitlich sei, sich »historisch entwickele«, mit einem Ausdruck des 19. Jahrhunderts, muß man glauben können, ihr Ablauf sei logisch begründet – was aufhört, wenn Krieg ist. Kriege sind der gewaltsame, obwohl vorgesehene Bruch in einem Leben, das sonst zusammenhing.

Nicht, daß es meiner Generation an inneren Störungen gefehlt hätte. Ein unreifer Anfänger, fürchtete ich durch Krankheit aus meiner Arbeit gerissen zu werden – wurde daher auch wirklich für eine Weile krank. Angesichts des wenigen, das ich war, konnte ich mir die Ängste ersparen. Die Sache ist, daß eine lange Zukunft, die Verantwortlichkeit für alles Ungetane, das bevorsteht, unsichtbar lasten auf dem jungen Leben.

Wirklich gesichert war damals die äußere Ruhe allein, aber wie wichtig ist die Beständigkeit der Umstände! Intellektuelle sind anspruchsvoll. Die Welt soll nach ihrem Kopf handeln, was allenfalls die Teilnahme am Wohle der Menschen einbegreift. Aber während im Namen ihrer Vernunft alles drunter und drüber gehen mag, fordern sie auch noch einen unantastbaren Schreibtisch. »Ich hasse die Bewegung«, verriet zuletzt Anatole France, ein vorderer Aktor der Affäre Dreyfus, des Rumpfes einer Revolution.

Der Friede, ein unabsehbarer, unbezweifelbarer Friede, war unsere Voraussetzung. Ich denke mich, zurückgewendet, nur mit dem lange, lange genossenen Frieden, und mit den Personen, denen ich mich für ihn verpflichtet weiß: einige wenige Europäer, aber voran ein Deutscher, Bismarck. Er hat, von 1875 bis 90, den Frieden nicht nur erhalten, ihn auch stark gemacht. Dank dem Fürsten ist der Friede, dessen seine Nachfolger schlecht achteten, noch fünfundzwanzig Jahre fähig gewesen zu dauern, gegen Übermut und bösen Willen.

Das entdeckt man nach den Dingen. Zur Zeit unserer Unschuld war der Friede mir die selbstverständlichste Tatsache, wie meine Unabhängigkeit. Die eine ist dann auch mit der anderen verlorengegangen. Um so enger verbinde ich den gewährten Aufschub des Unheils, meine Arbeitsmuße, ihre Ergebnisse und eine ausgedehnte Jugend, denn der Friede hat sie auffallend verlängert, mit dem Namen des Staatsmannes, den ich noch am Werk sah. Zu seiner Zeit wurde es kritisch verfolgt. Man hielt noch keinen Könner für unfehlbar, wie später jeden Nichtkönner, sobald er an der Macht war.

Mein Vater, ein Kaufmann, der den kleinen Freistaat Lübeck zum guten Teil regierte, denn er verwaltete die Abgaben, las die Zeitung: eine neue Rede des Fürsten. Sie sollte lange in aller Munde bleiben, besonders der Satz: »Wir Deutsche fürchten Gott, sonst nichts in der Welt.« Senator Thomas Heinrich Mann, geboren 1840, war skeptisch wie sein Jahrhundert. Er schnob Luft aus und meinte leichthin: »In Wirklichkeit fürchten wir manches.« Dies mit Zärtlichkeit für den gewagten Ausspruch und seinen Urheber.

Der Knabe, der ich war, las über die Schulter des Vaters mit. Er hat gedacht: »Wahr oder nicht, es ist gut gesagt.«

Er erblickte den Fürsten in Kürassieruniform, aber stark verkleinert und flach auf Pappe gezogen, zum Gebrauch des Puppentheaters: eine herrliche Figur, der Knabe hatte für seine Bühne keine bessere angefertigt. Überdies war hier ein wirksamer Text.

Überschätze ich nicht den Knaben? Ich glaube, daß er seinen, dieses einzige Mal empfangenen Eindruck übertragen hat auf den Mann und seine Anschauung menschlicher Tugend. Ungefähr fünfzehn Jahre später betrachteten mein Bruder und ich die beiden Erscheinungen des abgelaufenen Jahrhunderts, Napoleon und Bismarck. Ich gab Bismarck den Vorzug. Mein Bruder bezweifelte es, und ich wußte, daß meine Meinung angreifbar war. Aber man empfängt eine Religion sehr früh, lernt sie wohl beurteilen und bekennt dennoch sie oder ihr Andenken bis ans Ende.

Napoleon ist ohne Zweifel das umfänglichere Phänomen. Voltaire ist nicht universal wie Goethe. In meiner Phantasie vereinigen sich ihre Gestalten. Mein Lebensgefühl wäre gering, wenn sie mir fehlten. Der Verkehr mit ihnen und mit anderen, der Vollkommenheit Angenäherten hat mir Mut verliehen und mein Gewissen belehrt.

Die Verehrung ist eine mitbekommene Gabe, um den Geist ungenügsam und wach zu erhalten. Sie ist eine sittliche Gabe, befähigt zu unterscheiden, nach unten und oberhalb. Goethe – wie ich später wiederholen will – empfand es als Unrecht, wenn seine späteren Zeitgenossen ihn mit Tieck – einem Romantiker von Rang – verglichen. »Ich vergleiche mich auch nicht mit Shakespeare.« Er hatte »Faust« vollendet – und sah zu einem anderen auf. Daher die Vollendung: sein Werk empfing sie vermöge des immer tätigen Antriebs, streng zu messen und, wo es recht war, zu verehren.

Auch die Heiterkeit ist ursprünglich, im Gegensatz zur Skepsis, die erworben sein will. Ein Gemüt, das ohne sie auskäme, wird von jähen Freuden gewiß hingerissen wie jedes andere, und noch mehr. Da waren zum Beispiel die Bühnenerfolge. Sie kamen auch bei mir vor; einen bedeutungsvollen, weniger für mich als für die Zeit und den Augenblick, ließ ich den ganzen Abend über mich hingehen, hinter der Szene oder vor der Gardine, jedesmal »oben«, mit einer bezwungenen Menge unter mir. Für den ganzen Genuß eines Erfolges scheint es wichtig, daß man anwesend und daß man »oben« ist.

Als mir nachher in meinem dunklen Zimmer noch immer das Herz klopfte, fragte ich mich: warum eigentlich? Meine Bücher waren gerade damals in allen Häusern, das Theater faßte jeden Abend nur tausend Personen. Aber die Anschaulichkeit, körperlich verstanden! Die Gegenwart meiner Gestalten und Ereignisse, nicht in dem besonnenen Geist stiller Leser, sondern angesichts einer Menge – alle berauscht, wenn der Fall einmal eintritt. Das Mitwissen wird unkontrolliert übertragen von erregten Sinnen auf andere erregte Sinne. Endlich muß der unschuldige Urheber des Vorganges gestehen, daß er nicht gekannt hat, was er anrichten werde – und ist selbst überwältigt.

Es ist wahr, daß ich gewissen anderen emotionellen Wirkungen meiner Arbeit ein innigeres Andenken bewahre – je ferner sie nachgerade sind. Als Fünfundzwanzigjähriger in Rom erfand ich eine meiner ersten Geschichten. Sie hatte nichts Besonderes, nur daß sie eine der ersten war. In demselben Alter ist manchem mehr und Besseres eingefallen. Aber ich sprang vor Freude bis an die Decke. Die Zimmer in alten römischen Häusern haben unterhalb des echten Plafond einen falschen aus bemaltem Papier: zwischen beiden laufen die Mäuse. Hoch war es nicht, mein Scheitel stieß wahrhaftig gegen die nachgiebige Bespannung. Dieser Nebenumstand prägte mir den Augenblick des Glücks für mein Leben ein.

Die Nebenumstände tragen zum Glück bei, wenn sie es

nicht entscheiden. Ich war nicht mehr fünfundzwanzig, schon dreiunddreißig und endgültig genötigt, etwas zu können. Da begegnete mir der »Blaue Engel«, wie das Ding jetzt überall heißt. Der Film, eine ziemlich genaue Photographie des Romans, ist wieder fünfundzwanzig Jahre später gedreht worden, übrigens durch Zufall. Wie lange Zeiten muß man seine eigenen Erfindungen begleiten, um sie anlangen zu sehen – wo, in welchem Zustand, bleibt fraglich.

1931 war die französische Kolonialausstellung, eine seltene Darbietung von Pracht und Macht. Großer Abend im Hôtel de ville, zwischen den unvergleichlichen republikanischen Garden schritt man befangenen Sinnes, falls man Sinne hatte, viele Stufen hinan, jede mit zwei Gardes. Lange Erwartung der Hauptperson. Als der alte Marschall Lyautey eintraf, empfing die Versammlung ihn stehend. Vorher war dem Bürgermeister mein Name genannt worden; er breitete beide Arme aus. »C'est vous l'auteur de ›l'Ange bleu‹!« Dies ist der Gipfel des Ruhmes, den ich kenne.

Der Marschall setzte mich später an seinen Tisch. Eine volle Minute hat er meine Hand mit seiner festgehalten, hat unseren Ländern Frieden und Freundschaft gewünscht. Wäre ich Deutschland gewesen!

Aber gegenwärtig ist erst das Jahr 1904, ich sitze wie gewöhnlich im Teatro Alfieri, einem Florentiner Schauspielhaus vom alten Stil, mit fünf hohen Rängen enger Logen, und immer leer. Die Vorkriegszeit in Italien besaß das Geheimnis, wie man für hundert Zuschauer, der Kopf zwei Lire, ein herrliches Theater macht. »La bottega del caffè«, des Settecento-Venezianers Goldoni, es gibt kein gleiches Wunder der Anmut, außer Mozart. In der Pause wurde eine Zeitung verkauft, darin las ich die Geschichte, die einstmals der »Blaue Engel« heißen sollte.

In Wahrheit stand auf dem Blatt etwas ganz anderes,

war nur mißverständlich berichtet, und datiert aus Berlin. Gleichviel, in meinem Kopf lief der Roman ab, so schnell, daß ich nicht einmal bis in das Theatercafé gelangt wäre. Ich blieb versteinert sitzen, bemerkte dann, daß der Vorhang wieder offen war, und so viel Beifall aus dankbarem Herzen hat nicht oft ein Schauspiel von einem einzelnen Gast erhalten.

Der Protagonist der Komödie ist ein Verleumder. Sein boshafter Tratsch bringt ein kleines Campo, in der Mitte der Brunnen, ringsum die schmalen Häuser, fassungslos durcheinander. Die Tänzerin im ersten Stock, die Hausfrauen, Ladnerinnen, Cafégäste – ein aufgestörtes Wespennest. Zuletzt entdecken sie den Anstifter, wollen einmütig über ihn her, er kann nur flüchten. Seinen runden Mantel über dem Kopf geschlossen, entkommt er um die Ecke. Mir erschien Zug um Zug von einer außerordentlichen Vollendung.

Ich selbst hatte etwas fertiggebracht, das war es, war die ganze Ursache meines Glücksgefühls. Hätte es erhöht werden können? Wenn die Zeitung, die übrigens nur Ungenaues enthielt, gleich die Geschichte fortgesetzt hätte! Sie konnte geradesogut schreiben: Nur ein Vierteljahrhundert Geduld, dies wird der Film sein. Der Maire wird ausrufen –. Der Marschall spricht –. Weitere fünfzehn Jahre, nur vierzig im ganzen, und das Hollywood des zweiten Krieges sucht nach Auskunftsmitteln, wie es unbeanstandet das Produkt einer nunmehr feindlichen Industrie noch einmal machen kann.

Hätte ich 1904 dergleichen mehr vorausgewußt, ich wäre darum nicht glücklicher gewesen. Das Glück, wie ich es kenne, gebiert und trägt sich selbst. Die Glücksfälle sind Höhepunkte einer inneren Heiterkeit, die hervorbringt: das ist ihr Grund und Beruf. Man hat sie oder hat sie nicht. Ganz anders steht es mit dem Erkennen der eigenen Relativität. Die Skepsis will gelernt sein.

Ein Anfänger, der Glück hat – nicht das äußere, ich meine ein inneres Gelingen –, überschätzt sich, er geht bis zu unschicklichen Vergleichen. Zu der Zeit des »Blauen Engels« war ich noch sehr jung, vermutlich jünger als alle anderen desselben Alters. Als ich das Buch schnell und geläufig hinschrieb, dachte ich leichtsinnig: mehr hat auch Goldoni nicht gekonnt. Das Stück im Teatro Alfieri, oder ein anderes, verfertigte er in drei Tagen, weil er gewettet hatte. Nun, und? Voll übermütiger Begeisterung griff ich viel höher hinauf. Eine komische Handlung, tragisch bestimmt, die lustige Fratze, darunter die harte Wahrheit selbst, wer macht das. Wer – hat – das gemacht? dachte ich und dachte einen Namen.

Das habe ich verlernt. Denn ich erfuhr höchst lebendig, daß auf Jahrhunderte die Größe höchstens einmal trifft und daß lange aushalten muß, wer in seiner begrenzten Laufbahn auch nur der Vollkommenheit vielleicht begegnen soll. Ich habe, um oft vollkommen zu sein, zu oft improvisiert, ich widerstand dem Abenteuer nicht genug, im Leben oder Schreiben, die eines sind. Nicht, daß ich mich belogen hätte: das lohnt nicht, soviel wußte ich immer.

Aber man kann schnellfertig geprüft haben und steht plötzlich unglaubwürdig da, bei eigenem bestem Glauben, oder was sich so nennen läßt. Als Gleichnis halte ich mir gegenwärtig, sooft es dienen kann, eine gewisse Fahrt durch den Apennin. Auch dies fällt in meine frühe Zeit.

Juli, und siebzig Tunnels oder so, man atmete kaum. Ich streckte und reckte mich auf einem Sitz, von dem ich vorher gedankenlos eine Zeitung entfernt hatte. Ich mußte wissen, daß unter Italienern nichts weiter verlangt wird, der Platz ist belegt. Der rechtmäßige Inhaber tritt dann auch auf und fordert ihn. Ich behaupte: Er war frei. Die Zeitung hatte ich wirklich vergessen. »Hab ich recht, war er frei?« fragte ich gegenüber in der Fensterecke den Herrn mit weißem Kinnbart, Typ des alten Offiziers.

Er antwortete mir nicht, aber was er gesagt haben würde, fand ich äußerst ausdrucksvoll auf seinem ehrenhaften Gesicht. Nicht zufrieden, sich anzueignen, was ihm nicht zusteht, will dieser junge Mensch, daß ich für ihn lüge! Ich las es, erschrak heftig, und unter Verzicht auf Erklärungen räumte ich das Feld. Nun, dies wäre nicht viel, man könnte es vergessen.

Tatsächlich aber habe ich mehr als zwanzig Jahre später der Jahrhundertfeier für Victor Hugo als einer der Sprecher beigewohnt. Es war in dem alten Trocadéro, ich saß auf der Rednertribüne links von Édouard Herriot. Der Trocadéro ist seither erneuert, Herriot unter deutscher Aufsicht gestorben. Seine Löwenstimme erhob sich damals zu den unabsehbaren Rängen, der sechste, letzte, verschwand im Dunkel. Auf den Präsidenten folgte der spanische Republikaner Unamuno, er beschäftigte sich mit seinem König, den er bitter haßte. Dann stand ich auf.

Ich gab dem Dichter Victor Hugo die Ehre der »Vereinigten Staaten von Europa«, seine Erfindung, sein Gedanke und sein Wort. Ich erklärte ihre Verwirklichung endlich für herangereift; den entschlossenen Willen ließ ich offen. Der deutschen Republik konnte man ihn damals zutrauen oder nicht – solange sie einen Minister wie Gustav Stresemann hatte. Zweifelhaft wie mit ihr stand es auch anderswo.

Ob ich zuviel sprach? Ich hoffte es nicht. Es ist immer nützlich, an einen Gedanken in seiner ersten ganzen Größe, an seine gloire première, zu erinnern. »Le père Hugo« wird von jüngeren Generationen, die bald auch nicht mehr jung sind, als ein prachtvoller Wortemacher verwiesen – wahrscheinlich, weil er zu lange gelebt hat, das rächt sich. Genug, ich pries seine Idee der Vereinigten Staaten an, aber durfte ich es? Ich fragte hinauf, wo unter dem Dach die Gesichter zerflossen: »Darf ich es?« Sechstausend Personen antworteten »Ja«.

Eine Stimme fehlte: der alte Oberst aus dem Apennin-Tunnel. Wahrhaftig, an ihn allein habe ich bei der kritischen Stelle meiner Rede gedacht, sein Zeugnis erbat ich, und es blieb aus, wie das erste Mal. Ich dachte: »Mein Gott! Daß es zu Ende wäre« – indessen ich mich bemühte, die Sprechtechnik des Präsidenten Herriot zu befolgen. Dann war es getan, ich wurde beglückwünscht – für meinen Takt. »Takt?« dachte ich. »Aber wenn es nun Lüge war?«

Das geht zu weit, wie ich mir nachher vorhielt und heute natürlich bestätige. Durchaus genau sein wollen ist ein ästhetisches Bedürfnis, bevor es ein moralisches wird. Die Literatur befestigt den Sinn für die Wahrheit. Damit man weder etwas Ungenaues aufstellt, noch sich in Skrupeln verliert, bleibt allein die Skepsis. Die hatte Lavater nicht.

Diese berühmte Gestalt des 18. Jahrhunderts, Physiognomiker und Moralist, hat ein Tagebuch hinterlassen. Den größeren Teil meines Lebens besaß ich das Original, mit Kupfern geziert, ich hatte es von Vorfahren ererbt. Wo sind in diesen mit Recht unsicheren Zeiten meine alten Bücher geblieben?

Lavater quälte sich redlich, damit er gegen kein göttliches Gebot verstieß: obenan die Wahrheit. Er war auf einem richtigen Weg, der dennoch in die Irre führt. Um dieselbe Zeit hat Werther geliebt, ohne Nachsicht für sich selbst hat er die Liebe einschließlich des Todes geliebt. Auch diese beiden, das leidende Gewissen, das nie gestillte Herz, waren einst deutsch: allen gesagt, die es nicht wissen.

Was ich meine: eine wirkliche Hilfe, um am Leben zu bleiben trotz Gefühl und Gewissen, ist der Zweifel.

Ich war jung, daher nicht von jeher skeptisch. Der Zweifel macht höflich. Man will nicht immer recht haben, und man achtet die Schwächen anderer. Diese beiden Kennzeichen der Höflichkeit nennt Voltaire, dessen Jahrhundert über sie Bescheid wußte. Ich war streitsüchtig, bevor ich über den Menschen und seinen Bestand soviel gelernt hatte, wie mir beschieden ist. Die Direktheit oder Geradzügigkeit des Jungen noch abgerechnet, hielt es allmählich schwer, mit mir zu streiten. Wenn ich Überzeugungen hatte, ich behielt im Grunde von früh an immer dieselben, glaubte ich sie formen zu müssen. Der geformte Ausdruck vollendet die Überzeugungen, er macht sie erst wirklich wahr, vielleicht für andere, für mich gewiß.

Nun sparte ich meine Bekenntnisse lange auf – ich meine die wörtlichen, insofern sie den Bekenner preisgeben und seine Widersacher unmißverständlich treffen. Schnell, sogar vorzeitig kam ich mit Romanen, die Wahrheiten abhandeln, nicht erörtern. Ich war ein Gestalter; Zweifel blieben mir hinsichtlich meines Rechtes zu reden. Die innere Nötigung, seine Gedanken zu äußern, fehlt einem Autor, dessen Geschöpfe sie schon verkörpert haben. Die Not der Zeit hat mich dennoch reden lassen.

Auch die Romane, in denen ich das Zeitalter besichtigte, brauchten viel Weile, ein hartnäckiges Verweilen. Den Roman des bürgerlichen Deutschen unter der Regierung Wilhelms des Zweiten dokumentierte ich seit 1906. Beendet habe ich die Handschrift 1914, zwei Monate vor Ausbruch des Krieges – der in dem Buch nahe und unausweichlich erscheint. Auch die deutsche Niederlage. Der Faschismus gleichfalls schon: wenn man die Gestalt des »Untertan« nachträglich betrachtet. Als ich sie aufstellte, fehlte mir von dem ungeborenen Faschismus der Begriff, und nur die Anschauung nicht.

Mit dem Roman »Der Untertan« kam ich früher, als erlaubt. Er mußte die vier Kriegsjahre abwarten. Erst Ende 1918 konnte er gelesen werden, und wurde es wirklich: mit großem äußerem Erfolg bei allen Deutschen, denen der verlorene Krieg zuerst Bedenken über ihren Zustand aufdrängte. Sie sind bald mit ihnen fertiggeworden und haben fortgefahren, wie wenn nichts wäre. Wahrhaftig gäbe ich die Schuld lieber den Fehlern des »Untertan« als ihren.

Meine Artikel, jeder ein Ausbruch des gequälten Gewissens, sind zahlreich. Sie begannen schon 1910, als das Kaiserreich in voller Macht und Blüte stand. Gerade darum konnte es Schriftstellern vieles nachsehen. Damals wurde kein »Defätist« erschossen, sowenig wie »Juden und Kommunisten«, die Opferlämmer des nächsten Kriegsherrn Hitler. Erschossen oder nicht, gegen einen Hitler oder Wilhelm wird jeder recht behalten. Die Niederlage den beiden beibringen war schwer. Ihnen die Niederlage vom Gesicht ablesen konnte jedes Kind. Nur daß die großen Kinder von Vorurteilen beirrt werden.

In der Republik machte ich meine Warnungen dringend und stark. Das freie Wort war nunmehr von der Verfassung gewährleistet; Grenzen setzten ihm die Inserenten der Zeitungen. Aber wieviel gerade mir erlaubt war, der Beweis ist auf das Furchtbarste erbracht, daß es nichts helfen konnte. In Ländern mit willkürlicher Machtverteilung ist die Presse eine Scheinmacht. Sie blendet die Augen, ohne sie wüßte man mehr. So las man Artikel wie meine. Unerschütterlich dahinter stand der Börsenbericht – und das Drohendste blieb ungedruckt, die geheimen Machenschaften der Wirtschafts-Talleyrands.

Eingestanden sei, daß ich mich nicht wirklich als einen Kämpfer fühlte. Dafür durchschaute ich zu deutlich die Vergeblichkeit des Kampfes – und begleitete meine eigenen moralistischen Übungen mit dem Lächeln des Zweifels, das allein sie mir selbst erträglich machte. Oft genug erging ich mich ironisch, um mir und den Lesern einen guten Sonntag zu verschaffen. Denn man begehrte mich bei festlichen Gelegenheiten: schon ein Zeichen, daß niemand daran dachte, in der Woche mein Wort zu befolgen. Wer ernst sein will unter so aussichtslosen Umständen, muß aufflammen, aber kurz.

Mein letztes Wort habe ich den Deutschen in aller Ausführlichkeit hinterlassen, als es ihnen bestimmt nicht mehr helfen konnte. Dies, weil es ihnen vorher nicht geholfen hätte. Hitler regierte schon. Es war der Übergang, als er einen Vorwand wie seinen Reichstagsbrand abwartete, um zu wüten. Die »Neue Rundschau« war die angesehenste Revue, ihre Ausgabe vom Dezember 1932 war die letzte ehrliche. Darin erschien mein »Bekenntnis zum Übernationalen«.

Es hatte nur noch den Sinn eines Abschieds von dem Land, wo ich, mit so fragwürdigem Erfolg, dennoch durch lange Jahrzehnte gewirkt hatte. Genötigt, die Deutschen sich selbst, das heißt, keinem zuverlässigen Freund zu überlassen, erinnerte ich sie an verlorengegangene oder niemals begriffene Tatsachen.

»Um 1900«, so rekapitulierte ich, »verringerte sich bei den Denkenden die menschliche Teilnahme. Man nennt sich dann gern unpolitisch. Was dafür eintrat, war Schönseligkeit – die nicht wertlos ist, sie hat auch große Werke ermöglicht, sie würde Kraft des Charakters nicht ausschließen. Gefährlich wurde eine Kombination, bestehend aus Ästhetizismus und der Bezweiflung der Vernunft. Die Vernunft hatte fast das ganze 19. Jahrhundert hindurch zu groß dagestanden, noch länger wurde es einfach nicht ertragen. Die Gottlosigkeit des gebildeten Bürgers und der arbeitenden Masse war zu selbstverständlich geworden. Wenn die Naturwissenschaft schließlich fast den ganzen Raum der Religion mitsamt der Philosophie einnahm, schien ihre Stellung angemaßt. Der große Helmholtz war vorsichtig gewesen, er hatte jedesmal an den Beginn seiner Vorlesungen ein einschränkendes Wort gesetzt; es besagte: wenn die Natur überhaupt erkennbar sei –.

Das verhinderte nicht, daß die mittleren Intelligenzen sie als restlos verständlich voraussetzten, denn sie waren keine Philosophen mehr, wie noch Helmholtz. Viel eher hatten sie am Ausgang des Jahrhunderts für alle Metaphysik nur Mißachtung und Gelächter. Man muß das gesehen haben: vor dem Sieg Nietzsches stellte jeder mitlebende Philosoph den mittleren Intelligenzen einen veralteten oder abseitigen Typus dar, und für Geschwätz wurde genommen, was später als Denken, dem naturwissenschaftlichen gleichgeordnet, wiederentdeckt werden mußte – so im Falle Wilhelm Diltheys. Auf diese Verarmung des Denkens erfolgte um 1900 der Gegenschlag; nur war leider nicht durchaus die Bereicherung des Denkens gemeint. Man bemühte sich, es überhaupt zu entwerten. Wozu sonst legte man alles Gewicht auf das Irrationale.

Wir haben nur unsere Vernunft, und selbst was wir von unseren unbewußten Abgründen ans Licht ziehen, wird erreichbar durch unsere Vernunft. Kunst vor allem gibt es nicht ohne vernünftiges Denken. Die Anschauung wird erst lebendig, wenn sie durchdacht ist. Gestaltung ist eine besonders sinnliche Form des Denkens – nicht als ob seine anderen Formen unsinnlich wären. Aber der Gegenschlag gegen den Intellektualismus bediente sich der Kunst auch nur als des auffallendsten, wenngleich falschen Beispiels für das Irrationale in allen großen Mächten des Lebens. Die Unterlegenheit der Vernunft wurde ebensowohl betont hinsichtlich der triebmäßigen, tiefen Bereiche, die Nation, Traum, Krieg, Liebe heißen sollten.

Die neue Wendung des Geistes von 1900 verdient Achtung, solange sie Forschung ist und der Erkenntnis neue

Quellen öffnet. Sie hat keinen Anspruch auf Nachsicht, sobald sie dem Denken andere Mittel des geistigen Erlebens entgegenhält. Diese nennt man Gefühl oder Ahnung, es bleibt aber immer das Nichtdenken. Einen anderen Gegensatz als das Nichtdenken kennt das Denken nicht. Das ist auch vollkommen begriffen worden von der gesamten Mittelmäßigkeit. Denn was die Vornehmen erfinden, bekommt erst seinen schließlichen Sinn, wenn es bei den Kleinen anlangt. Die haben gewittert: jetzt geht es uns gut! Das Vernünftige muß redlich erarbeitet werden, aber das Irrationale hat jeder von selbst. Es hat immer die Neigung, sich auszubreiten und alle die so ungesicherten Bauten der Vernunft hinwegzuschwemmen. Die Wiedereinführung des Irrationalen war die gute Gelegenheit der menschlichen Schwäche, sich gehenzulassen, sich auszuverschenken an Instinkte, die nicht nachgeprüft werden, weil sie tief sind, und nicht nachgeprüft werden dürfen, weil ihre Tiefe sie heiligt.

Nur so hat die entscheidende Bewegung dieses halben Jahrhunderts, der Nationalismus, weiterlaufen können bis ins Äußerste und darüber hinaus. Der vierjährige Krieg schien wahrhaftig das letzte, was der Nationalismus leisten konnte; aber die Muskeln des Amokläufers haben seither nicht gelitten, und sein Schwung hat zugenommen. Er kann nicht früher zum Stillstand kommen als beim Abschluß des irrationalen Zeitalters. Denn das hat ihn für seine Taten erst reif gemacht; und es dauert, es dauert –!

Die geistige Haltung des öffentlichen Körpers verändert sich mit furchtbarer Langsamkeit. Wenn ihre Unerträglichkeit allseitig feststände, sie behielte noch lange ihr herkömmliches Recht. Ja, der öffentliche Körper macht von einer gewissen geistigen Haltung erst dann den abscheulichsten Gebrauch, wenn sie im Grunde vorbei ist, alle Tatsachen des Lebens sind gegen sie. Man weiß, aber will nicht wissen. Der öffentliche Körper und seine barbarische Langsamkeit erdrücken das Bewußtsein der einzelnen.

Das 19. Jahrhundert, eine große Zahl des Denkens, mußte absteigen und sich verflachen, bis jeder kleinste Monist persönlich die ewigen Rätsel überwunden hatte. Dann wurde endlich die Geisteshaltung des alten Jahrhunderts beendet, und Mißachtung traf mit der Vernünftelei auch gleich die Vernunft. Die seitdem heraufgekommene Unvernunft hat sich erhoben zu den großartigsten Katastrophen. Zuerst ein geistiger Umschwung, dann ein Ereignis! Das Irrationale – und erst nach seinem Durchbruch der Krieg! 1890 wäre er auf alle Fälle aufgehalten worden; wenn durch sonst nichts, dann durch den herrschenden Intellektualismus. 1914 hat sich die Unvernunft hoch genug aufgeschwungen.

1932 ist der Irrationalismus seinerseits klein und niedrig geworden. Er hält noch immer die ganze Wirklichkeit besetzt, er wäre auch für die Wiederholung der Katastrophe; aber darin widersteht die Wirklichkeit ihm schon. Die Welt ist für einen Krieg zu schwach geworden, obwohl ihre Unvernunft ihm gerade jetzt durchaus genügen würde. Wir fühlen auch, daß inmitten dieses Chaos das Zeitalter des Irrationalismus früher bis an sein Ende laufen wird, als wenn noch Krieg sein könnte. Der letzte Abschnitt jedes geistigen Zeitalters ist der lauteste. Man trumpft noch einmal auf, heimlich beschlichen von der Verzweiflung. Dann ruft 1932 irgend jemand in den Sender: ›Das intellektuelle Denken lehnen wir ab!‹ Allerdings. ›Wir‹ kamen sonst in Verlegenheit. Das ›intellektuelle Denken‹ ist lange nicht geübt worden, und damit müssen andere anfangen.

Das Zeitalter des Irrationalen wird gegen 1940 ablaufen. Die Vernunft darf sich vorbereiten, wieder einzuziehen.«

Dies ist veröffentlicht Dezember 1932, in dem Deutschland, das den letzten Abschnitt eines geistigen Zeitalters, seinen lautesten, unmittelbar antrat. Die Voraussage, gegen 1940 werde es enden, erweist sich nach den Ereignissen als haltbar. 1939 fing der leibhaftige Irrationale, Hitler, seinen unmöglichen Krieg an. Er selbst hat die Niederlage heraufbeschworen, nicht nur seine und nicht die deutsche allein. Großartig widerlegt ist seither der Fanatismus der Widervernunft. Nichts anderes bedeutet dieser Krieg, insofern er als ein geistiger Vorgang verstanden ist.

Ende 1943 berichtete ein Sowjetschriftsteller, daß die deutschen Munitionsfabrikanten begonnen haben, sich zu beschweren über Fehler in den Kriegsplänen von seiten der hilflosen Strategen. Die Fabrikanten! Gerade sie haben Grund. Für wen der Krieg? In wessen Auftrag ein Kriegsherr Hitler? Sie werden schlecht bedient von ihrem Angestellten. »Puppe der Schwerindustrie« nennt endlich auch die amerikanische Zeitung, die ich lese, den vorgeblichen Führer.

Aber der Sowjetbeobachter fährt fort: »Mit anderen Worten, die Manufacturers verlangten von dem deutschen Oberkommando nüchterne Pläne – genau das, was die eigenste Natur der Hitler-Strategie ausschließt. Zufolge der Erklärung einer Autorität, des Generals Dietmar, beruht die Strategie des Führers auf seinen irrationalen Impulsen.«

Da haben wir den Irrationalismus, haben alles auf einmal, seine Herkunft aus der Unfähigkeit, seine für nichts und wieder nichts verübten Untaten, und wie er endlich zur Ordnung gerufen wird von seinen eigenen Patronen, die »sich beschweren«. Noch weiter kann ein Mißerfolg nicht gehen. Der Strich unter einem Zeitalter war niemals dicker.

Was früher da war, die wirtschaftlich-imperialistischen Unterlagen der beiden Kriege oder ihre Ideologie der Widervernunft, ich gebe es anheim. Zuerst die Wirtschaft, dann der »geistige Überbau« – ist eine Theorie. Marx würde sie in anderen Fällen wohl bestätigt finden, gerade diesmal verläßt sie ihn. 1900, als der Irrationalismus einsetzt, hat keine Industrie der Welt, auch die deutsche nicht, gewußt, daß sie eines europäischen Weltunterganges bedürfen werde, um ihre unsozialen Sitten auf einige Jahre zu verlängern.

Das Geistige erscheint mir als das Primäre, es hat in der Geschichte den Vortritt. Dies behaupte ich mit Einschränkungen und bleibe auf ein vernünftiges Entgegenkommen bedacht. Könnte es sein, daß Intellektuelle nur bestimmt sind, die Wirklichkeit im voraus zu erraten? Daß sie aber jedenfalls, und sogar ohne geistige Vorbereitung, ins Leben träte? Es genügt, wenn der Vorgang von einem Franzosen, Jules Lemaître, richtig bezeichnet wurde: »Die Wahrheiten der Denker werden immer in die Tat umgesetzt – zehn Jahre später.«

Meine Bewertung der Verdienste wie auch der Schuld ist vorsichtig, sie muß es sein. Mit Neigungen, die vernünftig sein wollen, haben wir nicht dasselbe Recht wie die Irrationalen auf einen blutigen Fanatismus. Wenn nun der ungebundene Wille angepriesen und erstrebt wird – als ob er jemals ungebunden wäre –, dann los gegen Recht und Wahrheit, was unversehens aus dem Irrationalen einen Wüterich macht und, ehe er es sich versieht, einen Besiegten.

Wer seine Niederlage nunmehr überstanden hat, das ist die Vernunft. Ihre Auferstehung geschieht nicht ohne weiteres, weil es Zeit wird: sie verlangt Entschluß und Handeln. Um so mehr wird erfordert, daß die tatkräftige Vernunft immer noch Vernunft bleibt, getreu ihrem innersten Gebot, dem Zweifel. »Es ist aber der Glaube ein inneres Wissen« – spricht Luther über den Glauben. Das gleiche trifft auch den Zweifel.

Wir können glauben, daß die menschliche Lage der Verbesserung zugänglich sei, müssen alles tun, damit sie es wirklich sei. Darum bedürfen wir erst recht des Wissens um die menschliche Fragwürdigkeit, um alle Widerstände der Menschennatur. »Das Menschengeschlecht bestände nicht einen Tag ohne Lüge«, schreibt Anatole France, dessen ganzes Wesen das Formen fälliger, wieder fälliger Wahrheiten war: auch dieser Wahrheit.

France war der berufene Nachfolger des Zweiflers Renan. Kein Zweifler an Gott, Ernest Renan, kein entlaufener Seminarist; er zweifelte allein an der menschlichen Fähigkeit, in der Wahrheit auszuhalten. Innig war er bemüht, es seine Leser zu lehren. Das währt jetzt hundert Jahre. Der Vater des Zweifels, Montaigne, ist bald vierhundert alt. Sein Que sais-je bezeichnet in Wahrheit die Höhe des europäischen Wissens.

Sein berühmtes Que sais-je schließt ein: Duldsamkeit und guten Willen. Bedauern der robusten Unwissenheit, die nicht fragt, nicht zweifelt. Hilfsbereitschaft für die Demütigen, denen alles entgegen wäre, die Macht der Mächtigen, ihre überlegene Leiblichkeit, ihre Kriege, Siege, ihr Gesetz, mit eingeschlossen eine Religion, zurechtgemacht für den Nutzen der vornehmen Starken. Herr Michel de Montaigne war vornehm, aber nicht stark.

Sohn eines Edelmannes aus dem Périgord und einer portugiesischen Jüdin, wurde er geboren, lebte und starb in demselben Haus, einem bescheidenen Schloß: der Turm ist die Stätte, wo alle seine Essays entstanden. Sein gedrungener Wuchs war etwas unter dem mittleren Maß, seine Hände waren ungeschickt. Er taugte weder für den Gerichts- noch für den Kriegsdienst; aber er war sowohl besonders wie allgemein genug, um Könige zu beraten. Henri III., in der Furcht vor seinen Feinden, fuhr eilends zu ihm. Henri Quatre war sein Freund.

Als nun das Land dieser beiden, des großen Königs und seines weisen Gefährten, geschlagen und erniedrigt war,

1940 im Juni, wurde es den Franzosen schwer, sich innerlich wiederzufinden. Sie hatten immer viel gelesen: jetzt sagte man ihnen, daß ihre Lektüre sie verweichlicht habe. Nach dem Muster des Siegers wurde der jüdische Einfluß denunziert. Da taten sie etwas Unvorhergesehenes. Sie griffen zurück auf einen ihrer frühesten Bildner, den Edelmann halbfremder Herkunft. Montaigne hat damals seine neueste Welle von Volkstümlichkeit erlebt.

Sie lasen bei ihm Sätze wie diesen: »Nur der ist ein wahrhafter Sieg, der den Feind zwingt, sich besiegt zu geben.« Oder: »Manche Vorteile, die wir über unsere Feinde gewinnen, sind entliehene Vorteile, nicht unsere... Das Verdienst und der Wert eines Mannes werden bestimmt von seinem Herzen und seiner Gesinnung (consiste au cœur et en la volonté): da liegt seine echte Ehre.«

Weiter: »Wer unterliegt bei hartnäckigem Mut, si succiderit, de genu pugnat.« (Seneca: »Wenn er hinfällt, kämpft er auf den Knien.«) Was auf de Gaulle und auf die Partisanen zutrifft – wenn Worte nötig gewesen wären, damit sie erschienen. »Wer, so nah der Tod ihm sei, von seiner Zuversicht nichts aufgibt; wer noch bei entschwindender Seele seinen Feind anblickt fest und mit Verachtung, der ist geschlagen, nicht von uns, sondern vom Glück; er ist getötet, nicht besiegt. Wirklich gibt es verlorene Schlachten, die zu triumphieren mehr Anlaß geben als Siege.«

Das dürfen eine Reihe von Nationen dem französischen Edelmann nachsprechen. Er hat es vor der Zeit gewußt. Sein Que sais-je gilt für Welt und Überwelt: nicht für unser sittliches Bewußtsein. Er verwirft die gewaltsame Überanstrengung der Natur, eingeschlossen eine Tapferkeit, die bloßer Trotz und nachher unbegreiflich ist; das Opfer, das über die besonnene Kraft geht; jeden Fanatismus, auch das Martyrium. »Alle Handlungen außerhalb der gesetzten Grenzen unterliegen unheimlichen Deutungen.«

Sehr zuwider ist ihm der Mißbrauch des Wissens, das vielmehr in ein bösartiges Nichtwissenwollen übergeht. »Callicles, bei Plato, nennt das Äußerste von Philosophie schädlich und rät, sich nicht in sie zu versenken bis unter die Linie des Nutzens. Mäßig genossen, sei sie wohltuend und brauchbar, ihr Ende aber mache einen Menschen wild und lasterhaft, dann mißachte er die Religionen, die gemeinen Gesetze, er werde ein Feind der gesitteten Verständigung, ein Feind der menschlichen Freuden, unfähig jeder öffentlichen Verwaltung, des Beistandes für andere und der Selbsthilfe – der richtige Mann, ihn ungestraft zu ohrfeigen.«

Es ist nirgends besser gekennzeichnet, dieses Ausschweifen von aller erlaubten Lebensweisheit, das zur Abwechslung einmal »Irrationalismus« heißt: Da ist seine Menschenverachtung, Ruchlosigkeit und sein Verenden in Schande. Sein Urteil war ihm dreihundertsechzig Jahre vor diesem gesprochen worden, nicht von einem Doktrinär: von einem Zweifler, der nichts mit Sicherheit weiß und gerade dies für die Lage des Menschen hält.

Was bleibt, angesichts der Lage des Menschen, übrig außer: seine Schwäche zu achten und gegen ihn nicht immer recht haben zu müssen. Da dies eine Definition der Höflichkeit ist: der Skeptizismus ist vom geistigen – und politischen – Verkehr mit Menschen die kultivierteste Form. Richtig verstanden, gelangt er zur Güte und zu einer Tatkraft, die Güte will. Das Land des Herrn Michel de Montaigne ist es, von dem, hundert Jahre nach seiner Revolution, gesagt werden konnte: »La France est, en somme, la pays où il y a le plus de bonté, et où tout arrive cent ans plus tôt qu'ailleurs.« (Ich zitiere auch Lemaître auswendig. Wo sind meine Bücher?)

Zunächst stelle ich nur fest, daß die zeitgemäßen Irrationalisten gottlos sind. Die Frage nach Gott ganz abzuweisen ist auch ihnen nicht gegeben. Aber ihnen liegt einzig an dem vorweggenommenen Schluß, eine höhere Vernunft fehle. Sie leugnen, was uns zu ihr verpflichten würde, wenn wirklich oberhalb unserer Besinnung eine höhere wacht. Nur was unter der Schwelle des Bewußtseins gesucht – und nicht gefunden wird, liegt ihnen. Ihre Sache ist das unbewiesene Dunkle; es enthebt sie jeder Rechenschaft. Von einer Helligkeit, die über ihnen wäre, trifft sie kein Abglanz, kein Gebot.

Sie glauben an ihren Willen, je unheilvoller er umgeht, je armseliger es mit ihm ausgeht. An den Willen Gottes glauben sie nicht. Dieser übel angebrachte Stolz verfeindet sie mit der Natur: sie tun immer das Unhaltbare. Sie beten nicht, will sagen, sie versäumen die heilsame Selbstprüfung. Sie beten dennoch, aber nicht um Vernunft, nicht daß die Vernunft der Schöpfung sich zu ihnen herablasse: sie verlangen Wunder.

Wie recht und billig, sind es Irrationalisten, die wieder einmal die Prophetie in Schwung gebracht haben. Einer der ersten Wahrsager Hitlers kam direkt vom Varieté. Sie nahmen ihn ernst, was sie nicht abhielt, ihn zu ermorden, als er lästig wurde. Sie nahmen ihn ernst genug, um ihn zu ermorden. Seine unnatürlichen Kräfte hätten ihnen noch viel nützen können, gesetzt, sie hielten ihn nicht doch für einen Schwindler. Das bleibt im unklaren; wer die Vernunft leugnet, muß nirgends genau sein.

Wenn sie reich genug sind, unterhalten sie Sterndeuter, wie man sagt auch Goldmacher; der Stein der Weisen wäre gleichfalls fällig. Sie begehen ihre sinnlosen Verbrechen an sorgfältig numerierten Tagen. Sie sind zahlen- und datengläubig und der Einbildung ergeben, daß die Zukunft sich beschwören läßt – aber nur von einem Sterblichen, der gegenwärtig Macht hat. Wenn Vernunft und ein Wissen, das Gott heißt, weil darum gekämpft werden muß, ihnen niemals warm macht, begierig sind sie nach Geheimnissen, die nur bei krankhaftem Zustand zugänglich, übrigens aus zweiter Hand für Geld erhältlich sind.

Plato argumentiert und der Skeptiker Montaigne erinnert daran, »daß die Gabe der Prophetie über unsere Kräfte geht, daß wir außer uns sein müssen, um sie zu betätigen. Unsere Besonnenheit muß verlegt sein vom Schlaf, oder von einer Krankheit, oder sie ist entführt durch himmlische Verzückung«. Die himmlische Verzükkung wäre erstaunlich bei den Verfolgern der Religion, in deren Mund nichts anderes so falsch klingt wie das Wort »Vorsehung«.

Die Vorsehung ist, wie sich versteht, kein Privileg, sie betrifft alle – während die gut bezahlten, daher glaubwürdigen Astrologen tatsächlich ein Vorrecht sind. Minderbemittelte beziehen Fertigware von den Handwerkern der Zauberei. Hier erscheint die soziale Bedeutung des Irrationalen.

Es bevorrechtet von jeher eine herrschende Schicht: die bekannten Weissagungen sind gewöhnlich Königen gegeben. »Der Führer denkt für euch«, ist fortzusetzen: nur über den Führer wachen die Sterne. Wenn er den »Wallenstein« von Schiller gelesen hätte, sähe er sein Vorbild, den Feldherrn mit dem Sterndeuter, der ihm persönlich zusteht. Die Einkünfte der niederen Chargen, und ihre Bedeutung, reichen nicht für einen weisen Seni – der in Wirklichkeit zu Fuß nach Italien tippeln mußte, als sein Brotgeber dahin war. Er hatte nichts vorausgesehen und kein Geld gespart.

Die Gottlosigkeit ist erst mit dem Irrationalismus zur offenen Herrschaft gelangt. Sie war nie vorher an der Macht. In einer Laienrepublik, der französischen, war man duldsam, das setzt Zweifel voraus, und war Freimaurer, eine andere Form des Bekenntnisses zur göttlichen Vernunft. Von den jungen Tagen dieser Menschengläubigkeit, ihrer gloire première, zeugt die »Zauberflöte« des wunderbaren Mozart. Kein anderes Credo kann höher, edler, reiner gewesen sein: es rief nach der vollkommenen Musik.

Anstatt der menschlichen Reinheit behaupten Irrationalisten eine reine Rasse. Ihre heiligen Hallen, wo man nichts so gut kennt wie die Rache, sind das »Gestüt« – die erste treffende Übersetzung von Bordell. Kurz, die Ausrottung der Menschengläubigkeit ist ihnen angelegen, da sie den Glauben an Gott, das Gleichnis unserer Vernunft, als ihr großes Hindernis fühlen.

Demgemäß ist während dieses Zeitalters, seiner letzten, schweren Stunden, niemand von Gott so unbeschützt wie die Deutschen. Sie haben es gewollt. Sie sind von den Völkern das ungläubigste, wie ihr Schopenhauer bemerkt hat. Möglich, daß bei ihnen, außer am Rhein und im Süden, das Christentum niemals tiefe Wurzeln gefaßt hatte. Dann stände es ihnen bevor. Der Versuch Karls des Großen, als er einige tausend Niedersachsen erschlug, ging fehl. Die wirkliche Kraft der Religion besteht in der Heiligung des Lebens allein.

Das Leben fördern, es erhalten, es wohltätiger gestalten ist die einzige Art, wie der gewöhnliche Mensch – und der außergewöhnliche – um Gott weiß. Der Begriff von Gott ist ein hoher Begriff des Lebens, zuerst des eigenen. »Ich habe noch niemand Gott anrufen gehört, ohne daß er sich selbst meinte«, sagte mir ein zynischer Sachverständiger in moralischen Wissenschaften, mit Namen Frank Wedekind.

Beeilen wir uns anzuerkennen, daß sich mit dem Materialismus leben, sittlich leben läßt. M. de Lamettrie starb infolge einer getrüffelten Pastete, die er am Tisch des Königs Friedrich von Preußen im Übermaß zu sich genommen hatte. Der Discours préliminaire seiner Werke ist auf ganz andere Genugtuungen bedacht. »Errötet, ihr Unterdrücker einer erhabenen Vernunft! ... Die Männer, die ihr verbannt, die euretwegen ihr Land verlassen müssen (ich sage es ohne Furcht, daß man mir eitle Motive oder ein besonderes Bedauern zutrauen könnte), diese Männer, die ihr in grausame Gefängnisse sperrt, ... seht den Ruhm sie bis zum Himmel tragen!«

Weiter: »Kann man denn nach Unsterblichkeit nicht verlangen, ohne sich unglücklich zu machen?« Andererseits: »Autoren, denen die schmeichelhafteste Vergeltung zu gering ist, ich meine die Anerkennung von seiten des aufgeklärten Europa, wollt ihr ungestraft unsterbliche Werke schaffen?« Dies sind moralische Betrachtungen eines Materialisten. Aber sie sind vom Jahre 1753.

Der deutsche Materialismus des 19. Jahrhunderts leidet darunter, daß er nicht verfolgt wurde, sich für selbstverständlich hinnahm und von seinen Errungenschaften vollauf gesättigt war. Das ist nicht bekömmlich; es macht kompakt, um nicht zu sagen schwerfällig. Gefängnis und Exil wären der geistigen Erfrischung günstig gewesen, wie man seither erfahren hat.

Heute entfallen Strafen, nicht nur auf das politische, noch mehr auf das moralische Bekenntnis, wenn das eine vom anderen zu trennen wäre. Zu der Zeit, als man noch im glücklichen Besitz geistiger Freiheit war, wurden sie getrennt. Außerstand, ohne ernste Gefahren die Autorität des Unteroffiziers anzugreifen, tat es dem Gelehrten wohl, in aller Breite und Placidität das Dasein Gottes wegzubeweisen.

Ohne Furcht vor peinlichen Folgen muß niemand fanatisch sein, dagegen wird man langweilig. Eine Geschichte des Materialismus, die ich in früher Jugend las, habe ich immer aufgehoben, schön gebunden, als ein unübertreffliches Denkmal der Langeweile. Später habe ich festgestellt, daß »L'homme machine« und »Le Système de la nature« unterhaltend sind. Und ebenso richtig. Lamettrie und d'Holbach wissen auch schon alles – bis auf den unerklärten Ursprung der menschlichen Maschine und des Weltengetriebes.

Weder ihnen noch den folgenden Materialisten ist aufgefallen, daß beide künstlich, gar zu künstlich sind. Um so mehr Gedanken hat Voltaire sich hierüber gemacht. »Und wenn ich Ihnen sagte, daß es eine Natur überhaupt nicht gibt und daß in uns, um uns und hundert Millionen Meilen weit ausnahmslos alles Kunst ist!«

Selbst ein Künstler, legt Voltaire seine Wahrheiten in den Mund seiner Gestalten: diese ist ein besonders vernünftiger britischer Menschenfreund, ausdrücklich Friend geheißen, hier schon erwähnt. Der Engländer des 18. Jahrhunderts erläutert seine Behauptung.

»Fast niemand beobachtet es; aber es ist die Wahrheit selbst. Ich sage Ihnen nur immer: gebrauchen Sie Ihre Augen, Sie werden erkennen und werden Gott anbeten. Bedenken Sie, wie die ungeheuren Weltkörper, die Sie ihre ungeheuren Bahnen rollen sehen, die Gesetze einer tiefen Mathematik einhalten. So existiert denn ein Mathematiker: Plato nannte ihn den ewigen Geometer.

Jetzt richten Sie Ihr Augenmerk auf sich selbst. Prüfen Sie, mit welcher erstaunlichen, nie genug bekannten Kunst Ihr Inneres und Äußeres eingerichtet ist, wie Sie es brauchen, wie Sie es wünschen. Ich will hier keine Anatomiestunde geben.« (Er gibt sie, in klassischer Kürze. Dann:) »Von der Haarwurzel bis zu den Fußdaumen ist alles Kunst, alles Vorbereitung« (er denkt an dramatische Expositionen), »Mittel und Ziel« – (lies Verwicklung und Auflösung. Für ihn ist der Mensch eine Tragödie, die mathematisch berechnet wäre.).

Diese Auffassung wird um ihrer selbst willen vertreten,

nicht für Nutzen. Voltaire und sein königlicher Schüler von Preußen bestanden darauf, daß Gott in die Angelegenheiten seiner Geschöpfe nicht eingreife. Er habe sie geschaffen mitsamt ihrer Verantwortlichkeit: von da an überlasse er sie ihren Neigungen, ihren Verbrechen, Lastern, Todsünden, einbegriffen den Widerstand gegen sie.

Die Hauptsache bleibt: Widerstand, die Nötigung, ihn zu leisten. Mit der bloßen Tugendhaftigkeit, wenn es sie gäbe, wäre nichts gewonnen. Friedrich der Große verurteilte nicht gern, was gegen die Gesetze Gottes verstößt; die sittliche Freiheit und ihre persönliche Kontrolle waren ihm wie seinem Lehrer teuer. Seine eigenen Gesetze nahm er streng. Aber er sollte ein Todesurteil unterschreiben, weil ein Mann mit seiner Tochter verkehrt hatte. Er machte die Randbemerkung: »Erst beweisen, daß er der Vater ist!« Dies war weder freundlich noch gerecht gemeint. Der König wiederholte einfach, was Gott ihm vormachte. Er überließ den Menschen seinem Gewissen.

Da Gott keine polizeiliche Aufsicht ausübt, wird es eine geliebte Pflicht, nach der Vernunft, seiner Mitgift, zu leben. Das Sittengesetz ist wirksam – nicht, daß Unmoral höheren Ortes gezüchtigt würde; sie rächt sich schon hier. Aber das moralische Wissen scheint allerdings von einem Schöpfer gewollt, da es seine bestens konstruierte Maschine im ordentlichen Gang erhält.

Das erweist sich, wenn sie stockt: hier wage ich den alten Gedanken in meine bescheidenen Erfahrungen zu kleiden. Die menschliche Maschine, einmal die deutsche, einmal eine andere, wird schrecklich vertrackt, sooft man sich sittliche Eigenmächtigkeiten herausnimmt. Ihr gemeiner Name ist Greuel. Sie waren aber vorbereitet mit einer geistigen Gleichgültigkeit, die früher oder später in Untaten ausartet. Von den Materialisten des 19. Jahrhunderts, die sich moralisch desinteressieren, übrigens gutartige Mittelmäßigkeiten – führt eine Verbindung nach den sittlichen Wildlingen dieses Krieges und Zeitalters.

Das waren keine Philosophen. Der Vorbehalt eines Helmholtz: »Angenommen, daß die Natur erkennbar ist«, ihnen wäre er nicht eingefallen. Alle hohen Geister des 19. Jahrhunderts, das ihrer denselben Parnaß wie das 18. zählte, haben die Frage der Erkennbarkeit offengelassen. Sie gaben hiermit das Dasein Gottes anheim, wenn ihr Taktgefühl auch nur diesen unbestimmten Ausdruck vertragen hätte. Das Dasein Gottes behaupten oder es leugnen, beides muß für sie einen Klang voll Ironie gehabt haben. Wo ist die Zuständigkeit? Der Mensch – über Gott!

Mangels der Erkennbarkeit entscheidet das persönliche Bedürfnis. Goethe, naturwissenschaftlich gebildet, wie auch Voltaire es gewesen war, wünschte sein individuelles Fortleben nach dem Tode. Voltaire begnügt sich mit der Erhaltung der Kraft. De nihilo nihil, in nihilum nil posse reverti. Er übersetzt: »Das Nichts schafft nichts, nichts kehrt ins Nichts zurück.«

Bismarck mußte begreiflicherweise ein Wort wie dieses sprechen: »Wenn ich nicht an die Unsterblichkeit glaubte, wäre mir das Leben nicht das An- und Ausziehen wert.« Bei dem Haß, den hier einer tragen – und selbst empfinden muß! Was bliebe, wenn nicht der sehnliche Anspruch auf ein Wiedererwachen, fortan ohne die bekannten Verletzungen des eigenen Urbildes.

Pasteur, dem naturwissenschaftliche Einwände nicht wohl entgegenzuhalten wären, hat um der Natur willen an Gott geglaubt. Er war ein frommer Katholik. Als er nun sein berühmtes Institut plante, ging sein Weg zu einigen reichen Leuten, auch zu der Besitzerin eines Warenhauses. Irre ich nicht, war es la Samaritaine; vielleicht verleitet mich der Name. Er trug seine Sache vor und erwartete zehntausend Francs. Sie schrieb die Anweisung. Er las: eine Million.

Hat er die Erklärung zugelassen, daß Gott ihr die Hand führte? Aber nein, das Gewissen, die Vernunft sind Gottes genug. Immer darf unbekannt bleiben, wo er noch weilt, wenn nicht in uns. Soweit ich mich auf die Frömmigkeit verstehe und Personen wie die hier genannten ahnen kann, sind sie durchaus Skeptiker. Die Namen Katholik, Deist, Freimaurer und Protestant decken sämtlich dieselbe mutige Unterwerfung unter das Nichtwissen, mitsamt der inneren Gewißheit trotz allem.

Ich kann es mir denken, man hat die Frage einmal satt. Ein Zweifler des höchsten Grades, Anatole France auf seinem Sterbelager, sprach: »Ich werde endlich erfahren, was dahinter ist. Vermutlich nichts.« Da war er achtzig Jahre mit der lebenswichtigen Frage umgegangen. Der Tod allein erlaubte ihm, von ihr Abschied zu nehmen.

Solange er lebte, war seine Rechtfertigung – oder die Rettung der weniger beherrschten Menschen vor seinen Trieben – der Abbé Jérôme Coignard, Held eines seiner vollkommenen Romane, »La Rôtisserie de la reine Pédauque«. In einer geistigen Welt, die wankt und schwankt, muß eines durchaus feststehen. Vorbild im Denken ist der Abbé – oder wäre er nur ein Wunschbild seines Erfinders und kaum das. Was will der Skeptiker? Was muß er wollen? Daß alles wankt und schwankt.

Sei es wie immer, der Abbé bezweifelt alles Menschliche, den Staat, die Macht, die Gerechtigkeit. Das revolutionäre Wort von der unparteiischen Majestät des Gesetzes, das Armen wie Reichen verbiete, Brot zu stehlen und unter Brücken zu schlafen, ist ein Ausspruch des Abbé Coignard. Es ist allbekannt, und niemand zieht den Schluß daraus, worauf der Abbé auch niemals gerechnet hätte. Er selbst bleibt seinen begehrlichen Sinnen ausgesetzt. Er tötet. Er wird ermordet. Aber er hat Religion.

Von nichts überzeugt, hält er einzig an den Lehren der Kirche fest. Er fühlt: hier zu prüfen wäre der Beginn seiner Auflösung. Die Lebensfähigkeit der Menschen hängt davon ab, daß sie eines unangetastet lassen, eines wissen, es gelernt haben und für ihre Dauer unbedingt wissen. Es muß kein Dogma sein. Verpflichtend, eher mehr als weniger, ist auch das Nichtwissen, ist unsere Zustimmung, daß wir allein und eng begrenzt sein sollen.

Mit Lichtblicken. Mit jähen, zum Glück vergänglichen Hoffnungen und Ausblicken, die bei fortgesetzter Eröffnung wohl unerträglich wären. Ich erinnere mich, wie ich zuerst davon hörte, daß die Milchstraße Lücken aufweise, Löcher, aufgetan nach fremden Weltsystemen, Fenster in die – angenommene – Unendlichkeit. Wie ich erschrak. Wie kalt es mir über den Rücken lief. (Sonst nur bei Menschenwerken, die mich erstaunen.)

Der Zusammenhang zwischen diesem Erlebnis und einigen anderen ist vag und unbenannt. Das bloße Nichtverstehen ergäbe höchstens eine Analogie. Als Siebenjähriger drohte ich mit hinaufgereckter Faust dem lieben Gott, wenn er mir nicht den Willen täte. Worauf er ihn mir tat und ich zufrieden war. Man ist robust mit sieben Jahren.

Als ich bald vierzig war, starb, fern von mir, das geliebteste Wesen. Überallhin hätte mein Gedanke sie eher begleitet als in ihr Ende. Ich mußte wissen, und ahnte nicht einmal. Gegen Mittag erging ich mich in einem kahlen Garten, dem einzigen auf diesem Südtiroler Berg. Es war still, da wurde ich gerufen: ich meinte, aus meinem Haus. Ich war so wenig vorbereitet, daß mir im ersten Augenblick nicht einfiel: hier ruft niemand mich bei meinem Vornamen. Später am Tage kam das Telegramm mit der Nachricht.

Kaum, daß die genaue zeitliche Übereinstimmung ihres letzten Augenblicks mit ihrem letzten Ruf an mich noch wunderbar erschien. Ich habe sie eher natürlich gefunden, aber so tut das Gefühl. Bei Erklärungen, die keine sind, hielt ich mich nicht auf. Mein Unterbewußtsein? Oder ein Fluidum zwischen Getrennten? Wenn der Sendende mit dem stärksten Akt seines Lebens, dem beschlossenen Tod, beschäftigt ist? Wenn der Empfänger durch hundert Sachen abgelenkt ist vom Empfang der Sendung?

Weiß nicht, ich weiß es nicht. Ich habe mich enthalten – gleich weit von den Geheimnissen und ihrer Profanierung. Soviel ich mich erinnere, habe ich in meinen Schriften den Namen Gottes nie erwähnt. Aus Scheu? Um das Unbekannte nicht zu verantworten? Vielleicht aus Entgegenkommen für eine Konvention des Zeitalters. Oder, im Gegenteil, als unwillkürlichen Protest gegen diese seine Trägheit.

Mündlich wurde ich kaum je veranlaßt, die Frage zu berühren; es hätte nicht nur die allgemeine Trägheit, auch den üblichen Takt hätte es verletzt. Einzig mein Freund Frank Wedekind äußerte sich über das Bedürfnis des Menschen nach Gott: wenn er Gott anrufe, verlange er eigentlich von sich selbst, daß es vorwärtsgehe.

Ein Mönch auf einer staubigen Straße im Lande Tirol, die wir zusammen wanderten, schien neugierig, als hätte es ihn belehren können, auf mein Bekenntnis. »Ehrwürden, keines.« – »Sie glauben nicht.« – »Das wäre zu viel für mich. Ein Selbstvertrauen, das ich durch nichts gerechtfertigt fände, wäre nötig, um Gott zu leugnen.« – »Sie glauben!« – »Ich leugne nicht, das ist alles, was ich kann. Ich gestehe meine Unwissenheit.«

Er dachte nach. »Aber das ist Stolz«, sagte er. Auf mein Vorbringen, ich hielte mich für bescheiden: »Sie wollen bescheiden sein. Sie sind nicht einfach.« Worauf der Kapuziner aus seiner Praxis mit den Einfachen erzählte – auch mit den weniger Einfachen, die es dank der Gnade erst geworden sind. »Ist denn die Gnade etwas Einfaches?« fragte ich. Er schwieg. Wir sprachen von anderen Dingen. Beim Abschied sagte er unvermittelt: »Jetzt werde ich immer für Sie beten müssen.«

Der Mönch hat damit längst aufgehört. Wenn aber etwas, das mir zustieß, wunderbar war, dann dies: in einem Kloster und auf dem Weg zu kranken Bauern wird einer zu vollendenden Seele gedacht, und sie soll meine sein.

Achtes Kapitel

Die Gefährten

Die äußeren Schicksale, die vielleicht den Bericht verdienen, sind die Folgen der inneren. Die Freunde, die man hat, kennzeichnen uns. Wie mein Bruder, wir waren beide jung, im gelegentlichen Überdruß sagte: »Unsere Freunde sind nicht unsere beste Seite.« Mehrere waren aber unsere allerbeste, oder verpflichteten uns gerade zu ihr.

Zufälle, die es gewiß nur scheinbar waren, verbanden mich mit wenigstens zwei ganz ungewöhnlichen Geschäftsleuten. Der Kunsthändler Paul Cassirer war mir gegenüber ein Kenner mehr als ein Kaufmann. Buchverleger wurde er erst an mir – wäre es auch an Frank Wedekind geworden, aber der Dramatiker erwiderte ihm: »Herr Cassirer, mit einem einzigen Bild verdienen Sie mehr, als meine sämtlichen Werke Ihnen jemals einbringen können. Sie werden die Lust verlieren.«

In Wirklichkeit behielt er bis zum Kriege das Vergnügen an den auffallenden Werken des Friedens. Seine eigennützige Absicht war allein der Ruhm, an ihnen teilzuhaben. Fünf Jahre, von 1910 bis 14, bezahlte er meine längst vorliegenden Leistungen reichlich, ohne auf Gewinn oder nur Ersatz zu achten. Seine Sicherheit war »Der Untertan«; indessen konnte der fertige Roman aus Gründen des öffentlichen Geschehens noch lange nicht erscheinen.

Als seine Zeit kam, hatte ein ebenso ungewöhnlicher Buchhändler, mit Namen Georg Heinrich Meyer, plötzlich alles bekanntgemacht, was ich seit 1900, fünfzehn Jahre lang, geschrieben hatte. Die bisherigen Erfolge bei Eingeweihten verwandelten sich unversehens in Publikumsschlager – was nicht lange vorhält und an einer Bestimmung nichts ändert. Einige Autoren bleiben, mit siebzig Jahren wie mit dreißig, wesentlich auf junges Volk angewiesen, eine bewegliche Auslese Junger und Nichtgealterter. Nur muß die gewalttätige Zeitgeschichte einen Teil der Generationen am Leben, sogar geistig am Leben gelassen haben. Dann dauert günstigen Falles auch der Autor.

Vorkriegsphänomene, sie gehören einem seither verlassenen Zustand: der bürgerliche Mäzen für hochgesittete Luxusexistenzen. Er übervorteilte den einen oder anderen Maler – nach der Ansicht der Maler, die aber ihre ungewöhnlichen Preise nicht ohne ihn erzielten. Dafür saß auf einmal in seinem Wohnzimmer ein bärtiger Mann mit rauher Joppe und Wasserstiefeln, für die auch Grund war. Er war aus seinem märkischen Dorf über Weg und Steg gewandert, bis an die Kleinbahn nach Berlin. Er hieß Ernst Barlach.

Er schrieb, ländlich, wie er anzusehen war, die seltsamsten aller Theaterstücke, etwas zu großstädtisch, hätte man sagen können, für die Avantgarde der Theaterstadt. Er wurde wenig gespielt, auf einen Platz für sich allein verwiesen, und hatte zu leben, weil Paul Cassirer, ein gewitzter Mann wie andere, dennoch auf seine Art unschuldig trotz einem Barlach war. Er konnte lieben. Er liebte über sich hinaus. Viele hassen, was sie übertrifft. Darum mußte, als Hitler kam, Ernst Barlach Hungers sterben. Bäcker und Krämer in seinem Dorf verkauften ihm kein Stück Nahrung mehr.

Vorher hatten sie ihn halbwegs geachtet, da sie hörten, daß die Juden von Berlin ihm seinen erdichteten Unsinn abnahmen. Die Zeit der Juden war nunmehr zu Ende. Wer, ungeachtet seiner Wasserstiefel, von so fremder Art war, daß nur jüdische Liebhabereien ihn durchhielten, wurde alsbald verleugnet und auf den Friedhof geschickt.

Diese Primitiven erwarben das Verdienst, klarzulegen, wer mit Hitler wirklich zur Herrschaft kam – mit Weltanschauung, Rasse, revolutionärem Gefasel und bluttriefender Dummheit. Die ganze Macht der Banausen!

Frank Wedekind

Die andere Vorkriegserscheinung ist das Warten. Wir mußten es. Wir konnten es. Frank Wedekind sagte mir, daß er auf den großen Erfolg seiner Stücke fünfzehn Jahre gewartet habe. Genau die Zeit war auch mir verordnet. Wedekind, um sieben Jahre älter als ich, hat die erste Generation seiner Leser schlechthin berauscht. Er erzeugte, in einem hin, Grausen und Gelächter. Ich weiß deutlich, wie ich im Münchner Hofgarten seine »Büchse der Pandora« las, den Abtanz und gräßlichen Tod seiner Lulu.

In dieser ersten Fassung des Stückes, um 1902, war ein Akt deutsch, einer französisch; im dritten, mit Jack dem Aufschlitzer, sprach man englisch. Woraus sogleich zu sehen, daß vorläufig mit der Aufführung nicht gerechnet wurde. Der Wedekind, der noch nicht oft im Rampenlicht stand, war eine Legende, über keinen anderen derselben Epoche liefen so viele Anekdoten um, damals unverbürgt, jetzt vergessen.

Seine menschlichen Beziehungen galten für nicht geheuer; tiefste Ironie und eine äußerste Launenhaftigkeit sollten sie gefährlich machen. Ich vermutete einen leidenden Menschen, die ganze Fröhlichkeit und Harmlosigkeit des Produktiven ging wohl in seine tägliche Szene ein. Er schrieb sie am Abend in dem lärmenden Lokal der Torggelstube. Nach getaner Arbeit nahm er in dem stilleren Nebenraum den Vorsitz seines Stammtisches ein.

Abseits der langen Tafel trank auch ich zuweilen den säuerlichen Tiroler Wein, eigentlich wohl als das Opfer für einen einzigen Gast. Plötzlich stand er vor mir und sprach, mir scheint, ohne Anwendung seines Bühnenorgans: »Wir sind doch nicht dazu da, immer umeinander herumzugehen.« Sogleich wechselte ich ein für alle Male an seinen Tisch hinüber, und wir waren Freunde, als hätten wir uns immer gekannt. Hieran zweifelten weder er noch ich, weshalb wir es nicht erwähnten.

Ich habe in meiner Erinnerung niemand, der sein öffentlich getragenes Wesen so sehr ablegte, um mir nahezukommen. Meiner Natur war es nicht gegeben, das äußere Verhalten zu ändern: die Gefühle aber, die zugrunde lagen und ihm sicher waren, begriff sein gequälter Geist, der Ruh und Sicherheit brauchen konnte. Ich habe ihn nie herausgefordert. Er hat nie versucht, mich zu demütigen. Diese spannenden Äußerungen der Freundschaft ließen wir, ohne besondere Verabredung, unbenutzt.

Der Krieg kam, unsereiner entwöhnte sich der Öffentlichkeit, da trank er gern seinen Wein bei mir. In meinem Arbeitszimmer, das 1916 allein noch geheizt wurde, saß er am Ofen. Der Dramatiker sah Personen, nicht Gegenstände; nach einiger Zeit bemerkte er dennoch ein Bild, gleich neben seinem Platz. Es war ein alter Kupferstich, eine italienische Prinzessin des Cinquecento, die Haare aufgestellt über der Stirn, das Gesicht wurde dadurch besonders streng und rein. »Ist das nicht –?« fragte er. Ich antwortete: »Gewiß.« Denn es war seine Frau, die ganze Lust und alles Leid des Alternden.

Sterbend hat er sich auf seine Art von ihr verabschiedet. Das letzte Glas Champagner nahm er aus ihren Lippen. Sein Begräbnis zog ganze Volksmengen an, der unkundigste Münchener hatte wenigstens einmal auf der Galerie gesessen, wenn der Dichter sich selbst gab; oder auch das nicht, sondern sie drängten sich zu dem letzten Auftreten eines, der nicht stirbt.

Die literarische Unsterblichkeit war eine seither untergegangene Tatsache. Ich spreche vom Jahr 1918; den ersten seiner Kriege hatte das Jahrhundert bald hinter sich gebracht. Schon um dieselbe Zeit seufzte ahnungsvoll eine ländliche Wirtin, die mich gelesen hatte: »Ja, ein Schriftsteller, das war auch etwas.« Die Frau nahm vorweg, was wenig später der scheidende France zur Erinnerung sprach: Die Zeiten, die bald kommen, werden von uns nicht wissen, Abgründe tun sich auf, nichts führt die Nachfahren zu uns zurück.

Sehr möglich, daß nur eine Eklipse gemeint war. Nach Verfinsterungen des Gestirnes wird es trostreicher leuchten. Für einen Geist wie Wedekind war es eine Vereinfachung seines Lebens, wenn es unmittelbar vor der großen Finsternis abbrach. Er hing mit Leidenschaft an der literarischen Unsterblichkeit – und an der anderen. Die geistigen Anstrengungen des Menschen empfand er lückenlos fortgesetzt: er selbst hatte dazu beigetragen, daß sie als Kette verlaufen. Er erneuerte den Ton von Balladen des großen Schiller. Der revolutionäre Dramatiker Georg Büchner wurde wiederentdeckt und fortgesetzt von Frank Wedekind. Die »Menschenwürde« tragisch zu behaupten war einzig ihm gegeben.

Seine Haltung war vollendetes 19. Jahrhundert: der Glaube an die immer belohnte Arbeit, an den Aufstieg vermöge »Entwicklung«, durch redliche Ausdauer. Welch ein wahrhaft reiner Dankbrief an seine Mutter, daß sie ihm das Leben geschenkt, ihm mitgegeben habe, was er nunmehr sei! Je mehr moralischer Empörer, um so ehrfürchtiger vor jeder Tradition. Seine gewagten Probleme kleiden sich in überlieferte sprachliche Formen, die Indezenz sogar ist um Klassizität bemüht.

Nach außen – um Gottes willen kein Leugner und Entweiher, vielmehr fest an bestehendes Herkommen gebunden. Als er berühmt war, empfing ihn, mit anderen Schriftstellern, der König von Württemberg – unter vier deutschen Königen einer. Die anderen Schriftsteller behielten denn auch den Kopf oben. Wedekind verneigte sich bis zu seinen Knien hinab – ihm war es wohl dabei, dem König weniger. Kein Zweifel, daß Wedekind, der abgründige Mann, ihn herausgefordert, die Majestät herausgefordert hat: »Seien Sie, wie ich, in allem Ernst, was Sie vorstellen!«

Er ist tot. Ein absonderlicher Verehrer des Alten (der selbst etwas Neues macht), könnte sich auch schwer zurechtfinden in dem Deutschland, wo es Bomben regnet; um so schwerer, wenn er sagen hört, die Niederlegung der alten Städte sei eigentlich ein Glück. Die reihenweise verschwundenen Häuser – ungewiß, welche schon fehlen, ob das Dürerhaus, das Goethehaus, die um fünfhundert Jahre älteren Dome –, aber diese, mitsamt den Museen und ihren Andenken, mitsamt den Bischofs- und Fürstensitzen, die noch lebendig vom Gewesenen zeugten, alles sei leicht zu missen.

Vielmehr sei die Zerstörung erwünscht gewesen. Sie schaffe Raum für den Aufbau moderner Arbeits- und Wohnstätten der Massen, die Inhalt und Beruf der nationalsozialistischen Zukunft seien. Hier fällt erstens auf, daß der Nationalsozialismus sich eine Zukunft zutraut. Dann, daß er meint aufbauen zu können. Er war gekommen, niederzureißen. Auch die fremden Fliegerbomben sind von ihm herbeigerufen. (Wie habe ich gezittert, daß er sie auf Rom lenke! Wie zittere ich in diesem Augenblick, er möchte sie auf Paris lenken. Dies – und das übrige – liegt längst nicht mehr im Begriff eines Traditionalisten, wie der Europäer Frank Wedekind einer war.)

Noch merkwürdiger, wenn möglich, ist die nationalsozialistische Huldigung an die Massen seiner rechtlosen Zwangsarbeiter. Ihnen wird ohne Warnung eröffnet, daß der Kapitalismus nicht mehr existiere, daher mit Recht auch seine schönen Städte nicht mehr. Sie müßten in Wirklichkeit bemerkt haben, daß bei ihnen zulande der Kapitalismus auf seine gewagte Messerschneide gestellt worden war. Reich, nur der Führer mit seinen Leuten, ein Monstrekonzern, der unbegrenzte Grundbesitz. Übrigens Bettler, die arbeiten dürfen, bis sie krank sind, und einmal krank, naht die Vergasung.

Wer Menschen gar nicht anerkennt, nur Objekte des Mißbrauchs und der Vernichtung, wie sollten ihn die schönen, alten Städte rühren. Die Menschen, das Geschlecht und die Vernunft der Menschen, bewegen ihn eher, zu hassen als zu ehren: wozu dann die alten Zeiten eines Könnens, das von je gemacht war aus Geist und Sexus. Fort mit den Denkmalen! Die Führer sind Banausen, die Angeführten sollen kaum noch lesen, gewiß nicht sehen lernen.

Die – radiographisch verbreitete – Genugtuung über die bevorstehende Verwandlung eines ehrwürdigen Landes in den nackten Kasernenhof zwischen Zement und Eisen würde dem deutschen Nachwuchs kein Unbehagen machen: er hat keine Erinnerungen, seine Welt beginnt bei Hitler. Indessen ist da der Hinblick auf das auch nicht gerade zurückgebliebene Sowjetvolk. Jedes Bild zeigt, welche Kulissen dort die arbeitenden Massen umgeben.

Die ausgeplünderten Bibliotheken werden alsbald neu aufgefüllt. Der uralte Kreml steht aufrecht, die zahllosen Kuppeln von Moskau prägen den wachen Sinn moderner Arbeiter: einstmals empfingen sie die scheue Liebe frommer Pilger. In dem ehemaligen Sankt Petersburg bevölkert eine gleichförmig mittlere Menge den Newa-Prospekt, der alles andere als bescheiden ist. Das Winterpalais, schwer und feierlich wie je, die Eremitage, deren mächtige Quadern behaupten: Auch wir! Auch wir sind Europa, einige der höchsten Kunstwerke unseres Erdteiles sind hinter diese Mauern gerettet. Sie sind nunmehr Volksbesitz.

Anzunehmen ist, daß diese Säle am Sonntag von ihren Besitzern übervoll sind. Sie waren einsam, als ich, mit dreizehn Jahren, hineingeführt wurde. Mehr als die Rembrandt interessierten mich damals die Schlitten Peters des Großen und der goldene, radschlagende Pfau, den Mentschikoff seiner Zarin gewidmet hat. Kommt eins nach dem anderen. Die kleinen Soldaten, die in Florenz die Bildergalerie des Palazzo Pitti besichtigten, verstanden soviel wie ich und wahrscheinlich mehr: aus ihrem Blut war dies geschöpft.

Leningrad, die erste Kapitale, die das junge Kind einer alten deutschen Kleinstadt voreinst besucht hat, bleibt ihm nach langen Zeiten die überlebensgroße Erinnerung. »Umarme die Säule!« sagte mein Onkel auf den Stufen der Isaakskirche. Als ich meine Arme an sie gelegt hatte, faßte ich von ihrem Umfang so gut wie nichts.

Dieses eigene »so gut wie nichts« war eigentlich immer mein inneres Verhältnis zu den überdimensionalen Schöpfungen. Ich empfand es, sooft ich hinkam, vor der Place de la Concorde, in dem Halbrund der Kolonnaden, die auf den Petersdom vorbereiten: er wäre ohne sie zu gewaltig. Mein Gefühl war das gleiche auf dem Parvis von Notre-Dame, mit dem berittenen Charlemagne, wie angesichts der Santissima Annunciata in Florenz, die von zierlichen Maßen, dennoch an Vollendung ungeheuer ist. Auch Unter den Linden.

Auch in Berlin die Straße Unter den Linden, vom Brandenburger Tor zum Friedrichs-Denkmal, hat bis zuletzt meine Ehrfurcht erregt. Jahre kamen, da ich aus der Akademie der Künste hinuntersah: ich war deshalb nicht mehr geworden, die Avenue nicht weniger. Ob vor fünfzig Jahren oder nur seit fünf, gekommen war ich aus dem kleinen, alten Haus einer Stadt unfern der See. Seine Trümmer sind aus den Bombengruben kürzlich weggeräumt. Übrigens sah ich den Ort das letzte Mal mit zweiundzwanzig Jahren.

In mir übrig ist die Überlieferung allein, aber mein Lebensgefühl trägt ihre Spur. Offenbar wäre ich nicht der Mann gewesen, in Berlin die historischen Linden abzuhauen – nicht einmal technische Gründe haben es entschuldigt. Ein nach allen Richtungen offenes Land, das meine, hätte ich nicht gerade den Luftangriffen der ganzen Welt ausgesetzt, um nachher den Deutschen ihr Glück zu rühmen: Nichts mehr da. Heil!

Die Deutschen lassen es sich sagen, mit anderem der Art, obwohl sie bemerken müssen: hier ist eine Grenze erreicht. So viel und wenig wie die gefallenen Städte waren demnach ihren Herren die Millionen gefallener Menschen wert. Platz gemacht! Wer nicht mehr lebt, ist keine Gefahr für uns. Tote verlangen nicht, daß wir die menschliche Lage verbessern. Falls in Deutschland, trotz dem Verbot zu denken und aller irrationalen Erziehung entgegen, noch eine Idee aufkäme, sollte es diese sein: sehr eng verbunden ist die Erneuerung unseres Wohles mit der Achtung unserer Tradition.

Mein innerster Zusammenhang mit Frank Wedekind war, daß wir einiges Gewesene für unser Bestes hielten. Der Überlebende neigt sich vor ihm, ernst, wie er selbst vor dem König von Württemberg. Als ich aber in Amerika landete, rief auf der Treppe des Hafens eine Stimme mich an: seine Tochter Kadidja. Soviel Zuneigung zu finden bei den Kindern! Daran erkenne ich ihn.

Mein Bruder

Als mein Bruder nach den Vereinigten Staaten übersiedelt war, erklärte er schlicht und recht: »Wo ich bin, ist die deutsche Kultur.« Wirklich erfassen wir erst hier die Worte ganz: »Was du ererbt von deinen Vätern hast, erwirb es, um es zu besitzen!« Das ist unser mitbekommener Inhalt an Vorstellungen und Meinungen, Bildern und

Gesichten. Sie ändern sich im ganzen Leben nicht wesentlich, obwohl sie bereichert und vertieft werden. Endlich sind sie an keine Nation mehr gebunden.

Unsere Kultur – und jede – hat die Nation unserer Geburt als Ausgang und Vorwand, damit wir vollwertige Europäer werden können. Ohne Geburtsstätte kein Weltbürgertum. Kein Eindringen in andere Sprachen, Literaturen gar, ohne daß gleichzeitig unser angeborenes Idiom, gedruckt und mündlich, von uns erlebt worden ist bis zur Verzweiflung, bis zur Seligkeit. Anfangs seiner zwanziger Jahre war mein Bruder den russischen Meistern ergeben, mein halbes Dasein bestand aus französischen Sätzen. Beide lernten wir deutsch schreiben – erst recht darum, wie ich glaube.

Ihn sehe ich an meiner Seite, wir beide jung, meistens auf Reisen, zusammen oder allein: an nichts gebunden – hätte man gesagt. Man weiß nicht, wieviel unerbittliche Verpflichtung ein Gezeichneter, der sein Leben lang hervorbringen soll, als Jüngling überallhin und mit sich trägt. Es war schwerer, als ich mir heute zurückrufen kann. Später wäre der Zustand der Erwartung unerträglich gewesen. Wir bedurften der ganzen Widerstandskraft unserer Jugend.

Ich möchte nicht zu weit vordringen; die Untersuchung eigener Schmerzen habe ich damals, aus Furcht, sie für immer festzulegen, auf bessere Zeiten verschoben. Die guten Zeiten kommen nie, aber mit den Schmerzen, die übrigens in reicher Auswahl wechseln, auszukommen lernen ist eigentlich die Lehre, wie man lebt. Mein Bruder verstand dies früher als ich.

Wir stiegen, nach der Hitze des Sommertages, von unserem römischen Bergstädtchen – zehn Jahre darauf die Dekoration meiner »Kleinen Stadt« – auf die Landstraße hinab. Vor uns, um uns hatten wir den Himmel aus massivem Gold. Ich sagte: »Die byzantinischen Bilder sind goldgrundiert. Das ist kein Gleichnis, wie wir sehen, es ist eine optische Tatsache. Nur noch der schmale Kopf der Jungfrau und ihre viel zu schwere Krone, die aus ihrem plastischen Zenit unbeteiligt niederblicken!« Meinem Bruder mißfiel die Schönseligkeit. »Das ist der äußere Aspekt«, sagte er.

Niemals ließ er seinen kleinen Hund zu Hause. »Sollen wir wirklich allein gehen?« fragte er, wenn Titino nicht zur Stelle war. Wir hatten ihn auf einem Heuhaufen gefunden. Sein Gehaben in allen Lagen, die Äußerungen seiner kleinen Instinkte, dieselben wie unsere, nur unbefangener, es gewährte ihm Trost und gab ihm Unterricht. Titino, der Realist, war eine muntere Berichtigung, wenn das junge Gemüt seines Herrn sich verdüstern wollte.

Die beste Gegenkraft hieß »Buddenbrooks, Verfall einer Familie«. In unserem kühlen, steinernen Saal, auf halber Höhe einer Treppengasse, begann der Anfänger, mit sich selbst unbekannt, eine Arbeit – bald sollten viele sie kennen, Jahrzehnte später gehörte sie der ganzen Welt. In dem Entwurf, den er unternahm, war es einfach unsere Geschichte, das Leben unserer Eltern, Voreltern, bis rückwärts zu Geschlechtern, von denen uns überliefert worden war, mittelbar, oder von ihnen selbst.

Die alten Leute haben bedachtsamer als wir ihre Tage gezählt, sie führten Buch. Die Geburten im Familienhaus, ein erster Schulgang, die Krankheiten und was sie die Etablierung ihrer Kinder nannten, Eintritt in die Firma, Verheiratung, alles wurde schriftlich aufbewahrt, besonders eingehend die Kochrezepte, mit den erstaunlich niedrigen Preisen der Lebensmittel – die Urgroßmutter klagte dennoch über Teuerung. Diese Dinge waren, als wir einander daran erinnerten, hundert Jahre vergangen, unsere miterlebten keine zehn.

Wenn ich mir die Ehre beimessen darf, habe ich an dem berühmten Buch meinen Anteil gehabt; einfach als Sohn desselben Hauses, der auch etwas beitragen konnte zu dem gegebenen Stoff. Hätte aber hinter uns ein abgeschiedener Herr gestanden im gestickten Kleid, mit gepudertem Haar, er hätte mehr als ich zu sagen gehabt. Der junge Verfasser hörte hin: die Einzelheiten der Lebensläufe zu wissen war unerläßlich. Jede forderte, inszeniert zu werden. Das Wesentliche, ihr Zusammenklang, die Richtung, wohin die Gesamtheit der Personen sich bewegte – die Idee selbst gehörte dem Autor allein.

Nur er begriff damals den Verfall; erfuhr gerade durch seinen eigenen, fruchtbaren Aufstieg, wie es geht, daß man absteigt, aus einer zahlreichen Familie eine kleine wird und den Verlust eines letzten tüchtigen Mannes nie mehr verwindet. Der zarte Junge, der übrig ist, stirbt, und gesagt ist alles für die ganze Ewigkeit. In Wirklichkeit, wie sich dann herausstellte, blieb vieles nachzutragen, wenn für keine Ewigkeit, doch für die wenigen Jahrzehnte, die wir kontrollieren. Die »verrottete« Familie, so genannt von einem voreiligen Pastor, sollte noch auffallend produktiv sein.

Dies war die tatkräftige Art eines neu Beginnenden, sich zu befreien von den Anfechtungen seines ungesicherten Gemütes. Als sein Roman mitsamt dem Erfolg da waren, habe ich ihn nie wieder am Leben leiden gesehen. Oder er war jetzt stark genug, um es mit sich abzumachen. Der letzte tüchtige Mann des Hauses war keineswegs dahin. Mein Bruder bewies durchaus die Beständigkeit unseres Vaters, auch den Ehrgeiz, der seine Tugend war. Der Ehrgeiz veredelt die Selbstsucht, wenn er nicht von ihr ablenkt.

Nach sechzig Jahren höre ich wieder meinen Vater, seine Antwort auf die Bemerkung eines Mitbürgers, sein Name werde natürlich auch diesmal genannt. »Ja. Ich bin überall dabei, wo nichts zu verdienen ist.« Der Kaufmann legte Wert auf unbezahlte Arbeiten, die gemeinnützig dienten. Die Steuerpflichtigen seines Stadtstaates kosteten ihn mehr Mühe und Zeit, als ein Mitglied des regierenden Senates ersetzt bekam. Ich glaube nicht, daß er, obwohl fünfundzwanzig Jahre Chef der Firma, ihr Vermögen vermehrt hat.

Sein Geschäft war, Getreide zu kaufen, es zu lagern und es zu verschiffen. Als Knaben nahm er mich auf die Dörfer mit. Damals hoffte er noch, ich könnte ihm nachfolgen. Er ließ mich ein Schiff taufen, er stellte mich seinen Leuten vor. Das alles schlief ein, als ich zuviel las und die Häuser der Straße nicht hersagen konnte. Über Land fuhren wir im gemieteten Wagen. Niemand, kaum die Millionäre, hielt sich damals den eigenen, den jetzt Besitzlose haben. Beim Getrappel der Pferde trat der Bauer vor seinen Hof, und der Kauf wurde ohne Besichtigung abgeschlossen, beiderseits bestand Vertrauen. Gerade um die gute Freundschaft frisch zu erhalten, reiste mein Vater.

Seine Popularität, die groß und aufrichtig war – aufrichtig erworben und dargebracht –, erscheint mir, wenn ich die außerordentliche Namhaftigkeit meines Bruders bedenke, als ihre Vorgestalt. Er fing früher an, als er selbst zugegen war. Er ist namhaft außer jeder Reihe, in der Art eines Patriziers, der seine Tradition mitbringt. Vorurteile, die ihr anhängen, werden dem Abkömmling nachgesehn. Auch sind sie mit Skepsis verbunden. Eine unbeherrschte Abneigung gegen Neuheiten, die ihnen Gefahr bringen, ist, sozial gesprochen, bei Neureichen, geistig bei Ungesicherten.

Unser Vater arbeitete mit derselben Gewissenhaftigkeit für sein Haus wie für das öffentliche Wohl. Weder das eine noch das andere würde er dem Ungefähr überlassen haben. Wer erhält und fortsetzt, hat nichts anderes so sehr zu fürchten wie das Ungefähr. Um aber erst zu gestalten, was dauern soll, muß einer pünktlich und genau sein. Es gibt kein Genie außerhalb der Geschäftsstunden. Die feierlichsten Größen der Vergangenheit haben mit ihren Freunden gelacht und Unsinn geschwatzt. Man halte seine Stunden ein. In unserer Macht steht übrigens nicht das Genie: nur die Vollendung, gesetzt, wir wären stark und zuverlässig.

Wenn ich richtig sehe, wird meinem Bruder, noch mehr als seine Gaben, angerechnet, daß er, was er machte, fertigmachte. Die ganz erreichte Vollendung ginge über menschliches Vermögen. Sich ihr unermüdlich anzunähern ist schon die erlaubte Höchstleistung. Der uneigennützige Ehrgeiz, selbstlos, weil er das Werk will und bliebe es unbedankt, er befremdet und bezwingt sowohl die Leute wie die Völker. Denn beide, soviel sie selbst betrifft, nehmen sich eher nachlässig. Solange wie möglich machen sie es sich bequem.

Hiermit wäre unvollständig erklärt, daß viele Amerikaner, sein neueres Publikum, übereingekommen sind, Thomas Mann den ersten Schriftsteller der Welt zu nennen. Wenn wir zurückdenken, hatten die meisten Deutschen dieselbe Meinung und waren nur unterschiedlich gehemmt, sie auszusprechen. Damit ein einzelner dieses unbezweifelte Ansehen erwirbt, muß er mehr darstellen als nur sich selbst: ein Land und seine Tradition, noch mehr, eine gesamte Gesittung, ein übernationales Bewußtsein vom Menschen. Eins wie das andere trug bis zu diesen Tagen den Namen Europas. Es war Europa selbst.

Die Amerikaner sind, wohl mit Recht, überzeugt von ihrer künftigen Bestimmung, mitzubilden an der Kultur der Welt. Einiger Zweifel, ob dies so leicht getan wäre, erweist sich in ihrer vorbehaltlosen Anerkennung des Mannes, der deutsch schreibt, deutsch ist. Wollte er es auch, er könnte nichts gegen seine Herkunft und lebenslange Schulung. Jetzt gebraucht er täglich, auch öffentlich, das Englische. Ich hörte ihn aber das Deutsche seine »sakrale« Sprache nennen.

Erasmus von Rotterdam, dessen Bildnis schon vorzeiten, als Vorahnung, neben dem Schreibtisch meines Bruders hing, schrieb lateinisch. Das Deutsche ist – auf wie lange? – tot. Wir müssen übersetzt werden, wenn man uns lesen soll. Leibniz, obwohl der gelehrten Sprache mächtig, drückte sich lieber gleich für die Laien französisch aus. Wer, Leibniz oder Erasmus, befolgte den höheren Ehrgeiz? Es ist erstaunlich, wie viele zugereiste Autoren nach kurzer Pause ihre Gedanken jetzt englisch äußern – ein ungefähres Englisch und ungefähre Gedanken. Der geachtetste aller Schriftsteller bleibt deutsch und wird sakral.

Man kann es sich im Alter erlauben, nach vielen abgelegten Proben, gegen das Ende einer bedeutenden Repräsentation. Seine Natur, sagt er, sei gewesen zu repräsentieren. Nicht, zu verwerfen. Er hat Deutschland, wie es war, vormals gehalten gegen die Wut der Welt und gegen eigene Bedenken. Sein Gewissen hatte einen schweren Weg, bis es gegen sein Land entschied. Um so höher wird ihm sein Entschluß vergolten, hier mit Liebe, dort mit Haß. Er ist ein Zeuge außerhalb der Reihe. Und er ist nicht lau.

Die Prinzessin von Oranien, Madame d'Orange, wie ihr Jahrhundert sie nannte, legt durch meine Vermittlung ihr Bekenntnis ab. »Ich gehe durch die Ereignisse als immer gleiche: das ist ein großer Mangel. Wir sollen mit Gebrechen behaftet sein, damit wir sie heilen können durch Erkenntnis und Willenskraft. Ich hatte gar nichts abzulegen, weder Hochmut noch Ehrgeiz noch Eigennutz...« Zum Abschluß wiederholt die Prinzessin: »Und das alles kostet mich nichts. Ich kämpfe nicht, mich lenkt ein heiterer Starrsinn, den man aus Irrtum tugendhaft nennt.«

Die Christin sucht offenbar ihre Genugtuung in ihrer Härte gegen sich selbst; sie spricht: »Niemals irren, bei unserem Herrn im Himmel heißt das Lauheit.«

Nun verkennt sie hierin die Idealisierung ihrer eigenen

Fehlerhaftigkeit. Wie sie sich haben will, ist sie nie gewesen. Dieses Maß von Unbeteiligtheit an den allgemeinen Leidenschaften kennen wir nicht. Indessen bestehen Abstufungen für die Ergriffenheit oder Lauheit. Heute ist der Ergriffenere mein Bruder. Ihn mußte, mehr als die meisten, sein Deutschland enttäuschen. Was es seither aus sich gemacht hat – oder wie es erlaubt hat, daß man es zeige –, Feind der Vernunft, des Gedankens, des Menschen: ein Anathem, das traf ihn persönlich, je später es ihn traf. Er fühlte sich verraten.

Als er noch wenig veröffentlicht hatte, bezog er sich einmal auf das Wort eines anderen, das ich nicht mehr genau weiß: Mir im Rücken atmet ein Volk – war der Sinn. Er wünschte schon damals, allein vor seinem Blatt Papier, daß eine Nation ihm über die Schulter blicke und zustimme. Sein Bedürfnis war, neu und tief, aber für eine Gesamtheit von Zeitgenossen neu und tief zu sein. Wie erst, als die Nation ihn wirklich der Welt als einen Meister anbot! Wenn keine Nation uns anbietet, erfährt die Fremde von uns spät oder nie.

Die Dinge sind indessen dahin gediehen, daß einige fremde Länder ihn kennen dürfen, nicht mehr alle, und nur zuletzt das seine. Gerade ihm hatte er immer sein Wort zugedacht; die anderen erreichte es, dank seiner Vorzüglichkeit unter den deutschen Worten. Es ist wahr, daß die Gipfel der europäischen Literatur oberhalb der Nationen einander nahe sind. Ihr Grund und Ansatz hat sich den Blicken entzogen. Das betrifft wahrhaftig kein einzelnes Land mehr, wenn unter der Hand eines Autors die Josephslegende zum Gleichnis der alten, im Wesen unveränderlichen Menschheit wird. Das spielt für alle. Es spielt in uns allen.

Aber der »Joseph« ist, wie vorher der »Zauberberg«, ein Erziehungsroman: seit dem »Wilhelm Meister« die deutsche Erscheinung des Romans schlechthin. Wenn nicht »L'Ingénu«, von Voltaire, schon vorher erschienen wäre, mit seinem Schlußkapitel, das ein Zaubermärchen der Moral und die Einfachheit selbst ist.

Im »Zauberberg« wird auch nur leben gelernt. Zu leben lehren ist die Absicht der Literatur, der Theologie und Medizin. Alle drei, und noch einige Disziplinen hinzu, muß ein Phantasiebegabter von jedem seiner Bücher zum nächsten nüchtern studieren, damit er sozusagen erfinden kann. »Ich habe eigentlich gar nichts erfunden«, meinte dieser Autor, so sehr überzeugen ihn seine Geschichten.

Einer erzieht schreibend sich selbst, umfaßt vom Leben mehr mit jedem Buch, gelangt über das von Mal zu Mal erweiterte Wissen zu der Weisheit, die das Ziel ist. Was soll da Deutschland? Dem Werk gibt es nichts und kann ihm nichts nehmen. Ja, aber es steht da, wenn auch mit eingestürzten Häusern. Das alte Haus, aus dem er kam, ist in seiner Erinnerung aufrecht, und so das Land, wie es war, wie er gewollt hat, daß es sei. Der Schmerz über einen sittlichen Zusammenbruch ist stärker, als wenn Städte untergehen. Er hatte Deutschland sittlich gesichert geglaubt. Daher ein Zorn, der nichts nachgibt.

Das Verhältnis zum eigenen Land gestaltet sich manchmal anders. Jemand kann vor der Zeit mit ihm zusammenstoßen, ungewiß, warum. Vielleicht vermöge seiner jugendlichen Einfühlung in andere Zonen, oder aus Ursachen, die bis hinter seine Geburt reichen. Ich hatte mein zeitgenössisches Deutschland früh angezweifelt, zum berechtigten Unwillen meines Bruders. Aber was vermag einer gegen seine lebendigen Eindrücke.

1906 in einem Café Unter den Linden betrachtete ich die gedrängte Menge bürgerlichen Publikums. Ich fand sie laut ohne Würde, ihre herausfordernden Manieren verrieten mir ihre geheime Feigheit. Sie stürzten massig an die breiten Fensterscheiben, als draußen der Kaiser ritt. Er hatte die Haltung eines bequemen Triumphators. Wenn er gegrüßt wurde, lächelte er – weniger streng als mit leichtsinniger Nichtachtung.

Ein Arbeiter wurde aus dem Lokal verwiesen. Ihm war der absonderliche Einfall gekommen, als könnte auch er, für dasselbe billige Geld wie die anders Gekleideten, hier seinen Kaffee genießen. Unter einer Decke, von der lebensgroße Stuckfiguren hingen! Zwischen den schlecht gemalten Militärparaden an beiden Längswänden! Obwohl der Mann keine Gegenwehr leistete, fanden der Geschäftsführer und die Kellner lange ihr Genüge nicht, bis der peinliche Zwischenfall aus der Welt war.

Ich brauchte sechs Jahre immer stärkerer Erlebnisse, dann war ich reif für den »Untertan«, meinen Roman des Bürgertums im Zeitalter Wilhelms des Zweiten. Der Roman des Proletariates, »Die Armen« benannt, kam im Krieg 1916 zustande. An die leitenden Gestalten des Kaiserreiches ging ich erst im Sommer 1918, wenige Monate vor seinem Zusammenbruch – dessen Zeitpunkt bis zuletzt unbestimmt war. Für meinen ersten Entwurf des Romans »Der Kopf« fand ich es noch geraten, die Handlung in ein Land mit ausgedachtem Namen zu verlegen.

Früh war ich nicht aufgestanden, meine Eingebung hatte nichts von Prophetie. Allerdings begann ich, als die Tatsachen noch dämmerten. Als Sonnen sind sie nicht gerade aufgegangen. Litt ich an meinen Erkenntnissen, die zu der gleichen Zeit ein jeder hätte empfangen können? War ich ein Kämpfer? Ich gestaltete, was ich sah, und suchte mein Wissen überzeugend, wenn es hoch kam, auch anwendbar zu machen.

Es ist nicht angewendet worden. Nach dem Kaiserreich betrachtete ich die Republik und hielt von ihr ziemlich genausoviel, wie sie wert war. Der Zustand, der sie abgelöst hat, das durchaus grauenhafte Fazit der früher durchlaufenen Zustände, dieses Hitler-Deutschland, mußte mich anwidern wie jedes andere Individuum von Geschmack, Selbstachtung und Mitgefühl. Erduldet habe ich, dank Hitler, seiner Herrschaft, seinem Krieg, Ängste, Schmerzen, die tiefste Erniedrigung meines Daseins.

Nicht eigentlich Zorn. Der Zorn überrascht uns. Wir müssen die Menschen, die uns erbittern, für unfähig ihrer Schande gehalten haben. Nur den Milden bringen sie wahrhaftig außer sich. Wir dürfen die Vorzeichen, Vorstufen ihrer Schande nicht zu deutlich verzeichnet haben, wenn wir eines bösen Tages den Zorn kennenlernen sollen. Mein Bruder kennt ihn jetzt.

Das bedeutet: er war gütig. Ihn verlangte, an die Deutschen zu glauben – gewiß um seiner Arbeit willen, sie bedurfte des sittlichen, deutschen Bodens, der viel ehrliches Werk hervorgebracht hat. Aber er vertraute den Deutschen auch aus Freundlichkeit. Wie hätte er anders ihnen helfen, wie ihren guten Namen, nicht seinen nur, hinaustragen dürfen. Der Seelenkenner, der er ist, gründet sein Wissen auf keine schwierige Gesamtheit. Die einzelnen Deutschen – Goethe unterscheidet sie von der Nation – waren oft tugendhaft.

Ein Überraschter in seinem Zorn muß wohl achtgeben, damit er nicht mit wenigen Bösewichtern, oder mit einem gerade lebenden Geschlecht von Boshaften, die Nation verwirft. Wenn wir nunmehr besprechen, was dieses Zeitalter tut, seine ganze schöne Bescherung – wir reden selten und knapp: aber eher bin ich es, der in dem unglücklichen Land unseres Ursprunges keinen monströsen Einzelfall erblickt.

Wohlverstanden weiß auch ich, was dieses eine Land verschuldet oder doch veranlaßt hat. Von seiner tristen Entartung habe ich Beispiele, die mir und anderen zugestoßen, gerade genug.

Nur mache ich geltend, daß dieser nicht der erste Versuch einer Welteroberung ist und nicht der letzte bleiben wird. Der Realist Stalin sagt: »Kriege wird es immer geben.« Was sind aber Kriege in einer räumlich leichter beherrschbaren Welt? Sie können nur die Unterwerfung der Menschheit durch eine oder zwei Mächte sein. Das muß sich wiederholen – wenn Napoleon, der allen hätte genügen sollen, sich dennoch wiederholen konnte. Diesmal traf das Los der Geschichte auf Deutschland. Der nächste ist vielleicht nicht weit. »Die Füße derer, die dich forttragen werden, sind vor der Tür.«

Oh! die Eroberer sind einander unähnlich in der Gesinnung und im Lebensgefühl. Das Frankreich, das mit seinem Kaiser antrat, brachte den Völkern das Beste, die Menschenrechte, die Freiheit – gesichert durch kaiserliche Festungen. Davon wird man wunderbar geschwellt, jahrelang atmet man Bewunderung ein, und eine wirkliche Überlegenheit strömt der Freund der Völker aus.

Wie anders hat es sich für die verhaßten Deutschen gewendet. Vielmehr wartete ihre übernommene Rolle nicht den letzten Akt ab, um abscheulich zu werden. So war sie gleich angelegt. Sie hatten auf ihrem Blitz durch die Welt nichts, gar nichts mitzunehmen für sich und andere, was die Herzen hebt. Ihr Atem war Lüge, und die Vernichtung nennt sich ihre Amme. Schrecklich, wie? Aber abgesehen davon, daß sie nach Rache lechzten und einen verkommenen Stolz ausgebrütet hatten, wären sie vielleicht edle Menschen geworden, gesetzt, einmütig hätte man sie empfangen als die ersehnten Einiger und Schützer des Kontinentes.

Was nicht wohl denkbar ist, und sie wußten es. Daher waren sie greulich und wurden immer greulicher. Der nächste Eroberer wird wieder voll reinster Absichten sein. Vertrauen wir darauf! Die Motive wechseln ab, nach diesen Deutschen sind entgegengesetzte geboten. Leider können sie an den Ergebnissen nichts ändern. Der währende Krieg ist auf dreißig Millionen direkter Opfer, bei längerer Dauer auf fünfzig zu berechnen; – die mittelbaren folgen. Der nächste würde einer unerbittlich vorgeschrittenen Technik die größere Hälfte der lebenden Menschheit darbringen.

Kein Wort von dem allen weiß ich wirklich. Ich habe nur gesehen, daß im Verlauf meines miterlebten Zeitalters jedes Ding seinen Weg bis an das äußerste Ende machte: es mußte nur ein verderbliches Ding sein. Das beweist nichts, meine Skepsis hat unrecht.

Der Irrationalismus, der mich aus meinem Lande, und noch weiter, fortwies, ist ausgekostet. Nächstens soll die Vernunft – nicht allmächtig sein, aber zugelassen, als ein Versuch, der den Reiz der Neuheit und auch sonst einiges verspricht.

Nicht mein Bruder würde diese Zweifel äußern an der unbedingten, so gut wie zusammenhanglosen Verschuldung der Deutschen und an der nachhaltigen Belehrung des ganzen Planeten. Auch ich sollte meine Bedenken still und für mich tragen. Es ist nur, meine Lauheit zu bekennen. Ich habe getan, was kämpfen heißt – ohne daß ich eines Kampfes bewußt war. Dafür haßte ich nicht blind genug und wurde vom Zorn nicht überrascht. Ich habe inständig geliebt, das ist wahr. Aber meine Liebe? Wo ist sie hin, wo ihre Spur?

Noch in der ersten Hälfte unserer Tätigkeit teilten mein Bruder und ich einander denselben heimlichen Gedanken mit. Wir hätten ein Buch gemeinsam schreiben wollen. Ich sprach als erster, aber er war vorbereitet. Wir sind niemals darauf zurückgekommen. Vielleicht wäre es das Merkwürdigste geworden. Nicht umsonst hat man den frühesten, mitgeborenen Gefährten. Unser Vater hätte in unserer Zusammenarbeit sein Haus wiedererkannt. Nachgerade vergesse ich, daß er seit mehr als fünfzig Jahren abberufen ist.

Um die Wende der Friedenswelt zur Kriegswelt hatte ich Freunde beim Theater, obwohl Freundschaften, die sich nur auf verwandte Gewohnheiten beziehen, kaum mein Fall waren. Die Schauspieler verkehren meistens untereinander. Wenn einige gern mit mir die Abende, oft bis zum Morgen, hinbrachten, müssen auch sie Beziehungen, und nicht ganz flache, gespürt haben.

Zehn Jahre früher war ich belehrt worden, von der Schauspielerin, die mir die nächste war und es geblieben ist. Ich sehe sie, als ob sie lebte, sich entfalten; aufrecht in dem langen, eng angeschmiegten Kleid, wie sie damals getragen wurden. Sie bewegte Arme, Schenkel, Hals, ließ ihre Stimme klingen, ihr Gesicht sich verwandeln und sprach mit der Zuversicht ihrer zwanzig Jahre. »Du schreibst«, sagte sie. »Wer dich liest, sieht Menschen. Ich will selbst zu sehen sein, mich ihnen wirklich vorführen. Dasselbe wie du mit deinem Geist allein bin ich in ganzer Gestalt.«

Obwohl selbst jung genug, mich kräftig zu behaupten, widersprach ich meiner geliebten Schwester gar nicht. Sie hatte mehr recht, als ich damals glaubte. Die nachhaltigen, folgenschweren Wirkungen gehören offenbar Büchern, sie dürften zweihundert Jahre und älter sein und haben nichts verloren. Auf ihre Rechnung kommen Ereignisse und Taten, die geschehen sind. Ein einzelnes, kurzlebiges Geschlecht wird dennoch seine stärksten Eindrücke von der Bühne herab empfangen haben.

Könnte ich die Überlebenden von Berlin fragen, was alles untergegangen ist mit ihrer Stadt, sie wüßten nicht, wo anfangen. Aber Bibliotheken und Akademien wären das erste nicht. Vorher käme das Deutsche Theater Max Reinhardts. Was ich verstehe und billige. Seine Macht über Menschen war meßbar nur an den Schöpfern. Das

Allmächtige, Allbezaubernde ist das vollendete Gefühl von der Größe des Lebens, von seiner ergreifenden Stille, furchtbaren Dramatik, seiner Festlichkeit oder Trauer, von seiner unerschöpflichen Menschlichkeit. Das hat Shakespeare, hat Goethe gehabt. In der Begabung für das allumfassende Leben gleicht ihnen ein Mann des Theaters.

Er liebte und verehrte den Schauspieler als den Beauftragten der ganzen Seele, der keine ihrer Tiefen, ihrer Verirrungen ausläßt: alle kann er nachahmen und sie erlernen durch die Geste. »Ist's nicht erstaunlich, daß der Spieler hier bei einer bloßen Dichtung, einem Traum der Leidenschaft vermochte, seine Seele nach eignen Vorstellungen so zu zwingen –.« Dieser große Satz Hamlets über den Schauspieler ist die Selbstenthüllung Shakespeares und gibt das Bekenntnis Max Reinhardts.

Glücklich wäre die Welt, wenn sie dieselbe Spielfreudigkeit, dieselbe Begierde nach Erneuerung gehabt hätte wie ein gutes Theater. Die Welt ist aber nicht intensiv. Wer hat den vollen Ernst des Lebens? Die Kinder, wenn sie spielen – meinte der Regisseur. Gerade dies habe ich immer gedacht. Was die sogenannte Wirklichkeit dann angab, um sich aufzuspielen: ihre Kriege haben mich von ihrem Ernst noch weniger überzeugt.

Das Metier der Schauspieler führt mehr Materie mit sich als die Tätigkeit der Schriftsteller – zu meiner früheren Zeit. Seither mußten auch sie ihre Selbstherrlichkeit verlassen und in die zähe Masse der Abhängigkeiten steigen. Der Schauspieler war immer mitten darin. »Ein Beruf, der nur mit höherer Erlaubnis ausgeübt wird!«, und alle sagten du, während sie einander Rollen wegspielten. Am Abend sitzt ein reifer Mann mit seinen häuslichen Sorgen und schminkt sich. Nur wenige empfinden es als Entwürdigung. Es ist auch keine.

Sie beenden materiell, was der Autor des Stückes vor ihnen in der Idee begonnen hatte: Puppen malen. Wer es in sich hat, läßt sie Mensch werden. Ich bin immer erstaunt gewesen, wie vollständig und genau meine inneren Figuren auf der Bühne wieder erschienen. Hatte ich es den Schauspielern leicht gemacht? War ihr zweites Gesicht so sicher? Scheinbar blieben sie, um zu überlegen, niemals allein genug, niemals mit sich eingeschlossen wie ich. Die Proben, der Abend, die feuchten Nächte immer mit ihrer eigenen Menge. Sie konnten sich nicht trennen, weil die andere, gefährliche Menge, das Publikum, sie überreizt hatte.

Auch mich hatte mein Tag, obwohl mit unsichtbarem Andrang, überreizt. Man neigt dann zur billigen Erholung. Wenn das Lokal schon verdunkelt war, sangen zwei Künstler, die vor Stunden etwas ganz Ungemeines auf die Bühne gestellt hatten, mir ein sinnloses Lied vor, immer dasselbe. Es sollte eigentlich von höherer Bedeutung sein, nur kannten wir sie nicht. Betrat ich dagegen eine Garderobe, konnte ich einen Schwermütigen vorfinden. Die Frauen waren es nie. Sie wurden von der Anspannung des Auftretens vielleicht böse: um so mehr trugen sie Charme auf.

Aus Gründen, die ihr Fach bedingt, waren die Komiker die Abnormsten. Da konnte einer vor seinem Spiegel sitzen, eine Fliege zum zwanzigsten Mal von seiner Nase jagen und sie anherrschen: »Wohl verrückt geworden?« Aber vielleicht war dieser ein Tragöde. Der wirksamste Komiker legte auch den wundervollsten Krach hin, den ich auf einer Bühnenprobe gesehen habe. Die Freundin des Direktors hatte ihn herausgefordert. Sie war die Gefundene und kam an den Rechten. Er schäumte, dampfte, spie, er überschlug sich; aber kein einziger »Blubber« stieß seiner Zunge zu. Er blieb untadelig komisch, während er Element war.

Einst wählte er auch mich, um seine Natur als Kobold und Elementargeist auszulassen. Wir hatten immer nur achtungsvolle Gespräche geführt. Plötzlich in einer Vorstellung ersah er mich über sechs Parkettreihen hinweg und bei verdunkeltem Haus: da traf mich der Blick eines Untergrundes, der furchtbarste Scharfblick für alles ungewollt Menschliche erschreckte mich und ließ mich nicht wieder los. So war ihr Wissen, es war tieftraurig. Auf einer Grammophonplatte hörte ich ihn noch lange singen: »Ich bin Menelaus der Gute.« Entsetzlich bis zum Selbstmord klang »der Gute«.

Selbstmorde sind, ohne erkennbaren Grund, vorgekommen; ich erklärte sie mir. Ein junger, schon angesehener Mann ging ohne Aufforderung in den vorigen Krieg und verblutete in einem Graben. Patriotismus war es nicht. Mein Freund Albert Steinrück hat damals recht schwer gelitten, sooft er die deutsche Selbstgerechtigkeit, wie es geboten war, öffentlich vorführte. Er sprach, scheinbar tief erbittert, einen üblichen Haßgesang gegen England. Er beherrschte seine Halsmuskeln, daß sein Gesicht beliebig anschwellen und sich röten konnte. Nachher stöhnte er – hätte immer noch lieber gekämpft.

Diese gelernten Sprecher des öffentlichen Empfindens, das meistens selbst nicht echt ist, laufen immer Gefahr, Lakaien des Publikums zu sein. Jeder, den dies bedrückt, entzieht sich dem Dienst auf seine Art. Steinrück malte Bilder. Bald nach dem ersten Kriege kam ich in einen ganz verödeten Ort am Bodensee. Der Hotelgarten lag streng einsam, aber dort oben am Fenster, wer steht und pinselt? Das war wohl unser bestes Wiedersehen, es könnte heute sein – wenn er lebte, wenn ich ihm nicht in Berlin die Grabrede gehalten hätte. Unsere Welt, ihr geistiges Gesicht, das Theater mit dabei, begann damals unvermerkt unterzugehen. Heute verschlingt sie der Strudel nur zu deutlich. Wir grüßen noch.

Keine entfernte Sympathie, auch die gründlichste Verwandtschaft nicht, würde genügen, um die Beziehung eines Schriftstellers zu den Schauspielern aktiv zu machen. Er muß für die Bühne gearbeitet haben. Er muß ihren Leimgeruch geatmet und muß Schweiß vergossen haben in der Erwartung des Beifalls. Nach der Beschaffenheit meiner Stücke habe ich es besonders mit Charakterspielerinnen zu tun bekommen.

Sie hatten, auf der Bühne wie im Leben, eine Fähigkeit der Verwandlung, die jede andere übertraf. Nach Bedarf und Belieben waren sie seelenvoll und leer, brutal und süß, erhaben, arm, waren verschleierte oder waren nackte Passion. Eine Charakterspielerin hatte kein Fach, sie beherrschte jedes. Diese und jene stand im Ruf einer mehr oder weniger verlockenden Häßlichkeit. Sooft sie es brauchte, war sie schön zum Erstaunen, auf blendende, sogar auf liebliche Art.

Sie mußten verdammt viel können, um, belastet mit allem Wissen und diesen vehementen Mitteln, auch leicht, auch frivol erscheinen zu können. Ich habe nie vergessen, was Tilla Durieux nicht mehr weiß. Sie hatte in Berlin zwei ernste Akte gespielt und hatte für sich und ihren Autor soviel herausgeholt, wie psychologische Effekte nun einmal erlaubten. Jetzt kam der komische Akt, der es schaffen mußte.

Umgekleidet, in ein völlig anderes Wesen übergegangen, bewegte sie sich hinter dem geschlossenen Vorhang, und welch eine Kraft war das! Das Geschlecht selbst, in all seinem tödlichen Reiz, wurde lächerlich, ein haarsträubender Vorgang, wenn man will; bei ihr von der schrecklichsten Einfachheit, und jeder Schritt, noch ehe die Gardine sich teilte, strahlte vom Erfolg.

Ich täusche mich nicht; damals hatte ich keine vierzig Jahre. Mit mehr als sechzig begegnete ich einer englischen Charakterspielerin, und sie war von dem vertrauten Typ. Tilla Durieux, Ida Roland, meine verehrten Darstellerinnen, ähneln einander gar nicht: der Engländerin gelang es, beiden zu ähneln. An dem Tisch eines französischen Restaurants eröffnete mir jedes Gleiten ihrer Finger, ihrer Mienen, was für die Bühnen von London bestimmt war. Diese Frauen – ihre Art scheint mit dem Zeitalter abzugehen – gaben mehr von sich her, als Menschen erwarten lassen. Den Teufel im Leibe haben, nannte es M. de Voltaire und behauptete: »C'est le diable au corps qu'il faut avoir pour exceller dans tous les arts.«

Das Theater war, um unbedenklich zu sprechen, mein lustigster Abschnitt. Die paar kräftigsten Jahre um die Mitte des Lebens genügten meinem Bedürfnis nach den dramaturgischen Strapazen. Andere, die immer Stücke schrieben, konnten nicht erraten, wie anziehend die Verschiedenheit der neuen Arbeit von meiner vorigen war. Theaterstücke werden schnell geschrieben. Verlangt wird Bewegung, die Leidenschaft soll unmittelbar handeln; sie wickelt sich nicht aus den Schleiern der Erzählung. Noch der lebendigste Roman spielt in der Vergangenheit und ist bekleidet mit Worten. Ein Drama kann niemals nackt genug sein.

Ein Tragödiendichter des 18. Jahrhunderts wurde nach seinem neuen Opus gefragt. »Es ist fertig«, erklärte er. »Je n'ai plus qu'à écrire les vers.« Das heißt: wenn die Szenenfolge feststeht, hat man das Stück, es kann nicht mehr fehlschlagen. Der Dialog, bei richtigen Voraussetzungen, läuft von selbst ab; der Autor schreibt nach, was die Personen reden und selbst verantworten mögen. Angesichts eines Stückes von Gerhart Hauptmann bemerkte der große Maler Max Liebermann: »Wie das arbeitet!« »Es«, nicht »er«, schien zu arbeiten. Dies ist der Ruhm des Dramas.

Ein Roman, dem keine Mache mehr angemerkt wird, ist im Gegenteil der Triumph persönlicher Arbeit. Eine Gattung, die beschreibende Teile verbindet mit erzählenden und redende mit handelnden, zu schweigen von der

Schaubarkeit der Welt, die aus dem allen wird, und von den Klängen der Sprache, himmlischen oder armen: wahrhaftig, der Roman, wie das große 19. Jahrhundert ihn hinterlassen hat, ist das erreichte Gesamtkunstwerk, oder es gäbe keins.

Flaubert, während seiner kurzen Beschäftigung mit dem Theater: »Es amüsiert mich großartig.« Zola, bei derselben Gelegenheit: »In diesem Augenblick erhole ich mich, ich schreibe eine komische Sache in drei Akten.« Vielleicht verrät dies nur, daß die Romanciers leichtsinnig werden, wenn sie Stücke machen? Nicht ich, trotz des genossenen Vergnügens. Nur dachte ich mir das meine, wenn das Drama über den Roman gestellt wurde: was in dem nunmehr auseinandergestobenen Deutschland die Übung war.

In Wahrheit gibt es keine Rangfolge der Gattungen. Wo die Willkür einmal angefangen hat, muß auch das Drama nicht ganz oben stehen: noch höher galt die Musik. Die nie erwähnte Begründung war die gröbste. Die Musik offenbarte sich, nicht nur vernehmbar, auch höchst anschaulich, in feierlichen Gebäuden, die den Äußerungen der Nation bestimmt waren und teilhatten an ihrer Geschichte.

Was sich groß darstellt, ist immer die Macht. Der Beherrscher eines Opernhauses genießt in dem Augenblick, wenn er den Stab erhebt, die kollegiale Achtung der öffentlichen Gewalten; er erfährt auch ihre Eifersucht. Als Wilhelm II. jung genug war – aber er blieb lange jung –, soll er den Ausspruch getan haben: »Was ist denn der Richard Wagner? Ein ganz gewöhnlicher Kapellmeister.« Das war es gerade.

Die Deutschen sollten sich und anderen zum Verhängnis werden, weil sie nachgerade nichts mehr begriffen und sonst kein Ziel kannten als einzig äußere Macht. Darüber mußte ihnen einiges Wissenswerte entgehen: daß die Romane wohl schweigen, aber daß von aller Literatur allein die großen Romane in die Tiefe des wirklichen Lebens gedrungen sind, ja, die Welt verändert haben. Den Tatbestand erweist die russische Revolution: sie folgt auf ein Jahrhundert großer Romane, alle revolutionär wie nur die Wahrheit.

Aber für das Theater hatte ich mehr als nur Freundschaft ohne Verantwortung und schulde ihm Höheres als die Lust, beim öffentlichen Vorgang mitzuwirken. Mein einziger Erfolg, der, wenn noch so fern, an Revolutionierungen durch das Wort erinnert, war ein Stück. Oh! es brachte die Leute nicht außer sich. Gegen Ende des vorigen Krieges waren die Deutschen nicht zu empören, auf meine Weise nicht, auf eine andere schwach. Nach diesem? Ich weiß nicht. Aber ich erreichte soviel, daß sie betroffen wurden und ihrer besseren Tage gedachten.

»Madame Legros«, ein Drama aus den menschenfreundlichen Anfängen der Französischen Revolution, paßte seine Zeit ab. 1913 in ein paar Wochen glücklich hingeschrieben, erschien es auf einer Münchener Bühne 1917. Der Weltkrieg, der noch nicht der richtige war, bekam seine widerlichsten Züge, auch nach Mißerfolg sah er aus. Heimlich wurde er bereut.

Wenn nun ausnahmsweise einmal hochherzige Personen auftraten, wäre es nur im Theater, der Anstalt, die voreinst, von Schiller, »moralisch« genannt worden ist, konnten sie die Menschen ihres Zustandes bewußt machen, bis ihnen die Reue auf dem Gesicht stand. Bis ihnen die Reue zur Beglückung wurde. Wahrhaftig übertrug mein Stück nunmehr auf andere etwas von dem Glück, mit dem ich es vor den Ereignissen ahnungsvoll verfertigt hatte. An einem Abend, ehe die Vorstellung begann, sagte eine Frau, die nicht das erste Mal hineinging: »Endlich kann man einander wieder in die Augen sehen.«

Das Stück machte seinen Weg über Deutschland hinaus. Ich habe viele andere Worte gehört. Dieses ist unvergessen.

Arthur Schnitzler

Die Kunst ist um ihrer selbst willen ernst zu nehmen. Dies festgestellt, ist sie eine der sozialen Mächte. Keine andere soziale Macht, außer den Intellektuellen, arbeitet für eigene Werte, keine verdient, unabhängig von materiellen Ergebnissen, geehrt, sogar geliebt zu werden.

Die Politik wurde vom Fürsten Bismarck die Kunst des Möglichen genannt. Das war seine Formel – und wessen noch? Sie tun gemeinhin nicht das Mögliche, woraus ein komponiertes Werk werden soll; sie tun das Nächstbeste um vorübergehender Geschäfte willen, und die pflegen faul zu sein. Bringen sie es endlich zu einer Macht, die niemand mehr beaufsichtigt, am wenigsten ihr Gewissen, dann ist es die Macht, sinnlos zu scheitern und Völker mitzureißen. Von Kunst sei nicht erst die Rede.

Wer wollte dieses Verhältnis der Macht zum Menschen berichtigen. Es besteht, mit geringen Unterbrechungen, soweit man zurückblickt. Es hat seine Gründe im Wesen der Macht und in der Natur der Menschen. Beide sind verbündet – gegebenen Falles auch gegen den Moralisten, der etwas ändern möchte. Er kann sogar berufen sein, nur daß seine Berufung, angesichts der verbündeten Gegnerschaft von Macht und Mensch, gelinde lächerlich wird. Montaigne meinte sogar, alle Berufungen seien es. »Toutes nos vocations sont farcesques«, sagte dieser alte Moralist, und doch hatte er das Glück, einen ganz seltenen Machthaber, den König Henri von Frankreich, von Gesicht zu Gesicht zu kennen.

1910 durfte einer, der sich auf intellektuelle Politik verlegte, den Ernst seines Unternehmens wahrhaftig bezweifeln; so unverständlich wie damals war es in Deutschland weder früher noch später. Die Deutschen glaubten felsenfest an eine Macht, die »das Reich« hieß – dies, nachdem »das Reich« zwanzig Jahre hindurch erschüttert worden war; wer nur selbst im Gleichgewicht gewesen wäre, mußte es schaukeln fühlen. Niemand bemerkte etwas.

Sie bildeten sich ein, noch immer wäre alles in Ordnung, nachdem so furchtbar lange die verhängnisvollen Entscheidungen einem Monarchen mit labilem Selbstgefühl, aber beständiger Unruhe, überlassen worden waren. Bei ihnen allein war die Macht derart verteilt, daß eine veraltete, verarmte Kaste, die nur das Heer hatte, sie auszuüben schien; aber aus dem Hintergrund wurde der verantwortliche Adel gelenkt – mit den Mitteln, die jeder erraten konnte, gelenkt von den neuen Besitzbürgern der Industrie. Unbeteiligt waren Erkenntnis, historische Erfahrung, das Wissen um die Folgen, wenn alles, was vorgeht, falsch und eigentlich irreal, ja, nichts als unsaubere Phantasie ist.

Der Rassendünkel und die Ansprüche auf die Unterwerfung Europas durch ein »Herrenvolk«, das noch niemals sein eigener Herr war, der ganze Unfug, den die Welt seither begriffen hat, wurde schon 1910 von derselben Industrie bezahlt, und die Deutschen begriffen gar nichts. Bei ihnen war es möglich, daß einer »alldeutsch« war und kein Blut sehen konnte. Daher erübrigte sich jede Aufklärung: »In vier Jahren werdet ihr Krieg haben.« Kein Mensch hätte es geglaubt, fraglich, ob auch nur die Industriellen, die dafür bezahlten. Ganz ahnungslos war ihr ausführendes Organ, der Kaiser.

Man denke, daß jemand ihnen allen wörtlich vorausgesagt hätte: »Eh ihr es denkt, werdet ihr den Krieg haben, auf den ihr hinarbeitet samt und sonders, aber am meisten ihr verwöhnten Intellektuellen, denen die Beschäftigung mit der Politik zu gemein ist. Als ob die erwähltesten Geister vor euch, als ob Goethe, Humboldt, Heine sich von der Prüfung ihrer Umwelt gedrückt und nicht Partei ergriffen hätten. Sie gehörten aber einem armen Deutschland an, und ihr seid Produkte eines ›Reiches‹, das zu schnell reich geworden ist. Daher die Überhebung der einen und bei den anderen eine Gleichgültigkeit, die auch nur Überhebung ist.«

Für meinen besonderen Teil erinnere ich mich erstens, wie schwer mir einige, im Grunde bescheidene Essays wurden, und dann, wie unbescheiden sie wirkten. Nie vorher hatte ich so langsam geschrieben, unter beständigem Kampf um das Wort. Wer immer gestaltet und nie im eigenen Namen redet, hätte bei jedem ersten Versuch gestockt, gleichviel welcher Gegenstand. Dieser war der verantwortungsvollste. Es ging um Tod und Leben. Wenn sonst nichts, verriet mir der Widerstand der Sprache, daß ich mich an einem Schicksal maß, und natürlich vergebens.

Wer Donquichotterien auswich, mußte darum nicht unpolitisch sein. Mein Bruder hat sich so genannt, als er zum ersten Mal mit Nachdruck politisch vortrat. Vorher war er es im Hintergrund und von selbst gewesen. Der einzige Dichter von Rang und Urteil, der seine Nichtachtung der öffentlichen Dinge für selbstverständlich nahm – und das Gegenteil für Zeitverderb, wenn nicht für eine ungewollte Enthüllung, war Arthur Schnitzler.

Er war Österreicher, womit viel erklärt ist. Ein anderer Alt-Österreicher wanderte mit mir in den italienischen Alpen, soweit sie noch der Monarchie gehörten. Wir betraten ein Wirtshaus, über dem Sofa grüßte das Bildnis des Kaisers. »Hier bin ich zu Hause«, sagte der Wiener Doktor und nahm Platz. Nach Jahrzehnten am Gardasee sprach er italienisch noch immer wie ein Fremder. Aber die Völkerschaften und ihre Streitigkeiten hätte er gern vergessen. Ein einziger überzeugte ihn von seiner Nation und gab ihm sein Vaterland.

In Wien hatte ich einen sehr geliebten Freund, Arthur Schnitzler, einen Dichter des Todes. Man hätte es ihm nicht angesehen, 1907, als wir zusammenkamen und uns angenehm waren; uns wohl auch verstanden, in den Grenzen, die immer bleiben. Damals vertrat er heiter seine Kaiserstadt, und die wollte heiter sein; sie sagte nicht erst im Krieg, nach Anbruch des Endes: »Die Lage ist verzweifelt, aber nicht ernst.«

Er liebte den Ruhm. Wenn er sich einen »sehr bekannten Autor« nannte, empfing seine Stirn einen Strahl der Unsterblichkeit. Einmal sah ich ihm zu, wie er auf die Bühne eilte, um sich dem Publikum zu zeigen. Alle seine lässige Anmut ließ er zurück; dies war ein unwiederbringlicher Augenblick der Spannung und des Ergebnisses.

Nach der Berliner Première seiner »Liebelei«, die er viele Jahre später mit Recht ein sehr gutes Stück nannte, schlug ein Kritiker namens Harmonist ihn auf die Schulter und sprach: »Ganz hübsch, Herr Doktor. Aber jetzt mal was anderes!« Nein, Schnitzler siegte gerade mit seiner Gabe, nichts anderes zu gestalten als seine eigene Herzenssache. Von den öffentlichen Dingen hielt er nichts, ihn berührten nur die mehr als öffentlichen, die allgegenwärtigen: Liebe und Tod.

Was er vorspielte im Drama und in Erzählungen, war sein naher Umkreis, das Glück, gebrechlich und so schön, das vorgeahnte Unglück. Er fühlte wie seine Stadt, angenommen, auch sie hätte ein wohlgebildetes Herz gehabt. Mit aller Leichtigkeit, schwermütig, witzig, schwärmerisch, führte jede Handlung in den Tod – wie von selbst, als könnte kein Dichter sie aufhalten. Einer, der doch den Ruhm liebte, dachte den heitersten seiner Gedanken bis vor das Grab – und seine Stadt desgleichen, angenommen, sie hätte gedacht.

Sie und ihren Dichter kümmerte allein das Privatleben, die Vorzeichen öffentlicher Katastrophen verwandelten sich ihnen zur intimen Geschichte. Ihr üppiges und ahnungsvolles Gefühl schwang in Worten mit, wie diesem letzten der Baronin Vetsera, die mit dem Kronprinzen Rudolf starb: »Bratfisch hat wieder wundervoll gepfiffen.« Neben jedem tragischen Ende stand ein Fiaker und pfiff schmelzend. Nicht anders wollten Wien und auch sein Dichter ihre Welt, wenn es denn bestimmt war, daß sie aufflog. Er haßte die öffentlichen Dinge.

Er hätte, was kam und folgte, durchschauen können wie meinesgleichen; er wollte nicht einmal, daß man daran litt. Man sollte, wie er, an der Verarmung seines Publikums und des Lebens leiden, nicht an den weitreichenden Ursachen der Verarmung, oder nur unter den frivolen Machern unseres Zusammenbruches. Der blutige Leichtsinn der vorigen Mannschaft war abgelöst von dem unfähigen Gewinsel der nächsten: einen Menschendarsteller durfte es nie berühren. Er sah dieselben Menschen zwecklos dahinleben, ob reiche Monarchie oder Republik des Elends; sie hatten ihm niemals mehr als dies gegolten, achtbar wurden sie nur, weil sie sterben mußten.

Sein Pessimismus war der gründlichste, er meinte ihn gar nicht, kaum, daß er ihn kannte. Meine Briefe über die deutschen Zustände schienen ihm der Verbitterung gefährlich nahe. Er selbst war mehr gefährdet. Wenn ich mich empörte, hoffte ich doch. Wer macht es richtig?

Schnitzler hat sich ein einziges Mal empört, als die Selbsterhaltung kein Ausweichen zuließ. Sein »Professor Bernhardi« wollte den Antisemitismus nicht vernichten, er zeigte ihn in seinem düsteren Nichts. Was konnte es ändern. Der Antisemitismus, dieser steckengebliebene Sozialismus des »dummen Kerls von Wien«, wie man zur Zeit des Bürgermeisters Lueger sagte, ist endlich doch die ganze – die ganze – geistige Grundlage einer versuchten Welteroberung geworden. Wozu dann Empörung? dürfte Schnitzler jetzt fragen.

Ich könnte ihm antworten, daß, wer sich empört, nicht nach dem Erfolg fragt. Empörung ist kein Willensakt; sie unterdrücken wäre gegen die Natur und dem Prinzip des Lebens ungemäß. In Wahrheit hat dieser Fremdling der Politik niemals vermieden, daß sie in sein Gemüt eindrang. Je widerwilliger er den öffentlichen Dingen folgte, um so wehrloser war er gegen ihre privaten Einflüsse.

Wir wanderten zusammen. Es scheint, daß die Bewegung des Gehens der Kunst des Schreibens förderlich ist. Die meisten, wie auch Schnitzler, sterben am Schreibtisch, waren aber vordem gut bei Wege. Als jüngerer Mann lief ich bergauf, bergab, womöglich dieselbe Zahl von Stunden, die ich geschrieben hatte.

Mit Schnitzler ging ich in Wien nur auf die Türkenschanze, kein weiter, aber sein gewohnter Weg. Einen ganzen heißen Tag lang schritten wir die blaue Ebene um Salzburg ab, rasteten und tranken Wein, brachen auf und erreichten die Stadt, als die Schatten fielen. Sie waren aber inzwischen auch über meinen Freund gesunken; sein Lebensgefühl erschauerte unter ihnen, in seinen Gesprächen wurde es Abend.

Dies liegt schon nach dem ersten Krieg. Als sein Schwager Albert Steinrück in Wien gastiert hatte, erkundigte ich mich, was Schnitzler mache. »Er jammert«, hieß die Auskunft. Über den Verfall des Zeitalters, die Instinktlosigkeit einer Welt? Natürlich, da er Aug und Urteil hatte wie ich.

Ebenso begreiflich, wenn das Hinschwinden der Literatur ihm noch näherging. Aber es quälte ihn als eine persönliche Unbill, weil er die Gesamtheit der Erscheinungen absichtlich von sich wies. Ein »sehr bekannter Schriftsteller« war seit 1919 unter die vorsündflutlichen Erinnerungen versetzt. Einige schienen nicht mehr zeitgemäß, gerade wegen ihrer vorher reizvollen Übereinstimmung mit dem Gestern.

Schnitzler, seine immer gültigen Gebilde aus Liebe und Tod, seine Trauer um das Glück, während es noch dauert, bleiben richtig und können schwerlich verfallen, mit so leichter Hand auch alles gemacht scheint. (»La facilité« war für Stendhal die höchste Stufe der Kunst.) Nicht eigentlich sein besonderer Ruf – was sich damals änderte, war die Achtung vor dem Schriftsteller überhaupt. Ich selbst hatte meine merkantilen Erfolge erst damals. Trotzdem fiel der Ausspruch jener Dorfwirtin in Bayern, meiner Leserin: »Ja, ein Schriftsteller, das war auch einmal etwas.«

Man ist, was die Umstände wollen. Heute gelte ich in einem entfernten Reiche viel, indessen gar nichts hier, wo gerade mein Fuß hintritt. Das habe ich nie persönlich genommen. Schnitzler bezog es auf sich allein. Er war ein guter Arzt, wie er sagte, aber nicht seinen späten Zeitgenossen fühlte er den Puls, nur sich selbst, und fand sein Herz gealtert. Oh! schnell und schreckhaft verdüstert sich der Alleingelassene, den viel Umtrieb verwöhnt hatte – um seinetwillen, so hatte er zu glauben geliebt.

Genug, daß die Theater aufhörten, ihn täglich auf ihre Spielpläne zu setzen. Hielt er sie denn für »moralische Anstalten«? Gerade er nicht; aber auch ein Ungläubiger sieht in ihnen nicht »öffentliche Häuser«, wie ein Wedekind seine Laune ausdrückte. Hinzu kam: wenn er in Wien, seinem Wien gespielt wurde, fiel ein Skandal vor. Die antisemitische Mannschaft war aufgeboten, von oben flog ein Stuhl. Das hätten sie unter dem weisen Franz Joseph wagen sollen! Der Kaiser hatte jahrelang ihren Häuptling Lueger vom Rathaus ausgeschlossen.

Die Erscheinung des unpolitischen Schriftstellers ist abhängig von einer alten Ordnung, und diese war die älteste gewesen, ein Fürst mit der ganzen Erfahrung von Jahrhunderten, der eigenhändig seine große Monarchie verwaltete, ohne Übergriff, unter strenger Achtung der bürgerlichen Übung, ihres harten Stumpfsinnes, und andererseits den galanten Begabungen zugeneigt.

Der Schauspieler Girardi ist bei der alten Freundin des Kaisers, der Schauspielerin Schratt, aus einem Vorhang heraus vor seine Füße hingestürzt, die Hände flehend aufgehoben. »Majestät, retten Sie mich! Meine Frau will mich ins Irrenhaus sperren.« – »Da kann man nichts machen. Reisen Sie ins Ausland«, hat der Herr der Monarchie gesagt.

Ein wenig zum Lachen, zum Weinen auch, und sicher noch am ehesten nach dem Sinn Schnitzlers, ihm lieber als die seither aufgekommenen Formen der staatlichen Verwilderung und nachfolgenden Autorität von Unberufenen. Eine schöne Autorität, die nur entspringt, weil die Republik schlaff war!

Schnitzler, ein völlig gesitteter Geist, hatte recht und war liebenswert, als er mit dem beendeten Zeitalter Franz Josephs auch das seine aufgab. Schluß zu machen will verstanden sein. Es ist eine aufrichtige Handlung so oder so, ob einer Gift nimmt oder weiter atmet, um auszukosten, wie traurig der Tod kommt.

Seine Vorzeichen beunruhigten den Doktor. Der Schriftsteller hieß sie willkommen, sie bestätigten sein bitterstes Wissen. »Wer tot ist, ist sehr tot«, sprach nunmehr der ehemalige Verliebte der Berühmtheit: noch sah ich seine Augen glänzen, wie er zum Applaus auf die Bühne eilte. »Ich habe keine Illusion«, behauptete er in einem Salzburger Wirtsgarten vor Zuhörern, die ihn bedenklich ansahen.

Noch erschien er rüstig und war es wirklich. Er wanderte und schrieb. Er brauchte nur in alten Notizbüchern zu blättern, um Stoffe zu finden für die Arbeit von Jahrzehnten. Wer aber mit Überzeugung angibt, er habe keine Illusion, glaubt der noch der Wirklichkeit? Sogar an die Werke seiner Einbildung muß er glauben.

Sein Niedergang war ein auffallendes Beispiel. Ihm hatte es nicht geholfen, daß er die öffentlichen Dinge verachtete: sie wußten ihn zu treffen. Sie fanden ihn wehrlos, ratlos, als einen Spielball des Glücks. Das sollte verboten sein vor der Würde eines alten Meisters. Wenn der Erfolg den Schriftsteller nicht eh und je begleitet, fällt er logischerweise in die Mitte einer Laufbahn, allenfalls etwas nachher. Die ihn nur am Anfang haben, zählen wenig. Ihn erst gegen Ende zu erreichen ist eine edle Ausnahme.

Schnitzler, von Wien und den Ländern deutscher Sprache zeitweilig zurückgestellt, wurde in Amerika verfilmt; es war doch die Existenz und war der Trost. Auch eine Freude empfing er noch, als seine Novelle »Fräulein Else« reißend abging. Wieder war er in aller Mund, gleich dem Heutigsten; nur er selbst verstummte, erstaunt und ungläubig.

Das letzte Mal erblickte ich ihn schrecklich verfallen, wohl weniger durch Krankheit als von Erlebnissen, die kaum vorbei waren, und er brachte sie nicht mehr hinter sich. Handlungen waren abgelaufen wie in seinen Stücken und Geschichten, die Liebe, ihre Unsicherheit und Gefahr, der Tod, der hinter der Szene gewartet hat, und jetzt tritt er auf. Der Dichter von Tod und Liebe beschloß das Dasein mit der wörtlichen Verwirklichung seiner lange, lange vorgeahnten Bildnisse. Er hätte nichts Schlimmeres wünschen können; auch nichts Besseres.

Er hat dargetan, daß der tragische Mensch, in seiner abgetragenen Maske von Anmut, Schwermut, Heiterkeit, endlich der öffentlichen Tragik ganz entraten kann, um als er selbst zu sterben. Die öffentlichen Dinge hatten ihn belästigt, als es für ihn spät wurde. Er wußte nicht, wie ihm geschah, und litt gewiß hilfloser, wenn nicht tiefer, als ein anderer, den die öffentlichen Dinge gebrannt haben, bevor sie eine Welt anzündeten.

Kampf allein tut es nicht, was bleibt denn von den

Kämpfen. Fortzuleben verdienen die schönen Werke und fordern, daß ihrer gebrechlichen, bedrohten Ursprünge gedacht wird. Ich ehre Sie, lieber Arthur Schnitzler.

Félix Bertaux

In Paris hatte ich einen sehr geliebten Freund, Félix Bertaux, Germanist, Lehrer der deutschen Sprache an einem der großen Lycées. Die Universitätslaufbahn hätte er in der Provinz beginnen müssen. Er blieb lieber im intellektuellen Mittelpunkt – oder hielt an Gewohnheiten fest. Sein Haus lag in Sèvres, petite banlieue, zwanzig Minuten von der Gare Saint-Lazare. Er wurde für mich in der Hauptstadt, die ich niemals auslernte, der intime Halt und Mittelpunkt.

Der Anfang war, daß er mir nach München sein »Panorama de la littérature allemande« schickte. Über meine Zeitgenossen und mich gibt es nichts, das so sicher träfe. Dann folgte die Einladung, die höchst ungewöhnlich und für beide Teile ein Wagnis war. Wir schrieben 1923, die deutsche Republik hatte vom Gewinsel über Versailles einen kurzen Sprung in offenen Widerstand getan. Französische Truppen waren vorgerückt, kein deutscher Zug fuhr mehr hinüber.

In München stand auf Tür und Fenster der Läden zu lesen: »An Franzosen wird nicht verkauft«, aber kein Franzose beherzigte es, sie waren nicht vorhanden. Die diplomatischen Beziehungen zwischen Bayern und Frankreich bestanden noch, der Gesandte wurde nur gemieden. Später hat Comte d'Ormesson mir gestanden, ich sei der einzige gewesen, der ihn damals empfing: er werde es mir nie vergessen. Übrigens hatte ich mir nichts Außerordentliches dabei gedacht. Vier Jahre später ist d'Ormesson weither gereist, um mich in der Sorbonne zu begrüßen.

Bertaux, der mich noch niemals gesehen hatte, wählte

mich als den ersten deutschen Teilnehmer an den Entretiens de Pontigny. Das waren, Ende jedes Sommers, Aussprachen in wohlgeordneten Abschnitten, mit bestimmtem Programm, zwischen reifen Literaten, jüngeren Diplomaten und den Angehörigen der offiziellen Wissenschaft. Der Veranstalter, M. Paul Desjardins, war vormals Unterstaatssekretär für die Künste gewesen. Er genehmigte meine Wahl.

Mich erreichte die Einladung an der Ostseeküste, in Heringsdorf. Um dorthin zu gelangen, hatte ich einen Sack mit Inflationspapier im Schweiß meines Angesichts von der Bank nach Haus getragen. Schon in Berlin war er leer. Aber damit drei Personen ein Badehotel bewohnten, genügte ein Dollar täglich: den hatte ich bei einem amerikanischen Korrespondenten erschrieben. Dennoch waren dies nicht die Umstände, unter denen man leichten Herzens ein reicheres Land besuchte. Überdies war es den meisten Deutschen ein feindliches, wie im Krieg: eher mehr.

Es ist wahr, daß ich Frankreich zu keiner Zeit für meinen Feind erachtet hatte, auch nicht geneigt war, jetzt damit anzufangen. Die deutsche Mißbilligung, wenn ich mit Frankreich verkehrte, meinte ich tragen zu können. Die deutschen Gefühle für den Nachbarn, der sie gar nicht verstand? Angenommen, daß sie echt gewesen wären, verdienten sie Bedauern. Andererseits erwartete ich von den Intellektuellen, die mich hinberiefen, keine Vorwürfe. Indessen war dort ein Land – mit Erinnerungen, die neu waren und für meine Nation nicht einnahmen.

Möglich, dachte ich, daß der Sieger nicht haßt. Aber es wäre begreiflich, wenn er mißtraut, wenn er mißachtet und es ohne seine Absicht merken läßt. Ich möchte nicht an das untere Tischende gesetzt werden, oder mit Ostentation an das obere. Beides gilt mir gleich, wenn es meine Person allein betrifft. Als Mitglied einer Nation, die sich dauernd unbeliebt macht, umhergezeigt und gerade nur gelitten werden: dies lieber nicht. Daher antwortete ich Herrn Bertaux, mit dem wertlosen deutschen Geld sei sein Wunsch, den ich übrigens teile, nicht zu erfüllen.

Sofort versicherte er mir, der Beitrag, den die übrigen Mitglieder entrichteten, werde von mir nicht verlangt. Ich fand es unstatthaft, länger auszuweichen. Am Bahnhof Friedrichstraße bestieg ich den Zug. Er ging nur bis Kehl, dann folgte eine Lücke. Die Visitation der Reisenden war nicht geeignet, sie zu überbrücken. Damit niemand eigene Wege suchte, schlängelte man sich schrittweise durch lange, enge Bretterwände. Ich erkannte sie wieder.

Während des Krieges hatte ich mich im Traum zwischen ihnen befunden. Damals führten die Bretter in nicht geheuren Windungen, wie ein Gespensterhaus auf dem Jahrmarkt, nach dem italienischen Verona. Dort war ich in besseren Jahren je viermal ausgestiegen – ohne Papiere, wie üblich. Jetzt trug ich bei mir die falschen: ausnahmsweise einen Paß, aber einen feindlichen. Keiner der Wohlversorgten, die mit dahinwandelten, sah mir meinen Zustand an. Es war ein schrecklicher Traum und kam, wie seinesgleichen, nie zum Abschluß.

Hier am Rhein war die Flucht von Brettern nüchterne Wirklichkeit, hatte ein praktisches Ziel, und jeder erreichte es endlich. Ich wurde geprüft und richtig befunden, obwohl ich mit entbehrlicher Offenheit zugab, daß ich auch für Zeitungen schrieb. Noch weniger Umstände machte mein Gepäck. Was hätte man von dem ausverkauften Deutschland an freudigen Überraschungen erwartet? Niemand wurde bis auf das Hemd entkleidet, was ich an der italienischen Grenze (im Wachen) leider gesehen hatte. Mit einem Taxi, dessen Lenker Wert darauf legte, deutsch zu flüstern, durfte ich Strasbourg erreichen. Dort verschwendete ich eine Nacht.

Am Ostbahnhof Paris erwartete mich ein langer, schlanker Mann von dunkler Hautfarbe, mit strahlenden Augen. Mich belehrte sein freundschaftliches Lächeln, wer er war. Er hatte mich vorher erkannt. Er entführte mich sogleich nach Sèvres, gab mir das Zimmer seines Sohnes, bat mich zu Tisch. Seine Frau war wohlwollend ohne Betonung. Beide vermieden es, mein Gefühl zu bestätigen, als befände ich mich bei ihnen auf einer Insel.

Beide waren ebensowohl deutsch wie französisch gebildet: das begründet eine Gemeinschaft, die sonst auf den menschlichen Anstand beschränkt bliebe. Félix Bertaux wußte genau, warum er gerade mich als den Gast ausgesucht hatte. Meine Bildung war französisch wie deutsch. Der Germanist konnte mich für seinen weniger gelehrten Kollegen ansprechen, ein Romanist deutscher Herkunft. In einer idealen Mitte geschieht die Begegnung. Um zu dauern, bedingt sie Liebe.

Er begleitete mich nach Pontigny – ohne ihn hätte ich mich in Verlegenheit befunden. Auf dem Weg nach der Gare de Lyon, zwischen den vier Reihen von Autos (in Deutschland fuhren nur einzelne) deutete er auf einen erhöhten Rettungsplatz und fragte, wie man deutsch für »refuge« sage. Der Beziehung auf ihn und sein Haus nicht eingedenk, antwortete ich: »Insel.«

Die Abtei Pontigny liegt abseits, wir stiegen in einen Lokalzug um. Das Dorf bestand aus einer staubigen Straße kleiner Häuser, um so stattlicher machte sich in ihrem frischen, grünen Park die Abtei. Als die Mönche sie, infolge der »affaire«, verließen, hatte M. Desjardins sie erworben. Wohnhaft in der Hauptstadt, zog er diesen ländlichen Aufenthalt vor. Drei Ankünfte, jede für zehn Tage, versammelten die Teilnehmer seiner »Unterhaltungen«. Die einen dachten sich selbst zu unterhalten, die anderen ihr Publikum. Man kam um der ungezwungenen Geselligkeit willen oder aus Bedürfnis nach geistiger. Man kam, weil es hier frisch und grün und weil es eine Auszeichnung war.

Der Hausherr erschien würdig mit Autorität, freundlich ohne Herablassung. Die religiöse Stille seiner späten Jahre wird er nicht immer gehabt haben. Einst als literarischer Kritiker ist er Mitbewerber oder Gegner der Kampflustigsten gewesen. Bei dem geselligen Stundenplan dieser zehn Tage kam es dennoch zu einem improvisierten Spaziergang über Feld, drei allein, Desjardins, Bertaux, in ihrer Mitte ich. Mir wurde bewußt, daß ich weder fremd noch einer von vielen sein sollte. Ihr Gespräch zog mich in Pariser Angelegenheiten, als ob ich sie gekannt hätte. Nahezu ein Jahrzehnt war ein Teil der Welt, der mich anging, mir verschlossen gewesen, und sie wußten es.

Eine eigene Art von Dankbarkeit hat der 1939 dahingegangene Desjardins mir hinterlassen. Ich denke seiner wie eines sehr überraschenden, sehr harmonischen Zwischenspieles, das er mir bereitete, dessen innige Stimmung er selbst hineinlegte und das nie wiederkehren sollte. Den Alten habe ich dann wohl in Paris, nicht mehr in Pontigny aufgesucht. Manchen Sommer lud er mich ein; ich fühlte aber, daß an ein abgeschlossenes Erlebnis besser nicht gerührt werde. »So viel hat es für Sie bedeutet?« höre ich ihn fragen.

Mein lieber Bertaux konnte nur zwei, drei Tage bleiben, dann war ich eingeführt genug und hatte mich allein zurechtzufinden. Wir wohnten in den einfachen Wirtschaftsgebäuden um das Kloster, ich weder zu schlecht noch zu gut. Wir frühstückten an den langen Tischen des Refektoriums, jeder zu seiner Zeit, und holten uns das heiße Getränk in unserem großen, henkellosen Napf. Der Vormittag verging den nahe Bekannten abgesondert im Garten. Ich hatte keinen, mich ihm anzuschließen. Die große Bibliothek gab eher Gelegenheit, ins Gespräch zu kommen.

Bei den Hauptmahlzeiten saß ich einige Male, nicht zu oft, neben der Hausfrau. Sie redete mich an, wie einen Zugehörigen, der sich lange nicht hat blicken lassen, aber es ist nichts vorgefallen inzwischen. Die Münchener Plakate »An Franzosen wird –« verwischten sich, wurden unwahrscheinlich. Dagegen fällt mir als Vergleich noch heute das Burgtheater ein, wo der Regisseur meine Anregungen genehmigt hatte mit den Worten: »Der Zugelassene weiß manchmal mehr als der Zugehörige.« Der Zugelassene war auf dieser Stufe des Geschmacks – der Autor.

Eine reiche Dame aus dem Saarland nannte mir gewisse Halspillen, von denen man eine Vogelstimme erhalte – »comme Gide«, sagte sie. Denn André Gide war ein Hauptsprecher, an den Nachmittagen und des Abends. In einem Laubengang des Parks – frisch duftende Reseden, man mußte klug sein, und man mußte reden – fanden die festgelegten Unterhaltungen statt. Sie bewegten sich, unter der taktvollen Leitung des Hausherrn, in der Gegend zwischen Literatur und Zeitgeschichte. Ich konnte wohl einmal mithalten.

Was ich nach Kräften vermied: für ein Land, im Namen anderer zu urteilen. Mein Wissen sollte den Wert haben wie ich selbst. Dennoch mußte ich von M. Roger Martin du Gard (nachher Nobelpreis) eines Tages hören: »Sie sind hier für ein großes Land. Qu'est-ce que je suis, moi? Un sac de poussière.« Genau wie ich, mein Bester. War es drüben, bin es hier. Was wir von einem Lande mitbringen, wäre allenfalls sein Staub. Vielleicht aber haben Sie ihm Gold beigemischt?

Beruhigend und als gütig empfand ich M. Jean Schlumberger. Nur einmal sprachen wir uns damals des näheren, tauschten unsere Adressen aus, Rue d'Assas besuchte ich ihn. Die Wohnung war ausgezeichnet durch ihre freie Lage am Jardin du Luxembourg, übrigens bescheiden für den Angehörigen einer Familie großer Industrieller. Er selbst war mild und bescheiden, er gab sich unansehnlicher, als er zu sein verdiente. Er hat Schönes geschrieben und hat auf seine sanfte Art zu nicht mehr verstandenen Schönheiten hingeleitet. Das letzte, das er mir schickte, war »Plaisir à Corneille«.

André Gide war unbestritten erster Held in Pontigny. Die Abende unter dem weichen Lanpenschein wären ohne ihn anders bei Diskussionen und weniger vergnüglich verlaufen. Mit den jungen Leuten führte er Scharaden auf, die altmodischen, reizenden Verkleidungsspiele, die Rätsel vorstellen. Aber er liebte auch, aus seinen Dichtungen zu lesen. Er hatte die schönste tenorale Sprechstimme, und hatte sie nur, wenn er sich und das Seine zur Geltung brachte. War er fertig, wurde Tilleul gereicht.

Auch die zehn Tage waren einmal um. Sie hatten genug Ungewohntes gebracht, um länger als ihre Zahl zu währen. Ich hatte im Schoß einer Familie gelebt, alle Franzosen hinzugerechnet eine große, einige Familie. Heftigen Widerspruch bemerkte ich nur an dem Abend, als Anatole France genannt wurde. Er hatte damals sein letztes Jahr zu leben. Für mehrere Junge war er vor dem Ende tot, bei ihnen hinterließ er keine Spur.

Es tat mir weh, aber ich begegnete auch hier der abrupten Scheidung der Geister, in Fragen des Verstehen-Wollens und Nicht-mehr-Wollens, im Hinblick auf Duldsamkeit und Gewalt. Die Autorität des alten Desjardins stellte einen unsicheren Frieden her. Dies war nicht mehr sein Jahrhundert. Unter dem Eindruck einer erstaunlichen Tradition und der Störungen, die ihr drohten, ging ich.

In Paris wählte ich Ruc du Havre ein winziges Hotel, das meinem Bestand an echtem Geld entsprach. Die ungedeckten Scheine der deutschen Republik waren nicht im Handel. Paul Desjardins erschien nochmals. Er führte mich durch die Stadt, er aß mit mir bei Brébant, wo die Goncourt und ihre Freunde ihr monatliches Diner gehabt hatten. Das Speisehaus war geringer geworden, jetzt ist es verschwunden. Als ich abreiste, fand ich meine Hotelrechnung schon bezahlt.

Rechtzeitig kehrte Félix Bertaux aus Lothringen zurück. Dort besaß er ein Bauerngut. Geht man französischen Intellektuellen nach, die meisten stammen von Bauern. Warum sonst wäre die Literatur dort eingesessen, der Gedanke eine soziale Macht.

Mein Freund trug selbst das Gepäckstück an den Wagen, wir verabschiedeten uns mit dem Versprechen, einander bald wiederzusehen, und haben es gehalten. Alles schien gutgegangen, denn er verschwieg mir damals, was er gesehen hatte. Der Chauffeur, kaum daß er »Gare de l'Est« hörte, bekam ein Gesicht, das meinen Freund erschreckte; er war nicht sicher, daß ich ohne Zwischenfälle durchkommen würde.

Indessen fuhr ich ab Strasbourg auf schlechten Kleinbahnen durch süddeutsche Gegenden, die im hellsten Sonnenschein das Herz betrübten. Die Bewohner waren schlecht ernährt und bemühten sich, verhungert auszusehen, damit die Reisenden, während ihrer langen Aufenthalte, noch schwerer zu einem Stück Brot kamen. Ich gedachte der Mahlzeiten von Pontigny, der großen Tassen ohne Griff, des abendlichen Lindenblütentees. Von der Infusion bis zu den bequemen Betten unterstützte das Wohlleben der Menschen ihr Wohlwollen. Gastlichkeit ist allerdings erschwert, wenn in großen Berliner Hotels der Kunde, beim Schein einer Kerze, selbst die Matratze beziehen muß – mit Papier.

Aber nur drei Jahre später sollte alles sich umkehren. In Paris bewohnte ich Prunkgemächer, die, hoch berechnet, mit Goldmark dennoch leicht zu bezahlen waren; und die »Cent mille chemises«, kann ich mich erinnern, gaben den Fremden kein einziges Hemd, die Aufkäufer hatten die Inflation des Franc genug mißbraucht. Der Unterschied zwischen Deutschland 1923 und Frankreich 1926: nur die Franzosen wehrten sich, jeder einzelne rächte den Angriff auf die nationale Währung. Nahe Bordeaux schlug eine Krämerin wütend auf die Faktur einer Schokoladenfabrik, die von ihr Bezahlung in Dollars verlangte: »Mit dem Haus bin ich fertig!«

Sie haben, im ganzen genommen, die Schuld an ihren Mißständen nicht auf andere abgewälzt. Ob sie über ein Versailles gewinselt hätten? Nach 1871 hieß ihr Wort: »Immer daran denken, niemals davon sprechen.« Ein Déroulède sprach gleichwohl so lange, bis er Denkmäler bekam. Einem sinnvollen Komiker wieder, Alphonse Allais, war es um 1890 erlaubt, dem geräuschvollen Patrioten gute Besserung zu wünschen. »Bien du mieux chez vous, mon cher Paul.«

Der Chauffeur, der Fahrten nach dem Ostbahnhof nicht liebte, war mir unbekannt. Im Dorfe Pontigny hatte ich mich nur den Maryland-Zigaretten zuliebe gezeigt und den ironischen Blick eines Mannes überrascht. Wäre das alles gewesen, ich hätte nicht eingesehn, warum im nächsten Jahrzehnt die Völker nicht an gutem Willen zunehmen sollten.

Aber den Deutschen wurde von einem Typ, der geschäftlich wie doktrinär fortgeschritten war seit Déroulède, geläufig beigebracht, jede ihrer Unannehmlichkeiten, und wenn man sich beim Rasieren schnitt, käme von ihrer unverdienten, übrigens nicht stattgehabten Niederlage. Bei den Franzosen schlich sich das schlechte Gewissen ein; die Schuld am Niedergang, ihrem und jedem, fiel allmählich auf ihren unvorsichtigen Sieg. Dabei bleibe man beiderseits gut gelaunt und werde weise!

Mein Freund besuchte mich schon im folgenden Sommer. Mit seinem jungen Sohn saß er bei Tisch, es schien sein gewohnter Platz, wir fingen das Gespräch an, wo es aufgehört hatte. Er besichtigte meine französische Bibliothek und fand, daß »alles da« sei. Wir gingen zusammen ins Gebirge, nach Oberammergau; es ist, noch in Jahren ohne Spielzeit, attraktiver als Dorf Pontigny. Zu bieten hatte ich ihm die Sitten der Örtlichkeit und ihre Figuren, Holzschnitzer, die unausgesetzt ihre Apostelköpfe umhertragen.

Lindenhof, das Schloß eines geistig gestörten Königs, erschien dem Franzosen erstaunlich banal. So viel billige Nachahmung, trotz vieler verschwendeter Mittel, hätte er einem hochfliegenden Phantasten nicht zugetraut. Vor dem Gasthaus der roh gezimmerte Tisch, die Bank ohne Lehne, das Bier und der würzige Duft der Kräuter ergaben die beste Stunde. Von der Kindheit bis heute zähle ich die Plätze, wo die Natur gut gerochen hat. Bertaux hatte vor allem den Drang, den schwierigsten der Berge zu besteigen. Nachher war er vollkommen glücklich.

Eines anderen Sommers bin ich zu ihm in die Pyrenäen gereist. Es war nicht einfach; sein gewohnter Sitz lag am Rande eines Städtchens, einst das verbotene Ghetto von Leprakranken; höher hinauf begann alsbald der Übergang nach Spanien. Carmen mit ihren Schmugglern konnte den Paß beschritten haben. Der felsige Boden war dennoch angebaut, so weit Frankreich waltete. Die Grenze – und alsbald die Wüste.

Der gebräunte Mann aus dem Flachland war durch eigene Ernennung ein Gebirgler. An der abschüssigsten Stelle schoß er wohl eine der stämmigen Gemsen, die Izards heißen. Das lieferte ein Hauptstück unserer Nahrung. Madame Bertaux bereitete sie auf der offenen Feuerstätte des großen Wohnzimmers. Die Sessel waren aus Stroh, den Boden bedeckte rötlicher Stein. Kleine Schlafkammern, an die Fensterchen schlug damals der Regen. Das Haus hatte Mauern wie eine Burg, die Tür aus eichenen Bohlen wäre notfalls zu verteidigen gewesen. Herein trat eines Abends der Lehrer.

Der Lehrer von Lescun besaß die volle Überzeugung eines Instituteur: nationale Vorurteilslosigkeit, Menschenliebe und den Glauben, als sei der gute Wille genug, um den Frieden allen begreiflich, allen wünschenswert zu machen. Vielleicht hat der Typ geschadet? Tausende seinesgleichen, die ein Volk erziehen, lassen es »allzu gerecht« werden, wovor zu seiner Zeit Klopstock die Deutschen gewarnt hatte. Der ungerechte Sinn, den sie dann erwählten, wäre ihm verhaßter gewesen. Man weiß nicht. Lehrer der Güte haben zuletzt doch wohl einem gesegneten Volk beigestanden.

Mich hat auch der Volksschullehrer ermutigt, in seinem Land nach meinem Vermögen zu wirken, für die Freundschaft mit meinem. Bertaux war für meine Versuche, ungefähr in dem Maß, wie ich selbst sie richtig fand. Der günstige Augenblick schien gekommen. Die Illusionen seines kleinen Amtsbruders hat der skeptische Intellektuelle nicht auf sein Gewissen genommen – ich auch nicht.

Wir dachten nur: der Augenblick ist der Augenblick, versäume keinen! Während wir uns um die vergebliche Vernunft bemühen, können unbekannte Umstände ihr dennoch Macht verleihen – und wir hätten auch im Zeitlichen recht getan. Schweigen wir von dem Rechttun, das mehr als zeitlich ist.

Den Monat Dezember 1927 besetzte ein wohlgesinnter Manager, der junge Philippe Soupault, lückenlos mit meinem Auftreten vor Zuhörern jeder Art, in Gesellschaften ungleicher Herkunft. Überall empfing mich eine erstaunte Bereitwilligkeit. Noch höre ich den gerührten Dank eines alten Gelehrten – als wäre ihm ein unglaubwürdiger Traum seines Lebens dennoch erfüllt. Den Deutschen, der ihm dieses andere Gesicht seines Landes zeigte, hatte er nicht mehr erwartet. Um dieselbe Zeit kam der deutsche Minister Stresemann am Quai d'Orsay von einer Unterredung mit Briand. Die angesammelte Menge draußen rief: »Vive l'Allemagne!«

Der deutsche Botschafter von Hoesch gab mir, wie vielen anderen, ein gepflegtes Frühstück. Zu sagen wußte er mir, daß ich für die beschleunigte Räumung des Rheinlandes von französischen Truppen wirken möge. »Dabei können Sie uns wirklich helfen.« Zu verstehen: »Was Sie sonst tun, zählt nicht.« Später habe ich sein letztes Bildnis gesehen: er vertrat Hitler in London. Verzweiflung und Tod standen ihm im Gesicht. Die Sache ist: seine Überzeugung, falls er eine hatte, vertrat er vorher kaum. Erst als Botschafter Hitlers bemerkte er, daß er lau gewesen war. Keine Skepsis rechtfertigt unsere Lauheit.

Nun die französische Besatzung, viel früher, als vorgesehen, wirklich zurückgezogen wurde, hat niemand gedankt. In der Preußischen Akademie wies ich auf den Vorgang hin. Die Antwort war Achselzucken. Die deutsche Republik, angenommen, sie selbst wäre für voll und als handelnde Person genommen worden, strich eine überalterte Schuld ein.

Franzosen sind, bis gegen den Antritt Hitlers hin, in derselben Gesinnung nach Berlin gekommen, wie ich Paris besuchte. Es war, wie mir schien, nicht leicht, eine Gesellschaft ohne Besorgnis von Reibungen zu vereinigen, für einen Gast wie Victor Margueritte. Auch mußte ihm auffallen, daß der Sprecher wieder der bekannte war. Gab es außer mir keine persönlich Beteiligten – ausdrücklich bestellt und berufen? Oh! es gab.

Aus Anlaß der Kolonialausstellung 1931 wurde von Paris eine deutsche Delegation erbeten. Ihr gesellte sich ein gewisser Bloem, als unberufener Schriftsteller alt geworden, aber wenn eine nationale Bosheit ohne Hirn das Talent ersetzt, sah er seine Gelegenheit nahe. Im Krieg haben die Nationalsozialisten, die seinesgleichen kaltstellten – als nationale und soziale Gottesgeißeln genügten sie sich –, ihm endlich doch einen seiner Sätze nachgedruckt: die Russen kämpften fanatisch, weil sie noch unter dem Tier ständen. Mit diesen Begriffen in einem mächtigen Schädel kam das Individuum nach Paris mit, um mich zu beaufsichtigen, um Verletzungen der nationalen Würde nach Haus zu melden.

Meine nationale Würde wird vom Haß verletzt: er ist das Produkt von Minderwertigkeiten. Den Haß fand ich in Frankreich nie. Er ist mir im Deutschland der Republik auf Schritt und Tritt begegnet. Jedes Wohlwollen für das andere Land hat den deutschen Haß beleidigt, es wollte ihm Abbruch tun. Er verlangte vielmehr nach Vorwänden, um auszubrechen.

Hitler stand sichtlich bevor, da hat meine nationale Würde für richtiger gehalten, das Rheinland werde nochmals besetzt. Ich riet es an – nicht den Franzosen, sondern mitten in Berlin. An dem Tisch des Meisters Liebermann (der nicht verantwortlich ist, er hörte nicht hin) saß auch ein französischer Journalist. Da ihm seine publizistische Neugier über jedes sachliche Interesse ging, benutzte er meine Äußerungen für ein Buch – es hätte mir bald eine Anklage wegen Landesverrates zugezogen. Die Patrioten verfehlten ihre Absicht, aber was wollen sie: dank ihnen ist heute Berlin ein Trümmerhaufen.

Was sie weder wußten noch bisher erfuhren: einmal auf dem richtigen Weg, ging ich von der Mittagsgesellschaft geradeswegs hinüber in die Französische Botschaft. Ich berichtete M. François-Poncet. Er hörte an, was für ihn nichts Neues war. Seine Regierung war auf denselben Einfall gekommen. Der großbritannische Einspruch verhinderte sie, ihn auszuführen. Aber die Wiederbesetzung des Rheinlandes, damals vorgenommen, hätte das deutsche Rachegelüst in seine Grenzen verwiesen.

Ein ungesundes – und entbehrliches – Gelüst wird durch den Mißerfolg gereizt, nicht ermutigt. Es verkriecht sich und hat einige Aussicht – wenn nicht an sich selbst zu ersticken, doch in die hoffnungslose Minderheit zu kommen. Die traurige Menge der Dummköpfe, die nach Hitler schrien, wäre bis zur Ohnmacht herabgesunken bei wiederbesetzter Grenze. Kein Hindenburg – der Verrat mit eiserner Stirn – hätte die Gelegenheit bekommen, die »ganze Macht« erpressen zu lassen von dem Schurken, der ihm mit Entlarvung drohte.

Die Spielbank der Unterwelt wäre polizeilich aufgehoben, als noch Zeit war. Es klingt märchenhaft, nun sie auf ihr blutiges Brett die Nationen Europas geworfen und alle verloren haben an ein unbegreifliches Inferno. Es konnte nicht anders sein, da alles, was ist, vernünftig ist, sosehr man versucht wäre, es nicht dafür zu halten. Beim Erdbeben von Lissabon sagt Pangloss zu Candide: »Welchen hinreichenden Grund kann diese Erscheinung haben?«

Candide ruft nur: »Der letzte Tag der Welt ist da!« Ein Mann des Entschlusses und der Opportunität ist der Matrose, der unter Ruinen und Sterbenden stiehlt, säuft, hurt. Der gelehrte Pangloss, der nur leider angesteckt ist, zog ihn am Ärmel. »Lieber Freund«, sagte er, »das ist nicht recht, Sie handeln entgegen der Weltvernunft, Sie passen Ihre Zeit schlecht ab.« – »Kopf und Blut!« antwortete der andere, »ich bin Matrose, gebürtig aus Batavia. Viermal hab ich das Kruzifix mit Füßen getreten, auf vier Reisen nach Japan. Du kommst an den Rechten mit deiner Weltvernunft!«

Auch wir kamen an den Rechten. Félix Bertaux und ich befanden uns hierüber nicht so sehr im Irrtum wie der verseuchte Optimist. Mein Freund begleitete, seiner Zweifel unerachtet, meine Schritte, die dem Wünschenswerten bestimmt waren. Wer konnte wissen, ob sie nur des Wunsches, nicht auch der Mühen wert waren. Er beriet mich über die Worte, die ich an Briand zu richten hatte, als ich zu ihm bestellt wurde. Er ging manchen Vortrag mit mir durch. Als ich nicht mehr der – niemals beglaubigte – Vertreter Deutschlands, sondern ein leidlich interessanter Réfugié war, bestimmte er mich, über die Machtergreifung, ihre Voraussetzungen, ihre notwendigen Folgen, das erste Buch zu schreiben.

»La Haine« war eine Sache von Wochen, beachtet wurde sie auch nicht lange – gerade in Frankreich nicht. Mein Freund wurde enttäuscht, obwohl er die Ursachen durchschaute. Wenn die Einmischung bei einer fremden Macht unzulässig schien – sogar ihm –, erübrigte sich die Kritik ihrer Verbrechen. Die geschlagene deutsche Republik verdiente eine Verachtung – die Entrüstung über Hitler wurde daneben klein. Das Schlimmste: nicht die deutsche Republik allein war erledigt. Sehr früh, in der Zeitrechnung der meisten, sprach mein Freund von der französischen Republik als von dem bisher schönsten Versuch, würdig zu leben – der zu Ende gehe.

Wir haben zusammen nur das öffentliche Verzagen erlebt, nur den rötlichen Widerglanz versinkender Hoffnungen, das Ende eines Tages. Glücklich war unsere Freundschaft. Ich sehe Sie, lieber Bertaux. Wir verlassen das Haus der Mutualité. Aus den Tausenden, die mich erst nach langer Begrüßung haben sprechen lassen, erkennt mich der und jener. Auf dem Boulevard Saint-Michel setzen wir uns vor ein Café. Mein Neffe, der an der Universität Rennes doziert, ist mit uns, er bringt uns etwas von seinem Jugendmut – insofern eine Jugend, die zu vieles, zu früh erfahren muß, ihren reinen Mut behält.

Immer sehe ich, mein Freund, Ihre Augen leuchten. Wirklich schickten sie Strahlen aus, wie nach meiner Kenntnis nur die Augen von Anatole France, im Bilde. Wenn sonst kein Grund wäre, mich Ihrer zu rühmen, bin ich stolz, daß der Mann mit den schönsten Augen sich einmal meinen Sohn nannte. Gerade Ihre Augen mußten erkranken: ich halte es für ein Gleichnis. Als ich das besetzte Frankreich floh, konnten wir uns nicht mehr sehen: ich halte es für eine meiner Strafen.

Neuntes Kapitel

Liebe

Die Liebe der öffentlichen Männer

Glaube, Liebe, Hoffnung, von den dreien ist die Liebe die größte. Sie allein ist groß, wäre es nur, weil sie vorsätzlich nicht erlangbar ist. Geglaubt wird viel, gemeinhin glaubt eine Menge, zuletzt auch der einzelne, alles, wozu sie genötigt werden. Hoffen wird man ohnedies bis in das Grab hinein; ohne die lebenslange Hoffnung wäre kein Grab, das sie endlich erfüllt. Die Liebe ist frei, allein die innere Gnade erteilt sie dem Erwählten. Eine eingeredete Liebe besteht nicht, ihr Abschluß schmeckt bitter. Er hilft allein, sie zu vergessen, aber die Erinnerung loswerden braucht länger als vorher der Irrtum.

Nicht jede Liebe währet ewiglich, das wird nicht verlangt, sondern daß sie fruchtbar mache und dankbar stimme. Es ist möglich, daß ich diese oder jene Frau wenig und schlecht geliebt habe, nur gerade als die Gefährtin einer Gestaltung, die entstehen wollte, und die heimliche Hauptgestalt war sie. Oder nicht einmal die Arbeit selbst verband mich ihr, nur die Pause zwischen den Werken, das Austragen des nächsten, sein Dasein vor dem Beginn. Das hinderte nicht, daß ich diese schönen Personen wirklich liebte, daß sie allenfalls erwiderten, soviel ich ihnen entgegenbrachte, und daß der Rest meine Dankbarkeit war.

Ich weiß nicht, ob sie mich, ich selbst habe in allen Jahrzehnten keine vergessen. Ich sehe, sooft ich will und sogar ohne meinen Vorsatz, eine Haltung, Bewegung, Miene – die unzufriedene macht mir Reue, noch jetzt. Ich höre ein

Wort, von jeder das eine, das sie zusammenfaßt oder das ein entzücktes Niewieder enthält: nur sie konnte es sprechen, und nur damals.

Von mir ist nicht die Rede. Bedauert wird ein Zeitalter, das nicht viel liebt, aber hassen muß es um so mehr. Man hatte einstmals keinen Begriff vom Haß, noch von der Begabung dieser Sterblichen, einander zu hassen. Was war Haß? Eine Kritik »vernichtete«, ein Geschäft wurde zugrunde gerichtet. Der »bürgerliche Tod« konnte verhängt werden; es war ein Tod, mit dem sich leben ließ. Der Klassenhaß, solange die Arbeiter allein ihn pflegten, ging in Reden und Bier unter bis zum nächsten Mal. Inzwischen war man Biedermann.

Nationen wallten gegeneinander auf, sämtliche Laster der anderen wurden entdeckt, wiederentdeckt, all ihr historisches Unrecht ausgekramt. Da aber Friede blieb, war nach Monaten das meiste vergessen. Mag sogar sein, man griff in den eigenen Busen, der eine Fundgrube ist, besonders um sich komisch zu finden. Das Talent, seine Komik zu sehen, entwaffnet den Haß.

Der Haß verlangt den tierischen Ernst, der im Kriege gedeiht. Bewaffnet, wie man ist, nährt man den Haß, damit die Waffen nicht grundlos wüten. Kriegsjahre, die ein ganzes Zeitalter einnehmen, lassen den Haß alt werden, er hat fortgezeugt, nachgerade ist der Haß ein kindischer Großvater. Amerikaner, mit Europa so gut wie unbekannt, aber ihre Jungen machen an seinen Grenzen so gut wie andere, was man Erobern nennt – manche guten Leute und Heimkrieger verkünden ohne Wimpernzucken ihre Absicht, alle deutschen Kinder zu töten, damit ein für alle Male die Schlange erstickt sei. Ach! die Vegetation dieser Erde birgt mehr Schlangen, und das Gift spritzt endlos, da die Dummheit kernfest ist.

Liebe dagegen, Liebe macht nicht blind, der trägste Geist, das unbegabteste Herz werden hellsichtig, werden klug, wenn sie lieben. Das Gefühl reinigt unser Wissen und geht ihm voran. Wer nicht das eine Wesen angebetet hätte, sähe alle anderen falsch, sogar das mehr oder weniger schädliche, das er als Giftschlange anspricht. Man nehme das Böse im Menschen und wende es zum Besseren – ein schweres Unterfangen, denn gut wird niemand auf höheren Befehl, wie man erwiesenermaßen böse wird. Die tröstliche Tatsache ist, daß keiner der Machthaber, die Deutschland zum Abscheu der Welt machen (obwohl lange Jahre auch zum Gegenstand einer unangemessenen Bewunderung), für Deutschland einen Funken Gefühl haben.

Der deutsche Haß ist ihr Vorwand, er macht sie unentbehrlich. Deutschland darf endlich aussterben mitsamt der vernichteten Umwelt: die Rolle der Stümper spielt bis zum letzten Wort. Das sind Staatsmänner, Massenführer, das sind Strategen und Bevölkerungspolitiker, die wohl im Plan der Dinge bedingt sind, da sie ja vorliegen: nur kannte man dergleichen nicht mehr. Wir waren seit einigem gewöhnt an Männer der Tat, die auch fühlten.

Goethe beiseite, er hat wirklich die Welt erobert, was andere mit mechanisierten Divisionen nicht können, hat gehandelt – und liebte an der Schwelle des Greisenalters wie ein Jüngling. Um die Könige zu vergleichen: Henri Quatre einigte Frankreich bis auf die letzte seiner Provinzen, er verwirklichte das Königreich, dies alles unter Liebesgeschichten; – auf seine größte, endgültige folgten Niedergang und eine beinah schon bewußte Hingabe an den gewaltsamen Tod. Friedrich der Große ist der Zerstörer des alten deutschen Reiches: an ein neues dachte er höchstens wie an das Gelobte Land, das er nicht sehen sollte.

Aber er war unfähig zu lieben. Seine historische Aufgabe deckt sich mit seinem Gebrechen: es war ihm nicht immer unbekannt, er hat an sich gelitten. Die Zweifel, die ihn quälten, bezog er auf seine Preußen, die er verachtete. (Henri verehrte Frankreich in einem Zuge mit seiner Gabrielle; beide verdienten es, weil sie einen großen König zur Verehrung bewegen konnten.) Friedrich mußte ein Menschenfeind werden, sein Umgang waren Bücher, waren Personen, die er duldete, solange sie wie Bücher sprachen. Er vereinsamte ganz. Wenn er zuletzt noch auftauchte, erschien ein fremdartiger Sonderling. So der Ausgang eines hochgerichteten Lebens, dem nur die Liebe fehlte. »Und hätte der Liebe nicht –.«

Napoleon liebte die Frauen, ungeachtet er nach ärztlicher Aussage wenig begabt gewesen sein soll für die physische Liebe. Das Verlangen, die Eifersucht, das unverzagte Werben sind mehr wert als der Vollzug selbst: so viel Leidenschaft verlangt der gar nicht. Der Kaiser hat seine ungetreue Josephine geliebt und auch die kalte Marie Louise. Die sehnsuchtsvollen Briefe des jungen Generals aus Italien zeugen für ihn, wie andererseits der Roman, den er als Leutnant geschrieben hatte. Für ihn zeugt auf Sankt Helena die bange, unbelohnte Erwartung von Nachrichten seiner Habsburgerin. Ein Herz haben samt der Kraft, es auszudrücken: – der Rest ist Wille und sind Gelegenheiten, ebenso viele Gelegenheiten des Mutes wie der Furcht.

Da ist der große Mann, so klein wie groß. Er entvölkerte Frankreich, es ist ihm nicht vergessen worden; aber er begehrte, Frankreich groß zu machen gleich ihm selbst. Das muß die Wahrheit sein: er wollte geliebt werden. Als England ihn in die Verbannung geschickt hatte, behauptete er, daß die Völker, voran das britische, ihn liebten. Daran richtete der Gestürzte sich auf, ist auch nur darum aufrecht geblieben alle die Zeit seither. Die Völker, gewöhnliche, ungeschickte Leute, erfüllen den Ehrgeiz eines Mannes nach ihrer Liebe, wie sie es verstehen, oft ist es gemein und lächerlich. Im Königreich Bayern, das er geschaffen hat, steht ein Dorf, darin das Wirtshaus eine Tafel zeigt, wenn sie nicht verschwunden ist. Die Inschrift: »Hier belegte der große Kaiser Napoleon ein Mensch.« Was übrigbleibt von der Größe!

Das reine Beispiel der beständigen, beständig ehrenvollen Liebe ist Bismarck. Der Brief an den Vater seiner künftigen Frau, sein Werbebrief, welch ein Manifest menschlicher Schönheit! Man verneigt sich und ist beglückt. Wer das schrieb – wer überhaupt sein klassisches Deutsch schrieb, kann das unbedingt Schlechte niemals weder gewollt noch sich erlaubt haben. Mehr: reinen Herzens, ich glaube, ohne persönlichen Ehrgeiz, nur mit dem gebotenen Machtwillen ist er durch Kriege, Ränke anderer, den eigenen Haß, durch Gunst und Ungunst vorgedrungen von Aufgabe zu Aufgabe. Keine, so sagt er, hat ihm die Erfüllung und Ruhe gebracht, da jedesmal die nächste schon lastete. Und da alle zusammen nichts versprachen, wie er zur schweren Stunde gefühlt haben muß. Das befestigte, normalisierte Deutschland, um das er kämpfte, war unmöglich.

Er hätte es beständig und treu gewollt gleich seiner ehelichen Liebe: die war sein Maß. Der Fürst hat, ob er es bedachte oder nicht, sein Land, Europa und die Kunst, die er übte, immer ermessen an der Dauerhaftigkeit seiner einzigen Liebe. Nichts anderes hielt stand; wie wäre der Erfolg ihm treu geblieben, nur seine Liebe war es. Als der Hof endlich sagen durfte: »Es gelingt nichts mehr« – dieselben Personen hinterrücks gegen ihn einwirkten, nun, er war anzutasten, aber beileibe nicht auf Kosten seiner Frau. An der Hoftafel wollte man sie damals tiefer setzen als ihn. Er entschied: »Mich kann man nach Belieben placieren. Wo ich sitze, ist immer oben. Meine Frau aber gehört zu mir.«

Sie hat von seinem Exil in Friedrichsruh den ersten Teil noch miterlebt. Jemand beklagte ihn wegen seiner Einsamkeit. »Es ist keine Einsamkeit«, antwortete der Greis. »Es ist Zweisamkeit.« Hier ist das Beispiel, wie eine Verbundenheit durch Liebe die Abdankung erleichtert, nachdem sie lange das Gleichnis der Dauer gewesen war für ein Leben und Werk.

Eine Liebesgeschichte

Die Liebe bringt auf Ideen und in Gefahren. Als Beispiel will ich einen einfachen Kaufmann – nicht so einfach, wie man denkt, aber doch immer ein durchschnittlicher Mitgänger des Zeitalters, das Verwandlungen durchgemacht hat: während es noch Frieden zu haben glaubte, trug es in seinen Falten schon den Krieg. So auch der mehr oder weniger – eher weniger – imaginäre Kaufmann, Sohn eines Kaufmannes und von ihm der Jurisprudenz bestimmt.

Warum nicht. Die Familie hatte dem Eisenhandel en gros lange genug obgelegen. Es wurde Zeit, nach öffentlicher Ehre zu geizen anstatt nach Geld. Der Doktor juris führte zu allem. Sein Inhaber war nach dem Herkommen für sein Leben versorgt. Wer das Staatsexamen hatte, mußte nicht ununterbrochen dienen. Er konnte aussetzen, Reisen machen, Musik treiben: sobald er wieder eine Anstellung verlangte, war sie ihm geschuldet. Er stieg um so schneller im Rang, wenn man ihn bemittelt wußte, wie diesen jungen Kaufmannssohn.

Indessen, so weit kam es gar nicht, die Liebe zerriß die Rechnung. Gleich sollte er das Gymnasium hinter sich haben, da, kurz vor dem Abiturium, verführte ihn seine Cousine. Sie war um sieben Jahre älter als der Siebzehnjährige, sie wußte, was sie wollte, ihm dagegen ahnte nichts. Als Waise, die sie war, lebte sie im Haus, sie bewohnte sogar das Zimmer neben seinem. Dem Kaufmann, ja, seiner gesellschaftlich geschulten Gattin verstand sich das Moralische von selbst. So bleibt man trotz Erfahrungen, wenn die frühesten Eindrücke vom Leben den Anstand als das Natürliche hingestellt haben.

Alice besuchte ihren Vetter wohl einmal, wenn er über seinen Aufgaben saß: es war kein Geheimnis. Man kannte ihre Neugier hinsichtlich der unfaßbaren Wissenschaften, denen so ein Junge sich näherte. Sie verhehlte keineswegs ihr Erstaunen, daß er Griechisch las! Damit er sie in einige seiner Künste einweihte, wenn noch so flüchtig, stand sie nahe hinter ihm, schlang um seine Schulter den Arm, ließ ihn ihren Atem spüren, und an seiner Schläfe schwirrten ihre langen Wimpern.

Sie war bis jetzt größer als er, ihre vollgeformte, leichte Büste stützte sich von selbst auf seine Schultern, die schlanke Taille, die gebauschte Tournure waren fortgebogen. Er erhob den Blick nicht vom Buch, dort lag aber ihre schön gestaltete große und nackte Hand. Sie fingerte an den gedruckten Zeilen: ein Fingern mit Anspielungen auf Kenntnisse – oh! kein Gedanke, daß er ihr Wissenschaften hätte vermitteln können, wie sie ihm. Um ihrer Hand zu entgehen, richtete er seine Stirn seitwärts hinauf gegen sie.

Ihr Anblick beruhigte ihn einigermaßen, der harmlose, ungewandte Eifer, den sie zur Schau trug. Ihr kindlich guter Wille machte, daß zwischen den Zähnen, aus dem feuchten, starken Munde die Zunge schlängelte. Ihr ovales Gesicht hatte Farben, glatt, wie nur auf kolorierten Bildnissen von Damen, die es einst gegeben haben soll. Aschblonde Haarfransen fielen von der hohen Frisur herab, in Abschnitten, dazwischen schimmerte die Stirn. Sie blieb gesenkt, die veilchenblauen Augen in den dunklen Wimpern begegneten mitnichten den seinen. Er war darauf angewiesen, ihre Nase zu bewundern, ihm klopfte dabei das Herz.

Ihre Nase, aufwärts gebogen, weit vorgestreckt, wäre von ihrem ganzen Körper das Stück, das er küssen möchte, gesetzt, die Versuchung übermannte ihn. Das einzige, was er weiß, ist vielmehr: zwei Zoll von mir, aber unerreichbar, existiert Alice, die Schönste der Frauen. Der Frauen nur? Nein. Alles, was die Erde hat an Begehrenswertem, ihr Endzweck, der ganze Sinn des Lebens – Alice! Wie geschieht es, daß sie sich hier befindet?

Dies ist eine kleine, alte Handelsstadt, mancher verläßt sie nie. Alice könnte überall die Schönste, die erste und einzige sein, was geht vor, daß sie es nur bei mir ist? Ich wäre sie niemals wert, kein Mensch ist ihrer würdig. Überdies bin ich zu jung, fünf Jahre werde ich an Universitäten studieren müssen, Zeit genug, daß sie mich vergißt bis auf das Aussehen. Hat sie überhaupt schon beachtet, wie ich beschaffen bin? Es würde nicht lohnen. Ich bin ein gewöhnlicher Schüler.

Dabei hielt er von sich mehr, ihm waren seine schmalen, energischen Züge bewußt – energisch nur, wenn sie nicht zusah. Er erinnerte sich wohl, daß ein Geschäftsfreund seinem Vater zugeflüstert hatte: »Der Junge hat schöne Augen«, denn sein Blick verriet die Fähigkeit zu lieben, bevor es statthaft war. Sie betrat sein Zimmer um der Wissenschaften willen einmal, zweimal, dann lange nicht. Als sie dennoch eines Tages den Arm um ihn legte, hatte er aufreibend nachgedacht, es wurde unerträglich, er mußte endlich in ihr Gesicht blicken und sie in seines. Hier, Kopf an Kopf, allein und im Ernst. Am Familientisch fand man keine wirklichen Blicke.

Plötzlich richtete er sich auf, nach dem Spiegel an der Wand. Sie bemerkte genau gleichzeitig den Spiegel. Niemand weiß, ob eine Sekunde oder mehrere Minuten, Tatsache ist, sie erkannten einander, sehr tief und endgültig. Nachdem dies geschehen, streckte sie ihm lang die Zunge heraus und verließ das Zimmer.

Er blieb zurück mit seinem Entschluß, der gefaßt war. Er wollte sie besitzen, sie wollte, daß er sie besaß. Obwohl aber die beiden Zimmer nebeneinander lagen, kam der Vollzug nicht von selbst, bei weitem nicht. Die Kühnheit des Siebzehnjährigen reichte nicht bis an sein Verlangen, im Gegenteil hemmte ihn sein übermächtiger Wunsch. Er faßte das Hindernis von der anderen Seite: er verkaufte seine Schulbücher. Von ungefähr begründete er es damit, daß er doch nie studieren werde; es war noch nicht seine Überzeugung, nur die vorläufige Ausrede, die er brauchte, eine Geste, als bräche er Brücken ab.

Die Händlerin kam, sie war eine beleibte, nicht übel erhaltene Figur, das ungepflegte Gesicht faltig, aber lüstern. Haarfransen hatte auch sie. Statt des »Goldfuchses«, den sie für seine Habe bot, nahm er sie selbst, und sie war es zufrieden, doppelt sogar, da sie mit ihrem geretteten Geld wieder abzog. Jetzt, merkwürdigerweise, störte ihn nichts mehr in seinem Vorhaben.

Nur gedulden mußte er sich, bis im Haus alles still war. Da präsentierte er sich heftig und tatbereit, mit Schwung und Sprung, übrigens ohne eine Faser von Bekleidung, seiner Cousine. Sie saß, gleichfalls entblößt, vor ihrer Toilette. Sie streckte ihm diesmal nicht die Zunge heraus, das nicht; sie erschrak sogar, wenn auch mit Anstand. Sie konnte erschrocken sein, weil das vergebens Erwartete endlich doch eintritt. Er, blind von seiner Wut, sah nicht sie, nicht, was sie taten, und so verbanden sie sich.

Sie empfing ihn jeden Abend, eine Woche lang. Beim achten Wiedersehen sagte sie: »Jetzt etwas anderes.« An ihm wäre hier das Erschrecken gewesen; aber er wußte sich sicher, zu genau fühlte er: Alice ist mein. Das ganze Leben mit Alice. Er hatte es das erste Mal noch nicht erkannt, beim achten mußte er gar nicht nachdenken. Unversehens lag sie nicht mehr, die hingebreitete Schönheit und immer nehmende, gewährende Liebe, die sie für ihn war. Hochgestützt, die ziselierten Finger an der bläulichen Schläfe, forderte sie ihn auf, mit ihr zu überlegen.

Die Zukunft natürlich, denn wir leben nicht für eine Woche, und wäre es die seligste. »Ich meine« – ihre Aussprache war »iesch«, eine mädchenhafte Geziertheit –, »iesch bin offenherzig.« Hierbei lachte sie. Das Wort »offenherzig« wurde in bürgerlicher Gesellschaft verübelt, es konnte auf einen freigelegten Busen anspielen. In ihrer gegenwärtigen Haltung, mit ihrem Herzen über ihm, versenkt in seines, und er dem ihren ergeben auf immer –: beide lachten. Dann folgte das Überlegen.

Es bestand darin, daß sie ihm ihren Willen eröffnete. Er studierte nicht, das war vorbei. Nach bestandener Abgangsprüfung – aber was konnte ihm die Schule noch nützen – trat er alsbald in das väterliche Geschäft. Mit seiner Bildung und Tüchtigkeit genügten ihm wenige Monate bis zur Erreichung eines Gehaltes, von dem sie beide leben konnten. Sie heirateten noch dieses Jahr. Er hörte dies wie eine Offenbarung, obwohl er dasselbe als Vorsatz und Möglichkeit selbst schon erwogen hatte. Hier war es ein Wille, ihr Wille, er betete ihn an, weil er die Frau anbetete. Jeder ihrer weiteren Sätze kehrte Schwierigkeiten weg, zuletzt wunderte es ihn, daß etwas im Weg gewesen sein sollte.

Sie sagte, tiefer auf seinen Körper geglitten, ihre Wimpern kitzelten sein Gesicht: »Zusammen sind wir die Stärkeren. Dich verstoßen oder nach Amerika schicken kommt nicht in Frage. Deine Mutter ist schüchtern aus Wohlanständigkeit. Du weißt: ich bin nicht anständig«, sprach sie ruhig. »Daher sehe ich die Dinge, wie sie sind. Dein Vater wird seine Pläne aufgeben, nachdem er uns etwas gedroht hat. Sein Sohn wird nicht Minister werden, aber Nachfolger in seinem Geschäft. Er wird noch froh sein, dich hineinzunehmen.«

Der Junge unterbrach sie nur, um einzustimmen. »Erst recht, da ich jung genug bin – minderjährig sogar, und dürfte gar nicht heiraten. Aber mein Vater hat Einfluß, er ist nicht reich, nur sehr wohlhabend.« Hier stimmte wieder sie ein: »Das habe ich dich selbst sagen lassen. Deine Minderjährigkeit wird uns nicht stören. Seine Wohlhabenheit haben wir nötig, ja, sie ist unsere Bedingung.«

Nunmehr lag sie vollends auf ihm und sprach ihm von dem, was zuletzt kommt: Geständnisse, die nur gewährt werden, wenn die Liebe erprobt und ein für alle Male gegeben ist. Sie nannte mit Namen den Vorsprung, den ihr Alter ihr sicherte: sieben Jahre mehr als er – und er hatte wohl nicht bedacht, welche Erfahrungen in diesen sieben Jahren ein Mädchen erwirbt? Die Enttäuschungen, die sie sammelt? Ihre Einblicke und die Entschlüsse, zu denen sie gelangt?

Sie war natürlich geküßt worden, in einem oder zwei Fällen noch etwas mehr als das; der ernsteste Bewerber war ein verheirateter Mann. Man läßt sich nicht scheiden, das ist kein Anfang. Übrigens war die Auswahl hier in L. gering und allbekannt; sie konkurrierte mit allen Mädchen ihres Jahrgangs, bei derselben begrenzten Zahl von Direktoren, Agenten, Firmeninhabern gesetzten Alters. Keiner hatte den Mut oder den Geist, über die im Leben erreichte Stufe hinauszugehen. Einen Mann ertragen, wenn er bis in die Verkalkung hinein zu bleiben gedenkt, was er vorher schon gewesen war? Danke.

Hier folgten die Worte, die man nicht vergißt, und würde man hundert Jahre alt. »Dich habe ich gewählt und gewollt, weil du mich liebst wie nur ein Jüngerer, wie gerade nur du, und weil die Liebe auf Ideen bringt. Auch in Gefahren, hör ich. Du, mein lieber Junge, stößt um meinetwillen deinen Stundenplan um, das heißt etwas. Du sollst ein ganz anderer sein als vorgesehen, nun, das macht stark, es führt hoch hinaus, oder man läßt es. Du liebst mich, um ein großer Mann zu werden: glaube mir, beinah in dieser Absicht bist du mein. Ich – in dem zarten Jüngling, nicht zu zart bekanntlich, liebe ich im voraus den großen Mann. Sei ruhig, ich liebe auch den zarten Jüngling.«

Kuß, und in nächtlicher Stille der geraunte Rest: »Dein Vater ist sehr wohlhabend, auch das muß sein. Nicht, um uns auszuruhen. Aber der reichste Kaufmann, weiter hin als nur hierorts, könntest du ohne eine gesunde Grundlage nicht bald werden. Unsere gradezu meisterhafte Leidenschaft füreinander täte manches, nur zu langsam. Du siehst, alles muß zusammentreffen: so glücklich sind wir.«

Sie kamen von selbst dahin überein, daß morgen, Sonntag, »die Bombe platzen solle«. Beim Nachmittagskaffee war die Familie ohnehin versammelt, man ersparte die Einberufung eines Familienrates, der unvermeidlich schien bei so widergesetzlichen, wenn nicht widernatürlichen Vorgängen. Ihre Berechnung erwies sich richtig. Die erste Reaktion der Versammlung, Eltern, Tante, Onkel, Großmutter, war Geschlagenheit. Alle wurden auf ihren Stühlen kleiner, als stellte sich bei den jungen Leuten eine giftige Krankheit heraus – noch schlimmer, sie hätten sich einer Verbrechergesellschaft angeschlossen.

Im Vordergrund, dem ganzen Halbkreis vollauf sichtbar, stand das entartete Paar, zwei Hände fest ineinander, jeder auf jedem die Augen treu und unverwandt. Der Vater versäumte zu verbieten, was er fertig vor sich sah. Die Mutter flüsterte ratlos über seine Schulter, die sie umklammerte. Die Tante ließ vernehmen: »Die alte Person – das Kind!« Dem Onkel fiel das »Rauhe Haus« ein, wo man abgeschweifte Knaben auf den rechten Weg zurückbrachte. Indessen setzte er selbst hinzu: »Sie sollen dort gänzlich verdorben werden.«

Der Vater, ein Mann von Welt und von Humor, lachte unvermittelt auf. »Das Rauhe Haus! Er kann die Zöglinge in Latein unterrichten.« Die Mutter unternahm ihren so lange aufgeschobenen Versuch: sie fand sich selbst fehlerhaft, wenn sie laut vorging gegen eine wahre Wirrnis von

Unstatthaftem. »Ihr werdet freiwillig zur Einsicht gelangen«, sagte sie nur, obwohl ihr gewesen war, als werde sie länger reden.

Das Beispiel seiner Frau erinnerte den Vater an seine Pflicht. So erhob er sich denn und sprach: »Erstens ist euer Altersabstand natürlich unpassend, damit ich nicht sage: anstößig. Er beträgt nicht sieben Jahre, sondern vierzehn, die du mehr haben müßtest, mein Lieber. Ferner bist du auf eine Karriere vorbereitet und wärest fahnenflüchtig. Ein Überläufer taugt auch im Kaufmannsstande nichts. Du weißt schon zuviel aus abgelegenen Gebieten, du würdest scheitern. Es bleibt dabei: du beziehst die Universität. Das genügt.« – Er schloß sogar gütig: »Wir brauchen einander.«

Trotzdem enthielt das Schlußwort die Drohung, auf die beide Schuldigen sich gefaßt gemacht hatten. Sie waren sofort einig. Der Junge berichtete heftig: »Meine Bücher habe ich verkauft.« Dem Onkel wurde die Antwort überlassen. »Man kauft andere«, murmelte er. Jetzt Alice, mit ganz klarer Stimme und einem Blick über den Halbkreis hin: »Wir haben ein Verhältnis.« Der Vater setzte sich wieder. Die Tante behauptete: »Es war ihnen anzusehen.«

Dennoch zeigten alle sich zerschmettert wie bei der ersten Ankündigung des Unheils, diesmal aber endgültig. Die Großmutter, eine fromme Dame, wollte das Äußerste nicht gehört haben, ihr herzlicher Vermittlungsvorschlag ging darauf nicht ein. Der junge Mensch prüfte sich ein Jahr lang unter fleißigem Studieren. Das Mädchen inzwischen wartete ab, ob ihre Gefühle die nächste Ballsaison überstanden. Dieser wohlgemeinte Unsinn, den die Großmutter selbst wohl schwerlich ernst nahm, fiel einfach zu Boden.

Während die ganze Gesellschaft am Ende ihres guten Rates war, wußten nur die Liebenden, was zu tun sei. Sie umschlangen einander, und sie küßten – keinen dezenten

Kuß von Verlobten, zum Besten einer andächtigen Familie. Sie küßten wie im Schlafzimmer.

Ohne einen anderen Aufschub als den von der Minderjährigkeit des Bräutigams verursachten wurden sie verheiratet: die Tatsache ihrer ohnedies vollzogenen Verbindung hatte dies bewirkt. Zu sagen, daß sie glücklich waren, genügt nicht. Sie triumphierten. Sein schneller Erfolg im Geschäft war der ihre: dies verdoppelte ihn. Er hatte wirklich Ideen und hatte sie wirklich, weil er liebte, Alice liebte und sie ihn – jede Stunde und Minute, die nicht dem Geschäft gehörte.

Im Zweifel zwischen Liebesstunde und Geschäftsstunde siegte immer das Geschäft. Die Kraft, vernünftig zu handeln, war ein Ergebnis seiner Leidenschaft. Wahrscheinlich brachte er die diplomatischen Talente eines neuartigen Geschäftemachers schon mit. Ohne Alice und seine Liebe hätte er sie weder entdeckt noch entwickelt. Seine einzige Leidenschaft war sie, war ihr Ehrgeiz, reich zu sein, ihn groß zu sehen. Seinen unwandelbaren Sinn für ihren Körper, ihr Gesicht unterschied er keinen Augenblick von seiner Aufgabe, Vorrang und Macht zu erwerben.

Sie blieben die langen Jahre vereint in ihren Gliedern, ihrem Atem, so vollkommen, wie damals in der heimlich seligen Woche, als er ein Schüler gewesen und sie die entschlossene Person, die ihn sich aussucht. Ihr eingefleischtes Interesse aneinander verstärkte sich immerfort durch den Nutzen, den es brachte. Sie war ihm treu.

Übrigens alterte sie nicht, bei soviel Liebe. Indessen hielt sie sich gegenwärtig, daß er der Jüngere und viel begehrt war. Bei den ehelichen Sicherungen der Fürstin Pauline Metternich ließ sie es nicht bewenden. Diese Botschafterin entwendete jeden Morgen ihrem Gatten die Bereitschaft für die Künste der Frauen am Hof der Kaiserin Eugénie.

Alice ging die Gefahr nicht ein, daß ihr einziger Mann im Lauf des Tages dennoch Stimmung sammelte, um Verführungen entgegenzukommen. Sie setzte durch und er selbst erreichte, daß jede andere ein mehr oder weniger angenehmes Gebilde ohne betontes Geschlecht war: einzig für Alice entflammte er, und dies bei jedem Wiedersehen.

Natürlich veränderte sich mit fünfzig Jahren ihre Linie, er fand sie nur schöner. Ihn erhielt die Frau jung, da auch sie es mit allen Sinnen war. Ihr Schritt wurde schwerer, er aber erbebte, sooft beim gemeinsamen Betreten einer Gesellschaft ihr Schenkel sich senkte den seinen entlang. Er hätte ihre vorgestreckte Stumpfnase küssen wollen, als Herausforderung all der aufmerksamen Augen, die dem Auftreten des Paares beiwohnten. Sie hätten einander so wenig dezent geküßt wie einst vor dem Halbkreis der entgeisterten Familie.

Damit man anschaulich erkenne, wer am Arm des reichsten Herrn daherkam, behängte er sie mit fabelhaften Kleinodien. Sie wußte Bescheid und trug die Pracht, die sie beide kleidete nach Verdienst, wie Generäle ihre fünfzig Orden, worüber auch niemand lacht. Ihre Kleider und Mäntel waren Modelle, einzige Exemplare: die Männer, außer dem ihren, bemerken das nicht. Die Frauen – das ist etwas anderes. Sie machen sich beim Anblick einer Gestalt und ihrer Bewegung, sonst nichts, Gedanken, die nie erklärt werden.

Alice stieg aus einem ihrer Wagen, sie war an der Stelle grell beleuchtet. Eine Unbekannte, die vorüber wollte und aufgehalten wurde, wahrscheinlich neigte sie ohnedies zur Entrüstung, sagte hörbar: »Das triumphierende Laster!« Alice sah nicht hin. Das Sonderbare: daß sie sich auch nicht wunderte.

Dies war 1913, das Jahr vor dem Krieg, für die Gemüter schon ein Kriegsjahr. Manche, um nicht die meisten zu sagen, hatten irgend etwas gründlich satt, es zu beschreiben, war ihnen nicht gegeben. Sie rochen Fäulnis, die Geruchshalluzinationen aber sind dauerhaft, sind sehr lästig; um sie zu vertreiben, willigt man in das Unwahrscheinliche. Der Krieg versprach eine Erfrischung, er sollte reinigen – sowohl die Luft als auch die Phantasie, da er die Wirklichkeit stark untermalt – high coloured, mit einem wenngleich feindlichen Ausdruck –, und da er endlich allein ehrenhaft die Tat macht.

Ein Geschäftsmann, der den Eisenhandel monopolisiert hat und seinen Erfolg in Gestalt einer anspruchsvollen Gattin mit sich umherführt, oh! er war nicht auf einmal im Preis gesunken, Geld bleibt Geld. Früher als er entwertete sich seine Legende. Mit siebzehn Jahren, wie bekannt, hatte er den Grund seines riesigen Vermögens gelegt. Heute bekam er als Gegenspieler siebzehnjährige Helden. Wenige Monate, sie brachen auf, sie siegten, starben, machten sich unsterblich. Der Erwerb ist nichts Unsterbliches, die Frage erhebt sich vielmehr, ob ihm nicht Grenzen gesetzt sein sollen. Für gewisse Fälle errichtet sie der Krieg.

Der erste Eisenhändler der Welt hatte, noch zu der Zeit seines Vaters, damit angefangen, daß er, einen nach dem anderen, alle Abnehmer des schwedischen Eisens verdrängte. In welche Länder es immer geleitet wurde, unfehlbar nahm es den Weg über seine Bücher, seine Frachtschiffe. Seine langfristigen Verträge hätten nach festem Gesetz und Recht keine Wendung des Geschickes erlaubt: man nennt es Bruch, es wäre strafbar, die Gerichte jedes Landes verfügten den Erlag von Entschädigungen, die nicht auszurechnen wären, aber der Anspruch aus den Verträgen bestände fort.

Dies die strengen Sitten eines Zeitalters, das sich indessen selbst veruntreute, da es Krieg machte. Der Monopolinhaber stand damals vereinzelt wie sein Geschäft. Sein

Vater war ausgetreten, als der Sohn es auf die nie geahnte Höhe gebracht hatte, und gestorben war er, als der Nachfolger in sein fünftes Jahrzehnt trat. Die Mutter, der neuen Stellung des Hauses nicht gewachsen, zog sich in eine Waldeinsamkeit zurück. Ihr Sohn besuchte sie, bis sie unter dem Waldesboden ausruhte, und auch dann noch.

Er nahm einen Juniorpartner auf: kein Geschäftsmann, ein Adliger von gutem Aussehen. Sein vornehm eingeschätzter Teil war das Auftreten, die Empfänge von Gästen, die nur distinguiert waren, die Repräsentation bei Versammlungen und auf Reisen, wo flüchtige Sachkenntnis genügte. Plötzlich überschritt er seine Kompetenzen: der unerfahrene Zugelassene wies den Chef offen darauf hin, daß die Lieferungen an das feindliche Ausland aufhören müßten.

Es wußte es. Er hatte vorerst eine kurze Pause eingelegt; Stockung und Verwirrung des Verkehrs machte sie anfangs unvermeidlich. Inzwischen überlegte er mit seiner Frau: er hatte allein sie. Sie hatten einander, wie nur ein Mensch den anderen, von allem Besitz der gründlichste. Noch immer verständigten sie sich in liegender Stellung. Der Unterschied gegen früher: sie waren für die Nacht bekleidet und beide locker aufgestützt: es sollte sich erst entscheiden, wozu. Ihr Gespräch konnte in eine Umarmung oder in eine Meinungsverschiedenheit übergehen.

Nun hatte das Leben lang dieselbe Anschauung, ein niemals abgewichenes Interesse sie bestimmt. Wenn sie es sich sogar vorgesetzt hätten, keiner der beiden war nachgerade noch stark genug, zu widersprechen. Der Zweifel und Warnungen wenig gewohnt, ließen sie sich ungern darauf ein, von dem Selbstbewußtsein des anderen, und vom eigenen, etwas abzuhandeln. Gewiß waren sie überzeugt, daß Deutschland siegen müsse und auch werde: sonst entfiel das Eisenmonopol, und alles andere stürzte mit ein.

Beiseite bemerkten sie, daß die einzelnen Sterbefälle, mochte man im Schützengraben noch so zahlreich fallen, vorübergehend zu hoch bewertet würden – ganz natürlich unter den neu geschaffenen Umständen. Für weitere Sicht wog der Bestand des internationalen Eisenmonopols eine Armee auf. Es dahingeben unter dem Vorwand eines mittelmäßigen Patriotismus und einer unechten Gesetzlichkeit wäre mehr als ein Verbrechen, es wäre ein Fehler gewesen.

»Erfüllen wir wirklich nicht mehr unsere klaren Verträge«, sagte Alice, »die Schweden werden keinen Grund sehen, den Schaden zu tragen. Wenn auch ohne unser Zutun, die Feinde bekommen todsicher das Eisen, das sie brauchen; und heute brauchen sie mehr, benötigen es dringender als in all unserer Zeit. Es ist etwas viel verlangt, daß wir uns aus dem Geschäft zurückziehen sollen genau beim Einsetzen der großen Konjunktur, die eigentlich unser Werk ist. Unser fünfundzwanzigjähriges Werk«, wiederholte sie und ließ von ihrer aufgestützten Haltung etwas nach, ihr Schlafanzug öffnete sich.

»Nicht nur das Eisen ist auf der Höhe«, erwiderte er. »Du bist herrlicher als je.« Er küßte. Sie liebten. Der einige Beschluß im Geschäftlichen war gefaßt. Die Schiffe, mit Eisen beladen, fuhren unter neutraler Flagge, ohne deutsche Häfen zu berühren, nach den Empfangsstationen der Kriegsgegner. Diese verfertigten mit einer Hilfe, die niemandem unerwartet kam, die besten Waffen gegen ihren gemeinsamen Feind. Das ging gut – obwohl gemunkelt wurde und die Behörden aufmerkten –, bis einer der Kapitäne dennoch hierorts anlegte; zuerst behauptete er, wegen eines Maschinendefektes.

Dann kam er darauf, seine Sache zu verbessern durch die Heranziehung seines vaterländischen Gewissens. Ein verhängnisvolles Wort: einmal in Umlauf gesetzt, verkehrte es die Meinung der Kaufleute und der Ämter ins

Unerbittliche. Bis dahin hatten sie widerstrebend noch zugegeben, daß ein verdienter Mann das Recht auf zeitgemäße Maximalverdienste besaß. Zwei Rechtsauffassungen, die alt anerkannte und die neue des Krieges, standen einander entgegen. Solang möglich, war davon abgesehn worden.

Man bedenke, was alles einbegriffen ist in die unbeschränkte Bereicherung eines einzelnen, wie hier. Zahllose Existenzen hingen an seiner, das wirtschaftliche Gleichgewicht einer Stadt, ja, des Landes, waren, schwer unterscheidbar von dem seinen, gesichert oder bedroht. Beziehungen von allgemeiner Bedeutung schützten ihn. Das wußte er selbst am besten und hatte darauf vertraut – auf alle seine Vorteile, um einen Augenblick zu lange. Versäumt hatte er dennoch nichts. Keine vernünftige Frist, denn sie war nicht gestellt gewesen.

»Apfelsinenschalen, über die man ausgleitet«, erklärte er seiner Frau, »liegen niemals da, wenn man hinsieht. Dieser Kapitän mußte nicht notwendig ein dunkler Ehrenmann sein. Wir haben uns nichts vorzuwerfen.« Er wollte vor allem, daß Alice sich nichts vorwürfe. Seine eigene Schuld – nach Nietzsche die Bezeichnung für etwas Schiefgegangenes – war ihm bewußt.

Seine Verhaftung war schon in aller Mund, als er darüber noch die Achseln zuckte. Indessen besprach er mit seiner Frau, wie sie, gesetzt, er wäre einmal abwesend, sich zu verhalten habe. Es schien, daß man ihm gerade hierfür noch die Muße ließ: dann wurde er wirklich verhaftet.

Es lag nicht im Sinn ihrer Beziehungen von jeher, daß sie weinend in das Gefängnis lief. Im Zweifel zwischen Liebesstunden und Geschäftsstunden hatte noch immer das Geschäft gesiegt. An ihrem Wohnort unternahm sie nichts, vergab sich nichts. Diese Leute mußten selbst entscheiden, ob sie eine Verurteilung ihres Gatten wagen wollten: schon daß er angeklagt war, stellte alle bloß, es setzte die Stadt herab.

Sie verreiste – ohnehin jetzt das angenehmere; sie hielt sich an ihre Standesgenossen, die reichen Familien außerhalb. Sie wurde, wie sonst, von Ministern empfangen, privat natürlich. Einer war verheiratet mit einer ihrer Verehrerinnen, wenn nicht Verehrerin des Reichtums überhaupt. Alice wurde zum Diner geladen, hatte den gewohnten Erfolg, verändert erwies sich bisher nichts, obwohl ihr Mann in Untersuchungshaft saß. Man gab vor, den Irrtum zu belächeln: Widersinnigkeiten liefen einer zwar großen, aber auch verbiesterten Zeit natürlich mit unter. Soweit das Gesellschaftliche, es klappte.

Amtlich wurde ihr Hoffnung gegeben, die Verurteilung für nicht wünschenswert erklärt, aber außer Frage blieb eine Überschreitung der Zuständigkeiten. Sie sah durchaus: das Aufsehen, das ihre Angelegenheit machte, wuchs an sich selbst, aufzuhalten war es nicht. Allein ein Machtwort, das militärisch sein mußte, beendete den Skandal. So ließ sie denn den Juniorpartner nachkommen.

Wenn jemals, konnte er seine Daseinsberechtigung hier erhärten. Der Herr von historischer Abkunft und gutem Aussehen machte Eindruck überall, nur nicht bei den Befehlshabern, denen jetzt die Macht gehörte. Seine Vettern dritten Grades nannten ihn scherzweise »Koofmich«, ihre Ansicht der Sache klang deutlich mit. Ein hochgestellter Onkel sprach endlich das Wort, das gemeint war: Vaterlandsverrat.

Damit schien die Aufgabe dieses Mitgliedes der Firma gescheitert, wenigstens hielt er sie dafür. Allerdings fehlten in dem Gesamtbild gerade die Personen, die ihr eigenes Verhalten dem Beschuldigten – nicht annäherte, wer wird das zugeben. Immerhin wären die Generäle und Ministerialdirektoren, die um des Mammons willen ihre früheren Büros mit denen der Schwerindustrie vertauscht hatten, die geeigneten Vermittler gewesen. Es lag zu nahe, um erwähnt zu werden. Wenn ihr Gehilfe keinen Anlaß nahm, schwieg auch Alice davon.

Sie hielt nur noch Besprechungen mit dem berühmtesten Verteidiger, einem Champion der mitreißenden Beredsamkeit, überführte Mörder gingen aus seinen Händen rein hervor. Sie reiste; am Vorabend der gerichtlichen Verhandlung war sie zur Stelle. Der Landgerichtspräsident wartete nicht, bis sie ihn aufsuchte: er kam selbst.

In leichter, gesellschaftlicher Form, die ein Richter als Mann von Welt einfach mitmachen mußte, erwirkte sie die Erlaubnis, ihren Gatten bis in den Sitzungssaal zu begleiten. Das Gespräch gab ihr Gelegenheit, Namen auszusprechen: die Personen von Rang, die nicht das geschäftliche Verhalten des Angeklagten, wohl aber das Verfahren gegen ihn für staatsgefährlich erachteten. Der Richter stutzte, obwohl eine Stirnader ihm anschwoll.

Als sie ihren – sichtlich gealterten – Mann im Gefängnis abholte, war das erste, was vorging, eine leidenschaftliche Zärtlichkeit: beide ließen sich überwältigen, ungeachtet des Beiseins der Beamten. Um so kühler besprachen sie alsdann den bevorstehenden Tag – ein Tag wie andere, mit den gewöhnlichen geteilten Ansichten, nur daß die besseren die wahrscheinlichen waren, gemäß Regeln und Erfahrung.

Wie sie übrigens, jeder für eigene Rechnung, wirklich denken mochten, die Beweisaufnahme als erste Prozedur des Gerichtshofes verdarb bestimmt nichts. Die Tatsachen waren nachgerade bekannt, sie waren abgeleiert. Jeder im Haus glaubte der Einzelheiten mehr zu wissen, als die Akten enthielten. Der Kapitän mit seinen belastenden Aussagen erregte bei dem Publikum entschiedenen Widerwillen. Zuerst sich bezahlen lassen, dann denunzieren, zum Schaden eines Gemeinwesens, ja, mit Folgen, die noch offenblieben.

Der Angeklagte und seine Frau, zwei Schritte vor ihm am Rand einer Bank, verständigten sich mit den Augen über die Eindrücke, die auch das Gericht empfing. Unlust an der Sache war das geringste, was sich ablesen ließ. Schon entstand die Frage, warum es zu dem Prozeß gekommen war. Derselben Stimmung, seiner eigenen, paßte der Vertreter der Anklage seine Forderungen an. Für den Fall, daß auf eine Freiheitsstrafe verzichtet wurde – dem Staatsanwalt hätte es keinen Kummer bereitet –, beantragte er eine Buße in barem Geld, so ungeheuer hoch, daß jeder erschrak – bis man sich erinnerte, wer den Monstrebetrag zahlen sollte: da wurde still gelächelt.

Der berühmte Verteidiger beging den Fehler, daß er nicht einmal heut und hier von seiner Berühmtheit absah. Er mußte sich nur klein machen und hatte schon gewonnen. Statt dessen ritt er die Hohe Schule, warf die Reitpeitsche in die Luft und grüßte mit dem Zylinderhut – was noch harmlos gewesen wäre. Aber er bestand auf der unverantwortlichen Haltung des Staates gegen Wirtschaft und Nation. Er geißelte den Mißbrauch des Krieges, als eines Vorwandes, um die Autorität zu übertreiben.

Obwohl persönlich nichts weniger als revolutionär, ging er bis an die Grenze, wo der Krieg nicht mehr mit nebensächlichen Nachteilen belastet, sondern um seiner selbst willen verworfen wird. »Der Übermut der Ämter« ist von Shakespeare, ein Gericht aber erträgt keine Maßregelung durch Dichterworte. Den Verteidiger mußte an dem Tage seine erprobte Weltläufigkeit verlassen haben, oder hielt er den Fall für entschieden und erlaubte sich, ins Leere hinein zu glänzen? Da er mehrfach sein Gesicht abzuwischen hatte und seine Augen bald nach der Decke himmelten, bald eingedrückt wurden, entging ihm seine Wirkung: sie war beklagenswert.

Der Beifall, den seine Kunst natürlich errang, veranlaßte den Vorsitzenden einzuschreiten. Die Replik des

Staatsanwaltes nötigte jeden Hörer, auf gründlich berichtigte Auffassungen zu schließen. Nicht mehr um den bekannten Konflikt ging es – hier hohe, eigentlich geheiligte Interessen, hier ein Verbot, das nicht der Nation, wohl aber anderen nützte. Nein, die Nation war verletzt in der vornehmsten ihrer sittlichen Betätigungen: das ist der Krieg. Verletzt hatte sie der Angeklagte, nach dem eigenen Geständnis seines Verteidigers. Während das Gericht beriet, begleitete seine Frau den so gut wie Verurteilten in das vorbehaltene Zimmer. Sie sprachen nicht. Der Verteidiger sprach und bekam keine Antwort.

Alice erhielt an den folgenden Tagen der Beweise genug, daß die Verurteilung ihres Mannes mißbilligt wurde. Die gute Gesellschaft nannte sie barbarisch, vernunftwidrig, eine Niederlage der deutschen Sache: staatliche, ja, auch militärische Stellen äußerten sich wenig anders. Bei ihren Besuchen im Gefängnis erfuhr ihr Mann von ihr noch einmal, was ihm auch sonst zugetragen war. Etwas Neues gab es nicht. Dies machte, zum ersten Mal im Leben, ihr Zusammensein unfruchtbar.

Keinem vorigen hatte die volle Vertraulichkeit gefehlt: nicht die körperliche allein verstand sich von selbst, immer auch ein Projekt, das nur sie beide kannten. Hier gab es, unerhörterweise, nichts zu beraten, nichts zu tun. Den Kaiser um Begnadigung angehen, nun ja. Aber gerade der Kaiser war gehalten, den Krieg hochzuachten, mit allen Opfern, die er forderte: von den Armen das Leben, von den Reichen den Verzicht auf gewisse Arten des Gewinnes.

Der höchste Herr erriet, daß man sich lieber drückt, sowohl vom Sterben wie vom Geldverlust. Im Gegenteil verzeichneten das Leben und der Profit eine merkliche Zunahme an unwiderstehlichem Reiz. Worauf es ankam: nicht ertappt zu werden. Soweit war es damals nicht, wie zwanzig Jahre später, als ein Ministerpräsident und Marschall dasselbe schwedische Eisen einem Feinde, der spanischen Republik, verkaufte, und hatte es seinem selbst regierten Staat unterschlagen. Für dies und mehr dergleichen wurde er Reichsmarschall. Andererseits konnte er, derart in die Geschäfte eingeführt, den gesamteuropäischen Trust begründen. Einer seiner Vorgänger, bisher Inhaber des Eisenmonopols, erschlaffte in seiner tristen Einzelhaft, obwohl er Goethe las. Die Besuche seiner Frau begann er zu fürchten, während er sie doch herbeisehnte.

Bei jedem ungewöhnlichen Geräusch hinter der Tür seiner Zelle klopfte ihm das Herz, um nur müder zu schlagen, wenn nichts erfolgte. Er war unterrichtet, daß ihr allmählich seltener erlaubt wurde, ihn zu sehen. Aber äußere Schwierigkeiten beseitigten keineswegs die selbstverantworteten – weder seine noch ihre.

Es stand derart, daß beide einander leidenschaftlich umklammert hätten mit allen ihren Gliedern, sobald ein Umschwung der Dinge stattfand. Je weiter aber der Coup de théâtre, an den sie ohnedies nie geglaubt hatten, ihren Blicken entschwand, um so peinlicher wurden ihnen die Begegnungen, entfremdet der Leidenschaft, wie sie sein mußten. Dies nicht nur, weil für Aufwallungen kein Raum, noch mehr, weil sie ungefühlt waren.

Im Einklang mit ihr – und mit der Außenwelt – bemerkte der Gefangene, daß sein Geschick sich eingliederte unter die landläufigen, zeitgemäßen. Es hörte auf, ihn auszuzeichnen, weder im Sinn der Entrüstung noch des befriedigten Neides. Sein Geschäft war ruiniert, alle Beteiligten hatten sich umzustellen: nur natürlich, daß sie auch hinsichtlich seiner Person anders disponierten. Er war kein Gegenstand mehr, wurde voraussichtlich nie wieder ein Gegenstand ihrer Anhänglichkeit und Furcht. Der Tag erschien, als die Ehegatten sich aussprachen über die wirkliche Wahrheit. Sie war durchaus neu, das erste

Neue, das sie seit der Katastrophe einander zu bieten hatten.

Alice begann: »Mein Lieber, wir sind Realisten« – was er bestätigte, mit einem angstvollen Vorgefühl; aber so weit wie die wirkliche Wahrheit gingen seine Ahnungen denn doch nicht. Sie stellte fest, daß seine internationalen Verträge unwirksam geworden waren – infolge höherer Umstände, ohne sein Verschulden, aber so gut wie aufgelöst. Andere hatten die Lieferungen übernommen, Ausländer, die gegebenen Falles bei den Gerichten im Vorteil waren. Es wäre denn, daß die deutschen Heere zuletzt noch im Triumph den Sieg davontrügen. Danach sah es immer weniger aus.

Er war einverstanden: danach sah es nicht aus. Ob man es bedauern sollte? Sogenannte Vaterlandsverräter wie er selbst wurden am ehesten durch die Niederlage und den Umsturz in Freiheit gesetzt. Alice gab es freudig zu. Wenn es soweit wäre! Eine oder zwei Minuten raunten die beiden Angehörigen der herrschenden Klasse, mit Blicken nach der Tür, staatsgefährliche Wünsche.

Indessen waren es fromme Wünsche. Bis jetzt war Krieg. Von dem überführten Verräter kauften weder Deutschland noch seine Verbündeten das Eisen, das ihm abzunehmen ihre verbürgte Pflicht gewesen wäre. Die Firma erfüllte beständig ihre Verbindlichkeiten in Schweden, das unabsehbare Eisen häufte sich an: ein Teil mußte mit Verlust abgegeben werden an neutrale Händler. Es bildete immer noch einen Schatz ohne Ende – wenn der Krieg erst aus und Deutschland geschlagen war. Bis zu diesem Zeitpunkt war es eine Last: das Haus trug an ihr schwerer und schwerer. Sein verhinderter Chef zog selbst das Ergebnis: »Ich sitze hier, bis ich in aller Stille ein armer Mann geworden bin.«

Zwei Minuten eines unheilschwangeren Schweigens. Die Augen der Gatten streiften einander, sie hafteten nicht. Die Ahnungen des Mannes gewannen während der Pause an Inhalt. Sie waren furchtbar konkret geworden, als Alice ihr Wort sprach. »Du mußt das Geschäft abtreten.« – »An meinen Juniorpartner«, vollendete er. »Zum Schein« – dies holte er versuchsweise nach. Sie belehrte ihn, obwohl es kaum nötig war, daß eine fiktive Übertragung sich verbiete: sie war genau informiert. Was aber dann? Ebensogut, wollte er meinen, war ein geduldiges Abwarten des Endes.

Er gab sich überzeugt, während er doch wußte: so leicht resignieren wir nicht. Am wenigsten sie, und sie hat zu verfügen. Ich – für wieviel zähle ich noch? Das sollte er jetzt erfahren. Sie sagte, daß sie seine Gefährtin sei und niemand lieben werde als nur ihn. Sie sprach es im Ton einer geschäftlichen Erörterung. Er hatte genug. Das übrige nahm er ihr aus dem Mund – um ihretwillen. Sie sollte nicht genötigt sein, es auszusprechen.

»Unser Freund wird Alleininhaber der Firma, unter der Bedingung, daß er dich heiratet. Deutschland und der Balkan kaufen wieder, du bleibst die Frau, die du bist. Bemerke wohl, daß ich es will. Dir in den Weg treten, nie. Aber es gibt einen anderen, du wirst meinen Vorschlag in Betracht ziehen wie ich den deinen. Ich habe im Ausland beträchtliche Guthaben. Wir sind nach Abtretung der Firma persönlich noch immer reich genug, um unsere Stellung – deine Stellung – zu behaupten.«

»Du vergißt deine eigene Lage«, erwiderte sie schonend und traurig. »Meine Stellung, solange mein Mann hier sitzen muß?« – »Nicht lange« – zum ersten Male bat er, seine Stimme wurde flehentlich. »Vielleicht nicht einmal für die Dauer des Krieges. Wegen meiner guten Führung – und aus anderen Gründen – werden mir Hoffnungen auf Abkürzung der Strafe gemacht.« – »Sehr möglich«, sagte sie, immer schonend, »aber wir wissen es nicht. Inzwischen werden wir älter.«

Er verstand: sie selbst alterte. Sie hatte um sieben Jahre mehr. Sie fürchtete das Alter. Hier sah er sie voll an, ein langer Blick, berauscht von Liebe – dermaßen, daß sie aufweinte. »Du bist schöner als je« – er atmete stark. »Schöner als in unserer besten Zeit, und sie war nicht die beste. Ich verspreche dir mehr. Denn ich begehre dich mehr.«

»Dich liebe ich. Dich allein werde ich immer lieben.« Sie stöhnte wie er. Wo blieben die geschäftliche Erörterung und ihr Ton? Im Zweifel zwischen Geschäft und Liebe siegte die Liebe. Alice sank an seine hingebreitete Brust. Nach ihrer Vereinigung trennten sie sich, um nie einander wieder zu sehen.

Statt ihrer betrat seine Zelle ihr Arzt, um ihm mitzuteilen, daß sein Juniorpartner ein kranker Mann sei. Ein Herzklappenfehler, die herrschenden Umstände machten ihn schneller kritisch, als er sonst wohl gewesen wäre. Frage: »Wie lange?« Antwort: »Sie werden ihn bei Ihrer Rückkehr kaum noch vorfinden.« Hiernach verging dem Gefangenen jeder Zweifel – nicht gerade an dem Gesundheitsbefund des gut aussehenden Herrn. Nur was Alice beschlossen hatte, war im reinen. Nach dem pünktlichen Abgang ihres zweiten Gatten brachte sie ihrem ersten das gerettete Geschäft in eine neue Ehe mit.

Er begriff, daß sein Widerstand unnütz und daß er verderblich gewesen wäre. Er willigte in die Scheidung – die wegen gegenseitiger unüberwindlicher Abneigung ausgesprochen wurde. Sie ließ bis zu ihrer Wiederverheiratung die Anstandsfrist vergehen, er wartete sie ab; erst als er sie auf der Hochzeitsreise wußte, erhängte er sich. »Aber die Liebe bringt in gewissen Jahren dem Geschäftsmann erst die wahren Gefahren«, wäre die Inschrift auf seinem Stein gewesen, aber sie hätte sich indiskret ausgenommen.

Als nicht der Herzkranke, sondern Alice ihm in Bälde folgte, hätte man über dieses wirklich gebrochene Herz die Worte setzen können: »Aber die Liebe verführt die armen Frauen, immer blond zu bleiben, nie zu ergrauen.« Auch das unterblieb.

Die geistige Liebe

Die geistige Liebe ist eine Tatsache, so wolkig unfaßbar sie erscheint. Das süße Herz unseres gütigen Herrn Jesus wird angebetet, über die sehnsüchtige Vorstellung hinaus, mit einer Zärtlichkeit, die besitzt. Das Menschenherz, das diesem anderen schlägt, würde ohne seine immer gegenwärtige Hilfe stocken und vergehen.

Auch sterbliche Wesen, noch lebende sogar, haben, so unnahbar sie waren, vielen den Trost von Umarmungen geschenkt. Als Victor Hugo sich auf ein Inselchen im Ozean verbannt hatte, sind ihm Mengen von Seelen gefolgt, sie umgaben den Einsamen unsichtbar, schweigend, abhängiger als ein Hof seinen Herrscher. Eine gealterte Schönheit begann Goethe zu lesen.

Die großen, guten Bände hatten, soweit sie zurückdachte, in dem Bücherschrank ihres wohlhabenden Hauses gestanden. Als sie endlich die Lektüre vornahm, wohnte sie in Resten und Erinnerungen. Sie las aber nicht, wie sie früher wohl geliebt hatte: elle n'aimait que sa propre chair, heißt es. Nein, sie gab sich hin und dachte ihrer selbst nicht. Sie hat mit derselben Andacht die unverständliche »Farbenlehre« gelesen wie den leichtgeschürzten Anfang des »Meister« und die erhabene »Novelle«. Worauf es ihr ankam: in fühlbarer Berührung zu bleiben mit dem Herrn ihres Sinnes – der noch andere beherrscht und begnadet, aber nicht wie sie.

Die geistig Verliebten sind stolz, sie wissen nicht, wie sehr. Sie kennen die Eifersucht nicht, sie sind gesegnet. Wiedergeliebt zu werden, müssen sie nicht wünschen: sie tragen in sich Liebe und Gegenliebe. Mag ihr Auserwählter zu ihren Rivalen in Verhältnissen stehen – die sie gut sein lassen und nicht vergleichen. Das ihre ist unantastbar.

Eine zuletzt unerfüllbare Liebe überschattet jede greifbar wirkliche. Sie befruchtet des Selbstgefühl, dergestalt, daß eine Persönlichkeit von Format, gerade sie, sich an ihre geistige Schwärmerei verlieren kann im ungeschicktesten Augenblick. Der Physiker Helmholtz, ein Gipfel des 19. Jahrhunderts, das an Gipfeln reich war, verspätete sich bei seiner Trauung. Befragt, warum, sagte er: »Ich habe im Goethe gelesen.«

Das war keine Entschuldigung, es war ein Bekenntnis seines festlichen Zustandes. Aus ihm sprach das Glück, weil der geliebte Dichter ihm Ideen eingegeben hatte, schon oft, aber die besten heute. Ich weiß darum Bescheid, ich habe ähnliches erfahren, dank meiner geistigen Liebe für Giacomo Puccini.

Nach viel sieht es nicht aus, was will da noch die Liebe? Ein Opernkomponist, zu seiner Zeit der beliebteste überall. Man schließt sich dem zahllosen Zug an, man teilt die wohllautende Leidenschaft, die letzte, eines Zeitalters, dem unter der Hand das meiste abhanden kommen sollte, seine Lebenstatsachen, seine Reaktionen auf geistige Vorkommnisse. Die Ahnung, daß bald für tiefe Schwärmereien keine Gelegenheit mehr sein werde, ließ mich vielleicht diese ergreifen.

Mir war nichts bewußt, als ich November 1900, unvergeßliches Datum, auf der hinteren Plattform einer langsamen Pferdebahn von Florenz bergan nach Fiesole fuhr. Ich fuhr oder ging dort alle Tage, dieses Mal spielte am Weg ein Leierkasten. Damit keine Banalität fehlte, war es ein Leierkasten, der mich mit dem Maestro Puccini bekannt machte. So lange hatte ich weder von seiner Existenz erfahren noch die »Bohème« gehört.

Die wenigen Takte, die ein Wind mir zutrug, veranlaßten mich, von meinem Tram abzuspringen. Ich stand und ließ mich entzücken; die reizendste Akrobatin, die auf einem Teppich im Staub ihre lockeren Gliedmaßen vorgeführt hätte, wäre schwerlich imstande gewesen, mich so lange zu fesseln. Dies meine erste Begegnung mit einem vollkommenen Darsteller des leidenschaftlichen Lebensgefühls jener Tage: seinem Schmelz, Aufschwung, Todesverlangen.

Ich vernahm die große Arie des Rodolfo, Akt I, auf einer Landstraße. In Riva bei einem Weinwirt, noch weiß ich, daß er Marchetti hieß, spielte das Orchester zum ersten Mal »Io moio desperato«, »Tosca« III. Als das Stück aus war, stand mein Nachbar, der Segretario communale, gleichzeitig mit mir auf den Füßen. Er, der mich noch nicht angesprochen hatte, sagte: »Questo è proprio divino.« Das war es, und der Ton des Mannes zeugte von einer schmerzlichen Begeisterung.

»Madame Butterfly« hörte ich avant la lettre, im Hause eines Florentiner Priesters von San Lorenzo. Die Oper war bisher nicht aufgeführt, jemand aber hatte die Partitur gelesen, er spielte auswendig, spielte lange: ich war sofort in dem Zustand einer vollkommenen Liebe wie vorher auf der Landstraße und bei Marchetti. Alle diese lyrischen Bühnenwerke habe ich viele Jahre in den Theatern mancher Stadt gehört und gesehen: sie auch zu sehen vermehrte die Eindrücke. Die Stellung der vier Personen um das Bett der entschlafenen Mimi war ein klassisches Bild geworden, ich habe es im Kopf wie die Abfahrt nach Cythère.

Den Operntruppen, die Puccini gaben, bin ich von Stadt zu Stadt gefolgt. In Florenz beschäftigt, nahm ich mir die Zeit, nach Mailand zu reisen, nochmals »Tosca« zu hören und eine Schauspielerin wiederzusehen: ihr Name war Livia. Was ich von ihr zu sehen wünschte, war eine leichte Bewegung des Schenkels, etwas wie ein gebeugtes Knie. Erster Akt, Kirchenszene, sie fürchtet für sich und ihren Geliebten die blauen Augen des Modells, das er malt.

Er stillt ihre Eifersucht, aber das entscheidende Wort, die Farbe der Augen, die er einzig liebt, ihrer Augen, fällt zuletzt, sie wartet. Verzauberte Bangigkeit, Livia verlor die Kraft, die Lippen zu schließen, eines ihrer Knie sank tiefer. Endlich fiel das Wort: »Gli occhi... neri«, da glänzte sie auf und breitete ihre Arme hin. Das ist nicht viel, was vermögen wir denn auch, um darzutun, daß wir nach Glück verlangen und daß es an zwei Silben hängt.

Dennoch bleibt dies ein unvergänglicher Augenblick, stärker sogar, seitdem das Teatro Lirico von Bomben bedroht ist, hungernde Unglückliche daran hinschleichen und in den Schatten, die einst selig waren, der Durst nach Blut sich sättigen muß. Der Maestro Puccini ist einer, der viel Glück, das beste Lebensgefühl eines Kontinentes, dahin mitgenommen hat, wo er jetzt weilt.

Wohlverstanden habe ich ihn von jeher als den Urheber, nicht nur des leidenschaftlichsten Gesanges, auch des gehobenen Gefühles seiner Mitwelt empfunden. Es ist folgenreich, eine einzige »kleine Stadt« singend zu machen: in meinem so benannten Roman tut es der Dirigent Enrico Dorlenghi. Der Maestro Puccini hat es für eine Welt getan, bevor ihr aller Gesang verging. Mein junger Kapellmeister, seine glühende Sehnsucht, Musik für ein ganzes Volk zu ersinnen, ist meine Anschauung des werdenden Puccini: meinen Roman hätte ich sonst nicht geschrieben.

Bevor er mir einfiel, hatte ich einige Sommerwochen des Jahres 1907 am Fuße des Monte Grappa verbracht – noch ein weniges, dann machte der Krieg den Berg berühmt. Vorher stand in dem Dorf das Geburtshaus und Museum des Bildhauers Canova, der dem Musiker geistig ähnelt. (Stendhal, der Canova immer liebte, hätte für Puccini die Zärtlichkeit gefühlt wie für Cimarosa.) Die Piave-Schlacht wird die lebendigen Spuren beseitigt haben.

1907 hatte das Wirtshaus mich als einzigen Gast, was diese lieben Italiener nicht ärgerlich, nur gefälliger machte. Ich aß Polenta unter einer Rosenlaube, mit dem Ausblick in ein Blau, das hat es für mich nie wieder gegeben, tief, tief blau wie kein anderes war das venezianische Land. Als ich aus dieser Stille hinabstieg nach Padova (»Er liegt in Padua begraben«), war im Hotel eine Hochzeit, durch den Lärm drang eine vertraute Musik.

Auf der Treppe hörte ich sie zu Ende, »Bohème«, erster Akt: »E cosa faccio, scrivo.« Allerdings: scrivo; aber wann hätte der Herzensdrang, etwas Schönes zu machen, einen energischen Wohllaut und machtvolle Inbrunst gefunden wie hier. Der Maestro, seine Lust an ihm selbst, seine immer nahe Furcht, nie abzuschließen, schon vorher fortzumüssen, interessierten mich. Der Zufall hätte mich nicht verwundert, wenn er unter die Teilnehmer einer kleinbürgerlichen Hochzeit getreten wäre. Er schrieb für sie, da er allen, auch mir, gerecht wurde.

Sie hätten in seiner Gegenwart ihr lautes Wesen abgelegt, womöglich wären sie nicht mehr ordinär gewesen: aus Schonung für ihn. Sie hätten zweifellos bemerkt, was mir nicht entging: er bedarf der Zurückhaltung, er ist allein und gar nicht immer heiter. Vielleicht nach langer Arbeit nimmt er un bagno die sciocchezza, wie d'Annunzio von sich aussagte; wäscht in alberner Gesellschaft seine geistigen Schwierigkeiten ab, badet seine angespannte Seele. Die elegante Figur und Kleidung des Mannes täuschen nicht, die leidenschaftliche Verzücktheit seiner Erfindungen, die Macht der Sinne, der Sturm der musikalischen Sprache sind eitel Schein: sie gehören den wenigen Stunden, in denen man produktiv ist, und gerade dann ist man nüchtern. Ich kenne das.

Die wenigen Eingeweihten ahnen sehr wohl, daß seine Haltung, der Stil seiner Personen in das Alltägliche nicht einbezogen werden dürfen, dort träfen sie nicht zu. Ein

Schauspieldirektor, guter Liebhaber, dachte eines Abends seinem Publikum etwas mitzuteilen, er trat aus dem geschlossenen Vorhang. Die Pause, bis es still wurde, füllte er mit Bewegungen von verführerischer Gespreiztheit. Mein Nachbar fragte: »Cosa vuole? Vuol cantare la ›Bohème‹?« Man lächelte. Das Modell Puccini ging, aber es ging nur, wenn von ihm selbst.

Er inzwischen hielt sich zur schweren Stunde für ganz unmöglich, aber in seine Aufführungen liefen die Leute. Dieses Mittel, sich zu berauschen, war ihm versagt. Von allem, was er geschrieben hatte, ertrug er nur noch den dritten Akt der »Bohème«, den schönen, hoffnungslosen. Ich dachte ihn mir als den tätigen Kenner des Erfolges, dennoch enttäuscht, dennoch traurig, in seinem Landhaus an dem Waldsee bei Viareggio. Sicher war es heiter eingerichtet, der Flügel immer aufgeschlagen, Notenblätter achtlos verstreut, wenn sie nicht behutsam verschlossen waren.

Die Lorbeerkränze haben nicht gefehlt. Am Teetisch sitzt eine Operndiva, anspruchsvoll, bezaubernd, wie ihr Fach und Beruf es wollen. Sie bringt ihre Formen in die Nähe des Maestro – er muß immer jung bleiben, es ist sein Genre, immer auf der Höhe, wohin käme man. Sie verwöhnt ihn mit Schmeicheleien, und er sie. Das ist nicht ernst. Völlig ernst war seine erste Begegnung mit Caruso.

Puccini verließ gerade das Haus, ein junger Unbekannter trat ihm entgegen: ihm kein Unbekannter. Anfänger, die bemerkt werden wollten, standen damals beim Dom von Mailand unter der Galerie und warteten auf den Agenten, der sie probesingen ließ. Puccini hatte ihn gehört und dieser Stimme seither gedacht. »Lei canterà la ›Bohème‹«, sagte er sogleich. Das Wort begründete den Ruhm einer Oper und die Laufbahn des ersten Sängers seiner Zeit. Caruso, ein Ingénu mit dem Instinkt für Menschen, der gern Bildnisse zeichnete, hat seinem Entdecker nie das Wort vergessen.

Es geschieht uns wohl, daß wir das Glück eines Mimen, einer künftigen Prominenten machen. Nachher verdient sie, glänzt, solange sie kann; von uns wird sie nicht einmal wissen, wenn alles vorbei ist. Enrico Caruso, Giacomo Puccini, einander gegenüber, und »Sie sollen die ›Bohème‹ singen«, das hat mich oft gerührt, ich höre das Wort geflüstert, ein Geheimnis zweier Toten.

Ich bin nie vor ihn hingetreten, von mir hat er nicht gewußt. Sollte ich mir seinen Teetisch, aufgeschlagenen Flügel und die Kränze betrachten? Eine ermüdete oder leichtfertige Stimmung bei ihm antreffen und nur begrüßt werden, weil ich vielleicht schrieb? Es hat aber die geistige Liebe ihre Genugtuung in einem bescheidenen, nicht ganz bescheidenen Dunkel. Sehr spät, er hatte wohl keine drei Jahre mehr, wurde ihm mein Name genannt.

Merkwürdigerweise war er nach Oberammergau gekommen: so weit ging die Neugier des alten Praktikers auf Wirkungen der Bühne. Der Vertreter einer Berliner Zeitung erzählte ihm, daß er in Deutschland einen besonderen Verehrer habe. (Man sagt Verehrer, nicht Liebhaber, eine verbrauchte oder mißverständliche Bezeichnung.) Puccini ließ sich den Namen wiederholen und schüttelte den Kopf: »Jamais entendu.« Mit Recht oder Unrecht, aus Hochmut, Demut, Ironie – als ich davon erfuhr, beglückte es mich.

Dann starb er »den schweren Tod«, wie im »Nils Lyhne« steht. Kehlkopfkrebs oder etwas anderes, die wirkliche Qual war nicht dies. Die Hoffnung und Verzweiflung um seine nicht vollendete »Turandot« hat ihn verfolgt von seinem Schreibtisch, wo er den Rauch der letzten Zigaretten in seinen kranken Hals zog, nach Brüssel, zu der Operation, die jeder ihm machen konnte, vergeblich war sie immer. Seiner Pflegerin sagte er: »Es ist sehr schwer für einen Künstler, mit dem unfertigen Werk zu sterben.«

Das Jahr darauf sah ich die Aufführung des Wiener Opernhauses. Einen ganzen Abend Puccini, und keine Melodie. Mit der »Fanciulla del ovest« hatte er angefangen, herb und ungefällig zu werden. Geht mit, oder laßt es, fühlt, wie ich, das Leben sich entzaubern, oder behaltet eure Illusionen: mir gleich. Sein tiefster Zauber ist zuletzt unsere Erkenntnis, daß es wenig war und daß es hart ist. »I profondi amori fanno le profonde miserie« – Scarpia, in »Tosca« I.

Wir hätten nie das Leben gefeiert, wenn es uns nicht zum Ende bitter und mörderisch machte. Prinzessin Turandot, jung und ungeprüft, tötet ihre Bewerber, wie der wunderliche Gozzi es gewollt hat. Die Existenz eines Puccini hat einen besser berechneten Verlauf, von der Seligkeit zur Bitternis, von der Macht des Wohllautes bis an den Tod, der sich in seiner Art besingt.

Als der große Verdi zuerst von dem jungen Puccini hörte, schrieb er: »Man sagt, er mache Melodien, das ist weder alt noch neu.« O nein, aber es ist gläubig, lebensgläubig: zum Beweis hat Verdi Melodien gemacht, bis er siebzig war, und erst mit achtundsiebzig den »Falstaff« ohne jede. Der späte Wagner ist, für heutige Eindrücke, ein Melodiker, ihm vergehen keine drei Minuten bis zu der nächsten Erfindung von geschlossener Form. Überdies ist sie zart, man würde sagen, herkömmlich, wenn nicht einstmals heftig gekämpft worden wäre um so große Neuheiten.

Puccini mit seinem Spätling – lange vor den Siebzig arbeitete er daran – wagte wenig, höchstens, daß die »Turandot« bis auf weiteres nicht gegeben wird: sie scheint zu wenig von ihm. Die Nachkömmlinge setzten nichts mehr aufs Spiel. Im Gegenteil wäre es ein Unterfangen, der Gegenwart, diesem Zeitalter, die nichts als wohllautende Schönheit anzubieten. Die glückliche Gestaltung, mit all ihren Untertönen, ihrem Nebensinn, wäre eine Kränkung und wäre lächerlich.

Ich habe die »Turandot« nur das eine Mal erlebt, und hätte ich vor ihr weniger erlebt, als ich wirklich durfte, immer geschah doch von meinem Geist das Abschiednehmen einer geliebten Persönlichkeit. Mir waren ihre schmerzlichen Tiefen nicht fremd geblieben, als sie obenauf berauschtes Lebensgefühl strahlte, und die Frage ist, ob ich auf den Schlag in Liebe verfallen wäre für den Autor der »Bohème«, hätte ich insgeheim nicht seine tödliche letzte Heldin vorhergekannt. So weiß man, daß unser Glück gebrechlich, ein Zeitalter abgelaufen und gerichtet ist.

Bei der Uraufführung an der Scala hat im letzten Akt der Dirigent Toscanini den Stab gesenkt. Nach dem Haus umgewendet, hat er gesprochen: »Qui finisce la partizione del maestro Puccini.« Hier endet – viel.

Wenn es mir selbst begegnete, daß ich im Geist geliebt wurde, habe ich mir meinen Anteil wohl zugeeignet. Der weitaus stärkere Antrieb waren die Lebensbedingungen des anderen: auch Todesbedingungen mögen es sein. In einem Stück von mir nahmen Liebhaber und Liebhaberin einen stilisierten, eher opernhaften Abschied, schwebenden Fußes, Bewegung und Wort ganz Wohllaut. Im Parkett wendete jemand das Gesicht hinauf nach der Direktionsloge und sprach zu mir wie aus nächster Nähe: »Ist das schön!«

Seinen Namen weiß ich nicht besser, als der Maestro den meinen kannte. Aber er war ein wohlhabender Kaufmann, hatte gestern geheiratet, sollte morgen in den Krieg. Nicht lange, und ich hörte, er sei gefallen. Sie sind in den Krieg gegangen, sie sind gefallen.

Zehntes Kapitel

Deutschland hat seine Niederlage schlecht getragen

Begegnungen

Zwischen 1918 und 1925, als mich ein Roman beschäftigte, geschah dies und jenes. Aus Deutschland wurde eine Republik. Die erste Sorge der Republik war ein innerer Krieg; er endete mit dem Sieg der Inflation. Die Inflation war künstlich veranstaltet worden, ohne daß der kaiserliche Reichsbankpräsident Havenstein sie auch nur begriff; er starb am Schrecken.

Wirtschaftliche Vorgänge werden, die beamteten Vollzieher ganz beiseite, meistens nicht einmal von den wirklichen Urhebern begriffen: sie sprechen sich von der Verantwortung frei und tragen in Geduld, daß die gegebene Konjunktur sie reicher macht, als je geahnt. Man sagt wohl, die deutsche Inflation, 1916 leise begonnen, Ende 1923 abgebrochen wie durch Zauber, als die Mark gleich einer Billion in Papier war, dieses Märchen von einer Inflation sei absichtsvoll erfunden worden, um die inneren Schulden loszuwerden. Wer hat die Inflation erfunden, wenn der Reichsbankpräsident sie für ein Märchen hielt, obwohl es ihm ans Leben ging?

1916 in einem Berliner Haus, das einer großen Privatbank verwandt war, äußerte ich in aller Unschuld, daß wahrscheinlich jetzt Noten gedruckt würden ohne vorhandene Golddeckung. Jemand antwortete mir, kein deutscher Minister würde sich hierfür bereit finden. Der Sprecher, sein Ton war überzeugt, er war innig, versah nachher selbst das Amt eines Reichsfinanzministers und druckte Markscheine, so deutlich wie nur möglich stand »eine Billion« darauf.

War dieser Fachmann gutgläubig gewesen, warum sollte der eilfertig angeschwollene Inflationskaufmann Stinnes sich für etwas anderes gehalten haben als redlich. Ja, einer Forderung der Stunde kam er nach, wenn er ohne Geld zusammenkaufte, was für eine Wucht bedruckten Papiers zu haben war. Auch er hat nichts vorausgesehen und bewies es, als er zusammen mit der Inflation noch schneller ab- als anschwoll. Bescheiden nannte er sich »Kaufmann«, ließ drucken, daß seine Mahlzeit aus einem Ei bestehe, und die Frage, wofür er so furchtbar verdiene, beantwortete er schlicht: »Für meine Kinder.«

Denn die Truste und ihre Inhaber haben Nachkommen und rechnen auf Dauer – überzeugter als die Nazis, im ersten Siegesrausch, ihre tausendjährige Herrschaft eskomptierten. Das Erstaunliche ist, daß eine Schicht von reichen Leuten, die vor fünfzig Jahren noch nicht da waren, jeden Zweifel an ihrer Unverbrüchlichkeit als suspekt behandeln, ihn infamieren lassen. An dem Feudalismus, der wirklich tausend Jahre hatte, durfte gezweifelt werden. An der Kirche sogar. Die Menschheit hat einige alte Mächte überlebt: der Zerfall der Truste wäre angeblich ihr Ende. Der Untergang der Gesittung ist dagegen belanglos.

Der Typ des unangemessen Bereicherten verrät sich auf eine durchschlagende Art. Er läßt einen Leibesschaden, der heilbar gewesen wäre, nicht rechtzeitig operieren und stirbt daran. Der erste Reichspräsident Ebert hat, wie der größte Geschäftemacher vom Anfang der Republik, die verräterische Unterlassung begangen. Sie haben an ihr Geschäft sowenig wie an ihren Körper geglaubt, ihr Körper selbst glaubte an sie nicht, die Stunde, die er lebte, war ihm verdächtig.

Um einiges besser als diese beiden Produkte der Gelegenheit sollten die Hüttenbesitzer vom Rhein Bescheid gewußt haben. Sie waren, außer ein paar preußischen Adeligen, die aber bei weitem nicht dieselbe Entschlossenheit aufbrachten, die ältesten Reichen im Lande. Der Ahne des Kohlenmagnaten vor höchstens achtzig Jahren führte noch eigenhändig seinen Kahn mit Kohlen; die Enkel, geschäftlich untereinander verfilzt, wie sie waren, und mit allen Fingern im Weltgeschäft, könnten schließlich einen Weitblick erworben haben wie sonst niemand.

Indessen erinnere ich mich einiger Gespräche mit einer Dame aus der schönsten Mitte der Industrie: eines im Krieg, den sie mißbilligte, als ob er nicht die Sache ihrer Klasse gewesen wäre; eines nach der Niederlage, als das Rheinland, von fremden Truppen besetzt, das deutsche Reich verlassen zu wollen schien; wohlverstanden war sie dagegen. Beim dritten und letzten Mal redete die Rheinländerin mir ins Gewissen wegen meines Romans »Der Kopf«, worin ihre Verwandtschaft, die Industrie, den Krieg verschuldet. Ihr war es unbekannt, oder sie hatte es vergessen.

Sie war vom abgeschwächten Typ einer Fredegonda, der mittelalterlichen Königin ihrer Heimat, wo es schon damals gewalttätig zuging; ihr männlicher Anhang bestand aus Enaksöhnen mit blonden Vollbärten, und die ganze Familie trug in den großen, kalten Gesichtern das unbedeutende Näschen, das üblich am Rhein ist. Mit ihren ausdruckslosen Nixenaugen – Fredegonda und die Lorelei haben nichts auszudrücken – und auch mit der breiten niederdeutschen Stimme wollte sie mich überreden, daß »die Industrie« nicht nur unschuldig, daß sie auch völlig uneinträglich sei.

Während sie sprach, 1925, waren ihre Leute im Zuge, Hitler zu finanzieren. Früher hatten sie die »Alldeutschen« finanziert, und hauptsächlich die hartnäckigen Forderungen der Industriellen nach eroberten Gebieten hatten den Kaiser und seine Strategen bis in die vollendete Niederlage getrieben. Der Republik haben sie alsdann, wie wenn es eine Wette gälte, sieben Millionen Arbeitslose aufgehalst – hätten aber dieselbe Zahl beschäftigen können für das Geld, das ihr Hitler sie kostete. 1944 verschlingen sie auch ihn. Wenn er fertig ist, hoffen sie zu bleiben und weiterzublühen.

Aber sie kennen sich nicht; man lasse ihre Frauen reden, da kommt es heraus. Sie glauben die Opfer zu sein; sie handeln in verzweifelter Selbstverteidigung, wenn sie schon den dritten deutschen Staat tothetzen. Die Angst für ihren unerträglich großen Besitz treibt sie, ihn zu vergrößern um alles, was Europa besitzt. Die Nationen mitsamt ihrer Geschichte müssen ausgetilgt werden, sonst käme der Bolschewismus. Die Menschen des einstmals stolzen Erdteils müssen eine gedemütigte Masse von Zwangsarbeitern werden, weil sonst der Bolschewismus käme.

Selbstsichere Weltbeherrscher sehen anders aus als Milliardäre eines verelendeten Deutschland und der Führer, den sie ihm zugemutet haben. Die Gesellschaft schlottert. Meine Industriedame 1925 hatte auch nur die eine Sorge, und das Gespräch fand eben darum statt: kommt der Bolschewismus? Er war einigermaßen entfernt, aber dessen wollte sie versichert werden von dem Eingeweihten, für den sie mich hielt. Sie wußte nicht, und nie haben die Ihren gewußt, was sie taten, für wen, wozu, ob notwendig, zweckmäßig und mit welchen Folgen. Diese Reichsten leben von der Hand in den Mund.

Das Wissen jenseits von Interesse und Furcht, das überlegene Wissen ist das seltenste; mit Vorbehalt glaube ich ihm einmal begegnet zu sein. Es war Anfang 1917, ein Abend bei dem Bankdirektor Witting, Bruder Maximilian Hardens. Unter den Eingeladenen befand sich Fürst Lichnowsky, Vorkriegsbotschafter in London, beim Kaiser in

Ungnade, weil er ihn gewarnt hatte. Als der Hausherr diesen Gast in ein ruhiges Zimmer führte, schien es, daß ich der Unterredung beiwohnen sollte. Jedenfalls habe ich sie nicht gestört; das Angehörte war ein ergriffenes Schweigen wert.

Lichnowsky hatte wohl das Bedürfnis zu sprechen, wo konnte er es noch, wenn nicht im Hause eines jüdischen Finanzmannes. Wo die Wahrheit gehört wird, ist das Haus vornehm. Er sagte mit einer Ruhe, von der viel auf den Tonfall kam, langsam und näselnd, in der Aussprache österreichischer Aristokraten, sagte er viele, mehr oder weniger verhängnisvolle Wahrheiten: fehlte nur die letzte. Da fragte sein Partner:

»Erinnern Sie sich, Durchlaucht, daß wir vor einem Jahr um die gleiche Frühlingszeit hier am Kanal spazierengingen? Sie sagten damals: Wenn wir Elsaß-Lothringen anböten und der Kaiser abdankte, könnten wir uns leidlich aus der Sache ziehen. Ist das Ihre Meinung noch jetzt?«

Lichnowsky, nach einigem Zögern, währenddessen Kopf und Augen völlig stillhielten: »Nein.«

Kein Blick nach mir. Vielleicht war es ihm gleich, was ich hörte, ich hatte eher den Eindruck, daß er für mich sein Nein sprach. Nun, das geschieht wohl, wenn eine Wahrheit derart ist, daß es uns selbst davon kalt überläuft, dann war sie uns bestimmt. Der Krieg von damals stand 1916, auch noch anfangs 1917, günstiger, als der Krieg Hitlers zur Zeit seines erfolgreichsten Unfugs jemals stehen konnte. Der tote Tragiker, den ich darum noch nach siebenundzwanzig Jahren vor mir sehe, sprach nicht wie einer, der recht behalten will. Er bekannte, still und nicht weit von Demut, sein Wissen.

Ah! das möchte nachträglich mancher gehabt haben, etwas von Ergebung in das Unabänderliche, das er wenigstens erkannt hätte. Auf der Ludwigstraße in München hielt ein kleiner Herr mit weißem Schnurrbärtchen mich an, er hieß von Schoen, auch er war Botschafter des Kaisers gewesen. Der große Augenblick seines Lebens war, der französischen Republik Krieg zu erklären. Nun der Krieg verlorengegangen, fühlte er ein Bedürfnis, wahrscheinlich ein häufig wiederkehrendes, sein Gewissen zu erleichtern.

Die amtliche Lesart wurde unter der Republik, daß Deutschland an der Katastrophe die geringste Schuld, wenn überhaupt eine, trage. Wenigstens Herr von Schoen gab zu, was er getan hatte. Er schämte sich, er war entrüstet, weil man ihn mißbraucht hatte. Er mußte im August 1914 auf das Pariser Außenministerium gehen und die Übergabe der Festungen an Deutschland verlangen, sonst – aus. Möglich, daß die Namen Toul und Verdun nicht ohne Stocken über seine Lippen gekommen sind. Von da bis zu der ehrenvollen Haltung eines Lichnowsky ist ein ganzes Stück Menschentums.

Seine Festungsszene ist vor allem grotesk gewesen, denkt man an das damalige Frankreich: die Macht mit ihrem Kolonialreich, ihrer britischen Entente, ihrem russischen Bündnis; die Republik, von sich überzeugt, hat ihr Heer gegen Deutschland vierzig Jahre lang geschult; das Land besitzt einen Clemenceau – und den kennt man seit der Dreyfus-Affäre, allein ist er stärker als die gesamte Herrenkaste des armen Wilhelm. Aber am Quai d'Orsay, bei dem Lande, der Republik, der Macht, erscheint ein mäßig ansehnlicher Herr und stellt sie vor die Wahl, sich im voraus zu ergeben oder – alles aus.

Die deutschen Welteroberungen geraten mal so, mal anders; zugrunde liegt unwandelbar eine lächerliche Verkennung von Mensch und Ding. Die heutigen Quäler eines überrannten und verratenen Frankreich machen sich verhaßt, aber lächerlich, und haben sich lächerlich gemacht, als sie der überfallenen Sowjetunion noch sechs Wochen

Leben gaben. Die erste deutsche Republik ist von dem Gesetz der schlechten Scherze nicht abgewichen; was ihr je mißlang, setzte sie auf Rechnung des Vertrages von Versailles, ein milder Vertrag, und erfüllt wurde er ohnedies nicht.

1931 war es, daß ein Rechtsanwalt oder Syndikus namens Curtius, ein Auch-Reichskanzler, dem auch-militärischen Verein der Stahlhelmer in Breslau eine Hetzrede gegen »Versailles« hielt. Er machte im deutschen Außenamt den Nachfolger Stresemanns. Was immer an Stresemann zweifelhaft befunden wurde, er allein hat in Paris von einer Menge, die echt war, den Zuruf »Hoch Deutschland« vernommen. Fraglich, ob heute, in dem Paris der Gestapo, auch nur die offenen Verräter diesen Ruf wagen.

Am 3. Juni 1931 sah ich Briand. Er hatte, als letzter, dem armen Europa für eine nicht verdiente Ruhe gebürgt. Er hatte Stresemann als Partner gewonnen. Sie hielten gemeinsam aus. Niederlage und Tod des einen verurteilte den anderen. Der eine war abgetreten. Das Palais an der Seine schien verödet, als ich es betrat, die Treppe noch majestätischer durch ihre Leere; im Hintergrund von Sälen, die niemals so weitläufig gewesen waren, drückten einzelne Bewerber sich umher und vergaßen, um was sie warben. Der Amtsdiener öffnete mir ein Zimmer: in aller historischen Pracht sah es nach Aufbruch aus – obwohl von dem abgeräumten Schreibtisch die rührendste Gestalt des Zeitalters aufstand.

Er hatte gesagt: »Solange ich da bin, wird kein Krieg sein« – und war nun selbst nur da als ein Schatten. Sogleich beklagte er die Breslauer Rede, in ihr und in der gleichzeitig versuchten Zollunion mit Österreich sah er durchaus die gewissenlose Herausforderung und Vorübung für das Schlimmste. Es war der Wiederbeginn der Feindseligkeiten. Noch kamen sie von einem abgerüsteten oder vorgeblich abgerüsteten Deutschland, aber wie lange bleibt ein

Land, was es nicht sein will. Die Meinung ist, das Durchdringen eines Hitler sei von niemand ernstlich in Betracht gezogen worden, besonders sein massigster Antrieb nicht, die deutschen Minderwertigkeitsgefühle. Ich weiß nicht. Briand sprach.

Die ruhige Stimme, die ich hörte, wurde ein einziges Mal dringlicher: » Das – darf doch nicht noch einmal kommen!« – »Das« – war der Krieg, und er sah ihn wiederkehren.

Dieser Mann, Minister eines siegreichen Landes, hatte den vergeblichen, sehr merkwürdigen Versuch gemacht, den Unterlegenen aufzurichten, ihn zu überzeugen, auch sein Land könne beides haben, den Frieden und dennoch seine alte Würde. Aber wann hatte es die abgelegt – nicht erst, als es geschlagen war und alles leugnete. Um zuversichtlich vorzugehen auf einem Feld, das hohl ist und nachgibt, der deutschen Geschichte, muß einer sie niemals untersucht haben: Briand wäre erschrocken, bevor er sein Experiment der Milde begann.

Jetzt endlich war er erschrocken, ohne sich darum widerlegt zu fühlen. Er hielt sein Werk für unentbehrlich, noch in den Worten, die es aufgaben. »Solche deutschen Fehler erschweren mir jede Hilfe. Ich müßte von euch zuerst ein Versprechen haben –.« Nicht die Violenstimme, von der man oft geschwärmt hatte. Sein Ton war hart und klar, vom Timbre des Clairon.

Sieben Jahre vorher, 1924, hatte Masaryk, Präsidentbefreier der Tschechoslowakei, zu mir sprechen wollen. Beim Abschied von Briand werde ich nicht anders gekonnt haben, als die beiden Besuche zu vergleichen. Heute sehe ich sie nahe aneinandergerückt, wechselnde Stunden desselben Tages, die eine schmerzlich, die andere streng, aber Absicht und Bedeutung waren gleich.

Kurz gesagt, hat Masaryk an den guten Stern Europas – eine vernünftige Haltung Deutschlands – noch weniger geglaubt als Briand nach seiner Belehrung. Perioden der Träume und der Ernüchterungen mußte er nicht durchlaufen. Er war nüchtern, bei seinem Mittagessen stand vor jedem Gedeck ein Glas Wasser. Er wollte klar sein, nachher an seinem Kamin mit mir allein trank er viel Kaffee. Sein zuträglichstes Getränk erhielt ihn arbeitsam, wie den alten Voltaire, milde hat es weder den noch jenen gemacht.

An dem Kamin in Schloß Lana bei Prag hörte ich sowohl Wahrheiten als auch Warnungen. Aber ob ich sie hier empfing oder nicht, ich hatte sie selbst schon erteilt – nicht nur wie ein Staatspräsident. Ein Schriftsteller kann sich mehr, viel mehr herausnehmen; die einzige Waffe, die, bis zu der Wiedereinführung der Folter, gegen ihn gebräuchlich war, das Schweigen, war nicht immer wirksam, wie ich wußte. Hätte Thomas Garrick Masaryk, streng und stattlich, von ungemessener Geltung, wie er dastand, seine Ansichten der europäischen Gegebenheiten und ihres schwersten Falles, Deutschlands, öffentlich verlautbart, er würde zu fühlen bekommen haben, daß er störte.

Der Versuch mit der Milde war schön, aber zweckwidrig, die Schule Briand hat den schweren Fall vollends verdorben. Prag sah in seiner Mitte das Beispiel, einen deutschen Gesandten, der in Kreisen, wo es hingenommen wurde, alles zum besten gab, die Lügen, von denen Deutschland überzeugt sein wollte, die Nichtschuld am Krieg und Unbesiegtheit im Felde, den Dolchstoß von hinten und die Schmach von Versailles, den Landraub an Deutschland. Seine Erdrückung durch Habgier und Gewalt – der anderen; eigenes Unrecht hatte nie stattgefunden.

Der Gesandte nannte sich Sozialist; Faschist konnte er sich noch nicht nennen, und später wird seine »Rasse« ihn verhindert haben. Aber so waren sie, durch Anpassung oder Natur, und ließen Berichtigungen nicht zu; nach der ersten, die ich gegen dieses Exemplar versuchte, gab ich es auf: ich hatte nur befremdet. Das amtliche Deutschland der frühen Republik war ein Konventikel von Gesundbetern, sie gaben sich ihren Gebräuchen hin, damals noch hinter Vorhängen, aber die Drohung, in der sie sich übten, drang schon heraus.

Masaryk, dem gerade dieser Gesandte ein umgängliches Gesicht gezeigt haben wird, kannte ihn. Was er mir hauptsächlich zu sagen hatte: Selbsttäuschungen zu unterstützen ist strafbar. Wer seine Schuld am Unglück einfach ableugnen darf, kommt in Versuchung, sich noch viel schuldiger zu machen. Milde gegen ein Deutschland, das winselt, bis es droht, macht die Nachsichtigen zu Mitschuldigen. Sie verlieren selbst die Fähigkeit zu unterscheiden, ob recht und ob verderblich. Sie, die gesiegt haben, lassen sich auf dem Wege der Überredung zu Opfern machen. Sie schmeicheln, anstatt zu erziehen. Was immer ausbleibt, ist der einzige Befehl an Deutschland, der wohltätig wäre: erziehe dich endlich selbst!

Deutschland müsse leider lernen, sagte mir dieser Intellektuelle. Nur ein Intellektueller an der Macht geht von moralischen Forderungen aus: sie sind härter als wirtschaftliche und politische. Er sagte, das deutsche Schicksal sei selbst geschaffen und allein durch bessere Einsicht zu wandeln. Er behauptete, daß keine deutsche Regierung die Folgen der Niederlage wirklich anerkannt habe. Ich hielt ihm einen zahlungswilligen Reichskanzler entgegen, den einzigen, und der Widerstand der Interessenten hatte seine Absichten vereitelt.

Darauf Masaryk: »Die Schuld, den Widerstand nicht gleich gebrochen zu haben, ist bei den Sozialdemokraten und ihren ersten Ministern. Unseren eigenen Sozialdemokraten habe ich gesagt: ›Ihr glaubt nicht mehr an Marx, ihr glaubt nur noch an Benzin – das Benzin eurer Automobile.‹« Wobei er Vergnügen ohne Milde zeigte. Wenn seine strengen, schwarzen Augen lächelten, war er belustigt von der Komik des Schlechten, wie ein Karikaturist. Auch der »Candide«, ein bitterer Roman, bestreitet aus denselben Mitteln seine Komik.

Er begleitete mich nach der Treppe, sein Wagen fuhr mich zurück, derselbe Wagen, der auf meinem Herweg, als heller Tag war, die Huldigungen der Leute empfangen hatte. Sie liefen herbei, die Hände ausgestreckt, die Münder schon offen, und waren enttäuscht, als sie nicht ihren Freund sahen. Kein Zweifel, die Herzen liebten ihn, indessen seines nur für die Wahrheit schlug. Briand mit seiner Cellostimme, seinem Traum von Güte hat keine Liebe eines Volkes empfangen wie dieser harte Intellektuelle. Voltaire, ja: auf der Reise, an der er starb.

Der Staat, den Masaryk gründete, ist zertrümmert; er und nur er wird damit immer gerechnet haben. Als Briand die Arbeit seines Lebens verfallen sah, hat er schwerlich begriffen, welch ein Zusammenbruch sein Land und selbst die Nation erwartete. Lichnowsky hatte gewußt, der andere Botschafter fühlte sich nachträglich mißbraucht, ein Finanzminister wurde Mittäter an Verbrechen, die er nicht hatte glauben wollen, und nur die industrielle Rheintochter suchte das Gespräch mit mir aus bloßer Angst, obwohl entschlossen, nichts zu lernen.

Anders eine Nation

Ein Schriftsteller bringt etwas fertig, er vollzieht notwendige Abschlüsse und zeigt den Weg zu ihnen. Am Ende des Romans sind die Figuren vollendet im Guten und Bösen, gleichwie die wirklichen Menschen, nachdem sie gelebt haben. Sie fangen nicht wieder von vorn an. Wenn sie es könnten, wäre immerhin mancher von der Erfahrung belehrt. Gesetzt, seine Natur sei unveränderlich, wird er doch nicht ganz dieselbe Zwangshandlung zweimal begehen.

Anders eine Nation. Das halbe Jahrhundert, das ich mitmachte, hat die deutsche Nation, entgegen den deutlichen Warnungen der Wirklichkeit, nur tiefer in ihre Täuschungen verstrickt. Nicht ganz zwei Generationen, und schon zwei Kriege, beide von Anfang an verloren, der zweite noch sicherer als der erste. Eine Verschärfung: nicht der vorige, erst dieser zweite Krieg war von einem nennenswerten Teil der Nation längst vorher beschlossen. Gefühl und Denkungsweise, wenn nicht die offene Absicht, zielten auf ihn hin seit den ersten Tagen der Zwischenzeit. Nein, der einzelne Mensch, im Leben und Roman, ist dieser äußersten Fehler unfähig. Raskolnikow tötet die Wucherin nicht zweimal. Seine Zuschauer, allen voran er selbst, fänden es zwecklos und unwahrscheinlich.

Die Deutschen, ihr erfolgreicher Teil, haben »sich nichts dabei gedacht« – was sie ihre Weltanschauung nennen. Die anderen drehten versehentlich dem Erfolg den Rücken; ihre Sinnesart war auch nicht besser beraten. Sie waren Sozialisten; als sie mitregierten – selten allein, aber an der Macht beteiligt –, haben einige Privatleute die Wirtschaft verschlungen. Sie waren Pazifisten – mit genau der Auffassung von Europa und Deutschland, wie entschlossene Militaristen sie haben. Beide Gruppen, friedliche und kriegerische Deutsche, haben stramm aufrechterhalten, daß Deutschland, schuldlos an jedem Krieg, ohnedies keinen verliert. Ging einer doch verloren, dann nicht mit rechten Dingen. Es war ein Trick gewesen und galt nicht.

Dies empfindet ein Schriftsteller als seine größte Unmöglichkeit: Tatsachen nicht anerkennen, Ergebnisse fälschen. Sein Roman wäre von Grund auf schlecht, mit einer Millionenauflage bliebe er schlecht. Eine Nation scheint anders zu fühlen, oder wenigstens diese. Dieselbe verfehlte

Handlung zweimal, wir sehen wohl, daß es geht, es fiele aber von selbst fort, wenn man inzwischen gelernt, sein nationales Dasein besser motiviert hätte. Gar nichts lernen ist das Unverzeihliche.

Jede noch so sehr kompromittierte Vergangenheit läßt sich leidlich tragen, wenn nachher bemerkt wird, daß eine Katastrophe sein mußte, damit ein Übergang käme. Entscheidend ist der Übergang – nach neuen, besseren Zuständen der Menschen und Dinge. Ein Zeitalter bräche an, während jetzt ein abgenutztes, endlich nur noch bösartig, nur verwahrloste Technik des Bösen, von nichts zu nichts rennt. Bei der »Vernichtung« der Welt als einem eingestandenen Ideal angelangt zu sein! Das und nichts anderes ist in diesem Augenblick deutsch, was muß da ausgerutscht, wieviel versäumt sein!

Versäumt hat die Republik. Beim Zeitalter der zwei Kriege gedenke ich ihrer, die keinen geführt hat.

Der Übergang, das ist es. Jedes vorige Geschlecht hatte für seine Unzulänglichkeiten doch immer die Entschuldigung, es »lebe in einer Übergangszeit«. Wer kann das behaupten seit der deutschen Republik und ihrer Todsünde, der Trägheit? Mehrere andere Länder sind auch zu nichts übergegangen, nur daß sie es in Deutschland am nötigsten gehabt hatten. Die Folgen ihrer Trägheit sind die schrecklichsten. Wieder im Krieg, bleiben sie 1943 bemüht, Europa deutsch zu machen und es auszubeuten, wie 1913. Sie folgen unverwandt ihrem falschen Interesse. Sie betätigen dieselben hohlen Meinungen über Geschichte, Nationen, Bestimmung der Menschen wie 1913. Die »Alldeutschen« hatten damals schon lange Jahre auch keine andere Doktrin durchzusetzen versucht. Es ging schwerer bei dem Kaiser und seinen Leuten, obwohl es schließlich gelang. Die Republik war sogleich einverstanden. Die Rachegefühle nach der Niederlage im vorigen Krieg machten sie willfährig.

Die Republik hat sich selbst den Frieden, sogar die Friedfertigkeit hat sie sich einigermaßen vorbehalten. Abweichungen waren die tägliche Übung. Heimlich wurde wieder aufgerüstet, offen baute man Panzerkreuzer. Die Hetzrede eines Ministers, unfaßbar dem redlichen Briand, schallte laut dahin. Leis und trügerisch wurde die Annexion Österreichs, vermittels Zollunion, vorgeprobt. Sie fiel durch und blieb um nichts weniger auf dem Programm. Die Republik war nur selbst nicht gewillt, es gegen Europa in Szene zu setzen. Gewalt war ihrer Verfassung ungemäß, mehr der äußerlich bedingten als einem inneren Gesetz.

Aber »Versalch«, die »Tribute« und der übrige Schwefel hat keinen Hitler wütender aufgebracht als die meisten Insassen der Republik, darunter ihre Machthaber, je ohnmächtiger sie waren. Gift und Galle, die sie spien, könnten sogar echter gewesen sein als seine. Er wollte an die Macht, etwas verhältnismäßig Einfaches. Sie aber mußten erklären, warum sie ihre Macht nicht gebraucht hatten. Weil sie nie vom Fleck kamen und nichts wagten, aber das sagt man nicht. »Entwicklung«, einst ein Leitwort der deutschen Wissenschaft, war den Politikern der Republik grundsätzlich fremd; sie haben keinen Übergang betreten, falls die Nation es ihnen erlaubt hätte.

Die Nation hätte gewisse Neuheiten gern zugelassen, ja, die wenigen, die dafür bezahlt hätten, bereiteten sich vor. Als plakatiert wurde – 1919 –, daß die Sozialisierung »marschiere«, nahmen die preußischen Großgrundbesitzer es ernst, sie boten den »Volksbeauftragten« ein Drittel ihres Besitzes an. Die Volksbeauftragten, eigens so benannt, damit sie nicht mit gewöhnlichen bürgerlichen Ministern verwechselt würden, lehnten die Zumutung ab; sie fürchteten, sich einen unvergänglich schlechten Ruf zu machen bei der bürgerlichen Welt.

Sie wußten wohl selbst nicht, daß Bauern ansiedeln auf

übergroßen, schlecht bewirtschafteten Gütern noch niemals sozialistisch war. Allerdings war es die Übung und das Beispiel der Französischen Revolution – nachgerade ehrwürdig, die bürgerliche Welt, auch die deutsche, hätte es am Ende verziehen.

Da nun im inneren Lande nichts, gar nichts geschah, sahen die Deutschen keinen Grund, ihre fremden Beziehungen anders zu behandeln als vorher. Wozu mit Frankreich besserstehen? Dieser Versuch des – es sei wie immer – einzigen Gustav Stresemann liegt etwa sieben Jahre später als das erfolglose Angebot der Großgrundbesitzer. Es ist wohl eine Überraschung, daß alle Vorgänge eines Zeitalters, auch die beiden, zusammenhängen.

Nach sieben Jahren untätiger Republik, einer unveränderten Machtverteilung, einer unterbliebenen politischen Erziehung duldet die Nation nur mit Unlust einen Minister, der die französische Freundschaft – nicht einmal aufsuchte, sie nur mit Anstand entgegennahm. Ob Stresemann immer ehrlich war oder nicht, die internationale Ordnung schien ihm reif, nach der Seite des Anstandes hin untersucht zu werden. Kein Zufall, daß er Frankreich wählte. Er hatte gelesen – Goethe – und war nicht derselbe geblieben.

Der Tribun der Republik

Wer weder liest noch lernt, ist bestimmt, auf dem Punkt zu scheitern, wie die vor ihm. Den nächsten Krieg allerdings hat die Republik ihrem Nachfolger überlassen. Der Irrtum wird noch lange vorwiegen, in Deutschland, aber auch bei anderen Zeitgenossen, daß Hitler, ein durchaus fremdartiger Gegenspieler der Republik, mit ihr nichts anderes zu tun gehabt habe als einzig und allein ihren Sturz. Ach! wenn es so wäre.

Er hat, mitten im schönsten Bestand der deutschen Republik, über ihrem Gebiet dreißigtausend Kilometer Luftreisen zurückgelegt. Er, der Ausländer, durfte niedergehen, wo er wollte, sooft es ihm beliebte, an demselben Tage zweimal, Ost und West sahen ihn gleichzeitig. Der Allgegenwärtige ist von jedem Deutschen gehört worden, Tausende seiner Reden über die Schmach und Schande von Versailles, den schimpflichen Ursprung der Republik, für den sie selbst sich verachtete. Mehr war es nicht, die Deutschen erfuhren, was sie schon wußten; sonst hätten sie ihn auch nicht angehört. Es war seine glücklichste Zeit.

Nur unter der Republik besonnte ihn der uneingeschränkte Beifall von Massen, die noch nicht auf ihn verpflichtet waren und die, wie er, die republikanische Freiheit genossen. Niemals wieder haben er und sie sich ausgelebt wie damals. Seine Laufbahn beginnt mit Lärm, den niemand übelnahm. Als er nachher handeln muß, nicht mehr unverbindlich, vielmehr als Führer der Nation, angefangen beim Reichstagsbrand, da vermeidet er die persönliche Verantwortung seiner Greuel. In seinem Krieg beruft er sich auf eine »Vorsehung«, die in seiner Weltanschauung nicht vorkommen dürfte. Seit seinem Verfall wird er still und stiller.

Die Republik verbot ihm gelegentlich die Uniformen seiner Privatarmee; am Reden, dem Sport, den er für sein Wohlsein brauchte, hat sie ihn niemals ernstlich gehindert. Sie wollte den Fremden in Deutschland nicht einbürgern, überzeugte sich aber von der Unwichtigkeit der Prozedur und ließ sie geschehen wie den Rest. Man könnte meinen, sie fürchtete die unwiderstehlich anschwellende Partei. Indessen, die Partei eines Zugereisten, die national, eines Arbeiterfeindes, die sozialistisch hieß, schwoll an und ab, die Mehrheit der Stimmen hat sie nie gehabt und bekam zuletzt von ihren Geldgebern nicht mehr die Mittel, um die Macht zu erobern. Die Macht mußte ihr von selbst zufallen. Es traf sich, daß ein Reichspräsident verriet. Es traf sich noch besser, daß die Republik von Anfang an verraten war, nicht erst an Hitler.

Hätte aber kein Papen, Hindenburg oder Severing ihn geschoben oder durchgelassen, er selbst war niemals der Mann, der sich aufdrängt. Er hatte gelernt, daß Gewalt nichts abkürzt, es sei denn, der Gegner wäre wehrlos oder er willigte selbst ein.

Sein früherer Fehlschlag mit einem ganz albernen Putsch hatte ihm diese Erfahrung für lange mitgegeben. Das erste Mal, daß er von ihr abwich, spät genug, kam er gleich an den Unrechten, die Sowjetunion. 1932 wurde sein Anspruch »wie Mussolini« zu regieren, noch einmal abgelehnt. Der Kandidat beruhigte sich dabei, er sprach: »Zehn Jahre warte ich schon, werd ich halt noch zehn Jahre warten.«

Das sollte genügen, ihn zu kennzeichnen. Luftreisen, Reden, Krawall, auch Morde wären mit seiner innersten Zustimmung weitergegangen; sie verlangten von ihm den billigsten Einsatz und zahlten mit persönlichen Erfolgen. Sein Bedürfnis ist natürlich, selbst applaudiert zu werden. Welteroberungen, auch verkrachte, bringen notwendig zweite Besetzungen nach vorn, Leute, die an Stelle der Hauptattraktion »seine Soldaten« in Sieg und Untergang führen. Er bemüht sich, die Mißerfolge jedesmal den Unterführern aufzuhalsen und nur die Siege für sich zu behalten. Wenig wahrscheinlich, daß es ihn befriedigt.

Dazu die ewige Angst. Sicherheit verbürgte ihm allein die Republik. Alles in allem gehörte er ihr doch an, sie hätte ihn erfinden können, hat ihn im Grunde erfunden. Sie und er hätten einander behalten sollen. Eines Tages wäre er ausgedient gewesen, nicht mehr Mode, und sie hätte ihn pensioniert. Leicht denkt man sich den harmlos gealterten Hitler in einem Zimmer mit bronzierten Sesseln und Lorbeerkränzen. Es hat nicht sein sollen. Jetzt macht eine ganze Welt auf ihn Jagd, nicht ausgenommen seine Nächsten. Das ist traurig. Es ist nicht das Ende, auf das »sein Kampf« gegen die Republik ihm ein Anrecht gab.

Was tat er ihr, bei ihren Lebzeiten? Er hat tagein, tagaus, ganz wie sie, sein Mütchen an Versailles gekühlt. Im Geist seiner Rolle gab er die Schuld ihr selbst. Die Republik hatte sie längst übernommen. »Im Felde unbesiegt« nannte Reichspräsident Ebert die zurückgekehrten Truppen, die sich nicht mehr schlagen konnten oder wollten; daher denn ihre Reste unbesiegt waren und eingelassen wurden durch das Brandenburger Tor, einen Triumphbogen. Hitler, wenn er damals keine dunkle Existenz gewesen wäre, hätte es nicht besser besorgt als das Haupt der Republik.

Er sprach in einem fort von der Schande und Schmach – nicht des verbrecherischen Krieges, auch nicht der Niederlage, denn sie hatte nie stattgefunden. Schmachvoll und schändlich war die Republik, eine notgedrungene Folge des militärischen Zusammenbruches, den alle leugneten. Noch heute, da sein Europa ihm womöglich mehr am Herzen liegen muß als sein Deutschland, versäumt er selten, die »vierzehn Jahre Schmach« der kleindeutschen Republik zu erwähnen. Sie sind die Erinnerung, an der er hängt. Damals befand er sich in glücklicher Übereinstimmung mit der üblichen »Weltanschauung« – üblich, weil noch kostenfrei. Er schrie das Wort »Dolchstoß« in die Menge, die selbsttätig ergänzte: »Von hinten«; denn ihre Meinung war auch ohne diesen Redner, sie selbst habe das siegreiche Heer in den Rücken gestochen. Jeder hält von sich das Beste, so auch die Deutschen der Republik.

Ein Tribun ist an die maßvollen Töne der Staatsmänner nicht gebunden. Erst der Staatsmann Hitler behauptet, als seine Auszeichnung vor jedem Ranggleichen, die Sprache des Bierkellers. Nur mit Gebrüll und falschem Deutsch glaubt er an sich. Wer in der Republik der Besiegten die

Macht andeutete, war nie von ihr überzeugt. Man arbeitete sich darauf ein, die Sieger ins Unrecht zu setzen, aber auf weinerliche Art. Nur aus gekränkter Unschuld gab man sich widerspenstig, bis allerdings Frankreich das Rheinland besetzte. Der deutsche Haß, der damals zuerst sein Gesicht entblößte, hätte warnen können. Er warnte niemand.

Der Redner im Bräuhaus und Zirkus verriet gleich das Ganze: Frankreich vernichten. Es schlagen, daß es nie wieder aufkommt. Es dauernd in deutsche Zucht nehmen, es klein machen, arm machen und es entvölkern, bis es nicht mehr zählt. Das alles ist unter der Republik gesprochen worden. Es wurde den Deutschen verheißen von dem wütendsten Redner der Republik, den sie als den ihren auch anerkannte, da sie ihn schäumen und schnappen ließ. Zähne besaß die Republik nicht, zeitlebens ist ihr von allem, was sie sich wünschte, nichts gewachsen. Dafür ihm.

Hitler, der Republik in mehreren Hinsichten peinlich, zuletzt ihre Geißel, ist dennoch ihre ausübende Gewalt geworden – endlich Gewalt! Er wurde nicht nur ihr Napoleon: auch ihr Robespierre; und beide Gestalten, der Unbestechliche wie der Kaiser, sind diesmal winzig und sind verwachsen, wie die deutsche Republik, von der sie den Auftrag hatten. Der Auftrag war heimlich, wie bei ihr anderes mehr; aber er war unverkennbar. Republik und Hitler – die eine sabotiert nach bestem Vermögen die »Tribute«, der andere will dem Eintreiber der »Tribute« ans Leben: ich möchte wissen, wo jemals die Arbeit zweckmäßiger verteilt war. Gestört hat der Held der zahlungsunwilligen Republik mit seinem illoyalen Anspruch, als verweigerte er allein, den Vertrag zu erfüllen, als dürstete nur er nach Rache.

Er verhielt sich untreu und undankbar – später noch gegen ganz andere Partner, damals erst gegen die arme kleindeutsche Republik. Alle seine Anlässe schuldete er ihr. Für ihn als das meistgehörte Organ der Deutschen war niemand verantwortlich als nur sie. Trotz klaren Tatbestandes machte er in Antisemitismus! Gesetzt und zugegeben, daß er nicht anders konnte; seine Herkunft war nun einmal der »dumme Kerl von Wien«; das sitzt fest, von seiner »Weltanschauung« ist er bis heute das einzige echte Stück.

Indessen, nichts als nur das Bedürfnis nach einem billigen Gegner nötigte ihn, seine Judenfeindschaft gerade an dieser Republik auszulassen. Auch in republikanischer Verpackung hätte er sie bei den Deutschen angebracht. Die Republik hat sich selbst als stark verjudet empfunden – sie hatte ihre Antisemiten, wie denn anders! Bis auf weiteres kroch alles bei ihr unter, die Klassen und Menschenarten, mitgerechnet die Antisemiten sämtlicher Klassen; denn jede hatte die ihren. Nur einzelne Menschenarten waren ausgenommen. Aber man mußte einer Sondergattung angehören, um nicht willkürlich die Juden herauszugreifen, wenn man das Land gequält sah.

Eine Weltanschauung für Imbécile

Das Land quälte sich nur selbst. Im Hintergrund arbeiteten die Gehirne an ihrem düsteren Traum von Weltherrschaft: höchst merkwürdig bei einer Nation, die sich selbst weder beherrscht noch auch nur regieren will. Die Republik wäre das Mittel gewesen – ein geschenktes Mittel, sie wollten es nicht. Anstatt jedes Versuches, ihr Schicksal zu begreifen, um es zu bestimmen, suchten sie lieber nach seinem boshaften Urheber. Die Lebensäußerungen des Universums wurden belauscht, ob sie »deutschfreundlich«, ob »deutschfeindlich« wären. Man dachte sich die Menschheit mit dieser einzigen Sorge, um so mehr die Juden.

Die Juden sind überall, gerade durch ihre Verstreutheit

waren in der Einbildung mancher Deutschen die Juden, was sie selbst hätten sein wollen, allmächtig. Heute führt das Deutschland Hitlers eine grausige Groteske vor, wie man allgegenwärtig, allmächtig und gerade darum gar nichts mehr ist – nichtiger als alle, die man vernichtet. Ihnen bleibt wenigstens der Aufstand, die Deutschen allein lernen noch immer keine Empörung gegen ihr eigenes, herrschsüchtiges Elend. Der Zeitpunkt schiene für sie gekommen, die Juden zu vergessen. Sie selbst haben alles, was sie als jüdisch je zusammenfabulierten, weit hinter ihrer eigenen Wirklichkeit gelassen.

Nein. Sie setzen ihren jüdischen Krieg fort wie je. Heimlich schlachten sie die ärmsten Juden in Polen ab. Ein Herrenvolk, dem diese Arbeit nicht zu schlecht ist, obwohl es ihre Anrüchigkeit kennt und sich ungern dabei erwischen läßt! Aus allen ihren besetzten Ländern schleppen sie lange Transporte von Juden »nach Osten«. Der »Osten« ist durch sie ein Begriff geworden wie früher ein »dunkler Erdteil«, wo Kannibalen vermutet wurden, von wo es keine Rückkehr gab. Eines Tages kommt doch alles an den Tag.

»Die Juden« der ganzen Welt, die Schnorrer, Milliardäre, Intellektuellen, Homosexuellen, Landarbeiter, Taxichauffeure, Flickschuster, Zeitungskönige und Radfahrer, alle miteinander bilden einen revolutionären Verein, seine Satzungen betreffen ein und denselben Vereinszweck: »Kein Deutschtum« mehr! Kein Brauchtum, Heldentum, Herren-, Henker- und Heiltum, wenn es deutsch ist. Sondern jüdisch soll es sein, in direkter Konkurrenz. Das will begriffen werden. Man begreift es nicht, das setzt eine mehr oder weniger zurechnungsfähige Welt in Nachteil gegen den überzeugten Verfolgungssüchtigen.

Er – weiß Bescheid. Ihm wird niemand etwas vormachen. Zu unbestimmter Zeit sind an nie ermitteltem Ort die Satzungen des Vereins niedergelegt worden, nunmehr werden sie ausgeführt Punkt für Punkt, wie es im Buch steht. Wie andererseits, was nunmehr die Deutschen ausführen, Punkt für Punkt in »Mein Kampf« stand. Da hat man es, klar bewiesen: »Mein Kampf« entspricht den »Weisen von Zion« und zeugt für ihre Existenz, wenn es nötig wäre. Man sehe, der Erdkreis unterwirft sich anstandslos »den Juden«. Den Deutschen will er nicht gehorchen, obwohl an mehreren Tagen des Krieges die Deutschen die meisten Tanks und Sturmtruppen einsetzen konnten, zu schweigen von der Übermacht in den Lüften, die auch einstmals ihr war.

Sie haben gesiegt, es ist schon etwas lange her, in ihrer Weltanschauung bleibt es richtig. Recht hat der Stärkere. Wer aber nicht mehr schlechthin der Stärkere ist, hat um so mehr recht. Die Besiegten, die ihn los sein wollen, verraten ihn. Der historische, schon zu sehr historische Tag, an dem er die meisten Tanks einsetzen konnte, verpflichtet alle damals schlechter Versehenen – nicht zur widerwilligen Unterwerfung, nein, zur freudigen Mitarbeit, zur unverbrüchlichen Treue. Eine Nation, die sich von dem Eindringling befreien möchte, bricht ihm die Treue, wofür sie bestraft wird, nicht als Kriegführender, sondern als Verräter. Sie verrät das siegreiche Deutschtum an die Juden.

In der Weltanschauung des dummen Kerls von Europa, der sich austobt, zählt für nichts, was eine Nation durch Jahrhunderte geworden ist, welcher menschliche Gewinn ihr Dasein rechtfertigt; sondern den Ausschlag gibt ein Fußballmatch – oder Sturmangriff. Als ob der eine ernster zu nehmen wäre als der andere, einmal abgesehen von den höheren Kosten des Sturmangriffes. Als ob man sich bewährte, wenn man von der Sache abweicht – und der Krieg ist eine unsachliche Abweichung. Der Angreifer käme ohne den Krieg in die Verlegenheit, seine Einrichtungen und sich selbst zu revidieren. Das hielte er für eine Strafe. Er weiß sich vielmehr berufen, andere zu bestrafen.

Die Weltanschauung der Deutschen macht ihre Kriege, mehr oder weniger jeden, gewiß diesen letzen, zu Strafexpeditionen. Von den Überfallenen hatte keiner den europäischen Krieg für zulässig gehalten, weshalb sie es fühlen müssen, daß ihre Zeit, nicht die Zeit der Kriege, vorbei ist. »Die Juden« haben sie heruntergebracht, bis sie unfähig, Krieg zu führen, und allesamt »deutschfeindlich« geworden sind. Sie büßen zu dieser Frist für die Juden und die Juden für sie: das zweite auffallender, weil die Opfer allein und wehrlos sind. Kriegführende kann man nicht alle »im Osten« verschwinden lassen. Wenn Britannien, Sowjetunion und Vereinigte Staaten nicht so mächtig wären!

Mächtig, aber jüdisch: das rechtfertigt, was immer man gegen sie vorhat und wie man es versucht. Wer wird denn eingestehen, daß er sie beneidet. Ihre Stellen besetzen wäre zu wenig für einen so alt eingefressenen Neid: Vernichten drängt mehr als Besitzen, bestraft sollen sie werden, beerben versteht sich ohnedies. Den Vorwand aber liefern »die Juden«. Die Judenverfolgung dieser späten, zu späten Deutschen darf keineswegs wörtlich genommen werden, sie ist nicht eigentlich gemeint, so viele Galgen, Erschießungs- und Vergasungskommandos, Brandstätten mit den Resten lebender Menschen darin vorkommen. Das alles ist ein Gleichnis, plump konzipiert, wüst vorgeführt, aber ein Gleichnis, etwas – weh ihnen! etwas Geistiges.

Es drückt den deutschen Welthaß aus. Es ist Wirklichkeit geworden auf Grund einer uralten, jetzt akuten, virulenten und aggressiven Mißbilligung der gesamten Geschichte, der Kultur – des Christentums und Mittelmeeres. Daher dann auch die Erfolge, zu denen andere es mit dieser Geschichte, dieser Kultur gebracht haben. Ihre eigenen Glücksfälle mußten die Deutschen, wie man sie nachgerade geformt hat, schlechtweg vergessen. Nürnberg – Albrecht Dürer ist dort niemals groß gewesen, den ganzen Ruhm der Stadt stahl eine den Musen unbekannte Partei, bis Explosivstoffe aus der Luft ihre Gebräuche störten. Goethe – ihn besonders gibt es nicht. Wären auf sein Haus in Frankfurt gleichfalls Bomben gefallen, die Deutschen Hitlers hätten kein Recht, es zu bemerken. Erstens gibt es für sie keinen Goethe. Überdies, allein in Rußland haben die siegreichen deutschen Heere mehr als nur eine von den Denkstätten der Schöpfer zerstört, und taten es nicht aus einer undeutlichen Höhe, sondern nach getroffener Wahl. Tolstoi und Tschaikowski mußten brennen in den Häusern, die von ihnen zeugten.

Ebensogut hätten sie das Goethe-Haus eigenhändig angezündet; denn Goethe war menschheitlich gewillt, daher eine Hauptnummer der Weltverjudung: zu seiner Zeit entschied er für Napoleon.

Elftes Kapitel

Die deutsche Republik

Die Republik erhöhte das Lebensgefühl

Die geistige Freiheit hat dennoch bestanden, einzig die Republik hat sie den Deutschen jemals gewährt – nicht aus Schwäche, sondern weil in ihrer Exekutive einige sich selbst achteten.

Sie hat die Literatur amtlich anerkannt und hat sie geehrt. Jede vorige Literatur war dem Staate fremd gewesen: die unsere nicht. Die Preußische Akademie der Künste, eine Gründung Friedrichs des Großen, hatte so lange die bildenden Künste und die Musik umfaßt; sie bekam endlich eine Sektion für Dichtung. Das war nötig und darauf berechnet, daß die Literatur eine Macht sei. Allein durch ihre innere Auszeichnung wird sie keine, aber sie wird es vermöge ihrer behördlichen Zuständigkeit, im Mitbesitz eines Palastes, Sitzungssaales und der Mittel, um öffentlich zu repräsentieren. Der Staat gewährte der literarischen Akademie ihre Unabhängigkeit, er hat die Zuwahl von Mitgliedern niemals beeinflußt. Daher ließ er geschehen, daß dort, wie überall, seine Feinde eindrangen.

Gleichwohl beschloß die Sektion ein Volkslesebuch – sein Inhalt sollten die Arbeiten des Volkes und seine Freuden sein, die Geschichte Deutschlands sollte nicht länger beschränkt werden auf Schlachten, auf den Ruhm von Feldherren und Fürsten. Das Buch wurde fertig, der Minister Grimme, der letzte sozialdemokratische, begünstigte es. Seine Beamten hüteten sich, es in die Schulen einzuführen: das Ende der Republik kam schon in Sicht. Der Vorsatz war gewesen, die Erziehung der Deutschen umzugestalten im Sinn der gegebenen Tatsachen, gesetzt, sie wären Tatsachen und wären gegeben. Die Vernunft und die Menschlichkeit, wenig angewendete Begriffe, sollten eine Handhabe bekommen.

Dieser war nicht der erste Versuch der Republik, die nationale Erziehung geistig und sittlich zu berichtigen. Ein anderer hochgebildeter Unterrichtsminister, Becker, der es vorzog, bald zu sterben, hatte zwischen Lehrerseminare und Hochschulen eine vermittelnde Stufe gelegt, der Abstand wurde verringert von den Studien der Elementarlehrer zu der Ausbildung höherer Dozenten. Nur Zeit, der Nachwuchs der arbeitenden Klasse hätte eine Grundlage von Wissen erworben. Gemeint war gewiß, die Feindseligkeit abzustellen zwischen den halbbelehrten Zöglingen der Mittelschulen, die ihre Unwissenheit nicht empfinden, und den Gemeinen, die immer unter ihr leiden. Die entschiedenste demokratische Maßnahme der Republik ist diese. Die Republik, in jeder anderen ihrer Betätigungen unfrei, hat wenigstens die Erziehung nach ihren Kräften befreit.

Das ist, für sich allein, nicht viel. Die Lehrer mußten nicht alle guten Willens sein. Die Machtverteilung im Staat aber blieb sich gleich; da hilft nicht, daß die Benachteiligten mehr wissen. Oder es hülfe erst, wenn die friedlichen Zeiten und Zustände lange genug gedauert haben. Sie sollten nicht anhalten, dafür war gesorgt.

Die Schriftsteller standen bei der Menge, einer erheblichen Menge aus arm und reich, nicht nur im Ansehen, sie waren ihr bekannt. Ein Mittelstand, der umfänglicher wurde mit dem Anwachsen einer gehobenen Arbeiterschaft, ließ sich nicht mehr genügen an den literarischen Äußerungen des Augenblicks: die Leute fingen an, die Zusammenhänge des Geschehens zu beachten. Das ist aber das erste. Eine nationale Gemeinschaft muß urteilen lernen bis in ihre Vergangenheit, damit sie endlich selbst über sich bestimmt. Das eigene politische Handeln setzt die Kenntnis der Literatur voraus.

Zu derselben Zeit, als gute Bücher Massenauflagen hatten, soll eine nationalsozialistische Schundware reißend abgegangen sein. Der Schade wäre gering, wenn diese Sorte nur geschrieben, nicht auch gemordet hätte. Aus dem 19. Jahrhundert Rußlands, von Puschkin bis Gorki, sind die Meisterwerke erhalten: sie, und nicht die minderwertigen Produkte, haben das öffentliche Bewußtsein durchdrungen. Deutschland erlebte ähnliches, aber flüchtig wie alles, was der Republik beschieden war.

Ich denke an meinen Briefwechsel mit einem Berliner Zimmermaler. Er sah seine Kameraden verbittert, begriff die Gründe, durchschaute die Fehlschlüsse. Ihm war es klar, daß ein Abenteuer, den meisten unerwünscht, nur aus Ärger zugelassen, endlich hereinbrechen und daß es alle enttäuschen muß. Es war ein Gefühl; aber es war die verhängnisvolle Wendung des Lebensgefühls.

Das Lebensgefühl der Republik, solange sie noch nicht in voller Auflösung begriffen war, umfaßte eine innere Gehobenheit, mitsamt der Voraussicht, sie sei vorläufig, sei bedroht. Ja, an den Arbeitsstätten wurden Waschräume erzwungen. Ja, Bibliotheken standen zur Verfügung. Versichert war man gegen Unfälle, Krankheit, Alter, gegen die meisten Beschwerden, bis auf den Tod. Aber die Besitzer hörten nicht auf zu klagen, sie seien nicht »Herren in ihrem Betrieb« – und tatsächlich, die wirkliche Machtverteilung rechtfertigte keinerlei soziales Entgegenkommen der Republik.

Ihre wirtschaftliche Lage widersprach durchaus den luxuriösen Gebäuden, die sie den Arbeitern als gemeinsame Wohnstätten errichtete: jede Wohnung mit Sonne und Bad, große Höfe voller Zierpflanzen, Dächer für hygienische Bestrahlungen. Das Geld, das diese volkstümlichen Herrlichkeiten kosteten, war den internationalen Verpflichtungen entzogen. Ein Berliner Stadtrat, der mich durch die Arbeiterkolonien führte, gestand: »Fremden dürfen wir das nicht zeigen.« Es Nazis zu zeigen wäre zwecklos gewesen, es hätte sie gegen eine menschenfreundliche Verwaltung der Existenz nur weiter aufgebracht.

Die Arbeitslosigkeit nahm zu. Dann aber Bäder? Sonnendächer? Die Arbeiter selbst wußten es der Republik nicht Dank. Wir sind skeptisch gegen einen Mäzen, der auch nichts hat. Damit einer uns helfen kann, verlangen wir von ihm die Kraft, sich selbst zu erhalten. Die Republik ist schließlich furchtbar entartet. In ihren besten Jahren 1925 bis 27, genoß sie dennoch kein Vertrauen.

Vierzehn Jahre sind vom Leben des einzelnen ein beträchtlicher Teil. Er nimmt die gewährten Wohltaten hin, zeitweilig vergißt er, daß nichts sie sichert. Ich schrieb meine Romane, sie behandelten Gegenstände von leidlicher Friedfertigkeit, nur der Boden schwankte: von Mal zu Mal spürten die dargestellten Personen, die als erste von meinen Handschriften Kenntnis nahmen: »Wenn Deutschland ist, wie Sie es schildern, verdient es die Nazis.« Das Wort ist wahr geworden. Ein anderes auch: »Wie lange soll das Romaneschreiben noch dauern?« Sehr richtig, und wie lange die hohen Einnahmen, das behütete Arbeitszimmer mit den angesammelten Büchern und Möbeln, ererbten, alterworbenen? Wie lange bleiben die Erinnerungen eines Lebens noch verschont?

Der Haß, der mir fremd war, mich wußte er zu finden. Nachgerade war ich sichtbar genug. Ich trug nunmehr den Titel eines »Präsidenten der Dichter-Akademie«, wie man sagte, obwohl ich einfach Vorsitzender der Literarischen Sektion in der Akademie der Künste war. Das bedeutete, wenn man wollte, einen amtlichen Rang; ob ich mochte oder nicht, stellte es mich in die Öffentlichkeit, wo einer unaufhörlich photographiert wird.

Meine Feinde konnten mich mit niemandem verwechseln. Auch Geschäfte mit mir zu machen ergaben sich ungeahnte Gelegenheiten, als die persönliche Namhaftigkeit verstärkt wurde durch staatliche Geltung. Ich hatte von jeher in Vortragsreisen gewilligt, sooft sie mir angeboten wurden. Jetzt beriefen mich nicht nur literarische Vereine, sondern Theater, politische Parteien, die Hamburger Demokraten, ihr großer Bürgermeister Petersen; und andererseits Warenhäuser. Ich hätte es nie geglaubt, aber sie wünschten mein Auftreten – den Rhein entlang von Stadt zu Stadt oder in Berlin.

Ich gedenke eines Nachmittags bei Karstadt am Hermannplatz. Belebteste Geschäftszeit des Tages, eine Fülle kleiner Hausfrauen machten ihre Einkäufe, aber der Durchgang von den Nahrungsmitteln zur Konfektion war ein Saal, wo nichts verkauft wurde. Ein Mann, der etwas vorlas, saß hinter dem Tisch, Bänke waren vorhanden, die Frauen mit ihren Lasten, die zufällig diesen Weg nahmen, ließen sich nieder. Sie atmeten ein wenig auf und gingen weiter, wenn sie nicht sitzen blieben und zuhörten, solange ihre häusliche Pflicht es erlaubte.

Sie äußerten sich über ihre Eindrücke nicht, möglichenfalls waren ihre Gedanken anderswo, oder der Sprecher vermittelte ihnen ganz ungewohnte, vielleicht angenehme. Aber sie waren kein Publikum wie das übliche, waren weder eingeladen noch befugt. Ein Warenhaus stellt manches aus, hier gab es seinen Kunden die Gelegenheit, einen Einblick in die Literatur zu nehmen. Die Frauen kamen und gingen. Meinen Namen haben sie kaum gekannt, von den gehörten Sätzen kann ein halber bei der und jener haftengeblieben sein. Dieses mein anonymes Auftreten in einer fließenden Menge, die meinetwegen keine Umstände machte, zählt zu meinen reinsten Erinnerungen an das öffentliche Leben der Republik.

Fünfundzwanzig Jahre früher bot ein Warenhaus als besondere Attraktion die »wundertätige Alraunwurzel« unter Glassturz. Man sollte sie nicht kaufen, nur staunen sollte man. In dem Jahrzehnt vor dem zweiten Krieg waren die Kaufhäuser (ich kann nicht wissen, ob auch in Deutschland) beständig durchtobt von dem Lärmen einer Radio-Jazzmusik. Verkäuferinnen, die noch nicht taub dagegen waren, müssen nervöse Zusammenbrüche erlitten haben. Während der deutschen Republik wurde es zeitgemäß und nützlich befunden, Autoren vortragen zu lassen für alle, die vorbeikamen und das Ohr hinhielten. Das bedeutet, daß die deutsche Republik besser gewesen ist als ihr Ruf, ihr Geist besser als die Tatsachen, die ihr ein Ende machten.

Die Klienten der Republik

Die Tatsachen wurden übler mit jedem Jahr, und diese waren schon die letzten. 1931 auf einer Terrasse in der Nähe von Innsbruck hörte ich am Nebentisch flüstern, daß die Berliner Banken gesperrt seien. Reichskanzler Brüning, ein frommer Katholik, denn Stützen der Republik waren die Katholiken, hat mit den unfähigen Männern der Wirtschaft erregte Auseinandersetzungen gehabt. Sie kamen zu dem Ende, daß der Staat die Verluste der Banken übernahm, dagegen die Gewinne ihnen allein überließ.

Eine Beteiligung des Staates an den Gewinnen wäre, so scheint es, sozialistisch gewesen: das ging nicht. Erlaubt waren staatliche Zuschüsse: der Landwirtschaft die »Osthilfe«, der Industrie die dreifach ersetzten Löhne – die erste amerikanische Anleihe, achthundert Millionen, wurde von einem Reichskanzler, der Luther hieß, an die Industriellen abgeführt, ohne daß er irgend jemand um Erlaubnis bat. Alle diese Klienten der Republik haben bares Geld gehabt, um es in die Kasse Hitlers, ein Loch ohne

Boden, zu werfen. Kein Geld hatten sie, sieben Millionen Arbeitsloser zu beschäftigen. Die mußten sein, sonst half dem ganzen Hitler ihr Geld nicht.

Dieser Hitler, ein Tribun der Republik – er hat ihre eigenen Beschwerden vorgebracht, unredlicherweise richtete er sie gegen die Republik –, hatte »zwei Hände zum Nehmen«, wie seine Juden es ausdrücken: von seinen Talenten war nur dieses unbezweifelbar. Übrigens die Vorsicht in Person; ist kein Risiko eingegangen, außer er wußte es straffrei. Immer gehorsam, immer geduldig. Die Machtergreifung war näher, als er dachte, da sprach er, was mehrere Wiederholungen lohnt: »Zehn Jahre habe ich gewarte: wart ich noch zehn Jahre!« Ihm war der Aufschub nicht vergönnt, so gern er den Ungewißheiten der Machtergreifung weiterhin ausgewichen wäre. Aber Hindenburg verriet, und die Arbeitslosen nahmen überhand.

In der Uhlandstraße, einer reichen Gegend, wandelte fluchend ein nackter Mensch. Von der Hose bestanden die unerläßlichsten Reste, oben nichts, und es war Winter. Am Alexanderplatz, dem alten Zentrum Berlins und Hauptquartier der Polizei, schlug einer, der Kleider benötigte, in aller Ruhe ein Schaufenster ein, die Passanten fanden nichts einzuwenden. Er versah sich mit einem Anzug und ging seiner Wege. Die Verzweiflung hatte ihn entschlossen gemacht, übrigens gehörte er zu den Ungeschickten. Wer die Wohlfahrtseinrichtungen der Republik auszubeuten verstand, brauchte nicht einzubrechen. Mann, Frau und die Halbwüchsigen genossen, jeder unter einem anderen Vorwand, die staatliche Unterstützung.

»Nur wer im Wohlstand lebt, lebt angenehm«, behauptet der Dichter Brecht. Leider traf es nicht zu. Die allgemeine Unzufriedenheit erstreckte sich von den kahlsten Gelassen in die bequemen Wohnungen, wo man aß. Das Gefühl: so bleibt es nicht, hier ist unseres Bleibens nicht, greift durch Ansteckung um sich. Überlegung und Wille sind meistens unbeteiligt. Quer über die Potsdamer Straße, eine wichtige Verkehrsader, lief eine Inschrift auf Leinen: »Den Rundfunk frei für Hitler!« Er erfreute sich aller Freiheiten, er allein war überall zu hören – ob auch noch auf der Luftwelle, verschlug nichts mehr.

Kein Mensch sehnte sich, dieselbe Rede zum tausendsten Mal zu genießen, nur der Haß gegen die vorhandene Ordnung oder Unordnung diktierte die Forderung. Sie wurde nicht befriedigt, aber die Republik fand auch keine Antwort. Man hat versucht, sie ihr beizubringen; für meinen Teil unterbreitete ich dem Preußischen Ministerium des Inneren meine Anregungen, die nationalsozialistische Propaganda zu überbieten, sie mit ihren eigenen Griffen zu ersticken. Der Staatssekretär, heute ein Schweizer Fürsprech, von jeher ein wohlwollender Mann, ließ seine Angestellte ein Stenogramm aufnehmen und verlangte die Reinschrift. Wir warteten eine Stunde, bis wir erfuhren, die Abschreiberin sei zum Essen gegangen. So ernst wurde an der Stelle, die, mehr als jede andere, die Republik verantwortete, ihre Erhaltung genommen.

Sie ist gefallen, woran niemand gezweifelt hatte; nur die Art, wie sie fiel, übertraf die Erwartungen. Gleichviel, gesiegt hat nicht Hitler: der Überdruß an einem Staat, der nicht leben will, entmutigt seine Anhänger. Die Republik hat bis zuletzt eine Mehrheit gehabt, am sichtbarsten in ihrer Hauptstadt. Eines Nachmittags beobachtete ich aus einem hohen Fenster der Akademie der Künste, wie daneben, am Brandenburger Tor, die berittene Polizei ihre Wache ablöste.

Es war eine stattliche Truppe mit den Merkmalen der militärischen Schulung. Sie betrug in ganz Deutschland dieselbe Zahl, die der Reichswehr vertraglich erlaubt – aber längst überschritten war: hunderttausend Mann. Die Polizei umfaßte nur verläßliche Republikaner, insofern ihr Kommandeur die Rekrutierung bestimmte: er selbst war sicher. Er hätte auf das erste Wort jeden Feind des Staates angegriffen und ihn zweifellos niedergeworfen. Es kam auf die Probe an; er hat sie erwartet.

Das Getrappel der Pferde damals, auf dem Pariser Platz, reichte weit hin Unter den Linden; das Aufgebot von Mannschaft war offenbar stärker, als eine einfache Ablösung gerechtfertigt hätte. Sondern die republikanische Schutztruppe demonstrierte – und mit ihr eine angesammelte Menge. Ich sah geöffnete Münder, erregte Augen; die Zurufe, wie sie auch lauteten, meinten alle dasselbe: Rettet! Rettet! Sie klangen empört und doch verzagt. Ihr Unterton hieß: zu spät. An meinem Fenster oben begriff ich ihn zu gut.

Wenige Tage später, der Minister, der über diese zuverlässige Truppe verfügte, der Polizeiminister, ließ sich verhaften von einem Leutnant der Reichswehr. Das war das erste Auftreten des Heeres. Von 1918 bis 1933 hatte es nie gehandelt. Aufstände warf es auf Befehl nieder, auch den Münchener Putsch eines obskuren Hitler. Es hatte Geld genommen, heimlich gerüstet und verräterische Pläne für den nächsten Krieg gebrütet. Die Leitung dieses vorgeblichen Volksheeres war verschlagen und feig. Ihre erste eigene Tat: die Verhaftung eines Ministers der Republik – der nur auf den Knopf zu drücken brauchte, und seine Schutztruppe schritt ein, und Berlin war im Aufstand: war für die Republik, gut oder schlecht, wie man sie kannte. Der schlimmere Fall blieben immer noch ihre Feinde.

Die Sache ist, daß alle Verantwortlichen neutral waren; daß die Deutschen in tiefster Brust neutral sind, sobald es ihre eigenen Angelegenheiten angeht. Sich in fremde einmischen, gut. Länder, wo sie nichts zu suchen haben, anfallen, zu schweigen von dem blödsinnigen Wachtraum einer Welteroberung: das geht. Was nicht vorkommt bei ihnen, ist ein innerer Krieg. Ihr Land, ihren Staat und sich selbst verteidigen gegen wen immer, ich fürchte, es wird nicht erlebt werden. Irre ich, dann war alles bis jetzt Geschehene fehlerhaft, oder mußte geschehen, um spät berichtigt zu werden.

Die Republik hat um Berlin nicht gekämpft, obwohl sie es konnte. Die Generäle dieses verlorenen Krieges werden erst recht nicht um Berlin kämpfen. Die Armee der Republik hat der Machtergreifung Hitlers unbeteiligt zugesehen. Das Schicksal Deutschlands berührte die Generäle nicht: ihre Selbstherrlichkeit oberhalb des Staates interessierte sie allein. Gegen Hitler, der die Armee gleich anfangs unter seinen Befehl zu bringen dachte, haben sie sich in der Bendlerstraße verschanzt, sie fuhren Kanonen auf, der Führer und unumschränkte Gebieter aller Folterkeller bewerkstelligte den ersten seiner planmäßigen Rückzüge – nachher im Krieg folgten viele.

Von der Neutralität, deren die Generäle sich befleißigten, war der Leutnant, der den Minister auf den Arm nahm, eine leichte Abweichung. Der damalige Reichskanzler von Papen gewann sie ihnen ab. Im vorigen Krieg war er ein berufsmäßiger Spion gewesen, er fand unter Hitler seine Sendung wieder, die Gabe der Verführung ist ihm angeboren. Später versöhnten die Generäle sich auch mit Hitler – dessen Dummheit ihnen doch eingeleuchtet haben muß und der als Mörder bei ihnen nicht haltmachte. Er brachte General von Schleicher schon 1934 um, General von Fritsch ließ er 1939 an der polnischen Front erschießen.

Gleichviel, die Kameraden der Ermordeten rückten in die höchsten Kommandostellen, sie wurden Marschälle, zwölf auf ein Dutzend, das alte Preußen hatte einen oder zwei, niemals mehr zur gleichen Zeit gehabt. Sie herrschten über Frankreich und ließen sich in Rußland schlagen. Sie wurden abgesetzt, wieder eingesetzt, verschwanden, unbekannt, ob lebend oder tot. Der französische Minister Mandel starb an seiner ersten Mahlzeit in einem deutschen

Gefängnis. Ihm glaubt man es. Kein anderes Heer der Welt hat die Inhaber der Befehlsstellen so oft ausgewechselt von Schlacht zu Schlacht wie dieses. Tut nichts, dieselben Militärs, mit denen umhergeworfen ist wie mit Alteisen, mal Hausarrest, mal Dank ihres lumpigen Kriegsherrn, haben ihm gehorcht, solange sein erschwindelter Ruf ihm den Schein der Macht verlieh. Erst seit dem Ende seiner Geltung erfährt man, daß sie ihn immer verachtet haben; daß Deutschland nicht Hitler ist; – sondern das Heer, ihr Heer, das sie verachtet, wie sie selbst den Hitler, sei Deutschland! August 1943, es ist soweit, daß sie Frieden anbieten, ohne geheime Umwege, laut und deutlich durch Funkspruch und – vorgeblich – über den Kopf und Körper des gestürzten Führers hinweg.

Natürlich hat er zugestimmt, seinesgleichen ist imstande, sogar die Bestrafung der »Extremisten« – seiner Partei – den siegreichen Feinden zu versprechen. Was Hitler schwört oder seine Generäle auf ihr Gewissen nehmen, wiegt beides gleich. Die Voraussetzung bleibt, daß es den siegreichen Feind nie geben wird, die deutschen Heere sollen »im Felde unbesiegt« heimkehren, genau wie 1918. Bevor der Sieg des Feindes offenkundig wird, muß er um ihn betrogen sein. Drohungen mögen helfen, wenn man sie schlau den Versprechungen beimischt.

Der Feind, ohnedies keine lückenlose Einheit, kann mit sich selbst entzweit werden. Der Sieg macht Verbündete zu Gegnern. Hütet euch, Deutschland zu betreten! Dort beginnt eure wahre Gefahr! Denn ihr habt mit Deutschland verschiedene Absichten! Das ist die Methode, das ist der Klang. Der einzige Sinn heißt: Deutschland nicht verteidigen müssen. Diese Generäle, mitsamt ihrem Hitler, fanden nichts dabei, in alle Länder Europas den Schrecken zu tragen. Die Verwüstungen eines Kontinentes haben ihnen nicht heiß gemacht, die Massengräber der Ermordeten nicht übel. Die Jugend einer Welt auszurotten, hielten sie sich für befugt. Sie waren bemüht, kein Erbe, keine Überlieferung zu verschonen. Versklavung der Nationen, Hungertod der einen Hälfte, die andere Hälfte mit Zwangsarbeit zugrunde gerichtet, und wo immer man sie antraf, Vernichtung der Kultur: wie begreiflich ist dies alles, wie entschuldbar!

Der Vertrag von Versailles erklärt, was geschehen ist, der totale Krieg entspringt dem Vertrag von Versailles – dem gesittetsten Vertrag das Äußerste von Barbarei. Das wird hingeredet, wie nichts, in dem Funkspruch der Generäle, desgleichen vorher von Hitler, nicht anders schon in der Republik. Sie bleiben dabei, sie haben recht gehabt, schon 1914. Dem Willen der Geschichte entgegen und unter Nichtachtung der deutschen Weltanschauung ist es ihnen ausgerutscht. Bei nur wenig verschiedenen Umständen – wenn Deutschland nicht Deutschland, die Welt nicht die Welt wäre – hätten sie Glück gehabt. Recht behalten sie auch so, und verdienen, belohnt zu werden mit einem noch viel milderen Vertrag, als Versailles war.

Vor allem aber bleibe das einzige Land, das nie ein Feind betritt, Deutschland! Diese Neuheit soll, ihnen zu Ehren, erfunden werden. Als der Kaiser der Franzosen in sämtliche Hauptstädte des Kontinentes eingezogen war, besuchten endlich drei Herrscher die seine. Berlin darf keinen ungemütlichen Gast empfangen müssen! Was wäre denn das, die Generäle hätten den Weg nach der Hauptstadt zu verteidigen. Das ist innerer Krieg, der Krieg gegen den Feind im Lande und gegen die Nation, die genug hat – von den Generälen samt Zubehör, von der Autorität, dem Feudalbesitz, den Herrschaften, die sich »die Industrie« nennen. Es wäre der Krieg im Lande, kompliziert durch Bewegungen, die gewöhnlich Revolution heißen.

Die Deutschen sind nur ohne Erfahrung hinsichtlich beider Formen des inneren Krieges. Ihre fremden Kriege spielen außer Landes. Ihre vorigen Revolutionen, die demokratische und die faschistische, haben sie Gegenrevolutionären überlassen. Menschlichem Ermessen zufolge werden sie Deutschland nicht verteidigen wollen. Auch den Generälen fehlt durchaus die Begeisterung, in diesem Punkt wie in anderen: ein de Gaulle wird unter ihnen noch nicht bemerkt.

Als die Republik stürzte, verhielt die Nation sich neutral. Die Generäle verhielten sich neutral, bis auf die Verhaftung des Ministers durch den Leutnant, eine leichte Abweichung. Stärkere können einst vorkommen. Die Nation kann ihren Widerwillen, sich selbst zu helfen, dennoch überwinden. Die Generäle könnten sich genötigt sehen, um Berlin zu kämpfen, nach so vielen entlegenen Städten, deren Namen man nicht gekannt hatte.

Worauf es ankommt: der Geist, der bis jetzt vorherrscht, ist noch immer der Geist der Republik – ausgeschweift, zerrüttet, anstaltsreif, bleibt er ihr Geist. Gegenrevolution und Weltkrieg, beide mit einem alten Vertrag begründet, und die Unlust, Berlin zu verteidigen, machen die Republik nicht ungeschehen: sie setzen sie fort.

Die Republik gegen sich selbst

Erstaunlich ist nicht das Ende der deutschen Republik. Vorzeitig kann es nicht genannt werden, wahrhaftig hatte die Republik beizeiten mit ihrem Ende den Anfang gemacht: ihr Beginn ist gleich der Schluß. Da erblickt man einen Reichspräsidenten, Vorsitzenden im Rat der Volksbeauftragten, oder welchen irreführenden Titel der Arme sich beilegen muß. Unter dem Brandenburger Tor empfängt er Truppen, die aus dem verlorenen Krieg zurückkehren. »Im Felde unbesiegt«, redet er sie an. Er weiß nicht, daß sein Wort sie mit Schmach bedeckt, die Republik und ihn selbst mit Schmach und Schande bedeckt. Unbesiegt ziehen sie ein wie die Sieger (und knütteln alsbald die Revolution nieder?). Hätten noch kämpfen können und tun es nicht? Sind lieber risikolose Heimkämpfer? Was für erbärmliche Truppen! Welch ein unwürdiges erstes Auftreten des Staates, der neu sein sollte!

Die französische Dritte Republik hat siebzig Jahre gedauert, weil sie weiterkämpfte, als das Kaiserreich geschlagen war – und weil sie nicht log: im Felde unbesiegt. Ehrlichkeit mildert eine erlittene Niederlage. Der Endkampf eines Besiegten, der ihm nicht ausgewichen ist, erwirbt Achtung, die lange nachhält. Sie rechtfertigt seine Selbstachtung – auch wenn eine Commune niedergeschlagen wird, was 1871 eher im Gesetz des Augenblickes lag als 1919. Die deutsche Republik hat sich niemals geachtet. Daher hat sie niemand begeistert – womit auch? mit der Lüge: unbesiegt? Einzig ihre Verlogenheit war unbesiegbar. Niemand hat sie geliebt – wofür wohl? Weil sie in Versailles anstandslos unterschrieb? Clemenceau saß da, er warf keinen Blick auf die armen Hunde, die in Vertretung hereinschlichen, während Hindenburg, Ludendorff und der Kronprinz sich drückten. Gleichviel, den Augenblick hatte der Alte sein Leben lang erwartet. Jeden Deutschen, der sein Diktat entgegennahm – und es verdiente –, hätte er genauso verachtet wie diese Namenlosen.

Die Republik ist sich zeit ihres Bestehens bewußt geblieben, daß sie Verachtung verdiente. Sie hat sich nicht geschämt, zu winseln, das Mitleid in Anspruch zu nehmen, es zu organisieren, als sie schon heimlich den nächsten Krieg organisierte. Ihre vierzehn Jahre sind vierzehn Jahre der Schmach – in einer Bedeutung, die kein Hitler versteht. Dieser Machtergreifer hat die vierzehn Jahre der Schmach viertausendmal ausgespielt gegen die Republik. Seine eigenen Jahre – das vierzehnte ist nicht erreicht – sind ausgefüllt mit derselben Verlogenheit, aber technisch vervollkommnet: eine Propaganda der Lüge, die der matten Republik nicht beigefallen war. Keine Erwähnung verdient es, wird auch unwert der Geschichte sein, daß er seine Lügen wahr gemacht hat, insofern sie den Betrug der Welt und ihre Katastrophe betrafen. Die Republik ließ sich von den deutschen Triumphen und dem Weg zu ihnen das Beste nicht träumen. Die Macht, die ein gründlich Verlogener im Schoß trägt, jeden angemaßten Feind durch Betrug zu vernichten, die Republik hat ihr entsagt. Sie war so sanft. Auf ihre Art war sie so redlich.

Sie war der Meinung, daß Recht – Recht bleiben müsse, und eigentlich regiere der Kaiser noch, weshalb sie ihm auch sein Geld nachschickte. Der republikanische Minister, der es übernahm, ist von Hitler ungeschoren geblieben (nicht geblendet, keine Niere zerschlagen). Er wird noch immer seine Gage beziehen, wie der sichere Noske, der um den Betrag sogar feilschen durfte mit Hitler. Er hatte 1919 die Revolution zerschlagen: ohne ihn kein Hitler, jedem das Seine. Ein bayrischer Nachkriegs-Nachrevolutions-Minister mußte darauf hingewiesen werden, daß der Majestätsbeleidigungsparagraph nach Lage der Dinge wegfalle. Erstaunt gab er zu, daß die Majestäten abhanden gekommen waren: er hatte es noch gar nicht bemerkt. Woran wäre es zu erkennen gewesen? Im Vorzimmer des Reichspräsidenten (»Im Felde unbesiegt«) versah den Dienst ein kaiserlicher General mit allem Prunk seiner Orden. Wegen der Ungehörigkeit berufen von einem adligen Offizier und ehrlichen Mann – Ludwig Renn –, ließ der Präsident – wörtlich – seine Stirnader anschwellen, er stotterte vor Entrüstung. Auszeichungen, auf dem Felde der Ehre gewonnen!

Dies und noch viel mehr der Gattung nannte sich schandenhalber Republik. Ihre Würdenträger wurden dann auch erdrückt von dem, was sie trugen. Ich war dabei, als im Münchener Rathaus der kranke, von niemandem geschonte Ebert einen unwillkommenen Besuch machte. Draußen hatten sogenannte Nationalsozialisten – der Komikername Nazi war ihnen noch nicht beigelegt – den ungeschützten Touristen ausgejohlt. Allein, ohne einen Begleiter (mit Orden) betrat er den Saal, der leer war. An der entfernten Schmalwand genügte ein einziger Tisch dem kleinen Dutzend Personen, die sich nicht zu gut gefunden hatten, den Reichspräsidenten zu empfangen. Man blieb sitzen, man holte ihn von drüben nicht ab. Die gleichgültigste Begrüßung an der Tür von seiten eines Beamten (ich war keiner und war nur im Notfall zugezogen) – hätte dem Gedemütigten seinen Weg erleichtert.

Er mußte ihn machen, wie er war, in einer Art verlegener Hypnose unter den Blicken, die ihn herbeikommen ließen, und das geschah langsam, es wollte nicht aufhören. Der Saal wurde noch einmal so lang. Die kurze, dickliche Figur nahm kleine Schritte, mehrmals verdrehte sie die Hüften, ein aussichtsloser, übrigens unbewußter Versuch, umzukehren. Aber sein gewohnter Auftrag war vielmehr, hinzunehmen, gutzuheißen. Sein Hilfsmittel: daß er auf dem Magen die Hände gegeneinander bewegte, nicht viel, und er hätte sie gerieben. Endlich langt er an; wird man sich nunmehr von den Sitzen erheben – wenn nicht anders, dann wenigstens in Anerkennung seines gelungenen Ganges? Weit gefehlt, im Panoptikum die Wachspuppen starrten einstmals nicht gläserner drein. Der Unglückliche ist dennoch gerettet: er hat einen General entdeckt. Ein leibhaftiger General hat sich um seinetwillen herbequemt! Sogar ein Stühlchen ist frei, das Stühlchen daneben. Bitte sehr, bitte gleich, der Reichspräsident läßt sich nieder, jetzt folgt tatsächlich das Händereiben. Das anwesende Dutzend wird ihm nicht vorgestellt, aber er bekommt Bier.

So hat die Republik gelebt, ihr amtliches Dasein war dieses. Sie ist dem Kaiserreich nachgehinkt, dem Nationalsozialismus hat sie im Maß ihrer Kräfte vorgegriffen. Sie hat den »Dolchstoß« des Volkes in den Rücken der alten Armee weder selbst erfunden, noch brachte sie ihn zum Schweigen. Heute wird er anderen Ortes amtlich ausgesprochen. General Giraud in Algier gibt an der Niederlage Frankreichs die Schuld den Arbeitern: wörtlich so. Damit überbietet er die deutsche Republik – die auch nicht feststellen konnte wie Giraud: der Faschismus habe doch schätzbare Ergebnisse gehabt. Das Zeitalter ist fortgeschritten seither. Die deutsche Republik, gleich ihr Antritt, hat den Faschismus ermutigt: das ging sie nichts an, sie sah ihn gar nicht, und ob er auf sie schoß. Hitler ist früher dagewesen als Mussolini, der Putsch am Odeonsplatz hält Schritt mit dem Marsch auf Rom, ein kopfloser Handstreich begleitet das andere, überlegte Unternehmen. Das Zeitalter und seine technischen Umstände haben bestimmt, daß von den beiden Waghälsen (die nichts wagten) der unbegabtere ganz vorn zu liegen komme. Am Odeonplatz lag er ganz hinten, flach ausgestreckt, weil geschossen wurde. Das hat er nie gemocht.

Wenn die Republik den Dolchstoß und die Schmach des Diktats von Versailles gehabt und benutzt hat, ohne daß sie dafür einen Hitler brauchte, er wurde ebensowenig benötigt für den Pakt Eberts mit den Generälen (gegen den Umsturz von links, vorläufig auch gegen den rechten). Der Gewerkschaftsführer Legien dachte an keinen Hitler, nur an die sozialistische Gefahr, als er mit den Herrschaften, die sich »die Industrie« nennen, eine gegenseitige Versicherung einging. Der Schwindel des nationalen Sozialismus, von der Republik ist er aufgebracht worden, als sie fett an die Plakatsäulen schrieb: »Die Sozialisierung marschiert.«

Das war ein Witz, bestimmt, den leichtesten Anflug von Reformen zu verhindern. Nicht nur die ewig belogene Menge ließ sich täuschen. Die Großgrundbesitzer fielen auf die Plakate herein, einen Teil ihres schlechtbebauten Landes boten sie an, damit sie das übrige retteten. Tausende von Familien hätten das Brachland fruchtbar gemacht. Deutschland wäre zu einem guten Teil ein Bauernland geworden, die ungesunde Übermacht der paar Herrschaften, die sich »die Industrie« nennen, hätte von selbst aufgehört: kein Hitler, kein Krieg. Die Regierung der Republik hat das Angebot der Großgrundbesitzer abgelehnt.

Sie konnte das Doppelte fordern: zu der Stunde, als die Revolution gefürchtet wurde, hätte sie es bekommen – und hätte die Revolution besänftigt, anstatt sie für eine unabsehbare Zukunft zu vergiften. Deutschland, seine geldlose Menge, wäre froh gewesen, um hundertdreißig Jahre zu spät dennoch mit Augen zu sehen, was die Französische Revolution ihrem Volk als erstes beschert hatte: die Verteilung des Ackerbodens, zahlreicher kleiner Besitz, die Ernährung gesichert, die Wirtschaft stabil. Aber diese Republik ist nicht nur vor möglichen Umwälzungen zurückgeschreckt, auch die längst erfolgten waren ihr verdächtig, die alte westliche so gut wie die neue im Osten.

Willkommen war ihr jeder Gegenrevolutionär, woher er käme. 1933 nach dem Reichstagsbrand haben russische Weißgardisten die Erlaubnis ausgeübt, in den Straßen Berlins Leute – deutsche Leute – zu prügeln und zu verhaften. Daß ich es nur nicht für unerhört halte! Dasselbe war 1919 geschehen. Hitler hatte die Lehren der Republik einfach anzuwenden, erstens ungehemmt, zweitens gegen sie selbst. Aber auch sie hat gegen sich selbst gearbeitet, von ihrem ersten Tag bis zum jüngsten getrieben von einem mehr oder weniger unschuldigen Sadismus und einer kopflosen Folgerichtigkeit, wenn es keine berechnete war.

Warum hat sie heimlich aufgerüstet – bevor Hitler es

offen tat? Ein Land, vom Wohlwollen der Welt getragen, vom zarten Gewissen der Sieger in Pflege genommen, rüstet störrisch seine Rache für die Niederlage, die alle vergessen möchten – mitsamt dem unterschriebenen Schuldgeständnis. Deutschland allein, Deutschland in Gestalt einer demokratischen Republik, hat das Andenken des Krieges verschleppt, ihn selbst verlängert, bis jetzt beträgt er dreißig Jahre.

Die Kosten des kleinen Söldnerheeres, das der Republik zugestanden war, näherten sich mit den Jahren dem Budget der französischen Landesverteidigung: niemand nahm Anstoß, der gesamte Reichstag, bis auf Querulanten, die im In- und Ausland niemand hörte, bewilligte und schwieg. Um Panzerkreuzer, die sich nicht wohl übersehen lassen, entbrannte ein Streit: gebaut wurden sie um so sicherer.

Im Grunde war es der bösartige Wille einer Minderheit, der sich durchsetzte. Die Mehrheit hat nichts gewollt, weder Böses noch Gutes. Sie nahm vorlieb mit der formalen Gesetzlichkeit, unter der sie leben durfte. Nicht, daß sie ihr wirklich getraut hätte, aber die Tage vergingen, es wurden endlich vierzehn Jahre, viel mehr, als dieser hohle Grund einem Staat versprach, wenn er sich, unvorsichtig genug, als einen Volksstaat ausgab.

Gerade das ist er nie gewesen. Die Republik hat an der vorgefundenen Machtverteilung nichts geändert. Herrschend blieben, wie je, Generäle, Großgrundbesitzer und Industrielle – damals drei Unterabteilungen derselben Klasse. Seither sind alle Unterschiede aufgehoben, die beiden anderen Gruppen funktionieren nur noch mit Genehmigung der Fabrikanten, im besten Fall als Zugelassene, im allerbesten als Juniorpartner. Da war die Republik anders, sie hegte den mitgebrachten Respekt vor dem übermäßigen Landbesitz, der, unfähig verwaltet, ewig um Zuschüsse bettelt.

Ihre »Osthilfe« hat ihn künstlich erhalten, hat ihn genudelt und gestopft, bis die offenkundige Korruption laut zu werden drohte. Durch wen? Hitler, der bewährte Vorkämpfer der sozialen Gerechtigkeit, drohte den zweiten, letzten Präsidenten der Republik zu entblößen: da wurde es Zeit, daß dieser Marschall sie an den »böhmischen Gefreiten« verriet – nur vier Wochen nach seinem Ausspruch: niemals.

Nebensächliche Erscheinungen beiseite, hat die amtliche Republik ihr Zeitalter richtig dahin verstanden, daß die Industrie, die Herrschaften, die sich so nennen, auf dem Marsch zur Alleinherrschaft seien. Zur Zeit des amtlichen Plakates »Die Sozialisierung marschiert«, schon 1919, stand fest, wer vordrang, wer die Macht ergriffen hatte, um sie, als der Tag erschien, seinem treuen Knecht Hitler zu überantworten.

Die Inflation – sie vor allem räumte auf, als Deutschland seine soziale Reformation vielleicht hätte haben können. Ihre Vorbedingungen waren möglichenfalls gegeben. Was nicht geschehen ist, hinterläßt nicht einmal Zweifel, die Erkenntnis ist machtlos über das Irreale. Tatsächlich haben Parteien gekämpft – Sieger war die Inflation. Sie konnte jederzeit ebensowohl abgebrochen werden wie im letzten Monat des Jahres 1923, als, auf bloßen Taschenzauber hin, plötzlich die Goldmark da war.

Aber zuerst mußten Kaufmann Stinnes, ein Komet, und seine zauberhaften Mitgestirne alle vielberufenen Sachwerte, will meinen: die greifbaren Grundlagen des nationalen Einkommens, in ihren Besitz bringen. Das erledigte die Ansprüche eines Volkes endgültig, anders als jede militärische Vernichtung.

Ein Volk, das nichts bis auf die Hoffnung, und auch sie nicht mehr, zu verlieren hat, ergibt sich. Der Hunger beschäftigt es dringlicher als sonst sein Aufbegehren. Empörung wird unstatthaft, wenn schon zu vielen das Essen vergeht – überflüssig war sie erschienen, als man noch satt wurde. So sind denn im Tiergarten, damals zur Morgenstunde, die Hungerleichen aufgesammelt. Auf sie, durchaus auf sie geht die Größe der deutschen Industrie zurück. Sie sind Anfang und Ende.

Nach dem nächsten Abschluß des Krieges werden ganze Haufen Verhungerter daliegen – als Dung für den Wiederaufbau, die Wiederermächtigung der Industrie, die Macht der Truste, die mittlerweile zusammengequollen sind in einen einzigen. Den löse einer auf! Schon die Abtrennung des geraubten europäischen Besitzes von dem »deutsch« genannten wird ein Problem sein.

Um mit ihm fertig zu werden, müssen Sieger – die westlichen ebensowohl wie die aus Osten – eine gründlich neue soziale Moral dem Kontinent beibringen. Deutschland ist ein aufgelockerter Boden, sie zu empfangen. Aber dies sind Verheißungen. Großbritannien selbst plant eine Sicherung der menschlichen Existenz – soviel wie eine Revolution –, wenn der Krieg gewonnen sein wird. Mehr als nur der Krieg soll gewonnen sein. Dieser Gewinn, die Sicherung der menschlichen Existenz, stände auch anderen frei.

In jedem Fall bedarf ein Deutschland, wie Hitler und die Truste es hinterlassen werden, bei einer Ausbeutung von grausiger Tödlichkeit angelangt, bedarf es –. Unnötig zu vollenden. Es bedarf der zwanzigjährigen Entsagung und Festigkeit des Sowjetvolkes, die sich gelohnt hat.

Um genau zu sein: die Enteignung einer Nation erfaßt nicht alle Abhängigen auf einmal: das ist der beste Trick. Die Handarbeiter haben 1920–23 tarifmäßige Lohnsteigerungen erzwungen, je nachdem die Inflation ihre Löhne entwertete. Die Kopfarbeiter konnten es nicht. Die Schriftsetzer lachten über die Honorare der Schriftsteller, niemand glich sie aus. Ein Abenteurer wie Kaufmann Stinnes ließ die Heere seiner Angestellten und Arbeiter an seinen geglückten Scherzen teilnehmen, obwohl mit Maßen. In äußersten Fällen ist es geboten, eine Nation mit sich selbst zu entzweien: während die einen schon verrecken, haben die anderen noch Würstchen. Der Klassenkampf will gekonnt sein.

In Deutschland, mir scheint, auch anderswo, hat dieses Zeitalter ihn einzig die Besitzenden gelehrt. Der Klassenkampf ist einseitig gegen die Besitzlosen geführt worden: sie nahmen die Schläge hin, das war ihr Anteil. Die amtliche Republik behandelte jeden nach Verdienst; sie hat sich niemals damit aufgehalten, den Unwehrhaften beizustehen.

Einst hieß der Reichskanzler Luther, ein vielversprechender Name, er schoß denn auch den Vogel ab. Zu seiner Zeit traf in dem entblößten Reich die erste amerikanische Anleihe ein: achthundert Millionen. Luther, nicht faul, übersandte den Scheck der Industrie, den Herrschaften, die sich so nennen und deren Beauftragter er war. Er fragte niemand. Nachher erklärte er, er habe die zuviel gezahlten Löhne ersetzt – sie waren schon zweimal erstattet worden, abgesehen davon, daß inzwischen die gesamte Wirtschaft eine Funktion derselben Herrschaften geworden war. Kein Grund, sich aufzuregen. Man mußte nicht einmal Luther heißen, um unbestraft zu bleiben. Mir ist der Vorgang als einer der ungeheuerlichsten im Gedächtnis geblieben: mag sein, nur gerade mir. Er machte mit Recht kein Aufsehen mehr.

Die deutsche Republik hat immer links gewählt: es kostete nichts, es verpflichtete zu nichts. Denn regiert wurde unweigerlich rechts. Jede ihrer Regierungen war eine Minderheitsregierung – wie nachher die nationalsozialistische. Amtlich wurde nicht einmal die äußere Form einer Demokratie gewahrt – was niemand verhindert hat, die Sozialdemokratie schuldig des gesamten Unfugs zu machen. Sie hat mit Recht erwidert, daß sie von den vierzehn

Jahren nur ein einziges allein verantwortete. Zu leicht hat sie vergessen, daß die Reaktion, die militärische, politische, soziale, nicht aus der Welt zu schaffen, aber im Tempo herabzusetzen war, wenn sie selbst, gleichgültig gegen Doktrin, Redensart und abgetane Kämpfe, mit den Kommunisten ging. (Wahrheit hinter ewig verschlossenen Wolken hinterläßt nichts Wirkliches, auch keine echten Zweifel.)

Trotz allem gab es rühmliche einzelne. Skeptiker wollten wissen, dies sei eine Republik ohne Republikaner. Gerade umgekehrt, ich habe Republikaner gekannt, nur keine Republik. Ich will nicht lange bei ihnen verweilen, sie hatten selbst sowenig des Bleibens, und wo sind sie jetzt! Da war die wohlgesinnte Schutztruppe der Polizei, völlig bereit, die Republik zu schützen, nur niemals ernstlich für sie eingesetzt. Kommissare vom achtbarsten Typ haben mich durch Berlin geführt, um mir die verkommene Armut und die vernachlässigte Unterkunft ihrer Ämter zu zeigen.

In ihrem Interesse sprach ich öffentlich, mein vorderster Hörer war der Vizepräsident Weiß, natürlich leugnete er meine Anklagen: verübelt hat er sie mir nicht. Im Gegenteil schützte er mich, solange er es noch konnte. Er war ein altgedienter kaiserlicher Polizist, seine erste Stufe zum hohen Kriminalisten war der Dienst auf der Straße gewesen. So einer begreift am wenigsten, daß Ordnung und Sicherheit, um derentwillen er da war, plötzlich enden, weil irgendein Hitler nicht verhaftet worden ist. Schon auf der Flucht, besann er sich nochmals, kehrte um, betrat das Polizeipräsidium – seine alten Untergebenen erschraken für ihn. Sie hatten Mühe, ihn zu entfernen, als er noch heil und ganz war.

Der Mann, dessen ich besonders gedenke, hieß Falk, er war Oberpräsident der preußischen Provinz Sachsen und war ein Mann. Ihm schulde ich einen eigenen Paragraphen in der »Kleinen Encyclopädie des Zeitalters«, gesetzt, ich brächte auch nur ihren Anfang zustande. Gewiß, die Republik, deren Dasein anzuzweifeln war, manche überzeugte, tatkräftige Republikaner hatte sie dennoch, nur daß die Gewalt zu befehlen ihnen niemals zugestanden wurde.

Mitgerechnet die Publizisten, vermehrt sich die Zahl der verhinderten Republikaner: wer die Republik gerettet hätte, wird um so weniger erkennbar. Viel beleuchtet, täglich nach vorn gerückt – und kompromittiert und der Rache künftiger Machtergreifer empfohlen –, blieben wir dennoch obskur: der amtliche Bestand der Republik hat von uns keine Kenntnis genommen. Wir schrieben. Wir wurden gelesen – gewiß auch von den Ministern, die mit den Achseln zuckten. Sie haben wohl auch gestutzt, wenn unsere moralische Deutung des Zustandes und Verlaufes sie in das Gewissen traf. Das soll vorkommen, auch bei Staatsleuten der gegebenen Tatsachen, die zu verschärfen, nicht zu ändern sie bestellt sind.

Nachdem ich in Deutschland für den Tag und Augenblick viel geschrieben hatte, oblag ich derselben unbedankten Pflicht in Frankreich. Ein Organ der französischen Regierung wollte die Erfahrungen des Verbannten bekanntmachen, tat es acht Jahre lang, bestand darauf. Von den Eigentümern der Zeitung war der eine meistens Minister, immer in der Lage, die Proteste des Hitlerschen Botschafters gegen meine Beiträge abzuweisen. Darum blieben sie doch Literatur, etwas in Frankreich um seiner selbst willen Geschätztes, geschehe übrigens, was will. Es geschehen aber nur Dinge, die keine moralische Deutung vertragen. Wissen wollen – und alles zulassen, was dem besseren Wissen widerspricht, man heißt dafür Conformiste. Ein Name ist auch schon etwas.

Indessen halte ich bis jetzt bei Deutschland, dem Deutschland vor der Machtergreifung, wo die Macht auf der Straße lag: die Republik hat zugesehen, ob jemand sie aufsammelte. Ich durfte schreiben. Den Verteidigern der Freiheit war die Erlaubnis gewährt. Ebensogut hätte man sie ihnen nehmen können, denn die Angreifer der Freiheit genossen dasselbe Recht. Nun ist kein Zweifel, wer bei einer zerrütteten Öffentlichkeit die besseren Aussichten hat. Der Fürsprecher der Vernunft? Der Weltfreund, Zergliederer herrschender Mächte? Der Moralist? Offenbar eher ein beliebiger Schwätzer, wenn er nur gewalttätig auftritt und verspricht, immer darauf los verspricht, was er nie zu halten gedenkt.

Das besorgten die Leute mit dem angemaßten Namen nationaler Sozialisten. Beide Benennungen standen besser mir als ihnen an, aber da ich für mich nichts wollte, hatte ich keinen Grund, mich zu rühmen, selbst mit Recht. Die Unbefugten schämten sich nicht, sie prahlten noch, daß sie Willen besäßen: es war der Wille, an die Staatskassen zu gelangen. Übrigens schrieb ich Festtagsartikel, sie aber redeten das ganze Jahr, ihr Boß so gut wie gleichzeitig an zwei entfernten Grenzen. Mich beanspruchten einige Zeitungen, ausschließlich in Berlin, zu Weihnacht, Ostern und Pfingsten, wenn sie eine ungewöhnlich hohe Ebene aufsuchten, wenn sie, im Schutz der festlichen Ausnahme, eine starke Sprache zu wagen wünschten. Ich war bereit, ich deutete ihren zahlreichen Lesern die Vorgänge – niemals nach den Regeln einer Partei, ich maß sie einfach an den Gesetzen des menschlichen Anstandes.

Dabei gewannen die Vorgänge nicht, ich lieferte ein saftiges Stück Prosa. Den Druckorganen des abgebrühten Berlin war es gerade recht. Zuweilen hören die vorgeschrittenen Zeitgenossen die Wahrheit gern: wer zwänge sie denn, danach zu handeln. Die Verrichtungen eines moralischen Sonntagspredigers haben mir nicht genügt. Die Katastrophe der menschlichen Freiheit, der Menschenwürde selbst, kam in Sicht. Sooft gewählt wurde, entfernte sich die Gefahr, daß die Nazis siegten; nachher kehrte sie um so dreister zurück.

Im Lauf dieser Wechselfälle unterrichtete ich mein Publikum immer häufiger über die handelnden Charaktere. Sie waren viel zu billig zu durchschauen, jeder hatte die Mittel, ich sagte den Leuten, was sie ohne mich noch besser gesehen hätten: sie durften nur nicht die Augen verschließen. Zum wenigsten Berlin, wenn nicht das Land, steht bei mir in Verdacht, daß es den Führer betitelten Popanz, seine Mannschaft, seine Machart und ordinäre Verlogenheit im Grunde schon damals hinreichend gekannt hat. Anziehung bekam er, nicht weil man ihm glaubte, sondern vermöge seines groben Theaters, des unermüdlichen Gebrülls, der Massenaufzüge, der Störungen einer langweiligen Ordnung, gleichgültig, wodurch.

In einem Saal, der einen Film sehen will, weiße Mäuse loslassen ist einmal etwas anderes. Morde bringen gleichfalls Leben hinein. Sie sind kaum mit einem Überschwang der Gesinnung, eher sind sie liederlich begangen worden. Das erste Militär der Partei hatte beständig Angst; bei jedem Aufmarsch ließen die Erstürmer der Republik sich beschützen von der Polizei der Republik. Die Privatsoldaten Hitlers waren sechs Fuß hoch oder nur drei, Bucklige gingen auch mit. Uniformen trugen sie, wenn es gerade erlaubt war. Wandelte einen Minister der Mut an, die Maskerade zu verbieten, alsbald unterließ man sie gehorsam. Die Morde kamen derart zustande, daß ein Parteigenosse den anderen von hinten erschoß, worauf die ganze Bande in Laune geriet, die Kommunisten, die es getan haben mußten, niederzumachen.

Zu bemerken ist, daß an Alltagen ohne Mord die Agitatoren beider Richtungen friedlich nebeneinander vor demselben Kaufhaus standen und ihre Druckwaren anboten. In den Pausen zwischen ihren wilden Zurufen an die

Kunden – nicht ihres, sondern des Hemden- oder Porzellanladens – plauderten sie. Viel Mühe hat es gemacht, diese Klassenfreunde, einer Meinung schließlich, bis zu dem Grade zu verfeinden, daß Arbeiter andere Arbeiter in ihren Betten umbrachten. Die Täter waren unweigerlich Kreaturen ihres Führers. Sie wurden verhaftet, er schickte ihnen ein Glückwunschtelegramm, strotzend von Drohungen gegen die Republik, allein dafür konnte sie ihn selbst, anstatt seiner Geschöpfe, für immer unschädlich machen.

Es hat bis gegen Schluß in ihrem Bereich gelegen, ihn auszuweisen, seine erschwindelte Einbürgerung zurückzunehmen, ihm das Reden, seiner Gefolgschaft die Existenz aufzukündigen. Was sich national nannte, hätte gelärmt, aber geschehen wäre nichts. Die Republik zog Enthaltung vor, sie verfiel fahrlässig der Selbstaufgabe – erstens aus schlechtem Gewissen. Sie hatte niemals etwas getan, hatte an der Machtverteilung im Staate nichts geändert: endlich fand sie sich unberechtigt, ihren Feind und Vernichter auch nur abzuwehren.

Zu vieles war beiden gemeinsam, der Republik und ihrem Feind: die Rache für Versailles, die Angst vor dem Kommunismus (echt bei ihr, auf seiner Seite ein Betrug), die Abhängigkeit von der Industrie. Ein Minister ließ bei den Herrschaften, die sich Industrie nennen, Haussuchungen vornehmen, ihr Hochverrat war gar zu auffällig. Nie wieder hat jemand es gewagt, die Herrschaften wurden schrecklich grob.

Vor allem war die Republik sich ihrer eigenen Langweiligkeit bewußt. Das Volk wollte Theater. Das öffentliche Leben war ohne Rest aufgegangen in nationalsozialistisches Theater. Jeden, durchaus jeden erfaßte es. Die beiden großen Häuser, die Berlin mit mehr oder weniger demokratischen Presseerzeugnissen überschwemmten, nahmen die geschuldete Rücksicht auf den Erfolg. »An sich«, so sagte mir der Sohn eines dieser Häuser, »sind uns die Nazis als Leser und Inserenten erwünscht.« Die demokratischen Abonnenten kauften ohnedies auch den »Angriff«, er war aufregender als ihr Blatt. Einmal gewöhnt, sich aufregen zu lassen, vernachlässigten sie die Organe ihrer eigenen Gesinnung, wenn nicht die Gesinnung selbst.

Für die Drucksachen der Demokratie waren Abfall und Dahinschwinden nur Zeichen – nicht, sensationell und stark, vielmehr noch vorsichtiger zu werden. Mir ist kein Artikel abgelehnt worden, schlimmsten Falles kam er in das »große Blatt«. So hieß im Hause eine Zeitung, die am Sonntag von allen die höchste Auflage hatte. Sonntags lasen auch die Arbeiter. Sie lasen die landwirtschaftliche Beilage, die sie über die Bebauung ihrer Vorstadtgärtchen belehrte.

Der Weg aus dem Land

Es war ganz fürchterlich. Der letzte Abschnitt der Republik wurde langweilig über jeden Begriff. Nur der Krieg erreicht zeitweilig wieder dieses Maß von Öde, Vergeblichkeit, Ehschonwissen. Niemand ist jetzt noch gespannt, wie es ausgeht.

Die Deutschen selbst, in ihren zertrümmerten Städten, laufen als bloße Automaten nach den eingewohnten Unterständen, werden üblicherweise wahnsinnig von einer Angst, die ihr Sonnengeflecht auch im Schlaf produziert. Manche flüchten auf die Straße, um freier zu sein als unter dem Boden. Sie versinken in dem Asphalt, den die brennenden Häuser erweicht haben, bleiben hoffnungslos darin stecken, eine Patrouille erschießt sie gnädig, vielmehr aus Prinzip. Weltanschauung kann man gleichfalls sagen.

So geschehen während und infolge der vorigen Luftangriffe auf Hamburg – einst Freie und Hansestadt, ein Staat, den Kaufleute regierten. Die Senatoren trugen von alters her Talare, ihr Welthandel hatte die Welt schon erobert, sie für ihren Teil hätten auf Weltkrieg verzichtet. Dieses gründlich zivile, kühle, nach den Meeren geöffnete Gemeinwesen büßt nunmehr für die verstockten Binnenländer – denen es endlich auch nicht mehr erspart bleibt, Jesum Christum kennenzulernen. Der Krieg ist im Lande. Die deutschen Funksprüche flehen, daß der Krieg das Land nicht erreichen möge: alle anderen, nur dieses nicht! Aber er ist im Land.

Dasselbe ging vor, als Hitler die Macht ergriff: bevor er sie hatte und während der vierzehn Tage, als er sie noch nicht zu gebrauchen wagte. Wir haben alles doppelt und dreifach erlebt. Unsere Erdendauer strotzt von Wiederholungen, aus denen nicht gelernt wurde. Falsch wäre zu sagen, dieses oder jenes sei uns nicht an der Wiege gesungen. Ich zum Beispiel bin während eines Krieges, 1871, geboren. Als wir heranwuchsen, ging der Singsang weiter, wir hätten endlich einmal begreifen können. Einige haben wirklich Bescheid gewußt.

Der lange erwartete Hitler traf zu guter Letzt ein und versuchte sich, da sahen sie einander an und sagten: »Eigentlich hatte man es sich ganz so gedacht.« Dies war noch vor dem Reichstagsbrand – ein witzig herbeigeführter Vorwand der angehenden Schreckensmänner.

Ihr erstes war Vorsicht; sie ließen, nach außen untätig, eine Frist verstreichen, damit nicht Deutschland – fortan wurde es um seine Meinung ebensowenig befragt wie ein Versuchskaninchen –, aber die Welt sich mit ihnen abfände. Dieser Hitler, stellte sie fest, ist ja ein deutscher Staatsmann nach gewohntem Muster – redet nur, weiß mit sich nichts anzufangen. »Für auswärtige Politik habe ich noch gar keine Zeit« – diese Auskunft erteilte der deutsche Staatsmann zur Beruhigung der Garanten des Versailler

Vertrages, die verpflichtet gewesen wären, dem Kriegshetzer das Regieren einfach zu verbieten. Sie unterließen es.

Das Feuer im Parlamentsgebäude und der alsbald entfesselte Schrecken überzeugte die wohlwollenden Demokratien, daß die Rasselbande eine gute antikommunistische Politik verfolge. Mehr wurde nicht verlangt; fortan durfte sie wüten gegen kommunistische und andere Deutsche. Die Konzentrationslager, Folterkeller, Schafotte betrafen die deutsche Souveränität: die Deutschen hatten ihre Regierung selbst gewählt, eigens, um hingerichtet zu werden. Ihre Sache. Die demokratischen Staatsleute hätten ihren Beruf verfehlt, wollten sie aus dem opportunen Augenblick eine unbequeme Zukunft ablesen, oder nur die nächsten psychologischen Tatsachen.

Wer einen gewalttätigen Schwindel aufführt, selbst das Feuer legt und andere dafür entrechtet, einsperrt, tötet, der wird, gleichviel, wo, noch einige Brände entfachen. Die bestraften Nichttäter müssen nicht immer Deutsche sein, sowenig sie diesmal Kommunisten waren. Der verbrecherische Anfänger von 1933 wird früher oder später – nur sechs Jahre hat er gebraucht – an der Welt handeln wie an Deutschland. Dieselbe List und Tücke, dieselbe Roheit, von keiner Voraussicht aufgehalten.

Ja, der deutsche Schreck war ein Staatsmann wie andere, auch er hat nichts vorweggenommen. Das wahre Gesicht seines Krieges, von dem er redete wie von einem alten Freund, hat er nie gekannt. Den demokratischen Staatsleuten von damals erzähle einer, was kommen muß. Ich habe es ihnen sogar erzählt.

Der Krieg in seinem gegenwärtigen Zustand, nach fünfjähriger Betätigung, verbreitet Entsetzen und Überdruß: Spannung nicht mehr. Die Stimmung (l'état d'âme sagte man 1890) erinnert in der ganzen Welt nunmehr an die Gefühle Deutschlands während der ersten Tage mit Hitler. Die Folter, redensartlich verstanden, hatte schon zu lange die Gedanken beschäftigt, bis es endlich zu ihrer wörtlich genommenen Einführung kam. Da war niemand mehr überrascht. Die Neugier bedurfte all der wirklichen Morde nicht. Ich spreche aus eigener Erfahrung, unter seinen ersten Objekten hatte das Regime, das sich revolutionär aufspielte, weil es mordete, auch mich ausersehen.

Ich war sogar als erster bestimmt, einen Vorgeschmack zu geben. Es machte mich nicht weiter stolz, hat mich auch wenig erregt, man war gefaßt, obwohl nicht gerade auf jede Einzelheit. Am 15. Februar 33 ließ der Präsident der Akademie, ein Musiker, der gleich nachher so sehr wie möglich verstarb, mich überall suchen. Ich sollte großartig ausgestoßen werden von den Mitgliedern aller Abteilungen, bildende Künste, Musik und Literatur. Ihre Gesamtsitzung war einberufen, ohne daß ich davon wußte. Der Minister, aus der üblichen Irrenanstalt geradewegs in den Palast Unter den Linden versetzt – dort waltet er noch jetzt, falls der Palast noch steht –, hatte in festlicher Rede den Studenten meine Entfernung zugesichert.

Als ich gefunden war und eintraf, war sie beschlossen. Wie hätten alle die wohlbestallten Kulturträger anders beschließen können. Die Wahl war ihnen gegeben: entweder sie verleugnen mich oder werden aufgelöst. Ein vereinzelter Mann, Stadtbaurat Wagner, schlug die Tür hinter sich zu. Erst in der Türkei ist er wiedergesehen worden, dort empfing er die verdiente Anerkennung.

Die anderen, so viele von ihnen nicht auswanderten, haben seit diesem Fünfzehnten das Gehorchen mehr oder weniger vollkommen erlernt; sie machten oder unterdrückten auf Befehl der Macht, die über sie gebot. Die Kunst, gleich der Wissenschaft und dem Glauben, war nunmehr eine Funktion der Macht – womit nicht gesagt ist, daß es genügt hätte, sich zu ergeben. Auf Wissen und Können verzichten war nicht das Rechte. Am besten fährt, wer sie nie gehabt hat.

Nachgerade muß es langweilig geworden sein – das Denken nach Diktat wie das abhängige Leben und vergebliche Sterben. Mir ging schon die Erwartung meiner Flucht, die merklich näher rückte, bis an den Rand des Halses; ich wünschte damals, sie läge erst hinter mir. Die Zumutung, den Unfug noch länger anzusehen, wurde unerträglich: sogar die Furcht vor eigenem, schwerem Mißgeschick trat zurück hinter dem Ekel an den Dingen. Personen meine ich nicht.

Man verachte niemand, der uns Scham macht, den wir bedauern. Er erwirbt sozusagen Ehre: er verhält sich gemäß dem Gesetz des Geschehens. Unser Widerwille trifft nicht Individuen, sondern ein Gesetz. Mein Freund Max Liebermann hat es begriffen. Vierundachtzig Jahre, der vorderste deutsche Maler, einer der ersten Europas, hatte er seine Wiederwahl zum Präsidenten der Akademie gar nicht erst angestrebt: den Neidhämmeln, deren Reich anhub, war er im Wege, war Jude, war ein drastischer Weiser. Alles zusammen ist des Anstößigen zuviel. Er sagte: »So viel kann ich unmöglich essen, wie ich erbrechen möchte.« Das Wort hatte noch gefehlt. Sie verboten ihm zu malen!

Nicht das Ausstellen seiner Bilder, die ohnehin in den Galerien hingen – und natürlich entfernt worden sind –: die stille Arbeit in seinem schönen, alten Haus am Brandenburger Tor wurde ihm untersagt. Gerade lag er im Sterben, seine alte Frau hat ihm den amtlichen Erlaß vorenthalten. Seine letzten Werke haben noch eine Zeitlang von den Staffeleien geglänzt, nicht mehr auf ihn, nur in den Staub und die Leere.

Drunten seine Bibliothek, die reichen französischen Bände, hat niemand mehr nachgeschlagen, wie einst er, wegen eines Satzes für seine akademischen Ansprachen. Sie werden, nach der beschönigenden Annahme, verbrannt, in Wirklichkeit gestohlen worden sein. (Meine eigenen, feierlich verbrannten Bücher fanden sich später bei fliegenden Händlern wieder.) Auch seine Sammlung unersetzlicher Gemälde, die Manet, Renoir, Daumier, hat gewiß ihr Schicksal erreicht, obwohl ein anderes als das öffentlich eingestandene.

Die hinterbliebene Gattin des Meisters hat sich vergiftet, als sie »nach dem Osten« deportiert werden sollte – viele Jahre nachher, denn der Haß vergibt nicht. Das Elternhaus Liebermanns, an der sichtbarsten Stelle Berlins gelegen, ist natürlich fortgenommen worden – wie der Garten in Wannsee, dessen vielfache Wirkungen er zauberisch agieren ließ, sooft er sie malte. Die Natur, von ihm gesehen, blieb mit sich allein, nur ihr Genie wurde überdeutlich.

Die außerordentlich bemühte Beherrschung der Menschen und Dinge gewährt einem Künstler als letztes, daß er unsichtbar wird. Sein Können hat endlich die Selbstverständlichkeit der Natur. Aber einer muß zehnfach gelebt haben. Aber einer muß, nicht lange vor seiner Vollendung, bis an die Grenze des Wissens gelangt sein: dies ist das Leben. Nach meinem Vermögen bestand auch ich es.

Soviel über Max Liebermann – ein Mensch, der mir nahestand. Ihn schlugen andere Menschen, die weder gelebt noch gelernt hatten. Die Einheit von Natur und Können war ihnen fremd. Ihre lebensfeindliche Willkür nannten sie die Macht, die sie »ergriffen«, weil sie ihnen fehlte. Ihre wirkliche Ohnmacht hat ihnen einzig erlaubt zu vernichten. Jetzt ist Krieg. Als einem Meister das Malen verboten wurde, rechtfertigte die deutsche Souveränität neben manchem anderen auch dies – und eben darum ist jetzt Krieg.

Was mich betrifft, ließ ich mich ungern warnen, als mir doch sichtlich keine Wahl blieb. Das Land mußte ich jedenfalls verlassen, zum wenigsten seine gewohnte Oberfläche: eine Grube unterhalb war jedem bereitet, oder eigenhändig hob er sie aus. Kein Zweifel, ich war verhaßt, populär machte mich gerade der Haß. Viel Nachfrage fand ein Hampelmann: mein Kopf und die Beine einer Schauspielerin. Ein Filmstoff von mir hatte alle drei, das Talent der Frau und ihre zwei reizenden Gliedmaßen, berühmt gemacht. Wenn alles, was ich gewesen war, von einer Menge so freigebig anerkannt worden wäre wie damals meine Verhaßtheit.

Aber der Haß ist eine Tatsache durch sich selbst: eine Volksmenge braucht nicht zu wissen, warum sie haßt. Übrigens haßt sie mit Gleichgültigkeit. Ich mochte die genossene Aufmerksamkeit nicht überschätzen. Auch darum hielt ich aus, in Erwartung eines letzten, unmißverständlichen Zeichens. Es erfolgte nach Wunsch. In einem befreundeten Haus, herrliche Musik wurde gemacht, das Buffet war auf der Höhe gesicherter Zustände – dabei warteten draußen schon die Möbelpacker –, trat auf mich zu der französische Botschafter Monsieur François-Poncet. Er sprach nur diesen Satz: »Wenn Sie über den Pariser Platz kommen, mein Haus steht Ihnen offen.«

Ich dankte und behielt für mich, was ich in diesem Augenblick beschloß. Auch der Gastgeber dieses schicksalhaften Abends, der aussah wie viele vorige, hütete sich, seinen Vorsatz zu verraten. Kein Teilnehmer des Festes, das eigentlich postum war, tat etwas dergleichen. Jeder mit seinem behüteten Geheimnis, wollten sie Angeregtheit vortäuschen statt der Angst, die allen im Nacken saß. Mit Hitler und dem Henker hinter sich, gaben die versammelten Reste der Republik sich den Anschein, als wäre ihre Lage interessant: unhaltbar, das Wort fiel nicht.

Einer versicherte, daß er den Tag und sein Erleben ungern gemißt hätte. Niemals sei er auf den Verlauf der Dinge so neugierig gewesen. Dieser sprach die Wahrheit, es war Graf Harry Kessler, der als Dilettant gelebt hat und sicher, aus Liebhaberei für alles Menschenmögliche, auch den Weltkrieg zwei noch genossen hätte. (Nicht daß ich dem Toten deshalb Leichtsinn nachsage! Man kann eindringlich dilettieren, und mit Gesinnung mag einer flach sein.)

Der Staatssekretär, dem ich meine heilsamen Vorschläge unterbreitet hatte – an dem pünktlichen Mittagessen seiner Angestellten waren sie gescheitert, es hatte ihn kaum berührt –: hier erkannte ich den gelassenen hohen Beamten nicht wieder. Er war schlechthin außer sich, entstelltes Gesicht, bebende Stimme und eine sinnlose Drohung – er stieß sie aus, um nicht vor aller Augen zusammenzubrechen. »Jagen wird man sie, wie die Ratten!« verhieß er den Nazis, nunmehr Herren im Staat – den er jahrelang verteidigen konnte, und hatte es versäumt!

Vier Dutzend Schläfer wie er, die nichts hatten wissen wollen, waren auf einmal wach und durchaus informiert. Der Abend des Jüngsten Tages wird gewiß noch unterhaltsamer sein als mein letztes Berliner Fest, obwohl es mäßigen Ansprüchen genügte. Die Verzweiflung so vieler öffentlicher Männer, begleitet von Musik und einer gleich köstlichen Verpflegung, gab mir noch tags darauf zu denken.

Auch nahm ich mir die Zeit, meine Arbeiten zu ordnen im Hinblick auf ihre Fortsetzung anderswo. Das Reisegeld war auf der Bank noch erhältlich. Ich sei unter den ersten, hatte man mir gesagt, denen der Paß abgenommen werden sollte. Wahr oder nicht, das Wahrscheinliche ist nicht immer wahr – Boileau könnte seinen Satz auch umkehren. Die tatkräftigsten Willensmenschen werden ihre zahlreichen Sorgen nicht alle gleichzeitig in die Hand nehmen. Das Haus, in dem ich mir unklugerweise eine Wohnung neu eingerichtet hatte, wurde ständig bewacht, gut damit.

Als ich am übernächsten Tage, dem 21. Februar, wirklich abreiste, hätten Gepäck, Wagen und andere Anzeichen des versuchten Entkommens mich ohne weiteres ausgeliefert. Indessen trug ich nichts als einen Regenschirm – meinen letzten; Mr. Chamberlain zu Ehren habe ich mir ihn abgewöhnt. Zu Fuß ging ich nach der Haltestelle der braven, anonymen Straßenbahn. Keine unanständige Eile, den Zug nach Frankfurt zu besteigen! Es ist nur Frankfurt, meine Fahrkarte reicht nicht weiter, wer hat etwas dagegen. Mit meiner liebevollen Frau wandele ich auf und nieder, so viele Minuten noch fehlen. Dank ihrer Geschicklichkeit liegt der Rest meiner Habe glücklich im Netz. Sie möchte sprechen, schluchzt, unterdrückt die Schwäche. Vornehmlich wünscht sie uns ein schnelles Wiedersehen. Wann? Morgen? Vielleicht kehre ich erst übermorgen zurück. So sieht, will es scheinen, der Rubikon aus. Hinter dem verhängnisvollen Fluß, den ich wähle, liegt das Exil.

Niemand hat es ermessen, bevor er es antrat, weder seine Dauer noch seine veränderlichen Umstände. Manch ein Verbannter – zu allen früheren Zeiten, als sie noch im Fourgon mit eingebauter Bibliothek fuhren oder zu Pferd saßen – ist in dem andern Land abgestiegen als ein wohlgelittener Reisender. Sein Aufenthalt wird mehr oder weniger lang sein, er behält doch immer eine Heimat, die ihn erwartet, wenn auch nicht gerade jetzt. Die fremden Freunde sind hierüber beruhigt: vom Exil kennen sie den bloßen Namen. Er selbst weiß von einer vorläufigen Tatsache, nicht, daß sie währen wird, bis er steinalt ist.

Es kam selten oder niemals vor zur Zeit von Voltaire, der nach jeder Flucht heimkehren konnte, die Vorwürfe hatten sich abgenutzt. Wenn Krieg war, lebte der Angehörige des feindlichen Staates unangefochten in dem Lande, das seinen König mehr als seine Nation bekämpfte. Noch das 19. Jahrhundert, als der Begriff der Nation triumphierte, hat es geschehen lassen, daß ein geflüchteter deutscher Revolutionär in Berlin wieder einzog als Botschafter der Vereinigten Staaten.

Das wäre mittlerweile ein Mißgriff, keinesfalls zu dulden. Die Regierung, die den Botschafter vorschlüge, wäre einer Meinung mit der anderen, die ihn voraussichtlich ablehnt: daher würde die Regierung des Botschafters ihn nicht erst vorschlagen. Wer Emigrant ist, muß Emigrant bleiben: dies die Konvention im Zeitalter des universalen Bürgerkrieges, der seine ersten dreißig Jahre nunmehr hinter sich gebracht hat. Der neue Emigrant soll erst noch lernen, daß derselbe Bürgerkrieg quer durch die Lande geht: ein Entkommen gibt es nicht. Auch seine Gastfreunde erkennen es langsam.

Der Emigrant aus Überzeugung verliert an Achtung, je zweifelhafter seine Aussichten werden. Zuerst ist er einfach ein Oppositioneller, seine Geltung wird morgen wieder berichtigt sein. In dem Grade, wie sich herausstellt, daß er mit einer befestigten Macht überworfen ist, wird er auch in dem Lande seiner Zuflucht die Macht – und alle ihre Gläubigen – gegen sich haben. Macht kennt nur Macht. Ausgezeichnet verstehen die Mächte einander, die Unterschiede ihrer Doktrinen und Interessen entscheiden nicht: sondern einzig und allein die Macht, die einer darstellt und wirklich ist.

Voltaire war eine europäische Macht, gleich, ob ein Staat ihn deckte. Die Höfe von Versailles und Potsdam hatten mit ihm zu rechnen; sie erwarteten Vorteile von seinem Ruf, und sie fürchteten ihn. Er sie auch, aber er besaß diplomatische Waffen wie sie und publizistische, die ihnen fehlten. Dagegen wird ein Zeitalter der staatlichen Propaganda eine ohnmächtige Literatur haben. Exiliert wird sie immer sein, ob draußen oder im Lande. Der offenkundige Landfremde wird zuletzt keine trüberen Demütigungen ausstehen als der scheinbar Beheimatete.

Eine lange Flucht von Jahren hat die Tatsachen, eine

nach der anderen, enthüllt. Anfangs, einige Tage vor dem Reichstagsbrand, Signal des Schreckens – und der losgelassenen Autorität – für Deutschland, dann weiterhin, hatte man gemeinhin nichts begriffen. Auch ich nicht, aber das wäre belanglos. Übrigens hatte ich mehr Glück als Verstand. Andere sind steckengeblieben, ausgesuchte Qualen waren ihnen vorbehalten. Mir auch, wenn man mich gehabt hätte. Ich erlaubte mir, in Frankfurt zu übernachten, immer unter der Voraussetzung, daß tatkräftige Willensmenschen noch andere Sorgen haben.

Dennoch drangen sie ahnungsvoll alsbald in meine Berliner Wohnung. Da sie mich nicht fanden, verkündigten sie mit Lautsprechern, daß sie mich hätten. So und ähnlich haben sie auch sonst auf Enttäuschungen reagiert. Sie sagen einer wehrlosen Menge, was sie hören soll. Nach ihrer Beobachtung ist dies ein Mittel, die Leute gegen die Wahrheit, bis sie durchdringt, abzustumpfen. Zu der Stunde, als ihre Apparate brüllten, war ich in Straßburg, geschrieben Strasbourg.

Zwölftes Kapitel

Hitler
oder der Fluch des Glückes

Sie haben aus einem und demselben Rachen gelogen, sie haben die gleichen Finger krumm gemacht. Ihre Weltanschauung, ein Name für ihre verwandten Gelüste, ermutigte die Verbrecher, sie alle zu stillen. Vor ihnen hatten andere ihre Lust gebüßt, man hat schon öfter ein üppiges Bett aus geschlachteten Menschen benutzt, um sich des Lebens zu freuen. Die Weltanschauung ließ man gewöhnlich weg. Vielleicht aber reizt sie den Genuß oder beschwichtigt die Angst.

Ein gewisser Rosenberg, früherer Spion des Zaren, jetzt deutscher Verweser des eroberten Rußland, das noch nie so wenig erobert war, und der Verweser sitzt nirgends, er läuft – ihm ganz allein gehört die Weltanschauung. Sie ist leicht faßlich, eine Ideologie für Vielbeschäftigte. Mach dir ein Bett aus Menschenfleisch! Sag, du rettest die Zivilisation! Vor allem halte dich! Wer lange tötet, lebt lange – lehrt der verläßliche Balte.

Als Hitler seinen Rosenberg bestieg, verstanden sie einander gleich. Das Spannende ist nicht, daß zwei Lumpe einander um den Hals fallen. Die Unfehlbarkeit, mit der sie einander finden, ist es, was jedesmal verblüfft, bevor es immer wieder befriedigt, wie das Gesetz der Dinge selbst.

Zum Beispiel, der dürftige Anfänger Hitler tippelt auf der Landstraße, als ein Wagen ihn einholt, um eigens anzuhalten, seinetwegen, damit er aufsteigt. Warum? Aber das ist ja Weinreisender Ribbentrop, dereinst sein Außenminister, wie ein Blick ihm sagt. »von Ribbentrop«, so betitelt sich der Wicht, hat den zweiten Wicht sogleich

»mein Führer« angesprochen. Etwas anderes wäre stillos, es wäre nicht im Sinn des Verhängnisses.

Oder sein erstaunliches, aber einfaches Zusammentreffen mit »der Industrie«. Wie leicht hätte »die Industrie« den billigen Abenteurer übersehen können. Hätte er ein Wochengeld von hundert Mark erbeten, wär er hinausgeworfen. Das denkt man im nüchternen Zustand. Indessen, viel mehr wird er wirklich nicht verlangt haben, »die Industrie« wies ihm durchaus nicht die Tür: sie drängte ihm für den Anfang eine Million auf.

»Die Industrie« hatte Empfehlungen aus der Reichswehr bekommen, ein Spitzel vom Typ Hitlers war gegen die Arbeiter das brauchbarste. Sie hatte sich Rat geholt bei auswärtigen Trusten; sie erfuhr, daß »Deutschland«, will sagen »die Industrie«, in sozialer Hinsicht unzuverlässig, daher kreditwürdig nur unter Bedingungen sei. Die Bedingung war ein entschlossener Antibolschewismus. Auf diesem Wege passierte es dem luftigen Burschen, daß er für schwer genommen wurde.

Er inzwischen lebte seinen Gefühlen, sie zogen ihn nunmehr in die besseren Münchener Wirtschaften, wo wohlgekleidete Damen und Herren seinen Namen flüstern sollten. Er wurde unruhig, wenn es unterblieb. Ängstlich wurde er, wenn einer nahe genug saß, um die schrecklichen Verschwörungen seiner Begleiter zu erlauschen. Ihr Hochverrat war reiner Unsinn, gerade weil er dereinst überwältigend glücken sollte. Wie, begriffen sie weder eh noch je. Hitler faßte es niemals.

Seine Sorge war: auftreten, Eindruck schinden, trotz dem hinderlichen Gefühl seiner Minderwertigkeit. Das Café Stephanie in München war ein Aufenthalt der Literatur, soweit sie die Promiskuität oder Geselligkeit pflegte. Eine Dame, die mit Grund unbemerkt bleiben wollte, erschrak, als ein gewisser Herr in der Tür stand. Man berichtigte die Verwechslung. »Das ist nur Hitler. Er telephoniert hier täglich um zwölf.« Tatsächlich begab er sich geradeswegs nach der klapprigen Zelle, durch ihre Ritzen drangen seine Geheimnisse, wenn jemand sie wichtig befunden hätte. Er hatte nicht widerstehen können.

Das Literaturcafé mußte es sein. Er hat, ein träges Untalent, seine Leiblichkeit gescheuert an den Intellektuellen, die er beneidete, haßte, die er nachher umbrachte. Keine Fremden: eben die Gäste derselben Tische, zwischen denen hindurch er nach dem Telephon gestolpert war, zu unsicher, um sich bei ihnen niederzulassen, die tötete er. Ein noch gräßlicherer Anblick verfolgt mich nicht als das Bild des toten Erich Mühsam – Stammgast im Stephanie.

Was nachkam, war die Ermordung von Nationen und Erdteilen. Wer hat sich selbst vorausgesehen oder »realisiert« sich auch nur jetzt? Ein hysterisch Blinder? Der wollte sich immer rächen an der eigenen Minderwertigkeit.

Die Geschichte, wie sie jetzt erlebt wird – selten, in bevorzugten Jahrhunderten wurde sie anders erlebt –, ist abscheulich intim. Sie ist klein, bei umfänglichster Grauenhaftigkeit. Eine wüste Familienszene, die Möbel sind zerschlagen, die handelnden Personen können nicht weiter. Nackte Bäuche aus zerfetzten Kleidern hängend, betrachten sie einander entgeistert. Jeder hält etwas in der Hand: der Mann – den Skalp der Frau, die Frau – auch etwas ihm Ausgerissenes. Sie denken: einzig in der Geschichte.

Anfänger Hitler war allein auf den Augenblick, auf das äußere Gesicht der Stunde bedacht. Der mondial exzedierende Wüstling ist es geblieben. Damals zeigte er seinen neuen Reichtum den staunenden Besuchern. Der Herr des Münchener Braunen Hauses, sein eigener Architekt bitte, welch ein Artifex und Pipifax, streckte in den Pfeilersaal, um die Kasse her gebaut, sein ergreifend ernstes Antlitz. Seine SA-Jungen lasen in diesen Zügen keinen 30. Juni, diesmal starben sie nur erst in Anbetung. Leib und Seele standen angestrengt stramm.

Ein Mann aber, der Zeitungspapier geliefert hatte, bekam es bezahlt. Der Geldschrank tat sich auf, dem Mann gingen die Augen über. Und kämmte er seine ganze Heimat Bayern nach echten Banknoten aus, niemals hätten sie Berge aufgehäuft wie hier! Er bekreuzigte sich, er verließ die Stätte als Nationalsozialist.

Armer Provinzler, denkt Hitler, der selbst einer ist. Laß sie obenauf Geld sehen, gleichviel, was unten liegt. Mein Militär ist ganz und gar nachgemacht, das hindert nicht, ich imponiere mir und ihm. Ich, der Mann aus Braunau, er, der Mann aus Feldmoching, achten beide nichts außer Militär und Geld. (Absichtlich vergißt er das Café Stephanie.) Was wird schon anders in Berlin sein!

Berlin läßt sich erobern von Feldmoching und Braunau. Es ist nicht ohne Widerstand zugegangen, aber der gebildete Widerstand bestand in Achselzucken, der volkstümliche in gesitteten Umzügen. Die Verteidiger der Republik verließen sich auf die Gesetze, als ob die Gesetze sich nicht der Macht beugten. Sie hatten von Ungesetzlichkeit keinen Begriff. Seit dem vorigen Krieg war ihnen entfallen, daß man töten kann. Die Angreifer töteten.

Dieser Zustand hieß Demokratie. Er war zu glücklich für einen Hitler, er rief nach einem Hitler, ein Hitler mußte erfunden werden, wenn er nicht schon da war. Seine Feinde von der Polizei verhafteten seine anderen Feinde, Kommunisten genannt. In Wirklichkeit können sie damals nicht gewesen sein, was sie beanspruchten: die Revolution, deren sie sich rühmten, hatte weit dort hinten stattgefunden, in ihren Köpfen nie. Sie waren gesetzlich gesonnen. In einem Land, das sich auflöste, in einem flüssigen Zustand der Dinge blieben sie als letzte fest. Sie glaubten, bis in den Untergang, an Marx.

»Die Industrie« hatte einen Agenten oder homme de main vor die Aufgabe gestellt, die Macht zu ergreifen. Zerschlagen Sie die Gewerkschaften, Herr Hitler! Sie haben Geld genug bekommen. Machen Sie uns zu Herren in unseren Betrieben und nebenbei im Staat! Wir sind es, mehr oder weniger. Wir wollen es in dem Grade sein, daß unsere Hochkonjunktur, das Kriegsgeschäft, einsetzt. Sonst war es ein Fehler, die Wirtschaft zu verelenden. Den Staat hätten wir vergebens genötigt, die Millionen von Arbeitslosen zu unterhalten. Nur die Diktatur der Truste, kombiniert mit Krieg, rechtfertigt eine Überzahl von Bettlern, von wehrlosem Menschenmaterial, wie wir es brauchen, wie Sie es wünschen.

»Sie haben schon zu viel Glück gehabt, Herr Hitler«, ist ihm wörtlich gesagt worden. Zu viel, in Anbetracht seiner greifbaren Leistung, denn es ging nicht vorwärts. Trotz allem und allem hat Hitler keine Revolution gemacht. Was er nachträglich seine Revolution genannt hat, war die Vernichtung des je errungenen Menschenglücks. Es war die Wiedereinführung der Folter, Wiederabschaffung der Gedankenfreiheit und der ganze Rest. Eine Revolution bedingt hochherzige Ziele, denen so einer von Natur fremd bleibt, eine Verbesserung der menschlichen Lage, die ihm zuwider wäre, und Ideen. Aber sein Beruf war gerade, Ideen in Lügen zu verwandeln, wenn er sie nur anfaßte.

Jede Revolution ist außerdem sichtbar gekennzeichnet: der Revolutionär ergreift die Macht aus eigener Kraft. Hitler hat sie niemals ergriffen, sie wurde ihm zugesteckt. Selbst nur ein Hehler der Macht, fand er Verräter, die sie ihm brachten, sogar ein zugängliches Staatshaupt war bei der Hand. Er wurde mit Entgegenkommen bedacht, bis in seinen Krieg hinein überall mit Entgegenkommen seitens herrschender Klassen, die so gütig waren, ihm seinen »Antibolschewismus« zu glauben.

Als ob dem Typ des arbeitsscheuen Deklassierten und

ausgehaltenen Jungen die Gesinnungslosigkeit nicht ein für alle Male mitgegeben wäre und lesbar auf der Stirn stände! Aber die Truste bestehen aus Sachverständigen des Geldmachens: Menschenkenner fehlen. Es fällt auf, wie schlecht die reichen Leute überall mit ihren politischen Agenten und hommes de main fahren.

Lauter Karikaturen, immer gleich übertrieben, scheußlich und lachhaft, mal Zwerge, mal dunkle Banditen aus einem alten Melodram; oder der bekannte Verehrer der guten Gesellschaft, endlich bei ihr angelangt, zeigt sich vormittags im Frackjackett mit gelben Schuhen, wie Hitler selbst es getan hat. Der Antibolschewismus ist ein Karneval. Folgt als Aschermittwoch die neue Ordnung, ausgedrückt in Niederlagen.

Heute ist den Nah- und Fernbeteiligten die Gestalt Hitler völlig klar, das hat nur leider eine Welt gekostet. Sie wissen: eigenen Antrieb hat der Kerl nie besessen. Gehorsam, für alles brauchbar, aber so weit wir zurückdenken, mußte er jedesmal gestoßen werden, außer vielleicht bei individuellen Morden. Angst hatte er, auch wenn er mordete, persönlich drückte er sich immer. Da war ein Bankett, können wir uns entsinnen; jeder zweite Mann an der Tafel war bestimmt, seinen Nachbar umzubringen.

Während die Stecherei plangemäß vonstatten ging, entfernte sich der Flieger Udet, er war nicht betrunken genug, um unter die Gemeuchelten zu gehen. In dem Korridor, der aus dem Saal führte, begegnete er dem Veranstalter des Gelages. Hitler drückte sich unentschlossen umher, bis der Sieg entschieden wäre. »Sind Sie verrückt geworden?« fragte Udet seinen Freund, rauh und geradezu. Der Traumwandler lispelte mehr oder weniger aufrichtig, daß er von gar nichts wisse. Der Kunstflieger hatte ihn grob aufgeweckt und erleichtert, er wurde dafür General, wenn nicht sogar Luftmarschall. Zum Glück ist er verunglückt, so kann dergleichen nicht wieder vorkommen.

Wie wird es nunmehr aussehen, wenn die Gestalt Hitler nicht mehr abgezählte Ermordungen, nein, wenn sie ganze Kriege beschließen soll. Gewiß, den Krieg hatte Hitler versprochen. »Die Industrie« hatte sein Wort, die Liebhaber seiner Weltanschauung, die aufgerüstete Armee, die Leser oder Nichtleser von »Mein Kampf«, die Welt schlechthin hatte sein Wort. Er selbst hätte sich zum Krieg verpflichtet fühlen müssen, wäre nicht das innige Verlangen seiner Natur gewesen: Überhaupt keine Verpflichtungen haben! Nur bummeln!

Das heißt nicht im Café hocken, es heißt eher durch das Lokal gehen, um wichtig zu telephonieren. Auf wunderbare Art – gegen seine Erwartung – zur Macht gelangt, hat er in jedem Sinne telephoniert, telepathisch televisionär – unfehlbar mit Erfolg. Denn sein sicherer Grund war der Antibolschewismus. Er lähmte jedes der Länder, die er begehrte, mit der Drohung einer Gefahr, die nicht er selbst war. Ihn fürchtete niemand; ich habe selbst erfahren, welchen Unwillen, ja Verdacht man außerhalb Deutschlands erregte, wollte man vor ihm warnen anstatt vor dem Bolschewismus.

Er hat niemals eingesehen, wozu noch Krieg sein mußte, wenn die begehrten Länder, so wie er selbst, es viel leichter haben konnten. Sie hätten sich nur in seine Arme sinken lassen, annektiert, verbündet und jedenfalls betrogen, cocus, battus, et contents. 1939 konnte es auch wieder gutgehen, obwohl es schon vorher durchaus nicht gutgehen mußte. Das war Glückssache, oder er hielt es dafür, und das Glück fällt bekanntlich auf Seite des Verwöhnten. Der war er. Er hatte zuviel Glück gehabt. Noch spät, im russischen Feldzug, hat er einem General, der »Unmöglich!« sagte, allen Ernstes geantwortet: »Wenn ich Reichskanzler werden konnte, ist nichts unmöglich.« Das ist die Unschuld. Es ist unschuldig bis zur Unheimlichkeit. Gehen wir weiter.

Im Unglück des Glücks gedenken heißt unter anderem, es noch immer für möglich halten. Ein Hitler verzweifelt nicht. Geredet hat er alles, auch seinen Selbstmord. »Wenn ich einmal fertig bin, brauche ich zehn Minuten, um zum Revolver zu greifen.« Er braucht zehn Minuten, wo eine halbe genügt. Sein Revolver ist anderswo verwahrt, der Eigentümer wird zur guten Stunde nicht bei ihm sein.

Ein Menschlein, vom schamlosen Glück zum Unmenschen aufgezüchtet, fürchtet sich beinahe beständig. Ohne Furcht ist es nur, wenn es außer Rand und Band ist. Daher die Anfälle. Daher auch die Ratschläge, die Aufenthalte in dem unsichtbaren Bergschloß – man soll es sich aus Kristall und verwunschen denken. Übrigens wird ein irrsinniger König von Bayern imitiert, seine Bausucht mitsamt mörderischem Delirium. An den Daten des russischen Feldzugs – Tag des Überfalles, festgesetzter Zeitpunkt, an dem in Moskau einmarschiert werden soll – ist abzusehen, daß Napoleon imitiert wird.

Friedrich den Großen möchte Hitler gewiß unter seinen Bestand an Wachsfiguren aufnehmen, aber erstens müßte er Französisch können, dürfte auch nicht Frankreich wie eine deutsche Kolonie behandeln. Friedrich fühlte sich am liebsten als Vasallen des Königs von Frankreich. Das paßt nicht; dagegen beruft er selbst sich auf Gengis Khan! Eroberungen ohne nächsten Tag, ein vergessenes Reich aus aufgelösten Reichen, die es nicht bleiben sollen – übrig ist ein Name.

Ein Name dieser Art wäre gut als historischer Kinderschreck, aber die Völkerkinder nehmen ihn nicht ernst, ein so alter Menschenfresser wie Gengis Khan ist ihnen zum Märchen geworden; sonst hätten sie inzwischen Vorsicht erlernt, sie hätten den Hitler nicht über sich kommen lassen. Dieser wird denn wohl unwirksam dagewesen sein; auch ihn beschattet baldmöglichst seine angezweifelte Legende und macht ihn unkenntlich. Er selbst – schon heute weiß er sich in der Rolle jenes sagenhaften Weltübels. Gengis, keinen anderen hat er angezogen als Zeugen seiner eigenen Existenz.

Was er durchaus verkennt: er geriet in die Rolle unfreiwillig. Ein Schritt, der kühn sein sollte, nötigte alsbald zum nächsten; ein Produkt der Furcht waren alle weiteren, von Wien bis Stalingrad. Als er, nur um mal anzufangen, das Rheinland besetzt hatte, vertragswidrig, wie sich versteht, aber sogar ohne wirkliche Machtmittel, hat er zwei Nächte in schrecklichen Zuständen verbracht. Er erwartete seine Bestrafung, sie hätte ihn geradezu erlöst. Am dritten Tag sprach er mit Verachtung der anderen – und seiner selbst –: »Jetzt können sie es nur noch zerreden.«

Er hat die Sonntage genommen, wie sie fielen, das heißt, Sonntag war bei ihm öfter als für die Gemeinen. Wird auch geboren sein an einem traurigen Sonntag; nicht jeder ist der Tag des Herrn. Wenn sein Glück einmal Lücken zeigte, nahm er es übel, wie einen Sabotageakt. Noch heute faßt er nicht das geschehene Unrecht, als das Vereinigte Königreich und die französische Republik ihm den Krieg erklärten. Aus heiterem Himmel! Es wäre so einfach gewesen, ihm den Osten des Kontinentes freizugeben, nebenbei den Norden, im weiteren Verlauf den Süden und, wer weiß, Stützpunkte jenseits der Meere.

Die Polizeigewalt über unnütze Kleinstaaten war geboten im Interesse einer deutschen Berichtigung von Auch-Nationen, ewigen Ärgernissen für ein großmächtiges Volk ohne Raum. Wahrhaftig, Britannien und Frankreich, die keine Neuordnung zulassen wollten, widerstanden der Natur und verkannten die Geschichte. Einst im Reiche Kaiser Karls V. war die Sonne nie untergegangen (da er König von Spanien war). Europa zum mindesten ist ein deutscher Gegenstand: ein Gefühl, das sehr fest sitzt, nicht nur bei Hitler, und das auch dieser Krieg nicht ohne weiteres lockern wird.

Ohne Krieg – allein mit Polizeiaktionen, was war Polen mehr – konnten die beiden westlichen Imperien bleiben – ungefähr bleiben, was sie waren, natürlich unter Vorbehalt der deutschen Wohlgesinntheit. Frankreich bedurfte ihrer sehr, aber Hitler hatte sie ihm zugesagt. Laßt mich machen, erklärte er beizeiten einem Franzosen, ich laß euch in Ruhe. Ihr behaltet Elsaß und Lothringen, ich habe das Straßburger Münster nie gesehen und wünsch es mir nicht. Solang ich da bin – wörtlich wie Briand! –, kommt kein Krieg. Auf eurer Halbinsel – »Halbinsel!« – könnt ihr eure Kultur pflegen. »Kultur pflegen!« kennt er, es heißt im Bett liegen und nichts tun.

Ein Gönner, der auf Undank stößt, verliert die Geduld. Hieraus erklärt sich die nachmals strenge Behandlung Frankreichs, und anderes mehr. Der Undank begründet das Wüten, die Ermordung von Nationen, die versuchte Austilgung mehrhundertjähriger Anstrengungen, die auch aus Deutschland einiges gemacht hatten. Zu der vorigen, jetzt abgeschlossenen Größe Europas konnte Deutschland nur mit innereuropäischen Kriegen beitragen. Andere haben außerhalb des kleinen Weltteils seine Macht über die größeren begründet. England, Holland, Frankreich outre mer, beyond the seas, Rußland auf dem asiatischen Kontinent eroberten Europa ein Ansehen, das im 19. Jahrhundert auf absoluter Höhe stand: hiervon war damals auch Deutschland groß.

Der Name Bismarcks, wer weiß es noch, ist als der einzige deutsche bis nach den weltfremdesten Inseln gedrungen; aber zuerst mußten sie englisch sprechen. Sie mußten an Europa glauben. Die beiden deutschen Kriege dieses 20. Jahrhunderts haben nichts erreicht, nur dies: die Welt glaubt an Europa nicht mehr, sein Glanz ist ausgelöscht, es steht auf gleich mit Exoten, wenn nicht unter ihnen. Dieser Weltteil wird in noch abzumessenden Zeiträumen nie wieder der führende sein. Wenn er sich allenfalls behaupten wird, dann nur, weil Amerika seinen ganzen Verfall nicht wünscht – und weil die Sowjetunion davorsteht.

Undank, wenn man vorurteilslos, ja, mild überlegt, empfängt jeder vom anderen: Deutschland von Europa, das seine fürsorglichen Absichten mißversteht; Europa von Deutschland, seit es die Wohltaten der Geschichte ohne Rest vergessen hat.

Nie zu übersehen, daß Deutschland das Unwissendste, was es hatte, zuerst sich selbst als Geißel verordnet hat, niemand wird ganz erklären, warum. Leichter ist verständlich, daß die krasse Ignoranz sich alsbald gegen das Universum entfesselte. Einem Hitler blieb nur dies übrig. Wie er die Intellektuellen haßte, weil er an ihrem Tisch keine gute Figur gemacht hätte, genauso England – für das er eigentlich eine »Affenliebe« hegt, mit dem eigenen Ausdruck seiner Leute.

Der Mensch aber, der nichts weiß, wird jedem mißtrauen. Die Furcht, betrogen und verraten zu werden, ist das Fundament seines Tuns und Wesens. Seine eigenen groben Listen sind Vorbeugungen, eh daß die Gentlemen feinere verwenden. Vertragsbrüche? Er kann sich nicht erlauben, sagt er selbst, seine Unterschrift zu achten wie die Gentlemen. Ihnen dient sogar die Rechtlichkeit, ihm hilft nur die Aufhebung des Gesetzes, früher des deutschen Rechtsstaates, jetzt des Völkerrechtes.

Bei dem allen zieht er immer noch den kürzeren, das ist seine innige Meinung, es ist in ihm das ewige Licht; seine Erfolge, die widersinnig waren, haben es nicht ausgelöscht. Als Paris fiel, hat er getanzt. Er hat wahrhaftig den Tanz aufgeführt, wie der »Große Diktator« Chaplin ihn seinem Rivalen vorgemacht hatte – beiseite die Anmut, die Hitler nicht mehr lernt. Er konnte es nicht lassen, in Paris einzuziehen, er, Schicklgruber Adolf mit deutsch-böhmischem Akzent und Himmelfahrtsnase. So fuhr er denn gen Himmel, versäumte darüber den rechtzeitigen Fliegerangriff auf England: als es zu spät war, verwandelte sich die Battle of Britain, die ein Sedan versprochen hätte, in seine Marneschlacht.

Seine tiefgefühlte Minderwertigkeit liegt im aussichtslosen Kampf mit seinem Größenwahn. Keine äußeren Schlachten entscheiden diese geheime. Hitler lebt meistens depressiv. Sterben könnte er dereinst im äußerst gehobenen Bewußtsein des verkannten Genies: ein Heiliger, der gegen das Säkulum recht behält. Wer weiß. »Jedermann, der sterben soll, ist achtbar«, sprach Clemenceau, als es für ihn soweit war. Warum? Geachtet von anderen war er. Blieb der letzte Zweifler, ihn besiegte nur die Todesstunde.

Unverkennbar sind es Worte, immer Worte, die den Typ Hitler aufpulvern, sonst ginge es überhaupt nicht. Je weniger seine Lage ihn beruhigen kann, um so schwärmerischer seine Reden. Seine Gegner englischer Zunge nannte er vor versammeltem Reichstag »Idioten«: wenn das nicht gesteigert und erdentrückt ist! Es war sehr unvorsichtig. »Was strategische Idioten tun werden, sieht niemand vorher.« Gleich nachdem er dies von sich gegeben, waren sie in Nordafrika, wo er sie im Traum nicht erwartet hatte. An welchen anderen Fleck der Erde hätten sie sich eigentlich begeben sollen? Genug, daß auf Idioten kein Verlaß ist.

Dagegen auf ihn! Er hat es durch Intuition, ein Wort, für ihn gemacht. Seine Marschälle haben etwas gelernt, das eine auf der Akademie, das Beste durch Mißerfolge. Als sie dem Unternehmen gegen die Sowjetunion mehr oder weniger offen absagten, sprang ihr Kriegsherr für sie ein, er leitete nunmehr wirklich, mit nichts als seiner Intuition. Sie machte aus dem Nichtswisser den Strategen, wie sie ihn zum Staatsmann befähigt hatte, zu allem, was ihm beikam. Meistens hatte »die Industrie« seine Einfälle gehabt.

Das große Beispiel seiner – oder ihrer – Intuition gibt Stalingrad. Hitler, der – völlig unbefugt – den Sowjetführer beneidet, hatte persönliche, infantile Zwecke; »die Industrie« hätte ernste, männliche gehabt. Eine halbe Million künftiger deutscher Revolutionäre weniger, verschlägt etwas. Die Revolution ist zu fürchten, wenn die kräftigsten jungen Männer bewaffnet und wenn sie noch am Leben sind. »Die Industrie« versteht auch Opfer zu bringen: so viele rüstige Arbeiter.

Der intuitive Stratege hat zu seinen Marschällen nicht anders geredet als im vorigen Krieg der Gemeine Hitler zu den amüsierten Kameraden. (Einer von ihnen berichtete, daß dem Essenträger Hitler die Strategie wie Sauce von den Lippen troff.) Seine neuesten Hörer, die Marschälle, sind auf den Gedanken gekommen, ihn unschädlich zu machen. Wenn sie es bleiben ließen, müssen große Mächte, hinter ihnen im Lande, sie aufgehalten haben. Das sind nicht allein die siebenhundertfünfzigtausend Mann des Polizeistrategen Himmler. Seine ganze Verantwortung übernimmt dieser pedantische Sadist gegen Ende, nachdem die Welt unbezweifelbar bewiesen hat, daß sie sich nicht vernichten läßt. Dann wird Himmler das Seine tun, um wenigstens Deutschland zu vernichten.

»Die Industrie«, sie ihrerseits hält große Stücke auf Deutschland, sie rechnet mit Deutschland als ihrem eisernen Bestand. Solange sie es hat, ist nichts verloren. Sie kennt dies Volk als tüchtig und geduldig. Nach den unvermeidlichen Aderlässen der heutigen Konjunktur wird es sich weiter benutzen lassen für die deutsche Durchdringung der Weltwirtschaft so oder so. Nicht jede Konjunktur muß blutig verlaufen, oder Blut fließt das nächste Mal erst, wenn es nichts mehr ändern kann.

Daher hat »die Industrie« ihrem Personal vor allem Generäle beigelegt. Auch Nationalsozialisten nimmt sie zeitweilig in ihren geschlossenen Kreis auf, in die inzestuöse Familie von zwei, drei Dutzend Burschen, die unser aller Unglück besorgen. Die Parteibonzen aber werden fliegen, wenn Hitler fertig ist. Die Generäle bleiben – erst recht nach einem verlorenen Krieg. Ihre Brüder und Schwäger, wenn nicht sie selbst, nachdem ihr bisheriger Chef sie fortgejagt hat oder sie ihn, sitzen in den diversen Aufsichtsräten, die alle nur einer sind, überall dieselben eng verwandten Piefkes. Altadlige Militärs fühlen sich schon wie zu Hause.

Aus meiner Knabenzeit erinnere ich mich eines preußischen Kommandeurs, der, nach Hamburg versetzt, seine Offiziere fragte, wo sie verkehrten. Als sie antworteten: bei Kaufleuten, entrüstete er sich über das abhanden gekommene Bewußtsein der Standesunterschiede. Er hatte bis dahin nur den Krämer in seinem östlichen Marktfleckchen gekannt. Das sind verklungene Tage. Den betreßten Proletariern »vom Stande« folgten Generalstäbler, die den geschäftlichen Wert ihrer Stellungen begriffen. Jetzt sind sie Kaufleute, so aufgeweckt wie von Vorurteilen frei.

Daß niemand ihnen zumute, Krieg zu führen wegen einiger Eisenbahnzüge voll geplünderter Möbel! Sie sind – gerade die entscheidenden von ihnen – mit den zeitgemäßen Forderungen ihres Berufes eng vertraut. Sie halten sich verantwortlich, daß, sollten Krieg und Deutsch-Europa zusammenbrechen, die Armee doch immer gerettet wird. Nicht um der Armee willen. Nicht für den Ruhm.

Preußen war gefährlich, seit Friedrich der Große eine leer arbeitende Kriegsmaschine daraus gemacht hatte. Sie hat ihn, seinem Mitbewerber Voltaire auf den Fersen, zu dem nächstberühmten Mann des Jahrhunderts gemacht: das war auch ihr ganzer Zweck. Wer einen anderen gehabt hätte, würde nicht zwanzig Jahre lang Europa beunruhigt haben, ohne jeden materiellen Erfolg: nur eine – größtenteils – eroberte Provinz und sein verwüstetes Königreich.

»Pour faire des œuvres durables il ne faut pas rire de la gloire«, ist das Bekenntnis eines Schriftstellers, Flaubert. Die deutschen Generäle dieses Krieges sind Angestellte – nicht nur ihres Generalissimus, auch ihn haben größere Interessen als seine verpflichtet und vorgeschickt. Ein kleiner Mann wie er kann die Scheinwerfer der Aktualität mit der Sonne des Ruhmes verwechseln: nicht seine Generäle, die manchmal erzogen, meistens geschult sind. Sie maßen sich nicht an, für Ruhm zu kämpfen. Nur der Anstand verbietet ihnen, »über den Ruhm zu lachen«.

Nun ist der Ruhm, alles hin und her erwogen, das einzige stichhaltige Motiv der Kriege – womit ihnen viel Ehre geschieht; sie würden beigesellt den höchsten Werken, die allein den Künsten gehören. Für den Ruhm kämpfte die Armee der Sowjetunion. Ruhm ist die Behauptung des Wertes, den einer hat, dessen er gewiß ist: der vorgeschrittenste Wert, er überzeugt sogar ohne Krieg. Wenn aber gekämpft sein soll, dann so, dann ohne Schwanken und Zweifel, klug wie die Schlangen, unschuldig wie die Tauben – überlegen, der ganzen Zeitgenossenschaft überlegen und voraus, als wäre man schon die Nachwelt.

Dies das Geheimnis der Sowjetunion. Die Deutschen haben keins. Sie gehen an die Front, weil sie müssen. Seit den Niederlagen ziehen sie der Front jede andere Strafe vor, ausgenommen nur die Todesstrafe. Die Sowjetsoldaten sind ganze Kämpfer erst durch Niederlagen – den Krieg im Lande, den die Deutschen für den »Abgrund« und das Ende halten. Der Krieg im Lande hat den Sowjetvölkern ihre Wahrheiten bestärkt. Die ausgeklügelten Gegenwahrheiten, die den deutschen Soldaten in den Kopf gesetzt waren, bedurften, um vorzuhalten, der nie endenden Siege. Wenn das Siegen einmal unterbrochen wird, verzweifeln sie sofort; die falschen Wahrheiten in ihren Köpfen vertragen keinen augenscheinlichen Widerspruch.

Da sie fliehen müssen, sind sie kein Herrenvolk. Wenn ihr Führer sie den Weg der Leichen und der Brände rückwärts laufen läßt, kann er kein echter Führer sein: das geht ihnen auf. Der Führer hat immer recht, ließ er über sich verbreiten; sie glaubten es, weil er Glück hatte. Der Führer denkt für euch – war bequem, solange es lohnte, blind zu gehorchen. Das verdankt ihr dem Führer! hatte schon immer den Sinn umschrieben: nehmt euer Elend für die Größe Deutschlands hin. In dem Augenblick, da die eingebildeten Sieger ihre Kehrseite zeigen, fällt ihnen ein: war das Größe, wo wir elend waren?

Jeder Zweifel wäre überflüssig: ein geschlagenes deutsches Heer unter Hitler hat keinen Glauben mehr. Denn sein Glaube war Hitler – mit seinem Glück, nie ohne Glück. Hitler ist ein Fetisch gewesen. Noch einmal gedenkt man der »wundertätigen Alraunwurzel«: im Jahre 1906 stellte ein Berliner Warenhaus sie unter Glas aus. Das war bis gestern Hitler, scheinbar mit dem Unterschied, daß er tatsächlich gezaubert hatte. Oder wenn es kein Zauber war, auch gar nicht von ihm ausging, der Erfolg ließ sich mit Händen greifen. Die Alraunwurzel zu ihrer Zeit wirkte aber gleichfalls, bis sie dann vertrocknete und aus der Mode kam.

In den deutschen Heeren von Frankreich bis nach der Ukraine, als sie dort noch standen, ist niemand mehr, der an Hitler glaubt. Er hat zuviel Glück gehabt: ihm ist verboten, gar keines mehr zu haben. Sie verachten ihn, vom General, der das rettende Flugzeug besteigt, bis zu dem gemeinen Mann, wenn er nach einem letzten Stück Pferdefleisch auf dem Eis erstarrt – »in grotesken Stellungen«, wie gemeldet wird. Auch noch sterben müssen als Groteske, nachdem man gelebt hat für einen Führer!

Unter einer massigen Wucht von Verachtung wie diese würde jeder andere zusammenbrechen – noch dazu in Anbetracht des Führerprinzips, das geteilte Verantwortungen ausschließt. Hitler muß sehr gesund sein. Ein so schwerer Hysteriker macht sich seine eigene Gesundheit, Anfälle, die zuletzt erleichtern, und kein Ende abzusehen. Bei dem Verachtetwerden hält er sich nicht auf, das ist keine Sorge, aber der Verrat!

Er lebt der Meinung, daß sein Kampf vor allem ein Kampf gegen den immer wachen Verrat war. Die deutschen Arbeiter haben den Anfang gemacht – mit ihnen die Intellektuellen, die Katholiken, sämtliche Andersgläubige, deren Gott nicht er war; dazu die Bauern, Kleinbürger, die SA-Leute des 30. Juni, denn der war ein Verrat an ihm! Was kreucht und fleucht, hat ihn verraten, die Herren Chamberlain und Daladier so gut wie seine eigenen Generäle, die ihn nötigten, sie abzuschießen – einst in besseren Tagen, aber die sind vorbei.

Jetzt haben sie ihn abgesetzt, nicht mehr und nicht weniger, trotz lebendigem Leibe und fortgesetzter Gegenwart. Der Verrat, den er von je gewittert, oft enthüllt hatte, ist vollzogen. Die Menschen, besonders die Militärs, vertragen keine säkulare Persönlichkeit. Ganz zuwider ist ihnen das inkarnierte Jahrtausend mitten im Hauptquartier, das allerdings nach Polen zurückverlegt werden mußte, und, wer weiß, wie bald ist es in Chemnitz. (Die Normandie, Juni 44, hat den Kriegsherrn keine acht Tage gesehen.) Die geschlagenen und entlassenen Generäle haben Berlin unsicher gemacht mit offener Verschwörung. Die Geschlagenen, die er nicht mehr fortschicken kann, handeln. Glattweg entmachten sie ihn.

Bei ihren Beratungen, die übrigens unerfreulich verlaufen, ist der Höchstkommandierende nicht mehr zugelassen. Schon seit dem 1. Februar des schlechthin unglaubwürdigen Jahres 43 unterzeichnet er Armeebefehle, die er nicht gelesen, viel weniger verfaßt hat. Zwischen damals und heute – kein Erfolg, um das Ansehen des Führers aufzufrischen. Dürfte er noch »seine Soldaten« zu Hilfe rufen! Aber sie würden nicht kommen. Könnte er sich in ihren Schutz begeben! Leider sind sie selbst auf der Flucht.

Seine Lage ist, nach wie vor, keineswegs »einzig in der Geschichte«, Wilhelm II., ein so unbedeutender Herrscher, hat verwandte Augenblicke erlebt. Aber die Lage des annoch Blühenden ist ausgesprochen peinlich, wenn er sie vergleicht mit seinem vormaligen Freudentanz um Paris – und sogar mit der unleugbaren Tatsache, daß er noch immer der Herr über Europa wäre, hielten sie ihn nur nicht gefangen (weniger mit Armeskraft als moralisch).

Am 30. Januar, sein berühmter Gedenktag, seiner, nicht ihrer, hat er 1943 geschwiegen, 1944 mit matter Stimme, ohne Begleitung von Volkschören, abgestandene Redensarten gemacht. Nicht nur, weil es ihm nachdrücklich nahegelegt wurde: auch aus Protest gegen die Anmaßung seiner Generäle. 1943 redete sein Reichsmarschall. Oh! er hat sich aus der Affäre gezogen, mit der frühreifen Tücke, die dem Wanst im infantilen Gesicht steht. Er hat seinem »Führer« auserlesene Höflichkeiten gewidmet, während er ihn, hintenherum, der Lächerlichkeit preisgab. »Die Russen« nannte er die listigsten Schwindler der Weltgeschichte. Sie hätten, damals in Finnland, eine schwache, technisch veraltete Macht vorgespiegelt, eigens damit man sie angriffe: und der »Führer«, der sie durchschaute, habe wirklich angegriffen. »Dummkopf!« läßt sich nicht besser sagen.

Dieser Göring ist mit seiner vollen Leibesschwere zur Schwerindustrie übergegangen. Einst irrtümlich dem Soldatenstand bestimmt, hat er als Kaufmann sich selbst gefunden. Vor noch nicht sieben Jahren eröffnete er mit fünf

Millionen preußischer Staatsgelder einen Trust, der dank der Hitlerschen Eroberungen angeschwollen ist bis in die Milliarden.

Den gewaltigsten ihrer erfolgreichen Abenteurer wird »die Industrie« weder verleugnen noch stürzen: es träfe sie furchtbar. Sie ist mit seinen Unternehmungen geschäftlich verfilzt, geschlechtlich vermischt, dafür sorgen ihre und seine Brüder, Schwäger, Onkel, Großväter: alle mit drin.

Hitler, jedes Familienanhanges bar, aber behaftet mit einem deutlichen Widerwillen gegen seine geringe Verwandtschaft – seit er die Macht hat, ist sie nicht größer, sondern dank seinem Revolver kleiner geworden, dank seinem Geiz arm geblieben –, Hitler hat geduldet, daß Göring seine Person vervielfachte, bis sie ein Schwarm gefräßiger Heuschrecken war. Er begreift, daß es Landplagen geben muß. Er ist überzeugt von den Trusten, er »sieht nichts anderes«: dies bekundete er bald nach seiner Machtergreifung einem fremden Ausfrager, der ihn sozial ins Gebet nahm. Mittlerweile hülfe es ihm auch nichts, »etwas anderes zu sehen«.

Was zuviel ist, ist zuviel: er haßt Göring. Als er ihm unvergleichlich weniger mißtraute, hat er ihn zu seinem Nachfolger bestimmt – damit der Dicke nicht versucht wäre, ihn ermorden zu lassen. Eigenhändig machen sie das selten.

Heute ist der Letzte Wille Hitlers ein leerer Wisch, wie alles, was er und sein Reich erlassen und gezeichnet haben. Seine Nachfolge entscheiden andere, in düsteren Träumen ahnt ihm, wer mit den Siegern verhandeln wird. Sieger über ihn verletzen das Weltgesetz. Aber auch der Verrat an ihm ist gegen die Verfügung, dennoch verraten ihn alle. Die Sieger, denkt er bitter, werden sich an »die Industrie« halten. Ich habe sie übermächtig gemacht. Der Fürsprecher der Industrie wird mein Reichsmarschall sein. Die von mir verliehenen Insignien wird er abgelegt haben, auf seinem Fettherzen wird das Klimperzeug, das ich dem Narren anhängte, nicht klimpern – oder wenn doch, dann ohne daß meiner gedacht wird.

»Von Geschäften verstehe ich so viel« – er hat es aufgeschnappt –, »daß sie das Geld der anderen sind.« So träumt der verbitterte Führer, der eine Weile der glückliche Führer war. Ihr Trust, von mir, mir zusammenerobert, erfaßt die wichtigen Teile des europäischen Reichtums, zu schweigen von den Verquickungen Übersee. Während meines Krieges haben die Verräter sie keineswegs aufgegeben.

»Ich – mußte zusehen, welchen Greueln mußte ich nicht zusehen! Einzig in der Geschichte! Der Riesentrust, meine Mißgeburt, ist nicht leichter Hand aufzulösen. Die Bestohlenen haben sich auszugleichen mit den Dieben.« (Sein Zustand wird beängstigend, er hat Gesichte.) »Triumphmarsch der Plutokratie! Arm in Arm mit den Gentlemen meine alten Juden!« (Er bringt keinen Ton mehr aus der Kehle, schäumend bricht er nieder.)

Gern und glühend versetzt er sich in seine Anfänge! Wie einst bedeuten seine alten Parteigenossen ihm »das Volk«. Im vier- und fünfundzwanzigsten Jahr der Parteigründung wagte er sich in eines der vertrauten Bierhäuser – oder schickte einen Vertreter, für den Fall, daß unter der Wandverkleidung eine Zeitbombe säße. Allerdings gebrach es dem Ersatzbekenner an dem echten Hals und Akzent.

So ließ er denn sagen, leicht habe seine Partei es nicht gehabt (weil er sie manchmal »säuberte«). Sie möchte ihm glauben, sein Fanatismus sei der alte, werde ihn auch bei seinen Lebzeiten nie verlassen. Kämpfen werde er bis fünf Minuten nach zwölf (noch im U-Boot nach dem Mond)! Nun ist er gegen seine eigenen Versprechungen gewiß abgehärtet; das Versprechen, weder zu altern noch müde zu sein, kostet auch nichts. Gleichwohl, der Führer, dahinten »bei seinen Soldaten«, hat ein vertracktes Gesicht geschnitten, als er nachher die Aufnahmeplatte abhörte.

Seinen geschlagenen und flüchtenden Soldaten ein gutes Stück voraus, schwört er wie in den glücklichen Tagen, mit den festgelegten Worten: »Wir werden brechen die Macht der jüdischen Weltkoalition. Die Menschheit, in ihrem Kampf für Freiheit, Leben, täglich Brot, wird aus der Schlacht den Endsieg heimbringen.« Richtiges Deutsch, ist aber aus dem Englischen zurückübersetzt. Soviel ist ausgemacht, daß er selbst der einzige Nichtjude und daß er die Menschheit ist. Einfacher wäre es gewesen, er hätte mit einem kräftigen Entschluß auch sich unter die Juden eingereiht: sofort gäbe es keine Weltkoalition mehr.

Er kennt hoffnungsvollere Stunden – zu hoffnungsvoll, um noch gesund zu sein. Dann vertraut er seinem Deutschland, wie vormals nie. Als die Deutschen, bis auf Ausnahmen, die er hätte übersehen dürfen, ihm jauchzten, ließ er ihnen eine um so härtere Erziehung angedeihen. Wohl glaubt er noch immer an den Schrecken – aber auch an die Liebe, was bei ihm ein schlimmes Zeichen ist. »Meine Deutschen!« Im Glück hat er sie keineswegs sein, sich nicht den Ihren genannt; seine Geburtstagsreden feierten unverbrüchlich ihn selbst, niemals sie. Im Unglück ist seine Meinung, daß sie ihn, der ganzen Welt zum Trotz, verteidigen und halten werden. (Als Gegengeschenk an seine Deutschen läßt er schnell noch die Bilder alter Meister photographieren, bevor der Feind sie zerstört. Die Photos wird er schonen.) Intuitiv wie je, rechnet Hitler mit einer Zukunft!

Das seelenvolle Volk der Deutschen – Hitler, an die Seele gewendet! – wird nicht zulassen, daß sein Retter der einzige Ausgestoßene sei; daß die Nutznießer seiner Taten bleiben, wo sie sind; daß Göring, Gönner der zurückgekehrten Juden, daß seine eigenen Generäle, Genossen der rachdürstigen Feinde, aus Deutschland etwas Niedagewesenes machen, ein internationales Jagdgebiet für Sklavenfänger. (Hitler, uneingedenk seiner Vergangenheit und Gegenwart, träumt sich als Menschenfreund und Freiheitsbringer.)

Der Vorsehung sei gedankt, er hat noch die dreiviertel Million Mann seines Himmler, er hat seinen Heinrich Himmler, seine Ausgeburt, ein heillos perverses Gewächs, wie Hitler auch im Zustand der verwahrlosten Ekstase noch weiß; aber Hühnerzüchter, aber treu! Ja, auf Himmler und seine himmlischen Heerscharen ist Verlaß, vorausgesetzt, daß die Besten von ihnen nicht schon im Donezbassin verlorengegangen wären. Verrat! Man schlachtet seine Getreuen hin, damit er mit ihnen nicht nochmals Deutschland und nochmals die Welt erobert.

Dies aber wird er tun. Nochmals Deutschland, nochmals die Welt. Es ist sein Vorsatz und Zukunftsbild, ausgebrütet hinter dem verschlossenen Gesicht, wenn er nunmehr im Kreise seiner Achsenfreunde sitzt und schweigt. Sie sind weniger demütig geworden, er ist verstummt. Sie planen heimlich, auf seine Kosten am Ende glimpflich davonzukommen. Er verspricht sich im stillen, sie fürchterlich büßen zu lassen. Es ist ein herzliches Zusammensein. Göring allein, trotz aufgesetzter Umstandsmiene, lacht sich ins Fäustchen.

Hitler denkt: Als ich noch redete! Reden war mein innewohnender Beruf. Das andere tat ich – weil das Glück es wollte. Ein großer Gedanke, der erste, erfaßt ihn staunend: Ich habe zu viel Glück gehabt.

Das ist nur eine Regung, sie geht vorbei, wahrscheinlich kommt sie nicht wieder. Fester als vorher wird er sich überzeugen, daß sein Glück verdient war, ihm geschuldet von der Vorsehung. Sie allein verantwortet seine

Verbrechen, mehrere Tausend sozusagen privater Morde, ungerechnet die eingeleitete biologische Vernichtung der Gattung Mensch.

»Jedermann, der sterben soll, ist achtbar.« (Georges Clemenceau.) Jeder? Dieser nicht.

Dreizehntes Kapitel

Frankreich

Das zweite Geburtsland des Europäers

Friedrich der Zweite von Preußen, genannt der Große, rühmte an der französischen Sprache ihre Energie – nichts anderes, weder Geschmeidigkeit noch Wohllaut. Ein König, der Intellekt und Tat gleich hochhielt, kannte sein Leben lang nur französische Schriftsteller und französische Feldherren. Dem Augenschein entgegen, trotz Weimar und Goethe, behauptete er: la bonne société parle français. Er begehrte einzig den Ruhm und teilte sich in die Aufmerksamkeit des Jahrhunderts mit Voltaire.

Von jung auf hat er die Freundschaft und das Bündnis des Königs von Frankreich gesucht; jedes andere, noch so nützliche, war wider seinen Sinn. Als Louis XV. ihm das Wohlwollen entzog, hat er fassungslos gelitten. Kein Gedanke an Vergeltung – bei einem König, der seinen Feinden nichts vergaß. Jedes Treffen mit den französischen Armeen überließ er, solange möglich, seinen deutschen und englischen Verbündeten. Als er endlich, bei Roßbach, über Franzosen siegen mußte, weil sein General es nicht anders tat, machte Friedrich sich unsichtbar. Alsbald ehrte er die Unterlegenen, als hätte er abzubitten. Sein unentwegter Vorsatz: an die Seite Frankreichs! Seine ganze Politik: er – beglänzt von der französischen Zivilisation!

Der Thron von Frankreich war ihm nicht der Sitz der Macht allein: an ihr hätte er seine gemessen. Unvergleichlich fand er die Gesittung auf allen Stufen zum Thron, in dem von ferne miterlebten Versailles, dem nie betretenen

Paris. Die erleuchteten Geister des anderen Königreiches saßen um seinen Tisch in Potsdam – nicht gerade freiwillig, aber das störte ihn nicht. Er verehrte an Frankreich die europäische Geltung seiner – wenngleich verbannten – Philosophen. Er bestaunte an Frankreich die so militärische, bürgerliche Leitung des Staates: sie hätte er sich sowenig erlauben dürfen wie den Vorrang der Denker.

Übrigens behandelte er seine Pensionäre, sobald er sie hatte, wie Schmarotzer oder wie Gefangene. Trug in Versailles niemand Uniform, auch die Marschälle nicht, bei ihm herrschte blaues Tuch. Der König starb überaltert, wunderlich, in dem Glauben, daß Europa, moralisch verstanden, Frankreich sei. Daß es »pas si mal« sei, als König von Preußen auf die Welt und Nachwelt zu kommen. Das Höhere wäre gewesen, unter der Glorie des Königs von Frankreich geboren zu werden. Seinen Vasallen im Herzen hatte er sich immer gefühlt.

Das Verhältnis Friedrichs II. zu Frankreich wiederholt sich, mit zeitgemäßen Abwandlungen, bei den meisten Europäern von Rang, durch zwei Jahrhunderte. Herabgesetzt im Bewußtsein der Absichten und Gründe, hatte es die gewöhnlichen Leute erfaßt. Die Spuren des Gefühls für eine französische Überlegenheit, ob sie anerkannt wurde oder nicht, sind in den Sitten der Nationen übrig. Höchstens unter geflissentlicher Nachhilfe verschwinden sie aus den Sprachen. Moralische Neuheiten, die ein Aufstand sind, mußten vorfallen, militärische Ereignisse sie besiegeln, damit im internationalen Verkehr nur wenige der großen Kanzleien zum Gebrauch ihres eigenen Idioms übergingen.

Die tschechoslowakische Republik ernannte das Französische zu ihrer zweiten Staatssprache. Zweifellos zu Ehren eines Verbündeten, an den sie glaubte. Ferner im Sinn einer europäischen Tradition. Wir sind jeder da und dort, aber alle auch in Frankreich geboren. Wir führen lang Vorstellungen und Begriffe mit, die nicht wären, wenn nicht Frankreich wäre, und die uns an unsere Kindheit erinnern. Unmittelbar oder aus zweiter Hand sind wir mit dem Worte Frankreichs genährt. Die Märchen von Perrault, europäischer Volksbesitz für immer, waren das erste Buch, das ich mit fünf Jahren selbst las. Seither las ich Tausende, die aus Frankreich kamen.

Die nationale Geschichte Frankreichs ist unter allen Geschichten die anschaulichste. Auch die mustergültige: wenn nur in Betracht gezogen wird, daß die früheste Einheitsmonarchie und die erste der beiden großen Revolutionen dieses Kontinents soviel Nachahmung herausforderten wie Begeisterung und Haß. Die Menschenarten schieden sich über jeder französischen Affäre. Frankreich ist oft gehaßt, oft geliebt worden. Gleichgültig ließ es nie.

Um zu unterscheiden: dies waren Eindrücke Fremder, die von einer spektakulären Nation gespannt, nicht verpflichtet werden. Was den Begriff der Franzosen von sich selbst angeht, gefällt es ihrem Sprecher Voltaire einmal auch, den schlechtesten anzuzeigen. Von einer seiner Personen berichtet er nicht ohne Zustimmung: »Obwohl die Geschichte Frankreichs mit Greueln angefüllt ist wie alle anderen, schien sie ihm doch so widerwärtig in ihren Anfängen, so trocken in ihrer Mitte, im ganzen so klein, sogar zur Zeit von Henri IV., immer so bar großer Denksteine, so fremd den schönen Entdeckungen, die andere Nationen berühmt gemacht haben, daß er gegen Langweile ankämpfen mußte, um einzeln den obskuren Jammer zu lesen, wie ein Winkel der Welt ihn einschließt.«

Wohlverstanden trifft dieses Maß von Überdruß keine besondere, vielmehr die Menschheitsgeschichte überhaupt: wie die redende Person auch hinzusetzt. Sie sagt der Geschichte noch das Beste nach: »Es scheint, daß die Geschichte nur gefällt wie eine Tragödie, die ermattet, außer es beleben sie Leidenschaften, Untaten und großes Weh.«

Ich betrat Frankreich 1933, da erwarteten es Leidenschaften, Untaten und großes Weh. Die dünne Schicht der Reichen, ermutigt und erbost durch ihrer aller Hitler, sollte beides, Mut und Bosheit, an der Gesamtheit der Demütigen auslassen. Die Schicht der Reichen hat ihrem fremden Vorbild geglaubt anstatt einem volkstümlichen Frankreich, das nicht mehr ihres war; dem Vorbild hat die dünne Schicht es verraten. Die Dritte Republik ist erlegen: ein sehr großes Weh.

Hier steht es von Grund auf anders als mit der deutschen Republik, die keine Geschichte, geschweige eine rühmliche hatte, als sie fiel. Sie war schamhaft geboren, ohne viel Ehre wurde sie beigesetzt. Die französische Dritte Republik ist, kurz und entschieden, ein Abschnitt, glänzender als die Regierung des Sonnenkönigs, erfolgreicher als Napoleon und an innerem Wert von Sittlichkeit und Güte nur vergleichbar dem besten aller Könige, Henri Quatre.

Die Dritte Republik konnte bestehen siebenzig Jahre, länger als der fleißigste Fürst, weil sie richtig angefangen hatte – mit ihrem ehrenhaften Widerstand gegen einen Feind im Land, mit Gambetta und dem Volksheer, mit der Pariser Commune. Auch mit der Commune. Ein Besiegter hat Grund, vorwegzunehmen, was noch nicht an der Zeit ist. Und wer ein Land überfällt, ist mit Recht hinter ihm zurück.

Die Dritte Republik hat ein Kolonialreich geschaffen, an Umfang und Macht folgte es auf das britische. Die Metropole samt ihrem Besitz zählte hundert Millionen Menschen. Frankreich hat niemand bedrückt, es gab bei ihm keine Kolonialskandale, außer den finanziellen, die in Privatgeschäften nicht fehlen können. Seine farbigen Untertanen fühlten sich angezogen von dieser Gesittung und

Sprache. Ihr Ehrgeiz, wirklich Franzose zu sein, ist sichtlich lebendiger als überall sonst der Wunsch der Beschützten, sich dem Beschützer anzugleichen.

Eine Eigenheit Frankreichs fällt auf, seine Begabung für den menschlichen Ausgleich, die Aufnahme und Verarbeitung Ungleicher, bis sie dieselben sind in Gesten, Ton, im Blick. Das afrikanische Algier ist ein französisches Departement wie Seine et Oise: das wäre noch wenig. Aber in der Société des gens de lettres saß mir gegenüber ein dunkler Mann von »den Inseln«. Sein Angesicht, das schon ins Graue erblaßte, zeigte Falten wie eure, meine französischen Freunde; sie verliefen wie eure, wenn ihr ein Leben lang gedacht habt – und werdet überrascht, während ihr ohne Ironie seid.

»Da bahnte durch das umgebende Volk sich seinen Weg ein Greis mit sehr trauriger Miene, schwarzer Kleidung und hohem Hut –.« So erscheint dem gemeinen Mann der große Intellektuelle. So erblickt der Straßenhändler Crainquebille die Leuchte der Wissenschaft, die vergebens herabsteigt, ihn vor der ungerechten Verhaftung zu retten. Die Geschichte von Anatole France ist ein Dokument der Dritten Republik. In der Person des Doktors David Matthieu, Chefarzt, Offizier der Ehrenlegion, leiden alle Wissenden unter dem Unrecht, mehr als seine Opfer; leiden für Crainquebille, für Dreyfus – und kämpfen gegen Leidenschaften, Untaten und großes Weh.

Sie haben niemals ganz gesiegt, es wäre außerhalb der Natur gewesen. Sie hatten dennoch Erfolg, ihren Anstrengungen ist es geschuldet, wenn die Dritte Republik die menschliche Lage verbesserte. Sie hat, innerhalb der gegebenen Grenzen eines Klassenstaates, das Gesetz gemäßigt; nach seiner Herkunft ist es gegen die Armen allein gerichtet. Seine Anwendung wurde bei ihr milder; sogar ein Mann, den man den guten Richter benannte, kam vor. Einer ist viel.

Ein Magnaud, ein Zola, ein Clemenceau wären genug, damit die Dritte Republik ihr kraftvolles Gesicht erhält. Sie war, mit den Vorbehalten, die Voltaire der menschlichen Geschichte und der französischen macht, mit allen Einschränkungen war sie dennoch auf außerordentliche Art beides: wahrhaft und wehrhaft. Das 19. Jahrhundert hat nichts Besseres gesehen. Seine moralische Größe drückt sich zuerst französisch aus.

Haltbar, unverhältnismäßig dauerhaft wird eine Form des Lebens und ein Lebensgefühl, weil ein ganzes Volk, dieses eine, sie bestätigt und trägt. Die Franzosen der Dritten Republik haben, trotz arm und reich, fest geglaubt, sie lebten in einer Republik. Davon wurde es eine. Anmut mit Würde tut Wunder. Ein Besitzloser mit dem Selbstbewußtsein eines Propriétaire gibt ihm nichts nach. Sie haben für ihr Land, auf seinem Boden, einen großen Krieg bestanden und gewonnen, weil jeder die Nation selbst war. Weil jeder sein Land verteidigte, und ob ihm keine fünf Fuß Erde für ein Grab gehörten.

Auch ich kam aus Deutschland

Zwischen dem Sieg 1918, einem Sieg der Überzeugung, und dem Zusammenbruch 1940 liegt nichts anderes als die Abnahme der nationalen und demokratischen Überzeugung. Nach der Höhe des Erfolges ihre Entkräftung, ihre Ohnmacht. Keine zehn Jahre nach dem Krieg hörte ich über Clemenceau: »Der große, alte Mann, von dem niemand mehr spricht.« Wer ihn noch kannte, waren die dankbaren Armen. Ihn und seine Art zu vergessen war die Sache der Reichen und ihrer Bedienten. Sie übten einen krankhaften Eifer gegen das eigene Volk anstatt für die Nation, für ihre erwiesene Berufung. Einer französischen Klasse ist endlich gelungen, an die Berufung Hitler-Deutschlands zu glauben.

Sie waren von ihm angesteckt, lange bevor die Klasse ihm das Land überließ. Ingenieure einer Automobilfabrik, die auswärts gelegen ist, suchten Paris heim, mit dem Zweck geheimnisvoller unterirdischer Anlagen: es waren Folterkeller, die sie für prominente Republikaner bauten. So ist das. Die Folter, einstmals juristisch überwunden vom Marchese di Beccaria, praktisch aufgelöst dank dem rastlosen Voltaire, ist in das Land der Menschenrechte wieder eingeführt worden aus Deutschland.

Auch ich kam aus Deutschland, mit der sehr merkwürdigen Aufgabe, Franzosen zu gemahnen, wer sie seien. Ich tat es von 33 bis 40, an die acht Jahre, in einer Zeitung, deren Leser bis in die Regierung reichten. Ich konnte mein aufgegebenes Land zeigen, wie es nun war, mit seinen Folterkellern und den Märtyrern der Freiheit, ihrer Enthauptung durch das Beil. Mir war erlaubt zu warnen: in Deutschland beginnt es nur. Gebt wohl acht, wie es fortgeht!

Von Zeit zu Zeit erschien am Quai d'Orsay der Botschafter Hitlers und verlangte, daß meine Artikel verboten würden. Er nahm den Bescheid mit, die Regierung habe keinerlei Einfluß auf das Blatt (Mitinhaber M. Albert Sarraut, Innenminister). Mir wurde hiermit persönlich bewiesen, daß die Regierung der Republik die faschistische Mitschuld des Landes nicht unterstützte. Sie hat sie groß werden lassen nach dem Mißlingen der Volksfront, eines eher zaghaften Versuches, einigen sozialen Selbstverständlichkeiten nachgerade gerecht zu werden. Revolutionäre Halbheiten werden immer bestraft. Ihnen folgt unfehlbar vom Gegenteil das äußerste.

Das Jahr 1937 ist das eigentlich kritische Europas. Als die Regierung der Volksfront das republikanische Spanien den faschistischen Mächten auslieferte, hat sie über sich das Gericht gesprochen, aber was wäre das viel. Sie sprach es über Frankreich, über die Welt, über die Unzahl der

Menschen, die seither sterben und verderben. Mildernde Umstände? Ein britischer Verbündeter oder Vorgesetzter – sein überlebter Begriff vom Gleichgewicht der Kräfte schloß ihn von der wirklichen Teilnahme an dem Schicksal Europas damals noch aus.

Der eigentlich verzeihliche Umstand ist, daß man 1937 schrieb, bei weitem nicht das übernächste Jahr: es verhielt sich still in seiner unerforschlichen Ferne. Wäre sie sogar erkennbar gewesen, das erste, dringlichste bleibt immer, daß eine Regierung den Tag dauert. Hilfe für Spanien, wenn es keine ganz verstohlene, abgeleugnete Hilfe war, hätte an demselben Tag die Volksfront zerstückelt. Ohne parlamentarische Mehrheit, eine Armee nach Spanien? Das Land hätte Energie gesehen. Wer als Feind seiner Nation einschlief, wäre als Patriot wieder aufgewacht. Die faschistische Rache an Frankreich wäre um drei Jahre früher ausgebrochen. Vielleicht aber hätte Frankreich den Krieg gegen Deutschland gut bestanden, die unfertigen Heere Hitlers den Angriff auf Frankreich schlecht?

Das Geschehene, das Unterlassene, beides entbehrt der menschlichen Voraussicht und entzieht sich verantworteten Beschlüssen. Es ist auf allen Seiten ein – nicht nur leichtsinniges – In-den-Tag-Leben und Kommen-Lassen, was mag. Der italienische Führer ist von seinem Schwiegersohn Ciano gewarnt worden, mit Deutschland in den Krieg zu gehen. Die Antwort war: »Du Esel!« Der Schluß der Antwort vier Jahre später, nach verlorenem Krieg, war die Erschießung des Schwiegersohnes und die Feststellung des Schwiegervaters, er handele nach dem Ehrbegriff japanischer Krieger. Das scheint der richtige zu sein.

Der deutsche Duce ist, wenn sonst niemals, von dem achtzigjährig herangereiften Wilhelm II. gewarnt worden. Der persönliche Adjutant des Kaisers, von Möller, wurde sogar vorgelassen. Unbekannt ist, ob ihn in der Audienz der übliche Schlag gerührt hat: er traf die meisten Besucher. Warum hätten Aufklärungen und Beschwörungen gerade nur Frankreich zur Vernunft bringen sollen? Soviel an mir lag, erreichte ich alles Wünschenswerte bei Personen, die ohnedies meiner Meinung waren. Selten überzeugen wir andere. Auch Wissende haben nicht beständig, mit allen Sinnen, im nahen Unheil gewühlt. Näher war der gegenwärtige Tag mit seinen Sorgen. Noch näher die Freude zu leben.

Mir ist, als hätte ich nirgends vorher alle die wohlgelaunten Menschen gesehen wie in den Jahren vor dem Krieg. Es waren Franzosen; ich verließ das Land nicht, meines Bleibens war nur hier. Die Heiterkeit, wie sie auch mir gegeben ist, war hier das Landläufige: eine nicht gerade unbefangene Heiterkeit, auf dunklem Grund, wenn man will; aber sie läßt sich von Vorahnungen nicht stören. Dem Gefühl bleibt das geistig schon Vollendete unfertig, fremd – vielleicht geschieht es in Wirklichkeit nie? Wir kennen dieses Zeitalter: es pflegt seine unheilvollen Antriebe nicht aufzugeben, bis alles erreicht und gebüßt ist. Gleichviel. Wir sind in Frankreich. Das gute Glück scheint einzuladen.

Hiermit ist eingestanden, daß ich an nichts so wenig geglaubt habe wie an eine Niederlage Frankreichs, zu schweigen von dem Rekord des Geschlagenseins: sechs deutsche Divisionen, sechs Wochen haben genügt. Jeden erinnerten doch die zwanzig Jahre alten Schlachten an das wirkliche Verhältnis von Macht, Ausdauer, Berufung zu siegen. Es entschied für kein Deutschland, das im Verlauf von vier Jahren zehn Millionen hatte aufbieten müssen.

Auffallen sollte, mehr als es wirklich bemerkt wird, daß im Grunde alles damals verlief wie heute. Niemand, nur Deutschland, war völlig vorbereitet. »Man ist nie fertig, und Krieg führt man doch«, sprach Clemenceau. Die Russen schwiegen darüber, sie eröffneten 1914 eine Offensive gegen Ostpreußen noch vor beendeter Mobilisierung.

Den Mißerfolg werden sie mitberechnet haben. Der vorgesehene Erfolg: ihre westlichen Verbündeten konnten die Schlacht an der Marne gewinnen.

Die Schlacht von Verdun konnte gleichfalls gewonnen werden, weil die Ostfront von der Armee Brussilow durchbrochen war. Sechzig bis achtzig deutsche Divisionen sind die ganzen Jahre im Osten benötigt worden – hinzugenommen die starken Heere der österreichisch-ungarischen Monarchie. Der größere Teil der zehn Millionen deutscher Macht entfällt dennoch auf den Westen – wo sie endlich niederbrach. Sie brach, wohlverstanden, früher zusammen, als sogar General Foch geglaubt hatte. Er meinte noch 1919 kämpfen zu müssen. Sein Gegenangriff Juli 18 enthüllte unerwartet, daß die soeben mißlungene deutsche Offensive die letzte gewesen war.

1940: neunzigtausend Mann, fünfundvierzig Tage und eine Rutschbahn von Erfolgen? (Blitz, sagt man.)

Das wäre nicht redlich zugegangen. Nun, auf beiden Seiten sollten in der Tat Fälschungen bis zum Märchenhaften geschehen. Frankreich ist nicht besiegt worden. Es wurde betrogen, überrannt, verraten, ausgeliefert: dies alles flüchtig, kein fester Boden weder für den Triumphator noch für die Auch-Jubilanten, die ihm geholfen hatten. Den hippokratischen Zug im Gesicht, sind beide da, vier Jahre bald – man staunt. Mut wird der ganzen Gesellschaft nicht angesehen, auch kein trauriger Mut. Schamlos genießen sie die Trägheit der Dinge und ein Fatum, das sich Zeit läßt.

Heut ist heute. Nie gewesen, undenkbar, wie es nächstens wieder sein soll, war es 1933 bis 38. Alle Vorzeichen beiseite. Nicht zu reden von unserem geringen Wissen. Sogar was man sah und nicht leugnen konnte, die immer schlechteren öffentlichen Gesichter, die während jener Jahre in Frankreich zum Vorschein kamen: den entscheidenden Eindruck, den es uns hätte machen müssen, verfehlte es dennoch. Wir rechtfertigten unser Dasein keineswegs mit den Ausbrüchen von Verzweiflung, die nicht immer ohnmächtig sind. Geschickt gehandhabt, können sie, besser als besonnene Analysen, die Leute erschrecken und aufwecken.

1938 zeigte sich an meinem Wohnort Nice, Alpes maritimes, ein deutscher Aufzug hoher Herrschaften, gewiß hatten sie keiner Paßförmlichkeiten bedurft, ein Wink mit dem Finger wird es getan haben. Es war der bekannte Reichsmarschall mit großem Gefolge, in Wagen, deren Karosserie allein schon Frankreich schlagen sollte. Die Sturmwagen erschienen zwei Jahre später: mehr oder weniger hat der Reichsmarschall es gewußt. Indessen nahm er an, daß seine Sturmwagen ihn bei einigen Franzosen noch beliebter machen würden als bis jetzt seine Luxusautomobile. Sie und sich in voller Leiblichkeit führte er vor. Keine zwölf Monate mehr, und es war Krieg.

Zweck der Reise: Prestige und Dreistigkeit. Aufzusuchen hatte er hier niemand, oder allenfalls einen geflüchteten deutschen Juden, Besitzer eines Warenhauses. Solange der ansehnliche Landsmann im Prix uni weilte, geduldete sich draußen die Menge. Auch sein Wiederauftreten und die Abreise der glanzvollen Auslese einer befreundeten Nachbarrepublik ertrugen sie in leidlicher Fassung. Nicht gerade, daß man lauten Beifall bemerkt hätte. Der Applaus bewohnte andere Brüste, anderswo, und verhielt sich darin still, mag sein mit einigem Bangen über die verfrühte Munterkeit des Dicken. Aber alles sollte gutgehen, im zweiten Jahr danach war sein Hauptquartier eine Bar der Rue Royale: die Bardamen aus Hannover.

Unheimlich ist mir seither, daß weder meine französischen Freunde noch ich selbst aus diesen Symptomen oder Tatbeständen viel machten – wenigstens am Anfang nicht. Wir wußten doch: Hitler-Deutschland ging auf den Krieg zu. Es wäre ihm ausgewichen, wenn auch *andere* ihn gewollt hätten. Aber das Deutschland Hitlers war allein fertig mit seinen Anstalten, seinem Beschluß. Woher, um Gottes willen, unsere gezählten Jahre einer, wenn auch überprüften, Heiterkeit?

Die Gefahr zu handeln

Erstens verführte uns die Atmosphäre des Landes, bevor sie ihre ganze Leichtigkeit verlor und die Verfolgungen einsetzten. Unter dem Vorwand, den Kommunismus auszurotten, begann das Vorspiel des Verrates, den das nächste Personal besorgte. Besonders aber ist anzuerkennen, daß nichts leichter täuscht als handeln – und wir handelten. Noch naiver wird der Selbstbetrug, wenn beträchtliche Gruppen, getragen von wirklichen Volksmassen, eine Handlung inszenieren, und sie hat Erfolg, sie schafft Bewegung, scheinbar verändert sie Tatsachen.

Die Manifestationen der entschiedenen Intellektuellen sind eingeführt worden von Barbusse. Die Volksfront war noch nicht; nur, daß alle wußten, sie stehe bevor. Ein Herr vom Deuxième Bureau, der mich wohl beobachten sollte, aber er befreundete sich mit mir, sagte mir die Linkswahlen sicher voraus. In Frankreich geschieht, was aktive Intellektuelle gewollt haben. Politiker rechneten damit; erst der Faschismus konnte sie gegen den Typ, der statt der meisten ein Gewissen hat, erdreisten.

Bei einer der Versammlungen, die Barbusse leitete, erschien Léon Blum, der ausersehene Volksfrontminister. Die viertausend Anwesenden nahmen nicht besonders Kenntnis von ihm. Schriftsteller im Präsidium versprechen einem Pariser Publikum mehr als die Politiker von Beruf, ob Köpfe oder nicht. Léon Blum gab uns die Hand, auch mir – mit einem Nicken des Wiedererkennens, obwohl wir uns noch niemals begegnet waren. Ich blickte in ein vorzüglich durchgebildetes Gesicht, indes ich den liebenswürdigen Takt des Mannes erfuhr.

Wenn ich am Tisch mich vorneigte, konnte ich sehen, wie er die Arme kreuzte oder seine hohe Stirn in die Hand faßte. Alle Bewegungen hatten etwas Nobles und Verwöhntes; er war der Bevorzugte, den wohl eher der gute Geschmack als das Herz nach der Seite der Bedrängten, Erwartungsvollen zieht. Er enttäuscht nicht gern – und muß enttäuschen, wie jeder Intellekt ohne Leidenschaft. Damals besaß er die Voraussicht des nächsten Tages. Auch die Ironie seiner Überlegenheit. Einem parlamentarischen Gegner, der Zukunftspläne machte, antwortete Léon Blum: »M. Laval scheint nicht zu wissen, daß er gar keine Zukunft hat.«

Der andere hieß Laval, er sollte wirklich in den Wahlen unterliegen. Zur Macht kam Léon Blum und behielt sie lange genug, um weder der spanischen Republik noch dem eigenen Volk zu helfen; um aber die Rache aller, die ihn gefürchtet hatten, pünktlich zu bestellen. Für seinen Teil ist er in die deutsche Gefangenschaft verschleppt. Ein anderer Häftling des Eroberers ist Laval in seiner Puppen- oder Quisling-Herrlichkeit. Er hatte dennoch eine Zukunft, als Léon Blum schon meinte, er sei fertig.

Wenn alle anderen fertig sind, fängt ein Laval erst an: der einzige von vierzig Millionen verhafteter Franzosen, der sich fühlen darf. Er hat doch Blum besiegt, einen reichen Mann und halben Sozialisten. Das Geld hat jetzt Laval, und verteidigt es gegen seinen eigenen Aberglauben, den er Bolschewismus nennt. Eingestandenermaßen seines Goldes wegen bleibt er treu seinem Hitler, ein Gezeichneter dem anderen. Nicht gezeichnet ist Léon Blum: die Halben sind es nicht. Er ist ohne Leidenschaft, kein Geiz wie Laval, keine Herrschsucht wie viele. Möchten die Deutschen ihn vergessen, bis sie ihre letzten Geiseln umgebracht und die Waffen versteckt haben!

Es ist kaum weniger als geisterhaft, all der keuchenden Läufer zu gedenken, aus Zeiten vor ihrem Absprung ins Schicksal. Ein deutscher Autor verbrachte die Nacht in demselben Lokal wie Laval. Da er getrunken hatte, rief er hinüber: »Ich bin ein guter Schriftsteller, dort sitzt ein schlechter Minister!« Der Herausgeforderte lächelte nachsichtig über sein ganzes schwärzliches Betrügergesicht. Kein so schlechter, wird er gedacht haben. Ein Jahr Innenminister, schon zweihundert Millionen verdient! Außer Betracht blieb, daß er dereinst diesen Emigranten, hätte er noch gelebt, seinem Hitler würde ausliefern können.

Das Zusammensein einer Volksmasse mit zwei Dutzend Intellektuellen wurde von Léon Blum weder bereichert noch gestört. Er war gekommen, sich zu zeigen und Achtung zu spenden. Ein Kandidat saß vor den Wählern. Noch ein anderer hielt sich zurück, Barbusse, dem diese Kundgebungen und ihr bedeutendes Wachstum zu verdanken waren. Als er sprach, war es die tiefe, allen fühlbare Innerlichkeit, mit der er siegte. Des äußeren Nachdrucks entbehrte der Schwerkranke.

Aber jeder hielt gegenwärtig, wer er war, der Verfasser des nachhaltigsten Volksbuches, das der vorige Krieg hinterlassen hatte. Reine Dichtung, die menschliche Stimme – aus dem Schützengraben, seinem Schmutz, Todesqualm, seinem Lebensgefühl, das nichts mehr hergab, außer Angst vor dem Ende oder Schlauheit, um ihm zu entgehen, oder ungeduldiges Verlangen nach ihm. »Das darf doch nicht wiederkommen«, sprach Briand und wurde der schöne, vertrauenswürdige Illusionist. Das darf doch nicht wiederkommen: dafür ging Barbusse nach Moskau.

Früher in Berlin, auf einer Rückreise von Moskau, hatte er mich zu sehen gewünscht; ich besuchte ihn im Hotel Central, eine Stätte altertümlicher Pracht, die achtziger Jahre kannten nichts Feineres. Der lange hagere Mann, lungenkrank, von unbestimmbarem Alter, empfing mich als Kameraden – nicht wie den ersten besten. Die Russen hatten ihm von mir gesprochen, auch von mir, wenn er im Westen Freunde anwerben wollte. Vielmehr nur aufklären, die es eigentlich von selbst waren, aber nicht Bescheid wußten, über sich nicht recht und gar nicht über Rußland.

In der zweiten Hälfte des Lebens, vorher weniger, habe ich es wie ein Geschenk empfunden, wenn ich belehrt werden sollte. Außer der Selbstbehauptung des Katecheten und seinem Pflichteifer ist doch auch meine besondere Würdigkeit gemeint, ja Teilnahme für meine Existenz besteht. Ich war meinem Kameraden Barbusse dankbar, während er sprach, und bin es geblieben. Wie es mich ergriff, als er seine nachlässige Kleidung berührte und dabei sprach: »So gehen die in Moskau nicht.« Ich sollte mich nicht fürchten!

Aber ich sah keinen Grund, weder Moskau zu fürchten noch bei ihm Schutz zu suchen. So weit waren die Zeiten nicht. Unsere Erfahrung allein befähigte uns zu begreifen, was sie übertrifft. Seine war der Krieg gewesen. Frontkämpfer, ja – nur daß tausend andere davon nichts zurückbehalten haben, weder seine ausgehöhlten Wangen noch die Leidenschaft, die sie rötete. Dieser Todgeweihte stand auf festem Grund. Keiner trägt so sicher wie das wirkliche Wissen um den Krieg. Ich hatte es nicht und klage mich der Lauheit an.

Ein anderer Gläubiger, André Gide, besaß die Verheißung Jesu Christi: man sollte glauben, die hält einen Mann. »Zum Kommunismus bin ich nicht durch Marx gekommen, das Evangelium hat mich hingeführt.« Dies galt, solange er die Sowjets von Paris aus betrachtete. Durch das wirkliche Moskau geleitet, ohne viel Gelegenheit für eigene Schritte, entdeckte er keine Evangelisten, nur Weltkinder wie überall sonst. Sogar die Bank der Spötter fand er besetzt. Er schrieb dann beiläufig in der

Art, wie ein Höherer sich über sein Abenteuer mit den Händlern im Tempel geäußert haben würde.

Der Dean of Canterbury, ein nicht weniger anspruchsvoller Christ, läßt dennoch Gnade – oder einfach Nachsicht ergehen, wenn sein Umgang mit den Menschen ihm wieder einmal ihre Fehlbarkeit, ihr geringes Vermögen für das Vollkommene bestätigt. Gewiß ist er überzeugt, daß nach weiteren tausend Jahren diese sittliche Welt etwas fertiger als heute sein wird. Da er sie dann aber aus der Ewigkeit sähe, wäre sie unfertig wie je. Unser Dasein hier ist nicht lang genug, daß wir geduldig sein dürften. Immer drohen Rückschläge; das weniger Schlechte, von dem wir zuviel erwarteten, schickt sich an, auch noch unterzugehen.

Henri Barbusse hat wahrhaft verdient, den wiederaufgenommenen Krieg nicht nochmals zu erleiden. Der Widerruf all dessen, was er gewesen, ging über seine Kraft und lag außerhalb seiner Bestimmung. Er hat edel gelebt, weil er – wohl auch in Irrtümern lebte, aber vorweg in einer Zukunft, die sie aufklären soll. Ich bewahre seinen Brief vom 9. Januar 1935: er bemüht sich, Rolland, Margueritte und einige andere über ein geplantes Manifest zu einigen. So schwer machten alle, und auch ich, ihm die Arbeit, bei dem Nichts an Zeit, das wir – und er – noch hatten.

Die Zusammenkunft in seiner Villa, zwei Bahnstunden von mir, hat nicht stattgefunden. Dazwischen lag Moskau, die winterliche Reise des Kranken und sein Tod. Dort, wo er liebte, zu sterben, dies Glück war sein. Mir hat er die Auszeichnung erwiesen, mich einzustellen in die Mannschaft seiner Volksaufklärer, nur Schriftsteller des Landes.

Seine Nachfolger übernahmen mich als den nachgerade Zugehörigen. Zuerst Gide, dann Louis Aragon und Paul Langevin. Ihr Publikum begrüßte mein Auftreten, als wäre es normal gewesen. Dennoch wußte man ungefähr, daß in Berlin, wenn sie mich gehabt hätten, alles andere mir zugedacht war, nur nicht diese öffentliche Geltung. Des Abstandes von Berlin blieb ich selbst mir wohl bewußt: seiner Unnatürlichkeit, und daß unmöglich sehr lange in einer Hauptstadt des Kontinents frei sprechen wird, wer in der nächsten auf das gründlichste zum Schweigen gebracht wäre.

Inzwischen wuchs unser Zulauf auf sechstausend, nicht gerechnet, wie viele umkehren mußten. Ich erinnere mich eines Abends im Théâtre de la Renaissance, ein zu kleines Haus, der Platz davor war, als ich ankam, bedeckt von Ausgeschlossenen. Drängte es alle diese Massen, auf einer Tribüne einige Schriftsteller zu sehen? Beifall zu äußern für Reden, denen sie im voraus zugestimmt hätten? Jetzt weiß ich, daß ihnen bange war. Deutlicher als wir, die uns mit Handeln über die Zeichen hinwegsetzten, haben die Massen sie empfunden.

Die deutsche Volksfront

Die Sache der Republik bekam Antriebe wie selten einen – so schien es –, als die Volksfront nahezu alles umfaßte: auch M. Daladier, der für sich allein ein Symptom des Erfolges, der Unwiderstehlichkeit des Erfolges war. Wer wollte eine Bewegung von so massiger Kraft – wie sie sich darstellte – kurz befristen. Gegen die Nahezu-Gesamtheit standen einige Faschisten. Für wieviel wollte man sie zählen. Wenn niemand sonst, wir Deutsche mußten sie hoch berechnen. Wir hatten im Reichstag der Republik die nationalsozialistische Partei mit ihren ersten drei Vertretern auftauchen gesehen.

Einige emigrierte Deutsche hielten nach dem glänzenden Vorgang des Front populaire eine deutsche Volksfront für geboten und erreichbar. Paris war eine Zentrale aller Emigrationen, die deutsche bestand, rund ausgedrückt, aus Professoren und Fabrikarbeitern. Der erste falsche Schritt: die fünfzigtausend geflüchteten Proletarier blieben aus der Rechnung – praktisch und persönlich. Kein Arbeiter saß in dem Comité, dessen Vorsitzender ich war. Die Professoren oder die Parteileiter – kein Amt ist gemeint, nur die höhere Informiertheit und der gute Wille – ließen es bei den gewohnten mittelbaren Beziehungen der deutschen Klassen. Paris war zum Gebrauch der deutschen antifaschistischen Sammlung in Sektionen geordnet. Die Mannschaften traten fleißig zusammen, was hatten sie sonst auch zu tun.

Die Arbeiter waren ohne Arbeit; auch ohne Essen wären sie gewesen, wenn nicht die Findigen geteilt hätten mit den Ungewandten. Sie teilten alles, ihre Kleidung, ihre Schlafräume – die sie nur mit Vorsicht verließen, da sie ohne Papiere waren. Die »Papiere« sind der Stempel des Zeitalters, sie prägen jeden nach Maß und Wert. Seinem Ausweis zufolge »German born«, behält einer, der längst von anderer Nationalität, vielleicht auch namhaft ist, dennoch das Abzeichen, das als Makel gilt, wie die dunkleren Fingernägel des Negerabkömmlings. Aber unsere proletarischen Kameraden konnten kein Papier, das unansehnlichste nicht, beibringen. Sie waren über die »grüne Grenze« gekommen.

Wer sich selbst für wenig beneidenswert hält, kann immer noch andere um seinetwillen in Eifersucht versetzen. Sozialdemokraten und Kommunisten, beide von der bürgerlich gekleideten Seite, veruncinigten sich über ihren Einfluß bei den Ärmsten – gesetzt, sie wären vorher eines Sinnes gewesen. Die Sozialdemokraten hielten viel auf ihren Rang als ehemals Regierungsfähige – die Kommunisten waren es nie gewesen. Ein hoher Beamter der Republik händigte mir seine Denkwürdigkeiten ein.

»Dies ist nun vom Standpunkt der Behörde«, sagte stolz der arme Verfolgte, Geduldete.

Als Gegenstück erinnere ich mich einer Mahlzeit mit einem Jungen von der anderen Seite – der Mühe hatte, für ungewöhnliche Gelegenheiten den passenden Anzug aufzutreiben. Seinen besten hatte er schon verloren, an noch Ärmere offenbar; entrüstet war er deshalb nicht. Er bewies eine wundervolle Eßlust, sie bestritt zu der Stunde seine ganze Politik, und war doch ein tapferer Junge. Als noch Republik war, stürmte er mit seinen Genossen ein Nazilokal. Wie bei ihnen üblich, hüteten sie sich, Blut zu vergießen. Die Nazis, deren Glaubensbekenntnis das Töten verlangte, erschossen von hinten einen ihrer Eigenen. Das hatten nachher die anderen getan. Alle aus dem Kampf in der Maikowski-Straße kamen auf eine Todesliste. Als ihre Feinde die Macht hatten, flüchtete, wer noch konnte.

Die Arbeiter, zu Hause absichtsvoll gegeneinandergehetzt, haben in der Fremde – wie fremd für ihresgleichen! – keine günstigen Umstände erfahren, aber den Wert der Freundschaft erkannten sie. Die Volksfront der Herzen bestand bei ihnen. Etwas weniger bei den Professoren im Comité. Die katholischen Herren, einst die Mächtigsten, erschienen unverbindlich, als Beobachter: sie sagten, um ihren Bischöfen keine Schwierigkeiten zu bereiten. Die Bischöfe haben keineswegs die Schwierigkeiten gescheut: sie bereiteten sie sich selbst. Ihre – individuellen oder einmütigen – Proteste gegen ein christenfeindliches, menschenunwürdiges Regime könnten dereinst bezweifelt werden, so wagehalsig sind sie. »Es ist aber der Glaube ein inneres Wissen.« Die haben gewußt, wie es ausgeht.

Ich auch – da ich es ohne Eigenruhm sagen darf; die Zeugnisse erreichten mich ohne mein Dazutun. Dem Comité der Volksfront schulde ich die Anerkennung, daß es mir meine vermittelnde Haltung zwischen den

Parteien eher dankte als übelnahm. Ein Sozialdemokrat ging so weit, mir zu sagen, ich wüßte wohl nicht, daß ich das Ganze zusammenhalte. Vor allem lernte ich den politischen Verkehr – mehr oder weniger begabt dafür. Er ist ein Fach, wie Musik oder Algebra. Ich hatte viel Streit zu schlichten, hätte Abtrünnige retten wollen, was indessen wider den Willen der Dinge ist.

Nicht zu vergessen, es waren die Jahre, als der sogenannte Antibolschewismus den zeitweiligen Triumph Hitlers im voraus begründete. Kein Bruchteil der europäischen Gesamtheit, in den er nicht eindrang. Wie wäre die deutsche Emigration ihm unzugänglich geblieben. Sie umfaßte nicht nur Personen, die großartig widerstanden hatten, solange Deutschland es ihnen erlaubte. Ich will keinem zutrauen, daß er, trotz Vergangenheit und »Rasse«, in die Arme seines Führers, vielmehr in ein Umschulungslager heimgekehrt wäre. Die gegebene Lage erlaubte übrigens nur, einander zu hassen, was denn redlich geschah. Ein schlechter Hasser wie ich will Feinde zueinanderführen? Er streift sie nicht einmal.

Der Vorfall, der mich mehr als alles hätte entmutigen können, war unsere nahe, furchtbar frühe Berührung mit der spanischen Katastrophe. An dem Tage versammelten sich mehr als hundert Vertreter der deutschen Parteien, gespannt erwarteten wir eine Abordnung der spanischen Republik mitsamt ihrem Außenminister. Die erste amtliche Kenntnisnahme vom Dasein einer deutschen Volksfront stand bevor; wenn irgendeiner, war der Augenblick feierlich.

Die Delegation hatte in Paris noch andere Wege. Sie wird gewußt haben, wie folgenschwere. Wir erfuhren es nach den Ereignissen, aber sie eilten. Endlich trafen die Spanier bei uns ein, ich begrüßte sie, dann sprach mein alter Berliner Bekannter, Alvarez del Vayo. Er gemahnte uns an den Sinn unserer freiheitlichen Aktion: ein Staat des ganzen Volkes, für das Volk insgesamt, befestigt durch seine Einigkeit, unsere Voraussicht. Den Zeitpunkt erkennen und gewappnet sein.

Wir hörten von den Erfahrungen einer Republik, die wir für gesichert halten sollten. Hat del Vayo selbst ihr Festigkeit und sich Voraussicht zugetraut? Unter vier Augen, nachher im Café, sprachen wir Literatur, uns beiden das Altvertraute. Kaum daß er zurückkehrte, brach die Generalsrevolte aus. Abgekartet in Berlin und Rom, bis an den Rand übersehen von der Republik, die mit einem Dutzend Verhaftungen sie und ihre Folgen abschneiden konnte. Was dann übrigblieb, ist vergeblicher Ruhm, der ungeheure Kampf um seine Freiheit, den ein bewundernswertes Volk gegen alle Wahrscheinlichkeit gewagt und fortgesetzt hat bis an das sinistre Ende.

Der General der Republik (dem Frankreich nach dem Ende still zu verschwinden erlaubte, wie zu meiner Zeit auch mir und sehr vielen) – der General sprach das unvergessene Wort: »Ein Volk, das nicht besiegt werden will, kann nicht unterliegen.« Es kann, wie erwiesen. Nur daß der Gegner mit stürzt in den Trümmerhaufen, den er angerichtet hat unter dem übermächtigen Beistand der Völkerfeinde aus aller Welt.

1940 sah ich Barcelona, vormals ein Handelshafen der Klasse Marseille und Hamburg. Die Stadt war verödet, und sie hungerte. Noch immer kein Stück gutes Brot, aber gegen zwei Dutzend schwacher, unterernährter Soldaten ein gemästeter Falangist: der Klassenstaat, höchst anschaulich. Auf der Rampa, Hauptstraße und Corso, dieselben bombardierten Häuser, kein Faschismus wird sie wegräumen, er habe gewonnen oder ausgespielt. Sein Beruf sind gerade die Trümmer.

Die deutsche Volksfront hat Spanien nach dem Maß ihrer Kräfte unterstützt, mit Material, das wagenweise abging, von der Regierung des Front populaire auch durchgelassen wurde. Die Regierung bestritt die Avions, auf deren Entsendung ihre Faschisten sie ertappten. Die französischen Freiwilligen leugnete sie nicht, noch weniger den Strom von Freiheitskämpfern aller Emigrationen. Die deutsche stellte ihren reichlichen Anteil. Die jungen Intellektuellen unserer Volksfront waren zum ersten Mal glücklich: sie durften kämpfen und kämpften zu seiten ihrer proletarischen Jahrgänge. Beide waren ihren Nöten enthoben und vor Zweifeln endlich sicher. Diese Spanienkämpfer sind die einzigen Deutschen, die ein Zeitalter von mehr als dreißig Kriegsjahren bei der Partei der Freiheit erblickt hat.

Arbeiter und Gelehrte schickten die gleichen Briefe voll der handgreiflichen Zuversicht: wie denn nicht, der Feind war fortgelaufen, er lief noch. Es ist viel, ist für die innere Haltung unschätzbar, den Erfolg vom eroberten Hügel selbst mit anzusehen: den Erfolg deines unverbrüchlichen Sinnes und deiner abgehärteten Hand. Wer damals fiel, nahm mit, was sein war, den Glauben und das Glück. Die Zurückgekehrten, denen nach der Niederlage die Flucht gelang, bekamen es schwer wie nie zuvor, die Sache der deutschen Freiheit noch zu glauben. War sie besser als die spanische? Konnte sie hochherziger im Glück verteidigt werden, hartnäckiger im Unglück?

Die deutschen Methoden sind anders. Übrigens ist kein Volk, seit der spanischen Katastrophe, noch einmal offen, aus dem Stegreif, gegen Faschismus aufgestanden. Die Erniedriger der Massen bedienen sich der Massen, das ist ihre Erfindung. Verläßt sie allmählich die Übermacht, haben sie noch immer ihren Polizeiverstand: damit hält man eine Herrschaft der Willkür lange hin, obwohl sie jetzt auch materiell unbegründet ist: sittlich war sie es immer. Es handelt sich darum, der List mit List zu begegnen.

Die deutsche Untergrundbewegung hat bis zu dem neuen Ausbruch des Krieges keine Pläne der unmittelbaren Gewalt verfolgt. Unterirdische Waffenlager wird sie kaum gehabt haben; jedenfalls stand nichts davon in den Berichten, die mir zugingen. Sie handelte schlechthin ober anstatt unter Grund. Ihr Schauplatz waren die Betriebe, ihre Werkzeuge die Kameraden. Die freiheitlichen Arbeiter nahmen einfach ihre Nazigenossen für Genossen hin – es war nicht einfach. Beim Lesen der Berichte ging in meiner Vorstellung ein Drama auf Tod und Leben vonstatten. Da waren die Verführten Hitlers, die tausendmal Belogenen, auf ihre Brauchbarkeit hundertfach Geprüften. Ihre wirkliche Verwendung betraf weniger die Arbeit als die Aufsicht und Bespitzelung.

Diese Leute, mit Köpfen voll böser und alberner Besessenheit, mußten von ihren Pflegern umständlich, vorsichtig, schlau behandelt werden – wie Irre, die erstens um ihretwillen Interesse verdienten. Außerdem können sie schaden. Der Eiertanz zwischen ihrer – Weltanschauung und ihrer Begierde nach mehr Lohn drohte täglich mit einer Anzeige zu enden: der Denunziant war seiner Prämie sicher. Sie haben nicht denunziert. Sie ließen sich pflegen, sogar heilen. Ihre – Weltanschauung kann nicht tief, nicht fest gesessen haben.

Auch wurde sie von ihnen selbst als unergiebig, erst darum als Betrug empfunden. Die Arbeiter mit – Weltanschauung bedurften ihrer nicht, um, wie ihre unzuverlässigen Kameraden, den Magen leer, die Glieder schwer zu haben und sich zu ängstigen. »Kanonen statt Butter« war ein Wort für jedermann. Die Arbeit wurde von allen gleich erzwungen, enteignete Bauern, Handwerker, Kaufleute überfüllten die Mannschaft regellos. Um so mehr Arbeitsstunden, um so weniger zu essen, um so weiter im frostigen Dunkel der Frühe und des Abends der Gang zur Fabrik. Die Frau wanderte in eine andere. Auch schon die Kinder; der Krieg ist nicht abgewartet worden, um die Familie zu trennen.

Welcher Halt, gegen eine menschliche Verwahrlosung, die wesentlich unhaltbar ist? Es gab einen: der Geheimbund der Sozialisten. Er kann für die Betriebe kein Geheimnis gewesen sein; seine Tätigkeit wurde sichtbar, sooft Nazi, von der Partei gegen jede Strenge geschützt, die Forderungen einer gesamten Belegschaft vertraten. Diese vorher unbekannte Macht sind die Sozialisten damals geworden, durch ihre Einigkeit allein. Keine diplomatischen Künste an verirrten Genossen, keine Unterwühlung der Industriediktatur und Autorität der Partei konnte anders gelingen: aber sie waren einig.

Dies vor allem meldeten ihre Berichte. Sie kamen an, als ein abgenutztes Häufchen Papier, sie waren weit gereist, über Grenzen gebracht auf das Wagnis hin; sie trugen Spuren von Händen und vom bloßen Leib, der sie geborgen. Jedesmal waren sie unterschrieben von Funktionären beider sozialistischer Parteien. Kein mitgeteiltes Erlebnis ohne gemeinsames Herzblut – noch abgesehen von dem Blut, das unerwähnt blieb, aber ein wirklicher Richtplatz hatte es getrunken.

Sorgfältige Schülerschrift, hier und dort schon ausgelöscht, und die einfache, aber steife Sprache, die geeignet schien, wenn man sich an Freunde, ungewohnt und außerhalb, wendete. Die Überschrift bezog sich auf eine Mehrzahl von Freunden, das war das Comité in Paris, oder angeredet wurde ein einzelner Freund, mit meinem Namen. Ich habe die Blätter nicht nur gelesen, sondern studiert, habe ihren Lebensatem in mich aufgenommen und mich den Redenden verwandt gefühlt. Das ist mir mit Deutschen wie mit anderen geschehen. Hier war es von allen die reinste Wohltat.

Die Unterschriften der Sozialisten gleich welcher Partei standen nebeneinander. Die revolutionären Arbeiter, die sich nicht so benannten, nur freiheitlich wollten sie sein – sie sprachen von der deutschen Volksfront als von der vollzogenen Tatsache. Uns dankten sie den ersten Vollzug, das Beispiel (eher waren sie es, die es gaben), erwarteten höhere Weisungen; aber unfehlbar beschwor ihr Brief die Einigkeit und bestand auf der Befreiung von Hitler, als einzigem Ziel. Ahnten sie denn, daß unser Comité ihre Mahnungen überhörte? Noch schlimmer wäre es, sie hätten ihre eigene Zukunft geahnt.

Sie sollten anstatt der Revolution, die sie mit oder ohne Absicht betrieben, den Krieg haben. Mußten ihn haben, wenn das Regime stark bleiben wollte gegen die geborene, heranwachsende Volksfront – die in Deutschland namentlich an die Öffentlichkeit gezogen wurde, unverkennbar war sie die Sorge. Die Diktatur ist mit dem Krieg vermählt; natürlich hat sie nicht erst der Gefahr einer Volksfront bedurft, damit Krieg wurde. Seiner Verbindlichkeiten ungeachtet, hätte Hitler seinen Krieg noch lange abgeleugnet, als er – ohne Krieg – schon eroberte. Gewiß, um die Mächte hinzuhalten und zu täuschen. Ebenso gewiß, weil er von den deutschen Arbeitern nunmehr Widerstand befürchtete?

Dies sage ich auf Grund der Berichte deutscher Parteifunktionäre, 1936 bis 39. Gleichviel, ob in dem Nichtgeschehenen die andrängende Tatsache künftig bemerkt werden sollte, ich weiß, was ich weiß. Zwischen Krieg und Revolution ist während gezählter Augenblicke die Schwelle schmal gewesen.

Ein Beweis, nicht meiner allein, ein offenkundiger, ist der Pakt Hitlers mit der Sowjetunion 1939. Er war für den mit allen Hunden Gehetzten nicht zuerst ein diplomatischer Sieg über die Westmächte. Er drückte noch weniger Erkenntnis der russischen Macht aus. Wenn Hitler sie zwei Jahre später, als sie gerüstet war, in sechs Wochen zu brechen dachte, mußte er 1939 glauben, die geringfügige Sache sei abzumachen noch vor der Überrennung Frankreichs.

Gefürchtet hat er, wie nur der Gezeichnete, der Verräter und falsche Prophet seine Entlarvung fürchtet: die deutschen Arbeiter. Als er loszog, waren sie nicht reif dafür, ihn mit einem Überfall der Sowjetunion zu bedienen. Er mußte einige Triumphmärsche einlegen, bis er sie soweit hatte, bis um Revolution und Krieg keine Waage mehr schwankte. Das ist nun gekommen – scheinbar, wie es mußte. Nachher gibt es kein glaubwürdiges Entweder-Oder mehr, und jedes »Hätte wohl« ist müßig. Aus den deutschen Arbeitern ist etwas ganz anderes geworden, als einstmals, wenige Jahre, zu lesen stand in ihren weit umgetriebenen, befleckten, liebenswerten Berichten.

Gedenke ich ihrer besseren Tage, fällt für meinen Sinn über das Geschehene ein Schleier, wie wenn es das Niegewesene wäre. Sie sollen töten, wo es sogar nach Kriegsbrauch unzulässig wäre? Peinlicher als der einfache Raub des Lebens: einem der Massengräber um die Stadt Kiew wurde, als die Russen sie öffneten, auch noch der sterbliche Rest einer jungen Opernsängerin entnommen, sie hielt ihre Rolle in der Hand.

Sie muß von der Bühnenprobe fortgeholt worden sein – eine Arbeiterin, am Abend hatte sie viele Menschen schöne Arbeit vorführen, ihnen das Grauen wegspielen sollen. Wird aber angepackt von deutschen Arbeitern, die keine mehr sind, sondern Soldaten heißen. Wird tot oder noch lebend in ein Massengrab geworfen. Dies, anstatt der Vorstellung am Abend. Unleidlich, es zu denken. Ich will nicht, daß die Soldaten dieselben deutschen Arbeiter gewesen sein sollen – ließen mir doch einst Briefe voll menschlicher Vorzüglichkeit schreiben!

Wenn die deutschen Kriegsgefangenen in Amerika landen, kommen sie hervor, fratzenhaft anzusehen, aber immer höhnisch wie Sieger, beanspruchen auch eine Haltung, die bewundert werden will. Siehe! sie wird bewundert, der deutsche Soldat und seine unbeirrbare Disziplin werden jedermann als das Muster vorgehalten. Worauf sie im Lager – ein Gefangenenlager, ein fremdes Land und das gemeine Los aller Gescheiterten – alsbald wieder aufnehmen, was gelernt und geübt ist: Folterung ihrer eigenen Kameraden, wenn einer sich zur Freiheit bekennt.

Das müssen unbekannte Geschlechter deutscher Proletarier sein. Offenbar wachsen jetzt in zehn Jahren mehr davon auf als sonst in hundert. Die letzten kenne ich nicht, wie ich einige vorige kannte. Gesehen habe ich auch sonst nicht jeden; aber eines Tages hatte ich wieder einmal einen Aufruf nach Deutschland gelangen lassen. Vermöge eines freimaurerischen Einverständnisses, das eine Nahezu-Gesamtheit ergriffen haben muß, zirkulierte er wirklich. Er ist auf offener Straße zu Gehör gekommen.

Es war ein Taxenchauffeur. Auf einem Haltplatz mitten in Berlin las er den Passanten, die sich ansammelten, mit lauter Stimme vor, was er in Händen hielt. Beweis ihres Einverständnisses: er ist weder sogleich verhaftet noch nachher denunziert worden. Die Einmütigkeit verbot es damals, bis zum Krieg. Heute wird gemeldet: »Ein Mann« (folgt Name) »hat in Gegenwart von Soldaten umstürzlerische Äußerungen getan. Er wurde zum Tode verurteilt. Das Urteil ist sogleich vollstreckt.«

Dazwischen scheinen einige Zeitalter zu liegen, es ist aber dasselbe, unter wechselnden Aspekten. Man hat die Wahl, welcher der rechte und echte sei. Soldaten, Arbeiter in Kleidern mit Blutspuren anstatt Ölflecken, bringen einen anderen Arbeiter vor die Maschinengewehre des Hinrichtungskommandos, als ob sie nur sagten: »Schichtwechsel! Nach Hause, Kamerad.« Mir waren sie lieber, als sie selbst oder ihre älteren Brüder – die Freiheit wie ihren inneren Besitz pflegten. Ein Volk ist nicht zu allen Zeiten liebenswert. Es während gezählter Augenblicke lieben zu dürfen ist viel.

Die französischen Massen ließen sich entmutigen von dem vehementen Klassenkampf der dünnen Oberschicht. Sie haben ihn nicht erwidert. Als Daladier die Volksfront glücklich hinter sich gebracht hatte, manövrierte er auch gleich aus dem Volk heraus – was er seinen Weg wählen nannte. Der Verrat an der Nation selbst blieb den nächsten vorbehalten. Aber der verwandelte Volksminister, jetzt ein Beauftragter der deux cents familles, schloß die hundert kommunistischen Abgeordneten aus der Kammer aus: ein Staatsstreich, und blieb ohne Antwort.

Frankreich, die Gewalt hinnehmen! Das macht es unkenntlich. Es war nicht mehr Frankreich, sowenig die späteren deutschen Proletarier sich gleichen. Die Kommunistenverfolgungen gingen ins einzelne, kleine. Auflösung der Kommunalräte, ihre Mitglieder verhaftet, ihre Anhänger brotlos gemacht. Aber sie haben es geschehen lassen, kein Widerstand, und ein fatalistischer Gleichmut der Nation. Verzweiflung, träfe nicht zu. Oder man bezöge es auf die Intellektuellen. Die aber wußten mehr, als gut ist, um zu kämpfen.

Sie durchschauten die internationalen Ereignisse und daß jedes, mit schrecklicher Folgerichtigkeit, gegen Frankreich ausschlug. Gegen Frankreich hieß: gegen die Republik, ihren sozialen Keim, ihre revolutionäre Bestimmung, die beide nur erstickt werden konnten mit der Republik selbst. Die französischen Intellektuellen waren nach dem Herkommen und ihrem gemeinsamen Werdegang bei den staatlichen Mächten zuständig genug, um sie zu kontrollieren, in Atemnähe, von Auge zu Auge. Sie erfuhren nicht aus Vorzimmern, sie überzeugten sich persönlich, was da jetzt einschlich, anonym und nachgeordnet zuerst, dann ausgedehnt, gefährlich und unentbehrlich.

Dieser langnäsige Typ verband die Regierung der Republik mit den aktiven Emissären der faschistischen Klasse. Die Regierung ließ es zu, daß ihre Officiers de liaison im Bilde vorgeführt wurden, wie sie mit den Umstürzlern der Republik konspirierten. Denn keiner der Teile legte sich Zwang auf, dem photographierten Frühstück war die Verschwörung genau anzusehen. Ein außerordentlicher Gesandter kehrte von Madrid zurück. Was er dort getrieben hatte, stand ihm im Gesicht, das er gesenkt hielt. Der Mann, eine Großaufnahme des schlechten Gewissens, hieß Marschall Pétain.

Die vorletzte Mannschaft der Republik benötigte eine Bedeckung: entblößt stand sie da. Ihr Antikommunismus hatte sie vom Volk entkleidet; sie war in Wahrheit allein; nichts blieb ihr übrig, als ihre Scham und Schwäche zu verbergen hinter der Rückseite ihrer Feinde: der vorderen würdigte niemand sie. Daladier zog nach seinem verhängnisvollen München sieghaft in Paris ein. Der Jubel über den geretteten Frieden war am stärksten beim Arc de triomphe – was irgend noch zu schänden war, versäumte man nicht.

Aber eine Dame der guten Gesellschaft verwahrte sich. »Ich nicht! für nichts in der Welt hätte ich ihn hochleben lassen.« Was immer die vorletzte Mannschaft tat oder duldete, wieviel sie ihrem ermüdeten Gewissen abgewann, es verschlug nichts mehr. Sie hatte »ihren Weg gewählt«; sein Ende war unausweichlich. Das Grausige: sie haben es gewußt. Sie beobachteten sich, den ganzen Ablauf ihres Verbrechens – sie werden es Fatum genannt haben, man muß doch leben. Bei derselben Heimkehr von München hat Daladier – der ehrenhafte Émile Buré sagt es – seine Hochrufer gemustert und hat vor sich hin geseufzt: »Quels imbéciles!«

Wenn sie ihn niedergeschrien hätten, nach seiner Verabredung mit Hitler über das Fallenlassen der verbündeten

Tschechoslowakei! Er hätte es beinahe gehofft, wenn kaum noch erwartet. Er wäre ausgezischt im Boden versunken, endlich hätte er wieder seinen normalen Puls gehabt, auch weniger Pernod getrunken. Das war ihm nicht beschieden, sondern der volle Lohn seines Instinktes für die Laster und Abgründe eines häßlich entstellten Klassenkampfes. Vehemente Angreifer, Angegriffene ohne Geste begegnen einander in derselben Abneigung, Hitler zu reizen.

Die einen, weil er ihr Retter, die Bürgschaft ihres Besitzes ist; – ihr Glaube hinkte; gleichviel. Die anderen fanden Bündnisse lästig, hielten Frankreich für mehr oder weniger gesichert, unnütz, überall einzugreifen, wo Deutschland seine Unruhe ausübte. Die Nichteinmischung ihrer beruhigten – und belehrten – Nation in die Angelegenheiten der unheilbaren Störenfriede war ein Bekenntnis aller Republikaner: im Ernst gefragt, auch der Kommunisten.

Es hat keineswegs vermocht, aus dieser Nation mit der ältesten militärischen Überlieferung schlechte Soldaten zu machen. Als die Franzosen dann kämpfen mußten, haben sie, spät und auf verlorenem Posten – nichts gerettet, einzig den Ruf des gemeinen Mannes von Frankreich. Dunkerque – moralisch wiegt es Schlachten reihenweise auf. Nur, daß man mit dem kühnsten Rückzug allerdings nicht siegt.

Dies ist der Abgang der Republik. Denke ich aber ihrer Dämmerung, erscheinen Bilder noch einmal. Die aufgegriffenen Worte haben seither an Stärke verloren, angenommen, das längst Ausgemachte hätte mich im Grunde getroffen. Aber ich sehe Bilder: sie sind mehr als konventionell, sie bestehen die Zeit und alles seither Eingetroffene.

Ein Kriegsschiff machte eine Sommerreise im Mittelmeer, an Bord hatte es Monsieur Daladier, Président du conseil: gewöhnlich ruhte er im Liegestuhl. Seine Bekleidung war eine Badehose. Er sprach niemand an, oder sie ihn nicht. Ein gutmütiger Elsässer, Radiooffizier, kam ihm in aller Einfalt nahe genug. Sie tauschten harmlose Seufzer aus, der Sohn eines Gastwirts mit dem anderen Demokraten, der nur leider, selbst begriff er nicht, wieso, gegen die Konstitution regierte. Daher lag er nackt auf einem Kriegsschiff – was beides vor Augen führte, die Allmacht des kleinen Mannes und seine Einfühlung in eine Rolle, die Takt nicht brauchen kann.

An der Küste stand ein Mann, vor dem blauen Meer ein älterer Mensch allein – draußen sah er einen Kreuzer vorüberfahren. War es derselbe, mit dem Demokraten auf Ferien? Der Zuschauer hatte brennende Augen, angespannte Wangenmuskeln, er sprach zu niemand und sagte doch: »La der' des der'.«

Es wollte ausdrücken: die haben uns erzählt, der letzte Krieg sei der letzte gewesen. Er war vergeblich, und bezahlt haben wir kleinen Leute. Unsere Söhne wären jetzt vierzig, ohne den letzten. Verdammt! Draußen fährt noch ein letzter. – Dies die sinnenfällige Wut des Mannes, sie übertraf jeden Aufschrei. Als er dann da war, der nächste letzte, aber gekämpft wurde noch nicht, unwiederbringliche neun Monate verstrichen: da gingen die Frauen in Schwarz. An meinem Wohnort sah ich Trauerkleider, mehr, viel mehr, als Soldaten damals fallen konnten. Die Frauen beklagten noch keinen Verlust: den Krieg betrauerten sie.

Die Gesichter der Faschisten stellten sich in der Avenue des Champs Élysées zur Betrachtung aus. Sie waren erstaunlich, ohne neu zu sein. Das Erstaunliche war gerade ihre Verwandtschaft mit den längst erblickten, deutschen. Dieselbe Leere, die lange den Anschein von Jugend hinzieht: die bekannte verantwortungslose Dreistigkeit. Wir sind da, alle Mittel sind uns recht. Bald bescheiden wir uns nicht mehr mit der Beherrschung von Caféterrassen. Die Macht, und wäre es die Schande. Die Macht! (Ein Nazi, vor dem Antritt Hitlers: »Wir haben vor euch eines voraus, wir können töten.«)

In Frankreich hat der Typ, ob er es noch so echt anstellte, unfranzösisch gewirkt. Gegen ihn zeugte die elende Gelegenheitsmacherei der Stunde, die Vergänglichkeit als Kupplerin. Junge schmale Intellektuelle ließen um ihre bleichen Gesichter Bärte wachsen. Ein äußeres Kennzeichen des Faschismus war geboten; ihre Art zu sein hätte widerlegt, was sie vorstellen wollten. Auch ihre Vorfahren bis ins fünfte Glied hätten gegen sie gezeugt. Die nationale Geschichte verleugnete dieses Geschlecht – das sie gern mißachtet hätte.

Die Französische Revolution von 1789 beging, höchst sinnvollerweise, ihr Gedenkjahr 1939. Sie selbst wird immer an sich erinnern, sie bleibt unzerstörbar. Die Frage: welches Geschlecht sie grade noch vorfindet. Diesen 14. Juli, sechs Wochen vor dem Krieg, meldete die hundertfünfzigjährige Tat der Nation sich ungelegen. Einzig die Goethefeier der deutschen Republik hat mit ihrem Datum, 1932, dermaßen gestört. Die Regierung der französischen Republik gewährte mit gebeugten Schultern dem kühnsten Erlebnis der Nation sein Begängnis. Eine Bestattung – hätte es sein wollen.

Was tun – mit schlechten Gewissen nach allen Seiten. Dieselben Massen, die einst die Jakobinermütze getragen hätten, werden heute verfolgt unter dem Namen von Kommunisten. Dieselben Aristokraten hassen die Republik – um so giftiger, da sie diesmal nichts anderes sind als die verlorenen Söhne der Revolution. Kein 1789 – keine bürgerliche Klasse mit Besitz und Macht. Ein Fest der zusammengebissenen Zähne hielten allein die Armen – für die einstmals die große Revolution wohl gedacht, aber wenig gemacht worden war.

Die Armen sind bescheiden. Es würde ergreifen, wenn es recht zur Kenntnis käme, auf wie vieles sie jedesmal verzichten, wenn sie nur danken, nur verehren dürfen. Eine Gestalt der allein den Armen heiligen Revolution ist der Unbestechliche: er war allerdings unempfindlich gegen den Reichtum; antasten wollte er ihn nie. Er hat Aristokraten geköpft, oft waren es arme Menschen, und ihre Toten sind an Zahl gering. Jeder Vergleich verbietet sich, mit den Opfern der faschistischen Gegenrevolution – allein in Frankreich. Aber ihr Richtplatz ist das ganze Europa.

Maximilien Robespierre hat in hundertfünfzig Jahren an seinem Geburtsort Arras einen Stein, sonst über das ganze Land kein Zeichen bekommen. Keine Inschrift sagt, daß er gelebt, blutig gelebt hat, bis er selbst in seinem Blut lag auf einem Tisch des Rathauses; aber daß er die Revolution gerettet hat, noch anders als mit dem Fallbeil. Mit dem Schwert. Sein Saint-Just, jung und schön, ein gewappneter Erzengel, stürmt beflügelt, seine Schlachten retten die Revolution und das Land.

Von diesen beiden zu wissen und zu hören war am Quatorze Juillet des Jahres 1939 allen unerträglich – außer der Nahezu-Gesamtheit, die absichtsvoll auch nur für eine Partei oder Klasse zählen soll. In Wahrheit ist sie das Ganze, abgerechnet die imitierten Faschisten der Champs Élysées. Wenn die Nation, mit dem Zeitalter auf seiner Schneide, gewagt hätte, die Nation zu sein? Wenn es denkbar wäre, daß sie sich zurück oder ebensoweit vorwärts versetzt, da es so oder so um Tod und Leben gehen soll?

Aber Nationen sterben nicht so bald, am wenigsten diese. Sie erlauben sich Vergeßlichkeiten – das Dasein eines einzelnen wäre mit ihnen vertan und aus. Die Folgen für Nationen sind der Zustand Frankreichs seit Mitte 40: vier Jahre, und enthalten Demütigungen genug für vierhundert. Gleichwohl lebt die Nation, diese Jahre verjüngen sie, anstatt sie zu entkräften. Eine gloire première steht auf, als wäre nichts gewesen, wenn es der Niederlagen genug ist.

Gesetzt, ein Daladier kehrte heute von München zurück? Aber er kehrt, man weiß es trotz seiner Heimlichkeiten. Heißt nunmehr Laval und findet in seinem Schlafwagen eine Zeitbombe, vorerst nur das.

Gesetzt, heute wäre die Revolution zu feiern? Die Leidenschaft, mit der es geschähe, wäre Valmy und die Marne wert. Nein, das Trostlose ist nicht die entfesselte Katastrophe. Vorher, das unheilvolle Zwielicht war es, die Dämmerung der Dritten Republik.

Vierzehntes Kapitel

Frankreich

Was noch übrig ist

Das Frankreich des Königs Henri Quatre und des Generals de Gaulle ist durchaus das gleiche. Beide Male ist seine Vitalität augenscheinlich; sein Lebensgefühl steigt mit seiner Besinnung. Der König und der General haben gegen sich eine tote Masse, damals die Ligue genannt, jetzt der Faschismus. Die Unternehmer der einen wie der anderen Liga sind elende Mittelmäßigkeiten, der Herzog von Mayenne (an Umfang ein Göring), Monsieur Laval, ein anderer Name für Schufterle, oder für Hitler.

Mayenne, Laval leben von der Gnade fremder Intriganten. Philipp II. von Spanien, Weltbeherrscher, dachte Frankreich schlechtweg seinem Königreich einzuverleiben. Hitler, Taschenspieler der Weltbeherrschung, behandelt es wie eine Provinz seines imaginären Deutsch-Europa. Ein Unterschied: der ältere überschwemmte das Land mit dem Gold von Peru, damit sie es ihm verrieten. Der neueste hat die Bank von Frankreich ihres Schatzes entblößt, das Land, soviel er konnte, seines männlichen Nachwuchses. Untaugliche Mittel, dieses wie jenes. Frankreich bleibt niemals lange weder verkauft noch verraten.

Der Retter kommt von Süden. Henri Navarra, von Staats wegen ein Fremder, reist mit seinen Hugenotten nordwärts, seine Entscheidung fällt bei Arques, unfern des britischen Kanals. Seine unverbrüchliche Freundin wird die große Elisabeth von England sein. De Gaulle findet, um in Frankreich einzufallen, das afrikanische Frankreich vor. Die verbündeten Angelsachsen haben es vom Feind zurückerobert: halten, das wissen sie, kann nur Frankreich den Norden und die Mitte des Erdteils. Aber die Sicherheit Amerikas verlangt, daß der Hafen Dakar in fester Hand ist.

Die Republik hat eine überaus verläßliche Hand gehabt. Ihre Kolonien, die meisten von ihr selbst erworben, fühlten bei ihr sowohl Zucht als Wohlwollen. Ohne viel zu begreifen, fügten sie sich in eine – militärische und moralische – Überlieferung. Sie muß ihnen groß erschienen sein, gleichviel, was Frankreich an tatsächlicher Macht gerade aufbot. Marschall Lyautey hat in dem ersten der europäischen Kriege mit einer Handvoll Truppen ganz Nordafrika geschützt, und der Feind stand unweit Paris.

In einem früheren Zustand der Republik meinten die zeitweilig Enttäuschten, sie sei schön gewesen, als noch der Kaiser da war. »La République était belle, sous l'Empire«; – dank Laval wird sie nunmehr täglich schöner. Der jüngste General der Armee, ihr namhaftester, auf den Frankreich hofft, bekennt sich zu ihr jetzt. Er ist unbelastet und ist neu. Ihre Feinde und falschen Überwinder sind alte Leute, fleckig und verbraucht, das Wort taré sagt noch mehr. Der schwache Pétain, Kapitulant von Natur, hätte ihr nachgegeben schon bei Verdun.

Damals fürchtete der Typ Pétain das ganze Frankreich – in der Person des Jakobiners Clemenceau. Sie haßten ihn und umwedelten ihn. »Warum ich immer Handschuhe trage? Er würde mir die Hand küssen.« Aber der letzte Jakobiner und seine Faust waren endlich begraben: gute Zeiten kamen für Kapitulanten und was aus ihnen werden kann. Pétain ist seit dem vorigen Mal sieben Jahre Kriegsminister gewesen.

Nachher in seinem Vichy hat er andere der versäumten Rüstung beschuldigt. Das Verfahren wurde eingestellt, wegen zu klarer Tatsachen. Außerdem verlangte der Herr aller Pétains, Hitler, keineswegs, die schlechte Vorbereitung des Krieges solle bestraft werden, sondern daß er vorbereitet wurde. Laval hätte auch das gemacht. Er befand sich nur gerade nicht an der Spitze. Seine bedingungslose Brauchbarkeit trug ihn erst hinan.

Hier wäre die Stelle für eine Betrachtung des Geizes: einer Todsünde, weil er den Geist tötet, wie Stolz, Neid, Unzucht, Unmäßigkeit, Lauheit und Zorn. Sehr obenhin kann es scheinen, sechs seiner Laster wären bestimmt, den Menschen aufzuzehren, das siebente aber erhalte ihn. Dies richtigzustellen und die volle Wirklichkeit des Geizes höchst spektakulär vorzuführen war nun einmal der Auvergnat Laval berufen. Zu ändern ist da nichts, sonst hätte er es selbst versucht. Wie mögen seine Nächte sein!

Er hat sein Geld in Vichy gemacht, als Staatsminister und auf Kosten des Staates. Er war die Quellennymphe von Vichy, bevor er an Ort und Stelle seine Autokratie eröffnete. Das ist aber nicht, wie wenn ein Hitler es tut. Dieser alte Geschäftsmann hatte keine paramilitärischen Banden geführt, bis er sich einer richtigen Armee aufdrängte. Er hatte keine Morde ungestraft verüben dürfen – gesetzt, er wäre auch nur in Versuchung gekommen –, bis es ihm erlaubt war, sie Hinrichtungen zu nennen. Wenig wahrscheinlich, daß die reichen Klassenkämpfer gerade ihn für den Staatsstreich finanziert haben. Erstens schenkten sie ihm in Geldsachen kein Vertrauen. Sodann waren Jüngere da.

Merkwürdig, das meiste Unheil ist während der Dämmerung der Republik von dem gewissen Doriot erwartet worden. Er war, wo immer er auftauchte, eine Zirkusattraktion, in der Art des Anfängers Hitler. Zur Last fiel er dem Staat, der ihm überallhin seine Polizeitruppe nachschicken mußte – wo sie kampierte, war der Tribun sicher. Die deutsche Republik hatte den ihren beschützt. Ein obskurer Wicht ohne Vergangenheit, oder mit der schäbigsten, redet Natur, wie Hitler und Doriot. Das muß doch ziehen? Das gibt doch Vorsprung gegen einen verbrauchten Parlamentarier?

Nein. Sondern durch das Ziel gehen wird der lahme Parlamentshengst, der nichts weniger als Natur, der den demokratischen Allerweltsjargon redet: keinen anderen kennt er, wird auch nichts mehr lernen. Was er voraushat: eine Leidenschaft, den Geiz. Die eine genügt, mehr vertrüge der Jüngste nicht. Vergleiche verbieten sich, mit der Eitelkeit eines Proletariers, der aus der Kaschemme in die feinen Häuser versetzt ist – dafür hat der Abgebrühte sein düsteres Schmunzeln. Er stellt weder Knaben nach, noch übertreibt er die Freuden der Tafel, und seine Herrschsucht wäre normal. Jahrzehntelang hat er sie mit Kulissenintrigen befriedigt.

Niemals hat er daran gedacht, Édouard Herriot umzubringen, solange sie beide nur schichtweise, im Wechsel mit anderen Republikanern, an die Macht gelangten. Fähig, seine gleichaltrigen Kollegen und Gegner bis in den Tod zu hassen, ja, entfesselt, einer ganzen, sozusagen ehrbaren, Vergangenheit entbunden wurde er, als ihm bangte für sein Geld.

»Ich bin für die Zusammenarbeit mit den Deutschen, weil ich von Rußland – und England – den Bolschewismus befürchte.« Zugegeben, dieses Wort, wirklich ausgesprochen trotz seiner Unwahrscheinlichkeit – ist eines der starken des Zeitalters. Es enthüllt endgültig einen Mann, seine soziale Schicht und ihr Schicksal. Das Wort atmet Leidenschaft: den Geiz – der nichts Geringes ist, seine Folgen erweisen es gräßlich. Der alte Mensch in Vichy will sein schlecht verdientes Geld retten – nur seines; das Geld der anderen mögen die Deutschen holen. Er rettet das seine vermittels Zusammenarbeit. Nie im Leben hat jemand ihm trauen können: die Deutschen mußten kommen, damit er verläßlich und treu wurde.

Er liefert ihnen, was sie wollen, wen sie fordern. Unzählige würden leben und frei sein. Züge über Züge, mit Männern der wehrhaften Jahrgänge vollgepfropft, wären niemals nach Deutschland abgefahren, damit Deutschland Zwangsarbeiter, aber Frankreich keine Kämpfer hat. Jede Lebensgefahr war vom Land abzuwenden oder war aufzuhalten, wenn der Feind keinen Vertrauensmann hatte und der Vertrauensmann kein Besessener war. Aus diesem machte, was er nun ist, der Geiz.

Der Geizige, eine ungebildete Mittelmäßigkeit in allem sonst, übertrifft seine Natur, wird ein Unhold – womit andere früh im Leben beginnen: für ihn ist es das letzte, sieht nach Verzauberung aus. Von den Bergen herab greifen geflüchtete junge Franzosen den Feind ihrer Heimat an. Der alte Mensch – wie oft hat er unter dem Vorwand, ein Franzose zu sein, das Regieren der Republik und seine Geschäfte besorgt – schickt gegen sie Soldaten. Zusammenarbeit mit den Deutschen, er tötet die Befreier Frankreichs vom Feind. Die Nächte eines Laval müßten tödlich sein. Aber der Geiz verhindert, wen er hält, zu sterben.

1940 im Juni, die Deutschen blitzten bis jetzt außerhalb Paris, wurde nicht von ihnen, sondern in Bordeaux über Frankreich beschlossen. Die Regierung der Republik ging durch schwere Ungewißheiten: mehr oder weniger schwere; einem bejahrten Marschall hätte auch in jüngeren Tagen am nächsten die Übergabe gelegen. Aber Sitz und Stimme hatte auch ein junger General, de Gaulle: er wollte die Bretagne verteidigen, noch könnten die Deutschen besiegt werden. Als er keinen Glauben fand: »Dann Nordafrika.« Hier wurde ernstlich geschwankt: der Ministerpräsident unterstützte die Meinung.

Der ehrliche, klarsichtige Paul Reynaud war Ministerpräsident nach den Regeln der Konstitution, die bis zu dieser Beratung noch gewahrt blieben, länger nicht. Sein Schlußwort: »Ich gehe zur Armee«, war unzeitgemäß, es beendete, um so schlimmer für ihn, alle Förmlichkeiten: bloßgelegt wurde die Diktatur. Vorher war ernstlich geschwankt worden, auch der Generalissimus Weygand begleitete die Aussprache von Bordeaux mit Zweifeln. Wie denn! In Afrika eine große Heeresmacht, der ganze Süden frei vom Feind, Paris noch frei... Da trat Laval vor.

Mit welchem Recht er zugegen war? Wahrscheinlich auf Grund seiner Zukunft, die Léon Blum ihm abgesprochen hatte, aber sie war verhängt. Er hätte sein Geld verloren! Sogleich legte er los, schlug die äußersten Töne an. Die Leidenschaft, die einen ausgedienten Wortemacher wahrhaft entzündete, war nur sein Geiz, aber welch einer! Er, der sein Geld retten wollte, schien Frankreich zu retten, wenn er forderte, es auszuliefern. Der wirkliche Retter, de Gaulle, hatte selbst der Leidenschaft genug, aber eine zu hohe. Die niederen wirken sinnlich unmittelbar.

De Gaulle stand da, als hätte er, und nicht Laval, Frankreich ausgeliefert. Den Deutschen? Nicht das wäre Verrat. Die Deutschen sind die Erlöser aus den Ängsten, die einer um sein Geld erleidet. Das gute Recht, Frankreich zu erobern, gehört den Deutschen vermöge ihres Antibolschewismus. Ein Verräter ist, wer Frankreich ihren Feinden, den Kommunisten, überläßt und Paris der Commune! Die schaurige Erinnerung an die Commune, Paris 1871 – als jeder sein Geld behielt! –, hat 1940 in Bordeaux über Frankreich entschieden.

Angenommen, Paris war allein noch zu halten von einer Volksarmee, dem Aufgebot desselben Volkes, das so lange verfolgt worden war, weil es nicht empfand und dachte wie eine übergeordnete Schicht: der Vorteil galt nicht, die Rettung war im voraus verleugnet und vertan. Die entsetzliche Tatsache, die hier ihre Rache nimmt, ist die Entwertung der Massen. Ließe sie sich wegdenken: das Land, mit ihm die Armee, wäre erst jetzt vollauf überzeugt in seinen Krieg eingetreten. Was, Commune! Eine Pariser Commune wäre nichts als national gewesen.

Ob eine Commune, die nur ausblieb, oder ein Clemenceau, der nicht wiederkehrte, die unauffindbaren Waffen, chars d'assaut, avions, Kanonen wären augenblicks dagewesen, die Regimenter auf den Schlag geformt und geführt. Die Hingebung der Massen an das Land hätte endlich verdiente Gelegenheit erhalten. Kein Offizier hätte einem umherirrenden Soldaten geraten: »Mach's wie die anderen, nimm Reißaus!« Der beschämenden Szenen, die jetzt bezeugt werden, mußte nachher niemand gedenken: Welt und Nachwelt kannten dann die Nation, die sich besonnen. Nur ihre oft bewiesene Fähigkeit der Umkehr, der Auferstehung, des Wunders bewährte sich wieder. Das ist einige Stunden, dann nicht mehr, eine Frage der sittlichen Kräfte von Beauftragten, nicht von Berufenen gewesen. Gewicht und Gegengewicht haben geschwebt; das schwerere, das sich senkte: die energische Furcht vor der Nation und eine Leidenschaft, der Geiz.

Nicht diese sind übrig. Von Frankreich ist, wie jemals, übrig seine Spannkraft, die unvergängliche Jugend eines Landes und Volkes, dessen Halt und Rückgrat seine Gesittung bleibt.

Die deutschen Herren über Frankreich

Gerade dieses Land zu überfallen und sich darin festzusetzen: das Geschehene erlaubt die eine oder die andere Deutung. Wer dies Volk ungewöhnlich leiden läßt, ganz zuletzt könnte er den geringeren Schaden ihm antun, den größeren sich selbst? Wie, wenn er dem gedemütigten sogar Nutzen brächte!

»Qui sait enfin si le mal qui règne depuis tant de siècles

ne produira pas un plus grand bien dans des temps encore plus longs?« lese ich bei Voltaire, wo er keinen Geringeren als Gott in Schutz nimmt, und übersetze es mir: kurze, verhältnismäßig schmerzlose Unglücksfälle schaffen nichts: siehe 1918 und die deutsche Republik. Lange, boshafte Qualen – die Qualen Frankreichs, von Deutschen gewollt – empören die Natur, sie treiben das Blut um, der fiebernde Kopf wird heller anstatt dumpf. Man produziert.

Die Fruchtbarkeit ist ein äußerst angeregter Zustand des Lebens, oft mit Temperatur verbunden, immer mit gesteigertem Lebensgefühl. Die Fruchtbarkeit ist das Wagnis selbst. Darin erfahren, machen wir die Wirklichkeit gefügig bis zur Umarmung und realisieren Gedanken. Wie steht es nunmehr um Ideen, die vor diesem Krieg inopérantes, suspectes und interdites waren?

Es sieht nicht aus, als ob der mittlere Franzose die Volksfront, wie sie war, heute für kühn halten würde: er fände sie unzulänglich, ebenso in Hinsicht der sozialen wie der nationalen Einheit. Wenn es wieder in Frage käme, noch einmal würde die spanische Republik nicht aufgegeben: dies als selbstverständlich beiseite gesprochen. Aber aus den Fenstern der Pariser Kaufhäuser ließen damals Angestellte, die unterhalb der Lebenskosten bezahlt waren, Streifen hängen: der Ankaufspreis der Waren und die Ziffer, mit der sie ausgezeichnet waren, standen darauf.

Aber auf Place Masséna in Nice demonstrierte ein Zug von Frauen, voran mit dem Banner der sozialistischen Intellektuellen ein alter Arzt. Die grellen Stimmen skandierten: »Les Soviets partout! Les Soviets partout.« Kein Laut erfolgte von den entgeisterten Gästen der Caféterrassen; der Vorgang und daß die Polizei sich unsichtbar machte, verstieß gegen jede Konvention, hauptsächlich darum war er gefährlich. Eine einzelne Frau allerdings, die auf der Promenade ihre Zeitung »Le Peuple« ausrief, wurde von zahlreichen Nichtliebhabern des Volkes zur Ordnung gewiesen.

Kein Jahrzehnt wäre es her? Jahrhunderte scheinen vergangen. Denn sichtbar wurde inzwischen, wofür sonst die Augen blöde gewesen, der unmögliche Zustand, wenn die Hälfte der Nation verhaßt und entrechtet ist. Darum allein konnte nachher der Feind im Land auch die andere Hälfte abtöten: bürgerlicher Tod, hier und da in das Körperliche übersetzt mit Hängen und Schießen. Ein überfallener Deutscher ist hundert französische Leben wert – mäßig berechnet, da in Prag ein einziger gerichteter Wüterich Tausende tschechischer Leichen verdient hat.

Es ist nötig, der Einsichten wegen zu vergessen, daß Ungeheuerlichkeiten zur Rede stehen, Verbrechen einer sonst nicht mehr bekannten Ordnung. Sie werden verübt, als wären sie vorgeschrieben und dürften ohne empfindliche Störung des Weltgeschehens nicht unterbleiben. Der Sinn! Wo, um alles, ist der Sinn?

Der Nation, die dem Kontinent die Menschenrechte geschenkt hat, wird klargemacht, daß sie niemals eines zu vergeben hatte: ihr selbst ermangeln alle, zuerst das Recht auf Leben. Der deutsche Beschluß ist: jeder Franzose muß wissen, daß er vor deutschen Galgen und Gewehrläufen sterblich ist – nicht nach seinem Verdienst, sondern nach deutschem Belieben, zu der Stunde, die er nicht kennt, und unter Vorwänden, die nicht als Gründe gemeint sind. Ausgelöscht, wird er auch noch verhöhnt!

Juden und Kommunisten, eine abgeleierte Cabaretnummer der befohlenen Weltanschauung muß herhalten, wenn intellektuelle oder vermögende Franzosen als Geiseln herausgegriffen werden. Den Anhalt liefert ein Bankausweis, kein Kirchenregister. Hundert Ärzte, die vielleicht Kommunisten, allenfalls Juden waren, sind beiseite gelassen, aber mit traumwandlerischer Sicherheit fand die deutsche Parze den Doktor Simkow. Denn er hatte seine

Praxis in einem reichen Stadtviertel. Er verstand die Geplagten und fühlte mit den Armen; er kannte selbst den Kummer wie der Ärmste. Er ist der Vater, dem unlängst seine beiden jungen Söhne von einer Wanderdüne erstickt worden waren.

Die deutschen Herren Frankreichs wußten sich nichts Besseres, als den trostlos Vereinsamten vollends zu vernichten: Nachrichter, im Sinn des Wortes. Der Doktor hat am Leben wenig verloren. Paul Langevin, Membre de l'Institut, war krank, er wurde in die Santé gebracht – keine Heilanstalt, sondern ein Gefängnis. Langevin, der namhafte Wissenschaftler, scheint von den Nachrichtern bisher vergessen: sie scheuen die französischen großen Namen. Sie können gegen ihren Respekt nicht an, er ist ein altes deutsches Erbe. Friedrich der Große redet ihnen manchmal hinein, wo sie lieber töten würden.

Dabei hatte der Gelehrte sich besonders schuldig gemacht. Er hatte gegen die deutsche Weltanschauung verstoßen vor der Niederlage, als Frankreich in der Täuschung befangen war, es habe das Recht auf seine eigene. Unsere spätesten antifaschistischen Veranstaltungen, als die Republik angefangen hatte, sich faschistisch zu benehmen, wurden von ihm geleitet. Sein hohes Ansehen, sein gebietender Titel nahmen ihn von Belästigungen aus (obwohl der Eingang des Hauses von Polizei besetzt war). Unseren Volksversammlungen glich dies nicht ganz: Intellektuelle, einzeln und in Abordnungen, füllten mächtige Säle.

Viele waren vorher einander kaum begegnet. Wer sich sonst nicht zugehörig gefühlt hätte, kam dennoch, gerufen von der äußersten Stunde, ermutigt von einer seltenen Persönlichkeit. Er war einfach, streng und rein. Fremd blieb ihm immer der äußere Anschein, als kämpfte er, die Geste eines Wagnisses fehlte. Er tat, was recht war. Die Wahl der deutschen Nachrichter ist auf ihn gefallen. Manche demonstrativen Gestalten traf sie nie. Aber sie traf Maurice

Sarraut. Als die Deutschen ihn ermordet hatten, verbreiteten sie, der französische Untergrund habe es getan.

Schmerzlich denke ich seiner: daß ein entehrendes Ende ihm von seinen Mördern nachgesagt werden konnte, und niemand sah sogleich die feige Lüge. Der stolze Herr der »Dépêche« – ein Co-Operationist? Das wird am wenigsten aus Männern der altbürgerlichen Mitte, die nicht anders können, als sich jakobinisch betonen bis in den nationalen Zusammenbruch.

Als ich, nach der Kriegserklärung, meine Verbindung mit der Zeitung löste, entschuldigte er sich, weil er mich gehen ließ. Die »Dépêche« werde klein werden – réduite à sa plus simple expression. Dann aber wäre er in der Selbstverleugnung bis zum Verrat gegangen? Hätte verdient, von Patrioten gerichtet zu werden?

Toulouse ist eine sozialistische Stadt. Sie lag noch lange außerhalb des besetzten Gebietes. Die alteingesessene Familie, ihre Zeitung, die den Südwesten beherrschte, ihn in Paris vertreten hatte; der Minister, dessen Macht die Zeitung gewesen war – und die Macht vertrug, ideell und praktisch, keinen anderen Ausdruck als Freiheitssinn und Liebe zum Lande! Als aber gemeldet wurde, sein bejahrter Bruder, der bedeutendere von ihnen, habe sich die Rache des Landes zugezogen – niemand hat sogleich widersprochen, auch ich nicht.

Es zeigt an, wie tief wir schon gedemütigt sind. Einen Augenblick, bis wir durch die Wahrheit beschämt werden, lassen wir uns beleidigen in den Menschen, die wir hochstellten und die mir nichts, dir nichts gesunken sein sollen. Nicht, daß ein Abfall und Versagen, wie diese erfundenen, mich ausdrücklich überzeugt hätten. Entmutigt durch der Zeiten Schande, bezieht man das Unwahrscheinliche in sie ein. Das Wahrscheinliche bleibt immer die Furcht dieser Deutschen in Frankreich vor ihrer eigenen Herrlichkeit.

Warum sie einen anderen Mord eingestehen und gerade

diesen nicht, wer weiß es. Die Verirrungen, Verwirrungen, die man bei ihren Opfern sucht, sind unfehlbar die ihren. Sie fürchten, nun schon die lange Zeit ihrer Herrlichkeit in Frankreich, nichts so sehr wie ihren fehlgegangenen Mut. Daher die Übertreibungen ihrer Tyrannei. Im Falschen hält man schwer die Mitte. Die Fiktion, als gäbe es keine französische Nation, ist die deutsche Fiktion. Einmal aufgestellt, erläßt sie dem Verirrten an Schamlosigkeiten und Fehlern nichts.

Die moralische Unterordnung, die sie manchmal verraten, hat als letzten Grund auch nur die Furcht. Nicht die Furcht vor einer greifbaren Macht. Um so schlimmer, das Beängstigende ist unsichtbar: die ganze Vergangenheit dieses Landes – die nicht tot ist und wird von ihrer Hand nicht sterben. Alles, was dieses Land ihrem eigenen gewesen ist, lebt fort, kann nicht vergehen, ob man auch wollte. Die Herren über Frankreich wissen es nicht. Aber sie handeln danach.

Vor allem dort trägt ihre fragwürdige Herrschaft das Gesicht der Rachsucht – und der Kriecherei. Die demütige Werbung, der sie sich ergeben bei den namhaften Franzosen, um ein Zeichen der Duldung, wenn es denn Mitarbeit nicht sein kann, ihre Kriecherei ist ohne Gegenstück in anderen Ländern.

Ein Zeichenlehrer existiert namens Abetz, dem Führer kongenial auf dem Wege der Kunst und nicht der einzige seines Zeichens: Maître de dessin ist auch der Balte Rosenberg, übrigens Spion des Zaren und Verfasser der deutschen Weltanschauung. Zeichenlehrer Abetz wurde der Botschafter des anderen Künstlers, Hitler, bei der französischen Republik. Nach ihrer Beseitigung ersetzte er mit seinem Talent die ganze Republik. Trägt er den Titel Gauleiter von Frankreich? Ist er Großinquisitor, oder geheimer Kommissionsrat? Die Phantasie der rassischen Naturen, die über Europa hereingebrochen sind, kennt keine

Grenzen. Man möchte Laval loben, für die einzige Tatsache, daß er nie im Leben den Louvre betreten hat.

Zeichenlehrer Abetz ist nach Amt und Neigung ein Gönner des künstlerischen Frankreichs; wo irgend der Fall gegeben, bewegt er es zur Co-Operation – eine Operation, bei deren gefährlichem Gelingen die Seele flötengeht. Auch den Maler Picasso suchte der unvermeidliche Abetz heim, er gab sich als Verehrer und war es wirklich. Er erbat Zutrauen in seine bedingungslose Beflissenheit und offerierte Geschäfte. Er öffnete sein Herz, erfuhr aber, daß es unverstanden blieb, gewürdigt wurde es gar nicht.

Endlich brachte der Zeichenlehrer mit einer Bescheidenheit, die bei den Mächtigen jedesmal rührt, seinen Wunsch vor: Bilder zu sehen! Was der Meister wohl vollendete, indessen lieber noch nicht herzeigt! Wird Picasso dem demütigen, obwohl gefährlichen Gast die Gunst erweisen? Er tut es, er holt eine Leinwand, die verkehrt gegen die Wand lehnt, er stellt sie auf. Guernica. Abetz erblickt nicht mehr, nicht weniger als Guernica.

Er hat weder die Komposition bezweifelt noch das Kolorit gerühmt: er hat sich empfohlen. Der Meister wurde nicht noch einmal aufgefordert, in Berlin unter staatlichen Ehrungen auszustellen: das verböte jetzt auch das Befinden Berlins. Ebensowenig ist er in ein Lager verschleppt oder anders belästigt worden. Mein Freund Louis Gillet blieb gleichfalls verschont.

Er war noch nicht von der Académie française: die nationale Weihe der Literatur, sie empfängt sie nun schon das vierte Jahrhundert seit Richelieu. Da kam er zu mir das erste Mal, gleich 1933, ich war frisch geflüchtet. Sein Interesse für das deutsche Verhängnis wird nicht tief gewesen sein. Was er mir brachte: seine natürliche Kameradschaft, unbefangen ausgedrückt, als fände er mich an meinem Platz, der nach seiner Meinung überall oben war. Zu bedenken ist, daß Mißhelligkeiten mit einem Staat damals die französischen Intellektuellen nicht trafen. Macht genug waren sie selbst.

Als Mitglied der Akademie hörte er keineswegs auf, mich zu sehen. Sooft ich will, erblicke ich ihn wieder, an meinem Schreibtisch, im Begriff, mir bei einem Manifest zu helfen. Er ist stattlich mit seinem blonden Bart und der edelsten aller vollen, weichen Sprechstimmen. Ich bin in seine Vorträge gegangen, um ihn und um die Stimme zu hören. Nachher, beansprucht von hundert Personen, die wichtiger als meine, hat er dennoch den Rest des Abends bei mir verbracht. Ich gedenke seiner und der intellektuellen Kameradschaft, die ich in Frankreich empfing. Ich danke dem Leben für vieles, und hierfür.

Als die Zeiten schwierig geworden waren, gerade damals lud er mich nach der Rue Bonaparte, ganz nahe der Seine, zu einem deutschen Mittagessen, Rindfleisch und Mehlspeise. Auf dem Familientisch standen Weinkaraffen ohne Bezeichnung, aber ich schmeckte: Côtes du Rhône; damit interessierte ich alle seine Angehörigen, beinahe war ich kein Fremder mehr. Und der Krieg stand in Sicht.

Louis Gillet erschien in meinem Zimmer während des Krieges, Frankreich zählte noch wenig Tote. Er war verlegen. Ich sah, er hatte niemals bedacht, mit wem er eigentlich verkehrte: sein Freund auf Grund der gut gebauten Sätze, sein Kollege von einer jüngeren Akademie, aber heute? Heute erwies der Aufgenommene sich abgesondert; es überraschte uns beide, zu leugnen war es nicht. Wenn man mich hörte, sah und persönlich nicht Feind nennen wollte: was übrigblieb, ist stärker als wir. Es besteht trotz unserem erzogenen Wesen, unser Wille und Wissen vermögen in Stunden der Entscheidung nichts dagegen, daß wir Mitschuldige der Angreifer sind.

Wenn er es ist, dann kann er nichts dafür! Louis Gillet in dem Sessel neben meinem Schreibtisch, Stil premier Empire, Periode Ägypten, wird sich gut zugeredet haben. Seine Neigung für mich war niemals politisch gemeint gewesen: auf einmal erschien sie absichtsvoll. Ein ungewohnter Mut wurde erfordert, um mich zu halten. Nicht die Sache eines jeden, mein alter Bekannter – mehr war er jetzt nicht – wagte manches, er wußte selbst nicht, was. Im Hause wohnte ein beschäftigungsloser Exfunktionär, der heimlich auf den Speicher stieg und mein Gepäck durchsuchte.

Mut nach Selbstüberwindung ist der allein verdienstvolle. Louis Gillet hat ihn nicht nur mit mir bewiesen. Die Deutschen kamen in die Lage, ihre armselige Weltanschauung, die antisemitisch und sonst nichts ist, zum Gesetz zu erheben. Alsbald erließen die französischen Verlage eine Kundgebung gegen ihre eigenen Autoren. So lange hatten sie nicht bedacht, daß Bergson eine Schande sei; daß Frankreich zugrunde gehen müsse an der humanen Philosophie eines Juden und an dem gütigen Leben eines anderen Juden, Tristan Bernard.

Bergson starb, nachdem er ein tapferes Bekenntnis abgelegt hatte. Sehr übel konnte es dem überlebenden Träger der Charakterkomödie ergehen. Gemeinhin sieht man in ihm den fruchtbarsten Witzbold. Aus Gleichgültigkeit hat er es geschehen lassen, daß Scherze mit Bärten so lang wie seiner ihm zur Last gelegt wurden. Er ist ganz anders, wie ich weiß. In der Pause zwischen den Kriegen sah ich niemand so wie ihn gegen den Krieg öffentlich eifern. Ganz und gar vergaß er zu lachen, heiliger Zorn brach seine Stimme – ein Briand ohne Cello.

Unter vier Augen hat er mir geklagt über den Verfall, noch nicht der Literatur, aber der Liebe für sie, der Kenntnis ihrer Schätze. Jemand hatte ihm Racine vorgesprochen, absichtslos, als ein Geschenk, dessen Größe der Geber nicht ermaß. Der Empfänger dankte ihm noch immer. Dies ist der Autor vielgespielter Lustigkeiten, manche mit Nachgeschmack, je nachdem. Der Flüchtige hat eine Posse gesehen, dem folgenden Leser wird sie tief. Ernst und Gefahr – aber der Autor hatte sie gekannt, jetzt kamen sie an ihn selbst.

Louis Gillet trat vor und erwarb Ehre. Er schrieb dem alten Meister einen Brief und veröffentlichte ihn: Worte von einem Widerhall, daß niemand unseren geliebten Tristan verletzen konnte, oder er hätte die Akademie herausgefordert. Ein zeitweiliger Herr über Frankreich, Ersatz Louis' XIV., hätte aufgegeben, was er mühselig hinzog: Achtung vor einer Kultur, unter Erniedrigungen der Nation, die sie fortwährend schafft.

Ein Konzert von Beethoven

Das vermeiden sie gern. Ihre Generäle, Propagandisten, Gestapohäupter, hier vereinigen alle sich mit Zeichenlehrer Abetz in gleicher Demut: der einzige Fall, und ist allerseits nicht frei von Zähneknirschen. Was tun, der Führer hat seinem vorbestimmten Opfer, Frankreich, versprochen: »Auf eurer Halbinsel könnt ihr eure Kultur pflegen.« Das Wort gilt nach wie vor der Überrennung Frankreichs – sie war schon, als er es sprach, beschlossen und virtuell vollzogen. Also Halbinsel. Also Kultur.

Nur gilt es nicht für die Nation, die sterilisiert wird und absterben soll. Die Reste sind gemeint – alte Leute, mit Namen, die nachglänzen, der historische – allzu historische Ruhm eines Landes, das ohne übermäßiges Aufsehen den Zustand einer Kolonie erreichen wird. Einzige Voraussetzung: militärisch. Aber davon abgesehen, daß nicht einmal diese erfüllbar ist, welch eine Verkennung der menschlichen Wirklichkeit! Bis zu welchem Grade muß das deutsche Verhältnis zur Welt insgesamt falsch sein, damit sie Frankreich aufheben – in ihrer Vorstellung, wenn sie eine hätten. Aber sie stellen sich gar nichts vor.

Wer ohne Phantasie ist, bewegt sich im geistigen Unfug, er handelt vernunftlos, auch wenn die Vernunft das Leichtere wäre. Am Anfang der deutschen Herrschaft über Frankreich kam einiges ihr entgegen. Die Republik war nicht ganz ohne eigene Zustimmung gestürzt, da ihr Recht auf Bestand nicht mehr mit Überzeugung verteidigt worden war. Auch ohne den deutschen Angriff hätte sie ihre Katastrophe gehabt. Die Katastrophe liegt jetzt schon hinter ihr – viel früher, als jemals zu erwarten war. Die deutschen Herren über Frankreich haben alle Franzosen zu echten Republikanern gemacht. Auch General de Gaulle war es nicht immer.

Faschisten bleiben, was sie sind, notgedrungen: jetzt droht ihnen die Rache nur von einer Seite; wenn sie überliefen, von beiden. So oder so, das sind die Verurteilten; jeden Tag wird ein Urteil des französischen Untergrundes, will sagen des pays réel, vollstreckt. Es fallen Franzosen, die sich als Vollzugsorgane deutscher Greuel hergegeben hatten. Es fallen Folterer: die Sorte, deren unterirdische Arbeitsstätten schon vor den Ereignissen eingerichtet waren, in Paris, von Ingenieuren aus Grenoble.

Sie werden mit Sorgfalt ausgewählt, es trifft unfehlbar die Übelsten. Der Vichy-Minister Picheu hatte den Vorzug, von dem Comité der nationalen Befreiung in Algier hingerichtet zu werden. Das ist nun die Leitung, die der Untergrund höchst sichtbar über dem Boden hat. Das pays réel beweist seine Wirklichkeit, es hat wirkliche Geltung, indessen Vichy gespenstert wie kein Untergrund, nur die Grube.

Der mörderische Geizhals Laval und ein Doriot, der sonst den Salons den verdelten Proletarier vorführte, jetzt gehen sie umher, wie vom Friedhof beurlaubt. Die Exekution jedes faschistischen Gespenstes kostet die lebendigen Franzosen zweihundert Erwürgte, Erschossene. Gleichwohl wird exekutiert: das gute Gewissen will es.

Das Recht zu töten, die Gewissenspflicht zu rächen ist heute auf der Seite der Freiheit, das erst ändert den Zustand von Grund her. Vorbei die Zeiten, als ein Neugieriger von Nazis dies zu hören bekam: »Wir haben eines vor euch voraus, wir können töten.« In dem Augenblick, da sie es nicht mehr voraushaben, sind sie geliefert.

(Die Wendung ist in Frankreich vollzogen; worauf wartet sie in Deutschland? Noch ist keiner der Verbrecher am Volk gefallen. Vielleicht – wenn auch der deutsche Untergrund, wie der französische, eine anerkannte Leitung über dem Boden haben wird? Oder der siegreiche Feind im Land ist? Oder nach Ausbruch der Anarchie und aller gesetzlosen Instinkte? Früher wäre ehrenvoller gewesen; aber es ist nötig, daß ich Nationen, die beinah in der gleichen Lage wären, auseinanderhalte gemäß dem Ursprung ihrer Lage. Frankreich ist von einer Klasse verraten worden, Deutschland – im Lauf der Dinge – von allen. Die französischen Intellektuellen haben gekämpft. Wir...? Darum – darum ist dort das Recht zu töten noch immer nicht auf seiten der Freiheit, gesetzt, sie existiere.)

Die Schuld Frankreichs, des ganzen

Frankreich: in seiner letzten merkwürdigen Selbstgenügsamkeit hat es diese Deutschen nicht kennen wollen, bis es sie zu fühlen bekam. Es hing gläubig an deutschen Überlieferungen, die drüben leerer Schall waren. Ein Weg, der mit Beethoven angefangen hat und in kurzen hundert Jahren beim Hitler endet, ist allerdings zu unwahrscheinlich, als daß die scheinbar Unbeteiligten ihm folgen könnten wie der vollen Wirklichkeit. Übrigens sind sie selbst sich interessanter. So denn: »Freude schöner Götterfunken, Tochter aus Elysium« – Worte Schillers, Musik von Beethoven. Das ist, was Unbefangene kannten und über die äußerste Frist festhielten. Die Eroberer haben nicht versäumt, in Paris ihre Konzerte zu geben.

Wären es nicht gerade diese Deutschen, wären es wesentlich andere, sie konnten ihre Konzerte wahr machen. Statt dessen Erniedrigung, Bestrafung, Rache. Erniedrigt wird eine Nation, deren Stolz nur herausgefordert werden muß, dann weiß sie wieder um seine Herkunft. Die Deutschen haben von den Zeugnissen der Revolution einige aus dem Wege geräumt, sie gehen bis zum Abbruch ganzer Stadtviertel. Der zufällige Eindringling, die Denkmäler der Revolution zerstören? Aber wo ist seine? Die größte Tat der neueren Geschichte, auch er hat davon mitgelebt. Jetzt bestraft er die Geschichte Frankreichs, bis zurück auf alte Jahrhunderte. Das ist Rache an seiner eigenen, verfehlten.

Gerächt wird, daß Friedrich II. von Preußen, genannt der Große, an Deutschland nichts zu achten fand. (Aber Goethe, liebevoll, nannte Wien »Die Hauptstadt unseres Vaterlandes«.) Die ganze Ehrfurcht Friedrichs war für die Monarchie Frankreich, alles, was er an Freundschaft besaß, für französische Intellektuelle. Das wird gerächt, Frankreich muß geistig aussterben, wenn es als Macht getötet ist.

Der Hunger, der in Frankreich umgeht, ist deutsche Rache, für den reicheren Boden: er hat alles, auch die größere Geschichte, getragen. Der Überschuß Frankreichs an Getreide und Wein ist, als Krieg war, dem Lande skalenmäßig gezeigt und vorgehalten, augenscheinlich war er unzerstörbar, eine Bürgschaft des Endsieges. Wenn dennoch, man frage nicht wie, der Feind siegte, konnte schon der Überschuß an Brot und Wein ihn ernähren. Unnütz, vielmehr sein eigener Schade, die Felder unergiebig, das Land gerade für die Zeit der Besetzung arm zu machen.

Wie verkehrt man Fülle in Mangel? Nicht ohne Mühe und witzige Einfälle, bis ein schlechtes Geschäft gelingt. Die jungen Bauern bleiben kriegsgefangen, trotz ungezählter Versprechen, sie heimzuschicken. Für hundert entlassene Gefangene fordert man tausend Franzosen, die sozusagen frei waren; verbraucht sie beschleunigt in den deutschen Zuchthausfabriken; entläßt sie nach Haus tuberkulös, unfähig zur Arbeit. Der Erfolg ist Brachfeld. Der Erfolg ist ein unterernährtes Volk. Was ihm von seinem Reichtum übrig wäre, ißt Deutschland – gute Verdauung!

Der Mundraub hat seine Zeit gehabt, die Deutschen sind längst wieder bei Kartoffeln angelangt. Wenn die Franzosen nur hungern: das ist der Sieg. Was einen Sieger vorstellt, das heizt sein Sturmgerät mit den kostbarsten Produkten der Trauben, sofern sie ihm nicht schmecken. Die Verschleuderung ist Gesetz, ein Gesetz des Krieges, der als Bestrafung der Nationen und Rache an der Geschichte verstanden wird. Nur daß nicht überall so viel zu verschleudern war wie in Frankreich. Aber mit Deutschland selbst wurde früher angefangen. Das Regime der Eroberungskriege betreibt seit seinem ersten Tag die Wirtschaft der Katastrophen: Raubbau und Ausverkauf.

Den deutschen Herren über Europa ist unter ihren toten Händen alles abgestorben: nur das Gold bleibt kleben. Eine Milliarde in Gold, errafft aus allen überfallenen Ländern, ausgenommen die Sowjetunion, dient Wichtigkeiten wie der Bezahlung südamerikanischer Generalsrevolten. Es besorgt den Unterbau des nächsten Krieges, den sie sich interkontinental denken. (Sie selbst wären draußen.)

Wahrhaftig, noch weniger mit Europa verbunden ist nicht leicht einer als diese ehemaligen Ruhmredner eines »Deutsch-Europa«, von dem sie nunmehr schweigen. Es hat nicht gelohnt. Das Meer, das gegen die Westküste

Frankreichs brandet, hieß bei ihnen »der deutsche Ozean«. Was in einem einzigen Namen alles mitsprechen kann! Worauf sie die atlantische Küste von Finistère bis Basses-Pyrénées flüchtig befestigen, denn wie lange kann es dauern?

»Der deutsche Ozean« – hervor klingt eine scheele Ungenügsamkeit, die Minderwertigkeit durch Irrtum, die dem Größten und Besten ihres Besitzes nicht Dank weiß. Hamburg, der erste Hafen des Kontinents, liegt an der Elbmündung. Bordeaux, wo Wein und Baumharz verschifft werden, ist, mitsamt dem Ozean, für Deutschland keinen Hamburger »Gang« wert. Stadt und Freistaat Hamburg haben diesem Binnenland Deutschland die Welt erschlossen. Der Erfolg waren Reichtümer – waren die beständige Aufgewecktheit, die Voraussicht, Weltkenntnis, Weltfreundschaft: von allen Deutschen allein die hanseatischen Handelsherren und Seefahrer aller Klassen hatten dies.

Bürgermeister Petersen, eines Abends zu mir: »Ich habe hier mehr diplomatische Vertreter, als sie in Berlin haben. Uns befragt keine Reichsregierung. Die Herren von der Ruhr werden gehört.« Die Kriegsinteressenten, die beschränkten Binnenländer – nicht die Weltfreunde und geöffneten Geister. Daher. Jedes Warum hält in Bereitschaft das Daher, das Hamburg heißt. Sein freudiger Hafen war die ungehörte Mahnung, daher jetzt der Sumpf aus Stahlsplittern und Menschenresten. Der Asphalt von Hamburg! Er läßt mich erbeben. Die Brände nach den Luftangriffen hatten ihn erweicht; Bewohner, die auf die Straße flüchteten, blieben stecken und sind erschossen worden. Erschossen von Soldaten desselben Deutschlands, das in Bordeaux die Seemacht heuchelt.

Der Geographie zum Trotz, die atlantische Macht! – ohne Schiffe, hinter schwachen Mauern, aus denen man sich keineswegs auf das Wasser getraut. Das Land aber hinter ihnen hat das Meer nach seinen Befreiern abgesucht. Sie treffen ein. Die Deutschen – sind die Verteidiger Frankreichs: sie sagen es. Ihre Sache, es auch zu glauben. Endlich am Ozean, vereinsamt, genau besehen machtlos, haben sie eine Sehnsucht, die wesentlich leer ist, dennoch erfüllt mit einem Nichts. Es wäre rührend, wenn es nicht sinister wäre.

Die deutsche Herrschaft über Frankreich hat Gauleitern und Generälen niemals eingeleuchtet. Ein Land, das sie nach allem Ermessen nicht halten können, tut wohl daran, zu sterben. So haben sie denn beschlossen, das reichste Land des Kontinents zu bestatten – es einfach beizusetzen. Die Gesellschaft, samt ihrem Direktor Hitler, ist eine Bestattungsgesellschaft. Das wird aus der Ohnmacht, die sich vermißt, und aus der Rachsucht, die den Faden verliert.

Sie teilen Frankreich in Eile auf – seither erwägen andere, Deutschland aufzuteilen. Sie nahmen mehr als das Elsaß und Lothringen, die nicht darum ersucht hatten; sie annektierten im voraus den ganzen Nordosten, die ganze Industrie, und der Krieg war unentschieden. Solange Italien selbständig genug blieb, um wenigstens Worte zu bekommen, versprach man ihm den Süden. Marseille und Toulon wurden inzwischen deutsche Häfen. Wenn die Bestattungsgesellschaft an sich selbst den rechten Glauben hätte, die beiden Mittelmeerhäfen würden für alle Zeiten deutsch erklärt. Es unterbleibt nur bis zum siegreichen Frieden.

Aber sie haben gerade genug geredet, gedroht, geprahlt. Noch verräterischer als Taten sind Worte. Gut, man fürchtet die Auferstehung der französischen Armee, man entvölkert das Land. Das Dahinschwinden der einstigen sechzig Millionen Deutschen fordert einen Ausgleich: daher für ganz Europa die deutsche Bevölkerungspolitik der Vernichtung.

Sie ist eine Erfindung des Jammers, der in die Grausamkeit flüchtet. Überschwenglich wird der Jammer, wenn sie den Nationen Europas ihre Zukunft ausmalen. Alle sollen arbeiten für Deutschland allein, damit ein einziges Herrenvolk die Waffen führe: alle fabrizieren sie ihm. Ernähren es auch. Kleiden es, denn es hat verlernt, sich zu helfen. Hegen und pflegen es um seiner Herrlichkeit willen – und für so viel entwaffnende Naivität.

Eine Frage, die entscheidende. Wären die Deutschen heute, 1944, fähig, Frankreich noch einmal zu erobern? Die Armeen Frankreichs ständen wieder da, aber mit de Gaulle und mit der Luftmacht, auf die er vergebens gedrungen hatte. Die Erfahrungen wären zurückgelegt und genutzt, die militärischen, die moralischen; Verräter gäbe es nicht: wären die Deutschen in ihrem seither erreichten Zustand fähig, Frankreich zu erobern? Wenn nicht, stehen sie dort ohne Recht, besonders ohne das Recht, das sie allein anerkennen, die gegebene Macht. Sie haben keine.

Sie klammern sich an, mit Kniffen, gräßlichen oder widerwärtigen. Verarmung und Entvölkerung: letzte Auskunftsmittel für Sieger, die keine sind. Mitschuldige anwerben, Verdiener, niedere Komödianten, eine käufliche Presse – verrät dieselbe Verlassenheit wie die täglichen Erschießungen.

Man will, daß sie sich einsam fühlen. Holland, neun Millionen Menschen, sabotiert seine Tyrannen nur darum. Von allen aufgegeben, sollen sie zittern. Als die Invasion der Alliierten nur erst erwartet wurde, aber von zitternden Deutschen, hatte sie im voraus gesiegt. Ein Eroberer, der keine Klette, sondern ein Herr ist, hätte das Land aufgegeben. Deutschland wäre ebenso leicht oder schwer, es wäre ehrenhafter in Deutschland zu verteidigen. Vorausgesetzt wird der Mut, den andere gehabt haben.

Der Krieg im Land, um das eigene Land, ist der allein

heilige Krieg. Die Deutschen scheinen nicht bereit, ihn zu wagen. Aber sie haben die Entschuldigung, daß es nicht ihrer wäre, nur wieder der Krieg der Abenteurer, denen sie ausgeliefert sind. Die Bande denkt nicht daran, das Land, aber um so fanatischer, sich selbst zu retten. Leugnet auch kaum, was sie vorhat: innere Schlächtereien mit Parteitruppen, das Land getrennt von seiner nationalen Armee, die hinter den Grenzen aufgerieben und verlorengegeben ist. Gefangene und Gefallene, je mehr, um so besser, verlängern den Hitler und Himmler ihr abscheuliches Dasein. Es wäre um sie geschehen, wenn bewaffnete – und belehrte – Soldaten heimkehrten.

So viel Haß sollte nicht erdrücken?

Als Italien die Waffen hinlegte, sprach sein deutscher Freund über ein mißachtetes, mißbrauchtes Land das erste wahre Wort. »Jetzt erst recht wird Italien Kriegsschauplatz werden.« Siehe, so kam es alsbald. Blitzartig besetzten deutsche Truppen den untersten Süden: die Absicht war immer nur gewesen, ganz oben den Zugang nach Deutschland zu schützen. Italien sollte niemals seiner selbst willen von Deutschen verteidigt werden; jeder hat gewußt, daß es den Alliierten anheimfallen mußte, gleichviel ob Niederlage oder Übergabe.

Der Sturz des Duce ist das Werk seines deutschen Freundes allein. Die Affäre Italien kennt nur den einen Verräter. Aber Italien hat ihn satt gehabt und wird von ihm bestraft. Anstatt die Heere Britanniens und der Vereinigten Staaten in der Po-Ebene zu erwarten, wie vorher die Absicht gewesen, verwüstet er nunmehr das Land von Grund auf – völlig zwecklos, wenn nicht die Rache wäre. Wenn auf Deutschland jemals genug Haß geladen werden könnte!

Hier ist ein Land, das niemanden haßte, das von allen geliebt wurde – ja, Italien hat nur als ein Gegenstand der allgemeinen Liebe wahrhaft existiert: weil bei ihm allein die Liebe die erste Sache des Lebens war. Es war das geweihte Land, ohne Selbstverkennung und schwere Schuld wäre es niemals eingetreten in Kriege, die ihm fremd blieben und die enden mußten auf seinem eigenen, unverletzlichen Boden. Nun es spät war, wollte der Papst die Stadt Rom heiligerklären. Aber das Land selbst ist geheiligt von Millionen Herzen, die ihm schlugen und seither still sind.

Europäer, einbegriffen die amerikanischen Abkömmlinge derselben Vorfahren, mit den umhergeschleuderten Trümmern jeder italienischen Kleinstadt treffen sie zuerst sich selbst. Sie beleidigen die toten Herzen ihrer Väter. Generationen von Reisenden, Wissenden, Schwärmenden haben höher geatmet, wenn sie hier leben durften, und sind mit Trauer umgekehrt. Aus der Fontana Trevi in Rom tranken wir zuletzt, damit wir wiederkämen. Wir – von Winckelmann und Goethe bis hinauf zu den frühesten deutschen Humanisten. Wir – vom Président de Brosses und Anatole France zurück in die Jahrhunderte der Montaigne und Rabelais.

Angesichts des verwüsteten Italien höre ich auf zu unterscheiden – Nationen, Armeen, Verantwortungen. Die einen setzen sich auf Monte Cassino fest, die anderen zerschießen das ehrwürdige Kloster. Das Urteil erläßt der Genius der Zivilisation. Die Schlacht bei Salerno! Zwei Worte – Salerno und Schlacht –, so unerwartet zusammengestellt wie liebliches Mädchen und Tritt in den Hintern. Aber sie hat stattgefunden, auch für die Schlacht bei Salerno war dieses Zeitalter reif.

Die Bucht voll Wohllaut der Linien, ihre weißen Städtchen, Normannenburgen, im Vordergrund, gegen das tiefe Meeresblau, die Gruppen der Fischer und Frauen: der Anblick war mir schon immer vertraut. Hätte ich selbst ihn nicht aufgesucht, mein Verwandter vor hundertdreißig Jahren hat ihn gemalt – für mich wohl, damit ich wisse: das war schön von je, wir alle liebten es.

Wir liebten seit alters die Städte, die jetzt, eine nach der anderen, vom Untergang nur erst bedroht sind, aber meine Angst genügt mir. Ich hatte von meiner Erdenspanne alles erwartet, nur dies nicht: daß ich nahe daran wäre, den Untergang Roms zu erleben. Werden die Deutschen es auslassen, das phantastische Siena, Florenz, die wohlerwogene? Jeder Stadt, die unhaltbar wird, könnten sie noch schnell den Rest geben und zur nächsten schreiten. Ist es nicht, um an das wirkliche Ende Europas zu glauben? Es gelangt dahin – nicht Reiche aufzuheben, das wäre nichts.

Zeugnisse von seiner eigenen ältesten Lebenskraft vernichtet es. Eine fortgeschrittene Zerstörungstechnik muß nun einmal angewendet werden: Europa eigenhändig, alle dabei, vergeht sich ohne Leidenschaft – ohne zwingende Leidenschaft! – an den leidenschaftlichsten Beweisen des Lebens, die ein Land außer Vergleich, ihm zur Beherzigung, hinterließ. I laudi: das ganze Italien ist Lob und Preis unseres Lebens. Verbrechen gegen das Leben ist alles, was jetzt geschieht. Gäbe es ein noch beweinenswerteres als die anderen, dann hier.

Wahrhaftig fehlte, daß die Florentiner Kirche San Lorenzo, mit ihr »Die Nacht« von Michelangelo, in Trümmer fiele. Um das »Abendmahl« in Mailand ist es schon geschehen. Die Kürassiere Napoleons hatten an der Wand, worauf Lionardo es malte, ihre Pferde befestigt. Hundert Jahre lang sind dic Beschädigungen beklagt worden. Aus. Bleibt nichts mehr zu beklagen. Der deutsche Führer wird beizeiten Photos hergestellt haben, Künstlerblut, wie er ist.

Aber die Italiener haben es so gewollt, sie waren Faschisten. Waren sie? Sulla und Caesar sind bessere Faschisten, sogar noch Borgia hat den Vortritt vor jedem Mussolini. Die mußten die Erlaubnis, Äthiopien zu erobern, von keinem Laval erbetteln. An dem schimpflichen Anfang der faschistischen Unternehmungen findet sich derselbe Laval wie an ihrem schmutzigen Ende. Die ganze Gesellschaft ist unverbrüchlich beisammen. Tragiker werden die Narren, sooft der Deutsche hinzutritt.

Den italienischen Faschisten abzustreiten, hätte ich kein Recht; ich habe ihn entdeckt und dargestellt, als er sich selbst noch lange nicht begriff, viel weniger die politische Macht wollte. Sein Faschismus ist nicht Weltanschauung, nicht ausgebrütet aus fremden Eiern. Er ist die einfache Herrschsucht des Blutes, ist erotischer Herkunft: – erotisch bleiben sie dort, was immer sie täten. Dasselbe herrschsüchtige Blut arbeitet roh im Faschisten, und in den Meistern der schönen Dinge sublim.

Traurig, wenn ich es nicht wüßte. Die erste, frischeste Erfahrung meines Lebens war dieses Land der Liebe. Mit zwanzig Jahren dort gehört zu haben »Anch' io ti voglio molto bene« – tröstet über vieles, es darf über so viel nicht trösten. Verlassen wir Italien, dem Haß verfallen, wie es nun ist. Er sollte uns nicht erdrücken?

Dennoch geht der Haß Frankreichs mir näher. Mit Schaudern denke ich daran, daß die Deutschen auch Paris verteidigen könnten: aus zäher Weltanschauung ihr deutsches Paris gegen einen französischen Fremdling verteidigen könnten, bis nichts übrig ist. Die Schlächterei der Bevölkerung durch Polizeitruppen soll in Frankreich anfangen, bevor sie Deutschland zugedacht ist. Dies und noch mehr zu verhindern bleibt dem guten Glück Europas überlassen.

Gewiß, wir haben immer auch Glück, kein Zeitalter berechtigt, nur zu klagen oder zu fluchen, sowenig dieses wie andere. Es hat seine Größe. Sogar Schönheiten lassen sich bei ihm auffinden. Ein Weltuntergang, wenn er denn stattfände, ist schön, groß; außerdem umfaßt er nicht die Welt. Das Leben, das sich einerseits zurückzieht, findet immer wieder seine gedeihlichen Schauplätze. Ich bin es zufrieden. Mich stört hauptsächlich der Haß, den dieses Deutschland auf sich gelenkt und mit Selbstaufopferung verdient hat.

Der Haß, der jetzt in der Welt ist, fände bei Menschen der starken Gefühle – im Italien des Quattrocento – so bald kein Ende. Morgen werden sie einander – obenhin, geschäftlich und konventionell – das meiste vergessen haben. Aber keine Täuschung, es bleibt doch sitzen; um das Geschehene einfach nicht mehr zu wissen ist auch diesen Geschlechtern verboten. Alle ohne Unterschied werden ihre eigenen Taten und im Grunde sich selbst hassen, während sie, der produktiven Arbeit längst entwöhnt, bemüht sind, die Spuren ihrer Kriege zu verwischen.

Trost und Rechtfertigung ist allein, daß sie die Deutschen wenigstens offen und ehrlich hassen dürfen, ein Haß außer der Reihe, aber zivilisiert natürlich, mit der gebotenen Rücksicht auf den Weltverkehr, die gerechte Verteilung der Rohstoffe und die Deutschen als Konsumenten. Nach Abzug dieser technischen Vorbehalte bekommen die Deutschen, was ihnen gebührt: die Verachtung für einen mißlungenen Anschlag, der noch dazu ein Rückfall war; das allgemeine Mißtrauen, die Maßnahmen gegen ihren nächsten Rückfall, den dritten deutschen Angriff auf die Welt. Sie werden gleichzeitig geringgeschätzt und gefürchtet sein.

Das ergibt noch keinen wilden Haß. Jeden Deutschen gleich in die Kehle beißen – wäre dem Quattrocento wohl zuzutrauen. Gott sei Dank, wir sind nicht so. Es ergibt Zurückhaltung. Drei Schritte vom Leib, wird der vorherrschende Wunsch sein. Er meldet sich schon jetzt, mit Vorschlägen, die psychologisch primitiv, praktisch ungeeignet sind, wie auf der Hand liegt. Die Deutschen

von überallher nach Deutschland zurückgeschafft, nir-
gends auf Erden eine beträchtliche Ansammlung Deut-
scher. Aber sein angestammtes Deutschland verläßt kein
Deutscher. Aus, die deutschen Touristen, ihre Spionage
und wirtschaftliche Durchdringung der Länder, bevor sie
bewaffnet kommen.

Höchstens emotionell wäre es begründet. Emotionen
flauen ab, sie entarten auch. Ein Land, das unsichtbar und
voll Geheimnis wäre, bekommt eine ungesunde Anzie-
hung. Nur die internationale Kontrolle, die man hinein-
setzt, langweilt sich und läßt nach, wir kennen es vom vo-
rigen Versuch. Nein, in einer befreiten Welt, die nach
Möglichkeit ihre Grenzen öffnet, wird Deutschland kein
verbotenes Reservat sein. Die Deutschen werden reisen,
aber wie? Ich möchte nicht dabeisein.

Ich möchte nicht erkannt werden an meinem Wulstnak-
ken, meiner arischen Quetschnase oder beim Fehlen bei-
der Merkmale das Erkanntwerden dennoch fürchten müs-
sen. Ich fände es mehr oder weniger betrügerisch, mich
auf eine andere, obwohl legitime Staatsangehörigkeit zu
berufen. Ich weiß, wie mir zumut war 1940, mitten im
Zusammenbruch Frankreichs, als jeder den Nächsten be-
dauerte wie sich selbst, als, einen Augenblick lang, alle
einander gut waren. Außerhalb meines Wohnortes geriet
ich in ein Gasthaus, wo vorher niemand mich gesehen
hatte, sonst hätte ich dies nicht gesprochen, obwohl es
verlangt wurde.

Das Speisezimmer war leer, die Wirtin setzte sich zu
mir. Sie wollte bedauert werden und mich bedauern. Ich
sagte, was ich mußte. »Je suis un de ces malheureux Tché-
coslovaques...« Wörtlich wahr: mein Unglück, meine
Staatsangehörigkeit; nur hingen sie nicht zusammen. In
dem besetzten Prag war meine Tochter zurückgehalten,
ich habe bis heute von ihr kein Zeichen. Meine Wohnung,
mit allen sichtbaren Erinnerungen meiner Lebenszeit, war

dort verlorengegangen. Thomas Masaryk hatte mich naturalisiert, aus Güte und in Anerkennung meiner Freundschaft.

Alles wahr. Aber mein tieferes Unglück war meine unverlierbare Verbundenheit mit einer anderen Nation. Sie hatte Prag unglücklich gemacht und mich. Sie trug nunmehr das Unglück, das ihr anhaftet, nach Paris und brachte es auch über mich wieder. Vom Unglück ist immer die eigene Schuld abzuziehen. Wenn es dem unglücklichen Frankreich gesagt werden konnte, mir auch. Mir auch.

Die Patronne mir gegenüber war eine der schönsten Frauen. Gewiß wurde sie noch schöner dank den Umständen und meinem Gewissen. Anstatt ihr zu sagen, was wahr, aber nicht die tiefere Wahrheit war, hätte ich sie gern gefragt: Wie ist es mit dem Haß? Wie steht es um die Schuld? Fallen beide auf einen Deutschen, der, verbannt und ausgebürgert, übel verzeichnet und heute mehr in Gefahr als Ihr, die Französin, doch immer ein Deutscher heißen muß, auch gar nicht anders gesonnen ist und sein will? Sagt mir doch, was ich hätte tun sollen, um unschuldig zu bleiben. Ob ich es je gewesen bin. Und warum meine Schuld. Wofür der Haß, der auch mich nicht verfehlen wird.

Sie hätte es nicht zu beantworten gewußt. In diesem Augenblick des wechselseitigen Mitleidens würde sie mir gewünscht haben, daß der Haß mich nicht erdrücke.

Fünfzehntes Kapitel

Abschied von Europa

Frankreich, solange ich es kennen durfte, hat mich Haß nie fühlen lassen. Ich erlebte mit diesem Land das erste Jahr des Krieges, die Niederlage und verließ es Ende August, als ersichtlich wurde, daß auch der Süden nicht mehr lange sicher sei. Nach meinem Fortgang, wohl schon vorher, empfing ich einige gedruckte Beschimpfungen; indessen wurden sie entwertet durch ihre Urheber selbst: heute denken die Verräter Frankreichs an Entkommen; ich aber war sein Freund.

Einfache Familien boten mir eine Zuflucht an. Beamte wollten mich unter einem angenommenen Namen im Gebirge verschwinden lassen: das ist der »Busch«, wo seither höchst aktive Flüchtlinge ihren Standort haben. Für die französische Mannhaftigkeit ist nichts zu befürchten. Eingetreten war 1940 eine militärtechnische Katastrophe: die moralische wird langsamer begriffen. Individuen und Massen sind befremdet von der Verwandlung, die mit ihnen vorgehen soll. Zögernd entschließen sie sich.

Die Franzosen waren in nichts darauf vorbereitet. Bis zum Mai hielten sie den Sieg für gewiß. Einen Deutschen, der sie vor den Machthabern seines Landes immer gewarnt hatte, anerkannten sie und ließen ihm seine Meinung. Es tat wohl, und es machte traurig. Ich hatte keinen Erfolg gehabt – da dennoch Krieg war. Aber sie dankten mir, obwohl verspätet, und wollten mich hören, als nichts zu sagen blieb.

Das ist nun eine Unterscheidung zwischen deutsch und deutsch, die ihre Bitternis hat. Sie beschämt den Empfänger; seine Sache wäre es gewesen, im Gegenteil aufzuheben, was deutsch von deutsch trennt, das Bessere zu machen aus Deutschland, das besser sein könnte. Unmöglich? Über die Kraft? Aber meinesgleichen hat bis an die Grenze der Kraft nie gehandelt: wir erkannten, was war, und ließen es zu. Wir haben kaum gekämpft.

Es fehlte nicht an ungeduldigen Rufen. Als Hindenburg das zweite Mal gewählt werden sollte, erinnerte ein Leser der »Frankfurter Zeitung« daran, daß es mit ihm genug sei; geachtet und Deutschland vor der Welt zu vertreten würdig sei der alte Dichter Gerhart Hauptmann. Das wußte jeder. Damit einer es aussprach, mußte er absichtlich – denn soviel Fremdheit war nicht anzunehmen – alle aufgehäuften Tatsachen übersehen: die vollendete Ungeistigkeit, nicht jedes Deutschen; aber ihrer staatlichen Gesamtheit; eine abgetragene, niemals erneuerte Machtverteilung; die krankhafte Hinneigung der Republik zu ihren Feinden, die ihr mit Haß vergalten.

An der Spitze ein Intellektueller, der sich Rechenschaft ablegte? Gesetzt, er hätte alle Konflikte durchgestanden, bis er fiel, physisch fiel, oder bis Revolution war. Ich sehe das nicht wie Dinge dieser Welt; das Nichtgeschehene erscheint gespenstisch, man greift danach umsonst.

Was hätte ich selbst getan? Denn auch mich hat man genannt. Die Frage ist immerhin erörtert worden, warum der Präsident ein abgetakelter Militär sein mußte und kein bewährter Schriftsteller sein durfte. Dieselbe demokratische Zeitung wußte hierauf keine Antwort, weltklug genug, daß sie selbst nunmehr aufgehört hat zu existieren. Vorher entehrte sie sich, wie sie konnte, mit derselben Co-Operation, die später nach Frankreich verlegt wurde.

Einen merkwürdigen Aufschluß erhielt ich eines Nachts in Berlin, von einer Gesellschaft, die aufbrach und meinen Tisch streifte. »Den hätten wir lieber wählen sollen«, sagte einer, während die Gesichter, unsicher und nicht glücklich, sich nach mir umsahen. Mich zu erfreuen war nicht die Absicht. Sollte ich mit ihnen bereuen?

Weder meine Bedenken noch die Erfahrungen, die sie bestätigt haben, nehmen mir – und mehreren anderen, nicht weniger Verpflichteten – etwas von unserer Verantwortung. Indessen sieht man sie nicht, der einzelne bleibt mit ihr allein.

Die französischen Intellektuellen haben unvergleichlich besser gekämpft. Nicht umsonst hatten sie hundertfünfzig Jahre Revolution hinter sich. Sie konnten sagen: gegen Daladier und die Finanz ist auch nicht mehr zu machen als gegen Hitler und seine Industrie. Komme, was muß. Sie wußten aber, daß sie ein anderes Volk hatten: ein Volk schlechthin. Die Intellektuellen anderswo sind manchmal ohne Volk; sie haben Publikum. Die französischen Intellektuellen kannten das Vertrauen der Massen, sie hatten es erprobt; oftmals war ich dabeigewesen.

Auch sie stellten keinen Präsidenten der Republik, oder stellten ihn dennoch: Clemenceau, wie Briand, war der ihre; beide sind abgelehnt worden von derselben Bourgeoisie, die dem Retter Frankreichs, Robespierre, kein Denkmal gönnte. Die Intellektuellen gingen nicht mehr in das Parlament – womit das Parlament als unfruchtbar erwiesen und gerichtet ist. Hätten sie Sitz und Stimme gehabt, die einen, auf der vorgeblich demokratischen Seite, wären, sogar wenn sie dagegenstimmten, mitschuldig geworden an der Entrechtung der anderen, auf der sogenannt kommunistischen.

Sie dachten und handelten mit den Massen, vermittels Volksversammlungen und durch die Presse. »Ce Jour«, Herausgeber Louis Aragon und Jean-Richard Bloch, zwei Dichter und Romanciers, diese Tageszeitung bekam den Beifall der Massen sogleich, ohne die gewohnten Tricks des Erfolges, vielmehr in aller seiner Schlichtheit. Das ganze Geheimnis war, den wirklichen Zustand auszusprechen. Keine letzten Ziele nennen. Noch gibt es keine.

Intellektuelle, die einfach feststellen, daß die Minus-Intellektuellen ihre Sache doch wohl übertreiben, sollen immer gleich Kommunisten sein. In Wahrheit haben sie mehr Leidenschaft als Doktrin. Damit sie gläubig werden, muß der Typ Laval die Gelegenheit bekommen, sogar die honnêtes gens zu radikalisieren, denn er treibt es zu arg. Der Verkauf der Nation an den Feind, durch einen fanatischen Geizhals, die vorläufige Herabsetzung der Nation von vierzig auf dreißig Millionen: dann ist die französische Untergrundbewegung, o Wunder, kommunistisch – lies: national! Das Comité der nationalen Befreiung verdient denselben Vorwurf, wenn es einer wäre. General de Gaulle spricht von dem »teuren, mächtigen Rußland«, ihm teuer ist ein befreites Proletariat, da es das Land rettet.

Der tschechoslowakische Konsul

Der tschechoslowakische Konsul in Marseille war ein tapferer Mann. Er hielt auf seinem Posten aus, als täglich die Gefahr näher kam. Seine amtlichen Pflichten, die uneigennützig waren, erleichterten ihm die eigenen Sorgen. Für ihn werde es noch immer einen Weg geben, meinte er. Nicht jeder verließ sich darauf. Der Konsul war vorübergehend seines Postens enthoben worden, als er eine Putzmacherin heiratete. Wie die Ämter die Norm wahrten, inmitten von Vorgängen, die sie verletzten! Eine reizende Französin aus dem Volk darf nicht die Frau des Konsuls sein, aber die Republik ist selbst deklassiert.

Jeden Tag konnten die Deutschen, voran ihre Gestapo, in Marseille eintreffen, ebensogut wie sie Lyon heimgesucht (und keinen silbernen Löffel dort gelassen) hatten, unbekümmert um den selbstverfertigten Wortlaut des

Waffenstillstandes. Die Auslieferung von Personen mit verbotener Tätigkeit konnte immer verlangt werden. Die Tschechoslowakei ist ein deutsches Protektorat, ihre Konsulate verstoßen gegen geschaffene Tatsachen. Der Nachfolger meines Konsuls wartete nicht ab, daß seine Herausgabe verlangt wurde. Er entfernte sich, der Gatte der Modistin kehrte wieder, sie machte unbeanstandet Hüte.

Seine Amtsräume waren eine Börse der Gerüchte. Die es anging, verbrachten dort ihre Tage mit Hoffnungen und Ängsten, mit Reiseplänen im leeren Raum. Wenn einer erbleichte, war es Neugier auf ein Unheil, das sich heranarbeitete. Allen gab der Konsul Mut, oder wenigstens Papiere, die mehr oder weniger gültig, doch immer ein Recht auf Dasein vortäuschen. Gerade wo es verzweifelt stand, versuchte er wirklich zu retten. Zweimal fuhr er nach Vichy. Mir brachte er die Nachricht mit, daß der Minister sich für mich interessiere, mir solle geholfen werden. (Wenn die Erlaubnis der Ausreise gemeint war, sie bekam man nie, ich auch nicht. Der Minister schied aus, bevor er gewagt hatte, seine deutschen Vorgesetzten zu erzürnen.)

Nicht dies habe ich zu bewundern. Natürlich hatte die Regierung der Co-Operationisten unter ihrer ersten Mannschaft noch einen oder zwei, die zwischen Freunden und Feinden ihres Landes richtig unterschieden. Auch der Verrat will gelernt sein. Meine ergriffene Verehrung gehört der tschechoslowakischen Republik.

Hier ist ein Staat, der, weit und breit allein gelassen in einer feindlichen Umgebung – darum zuletzt auch ausgeliefert –, dennoch nichts aufgegeben hat von seiner sittlichen Reife. Die verhängnisvollen Jahre, als Hitler-Deutschland unter allgemeiner Duldung heranwachsen durfte, hat der Staat des Präsidentbefreiers Masaryk uns die Arme geöffnet. Wir – das ganze verfolgte Deutschland, das intellektuelle, das freiheitliche, waren in dem einzigen Lande nicht nur teilnahmslos geduldet: Prag empfing uns als Verwandte. Wie nahe verwandt, sollte 1938 furchtbar erweisen.

Die Tschechen haben, im Sinn ihres Staates, gewöhnlich abgelehnt, deutsch zu sprechen. Mit mir sprachen sie es. Aber als Deutschland im Unglück war – im Unglück seiner Blödheit und Verstocktheit –, da entsandten sie Untersuchungskommissionen in das unglaubwürdige Land, wo Volksmassen sich fanden, um zu jubeln, wenn ein bösartiger Krüppel ihnen zuschrie: »Die Menschenrechte sind aufgehoben!« Gegenstand der Freude für alle die armen Teufel, die sonst nichts hatten als nur das bißchen Achtung vor ihrer Geburt als Menschen!

Die Prager Informatoren verstanden ausgezeichnet Deutsch, das Deutsch Hitlers, seiner Prügellager, Folterkeller, seiner moralisch verwüsteten Objekte, die noch »Heil!« riefen, und der anderen, ohne Zunge, Augen, Niere. Soviel der Welt bekanntgemacht wurde aus den deutschen Friedenstagen, erfuhr sie – ohne es sich nahegehen zu lassen – von Prag. Die Tschechen allein hat es nicht ruhen lassen; ihr Vorbild, ihr Erzieher hielt die Spitze ihres Staates, und war selbst nur die Vollendung ihrer Art.

Wenn je ein Mensch, hat Thomas Garrick Masaryk mir wohlgetan und geholfen. 1933, ich war schon in Frankreich, erklärte er meine Münchener Wohnung für tschechoslowakisches Eigentum und schaffte sie nach Prag. Bis 1938 haben Bücher, Bilder und der Besitz der Vorfahren ein Asyl gehabt. Was dann? Ruhe und Sicherheit über das fünfte Jahr hinaus, für uns und unsere Dinge, das war einmal, sie würden uns heute befremden. Für sein Nationalmuseum verlangte der Präsident meine alten Handschriften: mehr Ehrung als Entgelt. (Nach der bekannten Übung der Besitzergreifer von 38 sind sie – nicht wirklich, nur dem Namen nach – verbrannt worden.)

1934, Deutschland hatte den 30. Juni seines Führers

mit Glück bestanden, besuchte ich Prag, konnte meinen kranken Freund nicht sehen, aber sein Kanzler übermittelte mir seine Zusage, mich einzubürgern. Eine tschechische Ortschaft nahe der deutschen Grenze gewährte mir gern die Zugehörigkeit, dann nahm die Republik mich auf. Es bedurfte keiner gesetzlichen Frist, nicht einmal eines besonderen Aufenthaltes im Lande. Der Tag des Jahres 1936 ist unter meinen feierlichen. Es hinterlassen aber die wahrhaft feierlichen Augenblicke mehr Erinnerung an unser bescheidenes Los als an die empfangene Auszeichnung.

Wer war ich, daß eine fremde Nation sich meiner annahm, mich nach ihrem Konsulat in Marseille bestellte, mich in die Hand ihres Konsuls den Treueid ablegen ließ? Ich sprach die tschechischen Worte nach, falsch natürlich, denn ich kannte sie nicht. Wer war ich, daß diese Nation den Mann, verstoßen aus der seinen, ehrenvoll aufnahm und für ihresgleichen gelten ließ bis hinein in ihre eigene Verlassenheit? 1940, als der Konsul, selbst gefährdet, in Vichy für mich eintrat, hätte ich ihm sagen wollen: »Aber Landsmann! Gibt es soviel menschliche Solidarität?« Nur, daß er seine guten Werke in aller seiner nationalen Unschuld beging.

Diese Unschuld, die Witz, Klugheit, geistige Frömmigkeit vereinigt, die tschechische Unschuld ist es, die ich in einer Reihe von Romanszenen, »Lidice« genannt, habe mit Liebe bedenken wollen. Oh! unauffällig, anspruchslos. Groß auftreten, sie anreden: »Tragische Nation! Lamm auf der Schlachtbank!« stände mir nicht an, und auch ihr nicht. Im Falle Heydrich – wahrscheinlich hat seine eigene Gestapo ihn umgebracht – übertreiben die Deutschen ihre böse Besessenheit bis zum Unglaubhaften. Sie selbst übertreiben sich, mir blieb nichts zu tun übrig.

Hinsichtlich des tschechischen Volkes oblag mir nur, es

leben zu sehen, wie es oft und lange gelebt hat: unter einer ungerechten Gewalt, der es begegnet mit Witz, Klugheit, geistiger Frömmigkeit, nach seiner Art. Die ländlichen Auftritte des Romans zeigen es heilig, nicht anders zu nennen als heilig – dank der unseligen Verderbtheit dieser Deutschen. Die Tücke läuft sich tot, wenn die Unschuld weise ist. Dies meine Huldigung an eine Nation, der ich nicht umsonst die Treue versprach.

Das spannende Marseille

Meine Frau löste in Nice unsere Einrichtung auf. Im gleichen Augenblick meldete das Finanzamt seine Forderung an, ich beglich sie gern. Den Staat Hitlers, der mein Guthaben stahl, hatte ich freiwillig nicht beschenkt. Hier, den jungen Advokaten, meinen anhänglichen Freund, tröstete ich mit der Hingabe von Erinnerungen. Über das Unwahrscheinliche ist man leicht getröstet: er glaubte an meine Abreise vielleicht nicht fester als ich. Mein Gefühl wollte noch immer leugnen, daß dieser Boden im Ernst für mich verloren sein sollte.

Sieben und ein halbes Jahr früher hatte ich es weniger abenteuerlich gefunden, unsere Berliner Wohnung zu verlassen, als ginge ich in das nächste Café. Das erste Exil enthüllt viel später, was es war. Dem Lande, das ich damals aufgab, hatte ich einiges vorzuwerfen. Diesem hier – nichts. Als dieses Land mich nicht mehr schützen konnte, bekam mein alter Gang durch Berliner Straßen, Februar 33, endlich sein wahres Gesicht. Die Verbannung aus Europa war es, sie hatte ich damals angetreten.

Die Cannebière, Hauptstraße von Marseille, wurde 1940 lebhaft kontrolliert von französischer Polizei, wenn auch in höherem Auftrag. Wen wollten sie eigentlich noch festnehmen, die Verschwörer regierten schon. Aber Papiere: wer keine Papiere oder nicht die richtigen hat, wird aus dem Grand Café geholt. Es gleißt mit überlebensgroßen Stukkaturen und Gemälden der weiblichen Typen, die 1890 die reizvollsten waren. Sie lächeln aus den Spiegeln, schwelgerisch umfängt ihr verjährtes Bild den Verzehrer von 1940, vor seinem prozentual herabgesetzten Alkohol, der dreimal wöchentlich erlaubt ist – und gleich wird jemand nach Papieren fragen.

Eines schwülen Abends blieben wir zu lange auf der Straße sitzen. Wir sahen eine Truppe gegen uns anrücken, es blieb nur übrig, ihr die Stirn zu bieten. Als wir aufbrachen, hielt sie den Rand des Gehsteiges besetzt, der Offizier spähte jedem Passanten unter den Hut, der bei einigen tief im Gesicht saß. Ich fand es geraten, den Kopf höher als sonst zu tragen. Die Gelegenheit empfahl mir dringend, etwas vorzustellen, womöglich den Präfekten der Bouches-du-Rhône. Der Kommandant des Ordnungsdienstes glaubte es mir, er ließ von mir ab, wir waren vorüber.

Die Augenblicke von Sein oder Nichtsein sind märchenhaft, solange sie spielen: man geht ungläubig hindurch. Nachher überwiegt der Ärger über eine plumpe Falle, in die man sich um ein Haar begeben hätte. (Andere sind aus gleichen Anlässen, die sie etwas zu weit kommen ließen, ohne viel Ehre verunglückt.) Wir vertauschten das kleine Bahnhofshotel, das vielleicht unauffällig, vielleicht verdächtig war, mit dem vornehmsten der Cannebière – es konnte auch wieder so und anders ausfallen. Vor allem bekümmerte ich mich ernstlich um die amerikanische Hilfe. Ich hätte nicht gewußt, wo anfangen, indessen ein guter Kamerad war da.

Lion Feuchtwanger ist schon lange ein amerikanischer Autor, ohne daß er aufhört, Europäer, sogar ein Deutscher des biederen Schlages zu sein. Sein Publikum in den Vereinigten Staaten hat staunend von ihm Geschichte gelernt, römische, jüdische und die großen Augenblicke

Münchens, als es Weltruf erhielt durch Hitler, seinen Erfolg – und den Roman »Erfolg«, der mehr Dauer verspricht. Lion Feuchtwanger ist zuverlässig, er hat Schulung, Können und Charakter, zusammen ein seltener Besitz. Es kommt immer noch darauf an, ihn klug zu verwenden.

Er behandelte das Problem unserer Abreise wie einen seiner Romane, auf Grund sicherer Kenntnisse – der Gegebenheiten, der Personen – und im vernünftigen Hinblick auf das Abenteuer, das endlich eintreten soll. Es wäre unwahrscheinlich ohne die gewissenhafte Vorbereitung. Improvisationen verdienen keinen Glauben, zum Beispiel taugt die Fischerbarke nichts. Was für ein Roman wäre das, wenn auf hoher See unser gemietetes Schiffchen aufgehalten würde von einem feindlichen Fahrzeug – feindlich sind jetzt alle –, und die untersuchte Ladung für Nordafrika ergäbe nur drei geschlachtete Hämmel, aber sechs noch lebende Emigranten. Mäßig erfunden, schwach komponiert.

Dergleichen Pläne unbestimmten Ursprungs folgten schnell aufeinander, jeder wurde fallengelassen; Feuchtwanger hatte ihn nicht erst wichtig genommen. Er schätzte seine Freunde, die frommen und tatenlustigen Mitglieder verschiedener Sekten von drüben, Unitarier, Quäker und so. Sie bewegten sich in dem spannenden Marseille ohne persönliche Befürchtungen, aber mit der Freude am Geheimnis. Feuchtwanger, mein seriöser Mentor, hatte in dem verschwiegenen Garten, seinem Aufenthalt, den ich beinahe als einziger kennen durfte, für alle bequemen Fabeln nur sein weises Lächeln.

Er allein hat gewußt, daß Erleichterungen diesmal nicht gewährt wurden. Uns dient mehr oder weniger ein Papier, das richtig scheint; einem geübten Gedächtnis hielte es auch nicht stand. Menschen werden uns nicht schützen: die guten machen sich Bewegung, sie betätigen sowohl ihre Weltfreundschaft wie die Nächstenliebe. Uns werden sie in der Stunde der Stunden, l'heure H, keineswegs helfen. »Zwischen sieben und zehn gibt es keine Protektion« – das Wort einer Heroine, aus den militanten Zeiten des Theaters. Wenn sie sich selbst verläßt, ist sie verlassen: so auch wir.

Wir werden zu Fuß und auf eigene Verantwortung über die Pyrenäen gehen müssen. Diese und keine andere war von Anfang an die Tatsache selbst gewesen. Phantasien wichen ihr nur aus. Daß sie es nicht zu lange taten! Richtig sehen ist nicht alles, ich ließ mich dennoch hinhalten, weil ich meine Abreise aus Europa überhaupt bezweifelte – unausweichlich, wie sie war. Die Geduld meines Kameraden war verdienstvoller als meine; er leistete keinen inneren Widerstand, hat aber endlich sogar länger als ich gewartet.

Über den Berg

Der Tag brach an. In Wirklichkeit war er um drei Uhr durchaus nicht angebrochen, aber der früheste Zug wurde am wenigsten kontrolliert – meinte unser Geleiter, der wackere Unitarier. Er hatte seinerseits die vergangene Lehrzeit benutzt, verzichtete auf Abenteuer und ging sicher, oder begnügte sich mit der Hälfte. Schwerlich vergesse ich die ansteigende Straße nach dem Bahnhof, weithin nur wir, mit unseren Rucksäcken, die wir der Unbefangenheit wegen am Arm schlenkerten. Sie enthielten aber alles, was wir greifbar besaßen. Unser Gepäck sollte folgen, wenn ein ansässiger Geschäftsmann es besorgte. Früher oder später mußte auch er von hinnen. Er starb gleich ganz.

Den frischen Wind dieses Morgens fühle ich noch. So kann ich die Luft verschiedener, sehr verschiedener Morgenstunden zurückrufen, wenn ich einst aufbrach und hatte vor Freude nicht geschlafen, oder vor Unruhe nicht, vor Sehnsucht. Oder ich war wundervoll ausgeruht, weil nur das Vertrauenswürdige bevorstand, ein grüner Berg, zweitausend Meter hoch. Mein älterer Freund, damals hatte ich ältere, geleitete die bunte, sorglose Gesellschaft. Der Duft der Kräuter! Er erinnerte meine Sinne an bestandene und an vertraute Arbeiten, an ein Glück, das schon wartete, während ein abgelaufenes noch weh tat. Der kalte Hauch meines Aufbruches von Marseille befremdete eigentümlich. Ohne weiter zu insistieren, brachte er Nachricht aus künftigen Tagen, die nichts mehr von Belang zu melden hatten.

Die Bangigkeit verging, als unsere Fahrt nach der Grenze von den Amtspersonen, die dafür bestellt gewesen wären, gar nicht beachtet wurde. Bis jetzt ist Frankreich, bis hierher nichts verloren. Vorschriftsgemäß hätten wir weder in Perpignan zu Mittag essen noch an dem nächsten Aufenthalt übernachten dürfen. Unser Dasein bestand aus illegalen Schritten, die allerseits begriffen und still gebilligt wurden. Ich glaube, was mir wohltut: ohne Geld hätten die Leute uns immer noch das Stück Brot gegeben und den Weg gezeigt. Die französische Güte, eine intelligente Güte, die auch wegsehen kann, kein Wort der Teilnahme und Demütigung verliert, Flüchtlinge für Touristen nimmt, ihnen sagt »Auf Wiedersehen«: das Beste weiß ich von ihr seit meinem letzten Tage.

Wir ergingen uns am Meeresstrand, zehn Uhr vormittags, in der Meinung, bis übermorgen hierzubleiben. Der verläßlichste Beamte wurde dann erwartet. Indessen erschien unser Unitarier, infolge genauer Nachforschungen hatte er anders beschlossen: wir brachen auf, wie wir dastanden. Die Rucksäcke holen war alles. Ein Hut meiner Frau, der nachfolgen sollte, versäumte es – wieder ein Stück weniger. Ausgangspunkte unseres kleinen Ausfluges standen zur Wahl. Während unser Amerikaner den rechten erkundete und wir auch, kam er uns abhanden.

Mein Neffe Golo wollte sich auf die Suche machen, ich hielt ihn dringend zurück: zuletzt wäre jeder von uns einzeln durch die Berge geirrt. Wir fragten einen Einheimischen, der uns gleich verstand. »Nach Spanien? Hier.« Die Hand des Mannes riet uns, von der Straße abzuweichen auf einen kaum gebahnten Anstieg. Bald verlor der Weg sich im Gestrüpp. Von einem Steinblock zum anderen mußten wir die leidliche Verbindung finden. Am besten versetzte man sich in die Gewohnheiten der Ziegen, die hier sonst verkehrten. Heute, Sonntag, blieben sie zu Hause. Unterwegs waren nur wir.

Eine Wendung, die wir machten, legte unterhalb unseres Klettersteiges die bequeme Straße frei. Sie wäre länger gewesen; außerdem hätte sie uns genötigt, das französische Zollhaus zu betreten. Zwei Gendarmen gingen davor auf und ab. So gut wie sie sahen, bemerkten sie uns. Sie konnten uns anrufen. Sie wendeten uns den Rücken, und wir entschwanden.

Der Ziegensteig nach dem Exil überhob vieler peinlicher Eindrücke, er strengte körperlich an. Ich hatte seit Jahrzehnten keinen beträchtlichen Berg mehr bestiegen, war nunmehr ungeschickt und nicht jung: ich fiel recht oft auf die Dornen. In die Füße drangen sie ohnedies, fehlte noch, mit den Händen hineinzugreifen. Mehrmals unterstützte mein Neffe mich, dann überließ er es meiner Frau, die an sich selbst genug gehabt hätte. Er nahm die noch steileren Abkürzungen, kehrte aber zurück, wenn wir gescheitert auf einem Stein saßen. Er verließ uns nicht, eher machte er den Weg dreifach.

Er war ein ernster junger Mann mit wenig weltlichem Eifer, viel mehr geistigem Ehrgeiz – weshalb ich den Irrtum beging, als könnte er sich mir anschließen. Ein unerlaubter Irrtum. In meinen Jahren sollte die Frage abgetan sein, wohin die Jugend sich neigt. Zu der anderen Jugend natürlich, und wäre es die unfreundlichste. Dann haßt man einander und ist mitten im Leben vereint: eine klare, leichte Sache. Wie verhält man sich aber hinsichtlich des halbwegs Ausgeschiedenen? Schon sitzt er auf dem Stein und schöpft Atem.

Wer alt ist, weiß es nicht – will heißen, daß er nicht ganz im Ernst daran glaubt. Das Alter ist beschwerlich: noch mehr für die Jüngeren, die mit ihm zu tun bekommen. Ihm unter die Arme greifen, so daß es fühlen müßte, was es nicht hören will? Das wäre nicht schonend. Allein weiterlaufen verbietet sich auch. Übrigens trägt ein Junger an sich selbst nicht leicht, die besten am schwersten. Mein lieber Neffe hatte die französische Universitätslaufbahn vergebens versucht. Dennoch kehrte er, als Krieg war, aus der Schweiz zurück, bereit, in der tschechoslowakischen Legion zu kämpfen.

Wie geschah ihm nun? Unter dem Vorgeben, daß er nach einem Soldatenlager geführt werde, sah er sich plötzlich in dem Lager der Entwaffneten und der Lästigen. Festgehalten, bis sie der Übergabe Frankreichs nicht mehr im Wege sein konnten; nachher mochten sie zusehen, wo sie blieben; derart geriet der junge Mann endlich auf denselben Berg wie der alte. Er war besser zu Fuß, dafür mußte er durch härtere Erlebnisse gehen. Er verschwieg sie, weil er sich schämte für dieses vielgeliebte Land. Einer beim anderen fanden wir kein Wort des Unwillens.

Er hätte sich beklagen können, ich nicht. Wenn ich an nichts anderem leiden wollte als an meinen persönlichen Unbequemlichkeiten, sie zählten gar nicht, das Unheil des Landes und so vieler, die ihm vertraut hatten, nahmen einem Jx das Recht, sich besonders zu beachten. Ich erging mich auf meinem Dornenweg noch immer wie Gott in Frankreich. Ob ich die Grenze des anderen Landes in zwei Stunden oder nie mehr überschritt, ich durfte es dem Lauf der Welt anvertrauen. Das erleichtert immerhin. Mühselig, aber mit Sorgen unbeladen, kletterte ich weiter.

Siehe, ein Zeichen. Für unseren verlorengegangenen Amerikaner war plötzlich ein anderer da. Bergab in großen Sätzen sprang er uns entgegen; sein Amt und Beruf waren gerade wir, Leute wie uns pflegte er zu holen. Der griff mir unter die Arme, oh! er fürchtete nicht, jemand zu beschämen, weder mich noch Frankreich. Ihm war trefflich zumut. Diese Europäer hatten sich durch Dummheiten, die zu begreifen nicht lohnte, in eine verdammte Lage gebracht. Er half ihnen über den Berg, damit war alles in Ordnung.

Oben angelangt, die spanische Landstraße tief drunten, erklärte er uns, das übrige könnten wir allein. Was ihn betraf, er müsse noch andere heraufholen. Hauptsache sei für uns: die Straße zurück, bis nach dem Zollhaus! Ganz unumgänglich, das erste Amtslokal des neuen Staates! Ich versuchte den tüchtigen Jungen zu belohnen, bei mir herrschte die Leichtlebigkeit des Zwangsausverkaufes. Indessen versicherte er, in Amerika habe er Geld. Später hörte ich, er sei hier, wo er soviel Gutes getan, zum Konsul ernannt worden. Hoffentlich hat es für ihn nicht mit der Auslieferung an die deutsche Macht geendet. Er war ein musterhafter Vertreter des Kontinentes, nach dem es mich drängte.

Der Abschied

Der Gendarm im Zollhaus bekundete mehr Mitgefühl als Neugier, verkaufte übrigens Zigaretten. Der Weg zum Städtchen erwies sich reich an Schleifen, aber man wanderte, als wäre das Ziel ein Pyrenäenbad mit seiner entschlafenen Fremdenindustrie. Auf der französischen Seite kannte ich manche, nun gut, dies war die spanische. Angelangt, warteten wir, nicht bis das Bad bereitet wäre, sondern daß man geruhte, unsere Papiere zu prüfen.

Auch ein Pole saß da, nicht so ruhig, wie man sein sollte. Die Altersgrenze, bis zu der sie noch auswandern und durch das neutrale Spanien reisen durften, betrug siebzehn Jahre. Mit allen seinen Bartstoppeln nannte er sich siebzehn. »Wenn wir noch lange warten müssen«, sagte meine Frau, »werden Sie inzwischen achtzehn.«

Er wurde es. Er wurde sogar siebenundzwanzig. Fast war er durchgelassen, da entdeckte der Beamte in dem Paß die Fälschung. Als der Pole hörte, daß er zurück müsse, weinte er wie ein echter Siebzehnjähriger. Umsonst, das neutrale Spanien wachte darüber, daß Hitler keines deutschen Soldaten verlustig gehe, und wär es ein Pole. Ein Vernichteter, unter Millionen Gezeichneter.

Unser eigenes Papier war keineswegs gefälscht, es traf nur nicht zu. Es diente hier, es diente in Barcelona bei der deutschen Lufthansa: diese einzige Gebieterin der spanischen Lüfte beförderte uns willig nach Madrid und bis Lissabon. Papiere, echte Papiere überzeugen auch Straßenräuber und Propagandisten, die autoritären Menschenarten. Vor Papieren danken sie ab. Gerührt gedachte ich meines Freundes Feuchtwanger.

Der Gipfel des Wunders: ein richtiges Papier trotzt der Dichtigkeit der Materie, aus einem Verschluß hervor strahlt es Kräfte aus. Im Flughafen Lissabon hatten wir Gründe, unser Papier zu verheimlichen. Wir behaupteten, es befände sich in unserem Gepäck – morgen sollte der Koffer eintreffen, illusorisch, wie er war. Der portugiesische Herr über Sein oder Nichtsein betrachtete den Fall, er ließ ihn im Zweifel, bis wir von den zahlreichen Ausgeschifften der Lufthansa als letzte übrigblieben. Ein deutscher Graf, der mich zu erkennen schien, hatte geschwiegen. Eine tschechische Frau, in Spanien als gefährlich für die öffentliche Sittlichkeit abgestempelt, wurde zurückgewiesen, wie an einem andern Tag der Geschicke der nicht mehr siebzehnjährige Pole. Reiseregeln: Meide den Geschlechtsverkehr! Das Schlachtfeld sei dein liebstes Ziel!

Wir kamen durch. Vielleicht, daß unsere naive Unkenntnis uns vertrauenswürdig machte. Wer es wagt, papierlos aufzutreten, könnte zum Schluß das beste haben? Oder war der Herr von geradezu entsetzlichem Scharfsinn, durchschaute die dichte Materie eines vorgeschützten Koffers und gefiel sich als unsere Vorsehung? Auch ist zu bedenken, daß er endlich schlafen gehen wollte. Die kleinen Stunden, le ore piccine, brachen an.

So entließ er uns nach der Stadt, mit dem Versprechen, morgen unsere Papiere bei der Polizei vorzuweisen. Das Versprechen unterlag mentalen Vorbehalten, auch von seiner Seite. Wir selbst – ach! dem Überschwang der papiernen Sucht begegnen zu müssen macht treulos. Wir haben uns nie gemeldet. Für niemand war es von Nachteil. Dagegen bedaure ich, daß die Papiere seither sich rächen an dem wohlwollenden Portugal. Spione Hitlers haben Papiere, so viele irgend nötig, um dem Land zu schaden.

Entlassen, wie wir waren, nahmen wir am Lufthafen das letzte Autotaxi: es hatte uns unverdrossen erwartet. War der hübsche, junge Portugiese, der sich einfand, verabredet, mit ihm, mit uns? Genug, er stieg ein. Von ihm beraten, besichtigten wir das nächtliche Lissabon. Die Hotels, unser erstes Augenmerk, gingen in das Wesenlose über, nachdem zwei oder drei sich besetzt erklärt hatten.

Der Chauffeur und der Mitreisende verzagten unseretwegen noch nicht. Mir scheint, daß ich nur fuhr, um zu fahren, durch Straßen ohne eindringliche Gegenwart, eine Seite tiefschwarz, die andere vom Mond sehr weiß. Die Bogenlampen vergesse ich, in meiner Pietät für die Häuser, die sie gern entbehrt hätten. 18. Jahrhundert, seine ernste, steife Manier. Was vorher dastand, fiel 1755 plötzlich um. Stürzen wird fortan mehr. Unvermeidlich, sooft man umkehrt, ist der große Platz mit seinen Cafés; aus

Schläfrigkeit sind sie offengeblieben, auf den Terrassen lagern immer dieselben Nachtgestalten. Obdachlos, obwohl mit geblähten Taschen? Ihre Gedanken geistern – nach einem Dollarkonto jenseits? Nach Schiffskarten, die zu erringen, falschen Papieren, die für Geld an den Mann zu bringen sind?

Um die dritte Morgenstunde bekam unser Taxichauffeur es satt, vor Hoteltoren zu hupen, immer vergeblich, wie er im voraus wußte. Seine nächste Anregung galt einem Seebad, nur anderthalb Stunden entfernt, wahrscheinlich mit verfügbaren Betten. Der junge Landessohn, unser Begleiter, war geduldig die ganze Zeit mit uns umhergeirrt, ohne ein Wort davon, daß sein eigenes Hotel auf halbem Weg nach dem Seebad lag. Angelangt, stieg er aus, nahm herzlich Abschied, bewegte sich heiter durch Palmen nach dem prächtigen Gebäude, dessen einwandfreier Gast er war. Der letzte Europäer ging nach Haus.

In dem unbekannten Seebad wurden wir, noch bei Nacht, vor einem altmodischen Grand Hotel abgesetzt. Um unseretwillen war der Wächter auf. Wir bekamen, unser Haupt hinzulegen, ja, auch kalt zu essen. Seit Mittag und Madrid wird man hungrig. Wie erfreulich, nun wieder Tag ist, in einen beliebigen alten Hof zu blicken. Verschlungene Gartenwege suchen ihn zu vergrößern und machen aus ihm das Beste. Sogleich stand fest: hier werde ich das Schiff erwarten. Die Szene soll bald von Grund auf wechseln; wohin sich vorher noch bemühen.

Eine bemerkenswerte Kolonialausstellung war damals am Meeresstrand errichtet; die Kleinbahn nach der Stadt ging vorüber, hielt eigens an – ich bin deshalb nicht ausgestiegen. Das macht der Abschied: man nimmt ihn innerlich, ist stark beschäftigt. Was sonst berückt hätte, wird übersehen. Der eigene Brigantin des Entdeckers Vasco da Gama lag haushoch auf dem Wasser. Wenn auch nur nachgeahmt, strahlten die phantastischen Umrisse doch von

Vergoldung. Meinetwegen hätte der berühmte Reisende selbst droben gestanden und den Hut geschwenkt: meine bevorstehende Reise setzte die seine herab. War er nicht zurückgekehrt?

Meine Frau war eifrig im Kampf um die Schiffskarten. Es erforderte einige, immer dringlichere Angriffe auf Agenturen und Ämter, natürlich gewappnet mit Papieren. Ich nahm teil ohne rechte Überzeugung, als hätten wir reisen können oder nicht. Noch immer fragte ich: würden sie mich hier dulden, jahrelang, und wäre es zu wünschen? Die Dollars in meiner Tasche erwiesen sich bei jeder Rechnung unersetzlich. In Frankreich hatte ich mein übliches Einkommen gehabt, zum kleinen Teil aus Frankreich, alles aus Europa. Deutschland war so lange entbehrlich gewesen: das nunmehr geraubte Europa war es nicht.

Der Blick auf Lissabon zeigte mir den Hafen. Es wird der letzte gewesen sein, wenn Europa zurückbleibt. Er erschien mir unbegreiflich schön. Eine verlorene Geliebte ist nicht schöner. Alles, was mir gegeben war, hatte ich an Europa erlebt, Lust und Schmerz eines seiner Zeitalter, das meines war; aber mehreren anderen, die vor meinem Dasein liegen, bin ich auch verbunden.

Überaus leidvoll war dieser Abschied.

Sechzehntes Kapitel

Alles in allem

Der Garten vereinsamte oft. Die wenig zahlreichen Gäste des Hauses schienen sich am Strande zu erlustigen oder in der Stadt ihrem Vergnügen nachzugehen. Was sie wirklich taten, behielt jeder für sich. Vielleicht dasselbe Schiff begehren wie wir. Oder ganz heimlich einen Platz im Flugzeug den anderen wegschnappen. Zuletzt blieb immer nur der griechische Dampfer.

Als wir ihn wirklich bekamen, offenbarte sich erst das Glück, das wir gehabt hatten: von seiner Nation fuhr nur noch dieser, und der seefahrenden Nationen wurden immer weniger. Während unserer Reise, der vorletzten der Nea Hellas, verlor auch ihr Land die Freiheit.

Wir warten. Das Schiff wird kommen, es säumt nur einige Wochen – vielleicht eine gütig bewilligte Frist, da es ebensowohl untergehen kann wie andere, bisher neutrale Schiffe. Wieder mischt das Glück sich ein. Dieser hohe Faschist aus Italien, den wir täglich essen sehen, erwartet gleich uns den Griechen: der Grieche hat um des Faschisten willen gute Aussicht, nicht torpediert zu werden. Indessen sind dies nicht die Sorgen eines Jx, auf seinem äußersten Strohhalm europäischen Bodens.

Er empfindet viel mehr die Vereinsamung, der leere Garten gibt ihr Gleichnis, gewissermaßen tut es wohl. Wer abreist und nichts zurückläßt als nur Unheil, unabsehbar, die ganze Wahrheit nie zu erraten – sucht einige Tröstung, Rechtfertigung sogar, bei seiner Anonymität. Sie ist ihm beglaubigt durch ein Papier, das auf Jx nicht zutrifft. Obwohl, was träfe auf Jx nicht zu? Die Papiere der Zurückgewiesenen oder des hohen Faschisten: die einen sind nur früher zusammengebrochen als die anderen. Wird jedes einmal ungültig, sein Inhaber namenlos.

Drüben, wie man es nennt, als gäbe es noch ein Diesseits, wird darum gekämpft werden, zu bleiben, der man war. Es möglichst lange zu bleiben, trotz einer Welt im Umsturz, und der Neubau, auf wann? Ungültig erklären ist vorerst ihr Hauptgeschäft: durchstreichen, was wir geworden und gewesen. Die Welt weiß es selbst noch nicht, besonders die »neue«, drüben. Die Neuigkeit gelangt dorthin später. Halte dich, Jx! Versuch es! Glück auf! Aber es ist kein Unglück, vergänglich zu sein.

Ein Jx im letzten Gärtchen gedenkt der Vergänglichkeit. Der Unrechte, sich von ihr ängstigen zu lassen, war der Christ Pascal, er fühlte es selbst. »Grauenvoll, daß alles, was man besitzt, fortwährend dahinfließt und daß man sich anklammert und gar nicht suchen möchte, ob es nichts gibt, was dauert.« – »Durum: sed levius fit patientia. Quidquid corrigere est nefas«, antwortet ihm Voltaire mit Horaz. »Du trägst es leichter in Geduld. Es ändern wollen wäre – Schuld« – da vom Unheil, das niemand abwendet, die Schuld zu subtrahieren ist.

Die Vergänglichkeit, wie hier klar wird, darf ein Jx in nichts bedauern. Sein eigenes Leben, wäre es nicht vergänglich, wo sollte es wohl stehenbleiben? Hier im letzten Garten? Das fehlte noch. Oder fände er es wünschenswert, einige schon alte Jahre, vielleicht seine besten, endlos zu repetieren? Unsinn, beste hat es nie gegeben: jedes, fast jedes, hatte Punkte eines erhöhten Lebensgefühls. Die eigene Fähigkeit, sehr glücklich, sehr unglücklich zu sein, entscheidet. Alles andere, das Lebensalter, das er gerade durchmacht, das Zeitalter, in das er verwickelt ist, interpretiert ihn nur. Die Idee seiner selbst ist von ihm.

Deshalb war es bei wechselnden Umständen doch immer dasselbe mit ihm. Ein Jahr, das zu den glücklichsten zählt, entblößte unversehens die größte Katastrophe, die nie mehr gutzumachende: sie wurde aber ertragen. Selbstanklagen haben ihn nicht umgebracht, obwohl die alte, fassungslose Verzweiflung bei dem Gedanken an eine Tote noch heute in seiner Brust pocht. Ihr Sarg mit ihrem Namen darauf war von seiner, seiner Verantwortung schwer, und endgültig wurde sie in das Grab gesenkt. So unwiederbringlich ist nichts, was seither untergeht.

Einen anderen Augenblick aber desselben Jahres, wohlverstanden nach der Katastrophe, nachher, sieht der kommemorative Jx sich auf dem eingesessenen Polster eines offenen Gartencafés, wie ihm der Schluß einer lustigen Affäre einfällt. Es war dasselbe, durchaus alberne Abenteuer, um dessentwillen er die Sterbende, wenn nicht ihre Rettung, versäumt hatte. Gerade diese Albernheit hat er soeben glücklich zu Ende erfunden, demnächst wird sie mit Glück über die Bühnen gehen. Die andere, ernste Sache auch. Sie hat ihn vernichtet und bereichert ihn. Daran ist nichts zu ändern. I profondi amori fanno le profonde miserie, aber das tiefe Elend macht um so bereitwilliger zu lieben.

Das Beste war immer, bewundern, das heißt lieben zu können. Ein inspirierter Augenblick, Scuola San Rocco, die »Kreuzigung« des Tintoretto. Es ist nicht die Frage, ob es das außerordentlichste Bild war: ein Augenblick des Glückes war es jedenfalls, und beglänzt ganze Jahre des Lebens. Erinnere dich, Jx, deiner unversieglichen Produktivität in den Theatern Alfieri, Lirico, della Pergola. Ein Opernabend diktierte dir fertige Romanszenen. Begabt müssen diese Bühnen gewesen sein!

Das venezianische Gebirge war genial, zumindest einen Tag lang, als für cinque lire das unbeschwerte Wägelchen dahinfuhr mit dem glücklichen Jx, glücklich von früh bis in die Nacht. Ein hervorragender Tag, vieles trifft zusammen, damit er schön ist. Jx hat gestern etwas Richtiges beendet. Der Kutscher ist bei Laune, trinkt und ißt, was er bezahlt bekommt, redet erfreulich. Eine gestreckte weiße Villa, alle Fenster heiter geöffnet, schöpft Gartenluft. Oh! suggestiver leerer Rasen. Die Minute vorher muß eine Gesellschaft, die für ihn gedacht war, aufgestanden sein aus den nachlässig verstreuten Sesseln. Wird dann doch zurückgekehrt sein? Die Dekoration steht, im Gedächtnis eines Jx, nach siebenunddreißig Jahren.

Wieviel Lebensgefühl sprüht ihm entgegen, und vormals waren es Momente des seinen! Die Geburt seines Kindes – er war fortgeschickt worden, erwartete die Entscheidung in einem Theater, das ihn sonst schon feucht und verstört gesehen hatte: diesmal sollten Erfolg oder Mißerfolg gemacht sein aus seinem Fleisch und Blut. Da man ihn grüßte und durchließ, stand er seitlich neben der Bühne, hinzusitzen wagte er nicht. Eine eingebildete Hand konnte immer nach seiner Schulter greifen. Beständig von dem Schauspiel abgelenkt, fand er es an Eindringlichkeit und Kraft weit unter seiner gespannten Erwartung – einer Geburt.

Das sind nunmehr Augen eines schon zurückgetretenen Daseins, diesen Jx blicken sie an, als wäre er es gar nicht. In den Schatten entlassen zu seinen ältesten Dingen sind auf einmal die kürzlich abgeschlossenen: sogar sein französisches Königsbuch. Er schrieb es in Frankreich alle die langen Jahre. Um seines Henri Quatre willen hatte auch er an dem Lande, das kein Exil war, seinen Anteil und sein Recht. Nicht viele mitlebende Franzosen haben für Frankreich mehr getan als er mit seinem Roman. Von Frankreich empfangen haben in aller Welt wohl mehrere: bliebe zu wissen, was. Es will gestaltet sein.

Henri Quatre, oder die Macht der Güte. Die Mächte der Bosheit, der Dummheit und der leeren Herzen hatten Jx viel früher bewogen, sie darzustellen. Die Kenntnis der

Dritten Republik machte ihn empfänglich für ihre Herkunft: der einzige König meldete sich an.

Es war im Schloß von Pau, am Fuß derselben Pyrenäen, die Jx dereinst ersteigen wird, um sich zu retten. (Heute, 1944, bemächtigen Partisanen sich der Bergstädte und halten sie gegen den Sieger, der nie einer war.) 1925 war nur der eine Fremde einbegriffen in einen Schub französischer Touristen. Sie besichtigten das Schloß des guten Königs Henri. Alle kannten ihn, und nur ihn. »Der einzige König lebt bis heute bei – den Armen«, sagt ein Vers des 18. Jahrhunderts sogar. Jx war sehr unruhig, blieb in den verlassenen Zimmern allein zurück, besann sich auf alte Antriebe, endlich fühlten sie ihre Befriedigung kommen. Was war es doch? Er wußte nicht, während es ihn verlangte.

Sieben Jahre denkt man an den großen Plan, der wartet. Er kann es, Jx hat Zeit. Das Buch zu schreiben, nimmt er sich noch einmal sechs. Das ist nun ein Aufenthalt, ironisch Exil benannt, in dem Königreich seines Henri. Auf seiner Spur lernt Jx es von Grund auf verstehen. Legt sich täglich nieder und steht wieder auf im Dienst derselben Gestalt – die ihm jung bleibt, auch er selbst altert um ihrer willen noch nicht.

Wunderbare Ermutigung, leibhaftig zu sehen: der menschliche Reichtum – nicht die gewohnte verkümmerte Natur ohne Wissen – kann machtvoll sein. Ein Mächtiger kann auch lieben, wie dieser König seine Menschen: trotz ihnen und in voller Kenntnis ihrer Gebrechlichkeit, nur um seine weiß er ebensogut. Kann über jede Frist, über seine Jahre und ihren Tod, Gabrielle lieben. Jx beendet diese Geschichte einer beständigen Leidenschaft, woraus Größe wird, woraus Schuld wird, denn Henri ließ sie sterben – und auch der Roman ist aus. Da war es spät geworden, 1938. Er hat bald achtundsechzig Jahre bestanden, diese letzte Liebesgeschichte überschritt die Altersgrenze, für Henri und für ihn.

Die Betrachtungen eines letzten Gartens gelangen notwendig dahin, daß alles richtig war und sich pünktlich entscheidet. Sonst wäre Jx am Wesen der Dinge vorbeigegangen, immer falsch aufgebrochen und angekommen, wo er es sich nicht versah. Wer will das. Mit seinem Zeitalter gelebt haben möchte jeder. Bleibt nur, das abgelaufene zu besichtigen. Vorerst, in seinem Hotelgarten entsinnt er sich: für ihn kam endlich ein Buch der siegreichen und ermordeten Güte.

Das Wort

Sowjetberichte, von der Botschaft auf englisch mitgeteilt, zeigen einen sehr jungen deutschen Soldaten: pfeifend schlendert er durch ein Dorf, wo sie diesen Augenblick die Sieger sind. Der Junge pfeift, er denkt an irgend etwas, nicht gerade an das kleine Kind, das auf seinem Bajonette steckt und noch wimmert. Unachtsam, aber fröhlich, wie man sieht, hat er das letzte der heute aufgespießten Kinder mit auf den Marsch genommen.

Der Soldat war selbst einmal klein und unschuldsvoll. Noch nicht geboren war er, als sein Vater im Jahr 14 gegen Rußland aufbrach und vom Kinderspießen nichts ahnte. So sind die gutartigen Menschen von einst geworden – in ihren Söhnen. Sie selbst müssen ebenso gut – wie bösartig gewesen sein. Ein Krieg, der Generationen überdauert, hat diesen pfeifenden Mörder als letztes Produkt.

Zuweilen wird er gefangen, oder andere Exemplare seinesgleichen, durchaus wie er, fallen einem Feind in die Hände. Italien ist dafür geschaffen, daß eine kanadische Armee dort deutsche Halbwüchsige fängt – sie beileibe nicht aufspießt, aber photographiert. Da hat man die Bescherung.

Man erblickt drei hellblonde Knaben, drei gesenkte

Leidensgesichter, das jüngste, weichste könnte einer verführten Jungfrau gehören. »Was hat man dir, du armes Kind, getan?« – »Oh! nichts. In Rußland lehrte man mich, die noch jüngeren Kinder aufzuspießen.« Das sagen sie nicht. Sie hätten es schon vergessen, wären sie sogar dasselbe Exemplar, das pfiff, und droben am Bajonette weinte das Kind.

Sie einfach hassen hieße sich von der Menschheit trennen: sie hat Dulder und Henker, verbunden durch Personalunion. Ein Zeitalter, das sich vollenden durfte, enthebt zuletzt der Unterscheidungen. Die Atmosphäre des Zeitalters ist unverkennbar dieselbe, wo immer. Kinder am Spieß kennzeichnen nicht über den Anfang junger Lebensläufe: jedem das Seine.

Die Anweisungen eines Infanterieoffiziers, keines deutschen, über den wohlverstandenen Gebrauch des Messers tragen dennoch die Marke desselben Lebensgefühls. Das Land, dessen Presse anstandslos verbreitet, was die Praxis des Nahkampfes dem denkenden Fachmann eingibt, dieses Land war nicht, wie Deutschland, im Grunde von je der Unterlegene. Es darf frei sein und bleiben, solange es stark ist. Hochhalten kann es seine Moral.

»Nimm das Messer in die rechte Hand und eine Handvoll Schmutz in die linke«, erklärt der Lehrer. »Wirf den Schmutz dem Gegner in die Augen, und stich ihn in den Magen.« Er gibt zu, das Verfahren sei nicht »strenggläubig«, sei »unorthodox«; aber es bringe die besten Resultate. Das Messer in der Hand eines Feindes verursache Panik, um so mehr bei Verwendung einer breiten, blitzenden Klinge anstatt der blauen Stahlklinge des Bajonettes.

Alles will gelernt sein, auch die verwundbarsten Stellen des Zieles, das ein Menschenleib ist. Anfängern muß gesagt werden, daß es die Kehle, das Herz und der Unterleib sind. Und wo sitzt das Beefsteak? Der Meister weicht aus. »Alle anderen Messerstreiche und -stiche sollten nur die

Vorübung sein für den vitalen Todesstoß in diese Gegenden.«

Vital – ist der Tod: so viel wissen diese Geschlechter; überall lernen es Fachmänner und Laien. Die maßlose Vitalität des Todes läßt keine Abstinenten zu. Eine medizinische Wochenschrift – diesmal nicht die deutsche – hat ohne Widerspruch empfohlen, minderwertige Säuglinge zu töten. Ein schöner Mut ist nötig, diesen Geschlechtern zu vertrauen, daß sie dereinst nicht mehr das Sterben, sondern das Leben für vital erachten mögen. Recht behalten, ich weiß es, wird dennoch Präsident Roosevelt, der sprechen kann wie hier: »Die Vereinigten Staaten sind im Kampf für eine Welt, in der weden Tyrannei noch Überfall vorkommen; eine Welt, darin alle Menschen gleichviel welcher Rasse, Farbe oder welches Bekenntnisses leben können in Frieden, Ehre und Würde.«

Man unterdrückt ein Schluchzen. Ehre eines Kinderspießers. Würde eines Menschenmetzgers. Ihr gemeinsamer Friede – den sie so sicher haben werden nachher, oder zwischendurch, wie seit dreißig Jahren den Krieg. Navigare necesse est, vivere non necesse. Vorerst sterbt, die Welt der Freiheit, Gleichheit, Gerechtigkeit wird euer Lohn sein.

Wer über Menschen Macht haben wollte, hat billig damit gerechnet, daß es veränderliche Menschen waren – ebensowohl in Richtung der Güte zu verändern, falls einer sich die Mühe gäbe. Es kostet auch nur die Anstrengung wie sonst, um sie bösartiger zu machen.

Wir lauschen Klängen, die weither kommen. Die Worte Roosevelts befremden unsere wirkliche Erfahrung; sie rühren wie eine zu edle Fabel und tun weh. Aber worüber wundere ich mich. Ich habe, genau zwölf Monate vor diesem Krieg, ein Dokument abgeschlossen, Henri Quatre – die Macht der Güte. Es ist weder verklärte Historie noch freundliche Fabel: nur ein wahres Gleichnis. Ich gab es mir für die Zeit der Schrecken mit. Sind sie überstanden, soll es sich wahr und wirklich erweisen.

Siehe! noch tappen wir alle durch unentschiedene Ereignisse; aber einer der großen Intellektuellen, die jetzt, nach streng logischen Zusammenhängen gerade jetzt, an der Spitze der Öffentlichkeit stehen, bekennt: eine Welt, gegründet auf Freiheit, Gleichheit und Gerechtigkeit. (Statt der »Brüderlichkeit«, die für Feiertage bestimmt und fakultativ war, die gerechte Verteilung der Existenzmittel.) Wollte ich mehr? Ahnte ich weiter?

Der Präsident weiß, erfahrener als ich, daß mit keiner menschlichen Geistesart, wäre sie verderblich oder heilsam, auf lange Sicht zu rechnen ist. Grund genug, zu handeln, weil noch der Sinn der Lebenden vom Schrecken bestürzt, von Spannung erregt und etwas mit ihnen zu machen ist! Die erweiterte Gleichberechtigung, jetzt! Die soziale Befreiung angebahnt, in einem hin mit der Befreiung vom Feind! Jetzt oder niemals geht es! Friede und Ehre und Würde für Menschenbesitz erklären, so furchtbar der heute erbrachte Beweis, daß sie vorläufig abhanden kommen, um nochmals vorläufig erworben zu werden!

Unschuldiger wurden die Worte des Präsidenten, dieselben Worte, vernommen, als vormals die Ersten, die beispielhaften Menschenfreunde anderer Zeiten uns soviel versprachen. Das waren Staatengründer und Philosophen diesseits und jenseits des Meeres. Wir, die wir in braunen Röcken, Kniehosen und Haarbeutel zuhörten, machten unser Herz weit. Gern täten wir es anders gekleidet wieder.

Leider wissen wir – aber es ist gut, zu wissen und nie zu vergessen –, daß der moralische Besitz zerrinnt, sobald seiner nicht geachtet wird. Ohne eine fortgesetzte Spannung des Willens und Gewissens hat nichts Bestand, nicht einmal die verbrieften Konventionen des internationalen Rechtes: wir sehen alle gebrochen. Es ging – infolge vorher eingetretener sittlicher Erschlaffung.

Unsere kurzen Tage haben genügt, wie denn, *ein* Tag war genug, um die Folter wieder einzuführen – ohne Widerstand Deutschlands, denn es geschah ohne viel Aufsehen der Welt, der es auch geschah: sie sollte es noch bemerken. Eine demokratische Republik, die deutsche, hat das Geschworenengericht dahingegeben. Der Minister, der seine Aufhebung verfügte, fragte weder Volk noch Parlament. Keine entschlossene Empörung, nicht einmal das schwächste Erschrecken verriet, daß man begriff. Rechtsgarantien verschwinden nicht ohne Folgen, sowenig ohne Grund um sie gekämpft worden war von Generationen.

Aus den abhängigen Berufsrichtern über Leben und Tod sind, als es der Auftrag war, Hitlersche Henker geworden. Dasselbe wurden Ärzte, die Erhalter des Lebens; aber sie hatten zugegeben, daß nicht jedes Leben die Erhaltung wert ist. Was dem Menschenleib nunmehr an Greueln widerfährt in aller Welt, hat von praktischen Vorbedingungen wenige gemeine Handgriffe. Der geistigen Ursachen sind mehr.

Praktisch ist das meiste geschehen, wenn wieder gefoltert wird. Dann Geiseln, Ermordete im Massengrab, dann eine heimatlos dahinfliehende Menschheit: hinter ihr brennt die Stadt, wer nicht entkam, verkohlt in der Kirche. Woran noch denkt man, wenn man »heute« denkt? Unsere Bilder alle sind von derselben Hand.

Das Zeitalter in seinen Anfängen erscheint dem Zurückgewendeten, als wäre es ohne Geste gewesen: so furchtbar ausgelassen benimmt es sich zum Schluß. Es war gemessen und ist unbeherrscht. War taktvoll, ist unflätig. Einst mochte es nicht sterben sehen. Jetzt verachtet es das Leben – das in der Tat schlecht angewendet worden sein muß, sonst gäbe man es weniger billig. Bereut wird nichts, man ist unwissend, ist nirgens so unwissend wie in den moralischen Dingen.

Aber gerade darum das Wort: das Wort eines großen Intellektuellen an der Spitze der Öffentlichkeit. Die Zeit ist dafür erfüllt, das Zeitaler bis hierher vollendet. Die Lebensfeindschaft hat sich abgenutzt bis auf die Blöße, die sittliche Gleichgültigkeit schlottert zerlumpt an den verarmten Geschlechtern.

Könnten sie sich fragen, nur die Muße fehlt ihnen bis jetzt, sie wüßten, was sie wollen: sich verwandeln. Sie wüßten, was sie müssen: die menschliche Lage verbessern. Es war sonst eine ungefähre Pflicht, mit der man es nirgends, außer in der Sowjetunion, genau nahm. Es wäre jetzt – Doktrin beiseite, persönliche Vor- und Nachteile ungerechnet – die einzige Lust des Lebens.

Männer aus den Weltreichen befreien nunmehr die Territorien des europäischen Kontinentes. Menschen befreien, sie unabhängig und wissend machen folgt alsbald und zeichnet sich schon ab. Die ersten, die frei im Sinne des Präsidenten werden sollen, sind die Befreier selbst. Das ist vollkommen möglich. Großartige Zeugnisse treten auf, damit ich sehen soll: die Menschen verwandeln sich. Das Zeitalter, bevor es abtritt, rettet seine Ehre.

Siebzehntes Kapitel

Die Ehre des Zeitalters

Ein britischer Gesetzesplan

Das Ereignis wird wiedergegeben. Es ist nicht das erste Mal. Die Worte mögen auch schon benutzt sein.

»Als die Mitglieder des britischen Parlamentes am 1. Dezember 1942 ihre Sitzungssäle betraten, fand jedes auf seinem Tisch den frischen Abzug eines neuen Buches, denselben Tag war es erschienen. Es hatte einen furchterregenden Titel: ›Report of the Inter-Department Committee on Social Insurance and Allied Services‹ – Bericht des zwischenamtlichen Ausschusses über Sozialversicherung und damit verbundene Leistungen.

Der Bericht sah nicht gerade interessant aus. Er hatte zwei Bände, dreihunderttausend Worte, soviel wie vier Romane gewöhnlichen Umfangs. Er war voll von Statistiken, Tabellen und langen Zahlenreihen.

Bevor der Tag um war, hatte dies Buch aus den Überschriften der Londoner Presse den Krieg glattweg verdrängt. Denn dies war der lang erwartete Beveridge-Bericht, auf dessen Seiten das britische Volk die Urkunde seiner Zukunft zu finden hoffte: einen Führer auf dem Weg zur wirtschaftlichen Sicherheit für alle.« Es war ein großer Tag gewesen.

Das gegenwärtige System –

Fünfundvierzig Jahre lang hat Britannien ein System sozialer Sicherheiten aufgebaut. Über »Kompensationen« der Arbeit datierten gesetzliche Bestimmungen 1897, erweitert wurden sie 1906. Arbeitslosenversicherung war teilweise eingeführt 1912, allgemein wurde sie 1920. Altersrenten gibt es seit 1908; ein System der Beitragspflicht zugunsten der Alten, der Witwen und Waisen trat 1925 in Kraft.

Zu derselben Zeit stellten die Lebensversicherungsgesellschaften, die Gewerkschaften (Labour Unions) und Friendly Societies eigene, freiwillige Versicherungspläne auf. Heute sind Versicherungen erhältlich gegen jedes Unglück, das dem Menschen zustoßen kann. Die Ansicht besteht, daß Britannien in der ganzen Welt eines der fortgeschrittensten Systeme von Sozialversicherung habe.

– genügt nicht

Aber es hat seine Schwächen. Da sind Dutzende verschiedener Organisationen, die einen staatlich, die andern privat. Das heißt: sie greifen übereinander. Es heißt auch, daß nicht alle Leute von jedem Versicherungsschema gedeckt sind.

Der Beschluß

Die großbritannische Regierung – ihr Erster Minister, Mr. Churchill – wurde dieser Fehler gewahr und beschloß, das System zu vereinheitlichen (to streamline). Das Inter-Departmental Committee wurde eingesetzt, Juni 1941, mit Sir William Beveridge als Vorsitzendem. Er war beauftragt, die vorhandenen nationalen Systeme der Sozialversicherung und benachbarter Leistungen (services), einschließlich der Arbeiterlöhne, nachzuprüfen und Vorschläge zu machen.

Sir William

ist nur diesmal ein Staatsbeamter, sonst ein Gelehrter. Er studierte Jus, ließ aber die Anwaltslaufbahn fallen, um zu leben und zu arbeiten in Toynbee Hall, einem berühmten Settlement der elenden Gegenden von London. Demgemäß hat er gehandelt wie um die gleiche Zeit junge kontinentale Gelehrte. Sie fuhren in Schächte ein, sie erlernten die soziale Frage bei ihr zu Hause. Es hatte niemals Folgen. Kein konservativer Minister hat sie berufen, Vorschläge zu machen.

Der junge Beveridge erhielt Förderung von den Stützen der sozialistischen Wirtschaftslehre, den Gatten Sidney und Beatrice Webb. Die Webb machten Churchill auf ihn aufmerksam.

Unter Lloyd George war er Munitionsminister im Weltkrieg I. Nach dem Krieg wurde er Direktor der London School of Economics. Von dort ging er nach Oxford als Master of University College (Abteilungsleiter).

Kein Brite darf die Not kennen

Die Berufung durch den Minister, der ihn lange kannte, verstand Sir William als seine große Gelegenheit, eine der »Vier Freiheiten« in Großbritannien zu verwirklichen. Er meinte: frei sein von Not.

»Der Sicherheitsplan in meinem Bericht ist ein Plan, um die Worte ›soziale Sicherheit‹ von Worten in Taten zu verkehren. Versichern bedeutet, daß niemand in Britannien, der arbeiten will, solange er kann, ohne hinreichendes Einkommen sein soll. Es soll jederzeit genügen, ihm und seiner Familie die wesentlichen Bedürfnisse zu sichern.«

Zugrunde legt Sir William den Vorschlag, daß jeder Brite, ob Kanalräumer, Bankier, Hausfrau, Stenographin, ohne Unterschied von Klasse, Geschlecht, Alter oder Einkommen, mit einbezogen werde in ein Versicherungssystem: es soll ihn schützen vor jedem Notfall, gegen den man sich nur sichern kann.

Es würde ihn decken von der Wiege bis zum Grabe. Mutterschaftsversicherung für seine Mutter würde seine Geburt beschützen. Bestattungsversicherung würde alle Sorge wegen eines anständigen Begräbnisses beseitigen. In der Zwischenzeit fielen richtig bemessene Zuwendungen für die Kinder an ihre Eltern; gerechte Versicherungen gegen Arbeitslosigkeit, Krankheit, Unfälle während seiner Arbeitsjahre. Kann er nicht mehr arbeiten, würde er ein Ruhegehalt beziehen.

Das Ruhegehalt, wenn irgend jemand die Arbeit niederlegt, soll keine unzulängliche Hilfe sein. Niemand soll wirtschaftlich – und sozial – mehrere Stufen hinabsteigen, weil seine Kräfte verbraucht sind. Das Alter ist bis jetzt von den Ungewißheiten der Existenz die beängstigendste. Das Ruhegehalt soll berechnet sein im Verhältnis zu dem höchsten Einkommen, das einer erreicht hatte. Es ist kein Geschenk, sowenig die Staatspensionäre von Geschenken leben.

Woher die Mittel kommen

Sir William ist der Meinung, daß Engländer nicht gern Geschenke annehmen, auch von ihrer Regierung nicht. Daher möchte er, daß jeder sein Scherflein beiträgt. Zuwendungen für Kinder sollen direkt vom Schatzamt bezahlt werden. Zu den meisten anderen Wohltaten des Gesetzes sollen Arbeitgeber und Angestellte beisteuern.

Herzog und Lumpensammler würden gleichermaßen mittragen an dem gemeinsamen Einsatz und Vorteile daraus ziehen gemäß ihren Bedürfnissen.

Die Moral

(Die Bedürfnisse eines Herzogs überschreiten wahrscheinlich seinen Anteil am gemeinsamen Einsatz. Er darf nur zahlen. Es ist umgekehrt wie bei dem Gesetz, das verbietet, Brot zu stehlen und unter Brücken zu schlafen. Auch das gilt für arm und reich, trifft aber allein die Armen.)

Der britische Entwurf der Versicherung einer Existenz nützt zuerst den Armen: damit will er allen nützen. Die neue Auffassung will der Not keine erträglichen Grenzen setzen: sie soll verschwinden. Die Auffassung heißt wörtlich: »Die Not abzuschaffen ist leicht, innerhalb der wirtschaftlichen Hilfsmittel der Gemeinschaft. Die Not war ein unnötiges Ärgernis (scandal) – nur möglich, weil man sich nicht die Mühe gab, ihr vorzubeugen.«

Sozial und politisch

Hier ist das – ausdrücklich gegebene – Versprechen wirtschaftlicher Sicherheit für alle: Abschaffung der Furcht vor Not, und der Not. Hier ist eine Demokratisierung – keine Sozialisierung – des Einkommens, ausdrücklich berechnet, beide, Wirtschaft und Gesellschaft, zu revolutionieren. (Zu revolutionieren.)

Dennoch, so wird behauptet, ist der Plan im Wesen konservativ – ein Plan, bestimmt, das System privater Unternehmung und Initiative zu erhalten und zu stützen. Er wird charakteristisch für Britannien genannt.

Dies sagt man. Weiter wird gesagt: »Evolution eher als Revolution.« (Wir müssen das anderswo schon gehört haben. Es wurde nur nicht wahr oder blieb nicht wahr.) Änderung des Rechtes eher als Gewalt ist der Schlüssel zur britischen Geschichte. Drastischer wurde kein Wechsel jemals vorgeschlagen, er gibt sich aber als ein gewöhnlicher Bericht eines gewöhnlichen Ausschusses und soll den gewöhnlichen parlamentarischen Geschäftsgang durchlaufen. Er wird in der Hauptsache das vollendete Werk (the achievement) einer konservativen Regierung sein. Wort für Wort richtig.

Der halbe Weg nach Moskau

Trotz allem taucht dieser Name auf – zu vermuten steht: zuerst bei hoffnungsvollen Anhängern des Planes, dann übernahmen ihn die Gegner. »Dieser Plan hat nichts zu tun mit Kapitalismus oder Kommunismus.« Es soll sich zeigen. Massen, denen die Existenz gesetzlich verbürgt ist, hängen von dem Willen der wirtschaftlich Starken, oder von ihrem Bedürfnis nach Macht, nicht in dem Grade ab wie vorher.

Demokratisierung und Sozialisierung scheinen einander wert zu sein. »Eine natürliche Entwicklung aus der Vergangenheit, eine britische Revolution«, wiederholt Sir William. Mr. Churchill stimmt bei. Indessen kennen beide im Unterhaus vierzig Abgeordnete, die Versicherungsgesellschaften vertreten und nicht zulassen können, daß dieselben Leistungen, an denen verdient wurde, als unentgeltliche Pflicht dem Staat anheimfallen.

Daraus folgt ein Widerstand, der sicher erwartet wird. Es folgen innere Kämpfe, die während des Krieges nicht statthaft wären: das Gesetz soll nachher beraten werden. Den großen Interessenten gegen das Gesetz schließen sich mittlere an. Der Verband der Ärzte widerspricht der Sozialisierung ihres Berufes. Das Gesetz sieht ihre öffentliche Besoldung vor. Individuelle Bezahlung würden sie sowenig zu fordern haben wie die Ärzte der Sowjetunion, und nur sie.

Was den wichtigsten Kostenpunkt der Gesundheitspflege angeht, beträgt er das gleiche – gar nichts – für den Herzog und den Lumpensammler. Alsbald fällt auf, daß die auch nicht unwichtige Rechtspflege immer noch zu einem Teil den Klienten der Anwälte zur Last liegt. Juristen würden unbegrenzt verdienen können, Mediziner nicht. Ebenso hätten von den großen Finanzgruppen allein die Versicherungsgesellschaften ihre Verstaatlichung nahe zu gewärtigen. Die Produktionsmittel würden nicht so bald verstaatlicht werden. Nur der Weg dorthin ist eröffnet.

Was ist Kommunismus?

Kommunismus ist Verstaatlichung der Produktionsmittel – aller wirtschaftlichen Gebiete, die nicht dem Konsum, sondern der Herstellung bestimmt sind. Kommunismus ist nichts weiter als das; aber das eine verlangt er. Kommunismus hat im geringsten nichts gemein mit Weltanschauung – oder seine ganze Philosophie wäre die Verbesserung der menschlichen Lage. Es handelt sich einzig und allein darum, ob die Rohstoffe – les matières premières, das erste, um allen die Existent zu sichern – allen gehören sollen oder wenigen.

Der Kommunismus schließt Reichtum nicht aus. Einer kann mehr verdienen als der andere, die Wirtschaft bleibt kommunistisch. Da er selbst abhängt von Gütern, die er nicht besitzt, werden andere vor seiner Macht nicht zittern. Der Besitz macht nicht mächtig. Die Begabung, Geld zu verdienen, war sonst die einzige, mit der man zur wirklichen Macht gelangte. Sie wurde verwechselt mit dem Wert des Menschen. Unter dem Kommunismus wird der Sinn für den Profit ein entbehrliches Detail; mit Intellektualität kommt man weiter.

Der Gesetzesplan Churchill-Beveridge – und die hohe Spannung der Gemüter, die um seinetwillen in Britannien anhält – werden die Probe auf den Kommunismus machen. Sind seine menschlichen Gewinne zu erreichen – ohne ihn?

Wichtig zu glauben

Ein Russe urteilte: »Der halbe Weg nach Moskau? Noch nicht halb über den Ärmelkanal!« Gleichwohl wäre eine erste Strecke beschritten. Die Frage ist weniger: wie weit? als: mit wieviel Überzeugung? Glaubt die Nation an das Gesetz? Ja. Denn niemals hätte sie ohne Glauben zwei Millionen Exemplare gekauft, von zwei Bänden, stark wie vier Romane, und können nur gelesen werden, wenn der Gegenstand die Seelen brennt.

Wird in der Freude des Sieges, oder in der Müdigkeit nach dem Sieg, das Versprechen des Gesetzes vergessen sein? Man hört die Vergeßlichkeit strikt ausschließen. Auf den Sieg stehe für jeden Briten gerade dieser Preis: Sicherung seiner Existenz durch das Gesetz Churchill-Beveridge.

Die Vernunftgründe

Wäre es anerkannte Tatsache, daß eine Änderung der Dinge von Grund auf die Gemüter erfaßt und sich in ihnen befestigt hat; daß Unterlassungen des Versprochenen, fest Erwarteten gefährlich wären, entstellende Abschwächungen nicht ungefährlich: dann fehlen nur noch die vernünftigen Entschuldigungen, weil das nicht länger Vermeidbare wirklich geschehen soll.

Einige Industrielle wenden die unerträglichen Kosten des Gesetzes ein. Andere erwidern, es sei eine billige Versicherung gegen die »rote Revolution«. Die Kosten sind auf Grund des jetzt gegebenen Zustandes – des Krieges – berechnet worden. Das Gesetz würde für zwölf Monate dasselbe Geld erfordern wie der Krieg in zwanzig Tagen.

Finanztechnisch geraten wäre, zu verhindern, daß nochmals Krieg kommt: zwanzig Tage des Jahres wären doppelt belastet, einmal mit dem Krieg, das andere Mal mit der Versicherung der Existenz.

Aber vielleicht ließe sich bedenken, ob Versicherungen der Existenz nicht gerade veranlaßt werden vom Widerwillen gegen den Krieg. Ob nicht von der ersten, jemals verfügten Arbeiterversicherung bis zu der integral geschützten Existenz, die nunmehr geplant wird, dasselbe Motiv schweigsam hinter den Dingen stand. Ob am Anfang des Zeitalters Fürst Otto von Bismarck etwas anderes gewollt hat als an seinem Ende Mr. Winston Churchill: den Frieden!

Nächte Bismarcks

Die deutsche Arbeiterversicherung begann 1883. Ihr folgte der englische Versuch 14 – vierzehn – Jahre später, 1897. Die erste deutsche Probe war ein Krankenversicherungsgesetz, beschlossen am 15. Juni 1883. Die zweite, durch den Erfolg ermutigt, ist das Unfallversicherungsgesetz vom 6. Juli 1884. Fünf Jahre nachher, den 22. Juni 1889, sind auch das Alter und die Invalidität der Arbeiter durch Versicherung geschützt worden.

Inspiration und Wille gehörten einem Mann, dessen Anfänge näher den Befreiungskriegen gegen Napoleon als der »sozialen Frage« lagen. Diese wurde das Schlagwort der Zeit, als sein Werk und Name ihn gesättigt haben konnten. Er war es nicht, kannte übrigens keine Zufriedenheit mit einer gelungenen, endgültig umrissenen Tat. Fertig ist gar nichts, das vorige Vollbringen verlangt, vom nächsten bestätigt zu werden, sonst war es verfehlt. Er sagt, daß er sich niemals in Ruhe habe freuen dürfen.

Ich bin weder befugt, von der menschlichen Größe abzusehen, noch verbiete ich mir, ihre Schwächen zu erraten. Die Anwandlungen von Entmutigung sind häufig, wie ich weiß, bei schöpferischen Gemütern. Wie denn anders, ihr Mut wäre ohne Relief. Fürst Bismarck, Reichskanzler, nach der seither erfolgten Aufklärung einziger Kanzler eines Reiches, das mit ihm kam und ging – war außerordentlich von Feindschaft belastet, je höher seine erarbeitete Geltung, je grandioser die Gestalt. Ich sage dies in dem, noch geheimnisvollen, Zusammenhang der Erscheinungen – von ihm bis Winston Churchill.

Hof und Adel waren von ihrem Instinkt gewarnt vor dem heimlichen Revolutionär. (Heute wäre er auf seiten der Sowjetunion.) Mit offenem Widerwillen verfolgte ihn der Geist der Zeit, der liberal war. Kein großer Gelehrter, niemand von dem geistigen Sternenhimmel, der uns wirklich beschien, hat aus Neigung, aus innerer Gemeinschaft mit ihm verkehrt. Für seine notgedrungenen Mitarbeiter, den »liberalen Geheimrat« als gegebenen Typ, empfand er Verachtung. Die Sozialisten der Zeit, liberaler, als sie wußten, haßten den Despoten.

Es begab sich, daß er Ferdinand Lassalle empfing, eine romantische Figur – fiel im Duell für eine Frau –, Privatgelehrter, vermögender Jude: der fremdartige Amateur allein brachte Leben in die deutsche Arbeiterbewegung. Wie kam es? Bismarck hat keinen Forscher oder Darsteller von Weltruf zu sich geladen; aber er bat einen Agitator, der zweifellos Erfolg hatte. Erfolg im geschlossenen Raum, mit seiner feurigen Persönlichkeit, bei einer Klasse, die es erst werden sollte: Deutschland war bei weitem nicht Industriestaat. Noch 1893, Bismarck war längst gegangen, gewann ich mit meiner Behauptung, ich machte sie rein aus jugendlichem Übermut: die Mehrheit der Deutschen sei in der Landwirtschaft.

Der ehemalige Landjunker, sollte man meinen, hat seine alte Ansicht der menschlichen noch mehr als der sozialen Schichtungen wohl konserviert. Er wäre kein Konservativer (oder Tory). Arbeiter? Auf dem Lande sind sie, sogar unter ihm noch, halbwegs leibeigen. In den Städten dienen sie, zufolge angeborener Armut – die weder eine Klasse noch Rechte hervorbringt. Die Masse der Armen ist ein breiter Körper mit aller wünschenswerten Tragkraft. Auf ihm bewegen sich um so freier, um so gehobener die Bildung und der Besitz. (Die Bildung wurde immer zuerst genannt.)

Der Mann, dessen frühester Begriff der Welt von ein paar Äckern bestimmt war, hat jetzt als sein Feld einen Erdteil, nur den einen. Da ruft er den merkwürdigen Gast. Man findet es nachher sonderbar; auch daß er mit diesem Lassalle nicht in seinen Amtsräumen gesprochen hatte. Sie waren das kleine Gartenhaus, das er sein Auswärtiges Amt nannte. Draußen unter den großen Bäumen erging sich das ungleiche Paar. Es genügte wohl der improvisierten Laune, die, wie anzunehmen, dem Besuch zugrunde lag. Sonst sah man keinen Grund.

Oder man erkannte die gewohnte Sorge des großen

Mannes, neben sich nichts aufkommen zu lassen, weder die Leuchten des freisinnigen Bürgertums noch überhaupt die Freiheit, kein dreistes Wort, das ihn herabsetzt. (Ich erinnere mich: ein Journalist wurde eingesperrt, weil er unehrerbietig »Fußlappen« geschrieben hatte. Als ob ein Fürst seine Füße bekleidete wie ein Knecht.) Daher der Empfang, der eine Herausforderung an die Besten war.

Statt ihrer der eitle Prophet einer Sekte, die noch nicht einmal ihre bevölkerungsmäßigen Schranken erreichte: das Gros der Arbeiter wählte liberal. Eine interessante Angst vor der Sozialdemokratie empfand der Kleinbürger, ohne ganz zu vergessen, die Gefahr sei eingebildet. Unheimlich, aber nicht ernst zu nehmen, so stand es am Anfang. Denselben unklaren Eindruck machte noch unlängst der Kommunismus. Keinen Augenblick hat das Europa westlich der Sowjetunion ihn für sich vorausgesehen – während »der halbe Weg nach Moskau« schon offenlang, schon einlud. Nur bis zum Antikommunismus reichte der Verstand.

Kein Rätsel ist, was der Sozialist dem deutschen, vielmehr europäischen Staatsmann zu sagen hatte. Es war seine große Gelegenheit, er ist intensiv gewesen. Für gespannte, gewagte Naturen besaß ein Bismarck den verwandten Sinn; in seiner Nähe unterhielt er alte Revolutionäre, sie hatten von der bürgerlichen Freiheit mehr verlangt als nur den Einfluß des Besitzes. Lieber arbeiteten sie für einen geistvollen Machthaber als gegen ihn zugunsten einer hinfälligen Konvention, die unter dem Namen der Freiheit ging.

Bismarck hat sachliche Neuigkeiten von Lassalle erfahren. Die genaue Lebensform der Arbeiter war ihm aus eigener Anschauung nicht bekannt. Ihre Ansprüche, oder wollte man sie angesichts ihrer Ohnmacht nur Wünsche nennen, hatte er weder nahe betrachtet, noch ermessen, wieviel sie eigentlich aussagten. Nicht über die Wünschenden allein, noch mehr über andere, die ihnen das Unentbehrliche gewähren konnten und nicht gewährten. Wo die Privatleute säumen und versäumen, greift der Staat ein. Den Gedanken hatte er vom Hause mitgebracht, umlernen mußte er nicht wie der begabte Kaufmannssohn Lassalle.

Wie sind damals seine Nächte gewesen? Die Tage waren voll besetzt mit internationaler Politik: sie hieß für ihn nichts anderes als die Befestigung und Dauer seines Reiches, das dafür nicht gemacht war, er allein hat es gewußt. 1879 bekam er einen Bericht, der ihn kaum überraschte. Der russische Staatskanzler Fürst Gortschakow glaubte sich unbelauscht, als er in Baden-Baden die Wahrheit sprach. »J'aurais voulu la guerre, mais la France avait d'autres idées.« Die Mächte bereuten, daß sie eine neue Macht, die deutsche, zugelassen hatten. Bismarck hielt es sich immer gegenwärtig.

Als die französische Republik den Krieg ausschlug, konnte sie ihn offenbar nicht brauchen. Ihre Vorgänger hatten ihr ungetane Arbeiten, einschließlich der Laienschule, hinterlassen. Die Nation war fruchtbarer mit sich beschäftigt als mit Rückerobern, Wiederverlieren, nochmaligem Hereinholen immer derselben territorialen Grenzstreifen. Das zweitgrößte Kolonialreich anzulegen verdiente den Vorzug, es ergab Reichtum und Ruhm. Der deutsche Staatsmann hat die Ausdehnung Frankreichs neidlos begünstigt. Dankbar mußte er ihm nicht sein: das Interesse der Republik deckte sich mit dem seinen. Es hieß: Befestigung und Dauer. Es hieß zuletzt: Europa.

Den Italiener Crispi, der Frankreich zwischen ihm und sich aufteilen wollte, hat er ungewöhnlich dumm gefunden. Sollte es ein Rückschritt nach den Zeiten der dynastischen Kriege sein? Die Dynastie Savoyen war Frankreich einigermaßen verpflichtet. Nationale Kriege hatten die dynastischen abgelöst.

Ihr Sinn war gewesen, mehrere noch unfertige Nationen zu vollenden. Die Aufnahme fremder Teile hätten sie fragwürdig gemacht wie zuvor. Bismarck hatte die Frage seines eigenen Weiterlebens gestellt, als er die Annexion Böhmens verhinderte. Er hatte die Einverleibung des Elsaß ungern zugelassen, ganz zu schweigen von Metz. Der Kenner Frankreichs sah die illustren Gestalten des Landes, Könige, Feldherren, Revolutionäre, gerade diese Stadt betreten in jedem höchst bewegten Augenblick einer Geschichte, die er achtete. Straßburg? Im Hause des Bürgermeisters war die Marseillaise gesungen worden, das erste Mal, frisch geboren Melodie und Text.

Der Marschtritt preußischer Regimenter in diesen Städten (die er nicht besuchte) kann seinem Patriotismus gefallen haben: seinem feinen Gehör klang er unecht. Er selbst hatte seinem Geschöpf, dem deutschen Reich, genug Gefahren mitgegeben; die eigenen Zugeständnisse – waren sie wirklich unvermeidbar? – und das fremde Übelwollen, mit beiden muß man auskommen. Fehlte nur, daß eine neue Art von Krieg ihm angeboten wurde: der weder dynastische noch nationale. Eine Ausgeburt – wovon?

Der Minister Crispi war, was Italiener oft gewesen sind, eine geniale, noch eher unbesorgte Vorwegnahme. Ein Präfaschist, ohne die fertige Grundlage des Faschismus. Bismarck sah etwas wie einen anarchistischen Abenteurer: die Zerschlagung einer alten und unentbehrlichen Nation, der französischen, gibt ihm nichts zu bedenken, ein aufgelöstes, verwildertes Europa nichts. Denn, soviel ist sicher, er verantwortet weder Tradition noch hohen Zusammenhang, wie der deutsche Staatsmann.

Diese Erinnerung will nicht abschweifen, (Auch zu Mr. Winston Churchill wird sie noch führen.) Ich bin verpflichtet, darauf zu bestehen, daß Deutschland in seiner Gestaltung durch Otto von Bismarck eine konservative Wohltat dieses Erdteiles gewesen ist – von seiner Bedrohung endlos entfernt. Nicht die Furcht entfernt von schädlichen Wagnissen endgültig: leicht kann sie aufhören, wenn am wenigsten die Zeit wäre. Was einen Mann gegen Versuchungen befestigt, ist die Erkenntnis und ist das Gewissen.

Der Angreifer, der vollendete oder virtuelle, war, als Bismarck wachte, sein Deutschland nicht: die mitgeborene Sendung seines Deutschland ist nicht, zu stören, zu zerstören. Angreifer aus Konfusion, mit falschem Zungenschlag wie gewöhnlich, waren andere, und wurden nur technisch verhindert, hauptsächlich weil Bismarck wachte, über Deutschland, über den Kontinent. Um dereinst der Angreifer zu werden, mußte sein Reich – nicht heranreifen, sondern entarten. Ihn hatte es dann wohl vergessen oder nie verstanden. Das letzte Wort, das er ihnen mitgab, »Quieta non movere«, wurde für Stille des Alters gehalten.

Die »Gedanken und Erinnerungen« des Vollendeten handeln von Haupt- und Staatsaktionen – Metternich, Talleyrand, jeder Minister, der ohne Volk regiert, konnte dasselbe machen, um seine Schritte ausnahmslos zu rechtfertigen, seine Feinde unfehlbar zu beschämen. Alle hatten ihre wichtigsten Feinde am Hof ihres Monarchen. Ein Drittel ihrer Kraft haben sie aufgewendet, um Intrigen zu begegnen: auch der letzte, der noch Hofkanzler, obwohl auf halbem Weg zum Volkstribunen war. Des Nachts, wenn niemand seinen Sturz betrieb und die gefürchteten Angreifer ihre Rache nur träumten, fand er die Muße, an Intimitäten zu denken.

Einiges behält der öffentliche Mann für sich allein. Sie beobachteten ihn, aber erraten ihn nicht. Dieser Lassalle, denkt der Schlaflose, mag als Figur verspätet, als Intellekt verfrüht sein. Unmöglich, weil fremd geartet? Ich war ein armer kleiner Edelmann und nicht einmal das, sondern bürgerlich von der Mutter her und nur zur Hälfte geeignet für eine große Laufbahn in Preußen. Ich war ein Raufbold und Wagehals, was die zeitgenössische Romantik von der gemeinverständlichen Seite zeigte. Ihre vornehme ist sprachliche Gepflegtheit, womit man weit kommt. La littérature mène à tout, à condition d'en sortir.

Lassalle ist ungebührlich steckengeblieben, noch immer Literat und Streithengst. Beides verriet sein Gespräch wider Willen. Er wußte, daß er sich höflich geben sollte, war auch darauf bedacht, mit seiner guten Erziehung nicht aufzufallen. Es geht nicht, ich kenne das. Mir hat noch keiner meine Höflichkeit geglaubt, und einen Vers von Shakespeare, wenn er in meine Rede einfließt, nehmen sie für ein falsches Alibi. Was er mit seiner persönlichen Haltung wegwischen möchte, sah ich gerade. Wie wenn ich dabei wäre, bemächtigt er sich einer Tribüne, hat sie der rückständigen Gewalt, mir selbst hat er sie abgerungen und behauptet sie drohend, ein Robespierre ohne Fallbeil.

Der Mann irrt natürlich. Wie wenig ich von unseren Arbeitern weiß, ruhige Leute sind sie bestimmt, da alle Deutschen für ihr Temperament einen Zuschuß nötig hätten von einer halben Flasche französischen Weines. Der Mann wird sie nicht aufputschen. Revolutionen werden in Deutschland von oben gemacht.

Was kann ich von ihm brauchen – und wofür? Das bedeutet vor allem: gegen wen? Es scheint, daß wir zu einem Teil dieselben Sorgen haben, noch eher: denselben Haß. Warum kam der Mann zu mir? Zu klug, als daß er mir rundweg gesagt hätte: das liberale Bürgertum wünscht Sie zum Teufel. Halten Sie sich an die Arbeiter, ihr Herz ist arm und rein. So liegt es ja nicht, sondern alle zusammen zählen als meine Aktivposten drei glückliche Könige. Sonst macht jeder seine Abzüge.

Wenn es so weitergeht, werde ich meine Kriege verwünschen lernen. Bereuen will ich sie nicht, habe mit Gott und meinem Gewissen abgerechnet. Aber überliefert werden als der Militarist? Die Nachwelt, schlecht berichtet, wie sie ist, wird vergessen haben, daß ich zu meiner Zeit den Verdacht erregt habe, als sei ich ein Gegner des Heeres. Der Italiener scheint davon nicht gehört zu haben. Wer ist er eigentlich, mit seiner dummdreisten Zumutung, die mir, schwer zu sagen, warum, nach einer Neuheit aussieht? Gortschakow beneidet mich. Neid ist ein Mißverständnis. »J'aurais voulu la guerre« – da verrät sich die veraltete Mittelmäßigkeit.

Wäre noch die Zeit für Kriege um des Prestige willen, Prestige der Dynasten oder Minister, er müßte nicht seine Ohnmacht eingestehen. »Ich möchte, aber kann nicht«: traurig, erinnert an Louis Napoleon. Dem einen persönlichen Antrieb folgte ich allerdings, als ich sein Ende beschloß. Ich enthüllte ihm und den Mächten, die ihm den Vorrang beimaßen, wer er wirklich war: une médiocrité méconnue. Dieser Crispi ist auch das nicht. Bisher unbekannte Figuren ziehen an ihm von hinten. Wer sind sie?

Wer, um Himmels willen, kann den Krieg wollen, seine auffallend zukünftige Art, die nationale Vernichtung? Während die Nationen und die regierenden Häuser nicht einmal mehr die partiellen Erschütterungen vertrügen: andere habe ich ihnen nicht zugemutet. Das nächste Mal ginge es um unseren Bestand – vielleicht um Europa, sicher um uns, soviel wir haben und sind. Bildung und Besitz! Ein weniger höflicher Mann schlüge auf den Tisch, wenn er es hört. Die sind es, ihnen sehe ich an, daß sie mich für Eroberungen stark machen würden, wenn ich mit ihnen Umgang hätte.

Italien ist ein armes Land – weil es zu viele arme Leute hat. Ist es an mir, ihnen zu sagen, daß der übermäßige Großgrundbesitz nicht mehr lange haltbar ist? Mehr Bauern, und sie werden dort aufhören, von französischen Reichtümern zu träumen. Frankreich ist wohlhabend, weil es genug kleine und mittlere Propriétaires hat. Andernfalls wäre es genauso kriegerisch wie meine Patrioten der besseren Stände. Die Deutschtümelei begleitet jetzt immer das große Verdienen.

Bei uns haben sie eigene Parteien, die ebenso national wie liberal sind und die lieber den Krieg wählen würden, als daß Bildung und Besitz etwas abließen. Sie fühlen sich stolz als meine Getreuen, unter der Voraussetzung, daß ich ihretwegen auch Krieg machen würde, da ich drei nationale Kriege gemacht habe. National heißt jetzt, fängt an, im Unterton zu bedeuten: die reichen Leute reicher machen auf Kosten besiegter Nationen und ihren Besitz garantieren gegen die Armen, die ihm gefährlich werden könnten. Denn die Armen vermehren sich, grenzen sich ab und sind im Begriff, sich zu zählen.

Lassalle hat davon nichts erwähnt. Ich stoße auf seine Gedanken, während ich in meinen Zusammenhängen bleibe: die sind ihm fremd. Internationale Politik nimmt leider ein ganzes Leben ein. Sie ist die Sorge um Sein und Nichtsein einer Nation, die ich in den Sattel gehoben habe, mit der gewagten Behauptung, reiten werde sie schon können. Internationale Politik ist mithin die Verpflichtung, einen Kontinent auszugleichen, damit er nicht in Tobsucht verfällt. »Ehrlicher Makler« nannte ich mich, und es war anstößig, warum? Weil die Bescheidenheit bis zur Indezenz gehen kann?

Der Agitator ist ausgefüllt von der Angst einiger zehntausend Arbeiter um ihre Existenz. Er hat recht, die Leute müssen wirklich fürchten – was alles, die Krankheit, das Alter, den Mißbrauch ihrer Kraft. Er nannte mir Berufe, in denen man mit fünfzig Jahren stirbt. Mir wäre kein Krieg, der nur meinem Vorteil diente, die Knochen eines pommerschen Grenadiers wert. Die Arbeitgeber erlauben sich mehr als ich, es wird Zeit, sie zurückzupfeifen. Nachtarbeit! Kinderarbeit! Man sieht dem zu, als wäre es von Gott gewollt. (Verzeih mir!) On ne saurait penser à tout, und woran man nicht gedacht hat, daran ging viel zugrunde.

Nach ihm

Seine sozialen Gesetze sind allerdings aufgefaßt worden, als hätte er zeitweilig sein Hauptgebiet verlassen, sei von der hohen Politik zu unverbindlichen Einzelheiten herabgestiegen und habe eingewilligt, statt »eisern« (seine Marke) für diesmal mild und väterlich zu scheinen. Es liegt anders. Seine hier erwogenen Nachtgedanken sind gedacht worden – im vollen Zusammenhang seines gesamten Denkens, das Deutschland und das Europa umfaßte. Sein Haß war beteiligt, sein Gewissen bestimmte ihn, seine Fürsorge ging über die versicherten Arbeiter hinaus.

Er versicherte sein Reich und das Gefüge der Reiche, gesetzt, sie erkannten das Beispiel. Er baute vor, der Krankheit, dem Unfall, die auf seinem internationalen Gebiet nur den einen Namen – Krieg – haben. Der märkische Junker und große Europäer legte Bresche in die Alleinherrschaft des Liberalismus – der ihm widerwärtig war durch seine Selbstzufriedenheit, seinen Hochmut, als wäre es endgültig.

Der Liberalismus, wirtschaftlich verstanden, ist der Absolutismus des Besitzes: eines ungeregelten, ungesicherten, abenteuerlichen Besitzes, der im Notfall – noch vor dem Notfall, wie es seither geschehen – zur Gewalt greifen wird. Nun behält ein Bismarck das Äußerste, die Gewalt, sich selbst vor. Das Trachten Bismarcks ist, sie überflüssig zu machen.

Den Absolutismus, in dem er aufgewachsen war, will er auch nicht hinter sich gelassen haben, damit eine Klasse ohne Tradition ihn übernimmt. Ein beständiger Zuwachs von Abhängigen, den Geschäften ganz weniger untergeordnet, endlich aber auf Schlachtfelder geschickt um ihres Geschäftes willen, das fehlte noch. Seine eigene Macht war die bessere, und seine soziale Voraussicht wurde bestimmt durch den öffentlichen Anstand: er liegt hinter dem Horizont von Erwerbsbürgern.

Was er aus geistiger Keuschheit für sich behielt: »Das Moralische versteht sich immer von selbst«, ist für solche Fälle sein Wort. Das Moralische ergibt sich aber aus begriffenen Zusammenhängen: nur eine hohe Intelligenz erfährt es wirklich.

Auch Wilhelm II. hat an der Arbeitergesetzgebung teilgenommen. Jeder hätte es getan, einmal angelassen, lief sie weiter; man konnte Pausen einlegen, wenn man meinte, mit der Gerechtigkeit sei es für das erste genug. »Die Kompottschüssel ist voll«, sprach der kaiserliche Wohltäter: ein Wort voll Torheit, voll sittlicher Ahnungslosigkeit, von demselben Ursprung wie das spätere, bei Ausbruch des Krieges: »Das habe ich nicht gewollt.«

Nein, er war weder ausdrücklich gerecht, noch brach er das Recht mit Vorbedacht. Den Arbeitern glaubte er mit sozialen Gesetzen – Gnaden zu erweisen. Respekt glaubte er allein dem Besitz zu schulden. Dieser Kaiser mit der Seele eines Parvenu hofierte unentwegt die reichsten Leute, Deutschlands und der Welt. Die Existenzfurcht der meisten, die Besitzgier der geringen Zahl und Krieg: das hat für ihn kein Ganzes ergeben.

Warum denn, für eine mittlere, wenn auch anspruchsvolle Natur. Die übrigen Deutschen dachten nicht weiter, nicht richtiger als ihr Kaiser – und als die Partei der Arbeiter selbst. Sozialdemokraten sind unter Wilhelm militaristisch-alldeutsch gewesen. Unfreiwillig wechselten sie von den Ausgenutzten und künftigen Kriegsopfern hinüber zu den Ausbeutern, die zuletzt den Abhängigen ihr Leben abfordern werden.

Mangelhafter Sinn für Zusammenhänge. Hochmut einer Scheinmacht: mehr ist die Sozialdemokratie nie gewesen. Jeder Hitler konnte die Partei und ihre Einrichtungen zerschlagen: sie wurden geistig falsch oder gar nicht verteidigt, da sie ohnehin selbsttätig und unangreifbar sein sollten.

Sie sind daher heller Auflösung verfallen, noch vor jeder Anwendung von Gewalt. Im letzten Abschnitt der Republik ernährte eine »Wohlfahrt« ohne Ziel und Überblick nicht nur viele Millionen Arbeitsloser, sondern alle geschickten Schmarotzer. Hergereiste Fremde haben von den Almosen deutscher Ämter im Überfluß gelebt.

Es kam dahin, daß ein Herr von Papen, der auch einmal Reichskanzler gewesen ist, den »Wohlfahrtsstaat« verhöhnen durfte. Nicht lange, dann ist ihm oder anderen eingefallen, daß Wohlfahrt, wenigstens in der Absicht, etwas Freundliches ist. Seitdem versagte er sich den Hinweis, daß er und sein Hitler keine Freunde der Deutschen seien.

Unerwartete Frage desselben Papen, als er die »Machtergreifung« seines Schützlings betrieb: »Müssen denn alle Polizeipräsidenten Sozialdemokraten sein?« Worauf er sie sämtlich absetzte. Hitler brauchte nur noch die Gewerkschaften auseinanderzutreiben. Fünf Jahre später war auch die Kinderarbeit wieder da – mehr: reglementiert, in System gebracht.

So endet das Werk des einzigen Staatsmannes, den die Deutschen gehabt haben. In demselben Augenblick wie seine soziale Gesetzgebung hört sein Reich zu bestehen auf: der normalisierte Staat mit gesicherten Grenzen, verbürgtem Recht, einbegriffen den Schutz gegen den immanenten Anarchismus des liberalen Besitzes.

Zu groß, zu viel auf einmal: die Deutschen haben es zu ihrer Zeit mißverstanden. Sie waren unvorbereitet durch Erziehung und Erleben. Die ablaufenden Dezennien lehrten sie erst recht nichts, im Gegenteil. Aus einem Glück, das wir uns nicht verdienen, wird Unheil.

Rapprochement

Das Vereinigte Königreich begann mit dem Aufbau eines Systems der sozialen Sicherheiten 1897, vierzehn Jahre nach Bismarck. Warum der zeitliche Abstand? Großbritannien war industrialisiert, unvergleichbar weiter als Deutschland. Aber die sozialen Sicherungen eilten ihm nicht: es war national gesichert, keine fremde Macht hat im Ernst daran gedacht, die Ausnahme unter den Mächten anzugreifen.

Das Imperium fürchtete auch nicht, wie das schwierige Reich Bismarcks, die imperialistischen Verschwörungen einer besitzenden Schicht. Europäische Eroberungen sind von einer Klasse, die noch reicher, oder von Untertanen Seiner Majestät, die britischer als sie sein wollte, niemals betrieben oder nur begehrt worden. Die kolonialen Unternehmen waren, nicht immer in militärischer, aber in sozialer Hinsicht gefahrlos. Sie blieben ausschließlich vorteilhaft, sogar für die Gesamtheit. Übrigens herrschte über noch so viele Kriege die Pax Britannica. In sie ging früher oder später jede Erwerbung ein. Dank der Weisheit Englands vergaßen die eroberten Länder, daß sie erobert waren.

Die soziale Erfindung des Weltreiches ist das Commonwealth aller seiner Teile: eine so große Neuheit, daß die revolutionäre Sowjetunion von ihr lernen konnte. Die Arbeiterversicherungen auf der alten Insel bekommen im Zusammenhang eines lebensversicherten Viertels der Welt das Ansehen von Details, die mühelos mit hingehen. In Wirklichkeit ist um sie gekämpft worden, entschlossen wie um ein Dominion: das sind sie. Die Arbeiterklasse, bald streitbar, bald fügsam, begreift sich schwerlich anders, als daß sie das Reich trägt, gleich einem Lord. (Ihre Männer stimmen im House of Lords.)

Dagegen deutsche Arbeiter? Die Deutschen haben in diesem Krieg, solange sie siegten, mit Überzeugung, nachher verzweifelt gekämpft, in beiden Fällen, weil sie nichts zu verlieren hatten. Noch immer, aus Rußland ausgetrieben, wehren sich die geschlagenen Knaben und Greise, mit Anfällen eines retour agressif. In voller Flucht durch Italien streben sie nach dem vorletzten Halt, sich anzuklammern.

Sie müssen doch sehen wie alle Welt, daß Frankreich für sie verloren ist. Die Alliierten sind nicht nur gelandet: sie landeten in der Normandie, bemächtigten sich vor allem des Cotentin mit dem Hafen von Cherbourg und nehmen nicht zuert den Weg nach Osten. Ihr Ziel ist die Bretagne, die Halbinsel und Seefestung. Genau dort wollte 1940 General de Gaulle ansetzen, um Frankreich zurückzuerobern. Damals von den Verrätern überstimmt, entzog er sich ihnen und ging nach England. Vier Jahre später, der erste Plan wird wörtlich ausgeführt. Die Tatsachen bestimmen und bleiben sich gleich.

Die deutschen Soldaten haben gegen sich die Natur der Dinge, das geschichtliche Gesetz und den Menschengeist: diese alle verbieten ihnen, in Frankreich zu bleiben; sie fordern ohne den Schatten eines Widerspruches, daß Frankreich befreit, das Land der großen Vergangenheit sich selbst zurückgegeben werde. Den lebendigen Befehl vernehmen alle, nicht ausgeschlossen die deutschen Soldaten. Wild oder mutlos beharren sie dennoch auf verlorenem Posten – im eigenen Land ist nichts mehr zu verlieren. Da liegt der Grund.

Die Aufgabe ihrer sozialen Rechte – nur die Greise erinnern sich des Verlustes, nicht die Knaben –, diese erste Niederlage der Deutschen hat alle folgenden nach sich gezogen. Von Stufe zu Stufe: die praktische Wiedereinführung der Folter und die gesetzliche der Kinderarbeit, 1938, noch vor dem Krieg, gerade für den Krieg. Denn er war beschlossen, und die deutschen Arbeiter reichten nicht. Krieg machen, und nicht einmal Arbeiter haben! Aber sie hatten die Kinder, sie setzten ihr brauchbares Alter jedesmal niedriger, Januar 1944 waren sie soweit, die Arbeit der Sechsjährigen in Regeln zu bringen.

Von Stufe zu Stufe: der Krieg. Die Auflösung des Reiches, das grenzenlos, daher inexistent wird. Völkerwanderung, Überfremdung Deutschlands, es ist nunmehr seiner Männer entblößt wie nur ein Besiegter. Volle Anarchie der Gewalt: der Gewalt weniger Überreicher, einer Partei und Polizei, die sie bedienen. Das Leben der Hingerichteten so billig wie das Sterben der im Feld Erlegten, wie das Dasein und der Tod der brennenden Städte. (Zweitausend und einige hundert politischer Hinrichtungen in einem Monat des Jahres 1944.)

Die Rache der Sieger, mit der man die deutschen Soldaten zur Ausdauer anhält, ist von den Drohungen die schwächere, eine schwach vorgestellte Bestrafung. Aber sie kennen sehr wohl die schon jetzt erlittenen Strafen, den Zustand ihres Landes, den Empfang, der sie erwartet, das Kriegsglück des nackten Lebens, das ihres sein und bleiben wird. »Jetzt kämpfen wir um das nackte Leben«, wird ihnen von Berlin bis in die Schlachten nachgebrüllt. Es ist nackt, sie wissen, und haben nur vergessen oder nie bemerkt, wovon es zuerst entkleidet wurde: von den sozialen Rechten. Von der Arbeiterversicherung.

Mr. Churchill hat, wie anzunehmen, mit den andern Phänomenen des Zeitalters auch das Schicksal dieser Deutschen überlegt. Er unterscheidet zweifellos die Herkunft ihrer Fehlerhaftigkeit und furchtbaren Irrtümer. Nenne man sie verbrecherisch und verzweifelt – auch ein Amokläufer, ein zeitweilig Unzurechnungsfähiger, kommt schließlich vor das Gericht. Die deutschen Soldaten sind nur Landsknechte – ohne Land, und um so schlimmer für sie, wenn sie ihr volles Bewußtsein hätten.

Ein Mann von Tiefe und psychologischem Radikalismus läßt sich warnen von einem alleräußersten Fall – der bei ihm zu Hause nicht eintreten kann, aber weiß man? Die Zeit ist dem Extremen zugewendet. Die Menschen und die Völker kennen selbst nicht die Zügellosigkeiten, deren sie eines Tages fähig sein wollen. Ihre ungesicherte Existenz bedarf vielleicht nur einer geringen Überschreitung des Zulässigen. Wann das Maß überlaufen wird, bestimmt niemand im voraus. Immerhin ist erwiesen, daß die Existenzangst ihre jeweilig höchste Aktualität nach Kriegen erlangt.

Das Gesetz Churchill-Beveridge betrifft zuerst die Korrektur der Vergangenheit, es zieht die dringliche innere Folgerung aus einer überwundenen Lebensgefahr – der Sieg wird sie beseitigt haben.

Das ist viel, es verlangt Kühnheit. Dem Inspirator des Gesetzes wäre es zuwenig, es bliebe hinter seinem Mut zurück. Kein Zweifel besteht, daß er große Politik macht und auf die Zukunft der Welt abzielt. Das Aussehen trügt, als wäre sein Versicherungsgesetz eine innere Angelegenheit, das Schicksal der Nationen bliebe ihnen überlassen. Nein, sondern die Wahl ist ihnen abgenommen. Dem britischen Beispiel widersteht man nicht. Man konnte – ohne wahre Überzeugung – sich absperren gegen die lebendige Mahnung der Sowjetunion, unter dem Vorgehen, sie sei eine Welt für sich, ihr Experiment nicht übertragbar.

England – ist keine Welt für sich, es ist die altvertraute Heimat der musterhaften Realisierungen. Ihnen folgt Europa nunmehr zweihundert Jahre – mit oft gestörter Mäßigung und Ausdauer. Aber wie die Französische Revolution zuletzt doch das britische Staatssystem auf dem Kontinent angesiedelt hat, desgleichen ist schon im

16. Jahrhundert die Gewissensfreiheit, relativ, wie sie war und blieb, im nördlichen Europa durchgedrungen dank England. Seine große Königin wachte über die Niederlande. Elisabeth war die einzig getreue Freundin des Königs von Frankreich, Henri.

Die Freiheit im neuen Verstande – frei zu sein von einem Existenzkampf, der entartet war bis zur Aufhebung der Menschenwürde – zielt auf das ganze Europa und hat es ausersehen seit dem Augenblick, da ihr Plan vor den Sitzen der britischen Abgeordneten lag. Dem armen Europa fehlt nur Zeit, es muß sich eines tristen Unterdrückers entledigen: dies sogar geht nur mit England und seinen Verbündeten. Der eine hat es bis Moskau nicht weit, er ist Moskau. Der zweite, die Vereinigten Staaten, besitzt schon jetzt ein National Resources Planing Board – frei nach Churchill-Beveridge; hinzugefügt ist die Arbeitsbeschaffung.

Die anderen, Freund oder Feind, sind in Erwartung. Niemand kann glauben, daß ein Land – ein Land dieses Europa, über das Krieg, einer, zwei, ein Zeitalter von Kriegen dahingeschritten ist – nachher seine vorige Lebensform wieder aufnehmen wird. Es hat das alte Lebensgefühl nicht mehr. Die Völker sind nicht willig, kein einziges, dem bekannten Existenzkampf sich nochmals auszuliefern. Die Zumutung wäre nach allen Leiden der Hohn. Die Unsicherheit und Angst der Existenz wären von dem sonst Geübten die verzerrte Übertreibung. Das soziale Gesicht trüge die offenkundigen Züge des Wahnsinns.

Die Abhängigkeit der Massen von privaten Machthabern hat sie gefügig für den Krieg gemacht. Der Krieg wird dauern, bis sie befreit sind. Die Territorien, wird nur vorausgesetzt. Die Menschen! Solange sie nicht frei von einem schändlichen Kampf um die Existenz sind, wird Krieg sein. Er wird nicht in zwanzig Jahren neu ausbrechen: er wird niemals aufgehört haben. Die Feststellung ist nicht verdienstvoll, weil sie gewagt wäre: ihre Einfachheit hindert.

Mr. Churchill weiß, was er weiß. Sein Beruf ist, ohne viel Worte ein Ende zu machen und neu anzufangen, da es notwendig ist. Wer den handelnden Männern zusieht – aber es gibt kein bloßes Zusehen –, bedenkt immer noch zuwenig, daß sie frei, zu handeln, sind, wie sie wollen; nur was sie wollen müssen, ist über ihren Kopf beschlossen. Vor sechzig Jahren vermittelte die erste Arbeiterversicherung des Fürsten Bismarck den Eindruck der Freiwilligkeit, beinahe der Laune. Sie war der Entschluß von Nächten, in denen er abrechnete und vorgriff, in denen er hohe Politik machte.

Auch der Prime Minister leitet mit seiner Gesetzesvorlage, so logisch der Zug der Dinge sie mitführt, national begrenzt, wie sie sich gibt, eine weltweit gemeinte Aktion ein. Sein Versicherungsgesetz ist in Wahrheit nicht die innere Angelegenheit, für die es öffentlich noch gilt. Es soll nicht allein müde Kämpfer belohnen: die frischen Lebensschüler, deren blanke Augen eine Zukunft anmelden, sollen ihre Kräfte frei haben für würdigere Objekte als die bloße Existenz. Wenn man das Beispiel Britanniens überall befolgt, wird Europa nicht so bald wieder der Schauplatz von Kriegen um Sein und Nichtsein werden. Denn es ist nicht länger die Szene des Krieges im Frieden, der Abhängigkeiten, der Gefügigkeit, der Angst, der Existenzangst.

Der britische Gesetzgeber hat mehr Abneigung, aber auch Erfolg und Dank hat er bei weitem reicher zu erhoffen als vor sechzig Jahren der deutsche, den man kaum verstand. Übrigens ist es dasselbe. Die Unterschiede damals und jetzt sind zeitlich, sie hängen an frühen und späten Zuständen derselben Erscheinung, des Existenzkampfes – seine internationalen Krisen heißen Krieg.

Bismarck fand sich gehalten, die Spuren dreier Kriege

zu löschen – noch mehr in den menschlichen Zusammenhängen als in den politischen. Den nächsten aufhalten war die Arbeit seiner letzten fünfzehn Jahre. Dies nennt er: abrechnen mit Gott (mit seinem Gewissen). Mr. Churchill, »sehr kriegerisch«, wie seine Landsleute ihm im voraus nachsagten, auch er will den gefräßigsten aller Kriege rechtfertigen vor Gott (vor seinem Gewissen).

Das geschieht erstens durch die Preisgabe der eigenen Person. Er ist bereit gewesen und fühlte sich gedrängt, bei der Eroberung des normannischen Strandkopfes selbst seinen Mann zu stehen: am D-day dazusein und sich zu zeigen – besonders für den Fall eines Unglücks. Mich erinnert es an Bismarck im böhmischen Feldzug – andere Motive, und ganz im Grunde dieselben.

Der Strandkopf war erobert, aber unter Feuer: da ließ er sich nicht länger abweisen, kam wirklich. Dies ist, noch besser als sonst, in Moskau gewürdigt worden. Vielleicht aber zielte er auf Moskau ab? Die radikale Persönlichkeit, dort haben sie Erfahrung mit ihr. Ein Mann hat seine große Stunde; mit seinen zwei Augen, seinem kühlen Kopf, nicht immer beherrschten Herzen verkörpert er einen Augenblick des Reiches. Das Reich wagt sein Leben – oh! in guter Zuversicht. Er läßt es darauf ankommen, in welchem Winkel eine Kugel ihren Weg nimmt. Sie fliegt vorbei.

Das andere ist sein Gesetz. Leichter hätte er den physischen Mut sich schenken dürfen als den moralischen. Was Bismarck »Zivilcourage« nannte. Den »Drohnen« ihr Ende ankündigen. Dem Viertel der Erde, das auf ihn hört, nichts weiter darbieten als Blut und Tränen, Mühen und Schweiß; handeln aber, als könnten die Sekretionen des Menschenleids aufhören, in widerwärtige Lachen zu gerinnen.

Sentimental, nein. Eher vermuteten Kenner es bei dem ersten, am Anfang des Zeitalters, das dieser abschließen soll. Die populäre Marke beider wäre »eisern«, gesetzt, die großen Männer des Zeitalters würden noch immer getrübt und überhitzt betrachtet, wie wilde Ausnahmen: man bricht in die Knie oder ballt die Faust. So steht es diesmal nicht. Die mittleren Menschen, es sieht so aus, sind den großen Männern ein Stück nachgerückt; sie vernachlässigen sogar, den richtigen Abstand zu halten. In der Art, als wären die großen Männer nicht durchaus benötigt und wären ohne eigenen Titel – während so viele mittlere Menschen amtlich den Titel »Held« führen.

Kamerad Stalin, Roosevelt und Churchill, dieselben Kameraden, haben bei ihren Zeitgenossen keine Legende, ihr bloßer Name fasziniert nicht wie einstmals die Namen Napoleon und Bismarck, als ihr Glück und Ende unentschieden waren. Dafür tappt der mittlere Mensch über die vorderen Figuren nicht gerade im dunkeln, er liebt und haßt sie ohne viel Mißverstand, wenn man will, aus der Nähe. Denn dies Zeitalter kommt zum Schluß und Übergang. Wenn es mit Ehren abtritt, was wir abwarten, aber nicht leugnen dürfen, dann wird die Ehre den namhaften Gestalten, aber auch den anonymen, mittleren verdankt.

Ihre Massen, die zeitweilig tief verachteten Massen, erleben in den spätesten Tagen des Zeitalters dennoch die Geschichte, die sie verantworten, die sie selbst hätten machen wollen: endlich ist es soweit. Vorher eine Sintflut von Unheil, es ist wahr, der lange Krieg in immer gesteigerten Abschnitten, ein Existenzkampf, nachgerade ohne Gegenstand und Zukunft. (»Mit Arbeit werden Sie nie so viel verdienen, daß Sie nach Haus reisen können«, sprach eine mexikanische Arbeiterin zu einer deutschen.) Endlich ist es soweit – oder scheint ernstlich zu hoffen, daß heimgereist wird.

Heim – bedeutet allen das gleiche: ob die inszenierte Völkerwanderung sie verschlagen hat, ob sie in ihrem Städtchen, ihrem Geburtshaus leben und sterben, das echte Heim wird der Friede sein. Die lohnende Arbeit und das Recht auf die Existenz werden das verlorene, wiedergefundene Heim sein. Nunmehr wird es begehrt mit unbändiger Macht. Nichts zwingt die Dinge wie der Druck der Seelen. Daher steht wahrscheinlich in der Welt mehr Güte bevor. Sogar Dauer könnte der Gewinn an Vernunft und Güte haben, gesetzt, wir Menschen vertrügen Dauer. »Kriege wird es immer geben.« Gerade Kamerad Stalin verspricht es.

Gleichviel, die Ehre des Zeitalters ist – beinahe gerettet. Sie wollte, daß inmitten alles niedrigen Hasses, den die Intellektualität seitens Unzuständiger erfahren hatte, diese drei Intellektuellen, und keine anderen, die Spitze der Reiche einnahmen. Sentimental, nein. Sie wollen den Menschen wohl, aus geistiger Redlichkeit: sie ist das Sicherste. Dennoch hielten zwei von ihnen letzthin die denkwürdigsten Ansprachen – der 6. Juni ist, in Frankreich war soeben gelandet, die Befreiung des Kontinentes bricht an.

Da hält der Präsident für hundert Millionen Hörer eine Rede; indessen richtet er sie, im Wortlaut, an keine irdische Stelle. Sie ist von Anfang bis Ende ein Gebet, das gehaltenste, innigste, ein einziger Ruf nach der Gerechtigkeit des Herrn, nach seiner Gnade, die allein das Recht verbürgt: nur muß man tragen, was es kostet! Die Mühen werden angenommen, die Opfer dargebracht. Die Rede ist schlechthin der feierlichste Akt. Alle Herzen knien, alle Gedanken beten mit, zu dem Besten im Menschen, Gott genannt.

Am Abend spricht der Prime Minister. Seine Stimme ist nicht gleich zu erkennen. Er weiß, daß er etwas Einmaliges vorhat; außerdem verlangt es eine ungewöhnliche Technik. Er detachiert die Worte, wie die ersten Noten der Mondscheinsonate einzeln an- und hinanklingen. (»Kann er ein Andante spielen?« fragte Beethoven, weil es das

Schwerste ist.) Dieser Sprecher will keine verzauberte Nacht beschwören. Er berichtet einen überaus harten Tag, die nüchternen Tatsachen der Landung in Frankreich. Damit Stimmung zu erreichen, daß die Herzen stocken!

Bemerkt er ganz deutlich, was er tut? Zum Schluß soll ihm etwas begegnen, das er nicht voraussieht. Seine aktuellen Aufzählungen verlaufen zuletzt dennoch in ein Gebet: soweit gut. Die Ergriffenheit eines Viertels der Erde darf verlangen, daß er endlich »My Lord« sagt, und er sagt es. Flüssig kommt es nicht heraus. Seine Rede ist immer langsamer geworden, hier fürchtet man die unfreiwillige Pause. Die Stimme scheint ihm abgeschnürt, sein Lord weiß, wovon. Wenn es Tränen wären?

Wie schon öfter bei diesen letzten Männern des Zeitalters dachte ich an meinen Bismarck: seine Tränenkrisen, die weder hysterisch noch sentimental waren, und er verbarg sie, in seine Legende passen sie nicht. Als Vierter neben den Lebenden darf er nicht zitiert werden: er ist ein Feind, sogar der folgenschwerste aller Feinde, wie man meinen will. Was macht es ihm aus, und was mir? Die menschliche Größe zeigt sich, wenn sie verewigt ist. Wenn sie kein Land mehr hat und in allen Sprachen schweigt.

Am Ende eines Zeitalters haben die großen Männer es leichter als an seinem Anfang, sich verständlich zu machen. Jetzt sind sie, mitsamt ihren Nationen, die Befreier – von einem Feind, der selbst am meisten der Befreiung bedarf, und es weiß.

Achtzehntes Kapitel

Die menschliche Verwandlung

Das besichtigte Zeitalter hat ergeben: einen sehr großartigen Ausbruch von Wahrheitsliebe: – gleichviel, wo er begonnen, da er einmal in Bewegung, hält nichts ihn auf.

Das intellektuelle Gewissen ist nicht bei den Machtlosen, wohin es sonst verwiesen. Gegen Ende des Zeitalters findet das sittliche Bewußtsein sich zur Regierung berufen. Die größten staatlichen Verbände und ein weltweites Gemeinwohl werden dargestellt von Persönlichkeiten, die nicht zuerst mächtig, sondern gerecht sein wollen (und müssen). Die Freiheit verstehen sie mehr oder weniger auf die gebotene neue Art. Zu übersehen wäre der revidierte Begriff der Freiheit keinesfalls.

Hierselbst endet die Verachtung der Massen. Sie betätigte sich mittelbar schändlich. Vorhergeht: sie lief der Wahrheit zuwider. Der Krieg, ohne daß er für dies oder anderes gelobt wird, brachte es heraus. Die Nation mit Führeridee – und ohne unschuldig redliche Selbstachtung – zeigte sich ihm je weniger gewachsen, je länger und vergeblicher sie siegen mußte. Ihre Niederlage ist ihre Entlarvung. Man trägt nicht bis an das Ende der Tage eine angenommene Maske. Sich schlagen lassen – kommt von selbst, gebe auch die deutsche Kriegsmaschine sich den Anschein ihrer alten Gefährlichkeit bis zuletzt. Die Seele gesteht ihre Schwäche. Das Gewissen trägt endlich schlecht: davon die Angst im Lande, grauenhaft wie die verzweifelten letzten Kriegshandlungen. (Die Rote Armee ist auf dem Marsch nach Berlin. Womit wird Berlin bis auf weiteres verteidigt? Mit Pogromen – in Paris.)

Die Länder, die ihre Massen auf die konventionelle Art

geachtet hatten, sind veranlaßt, Ernst zu machen. Auch hier befehlen die Tatsachen, die handelnden Personen gehorchen. Ihr Ruhm ist, daß sie zu gehorchen verstehen – als die Realisten, die sie sein dürfen. Ihren Gegnern ist es mitnichten erlaubt, weder auf der feindlichen Seite noch im Innern. Wer aber die menschlichen Tatsachen würdigt, hat sie sittlich betrachtet. Praktische Klugheit allein kommt nicht so bald zu Entschlüssen, wie Churchill und Roosevelt sie fassen. Der versäumte Augenblick gehört der bloßen Gewitztheit.

Die Exekutive der Demokraten übernimmt Verantwortungen, die keine bisherige Demokratie ihr zugebilligt hätte. Die Demokratie wird vor unseren Augen eine andere. Reiche Leute haben eine sehr verringerte Macht über die abhängigen Massen. Der Staat beschäftigt die Massen im Krieg; vieles spricht dafür: auch nach dem Krieg. Würde nur fehlen, daß der Besitz um seinen Besitz kommt; es scheint nicht immer ausbleiben zu sollen. Vorher gehen Gefallene in so bemessener Zahl, daß es den Verlust großer Vermögen schließlich aufwiegen könnte. Ihnen war allerdings das Leben, das sie hingeben, nie verbürgt gewesen, nur die Existenzangst.

Ihrem Dasein, solange es währen soll, ist die Sorge um ihre Erhaltung mitgegeben. Können sie bis an den Schluß und Sieg ihr Land, die Einrichtungen ihres Landes verteidigen, in der Gewißheit, das Land werde unerbittlich bleiben? Kampf um die Ernährung ihres Körpers werde, wie je, ihr einziges Ziel sein? Ihrer Seele bleibt nichts – außer sich ängstigen? Ihr ganzer Lohn, wenn sie das Land gerettet haben, berechnen sie ihn schon? Wäre es, daß der Krieg sie verschont hat, aber der Friede sie tötet? Nennen sie vielleicht schon die Ziffer der Arbeitslosen, nachher? Sind die Ziffern, die umgehen, phantastisch, und gibt es Gründe der Erfahrung, seelische Gründe, daß sie einleuchten?

Die Exekutive ist – ein kaum erhörter Fall – gleichzeitig in den größten Reichen bei Intellektuellen. Ihre Natur und Ehre, was dasselbe sagt, hält sie an, den Menschen zu betrachten, bevor sie wagen, ihn zu benutzen. Einzugreifen in möglichst viele Schicksale ist keineswegs ihre Verlockung. Die Macht ist nicht, wofür sie geboren waren. Des Menschenverbrauches, auch nur in den erträglichen Grenzen, würden sie sich gern enthalten.

Das Ende des Zeitalters erblickt eine Verschleuderung menschlichen Kapitals, der Reserven an seelischer Gesundheit, physischer Kraft – das will verantwortet sein. Beispiellos ist es nicht, »einzig in der Geschichte« kommt nirgends vor. Wir erfahren, im Verhältnis aller Zeiten, weder mehr Schrecken als manches vergangene Geschlecht, noch wehren wir uns besser. Gleichwohl ist uns das relative Höchstmaß zugeteilt; die Spur von unseren Erdentagen wird lange nach uns noch nicht verschwunden sein.

Alles aber, wie es ist, wie es nachher nicht anders gedacht werden kann, wird zufolge allgemeinem Beschluß verantwortet von wenigen Personen. Sie haben die zwingenden Tatsachen nicht erfunden, den Zusammenhang der Dinge schufen sie nicht, und sind kein Fatum. Sie sind die Exekutive des Geschickes. Sie übernehmen die Verantwortung: für die Beauftragten sonst ein leeres Wort, Sanktionen traten niemals ein. Heute dagegen – ein furchtbarer Mut wäre nötig, sogar für mittlere Köpfe, schlechte Menschenfreunde. Diese sind die besten und denken, was sie tun, zu Ende. Sie hätten jederzeit nein sagen können. Dann geschah dasselbe, aber nicht durch sie.

Der eine gesteht seinen Kompatrioten, die seine Schutzbefohlenen sind, zu seiner Frist sei nichts anderes zu erwarten außer Blut, Schweiß, Mühsal und Tränen. Er könnte auch Gewinne versprechen, die Sicherung des

Lebens, die Befreiung von der Existenzangst. Er selbst wird Hand anlegen, noch während der großen Flut von Tränen, Schweiß und Blut: auf ihr besteht er allein.

Der andere warnt seine Nation, den Sieg für leicht, die Opfer für vollbracht zu halten. Das Leben der Soldaten war lange mit Anstand geschont worden. Kann zum Schluß an Toten nicht mehr gespart werden, dann haben sie ihren Preis, das ist die Fürsorge für den Rest. Aber keinen Preis hält er ihnen vor Augen, nur ihr Sterben. Er verschweigt, was er inzwischen schon unternimmt, die Rettung der Überlebenden des Krieges aus den Greueln des Friedens. Beide setzen den schlimmsten Fall. Beide wollen ihn widerlegen. Es handelt ihr Gewissen.

Oft habe ich bedacht – alle Intellektuellen, gesetzt, sie wären über die Herkunft der humanen Verpflichtungen aus der Menschenbetrachtung im reinen, haben bedacht und gezweifelt, ob mehrere ausgesuchte Vertreter ihrer eigenen Gattung soviel überstehen werden. Von ihrem Sinn und Sein das Gegenteil – nicht nur ertragen wie wir: es verantworten. Die Streichung der Menschenrechte; keines bleibt übrig, wo Sterben die erste Bürgerpflicht ist. Selbst aber sitzt man im Zimmer, ist alt, weise und wohlbehütet. Mir selbst macht es bange, obwohl, wem schulde ich Rechnung, und wofür? Unsichtbar, mir ins Ohr, fordert jemand sie dennoch.

Die beiden öffentlich Verantwortlichen sind letzthin gealtert, schnell und über ihre Jahre. Ihre Art war aber heiter gewesen bis in den Zorn hinein: »Il est trés combatif«, hörte ich über den einen sagen, noch vorher, in dem unverletzten Frankreich. Streitbar, allzu streitbar, war von ihm die Meinung.

Dann mußte er Frankreich aufgeben, wochenlang ist er gefaßt gewesen auf die Invasion seiner heimischen Insel, wenn nicht auf ihren Verlust. Seither plante er, plante, bis er handelte, den Gesamtangriff auf einen kaum noch fragwürdigen Verteidiger des Kontinentes. Aber die Kosten des Angriffs, an Menschenleben, stehen zur Frage. Er sorgt, daß der genaue britische Anteil nicht überschritten werde. Er kündigt den Tag der Tage an, ohne ihn natürlich zu nennen, beiläufig scheint er ihn wieder in Frage zu stellen. Von den überreizten Nationen des westlichen Europa verlangt er die tägliche Bereitschaft, mitsamt der leidenden Geduld. Er weiß, daß beides zuviel der seelischen Spannung ergibt. Man trägt sie, aber wie. Sieht er es nicht sich selbst an? Streitbar, noch immer; aber physisch anfällig durch langes Ertragen der seelischen Spannung; und mit gedämpftem Vertrauen in die Eigenmächtigkeit der Beschlüsse.

Er hatte geschrieben: »Klopfet an, so wird euch aufgetan!« Damals erlaubte er seinem General ein Abenteuer, das heute nicht mehr statthaft wäre. Welch eine Summe von Verantwortung ist inzwischen angewachsen, je weniger einer frei beschließen darf; sondern die Dinge selbst, die Gesamtheit ihrer Zusammenhänge verordnen, was ein Mensch verantworten muß. Das ist der Zeitpunkt, da ihm Machtvollkommenheit eingeräumt wird.

Das nervöse Fluidum aus den feindlichen Organismen, die ihn belauern, aus den innig ergebenen, aus einer Mehrheit von ungewissen, alle Leitungen gehen unabwendbar durch seine. Sein Plexus und Gehirn halten ihnen stand. Das, und weder weniger noch mehr, ist, wenn es zum Äußersten kommt, die Macht.

Die Garantien, daß sie normal erscheine, bleiben bestehen. Ihre Teilung in Legislatur und Exekutive wird sorgfältig gewahrt. Eine Förmlichkeit, er selbst ist um sie besorgt. Wer möchte wirklich mit ihm teilen? Was gäbe es zu teilen? Diese Macht, die eine unbekannte Summe von Abhängigkeiten, die ein furchtbar waches Abhorchen verworrener Befehle ist? Und die nie bedankt werden kann, denn man darf sie gar nicht kennen.

Dieser Zustand der Macht, aus einer folgerechten Reihe der fragwürdigste, ist bei weitem ihr schlechtester nicht – weil lehrreich wie nur das Extreme. Einer, der diese Machtprobe, die Probe, wieviel Macht der Mensch braucht (bei Tolstoi: wieviel Erde? Fünf Fuß) – endlich doch bestanden haben wird, muß recht wohl beraten gewesen sein, von seinem Plexus und Gehirn. Er ist ein Intellektueller: darum der ganze Mann, der hier auftritt und agiert. Ein neutrales Werkzeug des Wissens um den Menschen, das ist er. Die Waffe einer Gesamtheit in dem Kampf um das Leben. Wie alles geworden ist und steht, wäre die Gesamtheit ohne ihn verratzt – das gemeine Wort bietet sich an. Voltaire und Friedrich nannten dieselbe Gesamtheit schlicht: la canaille.

Messrs. Churchill und Roosevelt denken es weder von der Menge noch von dem Durchschnitt ihrer Opponenten; das macht der Abstand der Zeitalter. Die feindlichsten ihrer Gegner sind keineswegs überzeugt, daß Messrs. Roosevelt und Churchill bedingungslos an der Macht hängen. Tun, was bei Todesstrafe sein soll, erlaubt keine Selbstherrlichkeit. Etwas, wofür man früh alt wird, am Ziel sehen wollen, es von anderen nicht verderben lassen, lieber ein Fourth Term, auch wenn er tödlich wäre: – diese Selbstsucht wünsche ich mir. Können viele sich ihrer rühmen?

Ein Versuch geht vor, und wir werden dabeigewesen sein: mit der Autorität als sittlicher Funktion, mit der Autorität als einer Erscheinung der Tiefe. Nur die Versenkung in den Menschen ist tief. Die Sorge um ihn, humanistisch bestimmt vor allen fachlichen Anwendungen, ist eine Lust der Tiefe. Man weiß. Um humane Dinge weiß man allzusehr. Unmöglich, mit ihnen jemals fertig zu sein wie mit einem entdeckten Stern oder Serum. Man hilft, zu leben. Wenn beiseite Tränen fallen, sind es lacrimae rerum. Mitten im Handeln zahlt man den Zoll der Vergeblichkeit.

Ich kannte den König Henri von Frankreich: er hatte mit den »dominations chrétiennes«, Republiken, Königreichen, geistlichen Herrschaften, durchaus das gleiche im Sinn wie zu dieser Zeit Messrs. Churchill und Roosevelt. An seinen »Großen Plan« erinnern mich Sätze wie die gestern gelesenen. Der Präsident sagt den Abgeordneten der »Internationalen Arbeitsorganisation«, daß auch er glaube: »Armut, die irgendwo noch herrscht, bedroht den Wohlstand überall.«

Das glaubt er. (Der Dean of Canterbury bezieht denselben Glauben nicht mehr auf die Kontinente, schon auf die Klassen desselben Landes. Der Präsident desgleichen.) Auch dem Folgenden behauptet er zu vertrauen. »I trust that this marks the beginning of a new and better day, eine Periode« (Zeitspannen dauern nicht) »der Hoffnung« (nur der Hoffnung) »auf materielles Wohl, auf Sicherheit und auf Entwicklung der geistigen Persönlichkeit« (die Hauptsache, die zuletzt kommt) »for all those groups now suffering so sorely under the heel of the oppressor.« Die Ferse des Bedrückers, gegen sie ist wieder einmal die Autorität aufgebrochen, die höhere Autorität des Intellektuellen an der Macht, gegen den irrationalen, boshaften Typ des Machthabers.

Sollte ich mißverstehen? Die Autorität – wird revolutionär. Eine Seltenheit; man hält sie fälschlich für unerhört, obwohl von den Königen Frankreichs gerade der eine fortlebt. (Empfand selbst aber seine Autorität, je revolutionärer sie wurde, als gewagt. Mit weniger Skepsis hätte er sich nicht ermorden lassen.) Soviel ist richtig: Figuren, nach Art unserer ausdrucksvollsten heute, waren dem 19. Jahrhundert fremd. Sollte es ihresgleichen eine besessen haben, mißverstand es sie; weshalb es die Autorität hassen lernte.

Intellektuelle, die heute auf seiten der Autorität bei ihresgleichen wären, nannten sie von Grund auf hassenswert – haissable essentiellement – und sich revolutionär bis ins Mark. Flaubert würde es nicht mehr sagen. Wenn ich mich erinnern will: als 1938 ein Beamter mir seine Erfahrung eröffnete – »Tous les écrivains sont anarchistes« –, ich schwieg erstaunt. Wie lange her! dachte ich. Vorzeiten nahmen wir unsere Sicherheit, des Lebens und der Existenz, für halbwegs echt; die Autorität schien ohne Beruf, sie machte sich lästig. Wenn nunmehr der Kampf um das Leben ginge? Und für das Leben kämpften Autoritäten vom geistigen Schlage?

Sie selbst haben vorher verkannt, worauf sie sich einließen. Ganz gewiß gingen sie ohne Absicht daran; sie sind das Gegenteil von Machtergreifern. Ein merkwürdiges Wort des Präsidenten ist bald vergessen worden, was mir weniger auffällt als das Wort. Er sprach es um die Zeit seiner dritten Wahl, als er der Diktatur schon verdächtigt wurde. Ungefähr sagte er: »Ja doch. Ich werde mich mitten in Pennsylvanien auf den Kopf stellen.« Ein Land, das immer frei war, mit Autorität dirigieren wollen? Der Widersinn selbst, zuerst müßte er aus sich einen Akrobaten oder Derwisch machen. Das war einst.

Seither hat er reiche Leute, die in Verkennung des Augenblicks von ihren Rechten nicht abweichen wollten, unter die Arme nehmen und forttragen lassen. Ein anschaulicher Angriff auf die Freiheit »unter dem Gesetz«. So heißt sie. »Unter dem Besitz« wäre fehlerhaft.

Im Grunde wird dieselbe, konventionell geheiligte Freiheit noch gröber verletzt durch einen Akt, den nur sein Diensteifer für die Nation beschönigt. Eine Gesetzesvorlage, die beim besten Willen nicht abgelehnt werden kann, kommt einem Befehl gleich. Der Präsident allein hat ersonnen und hat befohlen: die Soldaten, die vom Krieg übrigbleiben, werden Vorrechte haben. Ihnen vorbehalten fünf Jahre lang sind alle offenen Stellen – im Staat, daher voraussichtlich im Lande.

Die Fürsorge schließt die Bevorzugung von Verdiensten und redlichen Bemühungen nicht aus. Sie beeinträchtigt die Alleinherrschaft von Ellenbogen und die Auslese durch den Zufall – womit der Lauf der Natur gestört wird. Das freie Spiel der Kräfte erleidet Beschränkungen, sie müssen nicht immer auf bloße Fürsorge gerichtet bleiben. Wer damit angefangen hat, darf sich später über nichts wundern.

Eines Tages mag er seine wohlgemeinte Diktatur nicht wiedererkennen. Er könnte vorbringen, daß sie bei ihm der notwendige Kampf um das Leben aller war. Die Davongekommenen des Krieges, ihr Nachwuchs, ganze Generationen, ihre Existenz und ihre Moral, waren nicht anders zu erhalten, als wenn er sie dem Ungefähr entriß. Die Zivilisation selbst drang, um sich zu retten, auf seine angewendete Macht.

So steht es hier geschrieben wahrhaftig nicht aus angemaßter Kenntnis eines mir fremden Landes und Erdteiles. Nur das Gesicht des Intellektuellen an der Macht ist vertraut wo immer: dieses gebietet Ehrfurcht. Um wen die Furcht? Für wen die Ehre? Ein Mann ist gefährdet, weil über sein Amt hinaus gestiegen, und hatte es nicht gewollt. Einige still Eingeweihte fühlen sich in ihm geehrt. Die größere Ehre empfängt das Zeitalter: auch mit ergreifenden Zügen darf es enden.

Die Mächtigen lassen sich photographieren, ohne daß sie photogen sein müssen wie andere Sterne der Öffentlichkeit. Aber keine Bilder, verriete Abseitigkeit und Starrsinn. Nur das nicht! So sitzt er denn, und ein Kind heftet irgend etwas an seinen Rock. Die Kinder lieben gehört auch dazu. Hitler liebt sie – auf Bildern. Reichsmarschall Göring betatschelt sie mit der Gutmütigkeit eines schweren Jungen. Heinrich Himmler erinnert sich, daß aus Kindern Menschen werden: er beschränkt sein Gemüt auf die Hühner.

Der Präsident hat vergessen, daß man einem unschuldigen Wesen den Scheitel streicheln muß; dieses kleine, vom

Photographen in Höhe seiner Augen angebrachte Menschengesicht kann er nicht von oben begönnern; aber aus seinen umschatteten Lidern sieht er es auch nicht eigentlich an. Sein Blick ist zu gedankenvoll. Sein Lächeln war ein Versuch und ist steckengeblieben in den irreparablen Verdunkelungen der Haut. Nur den Mund verzieht er; die Absicht wäre Freundlichkeit, sie leidet allerdings unter stummen Zweifeln. »Wie kann ich dir, zukünftiges Menschlein, zu leben helfen?« Gerade dies vollendet den Ausdruck des Gesichtes. Es ist schüchterne Liebe.

»Ihr«, sinnt er. Über die Fünf- bis Elfjährigen sinnt er; das wären nach der Annahme die Jahrgänge, auf die zu hoffen bleibt; mindestens sind sie unbekannt. »Ihr Unbekannten, die ihr mich niemals hassen werdet. Mein Name, sonst von mir nichts, wie es wirklich war, wird bei euch übrig sein. Fürchte dich nicht! Ich küsse dich nicht.«

Die Fünfjährige, sehr viel mehr bei der Sache (des Anheftens von irgendwas) als der ältere Herr – nun, ihre ernste Beflissenheit ist für das Bild bestimmt: sie hält sich an ihren Auftrag. Eher er als sie entfernt sich von der Konvention. Wenn dennoch dem Kinde, ganz unversehens, der Verstand käme? Eine Mutter überrascht zur guten Stunde das Gesicht ihres jungen Sohnes – erblickt es das erste Mal wirklich, mit seiner ganzen Bestimmung, die schwer ist. Schwer jedenfalls, insofern es dahin käme, auch groß, und möge eine innere Heiterkeit es gut, es spät noch mit verfärbten Zügen rein erhalten!

Entgegen aller Erwartung von mütterlichen Ahnungen befallen, schlüge die Fünfjährige ihre dünnen Ärmchen um den Hals des älteren Herrn. Aber vielleicht hat sie es getan.

Als ich in Frankreich wohnte, besuchte mich ein brasilianischer Diplomat mit seiner Frau, die aus Toscana gebürtig. Wir saßen schon eine Weile im Gespräch, da erwähnte ich, daß meine Mutter von Brasilien nach Deutschland gekommen sei, einst um 1860. Ihre Mutter, damals verstorben, sei von durchaus einheimischer Abstammung gewesen. »Jetzt weiß ich, warum wir uns gleich verstanden haben«, sagte der Mann. Ich sah ihn an und dachte: »Mama hätte auch dort bleiben können, ich wäre vielleicht, was er ist!«

Der Mann, hoher Wuchs und feiner Kopf; die Dame, das Gesicht des unvergänglichen Italien, klassisch modelliert, die Abwandlungen modern. Ich sah auf ihren Mund, aus dem die Laute Toscanas klangen. Sie überließ es ihrem Mann, französisch zu sprechen. Sobald sie merkte, daß ich sie verstand, blieb sie in ihrer Natur – die bei allen untrennbar von ihrer ersten Sprache ist. Ich dachte: »Zehn Jahre meines Lebens habe ich mich im Bereich dieser Musik bewegt!«

Plötzlich fühlte ich, so nahe habe ich es nur diesmal gefühlt: »Kein Unterschied, ob zehn Jahre oder die Ewigkeit.« Ich hätte noch vor meiner Geburt bestimmt sein können für diesen Wohllaut, klar und sanft, die äußerste menschliche Distinktion, wenn Lippen wie diese sich öffnen und schließen. Warum sagte, schon war der erste Krieg vorüber, eine Italienerin über mich aus: »Parla come se non avesse mai fatto altro«? Aber er hat vieles andere getan, adesso non parla più. Von allem, was hätte sein können, wurde das meiste vergessen, verloren, nie erfüllt.

Die wunderbaren Gäste entließ ich in der Gewißheit, ihresgleichen nie wiederzusehen. Sie gingen mit ihrer jungen Wirklichkeit dahin: Geister, nicht einmal Gedanken zu nennen, blieben bei mir zurück. Das ist das eine: als ein anderer anfangen – nicht besser hätte es sein müssen, versäumt ist es jedenfalls. Das zweite wäre: als ein anderer gestorben sein. Die Zeit gilt ohnehin für angenommen; in einer höheren Ordnung, die ich nicht verstehe, fänden die Jahrhunderte mit- und durcheinander statt.

Gut. Ich will 1750 zur Welt gekommen sein, 1820 den letzten Seufzer getan haben. Er war recht traurig. Mein Lebensgefühl, früher hochgeschwellt, gelangte vor dem Tode zur Hohlheit. Als ein Europäer ging ich durch mein Säkulum, das sich europäisch wollte. Ich war damals in zahlreicherer Gesellschaft als jetzt, und in der besten. (»La bonne société parle français.« Friedrich der Große.) In meine guten Zeiten fielen: die Encyclopädie, der Triumph der Vernunft, den wir wahrhaftig für endgültig hielten. (Als ob wir nicht selbst die Fallen gelegt hätten. Verwechslung des Reichwerdens mit der Freiheit. Die Armen – »la canaille«.)

Zweifeln ausgesetzt, dennoch vom Rausch des Miterlebens begleitet, waren die Revolution und Napoleon. Die Befreiungskriege (Entlastung vom Befreier) erlaubten mir keine Hochgefühle. Das schlimmste war, daß ich die begeisterten Jünger der nationalen Idee begriff, ihnen sogar recht gegeben hätte: sie brachten es nur zu nichts. 1821, als der Kaiser die Augen schloß, Weltenaugen hießen sie vordem – hinterließ er noch mehr Müdigkeit, Unlust, Enttäuschung, Trauer, als seine eigenen Irrtümer allein erklärt hätten. Begreiflich, daß ich mich schon das Jahr vorher zurückzog.

Heute habe ich vielmehr zu danken, denn ich darf das Letzte des Zeitalters für sein Bestes ansehen. Der Krieg gegen einen Unterdrücker ist ein echter Befreiungskrieg. Da es nicht nur um die Wiederherstellung von Nationen, sondern um die Lage des Menschen geht, hat die Freiheit ihre Armeen überall. Ein Querschnitt durch die Länder zeigt – nicht die gleiche Verfassung ihrer Völker, aber daß die gleiche Verfassung sich anmelden würde, sobald sie es wagen kann. Die freien Völker, die unter dem schönen Namen der Vereinigten Nationen kämpfen und siegen, haben viel gewagt.

Kein Grund besteht, von den noch unfreien Völkern weniger zu erwarten. Mehr, wenn es möglich wäre. Sie haben gekannt, was die freien zu beendigen denken, die Knechtschaft. Sie sind belehrt. Erfahrungen bestärken auch einen schwachen Glauben. Sie erwecken den Glauben, wo er ganz vergessen schien, bei dem mißbrauchten, sehr schuldigen Volk, das verzweifelt weiterkämpft für die Knechtschaft aller und seine eigene. Woraus ist seine Verzweiflung gemacht?

Erblicke ich (in Wirephotos, die sie entstellen) die hohlen Gesichter der siebzehnjährigen Deutschen, wie sie gefangen nach England gebracht werden – ich meine diese Typen vorher nie bemerkt zu haben: sie sind nicht deutsch, nicht fremd. Sie denken nichts; noch auf der tiefsten Stufe ihres Wandels überlassen sie die Verantwortung »dem Führer«, und das sogar wäre für sie zuviel. Ihre armen Köpfe begreifen keine Verantwortung. Ihre Art von Verzweiflung ist die Indifferenz: seelenlos scheitern. Dahingehen, ohne daß nachgerade jemand aufmerkt, ihre Mutter nicht mehr, sie selbst nicht.

In den besser erhaltenen Zügen anderer Gefangener steht deutlich der Trotz. Weil Mißerfolge ihnen nur zufällig unrecht gegeben hatten? Auch das. In den Gefangenenlagern machen viele weiter die Wüteriche ihrer Weltanschauung – deren Endstation und Terminus-Bahnhof gerade das Lager ist. Nach Deutschland werden sie mit Nazimoral nicht heimkehren. Schon ist es nicht mehr ihr Land, und sie wissen es. Nachts erhängen sie still und leise einen antifaschistischen Kameraden. Den ganzen Tag würgt ihren eigenen Hals die Verzweiflung.

Den intelligentesten der deutschen Gestalten ist anzusehen, daß sie eher als das Heer die Untergrundbewegung gewählt hätten. Im Lande reiht man sich ihr ein; übermäßige Entschlossenheit wird nicht verlangt. Wie beim Heer nimmt den Jx die Masse mit. Er trägt als Mitglied eine Nummer. Die Gestapo fängt eine Nummer und kann sie hinrichten, mehr nicht. Geheimnisse sind von ihr weder mit der Folter noch durch das Versprechen der Straflosigkeit zu erlangen. Des Zusammenhanges der Verschwörung wird kein einzelner sich bewußt.

Warum dieses Gedränge – von Deutschen aller Klassen und Richtungen – nach einer Aktion, die offenbar nichts entscheiden kann, eh daß im Feld die letzte Schlacht entscheidet. Sind erst die Befreier einmal im Land, möge der Untergrund auch kämpfen. Es wird erwartet – ohne daß seine späten Verdienste an dem Schicksal des falsch angetretenen Volkes viel ändern könnten. Immer bringt dies Volk entbehrliche Opfer: vorher seinem Wahn, endlich einem Anflug von Erleuchtung. Jetzt verschwören sie sich und tauchen unter. Sabotieren. Töten auch. Alles, zum Unterschied von jeder anderen nationalen Revolte, damit das eigene Land unterliege. Es ist in schlechten Händen und hat sich unmöglich gemacht. Opfern sie denn ohne Nutzen? Sei der deutsche Untergrund belanglos, die Verzweiflung als emotive Kraft ist es nie.

Der deutsche Untergrund will nicht die Folgen der Niederlage verhüten. Er weiß: das kann er nicht. Er wird nicht als Nation, inmitten der Vereinigten Nationen, gekämpft und gesiegt haben wie die französischen Patrioten. Auf seine Taten wird er sich mit Nutzen nie berufen. Was war er viel? Immer gewärtig sein, daß der Henker in die Tür tritt. Aber Bomben schlagen durch die Häuser sowieso. Natürlich sagt der deutsche Untergrund, daß er Hitler stürzen will. Wäre nicht dies Wort, wo bliebe sein sittlicher Anschluß an die Welt, den er doch sucht.

Er will über alles: gutmachen. Die Schuld abtragen, soviel an ihm ist. Der deutsche Untergrund bringt seine Buße dar, noch vor den verhängten Strafen, und sie bleiben verhängt. Ich kann die Haltung einfach gut nennen: großartigere Ausdrücke verbieten sich, da allgemein auf das Leben ein Preis, der Tod, gesetzt ist. Sonst achtete man weniger darauf. Seit aber die Inschrift »sterblich« jedem aufdringlich an der Brust schaukelt?

Aus der Quelle kann ich es nicht wissen, bin indessen überzeugt, daß der deutsche Untergrund die Vorgänge in London verfolgt hat, kennte auch niemand sonst die Gesetzesvorlage über die Sicherung der menschlichen Existenz. Da ist es, wofür im Grunde – sogar im Untergrunde – gekämpft wird! Auch glücklose Kämpfer können Freude fühlen, die Freude, auf seiten der besseren menschlichen Lage zu sein. Die Menschheit, die sie beleidigt hatten, wird sie noch lange von sich weisen, sie zulassen nur mit Vorbehalt. Gleichviel.

Die menschliche Verwandlung, das sicherste Zeichen für den Übergang eines Zeitalters in ein nächstes, vollzieht sich offen und heimlich, in Sieg oder Demut, oft sogleich quittiert, manchmal lange nicht anerkannt. Es muß ja den Feind gegeben haben: über wen sonst die sittlichen Eroberungen? Wie sieht nun der Feind wirklich aus? Wirklich bedeutet: in seinem Verhältnis zur menschlichen Lage. Ich würde die Probe machen. Einen Augenblick finde ich mich in Deutschland wieder, angesichts einer Masse unbekannten Daseins: dreizehn Jahre versäume ich es schon.

Den Leuten unter und über der Rednertribüne stelle ich eine einfache Frage. Damit sie, was gemeint ist, nicht nur hören, sondern schauen, erzähle ich:

»In einem Land, unnahbar euren Schritten, aber nicht sagenhaft, steht die Gralsburg. Sie ist aus blutrotem Marmor und hat alle Eigenschaften eines Mausoleum, wie die Großen der Erde ihre Prunkgräber nennen. Ein Milliardär wird es nach seinem Tode beziehen. Bis dahin denkt er:

Schön ist es auch anderswo, und wohnt außer Landes. Den Ruhm soll sein Land dereinst haben, daß der erfolgreichste Verdiener bei ihm begraben liegt.

Er hat, wie alle Großen, klein angefangen. Ein fauler Kunde vermachte ihm ein schlechtes Grundstück. Er – es billig abstoßen war alles, was ihm einfiel. Indessen, seine Frau, weil sie seine Frau war, verbot es ihm. So kam es, daß er noch immer Eigentümer des Grundstücks war, als Zinn darin entdeckt wurde.

Zuerst hatte er selbst mit zugegriffen. Nachgerade gruben sie ihm Zinn in peinlichen Unmengen aus, er mußte sich wie ein Herr benehmen. Außerdem überlief man ihn mit Geschenken. Leute, die schon vorher Zinn besessen hatten, aber nicht seinen Überfluß, drängten es ihm auf: sie fürchteten ihn. Als er dies ungefähr begriffen hatte, es währte einige Zeit, war er auch schon im Besitz des Zinnmonopols für die ganze Welt.

Hier legte er sich Rechenschaft ab. Seine Laufbahn und Verdienste machten ihn schlechthin zu einem der Großen, nicht nur seines Landes, nicht nur dieses Erdteils, sondern des Universums. Das seltenste sind die Existenzkämpfer seines Formates. Sie zählen sich an ihren Fingern. Von jedem Finger, der einen Matador bedeutet, fallen ohnmächtige zwanzig Millionen an. Das sind, sagte der Zinnmann, die Dreckfresser, die es geblieben sind.

›Ich war selbst einer, aber ich war eine Kraft. Dieselben Chancen haben alle. Ich bin unter zwanzig, was sag ich, unter hundert Millionen bin ich der eine Erwählte.‹ – Diese Meinung hält der Zinnmann durch bis nahe an den Augenblick, wo er in seine Gralsburg aus blutrotem Marmor übersiedeln soll. Da könnte es sein, daß er mit Demut bekennt, er habe schließlich nur in der Lotterie gewonnen. Zufällig hatte er das richtige Los. Die anderen? Nicht einmal Nieten. Die meisten bilden sich reinweg ein, daß sie mitspielen.

Jetzt meine Frage an euch deutsche Arbeiter!« Nein, ich gelange nicht bis zu der Frage: die versammelten Zeitgenossen antworten schon – mit Gelächter. Was sie von dem Zinnmann halten? Ob sie es darauf ankommen lassen wollen, daß einer von ihnen der Zinnmann sein könnte, und um so sicherer wären alle anderen lebenslange Dreckfresser? Ich war nur kurz dorthin versetzt, ich höre den Anfang ihres Gelächters. Als es nachläßt, bin ich nicht mehr dabei, und hat es überhaupt geendet?

Es scheint nicht durchaus freundlich gewesen zu sein. Das Kriegsglück des Existenzkampfes ist in Europa unbeliebt geworden, man hat von jedem Kriegsglück zuviel genossen. Der mittlere Europäer weigert sich, mit fünfhundert Millionen seinesgleichen in einem dunklen Sack zu liegen, ein liebliches Kindchen mit bunten Flügeln greift mal hinein und zieht einen Glückspilz an das Licht. Aus.

Ich habe zu begreifen, daß es hiermit aus ist – für Europa. Grundstücke, worin Riesenwerte versteckt sind, ein Kunde gibt sie für nichts in Zahlung, der Betrogene des Zufalls ist sie los, der unbewußte Betrüger darf sie ehrlich behalten: dies alles kommt hier ohnedies nicht vor. Auch daher die besondere seelische Lage Europas.

Klarstellung. »Aber als Beispiel nehmen Sie die Deutschen?«

»Die Deutschen oder jede andere Nation des einmütigen Europa.«

»Seine Einmütigkeit beweist es mit Selbstzerfleischung.«

»Vielmehr ordnet es endlich seine Angelegenheiten.«

»Fremde ordnen sie. Großbritannien, die Vereinigten Staaten und Rußland sind keine europäischen Mächte.«

»Wenn die Vereinigten Staaten nicht ihr europäisches Erbe hätten, der andere Erdteil ließe sie kalt; eroberungssüchtig haben sie ihn immer gekannt. Die Sowjetunion hält die bis jetzt höchste Stufe der europäischen Moral (deren innigster Bestand aus Asien kam). Ihr Kronzeuge und fester Grund ist Großbritannien.«

»Aber Ihr deutsches Beispiel! Welche Deutschen meinen Sie? Es gibt kein anderes Deutschland.«

»Nein. Die Deutschen, wie sie sind.«

»Die hörten Sie ein böses Gelächter anschlagen über einen jäh bereicherten Zinnmann. Für den Eisen-Öl-Elektrizitäts-Mann Göring machen sie schon fünf Jahre die todernsten Landsknechte. Diese Deutschen meinen Sie?«

»Eben die.«

»Dann meinen Sie auch die Deutschen der Zeitbomben (wenn sie fliehen müssen); der vergasten Juden (als Rache für Niederlagen); der Massengräber von Frauen und Kindern (aus Wut, daß eine Nation trotz allem weiterlebt).«

»Dieselben. Die Deutschen haben sich als den moralischen Widerpart hergegeben. Einer mußte es sein, und sie hatten, was von der Schurkenrolle verlangt wurde. Einen berühmten alten Schauspieler sah ich über Stühle springen, wegen der Gelenkigkeit, die er für seinen jugendlichen Schurken benötigte. ›Es ist gar nicht so leicht, einen jüngeren Sohn zu spielen‹, sagte der Greis. Auch die Deutschen begegnen, um eine bedenkenlose Jugend vorzutäuschen, turnerischen Schwierigkeiten. Moralisch ergibt sich alles von selbst, wenn man muß.«

»Sonderbare Moralisten schlagen Sie vor. Der Schurke bekehrt sich zu spät, niemand wird es ihm anrechnen.«

»Niemand? Denken Sie an die Parabel vom Weinberg! Angenommen, dort wäre es ein gewöhnlicher Faulpelz, der in der letzten Stunde antritt und den früh aufgestandenen Arbeitern seinen ganzen Anteil von ihrem Lohn abzieht. Der Böse ist auch nur unzulänglich, wie der Träge.«

»Das geht nicht. Sie bringen alle auf dieselbe Ebene. Zuletzt gäbe es bei Ihnen weder Abstand noch Schuld.«

»Fürchten Sie nichts! Ich besichtige ein Zeitalter und

habe ihm zu danken. Es hat mehr getaugt als ich, oder als die einzelnen, die es darstellten. Der Ursprung seines Ungemachs keimte in unser aller gleichgültigen Herzen. Die Vernachlässigung der menschlichen Lage über jede noch erlaubte Frist hinaus hat endlich Katastrophen entladen. Da sie nicht ohne Folgen bleiben können, werden es nach allem Ermessen sittliche sein. Was vorher das Zeitalter bestimmte, die Indifferenz, kehrt nicht bald wieder.«

»Sie erwarten eine Regeneration des Lebensgefühls sogar bei den Deutschen, die aus Ehrgeiz die Unsittlichsten sein wollten. Möchten Sie nicht enttäuscht werden!«

Ich wäre nicht einmal enttäuscht. Sie werden, in ihrer öffentlichen Unbegabtheit, irgendeinen neuen Unfug anstellen. (Faschismus und Welteroberung machen künftig andere.) Eine Sorge für Europa müssen sie nicht mehr sein – keine so schwere, wie man noch denken kann, bevor sie vollends besiegt sind. Sofern ihr Nachkriegszustand es erlaubt, weder schnell noch glatt, werden auch sie etwas zusammenbringen wie eine Lex Churchill-Beveridge. Die immer ungelöste deutsche Frage, ob Westen oder Osten, Nachahmung der Sowjetunion oder Englands, könnte verwirren und aufhalten.

Abseitig, obwohl nicht ohne Zusammenhang, ergeben sich Erscheinungen auf dem Gebiet der sexuellen Psychopathie und verwandter Wissenschaften. Sie treten diesmal schon vor Abschluß der Feindseligkeiten geschlossen hervor. Die nachgiebigen Ausnahmen verraten, wie vielen es gerade noch gelingt, ihre Versuchungen geheimzuhalten. Sie beschränken sich weder auf erfolgreiche Länder noch auf das am gründlichsten fehlgegangene.

Zu der gleichen Zeit, da am Neubau der menschlichen Existenz gearbeitet wird, da alle die triumphale Gewißheit einer endlich erreichten Vernunft haben sollten, wie einst ihre Vorgänger von 1750 – wird dennoch eine beträchtliche Anzahl von Individuen ihre Braut oder Tante schlachten. Die einen neigen zum Anzünden eines vollbesetzten Hauses. Den anderen liegt es mehr, auf einem Spaziergang, der in einen Sturmangriff übergeht, alle Begegnenden niederzumachen. (Kann bis ins völlig Indezente verlängert werden.)

Unverkennbar begleiten diese und andere wilde Zeichen die hoffnungsvollsten Augenblicke der Zivilisation. Übrigens steht dahin, inwiefern ihre Hoffnungen erfüllt werden sollen: die Verwilderung jedenfalls mußte eintreten. Wäre es nicht in jedem wichtigen Betracht – hier die geistige Stabilität aller – die höchste Zeit gewesen, wir hätten nie daran gedacht, unsere Existenz zu versichern.

Neunzehntes Kapitel

Letzter Aspekt und Dank

Was alles gegen die menschliche Natur zeugen möchte, ihre monströsen Erkrankungen, ihre Wirrnis und Schwäche – dieses Zeitalter verdient Dank, daß es zum Schluß die bessere Seite freigelegt hat, die rechte, die sich sehen lassen kann. Die Arbeit war unverhältnismäßig teuer, die Handwerker kamen spät und sind längst nicht fertig geworden. Gleichviel: »Man kann einander wieder in die Augen sehen«, sagte im vorigen Krieg eine Theaterbesucherin. Diesmal geht mehr vor als nur ein inszenierter Trost.

Was ist mein Aspekt – nicht zuerst der Dinge, der Meinungen, Nachkriegspläne, Gesetze über die Existenz, was alles erst Folge und Ergebnis ausmacht. Mein Generalaspekt wird beglaubigt durch das Bild amerikanischer Soldaten, wenn französisches Volk sie als die Befreier empfängt. Französisches Volk erinnert sich entfernt seiner eigenen wunderbar gehobenen Einzüge in befreite Länder, einst mit dem General Bonaparte. Aber dieselbe Begeisterung, dasselbe rechtschaffene Wohlwollen trägt die nächsten, nach den vorigen: sie haben dann die gleichen Gesichter, einfacher als je, schöner als geträumt.

Mr. Churchill, le général de Gaulle, anzusehen stürmisch oder dunkel, stellen vorsätzlich dar, was gemeint ist: die menschliche Verwandlung – die meisten lassen sie mit sich nur geschehen. Im Zwielicht zweier Zeitalter, des abgelaufenen, des angetretenen, nimmt der Durchschnitt es ungenau und leicht. Es wäre auch gegen die Absicht, wenn sie eindrängen, wie die beiden Genannten oder die anderen beiden, Ungenannten, »Krieg wird es immer geben«? Sie mögen glauben, daß sie sowohl den Krieg wie den Existenzkampf besiegt haben. Je länger sie es glauben, um so länger wird es wahr sein.

Der Mensch, das Menschengesicht sind, was sie nicht mehr gewesen waren, rührend geworden. Rührung erregt der Gleichgültige nie, wäre er so vortrefflich, wie er meint. Nicht das Vortreffliche, das Fragwürdige rührt, mit seinen Gefahren. Was rührt mich? Die geheime Unzuverlässigkeit hinter einer Stirn, die gern hart und treu wäre. Der Gefährte, dessen Herz nicht sicher ist. »Toujours ce compagnon dont le cœur n'est pas sûr« – wenn das nur die Frauen wären! Die unterwegs liegengebliebenen Vorsätze, vergeblichen Hochgefühle, Freundschaft, die vergessen wird, die Sehnsucht nach ewiger Liebe in einem Leib, dessen Zellen unbeständig sind.

Goethe war es, der niemals ohne Rührung in ein Menschengesicht blickte. Um ihn zu befriedigen, waren sie nicht fest und sicher genug: dies der eingestandene Grund seiner Naturforschung. In seinem Aufsatz »Über den Granit« (1784) steht:

»Ich fürchte den Vorwurf nicht, daß es der Geist des Widerspruches sein müsse, der mich von Betrachtung und Schilderung des menschlichen Herzens, des jüngsten, mannigfaltigsten, beweglichsten, veränderlichsten, erschütterlichsten Teiles der Schöpfung, zu der Beobachtung des ältesten, festesten, tiefsten, unerschütterlichsten Sohnes der Natur geführt hat.«

Weiterhin:

»Ja man gönne mir, der ich durch die Abwechslungen der menschlichen Gesinnungen, durch die schnellen Bewegungen derselben in mir selbst und in anderen manches gelitten habe und leide, die erhabene Ruhe, die jene einsame stumme Nähe der großen, leise sprechenden Natur gewährt, und wer davon eine Ahndung hat, folge mir.«

Die Ruhelosigkeit des Menschenherzens hat ihn gerührt und ermüdet, als seine Zeitgenossen, wie meine, in ihren falschen-richtigen Freiheitsekstasen befangen waren. 1792 während des Feldzuges in Frankreich, als die fremden Armeen zurückgingen, machte er ein Aquarell: um die Mitte seines Lebens kommt es einem Bekenntnis gleich – aber welchem? Am Straßenrand ein Mast mit der roten Mütze oben. Goethe kopierte die angebrachte Inschrift: »Passants, cette terre est libre.« Um zu sagen: »Große, schöne Vorsätze«? Um mitklingen zu lassen: »Aber ich kenne euer mannigfaltiges Herz«? Was schriebe er wohl an die Grenze der Sowjetunion? »Vorübergehender, verweile!«

Ein neuer Mensch, ein anderes Zeitalter nehmen ihren Anfang hier. Die menschliche Fähigkeit der Verwandlung erreicht ihr relatives Höchstmaß diesmal. Eine sittliche Welt ohne Vorgang und Vergleich entsteigt – unnütz zu fragen, welchen weitläufigen Zusammenhängen. Sie ist da, sie erhält sich – erhält sich nunmehr länger als die Französische Revolution, einbegriffen der Kaiser. Die Sowjetmenschheit, »mit dem Bewußtsein, was sie soll, geboren«, siegt. Aber mehr, ihr sieghaftes Lebensgefühl ergreift andere.

Das ist ein Höchstmaß von Erfolg, das allgemeine Lebensgefühl zu steigern, nach allem Geschehenen, das es tief hätte senken müssen. Der Anstifterin, Vorkämpferin nicht zu danken wäre schwer. Alle danken ihr jetzt: daß sie verwandelt ist und siegt, daß sie selbst nunmehr siegen und sich verwandeln können. Unter den Nationen bewährt sich als die gerechteste die Nation des lange geschulten Realismus: die britische. So verläuft diesmal eine menschliche Verwandlung. Früher kam sie auch zustande, nur daß zähe, verständnislose Koalitionen gebildet wurden gegen das revolutionäre Frankreich, mit dem konservativen Britannien immer vorweg.

Die Umstände sind dem Menschen auffallend günstig, seinen sittlichen Aussichten, der Lage seiner Existenz versprechen sie ungewöhnlich viel. Hiermit schließt aber ein Zeitalter, das in seinen Anfängen eigentlich gar nichts versprach: niemand hätte auf seine guten Vorsätze gehört. Die einzelnen – auf sie kommt alles an – waren für Verwandlungen weder vorbereitet noch gestaltet. Jetzt erfahre ich, innerlichst erstaunt, von ihren Metamorphosen.

Da ist ein Würdenträger der deutschen Republik. Noch in Paris betrachtet er, was geschehen war, »vom Standpunkt der Behörde«. In Amerika verzichtet er auf Ehrengaben und arbeitet in der Fabrik: ein älterer Mann, jetzt wieder proletarisch. Ihn bewundere ich, nicht mich, der den deutschen Arbeitern höchstens sagen könnte: »Wißt ihr noch, die Wohlfahrt? Stempeln, eure Alten haben es geübt. Ich auch, ihr guten Kinder, ich seither auch.«

Ich danke dem Zeitalter und seinen Menschen: beide sind von bequemen Anfängen zu katastrophalen Vollendungen geschritten. Meinem Geschick bin ich dankbar – nicht, weil ich bald oben, bald unten war. »Wo ich sitze, ist immer oben.« Sondern daß meine Verantwortung heute von vielen, genau sogar von allen mitgetragen wird. Wir waren einst wenige, auf denen geistige Verantwortung lastete, ohne unser Verdienst gewiß, aber wir waren so beschaffen.

Daher habe ich erst jetzt den vollen Sinn für die schöpferische Begabung des Menschen. Er ist das Wesen, das von Gut und Böse weiß: das macht ihn zum Gestalter. Meine Bewunderung der Meisterwerke kennt keine Grenzen: sie allein sind die aufrechten Zeugen, daß gelebt und vollendet worden ist; sie und die hohen Persönlichkeiten, die großen Nationen. Auch diese dauern, vermöge derselben komponierten Vollkommenheit wie die anderen Arbeiten der Künstler: sind selbst von ihnen erschaffen. Ohne einen Michelet, nicht dieses Frankreich. Dieses Rußland, nur mit seinem Tolstoi.

Die Symphonie Pathétique erreicht wahre Wunder an Schönheit und Macht, je näher die Stunde, da sie das letzte Mal vor mir aufrauscht. In Büchern, die ich immer kannte, entdecke ich zum Schluß das völlig Unerhörte.

Der Philosoph Leibniz soll gesagt haben: »Eigentlich war alles, was ich las, richtig.« Richtig, daß es ein helles Staunen bleibt und einen Zugang, ich weiß nicht, wohin, eröffnet, ist das Geschaffene.

Ich muß mich besinnen, daß auch die Meister nur ihr armes kleines Leben besessen haben, mit einer tiefen Heiterkeit als Grundstock ihres Vermögens. Aber wie oft vergaßen sie sich! Flaubert sogar wäre beinahe ins Handgemenge geraten mit seinem Kritiker. Handgemenge und Flaubert, das wahllose Beieinander der Silben erinnert mich an eine Schlacht bei Salerno, und sie hat stattgefunden.

In das Unbekannte gesendet: Ich danke euch. Ihr wißt: nicht jederzeit wird euch dergestalt Ehre erwiesen werden. Die Meisterschaft als Vorbild, die Fruchtbarkeit als Ziel und Ende: das Zeitalter, das es zum Schluß so will und mich aussprechen läßt, hat gesäumt und sich vergessen, bis es dennoch an das Werk ging. Es mitleben von A bis Z war zum Weinen und zum Lachen. Besichtigt man es nachher – ja, eigentlich schon jetzt von jenseits einer Schwelle besichtigt, hat es an Ehrenhaftigkeit überaus gewonnen.

Sei ein anderes schöpferischer! Ich lebte dieses, nahm

früher als dieses die Meisterschaft zum Vorbild, aber von bequemen Anfängen schritten wir zur katastrophalen Vollendung.

Abgeschlossen am Siebenzehnten nach dem D-day.
Die Tage werden kürzer.

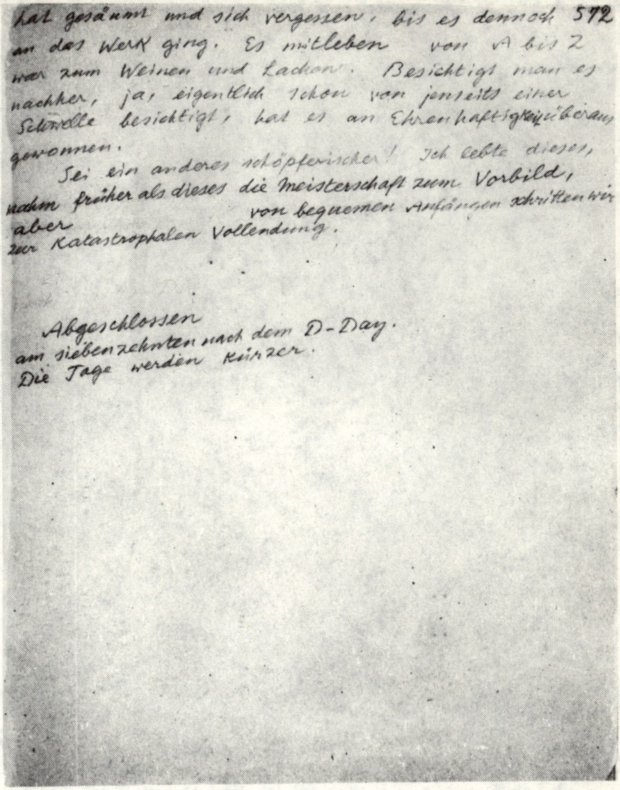
hat gesäumt und sich vergessen, bis es dennoch 572
an das Werk ging. Es mitleben von A bis Z
war zum Weinen und Lachen. Besichtigt man es
nachher, ja, eigentlich schon von jenseits einer
Schwelle besichtigt, hat es an Ehrenhaftigkeit überaus
gewonnen.
Sei ein anderes schöpferischer! Ich lebte dieses,
nahm früher als dieses die Meisterschaft zum Vorbild,
aber von bequemen Anfängen schritten wir
zur Katastrophalen Vollendung.

Abgeschlossen
am siebenzehnten nach dem D-Day.
Die Tage werden kürzer.

Letzte Seite von *Ein Zeitalter wird besichtigt*
in der Handschrift Heinrich Manns

Anhang

Paralipomena

Das Heinrich-Mann-Archiv der Akademie der Künste der DDR bewahrt aus der Entstehungsgeschichte des Buches *Ein Zeitalter wird besichtigt* zahlreiche Textteile auf, die im Verlauf der Arbeit an verschiedenen Manuskriptstadien »abgefallen« sind. Da es sich bei diesen Paralipomena durchweg um bemerkenswerte Äußerungen handelt, die nicht nur für Arbeitsweise und Textentwicklung aufschlußreich sind, werden sie hier erstmals zugänglich gemacht.

In der ersten Gruppe sind alle jene umfangreicheren, meist in sich geschlossenen Partien vereinigt, die Heinrich Mann bei der Redaktion der Kapitel 15 und 16 aus einer älteren Fassung »abgelegt« und in einem blauen Aktendeckel (mit der auf frühere Studien verweisenden Aufschrift »1940«) selbst gesammelt hat (vgl. dazu S. 643f); die in diesem Konvolut enthaltenen Teile des 17. Kapitels konnten dabei als bloße Varianten bestimmter Abschnitte außer Betracht bleiben. Die zweite Gruppe bringt alle Passagen, die vom Autor in der Handschrift der Kapitel 15 bis 19 (vgl. dazu S. 643f) sowie in einigen »abgelegten« Seiten des 16. Kapitels gestrichen wurden. In der dritten Gruppe werden alle Partien wiedergegeben, die Heinrich Mann aus der Schreibmaschinenschrift seines Manuskripts (vgl. dazu S. 644) weggelassen oder getilgt hat, sowie die gelegentlichen Rückseitennotizen dieses Typoskripts.

I

Der folgende Text bildet ursprünglich wohl den Schluß vom ersten Abschnitt des 15. Kapitels und stand vermutlich nach den Worten »da es das Land rettet.« (S. 470, Z. 16). Die ausgeschiedene Handschriftenpartie trägt die Seitenzahl 493 bis 506; auf der Rückseite von 506 hat Heinrich Mann vermerkt: »Abgelegt aus ›Abschied von Europa‹«.

Vor diesem Krieg, noch bis in den Ausbruch der Ereignisse, schwieg Frankreich von letzten Zielen: schon das nächstens Verhängte war dunkel. Was damals vorging, war eine endgültige Auseinandersetzung der menschlichen Arten, viel mehr als der sozialen. Atemloser Kampf; die entscheidende Stunde, l'heure H, wurde vorgefühlt: schon trug sie jeden über sich selbst hinaus. Die Intellektuellen-Zeitung »Ce Jour« spannte schauerlich mit der Psychologie des handelnden Personals, seiner sittlichen Zersetzung, seinen erfüllten Vorbedingungen, damit aus Antikommunisten – alles wird, was sie sind. Alles – kennt bis jetzt niemand.

Das publizistische Produkt der sittlichen Zersetzung, »Gringoire« geheißen, gab sein Höchstmaß an wütender Verleumdung: unehrliche Seelenkunde, aber echte Wut. Die Arten erklären sich. Parteinamen fallen dabei nicht; auch die Fascisten haben selten eingestanden: wir sind Fascisten. Sie hüteten sich, es zu wissen. Nur als ich im Hause der Mutualité eine falsche Tür nahm, sagte einer mir: »Ce n'est pas ici. Nous sommes les Fascistes.« Er meinte es zynisch, mit einem Anflug weniger von Drohung als von Komik. Sonst waren sie Republikaner der verwandelten Republik.

Die Bekenntnisse der Parteien sind immer fragwürdig. Aber Menschenarten werden über sich nicht täuschen. Alles liegt daran, daß die wertvollsten öffentlich handeln, anstatt der üblichen Beherrschung der Szene durch die schadhaften allein. Wer stellt in seiner Person, sei sie ein Jx oder ein Kollektiv, das wirkliche Land dar? das ist der Punkt. Nun war ich einmal zugegen, als Louis Aragon und André Malraux sich freundschaftlich, aber intensiv auseinandersetzten.

Sie gingen, jeder für sich, schnell durch das Zimmer. Bei Begegnungen, bei einem »pourtant«, hatten sie dieselbe Geste, den Ton, kein Fremder träfe ihn. Beide hoch und schlank – »ils sont grands, ils sont blonds« –, bewegten sie sich leicht, frei, hübsch und energisch. Offizierstyp, wäre zu wenig. Sie bekamen Kommandostimmen, die auf einmal eng vertraulich wurden. Ihre Hände, die langen französischen Finger, das vordere Glied zurückgebogen, zeigten, was die beiden waren, merkwürdig nackt.

Bei ihrem Anblick oder nachher fiel mir ein Buchtitel ein. Der beliebteste Verleumder im »Gringoire«, jede Woche ein geschlachteter Republikaner und beschmutzter Ruf, hatte seinen eigenen Roman geschrieben: »Le martyre d'un obèse« – keine vorteilhafte Enthüllung. Mit Fettherz und kurzen Beinen bewegt man sich nicht wie hier, meine beiden Freunde. Was man macht, wird vom schlechten Kreislauf bestimmt, wird gegen die gesunde Natur der Menschen und Dinge sein. Es wird wesentlich machtlos sein.

Der eigene Sekretär des Ministers Daladier und Verfasser seiner Reden versicherte mir und anderen, er sei jederzeit fähig und bereit, dreißigtausend Mann aus seiner Provinz nach Paris zu führen. Sein Chef war damals Volksfront-Minister, und Paris hat sich, an dem 6. Februar, als sie es versuchten, von den Freunden Hitlers nicht erobern lassen. Er mußte selbst kommen. Der Fascismus erwartete seine Verbündeten. Die Fascisten sind gegen den Krieg der Nation gewesen: wenn er aufrichtig geführt wurde, unterlagen sie mitsamt ihrem Hitler. Vorbereitet war ihr eigener, verräterischer Krieg.

Der Verdacht, was gemeint sei, stieg nur langsam auf; ich wußte es so wenig wie andere. Noch die Niederlage ließ Zweifel übrig, bis der ganze Umfang des Verbrechens zutage lag. 1940 war ein Jahr der Qualen. Später wird es unbegreiflich, wie man sich im Lande damals bewegen mochte, als wäre es dasselbe Land gewesen. Die letzten Monate vor dem Krieg fuhr ich nach Paris so oft wie nie, jedesmal um zu sprechen oder weil Langevin, der es als letzter vermochte, eine Versammlung berief.

»Ce Jour« war schon eingestellt. Er hatte von mir »La Jeunesse de Henri Quatre« gebracht. Kurz nachher wurde es verboten: seine Auflage hätte die Million erreicht. Die kommunistische »Humanité«, eine zweite Million, war vorher aufgehoben. Wer regiert ein Land, wo die Zeitungen der Massen unmöglich werden, sobald sie sich für den nationalen Krieg – mit der Sowjetunion gegen Deutschland – entscheiden? Was ist die Folge, die man hinnimmt, wenn es nicht sogar die vorausberechnete Absicht war?

Aber ich verlas meine wohlgesetzten Exposés in geschlossenen Kreisen, gleichviel welchen, da vor Sechstausend zu sprechen nicht die günstige Zeit war. Ich erinnere mich einer geistlichen Anstalt. Die Herren – »mon père« wollten sie von mir nicht genannt werden – zeigten ein aufrichtiges Mitgefühl für das vergewaltigte Volk der Tschechen. Lidice – den Namen kannten damals weder sie noch ich. Bestimmt hätten sie meine Zurechnungsfähigkeit bezweifelt, wenn ich plötzlich vom Blatt aufsah und aus dem Stegreif, nur um drei Jahre verfrüht, erzählte, was dann wirklich geschah.

Nun bin ich mit dem Leben anspruchsvoll geworden, ich verlange von mir, wenn ich sprechen wollte, daß ich die nächsten drei Jahre leidlich kenne und verbürgen kann. Zuweilen, aber es ist lange her, hatte ich das Richtige getroffen. Was nunmehr bevorstand, überstieg mein Maß; es war vom Unglaubhaften, aber Wahren mehr, als ich in

Szenen, Bildern und Gesichtern jemals gewagt hatte. Ich hätte mir selbst nur trauen müssen. Mein Wissen, zu Ende gedacht, ergab alles, was ich brauchte, um still zu sein und den Kopf in den Armen zu bergen. Vor dem Äußersten sträubt sich die Natur – die nicht nur auf einen Rest ihrer Würde hält: bequem ist sie auch. Sie ist lau.

In dem Haus eines Financiers – warum nicht, M. Paul Reynaud selbst, der letzte Ministerpräsident und verspätete Versuch eines Jakobiners, kam aus der Finanz –, in dem wohlgesinnten Hause las ich vor einigen Journalisten von Rang. Émile Buré, von »l'Ordre«, sein Mitarbeiter Pertinax, früher »Écho de Paris«, waren Patrioten von bemerkenswerter Klarsicht, ihnen wenigstens hatte eingeleuchtet, was die Verfolgungen der Linken bedeuteten. Aber Daladier »soi-même« war nicht weit davon, es zu erraten, er »brannte«.

Ich fürchtete, daß ich an dem Abend diese Männer, die Intransigenz verdienten, nur getröstet, ihnen Zweifel gelassen und sie hingehalten habe. Warum bereitete ich sie nicht auf monströse Ereignisse vor, da ich die gegebenen Voraussetzungen wohl kannte? Die Sache war, daß ich in der »deutschen Volksfront« gearbeitet hatte – heute vor der stattgehabten Wirklichkeit ein leerer Schein. Aber fünf Prozent Aussicht, gegen fünfundneunzig für den Krieg, konnte der Volksfront jeder aufmerksame Zuschauer geben – ich war mehr.

Exilierte Franzosen

Meine namhaften Zuhörer vom Juni 39 hatten in ihrem Lande gerade noch ein Jahr, ein abgeschwächtes, reich an Enttäuschungen, die aber Bestätigungen brachten. Erfüllt wurden ihre Angstträume, gesetzt, sie hätten deren ausgestanden; waren unterrichtet genug. Eine Tränenkrise, schon bei der Katastrophe von München, hat Buré zugegeben – erst im Exil. Er war mit seiner Person von nüchterner Haltung, in Gesellschaft ein Komiker: der traurige Scharfblick, den sie oft haben. Anzusehen wie Monsieur Prudhomme aus der seligen Bürgerzeit, die er zu parodieren schien. Anzuhören, solange man mochte, als ein klarer Fluß von Erinnerungen, tiefen Aperçus, Witzen ohne Nachsicht.

Das Exil dieser Franzosen setzt mich in Erstaunen wie kein anderes. Maurice Maeterlinck, der mich als Zwanzigjährigen bezauberte – draußen. In New York begegnet ihm Henri Bernstein – der zweite Akt von »Le voleur« ist aber die französische Meisterschaft. André Gide – fünfzig Jahre eines nationalen Geisteslebens, das keinen Zwischenfall ausläßt – hat sich nach Afrika gerettet. Alle, alle lassen Unvergleichliches zurück. Ihr Land beglaubigte sie, es trug und hielt sie mit seiner Geltung, der Geltung eines nationalen Charakters. Ganz hoch oder äußerst vollendet, bleiben sie doch immer Exemplare eines bekannten Wertes: Frankreichs.

Äußerst vollendet, das klassische Muster gibt Anatole France, bei dem man zweifelt, ob, was Genie heißt, noch zu wünschen wäre. Die Vollendung besteht für sich. Ganz hoch – wäre Jean Racine: kein vorbildlicher Mensch, weit davon. Aber geliebt; einer der Geliebtesten, die jemals erschienen sind, empfängt seit dreihundert Jahren die beständige Zärtlichkeit einfacher Seelen, und Wissende jeder Herkunft beten ihn an. Er selbst – hat ein ehrgeiziges Leben in Ungnaden beendet.

Dennoch, Clemenceau, 1917, über France: »Ich bewundere ihn, ich liebe ihn, aber noch ein Wort, ich lasse ihn verhaften.« Dennoch achtzehn Jahre der Verbannung für Victor Hugo. Voltaire, gentilhomme ordinaire de la chambre du roi, hat das Exil aufgesucht. Mehr als einmal verschwand im Ausland auch Chateaubriand, zuletzt Botschafter, ganz zuletzt stolz beigesetzt auf einem Felsen im Meer. Nachzurechnen wäre, wenn es nicht sogar erübrigt nachzurechnen, ob so viele unentbehrliche Träger des nationalen Ingenium ein anderes Land verlassen mußten wie dieses. Aber es ist dasselbe Frankreich, das einmütig gebettet scheint in seine beispiellos geschlossene Kultur.

Sie ist in Wirklichkeit die Synthese Europas, ohne daß sie es sein will. Das Fremde verliert die Fremdheit, wenn Frankreich es anerkennt. Dieses Land übt keine Gnaden an Freigelassenen, die Bürger werden. Es ist ebenso fern, sich Überlegenem zu beugen. Es nimmt für selbstverständlich hin, was seinen Bestand bereichert, Produktionen, die es als eigene empfindet: mit Vorbehalt, in demselben Maß, wie der anderswo Großgewordene von seinem zweiten Geburtsland weiß. Schwierig zu sagen, aber die Tatsachen reden.

Iwan Turgenjew ist ein Kamerad seiner französischen Zeitgenossen, kein Zugelassener, sondern gleich unter Gleichen – le bon géant Tourgueneff, als hätte ein Turm dieses Namens in der Bretagne gestanden. Er kam und beriet den anderen guten Riesen, Flaubert, der empfindlich wie eine Frau war, aber nichts Besseres wußte er sich als die nächtelangen Erwägungen von Sätzen, von Worten. Warum dauern die Werke eines Jahrhunderts? »Les bonshommes du XVIIème« haben das Schreiben höchst genau genommen, sie befragten einander über ein Wort. So dieser Franzose diesen Russen.

Heinrich Heine war noch gestern ein französischer Dichter; ein deutscher soll er auch nur bis gestern gewesen sein. Wenn überhaupt noch etwas feststände, dann wenigstens dies eine: Goethe, seine endgültige Aufnahme in Frankreich, die greifbare Popularität seiner Gestalten, die Einzelausgaben seiner Romane, die nicht aufgestellt, sondern gelesen sein wollen. Das wäre normal; der Name Deutschlands hat überall seine günstigste Bedeutung, wenn er ausgesprochen wird wie Goethe.

Absonderlich erscheint der Fall Hoffmann – ein sehr

deutscher Fall, hätte man gemeint. E. T. A. Hoffmann gesteht überall seine Kenntnis der französischen Literatur. »Le diable amoureux« des mystischen Cazotte ist eine Hoffmann-Erfindung, vor Hoffmann. Übrigens gab der Romantiker und preußische Richter sich ungeduldig, wie es der Brauch war, gegen die Sieger von Jena und Verlierer von Leipzig. Sie nahmen zeit seines Lebens zu viel Raum weg.

Italien, die Heimat seiner Masken, das Paradies seiner Einbildungen, wurde ihm fragwürdig, wie er selbst sich war: der beständige Antrieb der italienischen Originale sei obszön – als ob etwas Ursprüngliches, vehement sogar, auftreten könnte ohne den Sexus. Ein deutscher Fall, Italien hat nicht Kenntnis von ihm genommen. Für Frankreich existiert er hundertdreißig Jahre und ist anziehender geworden: in tiefer Art, wie ich glaube. Läse man so lange denn Märchen, um sich zu grausen? Aber es sind keine, und sind unheimlich vermittels einer abseitigen, vorweggenommenen Seelenkunde. Die Gespenster Hoffmanns wären eigentlich Ahnungen?

»Der Sandmann«, »Klein Zaches«, vor allem die erstaunliche »Prinzessin Brambilla«, aber auch die ausgeführte Studie der »Elixiere des Teufels« beziehen ihre ganze Intensität aus der Zerteilung der Persönlichkeit. Wir sind so und anders, wer sind wir. Deine Wirklichkeit ist ungesichert, verwechsele sie mit einer zweiten, du wirst darum nicht fragwürdiger. Die Bedingtheit des Erlebens, das Los, das auch verschieden hätte fallen können – wie übrigens das verfügte Zeitalter –: um 1800 hat ein einziger dieses Wissen gehabt.

Nach 1920 ist es wiederholt worden, in Theaterstücken, deren Erfolg die sichtbar gemachte Relativitätstheorie war. Man muß seine Lehren selbst erfunden haben. Übrig bleibt der Hoffmann, wie eine französische Oper ihn nun fünfzig Jahre durch seine sinnvollen Irrungen geistern läßt. Auf der französischen Bühne wurde laut der Name gerufen: Hoffmann! Im Parkett war irgendeiner versucht, sich zu melden: Hier!

Dies, damit ich im Drang der Ereignisse dennoch gegenwärtig behalte, was ein französisches Exil alles mitnimmt: das Zugeeignete auch. Was alles Gefahr läuft, verloren und vergessen zu werden: die literarischen Pfänder jeder menschlichen Verständigung seit Jahrhunderten. Derselbe Vorgang betrifft den Wohlstand der Länder, er kostet von ihm einen überaus lebendigen Teil: Exile sind teuer. Sechs- bis siebenhunderttausend protestantische Gewerbetreibende und Arbeiter wanderten aus, als der gealterte Louis XIV. das Edikt von Nantes widerrief. Henri IV. hatte es unwiderruflich erlassen. Was Schwüre! Die Nachwelt, wenn sie gar nichts täte, widerruft.

Der Fanatismus, der antiheretische, antikommunistische, beseitigt die nationale Gemeinschaft und verbietet die menschliche, zugunsten eines Feindes, für die Co-Operation mit dem Feind. Den Glauben retten oder den Besitz, beides bezahlt Frankreich jetzt nochmals mit der bemessenen Zahl von Menschen – sie allein wären genug Besitz und Glaube gewesen. (Deutschland hat die Menschen, die sein Wohlstand waren, in alle Welt – und in Gräber jedes Bodens geschickt.)

Mitte 1940, als auch ich mich dem Exil näherte, haben gleichzeitig Franzosen ihre Vorbereitungen angefangen wie ich, in Unruhe, Ratlosigkeit: Schritte, die man nicht ganz ernst nahm, ein Gehenlassen – es überzeugte noch weniger. Sie waren nicht die ersten. Die ersten kannten die Lauheit nicht, es waren die Tapferen, schnell Entschlossenen, die seit dem schlimmen Tag von Bordeaux auf britischen Boden traten, ausgestoßen wurden wie ihr General de Gaulle und den Beruf zu kämpfen erwählten.

Wofür man sich wünschte, in Europa zu bleiben

Die Völkerwanderung, seither von Deutschland inszeniert, wurde vorerst geprobt und angedeutet. Europa aufgeben, es wäre 1940 bei besserer Kenntnis leichter gefallen, man hätte nicht geraten, geschwankt. Tatsachen, die gleich danach eintraten, mußten nur vollends gesichert sein.

Übrigens waren sie es; ich weigerte mich, wie schon öfter, zu glauben, was ich sah. Wenn in Holland die berühmten alten Städte, scheinbar des bloßen Schreckens wegen, niedergemacht waren, mit Teilen unbewaffneten Volkes – in Wirklichkeit war es ein politisches Experiment. Noch legte sie sich Zurückhaltung auf, die deutsche Bevölkerungspolitik. Ihre volle Entfaltung war um so gewisser: die deutsche Bevölkerungspolitik ist eine Doktrin. Doktrinen kommen immer zu ihrem Ende.

Die deutsche Bevölkerungspolitik war unentwegt dahin gerichtet, daß auf diesem Kontinent, vorerst nur hier, die deutsche Überlegenheit der Zahl eine gesicherte Rechnung gäbe – eine künstliche war schon seit den Pangermanisten 1900 im Umlauf, sie wird in entfernten Gegenden noch heute viel geglaubt.

Damit nicht die deutsche Überzahl, aber die sittliche Bedenkenlosigkeit des gegenwärtigen Deutschlands eine vollendete Tatsache wird, geschieht – ja was denn? Es ist zu unwahrscheinlich, man tut es eher, als daß man es ausspricht. Eine Völkerwanderung wird zwangsweise unternommen. Massige Verschickungen von Westen nach Osten: die aufgelockerten Nationen sollen ihrer selbst vergessen. Im Osten die einfache Ausrottung der Völker. (Aber die Letten überliefern einander von Geschlecht zu Geschlecht, daß vor siebenhundert Jahren der Orden der Deutschritter sie hat ausrotten wollen. Tut nichts, eine Geschichte, aus der nicht gelernt wurde, wiederholt sich.)

Von 1940 bis 42 ist es, gemäß der Doktrin, die ihren

Gläubigen jede Selbstüberwindung erspart, bis zu dem Verfahren von Oswiecim gekommen. In den Straßen von Warschau fangen SS und Gestapo beliebige Passanten, verschleppen sie nach dem Lager von Oswiecim, wo mehrere Leidensstationen, die sogenannte Arbeit, die vorgeblichen Leibesübungen mitsamt der – allein echten – Strafanstalt, durchzumachen sind: ganz überflüssigerweise. Denn die Bestimmung der Patienten bleibt unweigerlich das Krematorium. Giftgase machen Kosten, die herabgesetzt werden, sagt die polnische Untergrundbewegung, wenn man aus Zehntausend immer einige noch lebend in den Verbrennungsofen befördert.

Bevölkerungspolitik. Sie steht fest wie zwei mal zwei. Man rechnet nicht nach, sondern glaubt. Der Aberglaube wieder einmal ein Antrieb des Weltgeschehens, seine Grundlage die nachweisbar falsche Rechnung: – dies die deutsche Neuerung. Das Land der Aufklärer Kant und Lessing sollte sich, kurz gesagt, vor Scham verkriechen.

Andererseits entwaffnet die Dummheit. Sie empört, ihre Übungen widern an, alles, was Mensch ist; aber man sieht: es ist die Dummheit. Ich kann mich schwer überzeugen, daß in Oswiecim – oder Kiew, oder wo sonst – nur Sadisten sich ausleben. Allenfalls wäre der ihre ein unpersönlicher Sadismus, sie wären mehr auf Brauch und Sitte als auf eigene Befriedigung bedacht. Wenn ein Gefangener geflohen ist, empfängt das Krematorium statt des einen Objektes zehn. Der Lagerkommandant selbst wählt sie aus. Mit Gefühlen? Eher sachlich.

Am Anfang der Herrlichkeit, in Folterlagern für Deutsche – denn das waren die ersten, Deutschland ist damit übersät –, hat der Kommandant die Qualen seiner entkleideten Fleischware genossen bis zur Selbstzerstörung, er erschoß sich wegen eines Zuviel an Lust, die endlich selbst in Qual übergeht. Das ist vorbei: die Massenhaftigkeit und tägliche Pflicht des langsamen Tötens muß die unzähligen Beauftragten längst stumpf gemacht haben. Ihr Amt ist zu gewöhnlich, daß man sich etwas dabei dächte. Am wenigsten kommt einer auf den Gedanken, es niederzulegen. »Ich will nicht morden«, hat je Million auch nur einer es gesagt? Das wäre viel Glück.

Etwas mehr als Maschinen werden die deutschen Knechte einzig und allein durch ihre idiotische Ironie, gesetzt, auch Hohn spräche mit und nicht nur Stumpfsinn. Setzen über den Eingang ins Lager: Arbeit macht frei. Arbeit mit dem einzigen Zweck des Leidens. Freiheit, ein anderes Wort für die ständige Erwartung des Ofens. Oder ein Flüchtling wird nach einiger Abwesenheit eingeliefert. Das Plakat auf seiner Brust verkündet: »Hurra! Bin wieder da!« Weiß wie ein Clown erscheint darüber dies Angesicht. So zu lesen in »Camp of death, Oswiecim«.

Dagegen enthalten die Sowjet-Kriegsdokumente, datiert Juni 1941 bis November 1943, auch deutsche Frauenbriefe, gemütvoll, wenn man will, aber überwiegend praktisch. Die deutsche Hausfrau betonte sonst doch beides? Jetzt berichten sie – zu viele, die Megäre, die gar nicht weiß, was sie ist, muß dank der totalitären Erziehung ein landesüblicher Typ geworden sein, sie berichten dem Gatten nach Rußland.

Ärgerlich ist die Frau, ihre Sorge um das Wohl der ehelichen Wirtschaft war vergebens. Hatte sie doch auf dem Markt, wo man verschleppten Sowjetbürgern die Muskeln abtastet, für eine kräftige Sechzehnjährige zehn oder fünfzehn Mark gezahlt. Das Mädchen aber erhängt sich im Schweinestall! Die Frau fühlt sich geschädigt, mißbraucht, gefoppt, was heißt hier noch Gemüt.

Die Briefe der Russin hat sie nicht gelesen. Die Gefangenen schreiben nach Hause, es wird gewünscht, damit man ihnen Kleider schickt. Wahrscheinlich werden andere sie tragen, gleichviel, die Unglücklichen dürfen auch klagen. »Ich gehe auf nackten Füßen in der Kälte. Ich sehe aus wie eine Bettlerin« – sagt eine Studentin. »Mutter, meine Mutter! Ich arbeite von früh bis spät, ohne zu essen. Hole mich, Mutter! Ich bin gefangen. Bin allein.« Letzte Worte vor dem Selbstmord. Solch eine Welt ist ihnen bereitet. »Wozu leben sie auch?« fragt eine deutsche Frau – hat seither gelernt, sich selbst danach zu fragen.

Dieselbe Welt ist, zuletzt aber bestens, auch ihr bereitet. 1944 kauft sie keine Sklaven mehr, der eheliche Wohlstand ist inzwischen aufgehoben, der Mann im fremden Land gefallen oder gefangen: bei nur 30000 Kriegsgefangenen gegen die 200000 Toten einer Winterkampagne denkt sie sich das Ihre. Sie selbst ist nach einer anderen Fremde verfrachtet – oh! nicht als Sklavin, vielmehr als Mitglied des Herrenvolkes. Dabei denkt sie sich wieder das Ihre. In Deutschland, man erzähle ihr, was man will, aber geleugnet wird kaum noch – ist Krieg. Von den größeren Städten bleiben wenige zu zerstören. Der Führer wird alle zeitgemäß neu erbauen. Begeistert stimmt sie zu und denkt sich das Ihre.

Wozu die Russen leben mußten? Es ist leider keine Frage mehr. Damit sie die deutschen Taten rächen können. Die Angst vor der Vergeltung ist von höchst besonderer Art, kaum zu vergleichen mit der Befürchtung unverschuldeter Katastrophen. (Ganz unverschuldet ist keine, indessen bestehen Verantwortlichkeiten verschiedener Grade, von Unterlassungen, Lauheit, trägem Herzen bis tief hinein in die Abscheulichkeit, die nachgeahmt oder sogar vorsätzlich ist.) Die bleiche Angst schleicht durch die deutschen Straßen, verkriecht sich in den Unterständen – und bleiben sie, während Bomben fallen, dennoch zu Haus, warum? Sie sind überdrüssig der Angst.

Sie dürfen nicht aussprechen, sie flüstern für ihr bebendes Gewissen: Nur jetzt nichts mehr, was falsch aufgefaßt wird, Sklavenmarkt, Massengrab, Herrenvolk. Ist alles nicht wahr! Uns umstellen! Es eilt. Ihm, einzig ihm (sie nennen ihn nicht mehr) drängt es nicht, je länger, je besser für ihn. Aber je schlimmer für uns. Unsere Männer und Jungen sollen draußen bleiben, wir allein, sie allein, damit er Zeit gewinnt. Wenn es dann aus ist, verschwindet er. Wir bleiben allein. So sehr allein war noch niemand.

Doch, arme Frau. Die arme Russin, die nach Haus schrieb: »Hole mich, Mutter! Ich bin gefangen. Bin allein.« Jeder kommt an die Reihe. Eine Welt, die ohne Gedächtnis für ihre besseren Tage ist, sollte sich gerade deiner erbarmen? Hoffe immerhin, wir dürfen alle hoffen. Ausgenommen ist deine sechzehnjährige Magd, die, dir zum Ärger, im Schweinestall hing. Auch dein vermißter Mann ist ausgenommen. Befindest du dich, deutsche Frau, in einem eroberten Land? Wie es auch ausgeht, wirst du mit Schub zurückgelangen in deine Heimat und sie nicht alsbald wiedererkennen.

Ein Jahr Abwesenheit verändert viel. Wie erst ein Exil, das in das zwölfte Jahr geht. 1940 im August wurde mir der Abschied schwer – auch von Deutschland, das mir seit dem 21. Februar 33 aus dem Auge, nicht aus dem Sinn gekommen war. Unmittelbar schmerzte der Abschied von Frankreich: es war nunmehr das ganze Europa geworden. Außerhalb Frankreichs, kein Fußbreit, um mich noch zu halten. Verloren, das heimatliche Europa. Wofür man sich wünschte, in Europa zu bleiben? Was man wirklich bekommen hätte?

Alles, was seither aus ihm geworden ist, wovon ich drei Jahre zuvor nichts wußte. Wer zu früh wüßte, käme in Verlegenheit mit seinen Wünschen. Allerdings sah ich die Deutschen damit befaßt, sich in Frankreich einzunisten. Besucher ihrer Art werden bei wiederholtem Erscheinen immer seßhafter – auch anspruchsvoller. 1815, 1870, 1914/18, 1940: beim ersten Mal wurde nur der legitime Monarch wieder eingesetzt, beim zweiten das Elsaß und Lothringen abgetrennt. Keine Nebensache war es, daß die deutschen Heere Paris umschlossen hielten, bis eine geduldete Armee französischer Gegenrevolutionäre die lebendigste Stadt von ihrer Commune befreit hatte. Das war internationaler Antikommunismus, der siebzig Jahre vorgriff, war schon die Co-Operation, andeutungsweise.

Die dritte Spanne des deutschen Verweilens lohnte schlecht. Schützengräben und kein Ende, oder kein rühmliches. Das Bild dieses Feldzuges erforderte nachträgliche Berichtigungen. Aber Bild vier, 1940, macht alles wieder gut, der deutsche Gast ernennt sich zum geborenen Herrn, die gebührende Strenge trifft nunmehr sein altgewohntes Frankreich.

Diesmal ist in vier Jahren nie die Rede von einer Eroberung, die eines Tages aufzugeben wäre. Die Erberoberung soll keineswegs verlassen, vielmehr soll sie mit voller Macht verteidigt werden gegen die Invasion Unberufener. Die deutsche Macht kann allerdings in Frankreich verbraucht sein, bevor eine deutsche Schlacht über Deutschland entscheidet. Andere setzen ihre nationale Macht für das eigene Land – im Land ein. De Gaulle will es retten mit Krieg im Land, Stalin hat es mit Krieg im Land gerettet. Sie sind nationale Führer.

Nationale Führer – kennt nur dieses Deutschland nicht. Den Krieg im Lande scheut Deutschland allein. Wenn die Deutschen, beide ungleichen Hälften der Deutschen, ihre Befehlsgewalt und ihre Lammsgeduld, dabei verharren, fremden Boden zu halten anstatt ihrer Heimat, was machen sie deutlich? Den Verlust ihres Nationalgefühls, nicht weniger. Das Gefühl für ihren nationalen Bestand ist ausgeflossen über die Lande, wo sie abenteuerten, wo sie zu gewinnen meinten. Es ist ausgeflossen wie der Milchtopf in der Fabel: auch das Mädchen hatte sich einen Profit über alle Gebühr eingebildet. Dann stolperte es.

Wer die Nationen aufheben will, sie auflösen, fälschen,

sie ihrer selbst vergessen machen will, dem gelingt es einzig und allein mit der eigenen Nation.

Ob es gelernt sein wird – nachher? Nein. Weil Erfahrungen nichts lehren: Sie können verkannt werden, sie sind im voraus verkannt. Die Wahrheit hat, um sich kenntlich zu machen, nur das Wort, die trefflich gesetzten Worte, immer gesteigert, heller jedesmal: Wiederholungen, unermüdliche Wiederholungen – wie hier.

Wir halten 1940. Das Jahr vorher, der Pakt mit der Sowjetunion war zwei Tage alt, als ich herausfand, was er in Wirklichkeit versprach. Nicht aber den Zustand Europas, wie er nach einigen Jahren Krieges sein sollte: ihn gestaltete ich noch nicht. Er war unvorstellbar.

Um der menschlichen Ehre willen möchte ich glauben – nicht nur, daß die Handelnden selbst ohne präzise Vorstellungskraft waren. Das sind sie immer, und was sie aus der Welt machen werden, wissen sie nie. Nein, ich bin versucht, ihnen zuzubilligen – aber das geht wohl zu weit –, daß sie mit der Voraussicht, die sie nicht haben konnten, ihre bösen Gelüste beherrscht hätten. Wenigstens wären sie zurückgeschreckt. Niemand hat ausdrücklich gewollt, daß Europa aussehe wie 1944 und eine lange Zeit nachher.

Dies sind Erwägungen des Nichteingetroffenen, des ungeschehenen Eingreifens der Vernunft, während gewohntermaßen geistige Zuchtlosigkeit und sittliche Indifferenz das Zeichen geben: dann geschieht etwas. Aber einer Philosophie der nicht gelegten Eier (unserem Denken bieten sich wenig andere Gegenstände) schuldet man vor allem die Frage: Hätte ich in Europa auch bleiben wollen, wenn ich wußte, wofür?

Man hat vertrauensvolle Stunden und andere. Manchmal antworte ich affirmativ. Nur das Land unter den Füßen, ich wäre geblieben. Nur die Zuflucht, die mir vergebens zugesagt wurde. Der Anschluß an einen der »Untergründe«, gesetzt, sie existierten damals und nahmen mich auf. Ich hätte nicht mutwillig das gefährliche Leben gesucht, aber wenn es kein anderes mehr gab, um in Europa noch zu leben?

Der Abschied war schon beim ersten Gedanken schwer. Ich sollte noch erstaunen, wie schwer er beim letzten war.

Der folgende Text, der in der ausgeschiedenen Handschriftenpartie die Seitenzahl 524 aufweist, dürfte ursprünglich Teil des 16. Kapitels gewesen sein.

[...] vielmehr sein rotes Zimmer und sprach. Sprach sich vor, was er auswendig kannte, ganze Seiten der »Éducation sentimentale«, um des Rausches der Vollkommenheit willen. Nach den mehr oder weniger belohnten Anstrengungen des Tages solche Sätze, die feststehen; sind aber auch keine Wunder, sind nur die ganz begriffene Natur.

Er sprach in das stille Zimmer des Erbaulichen mehr. »Au lieu de déplorer la mort des autres, grand Prince, dorénavant –« Bei dem Wort ging sein Herz weit auf, obwohl die folgenden auf ihn selbst kaum zutrafen. »– je veux apprendre de vous à rendre la mienne sainte.« Wieso, sein eigenes Leben bleibt unheilig und auch heilig, so ist seine Regel; er wird daran nichts ändern. Für den weißhaarigen Bischof Bossuet stand es anders, als er dem Prinzen von Condé die Grabrede, seine letzte, hielt. Er bewahrt, was ihm übrig ist, nicht vornehmen Toten, nur seiner anbefohlenen Gemeinde hebt er es auf.

»Heureux si, averti par ces cheveux blancs du compte que je dois rendre de mon administration« (die Stimme, hier noch stark, war angestiegen, nach dem Atemholen sinkt sie gleich), »je réserve au troupeau que je dois nourrir de la parole de vie les restes d'une voix qui tombe, et d'une ardeur qui s'éteint.«

Die Kadenz – über jeden Begriff, in Müdigkeit und Majestät. Auch hiermit endet ein Zeitalter, es haucht seinen Abschied aus. »Die Reste einer Stimme, die matt wird, und eines Feuers, das erlischt.« Jx, als er dies nachspricht, erhoben von dem richtigen Ausdruck eines fertigen Menschentumes, hat selbst keine siebenunddreißig Jahre, er müßte den Alten gar nicht verstehen. Er versteht ihn dennoch, kraft verfrühter Trauer und noch vor eigener Schuld.

Der folgende Text, der in der abgelegten Handschriftenpartie mit den Seitenzahlen 529 und 530 versehen ist, stammt wahrscheinlich ebenfalls aus der älteren Fassung des 16. Kapitels.

Die Genossen jener Zeit kannten sehr wohl die erhabenen Muster eines prophetischen Ernstes. Tolstoi und Zola sind am Anfang des Jahrhunderts begraben worden mit einer Ergriffenheit ohnegleichen. Es hätte Erschrecken sein können, nach einer jähen Besinnung sah es aus. Wirklich liegt es nicht derart, daß sowohl zahlreiche einzelne als auch eine ganze Nation begriffen haben, was sie feierten. Besonders die Nation, die es mit dem Menschen, seiner Seele, seinem weltlichen Bestand, tief ernst meinte, hat sich seither bezeugt.

Im ganzen ist weitergetrabt worden ungewarnt. Der ungeheure Pessimismus der beiden großen Darsteller des Menschen und seiner Gesellschaft wurde uns, ob wir unbegabt oder begabt waren, zur Ausrede, mehr noch, er bereitete Vergnügen. Nichts zu machen, daher: lassen wir's! Wann wäre schon etwas geschehen? Uns – nie.

Sehr merkwürdig, das einheitliche Lebensgefühl derselben Generationen, seine Unwiderstehlichkeit. Ich habe nicht zu den Einsichtlosen gehört. Gleichwohl ist mein halbes Dasein von der – unbegründeten – Annahme beherrscht worden, als könnte der Welt und mir nichts Auffallendes zustoßen. Ich wußte schon, worauf es mit uns hinauswollte, ich fing an, das Verhängnis bei seinem Namen zu nennen, ja, seine ersten schweren Schritte hatte ich gezeigt, meine Gestalten beglaubigten mich: da verweigerte mein eingefleischtes Lebensgefühl noch immer die Übergabe.

1914 konnte mich nicht überraschen, niemand war überrascht, auch nicht die bayrischen Bauern, die ich nach erklärtem Krieg vor Augen hatte. Sie saßen stumm an ihren langen rauhen Tischen, eine Handfläche auf dem zinnernen Deckel des Bierglases, den Blick nicht hier. So war der Tag der Kriegserklärung.

Sie hatten das Kommen dieses Tages wohl nicht besser vorausgewußt als ich, der sein Kommen deutlich gezeigt hatte in dem Roman »Der Untertan«: dennoch kannten sie ihn näher und erwogen ihn anschaulich, zufolge ihrem verlorenen Blick. Sahen sie ein verendendes Wild, den Wilderer auch zu Tod getroffen, und im Wald wurde Nacht? Sie gedachten der Abenteuer, von denen einer nicht wiederkehrt.

Sie glaubten, was sie wußten: gerade das verweigert ein Verstand, der sich der höhere dünkt. Der geübte Intellekt hat vor dem einfachen nichts voraus als nur seine Skepsis, wenn sie ein Mehr wäre. Er ginge sicherer, dächte er wie damals in Schliersee ein Bauer: Getroffen. Nacht. Du kehrst nicht wieder.

Das tragische Wissen der Bauern – auf abgelegenen Höfen, der Zugang unwegsam, Zureden und Dummachen nicht leicht –, ihr Wissen hat dennoch bald versagt. Im Heer waren sie Scharfschützen, wurden ausgezeichnet, ihre Jagdbeute ergab ein Tableau, wie die abgeschossene der Flieger.

Mit Siegen, die nachher keine gewesen, überwinden Armeen, bei hunderttausend Zweiflern, dennoch den schwierigen Anfang. Weniger militärisch als seelisch, ist der Anfang das schwerste. Frankreich besiegen schien 1914 ein Geschäft von Wochen, bis es fehlschlug. 1940 verwirklichten ganze hunderttausend Mann den Traum des vorigen Krieges: sie bedurften abgezählter Tage. Der innere Widerstand in ihren Reihen war unvergleichlich geringer als das vorige Mal, da es fehlschlug. Es war derselbe Krieg, waren aber die Söhne, und die Söhne hatten auch nicht den Rest eines tragischen Wissens.

Der folgende Text, der in der ausgeschiedenen Handschriftenpartie die Seitenzahlen 534 bis 538 trägt, gehörte ursprünglich gleichfalls zum 16. Kapitel. Auf der Rückseite von 538 hat Heinrich Mann vermerkt: »Abgelegt aus ›Alles in allem‹«.

[...] Rücksicht auf die Reizbarkeit der Zuschauer.

Von dort bis zum Kind am Spieß – auf das die Nerven der Mitwelt nicht reagieren, oder nur verwandt reagieren, der Dozent des blanken Messers bezeugt es –, von dort bis hier hat das Zeitalter sich fortbewegt. Es ist dasselbe, ist überall vom gleichen Stoff gemacht, wird umsonst verleugnet. Anerkannt sei, daß es keineswegs überall ungehemmt an sein letztes Ziel gelangt ist.

Der pfeifende Knabe, der das nächste Mal, als Gefangener, wie eine verführte Jungfrau aussieht, bezeichnet eine Erhebung über die gemeine Ebene des Zeitalters. Dergleichen gibt es immer. Das 18. Jahrhundert war durchweg menschenfreundlich, es war eingenommen für die Vitalität – nicht des Todes, sondern des Lebens. Aber nur Kant ging so weit, den Traktat über den Ewigen Frieden zu schreiben und ihn zu glauben. Wer würde es erraten, der verehrungswürdige Immanuel Kant und jenes kindliche Scheusal sind vom nämlichen Stamm. (Beide sind Gipfel ihres Zeitalters und sind Deutsche.)

Zu weit gehen beide. Ihre Nation ist Ausschweifungen geneigt. Voltaire, sosehr er den Krieg verachtet und haßt, die Natur des Menschen, nicht seinen Mutwillen, läßt er den Krieg verantworten: einen Ewigen Frieden erwähnt er nicht. Der zweite von drei Teilnehmern am Dialogue philosophique XXI, über Kriegsrecht, vielmehr über das

Unrecht des Krieges: »Quelle funeste condition que celle des hommes!« Schön sehen wir aus!

»Die Rebhühner sind noch schlimmer daran«, bedeutet ihn der erste. »Füchse und Raubvögel fressen sie, Jäger schießen sie, Köche braten sie, aber vorhanden sind sie doch. Die Natur erhält die Arten, die Individuen kümmern sie nicht.«

Der dritte, zum ersten: »Sie sind hart, und die Moral sträubt sich gegen Ihre Sätze.«

Das ist es gerade, das war gemeint. Der Moral wurde damals zugetraut, daß sie unerachtet der Natur dem Übel widersteht und endlich siegt. Der Krieg vereint alles Verwerfliche, sagt in dem Dialog ein Engländer. Die Briten, wenn dieser Franzose sie reden läßt, stehen immer für ihn und seine tapfere Vernunft. Der Krieg vereint: »feigsten Betrug in den Manifesten; was es an niedriger Gaunerei nur geben kann bei den Heereslieferungen; alle Greuel des Räuberhandwerks, als da sind Plündern, Schänden, Stehlen, Umbringen, Verwüsten, Zerstören.«

So kennzeichnet niemand die unabänderliche Natur. Sondern er hofft sie allerdings zu bewältigen – mit dem Glauben an das Wort.

Das Wort

Der Glaube an das Wort aber will erworben sein, um ihn zu besitzen. Ein Zeitalter hat ihn oder hat ihn nicht. »Und also unterscheidet sich der Freie von dem Knecht.« Durchaus geboten, wenn eine oder zwei Generationen die Verbesserung der »funesten« menschlichen Lage für möglich halten wollten, um des Lebens willen geboten wäre, die Vernunft unveräußerlich, unsere Natur erziehbar zu nennen.

Dies mit Vorsicht, nach Art des 18. Jahrhunderts, als unsere moralische Zivilisation am höchsten stand, weil das allgemeine Selbstgefühl sich an ihr maß – wie bis jetzt an den Fortschritten der Technik. Gleichwohl wurde alles beachtet, was gegen unsere sittlichen Aussichten sprach: vor allem unsere Verlassenheit vom Himmel, seine Nichteinmischung, als Lissabon unterging. Dieses Erdbeben hat den Himmel mehr Fromme gekostet als hundert materialistische Auflösungen der Welträtsel. 1755 kam es zu seiner Zeit.

Außerordentlich war damals unser Gefühl für die menschliche Gebundenheit, oder den »Zusammenhang der Dinge«, oder die Fatalität. Der Sinn für das Vorbestimmte ersparte uns einen ungerechtfertigten Optimismus. Der Roman »Candide ou l'Optimisme« ist während des Siebenjährigen Krieges in die Welt gegangen. Um seinetwillen mußten wir den Autor und Friedrich sich überwerfen sehen. Es war recht traurig, ist aber beigelegt worden, weil beide die Idee eines vervollkommneten Menschentumes pflegten.

Weder König noch Schriftsteller nahmen an, daß es über eine begrenzte Elite hinaus zu verwirklichen sei. Indessen tat jeder von ihnen das Seine. Der eine hat dem anderen geholfen, Verfolgte zu retten. Verfolgt wurde, wie heut und immer, um einer Weltanschauung willen oder für Handlungen, die auch nur die Beteiligten angehen. Ein französischer Offizier verspottete eine kirchliche Formalität und sollte dafür sterben: hier aber der König von Preußen! Der angebeteten Zivilisation Frankreichs durfte er eine Lehre erteilen. Weniger gewagt, dennoch furchtlos forderte er die Justiz seines Landes heraus, als ein Mann wegen Mißbrauchs seiner Tochter zum Tode verurteilt war. Entscheidung Friedrichs: »Zuerst beweisen, daß er der Vater ist.«

Er meinte: Wenn Gott die Verletzung seiner Gebote hingehen läßt, ich, der König, habe genug an der Verteidigung von Gesetzen, die mich selbst betreffen. Weltanschauungen nicht rächen wollen ist viel. Den Inzest als eine unbeträchtliche Abweichung behandeln ist kühn wie nur die Natur. Von den Gemeinen, die sie einmütig la canaille betitelten, haben der Schriftsteller und der König keine eigenen Regungen einer höheren Vernunft erwartet. Sie befahlen Duldsamkeit. (Der preußische Profoß und seine Rutenstreiche wurden nicht lässiger. Voltaire haßte den Jesuiten Nonotte nur noch mehr.)

Wohl haben sie geglaubt, der sittliche Wille sei bei ihresgleichen, ihr Zeitalter habe ihn, seit es denkt und der Gefahren des Denkens nicht achtet. Voltaire, der Friedrich und Katharina niemals mißverstand, war gerade ihretwegen darauf gefaßt, daß über die Menschen immer Gewalt und Unrecht gebieten werden: aber milder und milder. Schon beginnen die Formen der Macht erträglich zu werden. »Tout n'est pas bien, mais tout est passable.« Dies durfte er die nächsten anderthalb Jahrhunderte mit Recht wiederholen: nicht mehr heute.

Die Macht ist ein reiches Problem, durchaus niemand konnte es erschöpfen. Ist einer vierzig Jahre damit umgegangen, hat er es aufgenommen und gestaltet unter jedem Licht der Stunden – die Seine um 1 Uhr 30, die Seine um 3 Uhr ist jedesmal eine andere auf den französischen Gemälden –: zuletzt überrascht ein unerprobter Zustand der Macht ihn dennoch. Man wird endlich ungeduldig.

Nach allem, was ich kannte, entblößt und greifbar gemacht hatte, kam an die Reihe eine ganz verwahrloste Macht, nichts als eine Häufung aller Minderwertigkeiten. Meinesgleichen sollte herausgefordert werden: der augenscheinliche Zweck Nummer eins. Man stellt sich entfremdet den moralischen Erwerbungen von Jahrhunderten – über die nicht einmal diese Gattung Machthaber in Unwissenheit sein konnte. Ihre Gewalt beginnt mit intellektueller Selbstvergewaltigung. Wenn die Machthaber einer Macht, die verkennen will, daß sie längst begraben ist, einer exhumierten Macht, ihre Menschen in den Irrsinn treiben, sich selbst nehmen sie wahrhaftig nicht aus. Narren, so lächerlich wie vertiert.

Das Zeitalter erlaubt keine unpersönliche Besichtigung: einer sei namentlich dabeigewesen, er habe von ihm empfangen, habe ihm dies und jenes hinzugetan. Ich hatte den guten König Henri schon vor mich gebracht, da erging sich die schimpflichste der Mächte in ihrem eigenen Kot: sollte sie mich nur entrüsten? Mich gar nicht belustigen? Ich war nicht geneigt, der deutschen Tyrannis über Europa entgegenzukommen und sie ernst zu nehmen. Sie ist furchtbar. Sie könnte tödlich sein. Ernst – ist sie nicht.

Lidice ist ein Dorf, das Entartete vernichtet haben wie tausend andere Dörfer, aber unter dramatischen Sachverhalten. Wenn kein anderes, wird dieses eine Dorf das Andenken einer unmöglichen Schreckensherrschaft verlängern. Ich konnte, wie ich bin, was ich weiß, nichts anderes daraus machen als den traurigen Hohn auf lebende Leichname: sie sind biologisch verlorengegangen. Sie herrschen und handeln im Sinn von unbeglaubigten Existenzen. Verlorene Identität, das ist ihr Fall.

Ein Tscheche, Sendling der geschändeten Nation, die tapfer und die weise ist, nötigt den lokalen Berserker, seinen Verlust einzugestehen. Er hat seine Identität nicht mehr. Das Experiment ist teuer, dem Tschechen, der es gewagt hat, erginge es bald ebenso. Was weiter, einem Angreifer muß mit seinen eigenen Mitteln begegnet werden, wär es sogar der Selbstverlust.

Die Tschechen entgehen ihm – bei mir – vermöge ihrer witzigen Ader. Was würde aus ihnen. Was wäre aus mir geworden. Ich setze sie mir gleich. »Lidice« ist allerdings vom Hohn das Äußerste, was ich konnte. Man muß einen Henri gekannt haben, einem Masaryk begegnet sein – um zu ermessen, wohin es seither gekommen. Wer genug geweint hat, lacht. »Tout souffrir, c'est ne souffrir de rien.« Auch die martyrisierten Völker Europas werden eines

Tages finden, daß sie unverwandt ernst zu nehmen zu viel Ehre wäre für ihre Quäler. Die durchgefallenen Immoralisten stinken ab, gefolgt vom Gelächter.

Aber sie konnten ihre Zeit haben, sie durften über uns kommen! Wir, die seit zweihundert Jahren mit ihnen fertig waren! Die zuversichtlich aussprachen, fortan werde die physische Macht über unseren leiblich-sittlichen Bestand milder und milder werden. Wir, die von anderthalb Jahrhunderten wirklich recht bekamen.

Der folgende Text, der in der ausgeschiedenen Handschriftenpartie die Seitenzahlen 541 bis 543 trägt, gehörte ursprünglich gleichfalls zum 16. Kapitel. Auf der Rückseite von 543 hat Heinrich Mann vermerkt: »Abgelegt aus XVI ›Alles in allem‹«.

Als ich von derselben Schicht war wie seither die motorisierten Knaben, die um die Wette das Grab erreichen, hielten wir uns versichert, nichts, gar nichts werde mit uns geschehen all unsere Lebenstage. Vor jedem Schreibtisch jedes Landes stand mein Stuhl bereit. In Florenz hatte ich einen im Stil der Stadt, als sie hier nur mit der Hand am Dolch um eine Ecke bogen.

Gegen den blaugoldenen, harten Rücken dieses Sessels gelehnt, ließ sich die Geschichte gestalten von dem Intellektuellen 1903, der gern ein Condottiere und von purem Stahl wäre; was in Ermangelung anderer Taten den – weltanschaulich aufgeblähten – Mord seiner Geliebten nach sich zieht. Mehr nicht, sich selbst verschont der jäh Abgeschwollene.

Nur noch elf Jahre hatten die anderen bis zu ihrem Tatenrausch ohne Erwachen. Als dieser nahe bevorstand, berichtete mir ein künftiger Nazi, der nur seinen nom de guerre oder nickname noch nicht kannte: die eine Novelle wenigstens billige er. Ihr Held ist ein Feigling, der sich übernimmt. Das merkten sie nicht und traten an, wofür sie sich bestimmten.

Der Abstand dieser Kriege und Schreckensregimente von den früher erfahrenen besteht nicht vor allem im Umfang. Das Unheil wird erst davon unvergleichlich, daß es unsere Zivilisation – nicht widerlegt, sondern ergänzt; und daß wir es nunmehr wissen. Sie will es, sie will nach einem oder zwei sänftiglich gepflegten Geschlechtern mehrere andere für nichts achten und auskehren. Die Zivilisation als zutreffender Ausdruck unserer gesamten Gattung verlangt unbedingte Taten.

Nach Pausen, ausgefüllt mit unauffälligen Arbeiten, die später wie Vorbereitungen aussehen werden, muß und muß ein hochfahrendes Spektakel angehen: zuletzt und eigentlich um des Lebensgefühles willen. Das bisherige findet man schwach. Nicht ich, dem seine Erfindungen gerade Leben genug hatten, aber die weniger Beschäftigten brauchten Taten: wie sie auch aussähen, nur Taten. Und so sehen sie denn aus.

Da gibt es nichts zu wundern. Der Mensch ist auf eine knappe Zahl von Handlungen beschränkt, noch dazu haben sie nur fragwürdige Aktivität. Seine höchsten Bestätigungen sind: zur Welt kommen und sie wieder verlassen, eine belanglose Unterbrechung der Ewigkeit, wenn überhaupt eine. »Que devient l'homme après la mort? Ce qu'il était avant de naître« – dichtete die Antike in einer ihrer Sprachen, die recht zu erlernen meine Zeit nicht gereicht hat.

Manchmal aber reicht ganzen Geschlechtern ihre Zeit nicht, um die Sprache des Lebens zu verstehen. Dann will der Mann sich am Leben selbst handelnd erweisen und findet nur das Töten. Er will dieselbe Eingeweihtheit in die Natur verdienen wie die Frau, die gebiert. Ein Zeitalter war nicht vergebens, wenn es dieses gemeinsame Grundgesetz – lauernd am Grund der Dinge, nur zeitweilig obsolet – anschaulich und für eine Weile unverlierbar gemacht hat. Ob es so bald dem Gedächtnis entschwindet, das Gesetz des Tötens – mitsamt der Menschenpflicht, es aufzuhalten, es lange, lange außer Kraft zu setzen?

Das ist nun all unsere Hoffnung auf Segen: wir möchten nicht so bald vergessen. Wir möchten die Frist bis nächstens ausnutzen, fleißig, streng und angespannt, solange die Mittel vorhalten – der Rückfall bleibt nicht aus. Wir möchten dem durchgeübten Zeitalter seine Begründung der Moral glauben. Eine umgekehrte Begründung, aber es hat die Moral nach seinen Kräften, in seiner Art durchaus bewährt. In seiner ganzen Größe legt er Zeugnis ab. Mit der unsittlichen Fügsamkeit der Menschen, ihrer gehetzten Existenz, ihrer Angst, ihrer unsittlichen Angst, weiter zu spielen, wie jetzt, ist verboten.

Dieses Zeitalter, seine letzte Strecke, die sich hinschleppt und findet kein Ende, ist nicht nur tödlich: der Tod wird auch gefeiert. Man erbaut sich an seinen Bildern, an Friedhöfen mit tausend Kreuzen bis zum Horizont: unbegrenzt, und doch nur eine Einzelheit. Der Gegenstand, dem so freigebig Menschen geopfert wurden? Ein Brückenkopf.

Ungleich imposantere Räume könnten die Leichen, die ihnen hiernach gebühren würden, im richtigen Verhältnis nie erhalten. Benachteiligt sind die Gewässer, Lüfte, Festungen, die »Festung Europa«. Mehr Menschen her! Die große Sorge ist allerseits der Mannschaftsersatz. Ersatz, wofür? Die Vorigen fielen, sie dürfen nicht umsonst gefallen sein: man schreit nach mehr.

Schon kennt jeder von uns, gleich welchen Alters, mehr Tote als Lebende. Seine Begegnungen mit Menschen, lägen sie Jahrzehnte oder nur Wochen zurück, erscheinen ihm nunmehr im Zwielicht einer Schattenwelt; das Gesicht, das noch die Farbe der Oberwelt hat, wird nicht unterschieden von dem immerdar erbleichten. Ich gelte gewiß für tot, denn auch ich habe bei diesem gespenstischen Andrang vergessen, wer in den stillen Kolonnen noch fehlt; – mich und jeden rechnet man eher hinzu, als daß man ihn wegläßt.

Durch Straßen geht meine Erinnerung, in Häuser tritt sie, um den Tisch sitzen Frauen und Männer, die nicht mehr da wären, ständen auch das Haus und die Straße noch. War das Konzentrationslager tödlich, das Exil etwas zu hart? Wurdet ihr, rastlos wandernd, vermißt? Kann kein Schlachtfeld mehr euch heiß und ganz kalt machen? Fürchtet ihr nicht länger den Frieden, sondern habt ihn? Ihr armen Gesellen insgesamt, die ihr beträchtliche Zweifel hinsichtlich Gut und Böse hegtet, und eher noch unterließet ihr, danach zu fragen, ihr werdet, ob hingeschieden oder übriggeblieben, kein euch begreifliches Zeitalter mehr kennen. Gut und Böse hat nach euch eine große Zukunft.

Ein Intellektueller an der Spitze einer machtvollen Öffentlichkeit, der es weiß, wie es hier geschrieben steht, beruft eine Welt ohne Tyrannei und Überfall, er bekennt sich zu einer Welt der Freiheit, Gleichheit, Gerechtigkeit – was alles schon verheißen wurde. Aber der Glaube war sonst schlicht, das geistige Bild einer geretteten Nachwelt bot sich von selbst an. Diesmal – bei weitem nicht. Der Intellektuelle an der Spitze wird darum verdienstvoller.

Ein Unglaube an die menschliche Natur, angehäuft wie diesmal, findet sich schwerlich berührt, wenn Grenzen verschoben, ein Angreifer unschädlich gemacht wird. Soziale Maßnahmen verbessern die menschliche Lage äußerlich. Eine geschenkte oder aufgenötigte Milderung des Daseinskampfes ist nicht von Belang für die Sitten. Die Leidenschaften werden noch längst nicht ins Großmütige verwandelt, weil für die niedrigen kein materieller Anlaß wäre. Ach! in Vorwänden ist die sinnliche Natur erfinderisch.

Sondern jede Höherlegung unseres Berufes zu leben, und wäre sie vergänglich, will im vollen Ernst erarbeitet sein. Die Pflicht, die menschliche Lage zu verbessern, werde – Doktrin beiseite, Vor- und Nachteile ungerechnet – als Lust empfunden. Das ist vorgekommen, im Bereich dieser harten Zivilisation. Es kann nochmals geschehen.

Der Glaube an das Wort, oder das sittliche Gewissen, noch einfacher, die wieder anerkannte Menschenwürde – erwählt ihren Augenblick. Es ist der unausweichliche Augenblick. Solange Wort und Würde eine entbehrliche Beigabe, ein Mehr an Bequemlichkeit wären, sind sie noch niemals begehrt gewesen. Aber lasse sie Kampf kosten, den Kampf um das Leben selbst! Alsbald ist das Gewissen eine gelobte Tatsache, die Menschlichkeit wird Lust.

Der folgende Text, der in der abgelegten Handschriftenpartie die Seitenzahlen 555 bis 569 trägt, dürfte ursprünglich zum ersten Abschnitt des 17. Kapitels gehört haben.

Welche Sorge wäre noch versäumt und bleibt aus der Rechnung? Oh! alle, im Grunde. Kein Ersatz für Enttäuschungen, denn die Versicherten bereiten sie sich selbst. Mit ihrer Müdigkeit des Herzens sind sie allein gelassen, wie mit dem Überschuß ihrer Kräfte. Ob ihr Stolz sie bedrängt, ihr Neid sie verzehrt, niemand fragt. Die allseitig versicherte Existenz gilt für normalisiert: gerade das ist keine. Das Leben besteht, wie je, in Überfällen, gesetzt, aus der Soziologie wären die Überraschungen fort.

Aber sie sollen nicht länger ganz arm noch ausgesetzt in eine soziale Wildnis sein. Die äußeren Abenteuer wären nach Kräften abgestellt. Als Preis wird man dienen lebenslang, eingefangen in ein Netz von Rechten, die Pflicht sind, und Sicherheiten, bezahlt mit der selbständigen Person. Indessen hat der Durchschnitt eine wirkliche Selbständigkeit nie gekannt. Er durfte sie sich vortäuschen, leere Hoffnungen, reich zu werden, mußten herhalten anstatt jeder begründeten Zuversicht, daß bis zuletzt das Brot reicht und das Dach hält.

Das Gesetz, das Britannien durch seinen großen Minister sich selbst zu erteilen denkt, kann niemals überschätzt werden. Es ist, alle Relativitäten gewahrt, der weiteste Schritt in Richtung der Gerechtigkeit und Wahrheit, den Europa wagen konnte. Für Europa tut ihn England: so viel bleibt zu tun übrig sogar in England – wo einst Montesquieu die vollendete Freiheit aufzufinden meinte (und übersah, daß es eine anständig bekleidete Standesherrschaft war).

Das ist England – Voltaire empfing von ihm seine Beglaubigung, wenn er Duldsamkeit forderte, seinen Trost, sooft die menschliche Lage ihm unrettbar schien. England erweist sich noch einmal wert der Ehren, die ihm jemals dargebracht wurden. Geliebt – werden weniger Maßvolle. Wer klug wie England handelt, geht auf Gefühl nicht aus. Der evangelische Satz eines seiner Priester: »Ein Land, das Arme und Reiche hat, ist nicht frei«, England hat ihn gehört und erwogen; es führt ihn aus, genau so weit, wie der Satz, evangelisch nicht, aber für den mittleren Verstand die gegebenen Tatsachen trifft.

England ist, das geringste gesagt, ein alter Lehrer Europas, er gebietet über Erfahrungen, hauptsächlich im rechtzeitigen Vorbeugen. Er unterläßt wohl einmal zu handeln; dann mag es für ein Zeichen gelten, daß nicht vorgebeugt werden konnte, auch nicht sollte: besonders diesem Krieg. Sooft der Erfahrene handelt, hält er die Zeit und das Maß ein. Weder früh noch stürmisch. Trotz allem wird in dem England der sozialen Planungen ein sehr unbritischer Vorgang wiedererkannt, der heftigste des Zeitalters, der zeitlich kühnste: die russische Revolution.

Offenbar ist dies die Art, wie unglaubwürdige Wagnisse, die dennoch gelingen, ihren Weg machen. Früher oder später erfassen sie durchaus verschiedene Kollektive – die es so bald nicht gedacht hätten. Das Kollektiv England muß in hohem Grade vorbereitet gewesen sein – obwohl nicht mehr als andere, denen nur die Freiheit zu beschließen noch gebricht.

Lange hatten sie auf der Insel verkannt, daß die Sowjetunion auch für ihren Gebrauch gemacht war: nicht, damit sie wurden wie eine Nation, die anders als sie gelebt hat. Sie bekamen vielmehr den unverhofften Antrieb, zu prüfen, wohin es mit ihnen gekommen, und Katastrophen ohne Ende dennoch mit Gewinn abzuschließen. Die Frist war um, sich frei zu nennen, wenn sie nicht nur arm oder reich, wenn sie im Kampf für die Existenz, ob obenauf, ob verratzt, auf alle Fälle entwürdigt waren.

Das ist es. Der Existenzkampf hat den Punkt erreicht, wo die Menschenwürde ihn verwirft. Er stößt ab, er dreht den Magen um. Wir wissen uns für mehr berufen als für den Erwerb allein – für den Erwerb unter Demütigungen und Ängsten. Die materiellen Mittel, auf dieser Erde unsere Zeit zu verbringen, sollten eine Voraussetzung des Daseins sein. Uns geschuldet nennt sie das vorherrschende Gefühl. Was nicht selbstverständlich ist, was das Menschenleben erst befruchtet, unsere wesentlichen Gaben, zu lieben, zu hassen und uns zu bemühen, fängt nach der Sicherung der Existenz an.

Der Existenzkampf an dem Punkt, wo er hält, macht das Leben unwert unserer ehrenhaften Leidenschaften: er fordert minderwertige heraus, auf Grund der unrühmlichsten gelingt er. Die Matadore des Existenzkampfes sind in der Qualität herabgesetzt. Bloße Nieten, ist ein Glücksfall. Man sieht es, aber mehr, man fühlt es. Das allgemeine Gefühl widersetzt sich einer Gattung Mächtiger, an denen nichts zu bewundern ist.

Die Unterlegenen. Wäre von den Unterlegenen im Existenzkampf nur ein einziger verhindert worden, anstatt Geld etwas Besseres zu verdienen – Wissen, Können, Ehre für sich und alle! Aber ihre Zahl ist unbekannt, die verkannteste Größe der Welt.

Das wird nicht länger ertragen. Eine ganze Menschheit, allein die europäische berechnet, ist nunmehr solidarisch in der Auflehnung und im Beschluß. Es soll ein Ende haben mit der Willkür des Existenzkampfes. Es ist genug an dem vergeblichen Schuldenbezahlen. Der Mensch schuldet von seiner Kraft, soviel mit Anstand gefordert werden kann, sonst nichts. Ihm ist geschuldet das Geld und die Muße, seinem Leben das Mögliche abzugewinnen.

Ein Land, das erste, erklärt seine Absicht, Arbeitern die Schulung von Technikern zu geben. Wörtlich genommen, wäre es bescheiden. Die Sowjetunion, deren ausgesprochener Wille es ist, interessiert sich für den inneren Rang freier Menschen, ihre Vernunft, Bildung, Selbstachtung. Zuletzt bezweckt sie nicht die Brauchbarkeit der Individuen, vielmehr ihre Befreiung. Das trifft sich: England will dasselbe. Mit seinem vorweg beschlossenen Gesetz über den Existenzkampf meint England gerade dies. Man könnte einander nicht besser verstehen als der sozialistische Bund und das Königreich. Hier soll die Privatwirtschaft durch das Recht auf die Existenz temperiert werden.

Dort auch, in umgekehrter Fassung. Die Gemeinwirtschaft, die gesicherte Existenz der Gesamtheit, erlaubt noch immer eine private Bereicherung. Manche sind nun einmal für nichts anderes geeignet, als reich zu werden. Auch ihnen muß, in den Grenzen des öffentlichen Wohles, genügt werden. Sie dürfen reich werden, ohne deshalb zu herrschen, weder in der Republik noch über ihre Bürger. Genau dies heißt Kommunismus und stand noch kürzlich obenan unter den Verbrechen gegen die Zivilisation, wenn es nicht das einzige war. Aber die unbelehrte Mehrheit lernt nunmehr.

Der Kommunismus, oder was so heißt, sieht anders aus, seitdem die Sowjetarmeen siegen. Man habe Erfolg, aber der sichere ist der großartig spektakuläre. Innerer Erfolg, das Aufblühen eines Reiches und seiner Menschen überzeugt langsamer, obwohl er auf die Dauer gewiß nicht verborgen geblieben wäre. Von durchschlagender Wirkung sind doch nur Stalingrad, eine Reihe von Stalingrads, und die täglichen Grüße aus den Triumphgeschützen von Moskau.

Nicht, daß hiermit der kommunistische Staat schon gerechtfertigt wäre. Weit davon. Er wird um so mehr gefürchtet, und aus Furcht entschuldigt man ihn. Eroberten seine Truppen sogar die Festung Europa, immer wäre er nur entschuldigt. Gleichwohl entdeckt eine Mehrheit, Schritt für Schritt, was ihr verheimlicht werden sollte: daß der Kommunismus, wie andere Zustände, wandelbar ist und daß er, genau besehen, überall schon vorkommt.

Wider ihren Willen machen die Antikommunisten es am klarsten. Diese Verteidiger älterer Zustände, die, verteidigt oder nicht, in der Auflösung sind, was haben sie nicht alles schon einbezogen in ihre unklare Definition, oder stellten doch anheim, auch dies wieder kommunistisch zu nennen. Verdächtig machte sich ihnen letzthin General Charles de Gaulle: er überlegt für den Nachkrieg eine Maßnahme – sie soll schlechthin die Pressefreiheit beenden.

Vorzeiten ist die Pressefreiheit eine demokratische Errungenschaft gewesen. Sollte sie seither ein mächtiges Hindernis der Demokratie geworden sein, muß es noch längst nicht allgemein bemerkt werden. Die einen können nicht, die anderen dürfen nicht. Die Pressefreiheit genießt eine über Menschen und Meinungen erhabene Majestät – wie sonst nur das Gesetz. Allein das souveräne Gesetz, von gemeinen Tatsachen unabhängig, wie es ist, konnte Armen und Reichen gleichermaßen verbieten, Brot zu stehlen und unter Brücken zu schlafen.

Der Entdecker dieser großen Wahrheit, Anatole France, war Kommunist. In seiner Unschuld nannte er sich so, weil er Wahrheiten entblößte. Die gefangene Wahrheit aus dem Brunnen erlösen in aller ihrer Nacktheit macht nach dem Übereinkommen zum Kommunisten; der Täter selbst hält sich dafür. So ist es denn eine kommunistische Entlarvung der Pressefreiheit, wenn man sagt, daß sie einem Armen so gut wie einem Reichen das Recht einräumt, Millionen auszugeben, damit er zu Millionen reden kann.

M. Charles de Gaulle sagt nichts dergleichen. Nur die Verräter Frankreichs will er künftig verhindern, ihre bewährte Gesinnung, oder die entgegengesetzte, an den Mann zu bringen. Indessen sind die Verräter Frankreichs, als ob es eine Wette gälte, lauter reiche Leute, verstärkt durch die besitzlosen Freunde des Besitzes. Seine überzeugtesten Anhänger waren von je die Schnorrer. Die Nachkriegsregierung Frankreichs ist hiermit in einer weit gezogenen Bedeutung – enger will man sie nun einmal nicht – kommunistisch gefixt.

Kommunist schlechthin wird, wer die Selb[st]herrlichkeit einiger weniger Matadore des Existenzkampfes auch nur in Frage zieht, geschweige wer sie abstellt. Die Denker pflegen nicht abzustellen, eigenhändig nicht: das kommt nach ihnen. Verdächtig sind sie seit unvordenklichen Zeiten, noch gab es kein Kommunistisches Manifest. Zweitausend Jahre bürgerlicher Quarantäne sind wie ein Tag, im Leben der Denker. Anders Staaten. England wird, außer die Welt ginge unter, ein Gesetz Churchill-Beveridge erlassen.

Zur Sache. Die soziale Wirklichkeit

Hier endet der Kommunismus als pejorativer Einwand. Britische Lebensvorgänge lassen keine Entrüstung zu, niemand disqualifiziert England. Der Minister ist ein Tory und hat festgestellt, daß Drohnen der Nation von ihr nicht länger ertragen werden. Das vorläufige Ergebnis ist ein

System von Versicherungen – unverkennbar bestimmt, Massen unabhängig zu machen von Drohnen, verachtete Massen zu befreien aus ihrer Demut, ihrer Angst. Der Existenzkampf, nicht länger als schimpfliche Krankheit jedes einzelnen, wie jetzt. Der Existenzkampf, kein öffentlicher Skandal mehr.

Die mit einbeschlossene Tatsache ist, daß hier der Antikommunismus endet. Er ist niemals etwas anderes gewesen als die billige Ausrede, um jede Verbesserung der menschlichen Lage in Verruf zu bringen. Die Sowjetunion, schwer zugänglich, wenig beobachtet, wie sie bis zu ihrer Verbindung mit den Westmächten war, verzeichnet zwanzig Jahre der großartigsten Anstrengungen, aber die Meinung der Welt im ganzen genommen ist einem Fußballmatch eifriger gefolgt. Das wird nicht mehr gehen.

Es ist unzulässig geworden, seit die Sowjetunion ein Sieger wurde, und verbietet sich vollends, seit England seinen eigenen Sieg dahin versteht, die menschliche Lage müsse verbessert werden. Gesetze, wie das bei Lords, Commons und der Nation im voraus gesicherte, sind nicht nur Ergebnisse des Krieges: sie waren sein immanentes Ziel, der Sinn, wenn hinter nicht vermiedenen Katastrophen noch ein Sinn steckt. Es wäre vergebens, sich nicht erinnern zu wollen, daß die Herausforderung des deutschen Angreifers widerwillig angenommen ist.

Der Krieg, den er den demokratischen Regierungen aufzwang, war anfangs die einfache Verteidigung ihres Landbesitzes und Einflusses überall, zuerst in Europa. Sittliche Werte, für die sie kämpfen wollten, sind damals schon genannt worden: das Gefühl realisierte sie nicht. Sie waren nicht wirklich existent, das allein Existente, mit dem man stirbt und lebt.

Das trat ein in demselben Maß, wie die Gesitteten den Verräter unserer Zivilisation kennenlernten. Im Krieg gab er ihnen Gelegenheiten, denen schlechthin nicht mehr auszuweichen war, wie allen vorigen. Der Krieg scheint geeignet, die Völker übereinander aufzuklären – vorwiegend ungünstig, daher fehlerhaft, aber immerhin aufzuklären.

Die Deutschen waren unklug. Ihre Taten erregten am Anfang ebensoviel Bewunderung wie Schrecken: sie hielten den Schrecken für den besten Teil der Bewunderung. Niemals fiel es ihnen bei, ihre gewollte Brutalität höflich zu maskieren. Was sie verbrachen, konnten sie schließlich bedauern. Ein Sieger vergibt sich nichts, wenn er sich wahrheitsgemäß entschuldigt, mit seiner ungenügenden Bevölkerungsziffer, die er vorher übertrieben hatte, mit seiner natürlichen Unterlegenheit, die er künstlich korrigiert. Nein. Sie trumpften auf, sie behaupteten eine Weltanschauung.

Ihre antidemokratische, antikommunistische Weltanschauung hat niemals klar unterschieden. Sie war einfach ein Negativum, abgeleitet von den Daseinsformen anderer, die sie zu beerben hofften. Gleichviel, mit dem indirekten Negativ als ihrer einzigen geistigen Waffe, gebärdeten sie sich und schwollen an. Ihre Greuelhaftigkeit, verschärft durch Übermut, schadete ihnen sogar bei Gleichgesinnten.

Sie war abstoßend genug, daß die Sympathien für Deutschland meistens verstummten. Nicht, daß sie abdankten. Die fascistische Front geht quer durch die Welt. Wer der Verbesserung der menschlichen Lage abhold ist, läßt sich zur Vernunft und Menschenfreundschaft nicht bekehren, weil Massengräber Ermordeter aufgedeckt werden. Ob er dem oder jenem Land zugehört, es sind die Seinen, die das taten. Aber der Freund eines Hitlers muß, anders als vordem, das Gesicht wahren.

Noch hat der Freund Hitlers in dem anderen Lande Macht, noch Geld, obwohl seine Geldmacht keine abhängigen Massen dermaßen in Ehrfurcht und Schrecken niederhält, wie er es gewohnt war und gern sah. Die Massen, das fühlt der Matador des Existenzkampfes, die Massen der benachteiligten Existenzkämpfer siegen nunmehr über seinen Freund, um ihn selbst zu besiegen.

Er läuft dringend Gefahr, wenn noch nicht ganz abzutreten, gering gesagt, aus dem Vordergrund der Handlung zu verschwinden. Die lex Churchill-Beveridge ist von unheimlicher Vorbedeutung – für den öffentlichen Wohlstand, wie sich versteht. Kein öffentlicher Wohlstand, ohne daß wenige Matadore ihn zu ihrer Privatsache erheben.

Das Schlimmste: die Regierung, seine eigene, von Rechtes wegen ihm zugetan, verkennt auf einmal die Demokratie, deren trefflicher Kern der Antikommunismus wäre. Die demokratische Regierung führt nach Übereinkunft mit Parteien und Nation einen wesentlich neuen Krieg. Um Territorien geht es längst nicht mehr. Der verhinderte Weltherrscher Hitler lohnt kaum noch die Anstrengungen, die er kostet. Der Nazi-Fascismus allein rechtfertigt die furchtbaren Opfer, um ihn auszurotten.

Die Deutschen haben sich trotz allem verdient gemacht. Sie waren im Fascismus gründlich genug, um ihn zu widerlegen. So widerlegte früher manches ihrer philosophischen Systeme sich selbst: es ging zu weit, wollte alles wissen und wurde Unsinn. Ihre Weltanschauung des Antikommunismus ist nachgerade nicht nur das Grauen selbst, ein Anathem wie keines: im täglichen Gebrauch wurde sie lächerlich.

»Juden und Kommunisten, Kommunisten und Juden«, die Leier des Elends hört man und lacht, ein übelwollendes Gelächter. Denn es sind die Namen, die ein Mörder beliebigen Europäern beilegt, aus verstockter Gewohnheit, nicht einmal selbst überzeugt, daß er sie deshalb töten darf. Aber den albernen Namen zuliebe soll der fascistische Querschnitt der Welt ihn hoch belobigen. Der fascistische Querschnitt hat nähere Sorgen; die deutschen Taten kompromittieren ihn, sie sind ihm eine ausgesprochene Verlegenheit.

Sichere Antikommunisten – in der vollständigen Bedeutung: Anhänger des Existenzkampfes; die menschliche Lage verbessern zu wollen finden sie verbrecherisch –, gerade sie haben die Methode angenommen, dem Hitler seinen Antikommunismus abzusprechen. Von August 39 bis Juni 41 sei er kein Antikommunist gewesen. (Er war es. Der Pakt ist eine Mache, damit er für seinen Angriff auf die Sowjetunion den richtigen Zeitpunkt erreichte. Unausweichlich mußte er sie angreifen: nicht wegen Öl und Weizen, sondern weil sie die menschliche Lage verbessert. Wenn das um sich greift, ist es sein Ende.)

Antikommunisten sind dazu übergegangen, nicht nur den Antikommunismus Hitlers zu leug[n]en, nein, auch den Kommunismus der Sowjetunion. Ist Parteiherrschaft gemeint? Dann haben sie recht. Wollen sie einwenden, daß keine Doktrin, sondern die menschliche Natur zuerst befragt wird? Sie haben recht: man darf Religion haben, Geld beiseite legen und die öffentlichen Dinge kritisieren. Aber Antikommunisten gehen weiter. Der Bolschewismus existiere nicht mehr. Sollte er dennoch existieren, wäre er ihnen lieber als Hitler. Das ist ein Wort! Man begreift es übrigens.

Hitler, wenn er noch könnte, wenn er je gekonnt hätte, würde ihnen selbst an die Nieren gehen, ja, nach der Brieftasche greifen. Die Sowjetunion, nie; und sie erweist sich stärker als Hitler. Auch Antikommunisten schulden ihr Dank, und wirklich, in Ermangelung eines gerührten Herzens verraten sie Seufzer der Erleichterung. Mehr, sie erlauben sich offenen Hohn gegen Hitler. Bis vor drei Jahren unbesiegbar, der säkulare Genius, sinkt er bei ihnen jetzt tiefer und tiefer.

Wie lange noch, die ganze Welt, ob enttäuscht, ob erlöst, wird bemerkt haben, was er eigentlich vorstellt, wie er angetreten als kleiner Mann, auf seinem Gipfel und in seinem Verfall unverwandt derselbe ist. Ein Quisling – was eine Gattung anzeigt. Ein Individuum dieses Namens wird bald nur noch Forschern bekannt sein: die Pflanze war ein Duodez-Tyrann von Feindes Gnaden über sein unglückliches Heimatland, Norwegen. Jedes arme Land des vormals berühmten Europa erleidet dasselbe Symptom der allgemeinen Umnachtung, einen Quisling. So Deutschland.

Sie haben ihn angestellt, sie haben ihn gefüttert mit mehr Geld, als der Schlucker erträumen konnte. Sie haben ihn gespenstisch hochgepäppelt: so züchtet er selbst eine nicht existente Rasse in seinen Gestüten und Ordensburgen. Unwirklich, wie Arier und Germanen, ist seine eigene Leibesbeschaffenheit, die geistige nicht erst erwähnt. Er bildet sich seinen Kampf nur ein: die wirklichen Kämpfer, die ihn erfunden haben, sind die bekannten Matadore des Existenzkampfes – nicht deutsche allein. Deutschland war ihr Versuchsfeld, Hitler war ihr sous-ordre und homme de main, nichts weiter.

Er war der Verrätertyp, wie er aufkommt und erfordert wird im letzten Abschnitt unhaltbarer Zustände, die gleichwohl gehalten werden, bis sie einbrechen mit Getöse. Verräter seiner Klasse, seines Volkes und Landes, das zum Unterschied von den übrigen Quisling-Fällen nicht einmal seines war, auch keine Klasse hatte er. Sonst ein Quisling in der international akzeptierten Bedeutung des Wortes, das genaue Vorbild aller Quislings. Seine Biographie ist abzukürzen. Welthistorisches Interesse kommt ihr nicht zu.

Es gehört seinem Boss. Der ist vielgestalt, vielsprachig und universal, er hat Gesichter und Manieren jeder Herkunft, jeder Tradition; aber während er hier, dort, überall korrekte Partys gibt oder würdigen Sitzungen präsidiert, entscheiden die Hitlerschen Schlächtereien, ob er der Boss bleibt. Kommt schon vor, daß zwei Bewaffnete ihm, mit aller Schonung, unter die Achseln greifen und ihn aus seinem geheiligten Office tragen. Er hat die Kraftprobe selbst herbeigeführt. In der Schwebe, die gekrümmten Beine über dem Boden, äußert er noch schnell: »Ich bin der Boss.«

Er meint: seine Zeit ist nicht um, sein letzter Hitler war dies nicht. In der Tat, vielen Ortes wird schon jetzt an dem nächsten Hitler gearbeitet, indessen der alte noch um seine Existenz kämpft. Hat aber nie eine Existenz für sich gehabt, einen Kampf nur zu Unrecht sein eigen genannt. Vorgeschoben, eine grausige Gliederpuppe, war er persönlich mit Eisensplittern gefüllt. Das Herz auf dem rechten Fleck hatten seine Vorgesetzten. Wie geschieht es wohl, daß heute gedruckt wird: »Hitler, das Werkzeug der deutschen Industrie« – der deutschen allein, wie sich versteht. Wie geschieht es?

Es sind die Wege des Fleisches (und der Eisensplitter). Dasselbe Geschöpf, vordem als ein präsumtiver Weltbeherrscher ehrfürchtig bestaunt, steht nunmehr im Ruf eines Commis, der die Kasse veruntreut. Dafür war er nicht angestellt. Er hat zu siegen versäumt; meint aber, für ihn sei noch Platz zu leben, zu – kämpfen. Sein vielgestalter Brotgeber hatte ihn allerdings in den Krieg geschickt. Nur ein weltweiter Krieg konnte dem Ärgsten zuvorkommen, konnte die soziale Rekonsideration und verbesserte Menschenlage noch einmal aufhalten. Ein letztes, verzweifeltes Mittel. Ein Aufgebot, um es ganz zu sagen, aller atavistischen Restbestände.

Krieg – heißt Existenzkampf, überlebensgroß, universal, alle kleinen Existenzkämpfer zusammengeworfen und angehalten, die Existenz der großen zu retten. Ihre eigene – oh! die wird im Gedränge vergessen, anfangs spritzt so ein Angreifer eitel Glanz und Gloria. Gegen Ende, wenn die Sache, die gar nicht die ihre gewesen war, so gut wie verloren ist, hören sie sagen: »Wir kämpfen um unsere nackte Existenz.«

Dies bestätigt den Deutschen, die es nachgerade wissen, ihr Spezialist der Lüge. Die Wahrheit triumphiert sogar über einen Goebbels: er widersteht ihr nicht, er triumphiert mit. Lust der Verzweiflung quäkt aus ihm: »Wir kämpfen um unsere nackte Existenz.« Was er wegläßt: »Ihr Dummköpfe habt euch dafür hergegeben.« Der neugebackene Biedermann bleibt in seiner Natur und lügt.

Die großen Intellektuellen an der Spitze der Weltreiche haben, als es Zeit war, als es gewagt und ehrlich war, ihren Völkern den Krieg in seiner Blöße gezeigt. »Ich habe nichts zu bieten als Blut, Mühsal, Tränen und Schweiß.« Das ist vom 13. Mai 1940, Winston Churchill sprach es zum Unterhaus, dann Dunkerque, dann die Battle of Britain. Aber es ist nicht erst vom 13. Mai: das Buch desselben Autors, über blood, toil, tears und sweat, erschien vor dem Krieg.

Die Erkenntnis ist im Englischen alt, das Unterhaus, die Nation hörten ihr zu – wie einem verspäteten, verzweifelten Geständnis nicht, vielmehr als der alten, furchtbaren Tatsache, die ertragen, so Gott will und wir wollen, das letzte Mal ertragen sein muß. Zweiundeinhalbes Jahr nach diesem Tage, eines anderen Tages lag vor dem Sitz jedes Abgeordneten der große Plan, die Existenz der Individuen zu versichern gegen Verzweiflungskämpfe.

Das und nichts anderes, wenn überall durchgesetzt, enthebt eine Menschheit der kollektiven Verzweiflung, die der Krieg ist. Nie eines ohne das andere. Wer den Existenzkampf moralisch hinter sich läßt, ihn unschädlich machen will, verliert keine Worte noch Versuche gegen seinen kollektiven Exzeß: die privaten Ausschreitungen trifft er vorher. Churchill hat noch nicht das Ende des Krieges verheißen. (Stalin spricht: »Kriege wird es immer geben.«)

Aber Churchill handelt von Grund auf. Mitten im Krieg handelt er gegen ihn, er veranlaßt den großen Plan gegen den Existenzkampf im kleinen, im einzelnen, im vermeintlichen Frieden. Das gedruckte Buch des Professors Beveridge hatte den Umfang von drei Romanen, zu lesen war es trocken und hart wie die Sprache der Dinge selbst. Wer nimmt die Lektüre auf sich? Wie lange, bis man hindurchkommt und ungern Stellung nimmt? Schließlich ist Krieg.

Nur vierundzwanzig Stunden, da schien der Krieg vergessen. London, die Presse, die Gespräche, der Mann auf der Straße hatten begriffen. Ohne die Paragraphen des Buches zu beherrschen, hatte das öffentliche England seinen Sinn durchdrungen: er war, zu siegen. Nicht über den Feind nur, über den Krieg zu siegen. Den Existenzkampf aller gegen alle abzustellen, damit seine überdimensionale Wiederholung, der Krieg, nicht mehr begründet sei in den Sitten und Gedanken aller Tage, aller Lebenden. Sie sollen sich nicht als Kriegführende fühlen, weil sie leben müssen.

Das ist viel. Es ist »der halbe Weg nach Moskau«, Mr. Beveridge darf es den Torys eingestehen, sie erschrecken darum nicht. Ihr Minister hat das Buch ihnen vorgelegt; aber ihr Minister bleibt nicht ihrer, er ist im Begriff, höher zu steigen, als man durch eine Partei kann, höher, als mit Politik allein jemals einer gelangte. Er wird, außerhalb jeder Reihe, der Mann Britanniens sein.

Ein Mann, dem Reich gewachsen, von der Statur der Nation, ihr verständlich auf den Wink – was nicht populär wäre, mag ruhen. Wenn er erkrankt ist, beten alle: eine Lungenentzündung gehört dem Kreislauf des Menschlichen; zeitgemäß bekommt er sie auf heroischen Reisen.

Alles stimmt. Seine Einfälle, Verhinderungen, Erfolge hätten jedem zustoßen können. »C'est pourtant si simple, mais on n'y pense pas.« Alles geht mit rechten Dingen zu. Auch »der halbe Weg nach Moskau«?

Fragwürdig, ein Wagnis der Natur ist die Größe. Er mag sich geben wie ein Jx: mit der scheinbaren Voraussetzung, was nicht er täte, geschehe, weil es muß, durch andere; er liefere einfach die Energie. Fragwürdig. Diese Art Mensch will nichts so wenig, als die Ordnung verlassen. (Daher Tory.) Aber sie sind gezeichnet. Ein anderer Tory, Disraeli, ist bei seiner ersten Parlamentsrede ausgelacht worden, dermaßen befremdete seine Phantasie und literarische Geste. Einen Juden nannten sie ihn darum nicht.

Wären sie anders in Britannien, derselbe Lord Beaconsfield hätte nachher nicht die Kaiserin gekrönt. Er wäre auf keinem Berliner Kongreß die attraktive Gestalt gewesen – atemberaubend, so wunderbar leuchtete in ihm, und in dem Fürsten Bismarck, noch einmal die ganze Legende Europas. Wie bald, und sie schwelte, wie bald, es wurde Nacht.

Sie werden Bismarck so wenig einen Kommunisten nennen wie Beaconsfield einen Juden. Er wird es nur gewesen sein – in der britischen Gestaltung des Begriffs. Sein Gesetz zur Sicherung der menschlichen Existenz wird nach dem Kriege, der sie schlechthin unhaltbar macht, erörtert, abgeschwächt, verschärft und angenommen werden, von einem Parlament: es ist nicht das seine, ist neu, wie nach Revolutionen.

Der das Gesetz inspirierte, hat Revolution gemacht, da er die soziale Wirklichkeit anerkannte und die internationalen Tatsachen für die Summe aller sozialen hielt. Was alt, uralt ist; – aber ein Zeitalter muß es selbst erlebt haben. Es muß Reiche mit intellektueller Führung haben: nur das verbürgt ein klares Erleben. Jenseits des politischen Nutzens ist das Interesse am Menschen und seiner Lage geboten. Je nüchterner, je besser. Intellektuelle gelangen zu moralischen Forderungen auf Grund einer Vernunft, die eher die Diktatur haben als abdanken will.

Nicht das Gefühl stimmt sie moralisch, das wäre ohne Gewähr. Frömmigkeit, ja. Sie sagen, daß sie gläubig sind, wenn sie trotz allem, was entgegensteht, die Menschen weniger elend wollen. Tränen, die beiseite fallen, lassen sich allenfalls vermuten. Das schöpferische Gemüt ist artistisch, daher sensitiv. Ich frage kaum, wie oft ein Bismarck nicht nur »die ganze Nacht gehaßt«, sondern auch geweint hat: das verschwieg er.

II

In der Handschrift (S. 491) ist nach den Worten »mit ihnen bereuen?« (S. 469, Z. 3) folgender Absatz gestrichen:

Jeder andere Bewerber war aussichtslos, wenn die Republik ihren Bestand von der Zuverlässigkeit eines Hindenburg abhängig machte. Das hieß nicht mehr und nicht weniger, als daß sie sich im voraus verlorengab. Aber die Aufstellung eines unabhängigen Republikaners, seitens einer noch so kleinen Gruppe, hätte grundsätzlich geklärt. Mittlere Parteien, die einfach einen guten Bürger präsentierten, um mit ihrem Verlegenheitskandidaten allein zu bleiben, waren vielmehr genötigt zu entscheiden, für oder gegen eine scharfe Wendung der Republik. Das hatten sie nicht gelernt; sie könnten es vielleicht heute, auf der Schneide des Unheils. Nachher – werden sie es noch einen Augenblick imstand sein oder schon nicht mehr.

In der Handschrift (S. 509) ist nach den Worten »siebenunddreißig Jahren.« (S. 489, Z. 9) folgender Absatz gestrichen:

Aber das Ziel der glücklichen Fahrt war Asolo, die Bergstadt, und die Burg, wo die Königin von Cypern, Catarina

Cornaro, einstmals gefangensaß. Wer konnte ahnen, auch die Duse solle sich einst in Asolo gefangen fühlen? Eleonora Duse, anzusehen wie das innigste Leiden, die ihm ganz ergebene Seele, aber natürlich eine entschlossene Kraft, wie wird man sonst die erste Schauspielerin – einmal meinte sie, es sei genug, sie könnte in Asolo von ihren Mühen ruhen. Wurde aber durch die Zeitläufe genötigt, das Asyl, nunmehr ein Kerker, aufzugeben, ja, zu fliehen gleich bis nach Amerika. Bedenke es, Jx! Sie spielte in Amerika um das bißchen Leben und starb.

Ein Hotelzimmer in Rom, er bewohnte jetzt bequemere als die verfallenen Stadtviertel. Er hatte wohl Gründe, nicht auszugehen, schrieb die ganzen Tage, nahm aber am Abend kein bagno di sciocchezza. Durchmaß [...]

In einer ausgeschiedenen Handschriftenpartie (Rückseite von 510) findet sich folgender gestrichene Passus aus einer älteren Version vom Anfang des 16. Kapitels (S. 486):

[...] die größte wenigstens war ungeschehen. Er vergaß auch niemals, seit er es zuerst gelesen, das Geständnis des Meisters Flaubert, aus seinen abnehmenden Tagen: »J'ai mangé mon pain blanc le premier et la vieillesse ne s'annonce pas sous des couleurs folichonnes.«

Eine Klage, gesprächsweise verrät sie sich, ihre gewollte Trivialisierung macht sie bitterer. Aber der Meister schrieb weiter, schrieb immer noch besser, muß daher heiter, im Grunde kindlich heiter gewesen sein. Jx desgleichen. Ist es anmaßend, sich eine unabhängige Seele beizulegen, ganz überheblich erscheint sie erst durch ihre verfrühte Trauer. Er nimmt vorweg, was später bei ihm eintreten soll. Er kennt es vermittels des Gefühls: es benachrichtigt uns vorzeitig. »Nihil est in intellectu quod non prius fuerit in sensu«, soll bei Aristoteles stehen oder nicht stehen. Es ist die Wahrheit: Jx bemerkt es während seiner Rückblicke in dem letzten Garten.

In einer ausgeschiedenen Handschriftenpartie (S. 510) ist nach den Worten »einer Geburt.« (S. 489, Z. 21) folgender Passus gestrichen:

Am Dönhoff-Platz, Berlin, stand lange eine Uhr, die immerfort Propaganda für den deutschen Nachwuchs klingelte. Ein Zeichen – ein Kind. Jx, ein Gast des Stehparterre, konnte sagen, daß er Jx war und in der Allgemeinheit verschwand mit seinen Wehen um das Kind. Das Stärkste, was uns überhaupt zustößt, ist allen gegeben, noch davon abgesehen, daß alle und Jx dieselben Verluste tragen. Aus seinen frühen, verworrenen Tagen meldet sich klar ein Wort. »Anch' io ti voglio molto bene«, lautete es. Alle die Millionen junger Geliebter haben es empfangen, dementiert gefunden, vergessen und danken ihm dennoch.

»Leiden werden wir, doch mit Entzücken;
Irren soll'n wir, aber zauberhaft.«

Oder, um es ganz zu sagen:

»Dans nos maux il sera des délices;
Nous aurons de charmantes erreurs;
Nous serons au bord des précipices,
Mais l'Amour les couvrira de fleurs.«

Wie einfach, wie zutreffend auf alle – klingt nur ein wenig nach Baudelaire, ist nur wirklich von Voltaire. Heißt »Pandore«: vielleicht im Titel liegt der Sinn. Lebe hiermit wohl, Liebe!

In einer ausgeschiedenen Handschriftenpartie (S. 510f., Rückseite) ist nach den Worten »sie darzustellen.« (S. 489, Z. 35) folgender Passus gestrichen:

[...] es begann in der Jugend, dreiunddreißig, eine naive Epoche bei ihm, wie er beschaffen war. Er erinnerte sich seiner törichten Freude über den ersten gelungenen Zugriff, ohne daß er damals hätte ermessen können, was ihm in die Hand gefallen war, das fruchtbarste Problem seines Lebens: die Macht. Er hat die Macht auf einigen ihrer Wege verfolgt; zehn Jahre nach dem ersten Versuch war er ihr gewachsen. Gerade hatte er sie lächerlich gemacht, da brach eine unverschämte Macht, das deutsche Kaiserreich, wahr und wahrhaftig in die Knie. Von Jx war zu erfahren, warum und wie.

Lang her, längst vergessen, wird manchmal wiederentdeckt. Dreißig Jahre nach seinem ersten Erscheinen heißt die amerikanische Ausgabe seines »Professor Unrat« – »Small Town Tyrant«, in Anerkennung des wirklichen Tatbestandes. Denn dieser war nichts anderes als ein gewisser Aspekt der Macht. Sein »Untertan« ist nunmehr historische Legende. Jx inzwischen ging weiter.

Er schrieb der deutschen Republik ihren Roman – nicht sehr wichtig, sie selbst war es auch nicht. »Die große Sache« wäre eigentlich das Herz, das man haben sollte. Indessen herrscht das Geld wie nie vorher, bis zum Stumpfsinn, bis zur menschlichen Abdankung. Jemand sagte: »Wenn es so stände, kämen die Nazis mit Recht« – worauf sie wirklich kamen, Jx aber auf und davon ging.

In einer ausgeschiedenen Handschriftenpartie (S. 512; erste Seite dieser Paginierung) ist nach den Worten »für Henri und für ihn.« (S. 490, Z. 35) folgender Passus gestrichen:

Die Zeit selbst wird knapp. Noch einmal eine Aufgabe von dreizehn Jahren? Europa jedenfalls hat deren kaum noch zwei, sein Ravaillac wetzt das Messer. Und wäre das Europa dieses Zeitalters, was es nie gewesen, im Besitz eines Henri und eines Lenin zugleich: beide fallen immer. Ihre Mörder werden nicht unfehlbar gerädert wie Ravaillac. Jx in seinem Garten der Erinnerungen hat das zeitgemäße Erlebnis, den Roman des Königs, der guten Willens war, hinter sich, verhältnismäßig weit hinter sich gelassen.

Er darf nicht glauben, daß nur ein einzelner Berg dazwischen liegt, in Wahrheit sind es endlose Ketten von Gebirgen, Wolken, getürmten Wassern.

Alle furchtbaren Tatsachen der Welt, zusammen ein seltener Ausbund, sind losgelassen. Nach der Uhr stimmt die Stunde durchaus überein mit dem zurückgelassenen Buch (des Königs Henri), dem für Jx nichts dergleichen mehr folgen kann. Für das Zeitalter noch weniger. Es hat sein Ziel erreicht. Jenseits der Felsen, Stürme, Fluten wohnen ungeborene Geschlechter.

In einer ausgeschiedenen Handschriftenpartie (S. 512; zweite Seite dieser Paginierung) findet sich der folgende ursprüngliche, wieder gestrichene Anfang des Abschnitts »Das Wort« (S. 491), der zunächst die Überschrift »Ende des Zeitalters« führte:

Was war es? Was habe ich gehabt? fragt einer wohl beim Herannahen seines Abschlusses – und wird geneigt sein, hiermit auch unter sein Zeitalter den Strich zu ziehen. Keine falsche, nur eine persönliche Perspektive.

Das Zeitalter, das uns mitführte in seinem Schoß, erklärt sich allmählich, nachgerade bekommt es ein fertiges Gesicht. Seine abgenutzten Züge lassen die jungen wiedererkennen. Wer genau sieht, findet es überall sich selbst gleich: nur das vormalige Zutrauen, die Heiterkeit, der leichte Sinn wurden, wie bei einem gereiften Menschen, übermannt von bestandenen Leidenschaften, vollbrachten Arbeiten. Davon sind jetzt seine Mienen verhängnisvoll und schwer.

Entsetzliche Arbeiten, fragwürdige Leidenschaften; aber das Zeitalter versprach keine anderen, als es jung war. Es versprach überhaupt nichts. Die Zeitgenossen im Durchschnitt lebten nur dahin, mild, nicht wohlmeinend, ungläubig und ohne Vorsatz. Wenn es nach diesen Anfängern ging, hätten die zwei noch friedlichen Jahrzehnte, die

1914 abbrachen, unabsehbar gedauert. Sie fühlten wie die letzten Menschen – auch dies ohne Ernst.

In der Handschrift (S. 517) ist nach den Worten »in den moralischen Dingen.« (S. 495, Z. 34f.) folgender Absatz gestrichen:

Eine Lawine von Sterbenden, was kann ihr bewußt sein. Die Leiber, die sie wälzt, werden jung erfaßt und sind im Abgrund schneller, als gedacht, schneller, als gelebt: als sie selbst das Leben und das Denken lernen konnten. Hüte sich wer kann, vor dieser unanständigen Eile: mit siebzehn Jahren ein berühmter Junge, mit zwanzig ausgeladen. Wer hat denn aber uns vorige zu unserer Zeit behütet? Wir nicht – und hatten unabsehbare Muße.

III

Im Typoskript findet sich nach den Worten »geordnet und verbündet.« (S. 36, Z. 2) folgender Satz:

Es muß von den Siegern väterlich gehandhabt werden.

Im Typoskript findet sich (auf einer älteren Kopie) nach den Worten »wäre anders verlaufen.« (S. 108, Z. 24f.) folgender Passus:

Bismarck hatte, wie immer zugegeben wurde, realistisch regiert. Realismus bedeutet vor allem Bescheidung mit dem, was man wirklich ist. Bismarck war nicht damit aufgewachsen, »in Kontinenten zu denken«, und verzichtete darauf grundsätzlich. Sein ganzes Feld war Europa: keineswegs, um es wesentlich zu verändern. Sein Bestehen [!] ging dahin, sich die deutschen Siege verzeihen zu lassen Europa zu gewöhnen an den deutschen Staat. Von 1875 bis 90 hat er Koalitionen verhindert, hat Feinde versöhnt oder doch abgelenkt.

Er macht Österreich zum Freund, er ermutigte die französische Republik, ihr Übersee-Imperium auszudehnen.

Was Rußland betrifft, liegt mehr vor: er liebte es. Für den Sieger in drei Kriegen blieb Rußland die größte Landmacht. Die russische Art zu sein erschien ihm liebenswert. Das Vertrauen des Zaren, ob er es in allen Fällen verdiente, kam unter seinen Sorgen gleich nach der Zufriedenheit seines Herrn.

Ein Zusammenstoß mit Rußland hatte bei dem Fürsten Bismarck, einem europäisch gesinnten Staatsmann, die Bedeutung von Selbstmord und von Lästerung, statt dessen versicherte er sein Reich bei Rußland.

Im Typoskript findet sich nach den Worten »Alleinherrschaft wagt es nie.« (S. 184, Z. 1 f.) folgender Passus:

Dieser Wandel, eine innere Wandlung des Zeitalters, der Ansatz eines neuen, geschieht für den Anfang zumeist schwungvoll. Später wird zurückgenommen, was über die Kraft geht. Am 4. August 1789 dankte der französische Adel seine Vorrechte ab; nicht etwa das große Bürgertum seinen Besitz; und auch die älteren Privilegierten holten sich nach dem Sturz Napoleons wieder, soviel das Jahrhundert noch erlaubte. Das Volk hatte zeitweilig zwei herrschende Stände zu erhalten anstatt eines.

Auf der Rückseite der Typoskriptseite 187 (entspricht dem Text von S. 206) findet sich folgende Bleistiftnotiz:

Das war es nicht. Wenn unser Sinn für die Wahrheit uns unglücklich machen wollte, wie hätten wir jemals das Recht, ganz glücklich zu sein. Eines Tages im Jahre 33 war ich es. Die Tür meiner Sommerwohnung in Bandol am Meer, nahe Toulon, geht auf, meine Frau tritt ein. Sie war mir in das fremde Exil gefolgt, für sie war es mehr Exil, mehr Fremde als für mich. Sie hatte ihre Sicherheit aufgegeben, zu Hause wäre sie sicher gewesen. Sie hatte, der Gefahr unerachtet, Umwege durch Europa gemacht. Sie hatte zu mir hingefunden, sie stand vor mir. Es ist das höchste Zeichen menschlicher Anhänglichkeit, das ich jemals empfangen habe. [*Danach gestrichen:* Es bestätigte eine große Wahrheit meines Lebens,] Es war in voller Wahrheit das Glück. Es bleibt die unverlorene Erinnerung, seit ihre Urheberin das Leben verlor.

Im Typoskript findet sich (in Übereinstimmung mit dem zitierten Aufsatz) nach den Worten »durchaus genügen würde.« (S. 211, Z. 22f.) folgender Satz:

Stattdessen erhält sie sich aus Unordnung, Elend und Haß, wie wir es wissen.

Im Typoskript findet sich nach den Worten »War ich ein Kämpfer?« (S. 245, Z. 27) folgender Satz:

Ich glaube nicht.

Auf den Typoskriptseiten 263/64 findet sich nach den Worten »für ein Leben und Werk.« (S. 287, Z. 4f.) folgender Passus:

Die Liebe eine Begabung, ohne die keine ununterbrochene Größe ist, wäre den öffentlichen Männern jetzt wie je zu empfehlen. Indessen hat man sie oder hat sie nicht, da hülfe nicht einmal der gute Wille, der gleichfalls fehlt. Es ist die Sache des Zeitalters, wenn bei seinen ungetriebensten [*wohl:* umgetriebensten] Vertretern – die Deutschen halten sich dafür – kein einziger sich bekannt gemacht hat mit einer großen Liebe, oder einer beständigen, oder überhaupt mit Liebe. Frage: Wird ein Zeitalter abstoßend und unfruchtbar durch die Anwesenheit der Liebe? oder wollte es zuerst hassen, Erfolge vermittels Haß haben, und geriet gerade derart in seinen bedauerlichen Zustand von Impotenz?

Im Typoskript findet sich nach den Worten »ob lebend oder tot.« (S. 351, Z. 34) folgender Satz:

Ist Generalfeldmarschall von Brauchitsch endlich in allen Ehren vergiftet worden?

Im Typoskript findet sich nach den Worten »Ihm glaubt man es.« (S. 352, Z. 1) folgender Satz:

Brauchitsch hat gelernt, wie ein Artist auf offener Bühne sich in der Luft aufzulösen.

Im Typoskript ist nach den Worten »die sich gelohnt hat.« (S. 362, Z. 26) folgender Passus gestrichen:

Hundert Jahre Zwangsarbeit lohnen desgleichen, wenn auch anders. Das Ertragen der allgemeinen Entrechtung in einem verarmten Land mit zwei Dutzend Milliardären kann selbst gewollt, kann der bessere Teil sein, gesetzt, ein Volk wäre gründlich abgeneigt, auf seinem eigenen Boden, und um ihn, zu kämpfen. Ihre Fähigkeit bewähren die Landsknechte auf fremder Erde.

Im Typoskript findet sich nach den Worten »bis in die Regierung reichten.« (S. 409, Z. 13) folgender Zusatz:

einer der Besitzer war fast immer Innenminister.

Im Typoskript findet sich nach den Worten »wen sie fordern.« (S. 441, Z. 3) folgender Satz:

Ohne Laval wären Herriot und Weygand in Afrika anstatt auf Festung Königstein oder unter drei Fuß Erde.

Im Typoskript findet sich nach den Worten »Produkten der Trauben« (S. 456, Z. 16) in einer älteren, als »abgelegt« gekennzeichneten Fassung folgender Passus:

[...] mit marc de Bourgogne. Schmeckt nicht, muß weg. Ihr Überfluß an Öl, aus der Ukraine, aus Rumänien, ob sie ihn hatten oder nicht mehr haben, in Paris setzt er keinen Wagen in Bewegung. Nichts da. Handkarren für die Straße, damit sie nach Fremdherrschaft aussieht! Noch schöner, wenn die gewohnten vier Reihen Autos den Verkehr besorgten!

Die Untergrundbahn Paris ist das Vorbild der Berliner, die sie nachahmt bis auf den Anstrich. Aus strategischen Gründen, es sind immer die nächstliegenden, war es unmöglich, sie außer Betrieb zu setzen. Nur muß sie überfüllt sein; sich hineinzuklemmen mitsamt der Last, die jeder mitschleppt, sei unbedingt qualvoll. Für den einzigen Zweck, das Gesicht der Fremdherrschaft zu zeigen, wird die Hauptstadt des Kontinentes erniedrigt.

Übrigens aus Unfähigkeit. Der unbefugte Herr eines überfallenen Landes konnte es nicht organisieren, sogar seine beglaubigten Talente verlassen ihn. Die Verschleuderung, wie die Unordnung, sind Gesetz – eines Krieges, der als Bestrafung der Nationen und Rache der Geschichte verstanden wird. Die Franzosen brauchen Zeit, diesen Feind zu begreifen. Sie hätten ihren Sieger gern geachtet. Junge Soldaten rühmten ihn, als ihr Vater sie im Lazarett wiederfand, und der Vater war, aus Freude, daß der Sohn lebte, dem Sieger dankbar.

Zur Bewunderung geneigt waren anfangs die Frauen, oder eine ihrer sexuellen Klassen. Gehört beim Coiffeur, Juli 40. Eine stürmische Dame: »Ils sont beaux. Ils sont grands et blonds, de riches natures!« Stimme aus dem Hintergrund: »Et voleurs comme des pies!« Die erschrokkene Dame: »Mais je ne parle pas politique.« Nein, sie sprach Geschlecht und spricht es vielleicht noch jetzt; aber nicht mehr unbefangen. Ein Haß, auf den alle sich einigen, besiegt Natur und Triebe, gerade wo sie am lebhaftesten sind.

Die deutschen Allerweltsgäste hatten selten Gelegenheit, sich erträglich, wenn nicht beliebt zu machen: ihre beste war in Frankreich. Sie haben um ihrer Herrlichkeit willen den Haß gewählt, jetzt schleppen sie daran, wie die einheimischen Fußgänger an ihren Lasten. Den Tag der Vergeltung kennt niemand; sie allein sehen ihn täglich anbrechen. Die Invasion der Alliierten ist hinausgezogen worden, bis die Deutschen den Kopf verloren. Die Angst, anstatt der einstigen Triumphe, macht ihre Hand schwer.

Nachwort

von Klaus Schröter

> »Mein eigenes Buch will die Ehre dieses Zeitalters retten: es ist nicht nur greulich, es hat das seltene Phänomen des Intellektuellen an der Macht.«
> Heinrich Mann an Thomas Mann, 2.9.1944, anläßlich seines Dankes für *Joseph, der Ernährer* (1943).

Heinrich Manns Memoiren *Ein Zeitalter wird besichtigt* sind im Allgemeinsten lebens- und zeitgeschichtlich zu bestimmen als ein Alterswerk und als das Werk eines deutschen Schriftstellers im antifaschistischen Exil zur Zeit des Zweiten Weltkrieges. Beide Bedingungen stecken den Rahmen ab, innerhalb dessen das Buch thematisch und stilistisch zu lesen und zu verstehen ist, ja, der auch noch die Geschichte seiner Wirkungen in Ost und West begrenzt. Als Alterswerk umspannt es alle literarischen Gattungen, in denen Heinrich Mann gearbeitet hatte: die essayistisch-kritische Darstellung, das literarische Porträt, die Novelle, den dramatischen Dialog und – viel mehr als die persönliche autobiographische Mitteilung – die geschichtsphilosophische Reflexion und die Analyse der Gesellschaft. Es sind Gedanken und Erinnerungen, die Heinrich Mann verwebt und die er weit über seine Lebensspanne von 1871 bis 1944 hinaus schweifen läßt, sowohl über die Vergangenheit bis ins Trecento – die »wenigen Jahrhunderte, die noch nahe genug liegen, daß sie mich nicht befremden« [S. 13] – als auch die Zukunft, aus denen er sich die Gegenwart erhellt.

Als Memoirenwerk verarbeitet es Themen und Motive

des eigenen Gesamtwerks, die oft in formelhafter Verkürzung auftauchen, und wenig Autobiographisches. Stilistisch herrscht dichte sprachliche Konzentration mit Neigung zur Sentenz und zum Aphorismus, wobei der häufige und rasche Wechsel der Berichtperspektive im Spannungsreichtum zwischen Plusquamperfekt und Futur die Dialektik zwischen dem Besonderen der Darstellung und dem Allgemeinen des Gemeinten ausspricht. Das beispielhafte oder gleichnishafte Bild und der belehrende Anspruch sind Heinrich Manns Alterswerk ebenso eigentümlich wie demjenigen Goethes. Und es muß Thomas Manns lebenslange Beschäftigung mit dem Goetheschen Gesamtwerk gewesen sein, die ihn befähigte, über das in seiner nächsten Nähe entstehende Alterswerk seines Bruders Heinrich jene abschließenden und gültigen Charakteristika in seinem *Brief über das Hinscheiden meines Bruders Heinrich* (1950) auszusagen: »Sein Künstlerleben ist vollendet ausgeklungen in den beiden letzten Romanen, dem *Empfang bei der Welt* [...] und dem *Atem*, dieser letzten Konsequenz seiner Kunst, Produkt eines Greisen-Avantgardismus, der noch die äußerste Spitze hält, indem er verbleicht und scheidet. – Auf ebendieselbe Weise hat der große Essayist sich vollendet in dem faszinierenden Memoirenbuch *Ein Zeitalter wird besichtigt*, einer Autobiographie als Kritik des erlebten Zeitalters von unbeschreiblich strengem und heiterem Glanz, naiver Weisheit und moralischer Würde, geschrieben in einer Prosa, deren intellektuell federnde Simplizität sie mir als Sprache der Zukunft erscheinen läßt.« [vgl. dazu Materialien, Nr. 22]

Das ist eine Aussage von nie wieder erreichter ästhetischer Präzision. Sie ist nur jemandem möglich, der von Anfang an die Tugend analytischer Kritik geübt hat, das jeweils entstehende Werk nicht isoliert zu betrachten, sondern stets im Umfeld der Gesamtproduktion zu erörtern, es mit dem Voraufgegangenen und dem gleichzeitig Entstehenden über Gattungsgrenzen hinweg in wechselseitiger Erhellung zu sehen und also Heinrich Manns Memoirenwerk, seine Essays und sein Erzählwerk dieser vierziger Jahre als Einheit zu begreifen. Alterswerke stellen solchen Anspruch.

Als Heinrich Mann ansetzte, sein Memoirenbuch zu schreiben, im Winter 1942/1943, lebte er mit seiner zweiten Frau Nelly in äußerst eingeschränkten Verhältnissen in einer kleinen Mietwohnung in Los Angeles. Der Vertrag mit der Hollywooder Filmfirma Warner Brothers, aufgrund dessen Heinrich Mann die Immigration in die USA überhaupt gestattet worden war, war nach einem Jahr abgelaufen. Mit einem monatlichen Scheck von Thomas Mann, der benachbart in Santa Monica residierte, Zahlungen des Moskauer Staatsverlags für schöne Literatur und gelegentlichen, unsicheren und geringen Honoraren mußte man sich beschränken. Zur persönlichen Misere kam die Mißgunst der Öffentlichkeit, deren Duldsamkeit gegenüber dem Faschismus alsbald von dem Committee on Un-American Acitivites (unter dem Senator Joseph R. McCarthy) gegängelt werden sollte. Heinrich Mann berichtete seinem Bruder: »Schon bin ich anonym angerufen worden: ich hätte sofort das Land zu verlassen. Telefon und Haus stehen jetzt unter Polizeiaufsicht« (28. 2. 1941).

Unter solch bedrückenden Umständen vertiefte sich Heinrich Manns Isolation. Nach Thomas Manns *Bericht über meinen Bruder* (1946) zog sich Heinrich Mann von der Umwelt zurück und beschäftigte sich noch einmal mit den herausragenden Werken der Weltliteratur und -musik. »Zu bestimmten Stunden des Tages liest er französisch, deutsch und englisch und zwar, wenn die Prosa es wert ist, laut.« [siehe Materialien, Nr. 22] Das polyglotte Element hat den Sprachstil von Heinrich Manns Alterswerk durchgehend geprägt. Aber der literarische Umgang – Heinrich Mann nennt im *Zeitalter* einmal nebeneinander

Voltaire, Goethe, Napoléon – bedeutete ihm weit mehr: »Der Verkehr mit ihnen und mit anderen, der Vollkommenheit Angenäherten, hat mir Mut verliehen und mein Gewissen belehrt.« [S. 199] So durchdringt das Memoirenwerk aus neu erfrischtem Eindruck die Huldigung der Künste, der Belles lettres – Abschnitte über Nietzsche, Thomas Mann, Frank Wedekind, Arthur Schnitzler, aber auch die Baumeister von Unter den Linden, Max Liebermann oder Puccini gehören zu seinen schönsten Teilen. »Für alle die Verachtung, die zu fühlen mir peinlich ist, kann ich mich nur entschädigen, daß ich auch bewundern darf.« [S. 106] Heinrich Manns Bewunderung galt seit je, und auch im Zweiten Weltkrieg, einer Epoche des »niedrigsten Lebensgefühls« [S. 29], den Taten des »Geistes«. Zwischen ihnen und der »Macht« des Bestehenden entfaltet Heinrich Mann in seinem Memoirenwerk das Gedankenspiel seines dualistischen Denkens. Daß er dabei die in seiner Jugend unter der Kritik des Naturalismus, unter dem Einfluß des Psychologismus und erkenntnistheoretischer Erörterungen der Naturwissenschaften gewonnenen Einsichten, die sich alle im letzten Drittel des neunzehnten Jahrhunderts gegen das kausalmechanische Weltbild des Positivismus wandten, mit größter Konsequenz fortführte, war Heinrich Mann durchaus bewußt: »[...] man empfängt eine Religion sehr früh, lernt sie wohl beurteilen und bekennt dennoch sie oder ihr Andenken bis ans Ende« [S. 199], sagt er im Rückblick auf seine Anfänge.

So war Heinrich Mann keineswegs nur durch die Zeitereignisse des Exils, des Faschismus und des Zweiten Weltkriegs angeregt, »eine Zeitgeschichte [...] in Arbeit« zu nehmen, »mit meiner Existenz als zufälligem Anlaß« – wie eine der ersten Nachrichten über die Niederschrift des Werks lautet (an Alfred Kantorowicz, 28.2.1943). Aber die Zeitereignisse gaben den Anlaß. Wie Heinrich Mann schon einmal 1916/1917 persönliche Notizen zur Verständigung über die Weltlage angelegt hatte – Heinrich Mann gelangte damals vor dem Zusammenbruch des Deutschen Kaiserreiches zur Erkenntnis seiner Unhaltbarkeit –, so begann Heinrich Mann bei Ausbruch des Zweiten Weltkriegs ein Tagebuch *Zur Zeit von Winston Churchill* zu führen. Er setzte es im zweiten Kriegsjahr bis Ende März 1940 unter dem Zweittitel ... *Deus nobis haec otia fecit* fort und stellte ihm im folgenden Jahr einen »Ersten Teil« als *Rückblick vom Jahre 1941 auf das Jahr 1939* voran. Im Ganzen sind es weit mehr als dreihundert Blätter, die erhalten geblieben sind und für die auch damals schon wenigstens eine teilweise Veröffentlichung erwogen worden zu sein scheint. Das Konvolut ist als Vorstufe zum *Zeitalter* aller Beachtung wert. Einige Abschnitte aus ihm sind in die endgültigen Memoiren eingegangen [vgl. S. 623f. und Materialien, Nr. 1 u. 2]. In diesem Kriegstagebuch übt Heinrich Mann bereits die dem *Zeitalter* eigentümliche Darstellungsweise der Verknüpfung von fortlaufendem Kommentar der Ereignisse mit ihrer retrospektiven Betrachtung.

Die Weise der Betrachtung aber bleibt das Maßgebende der Besichtigung eines *Zeitalters* (ihr unterlaufen auch Fehleinschätzungen von führenden Persönlichkeiten ebenso wie zeitgeschichtlichen Ereignissen). Ihre grundlegende Formel hatte Heinrich Mann während des ersten gesellschaftlich-geschichtlichen Umbruchs, dessen Zeuge er war, beim Zusammenbruch des Kaiserreichs, entwikkelt. In dem groß angelegten Essay *Kaiserreich und Republik*, einer geschichtsphilosophisch fundierten Deutung des eigenen Romans vom *Untertan*, hatte Heinrich Mann seine umfassende Perspektive als Zeitzeuge gefunden: »Ein Zeitalter scheidet sich nicht, es ist eins.« Im Stendhal-Essay von 1931 heißt es: »Durch das Gefühl hängen wir unvermeidlicher als durch unsere Ideen mit dem gegebenen Zeitabschnitt zusammen.« Ein Jahr später ist die

Epochenbetrachtung *Das Bekenntnis zum Übernationalen* getragen von dem Bewußtsein der übergreifenden Zusammenhänge der europäischen Geschichte der Völker. In den einleitenden Passagen zum *Zeitalter*, in denen Heinrich Mann – in der etwas abstrakten Manier lebensphilosophischer Ableitungen der Jahrhundertwende – jene Deutungskategorie des »Lebensgefühls« entwickelt, betont er deren weiten, das Rationale übersteigenden Gehalt gleich zweimal: »Weltanschauung, was auf deutsch diesen Namen trägt, hat einen doppelten Boden. Nicht mißzuverstehen, notgedrungen ehrlich ist das Lebensgefühl.« [S. 14] Und: »Ein Weltgeschehen, kaum begriffen, die Gesinnung teilt man nicht, unwiderstehlich ist allein das entfesselte Lebensgefühl – es begleitet jedes Verhängnis.« [S. 15] Die Deutungskategorie des »Lebensgefühls« ist eingebettet in eine Art zyklischer Geschichtsauffassung, die im Wechsel von Auf- und Niedergang der Epochen den geschichtlichen Verlauf erblickt. Heinrich Mann hat sie herausgebildet an Nietzsche, an den Hegelschülern Hippolyte Taine und Jules Michelet und auch einem vorhegelschen Geschichtspragmatismus der Aufklärung. Diese geschichtsphilosophische Konstruktion leitet Heinrich Manns Deutung der neueren westeuropäischen Geschichte. »Da sind aufbegehrende Zeitalter und da sind die zurückgefallenen.« Geprüft werden sie an der Höhe, die »die Renaissance« (nach Nietzsche) zum Maßstab gesetzt hatte. Im Besonderen wird die deutsche Geschichte dem Zyklus als Phase des Niedergangs, Abfalls sinnentleerter »Nachahmung« eingegliedert, so daß Wilhelm II. und Hitler als »Nachahmer« des Welteroberers Napoléon I. erscheinen. Die Konstruktion hat Heinrich Mann sogar – was er sonst vermieden hat – einmal eine zeitgeschichtliche Voraussage erlaubt: In seinem letzten in Deutschland erschienenen Essay, jenem *Bekenntnis zum Übernationalen* von 1932, hatte er das Ende der deutschen Niedergangsphase angekündigt: »Das Zeitalter des Irrationalen wird gegen 1940 ablaufen. Die Vernunft darf sich vorbereiten, wieder einzuziehen.« [vgl. dazu S. 211] Als Heinrich Mann sein Kriegstagebuch begann, erinnerte er seine Freunde Eva und Julius Lips in New York brieflich an diese »einzige Prophezeiung« und gab seiner Genugtuung Ausdruck, ihrer Erfüllung als »bescheidener Zuschauer« noch »beiwohnen« zu dürfen (an Lips, 2. 12. 1939). Durch den Ausbruch des Weltkriegs, durch die Allianz der Welt gegen den »leibhaftigen Irrationalen, Hitler«, endlich durch die deutsche Niederlage bei Stalingrad fand Heinrich Mann seine Prophezeiung dermaßen bekräftigt, daß er sie und die hauptsächlichsten Teile des *Bekenntnis zum Übernationalen* seinem Memoirenwerk einfügte [S. 208 ff.]. Die früh geübte Weise des Geschichtsbetrachters, Einzelvorgänge nur im gesamten Ablauf zu verfolgen, bewährte sich für den alten Heinrich Mann bei der Bewältigung seiner Memoiren.

Seine Huldigung an den *Geist* der Belles lettres ebenso wie seine Kontemplation der Geschichte können reizen, anreizen, aber nicht verletzen. Anders ist die Haltung des Gesellschaftskritikers zur schlechten *Macht* seiner Zeitgeschichte aufgenommen worden. Die Fronten des Zweiten Weltkriegs, die nicht durch einen Weltfrieden abgelöst wurden, sondern sich im Kalten Krieg besonders für Deutschland zu Fronten gegnerischer Machtblöcke verfestigten, begrenzten von Anfang an Geltung und Wirkung von Heinrich Manns *Ein Zeitalter wird besichtigt* sowohl in Ost wie in West: Die Memoiren waren 1945 mit 3500 Exemplaren in Stockholm herausgebracht und wenig beachtet worden. Eine Neuauflage im Ostberliner Aufbau-Verlag 1947 wurde rasch mit zweimal 20000 Exemplaren abgesetzt. Auf sie gründet sich der legendäre Ruf dieser Memoiren. In der Bundesrepublik wurde das Werk – ein empfindliches Zeichen des keiner Wiedergutmachung unterziehbaren antifaschistischen literarischen Exils in dieser Republik – dreißig Jahre nach seiner Entstehung erstmals aufgelegt.

Der Ruhm des Werks blieb für den Westen eine Legende, weil in den Zeiten des Kalten Krieges Heinrich Manns Bekenntnis, wie es sich vom »Übernationalen« zum Sozialismus und Kommunismus in den dreißiger Jahren gewandelt hatte – und das hieß für ihn als Realisten: ein vorbehaltloses Bekenntnis zur Sowjetunion – nicht gesehen und nicht erörtert werden sollte.

Die Entwicklung seines Weltbildes, die der Patriziersohn seit der Jahrhundertwende als wacher Beobachter seiner Zeit vorangetrieben hatte, war den Bürgern des Westens viel unannehmbarer als diejenige Bertolt Brechts. Dieser hatte als Anti-Bürger begonnen, und so konnte man sein politisches Denken entweder zur Fratze eines Bürgerschrecks oder zum Irrweg eines Verstockten zurechtdeuten. Das ging bei Heinrich Mann nicht. Er hatte in den zwanziger Jahren als intellektueller Repräsentant der Republik mit Masaryk, mit Briand, mit preußischen Ministern und Ministerialbeamten au pair verkehrt und verhandelt. Er hatte den fortgeschrittenen Teil des Bürgertums bis 1933 vertreten. Im Exil erreichte der Doyen des deutschen Schrifttums eine neue Etappe des Denkens: der Anschluß an die Deutsche Volksfront, der enge Kontakt mit Sozialisten brachte ihn dazu, Grundpositionen des Marxismus und Leninismus in sein ursprünglich idealistisches Denken zu integrieren. Die Memoiren lassen diese Prozesse deutlich werden.

»Abgeschlossen am Siebenzehnten nach dem D-day«, dem Tag der von General Dwight D. Eisenhower befehligten Landung der Alliierten in der Normandie, wie es in der Stockholmer Originalausgabe heißt, das heißt am 23.6.1944 – mit dem später hinzugefügten gleichnishaften Zusatz »Die Tage werden kürzer« –, gehen die Erinnerungen Heinrich Manns von einem Tiefpunkt der Zeitgeschichte zurück zu seinen Anfängen. Dieser Blickpunkt verklärt ihm manches: Bismarck erscheint ihm nun als der große Sozialgesetzgeber und vor allem als der Friedensstifter in Europa. Nietzsche rückt neben Tolstoi als Kulturkritiker. Der Ästhetizismus des fin de siècle wird als eine Phase der Befreiung des Individuums gesehen; und dessen beinahe wertfreier Begriff eines hohen »Lebensgefühls« sieht Heinrich Mann gleichermaßen im Absolutismus, in der Gestalt Louis' Quatorze *und* in der Französischen Revolution verkörpert. Es sind genau diese Punkte, die das Werk auch in der DDR für mehr als zwanzig Jahre zur Legende machten. Denn Heinrich Mann fiel mit seiner Bewunderung der Großen Männer: Bismarck, Churchill, de Gaulle, Stalin und Roosevelt, hinter gesellschaftskritische Einsichten der zwanziger und dreißiger Jahre zurück, wenn er Geschichte als Tat des Einzelnen erklärte und aus seinem alten Konzept, daß der Intellektuelle zum politischen Handeln aufgerufen sei, die Synthese von Geist und Tat abermals herleitete.

Gewiß, er bleibt bei dieser Konstruktion nicht stehen. Heinrich Manns Geist-Begriff war von Anfang an geschichtlich orientiert an und gefüllt von der Bürgerlichen Revolution von 1789. Die Russische Oktoberrevolution hatte er schon in den zwanziger Jahren als das epochale Ereignis seines Zeitalters begriffen. Ihr Gegner und Möchte-gern-Verderber ist Hitler – damit ein Vertreter jenes »tiefsten Lebensgefühls«. So gewinnen für Heinrich Mann diejenigen, die Hitler bekämpfen: Churchill, de Gaulle, Stalin und Roosevelt (in der Reihenfolge, in der sie Hitler den Krieg erklärten) den Rang der Großen Männer, die Geschichte zu einem Prozeß des Fortschritts machen. So also wird die Geist-Tat-Konstruktion gefüllt mit der ersten Forderung, die dieses Zeitalter stellte: den Faschismus zu schlagen.

Soweit waren viele Emigranten gelangt. Es ist Heinrich Manns hervorragende Besonderheit, daß er bei dieser Anti-Haltung, dem Anti-Faschismus, nicht haltmacht, sondern über die Kritik der Kämpfe seines Zeitalters hinaus den Blick auf die Konsequenzen wirft, das heißt sein Erinnerungsbuch umgreift stets – sei es im Hinblick auf Politik, Ethik oder Ästhetik – Vergangenheit, Gegenwart und Zukunft und setzt sie – wie auch sein erzählerisches Alterswerk – zueinander in dialektischen Bezug. Die Perspektive, unter der dieser Bezug im allgemeinen gesetzt wird, ist eine aufzubauende sozialistische Demokratie. »Der Existenzkampf«, so heißt es in einer von Heinrich Mann ausgeschiedenen Passage des Werkes, »hat den Punkt erreicht, wo die Menschenwürde ihn verwirft. Er stößt ab, er dreht den Magen um. Wir wissen uns für mehr berufen als für den Erwerb allein – für den Erwerb unter Demütigungen und Ängsten. Die materiellen Mittel, auf dieser Erde unsere Zeit zu verbringen, sollten eine Voraussetzung des Daseins sein [...] Der Existenzkampf an dem Punkt, wo er hält, macht das Leben unwert unserer ehrenhaften Leidenschaften: er fordert minderwertige heraus, auf Grund der unrühmlichsten gelingt er. Die Matadore des Existenzkampfes sind in der Qualität herabgesetzt [...] Das allgemeine Gefühl widersetzt sich einer Gattung Mächtiger, an denen nichts zu bewundern ist.« [S. 587]

Von diesem Punkt seiner Voraussicht aus vermag Heinrich Mann die Sowjetunion und den britischen sogenannten Beveridge-Plan für eine neue Sozialgesetzgebung gleichzusetzen. Noch nach Erscheinen des Buches – als Churchill sich als Förderer des Kalten Krieges mit Reden in USA und Europa bloßgestellt hatte, als der Plan des Sir William Beveridge zurückgestellt worden war – verteidigt Heinrich Mann diese seine hypothetische Annahme, durch die allein ihm die Kämpfe dieses Zeitalters gerechtfertigt, ja historisch sinnträchtig erscheinen. Er schrieb einer Güstrower Lehrerin, die ihn auf Widersprüche zwischen seinen Prophetien und der eingetretenen Lage des Kalten Krieges hingewiesen hatte: »Ich lasse beiseite, wie viel von dem Versagen der Nachkriegszeit mein Buch *Zeitalter* vielleicht doch in Betracht zieht. Aber gegen Ende des Krieges hatte ich den gegebenen Augenblick festzuhalten. [...] Wahrscheinlich brauchte nur Roosevelt weiter zu leben, er fand seine ›Freiheiten‹ erreichbar, Freiheit von Not, von Furcht, von Haß. Dies alles ins Gegenteil zu verkehren, wie es dann kam, hätte er nie erlaubt, nur der Tod vermochte es, weshalb sein Tod, wo er befriedigte, mit Champagner gefeiert wurde. Der Tod des einen hat aus dem anderen einen Tragiker gemacht. Wann war Churchill mehr er selbst und auf sicherem Boden, zu der Zeit seiner Größe oder in der Rolle, die ihm heute übrig bleibt?« (An Elisabeth Müller, 19.11.1948)

Zu den Unken der Apokalypse hat sich Heinrich Mann nicht geschlagen! »Denn ich bin ein Mensch gewesen und das heißt: ein Kämpfer sein«, lautet ein Vers des alten Goethe. Heinrich Mann hatte sich sein kämpferisches Engagement als Gestalter und Kritiker der Gesellschaft in mühsamen Prozessen seit der Jahrhundertwende angeeignet. Er hat es als Pflicht des Künstlers bis zuletzt gefordert und persönlich aus seiner Parteilichkeit keinen Hehl gemacht. Daher das Totschweigen dieses Autors, wo er nicht paßte. »Heute werde ich boykottiert; der Absatz von *Zeitalter* wäre schon nicht mehr möglich, jetzt geht das schnell. Was ich büße, ist mein Sinn für das öffentliche Leben, die Voraussetzung jedes einzelnen«, konnte Heinrich Mann Ende 1948 mit Blick auf Westdeutschland noch selbst feststellen (an Karl Lemke, 10.12.1948) [siehe Materialien, Nr. 31]. Und: »Ich schrieb im voraus, was aus Deutschland dann wirklich wurde. Man rechnet es mir an, als hätte ich selbst es angerichtet.« (An Karl Lemke, 27.5.1949)

Sein Werk und insbesondere die Summe seines Weltbildes, wie sie in *Ein Zeitalter wird besichtigt* gezogen wird, kann nur als Herausforderung verstanden und angenommen werden. Schon haben in der Bundesrepublik öffentliche Umdeutungen dieses Werks nach dem Muster, daß nicht sein kann, was nicht sein darf, eingesetzt: der »politische Moralist« wird in abstracto als großer Weiser, in politicis als großer Tor, menschlich als unversöhnlicher Hasser und einseitiger Parteigänger dargestellt. Nur die alte Maxime, Thomas Mann sei ein tieferer Denker als Heinrich Mann, verkneift sich diese Partei erneut vorzutragen mittlerweile doch.

Thomas Mann hatte die Entstehung des *Zeitalters* mit Aufmerksamkeit und Teilnahme verfolgt. Schon ein Vorabdruck in der Moskauer Zeitschrift *Internationale Literatur*, in dem er im Winter 1945/1946 mehrfach »abends lange« gelesen hat, nötigte ihm das Urteil über seinen Bruder ab: »Ein großer Schriftsteller.« [siehe Materialien, Nr. 19] Er blieb dabei, daß *Ein Zeitalter wird besichtigt* »ein faszinierendes Buch« sei (an Georg Strauß, 20.6.1946). Was aber seine Wirkung bei einem Teil der Deutschen betraf, so gab Thomas Mann der Redaktion der Zeitschrift *Freies Deutschland* in Mexiko unterm 6.2.1946 die hellsichtige Auskunft: »Man druckt es in Stockholm zur Zeit, und für mein Teil kann ich kaum erwarten, daß unsere Deutschen daheim es zu lesen bekommen. Natürlich werden sie beleidigt sein – wann wären sie es nicht? Sie müssen sich immerfort und um jeden Preis beleidigt fühlen und unverstanden, und wenn man sie nur zu gut versteht, so sind sie desto beleidigter. Aber das ist Kinderei. Die objektive Tatsache, daß dieser nun Fünfundsiebzigjährige einer ihrer genialsten Schriftsteller war, wird sich als stärker erweisen, als ihre Laune und über kurz oder lang auch von ihrem widerstrebenden Bewußtsein Besitz ergreifen.« [siehe Materialien, Nr. 22]

Zur Entstehungs- und Überlieferungsgeschichte

Am 8. September 1939 begann Heinrich Mann ein Kriegstagebuch zu führen, in dem er die Ereignisse seit Ausbruch des Zweiten Weltkrieges zu analysieren versuchte. Diese Aufzeichnungen führte er zunächst bis zu seiner Flucht aus dem von den Deutschen besetzten Frankreich im Herbst 1940 fort. Heinrich Mann mußte seine Manuskripte und Bücher in Nizza zurücklassen, bis er sie später auf Umwegen und unter großen Schwierigkeiten wiedererhalten konnte [vgl. Materialien, Nr. 4]. In seinem Nachlaß im Heinrich-Mann-Archiv der Akademie der Künste der DDR, Berlin/DDR (im folgenden mit der Sigle HMA bezeichnet) hat sich eine Maschinenabschrift dieser Aufzeichnungen vom 8. September bis Ende 1939 erhalten (HMA 237) [siehe Materialien, Nr. 1]. Im Frühjahr 1941 plante der Autor diese Aufzeichnungen zu veröffentlichen, wobei er ihnen aber einen ausführlichen Kommentar in Form einer Rückschau beigeben wollte, den er von März bis Mai 1941 verfaßte. Das Werk sollte – also zweigeteilt – den Titel haben: *Zur Zeit von Winston Churchill. Erster Teil: Rückblick vom Jahre 1941 auf das Jahr 1939. Zweiter Teil: Tagebuch Vom Beginn des Krieges bis Ende 1939* [vgl. Abb. S. 624].

Auch der »Erste Teil« ist – sowohl in einer handschriftlichen Fassung wie in einer Maschinenabschrift mit handschriftlichen Korrekturen Heinrich Manns – im Nachlaß erhalten (HMA 235 und 236) [siehe Materialien, Nr. 2; vgl. Abb., S. 670ff.].

Weitere Tagebuchaufzeichnungen sind aus dem Zeitraum vom 12. Januar bis Ende März 1940 unter einem wei-

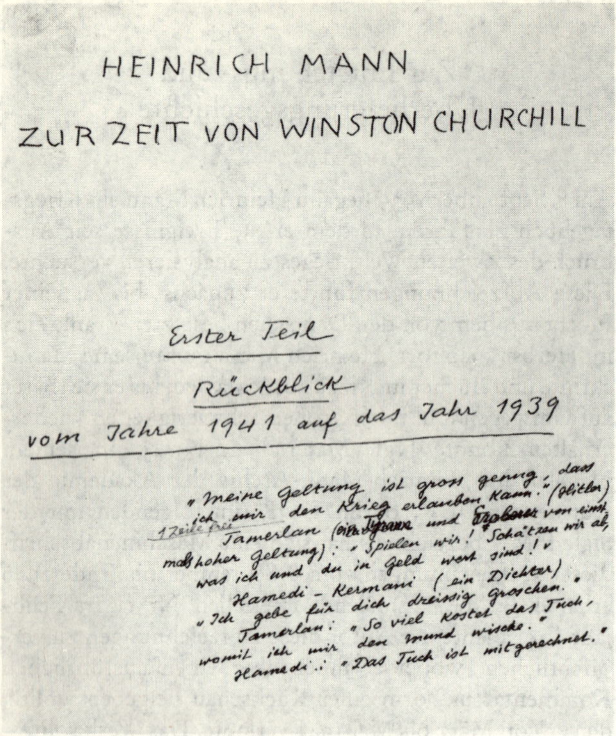
HEINRICH MANN

ZUR ZEIT VON WINSTON CHURCHILL

Erster Teil

Rückblick

vom Jahre 1941 auf das Jahr 1939

„Meine Geltung ist gross genug, dass ich mir den Krieg erlauben kann." (Hitler)

1 Zeile frei

Tamerlan (ein Tyrann und Eroberer von einst, mass hoher Geltung): „Spielen wir! Schätzen wir ab, was ich und du in Geld wert sind!"

Hamedi-Kermani (ein Dichter)

„Ich gebe für dich dreissig Groschen."

Tamerlan: „So viel kostet das Tuch, womit ich mir den Mund wische."

Hamedi: „Das Tuch ist mitgerechnet."

Erste Seite von *Zur Zeit von Winston Churchill*
in der Handschrift Heinrich Manns

teren Untertitel ... *Deus nobis haec otia fecit* vorhanden, von Heinrich Mann aber mit dem Vermerk »Abgelegt« versehen worden (HMA 244 und 245); hinzu kommen weitere einzelne Notizen, die sich auf die politischen und kriegerischen Ereignisse vom Juli bis Oktober 1940 beziehen (HMA 246 und 117).

Eine Veröffentlichung dieses Werkes *Zur Zeit von Winston Churchill* kam nicht zustande. Die Verhandlungen mit Alfred A. Knopf, dem amerikanischen Verleger Thomas Manns, scheiterten, da Heinrich Mann die »vielen Bedingungen und Änderungen« [vgl. Materialien, Nr. 4] nicht akzeptieren konnte. Heinrich Manns Frau Nelly schrieb dazu an ihre Freundin Salomea Rottenberg, die die Manns wohl in Lissabon kennengelernt hatten: »Mit unserem einen Buch steht es wie damals mit dem *Untertan*, das erst *nach* dem Krieg erscheinen konnte [...] *Dieses* Buch ist derselben Art, u. deshalb will der Verleger vorläufig wohl nichts riskieren« (18. Oktober 1941); und am 13. November des gleichen Jahres bemerkt Nelly Mann gegenüber der Freundin, daß die Amerikaner »recht uninteressiert an der europäischen Situation« seien (beide Briefe im HMA).

Dies war die Situation vor dem Kriegseintritt der Vereinigten Staaten; mit dem 22. Juni 1941, dem Beginn des Überfalls der Hitler-Truppen auf die Sowjetunion, hatten sich ohnehin die politischen Konstellationen des Krieges verschoben; der Kampf gegen Hitler stand nunmehr nicht allein im Zeichen des britischen Widerstandes unter der Führung von Winston Churchill. In einer auf den 1. Oktober 1941 datierten »Vorbemerkung«, die wohl einen auszugsweisen Abdruck aus *Zur Zeit von Winston Churchill* in einer amerikanischen Übersetzung einleiten sollte, schrieb Heinrich Mann: »Was kämpfen heißt, lerne ich erst durch den Vergleich des Krieges im Westen mit den Anstrengungen des Sowjetvolkes« (HMA 242).

Diese amerikanische Teilausgabe kam ebenfalls nicht zustande; das Manuskript von *Zur Zeit von Winston Churchill* blieb liegen. Heinrich Mann hat später aber verschiedentlich für sein Memoirenwerk *Ein Zeitalter wird besichtigt* – oft wörtlich – darauf zurückgegriffen. Ein ähnliches Schicksal hatte ein anderes Vorhaben des Autors, eine *Kleine Encyclopädie des Zeitalters* zu verfassen [vgl. dazu S. 364f.]. Dieser Plan, essayistische Artikel in der Tradition der französischen Enzyklopädisten des 18. Jahrhunderts zu schreiben, gedieh nur bis zu einigen Entwürfen, die 1942/1943 niedergeschrieben sein dürften (HMA 228) [siehe Materialien, Nr. 3]. Sie gehören in den Zusammenhang des Memoirenwerkes, zumal sie auch stark autobiographisch gefärbt sind.

Gotthard Erler, der Bearbeiter der hier für den Textabdruck zugrunde gelegten Ausgabe von *Ein Zeitalter wird besichtigt*, hat die weitere Entstehungsgeschichte von Heinrich Manns Memoirenwerk detailreich dokumentiert, so daß an dieser Stelle seine Ausführungen sich anschließen können:

[...] am 30. Dezember 1941 bat Nelly Mann Salomea Rottenberg, bei der Wiederbeschaffung jener acht Bücherkisten behilflich zu sein, die auf komplizierten Wegen von Frankreich in die USA gelangt waren und Teile von Heinrich Manns Nizzaer Bibliothek enthielten: »Mein Mann brauchte so dringend einige Vorarbeiten seiner jetzigen daraus: von Friedrich dem Großen – zu Hitler. Alles Material (jahrelange Arbeit) ist darin.« Diese Formulierung läßt schon an *Ein Zeitalter wird besichtigt* denken, das ja, nach den Worten Thomas Manns, »Autobiographie als Kritik des erlebten Zeitalters« bietet, Lebensgeschichte und historischen Rückblick verknüpft.

Unter diesem Leitgedanken sind jedenfalls Anfang 1943 bereits längere Passagen niedergeschrieben. Es sei, so bemerkt Heinrich Mann am 28. Februar 1943 in einem Brief an Kantorowicz, »eine Zeitgeschichte« in Arbeit, »mit meiner Existenz als zufälligem Anlaß«; »sie beschränkt sich auf Impressionen eines einzelnen, der Ablauf der Dinge und der Zusammenhang meiner Produktion sind verbunden«. Getippt sei noch gar nichts, aber es stünden bereits dreißig Seiten auf dem Papier, die freilich »nur bis in den vorigen Krieg« reichten; überdies habe Hitler bereits ein »eigenes, großes Kapitel«. Zu diesem Zeitpunkt dachte Heinrich Mann (wie aus einem Brief vom 17. März 1943 hervorgeht) an einen umfangreichen Essay von 100 bis 150 Seiten Länge, den er bald abzuschließen hoffte. Während der Arbeit jedoch erweiterte sich die Konzeption, und im Spätherbst 1943 heißt es ausdrücklich: »... ich bin jetzt weniger um Selbstbetrachtung bemüht, als das Zeitalter zu besichtigen. Dabei erfahre ich erst, was ich alles erfuhr: das ist das Spannende.« Zur Jahreswende 1943/44 sitzt er »tief in Arbeit«, und am 23. Juni 1944, 11 Uhr vormittags, wie er auf der letzten Seite vermerkt, schließt er die Handschrift ab, siebzehn Tage nach der Landung der Alliierten in der Normandie.

Im Herbst 1944 dürfte Heinrich Mann das Manuskript noch einmal durchgearbeitet haben. Er erhoffte sich von dem nun druckfertigen Werk nicht zuletzt auch eine Erleichterung seiner materiellen Lage. In diesem Sinne schrieb er am 14. Dezember 1944, wenige Tage, bevor seine Lebensgefährtin in tiefer Resignation aus dem Leben schied, an Eva Lips: »Meine gute Frau arbeitet als nurse im Hospital. Es überanstrengt sie. Mich beschämt es. Was tun. Eine leise Hoffnung setze ich auf das große Buch *Ein Zeitalter wird besichtigt*. Es ist, wenn ich richtig vermute, unwiderstehlich – was die Leute nicht hindern wird, die Versuchung, es zu lesen, von der Hand zu weisen.«

Heinrich Mann sandte offenbar sehr früh eine Kopie des Manuskripts an die Redaktion der ›Internationalen

Literatur‹ nach Moskau; denn Johannes R. Becher bedankte sich bereits am 18. März 1945 für die »so schöne und so außerordentlich gelungene Arbeit«. Sie sei, sagte Becher, »unzweifelhaft der beste Beitrag, den wir auf literarisch-essayistischem Gebiet haben, um den Nazismus auch politisch-moralisch zu schlagen. Mehrere Kapitel aus Ihrem Buch werden wir in der ›Internationalen Literatur‹ zum Abdruck bringen. Das Honorar ist Ihnen bereits angewiesen. Ich bin glücklich, endlich wieder einmal von Ihnen eine repräsentative Arbeit bringen zu können.« Die ›Internationale Literatur‹ veröffentlichte im Laufe des Jahres 1945 drei größere Abschnitte aus dem *Zeitalter*: »Die Sowjetunion« (Heft 3), »Die deutsche Republik« (Heft 4) und »Eine Liebesgeschichte« (Heft 8/9). (Als Heinrich Mann später, im Juni 1948, in einem Brief an Karl Lemke seine literarischen Beziehungen zur Sowjetunion resümierte und auf die »festen Zahlungen« des Staatsverlages hinwies, bezeichnete er diese Teilpublikationen sogar als »russische Ausgabe«: sie »wurde früher bezahlt, gewiß auch früher veröffentlicht als die deutsche in Schweden«.) Auch das Kapitel »Mein Bruder« wurde – als Beitrag zum 70. Geburtstag Thomas Manns – vorab publiziert: zuerst in der literarisch-politischen Monatsschrift ›Freies Deutschland‹ (Mexiko, Juni 1945), dann in der Sondernummer der ›Neuen Rundschau‹ (Stockholm), schließlich im Januar 1946 auch in der kulturpolitischen Monatsschrift ›Aufbau‹ (Berlin).

Diese Vorabdrucke, die die literarische Öffentlichkeit erstmals mit Texten aus dem *Zeitalter*-Buch bekannt machten, fanden lebhaftes Interesse. So äußerte etwa Paul Merker in Mexiko in einem Brief vom 11. Oktober 1945 an Heinrich Mann: »Das Buch ist meinem Empfinden nach das Größte und Eindringlichste, was über die letzte Epoche der Entwicklung Deutschlands und der Tragödie des deutschen Volkes geschrieben wurde, und es wird eine der wichtigsten Aufgaben der neu beginnenden Kulturarbeit in Deutschland sein, ihm eine gewaltige Verbreitung zu sichern. Ihr Buch enthält den Geist, der eine Umwandlung des Menschen in Deutschland in Verbindung mit der Umwälzung der gesellschaftlichen Beziehungen erzwingen wird.«

Durch solche Urteile ermutigt, drängte Heinrich Mann auf rasches Erscheinen der deutschen Buchausgabe, für die er bereits am 10. April 1944 mit dem Ljus Foerlag in Stockholm und dessen deutschsprachiger Abteilung, dem Neuen Verlag, einen Vertrag unterzeichnet hatte. Max Tau vom Neuen Verlag hatte sich am 14. Juni 1945 für das Manuskript bedankt: »Es ist Ihnen nicht nur gelungen, die großen geistigen Wechselspiele der zeitgenössischen Geschichte sichtbar zu machen, Sie haben durch Ihren Mut zum Bekennen und durch Ihren Glauben für eine bessere Welt den meisten geistigen Menschen durch Ihr Werk nicht nur einen Wegweiser, sondern auch eine Position geschenkt.« Trotz dieser Zustimmung (und obwohl die wenigen aus dem Nachlaß Heinrich Manns überlieferten Korrekturfahnen der Titelei und der ersten Textseiten das Datum vom 16. Mai 1945 tragen und dort auf Seite 4 der später entfallene Impressum-Vermerk »Stockholm 1945« steht) verzögerte sich die Herstellung des Buches erheblich. Am 23. Mai 1945 hatte Heinrich Mann dem Mailänder Verleger Mondadori bereits hoffnungsvoll mitgeteilt: »... l'édition allemande est sous presse. Elle paraîtra à bref délai...« (Die deutsche Ausgabe ist im Druck. Sie wird rasch erscheinen.), und noch am 21. September 1945 hieß es in einem weiteren Brief an Mondadori: »Les éditions Ljus, de Stockholm, doivent avoir achevé d'imprimer l'original allemand...« (Der Ljus-Verlag in Stockholm muß den Druck des deutschen Originals abgeschlossen haben). Indes erfuhr Heinrich Mann aus einem Brief Max Taus vom 5. Februar 1946, daß das Werk nun erst gedruckt werde. Am 9. März 1946 schickte Tau ein erstes Exemplar von *Ein Zeitalter wird besichtigt* als Präsent zum 75. Geburtstag Heinrich Manns ab. (Die erste Ausgabe des Werkes erschien also im März 1946 und nicht schon, wie bisher angenommen und angegeben, 1945.) Die Auflage war auf 3500 Exemplare festgelegt, wovon bis Ende 1948 lediglich 1278 Stück verkauft wurden; die Auslieferung für Deutschland hatte 1946 die Firma Carl Fr. Fleischer, Frankfurt am Main, übernommen.

Heinrich Mann zeigte sich ungehalten darüber, wie wenig der Neue Verlag für die endgültige Fertigstellung der gesamten Auflage sowie für die Verbreitung des *Zeitalter*-Buches unternahm. Johannes R. Becher ging, als Präsident des Kulturbundes zur demokratischen Erneuerung Deutschlands, am 31. Juli 1946 in einem Brief an Heinrich Mann auf diese Klage ein und schlug eine neue, in Berlin zu druckende Ausgabe des Buches vor, das die deutschen Leser dringend benötigten. In der Antwort an Becher vom 13. September 1946 bekundete Heinrich Mann seine Freude darüber, »daß Sie das Buch für Deutschland hoch einschätzen«. Er bat Becher, mit einer zweiten Edition noch zu warten, da ihm Fritz Landshoff vom Amsterdamer Querido-Verlag inzwischen in Aussicht gestellt hatte, den Vertrieb des Bandes vom Neuen Verlag zu übernehmen und dann zu forcieren. »Sie verstehen mich recht«, fügte Heinrich Mann hinzu, »Ihre Bemühungen um *Zeitalter* waren mir immer erwünscht; noch wertvoller werden sie, wenn ein Vertrieb über ganz Europa sie unterstützt. Deutschland betreffend, bin ich mir bewußt, daß dieses noch unbekannte Buch das Beste, das mir gegeben, tun kann.«

Von dieser aktuellen Bedeutung ausgehend, bereitete der Aufbau-Verlag in Berlin eine eigene Ausgabe vor, die im Verlagsprospekt für 1947 angekündigt wurde. Der damalige Leiter des Aufbau-Verlages schickte den Katalog am 25. Februar 1947 an Heinrich Mann mit den Worten: »Obgleich noch keine Vorankündigungen in der Presse erschienen sind, häuft sich schon jetzt hier die Anfrage nach diesem Buch. Ich glaube, daß diese Anzeichen wohl das Schönste sind, was Ihnen hinsichtlich Verehrung aus der deutschen Leserschaft gegenwärtig übermittelt werden kann.« Die Ausgabe des Aufbau-Verlages erschien im Laufe des Jahres 1947 in zwei Auflagen mit je 20000 Exemplaren, von denen in weniger als Jahresfrist (bis Juni 1948) mehr als 24000 Exemplare verkauft wurden. Heinrich Mann war, wie aus einem Brief des Verlagsleiters Erich Wendt vom 12. März 1949 hervorgeht, mit dieser unter komplizierten Bedingungen zustande gekommenen Ausgabe völlig einverstanden. Der Autor akzeptierte ausdrücklich auch das Nachwort des Verlages, das einige sachliche Irrtümer richtigstellte [...][1] [siehe Materialien, Nr. 24].

Am 19. Dezember 1947 schrieb Heinrich Mann an den Verlag, nachdem er das erste Exemplar von dessen Ausgabe in Händen hatte: »An den Erklärungen und Entschuldigungen Ihres Nachwortes ist wenig auszusetzen. Höchstens fehlt die Bemerkung, muß wohl fehlen, daß die guten Aussichten meines Schlusses wirklich bestanden, als ich ihn schrieb. Sie sind, wie nach Kriegen üblich, von den Ereignissen widerlegt worden – nicht für lange, muß man hoffen. Der Gang der Dinge ließ sich voraussagen. Ich habe lieber vorher abgeschlossen.«[2]

1 Heinrich Mann: *Ein Zeitalter wird besichtigt*. Berlin und Weimar: Aufbau-Verlag, 2. Auflage 1982 (= Heinrich Mann: Gesammelte Werke. Herausgegeben von der Akademie der Künste der DDR. Redaktion: Sigrid Anger. Band 24), S. 600 bis 605.
[Im folgenden zit.: *GW 24*.]
2 Zit. nach: *GW 24* [s. Anm. 1], S. 605.

Ein höchst aufschlußreiches Kapitel in der Wirkungsgeschichte Heinrich Manns geben seine Bemühungen um eine amerikanische Ausgabe von *Ein Zeitalter wird besichtigt* ab, das zugleich die politische Brisanz dieses Memoirenwerkes zeigt, in der letztlich auch die Nicht-Rezeption dieses unter die bedeutendsten Autobiographien der deutschen Literatur zählenden Buches im Westen Deutschlands bis zum heutigen Tag begründet liegt.[3] Gotthard Erler hat Heinrich Manns Versuche, dieses Werk in einem amerikanischen Verlag erscheinen zu lassen, mit bis dahin größtenteils unveröffentlichten Materialien aus Heinrich Manns Nachlaß dokumentiert:

Heinrich Mann hatte von Anfang an große Hoffnungen auf eine englische Übersetzung des Werkes gesetzt. Schon im Frühjahr 1943, als er das Buch noch als einen umfangreichen Essay plante, bemerkte er: »Diesmal hoffe ich entfernt auf eines der amerikanischen Organe, die mich bisher weder wünschen noch kennen.« Als die endgültige Konzeption festgelegt und beträchtliche Teile des Manuskripts bereits niedergeschrieben waren, suchte er einen amerikanischen Verleger zu interessieren. Die Verhandlungen mit dem 1852 gegründeten New Yorker Verlag E. P. Dutton führte seit Herbst 1943 Barthold Fles, der sich bei Thomas Mann »wohl bewährt« hatte und den nun auch Heinrich Mann in einem Vertragsschreiben vom 27. Mai 1944 »as my exclusive agent in all matters pertain-

3 Vgl. dazu Peter-Paul Schneider: »›Eigentlich aber haben sie mich nie gemocht ...‹ – Anmerkungen zur Wirkungsgeschichte Heinrich Manns in der Zeit von 1933 bis zu seinem Tod«. In: *Heinrich Mann Jahrbuch 3 / 1985: Heinrich Mann – Sein Werk im Exil.* Referate des III. Internationalen Heinrich Mann-Symposiums 1985. Hg. von Helmut Koopmann und Peter-Paul Schneider. Lübeck 1986, S. 269–313.

ing to the English language book publishing rights of my novels *Professor Unrat*, *Der Untertan*, *Lidice* and of my latest work *Ein Zeitalter wird besichtigt*« (als meinen alleinigen Vertreter in allen Fragen, die die Rechte an Buchveröffentlichungen meiner Romane *Professor Unrat*, *Der Untertan*, *Lidice* und meines jüngsten Werkes *Ein Zeitalter wird besichtigt* in englischer Sprache betreffen) autorisierte. Den Vertrag über die englische Ausgabe der *Autobiography of Heinrich Mann* (später geändert in *View of an Age*) unterzeichnete Heinrich Mann am 7. Dezember 1943. Der Verlag zahlte 250 Dollar bei Vertragsabschluß, 750 Dollar sollten bei Annahme des vollständigen deutschen Manuskripts überwiesen werden. Als Übersetzer wurde der amerikanische Erzähler und Kritiker Ludwig Lewisohn gewonnen, der am 23. Juni 1944 in einem Brief an Heinrich Mann seine »Freude und Genugtuung« aussprach, der Übersetzer des »fesselnden und hochbedeutsamen Werkes« zu sein, und der zusagte, »in der zweiten Juli-Woche an die Arbeit gehen« zu wollen. Doch Verlag und Übersetzer zögerten die Arbeit hinaus, und Heinrich Mann, der, durch den Tod des US-Präsidenten Roosevelt am 12. April 1945 irritiert (»Von demselben Tage angefangen, wird daran gearbeitet, den großen Präsidenten ungeschehen zu machen«, schreibt Heinrich Mann in dem Konvolut »Die Tage werden kürzer«), um die aktuelle Wirkung seines Buches gebracht zu werden fürchtete, entwarf am 28. April 1945 folgenden bekenntnisreichen Brief an den Verlag:

»16 Monate haben nicht genügt, einen englischen Text von 500 Seiten fertigzustellen. Das Original schrieb ich in der Hälfte der Zeit. Allerdings war ich nur bemüht, die Erfahrungen eines Lebens in die rechte Form zu bringen; erarbeitet hatte ich das alles längst. Das Fieber des Schaffens kann die Zeit verkürzen. Übersetzen mag langweiliger sein.

Ich selbst habe als junger Autor einige Übersetzungen aus dem Französischen gemacht. Die längste waren die *Liaisons dangereuses* – 2 Monate –, die kürzeren 1 Monat. Meine 500 Seiten *Zeitalter* brauchten in Wahrheit 6 Wochen, bis sie beendet gewesen wären.

Nun frage ich mich und teile Ihnen einfach die Frage mit, eine Beschwerde soll es nicht sein, warum ist mein Buch ungenutzt liegengeblieben? Ein Buch mit dem Titel *Zeitalter* wird von vornherein auf eine Frist des Erscheinens angewiesen sein: das kann jeder vermuten. Sie aber und der Herr Übersetzer haben mehr Urteil als andere.

Ich hatte auf das Buch gehofft. Wenn Ihre Kenntnis dieser Öffentlichkeit Ihnen sagte, daß es keine Aussichten hat, würden Sie es kaum genommen haben. Ein unmittelbarer, breiter Erfolg wurde weniger von seinen Qualitäten als von seiner Zeitgemäßheit bedingt. Ich weiß hiermit Bescheid, in meiner schon langen Laufbahn habe ich mehrere starke Erfolge dem rechtzeitigen Erscheinen eines Buches, der pünktlichen Aufführung eines Stückes verdankt.

Was nachher übrigbleibt, sind künstlerische und auch historische Werte; sie können noch Jahrzehnte später interessieren. Aber ein Roman wie *Der Untertan* hätte, 6 Monate später erschienen, nicht in 4 Wochen 100000 Auflage gehabt.

Das Zeitalter, von dem ich handle, ist am Ende. Noch vor kurzem hätten meine Probleme und Erinnerungen zahlreiche Personen, wenn nicht ergriffen wie mich selbst, so doch lebhaft angezogen. Der Tod des großen Präsidenten hat plötzlich eine sichtbare Grenze gesetzt. Virtuell war sie schon gegeben.

Eigentlich aus dem Anlaß melde ich mich bei Ihnen, nachdem ich zu lange stumm war. Ich erhebe keine Vorwürfe. Übrigens kenne ich nicht das spätere Schicksal eines Buches, das mir teuer war. Vielleicht liegt es in künftigen Jahren, die ich nicht mehr erlebe. Ich wünschte nur, daß Sie bei gegenwärtigem Stand der Dinge meine Meinung erfahren.«

Es scheint, daß vor allem der Übersetzer die Verzögerung verursachte, und der Verlag E. P. Dutton beauftragte daraufhin Barthold Fles mit der Übertragung. In einem Brief vom 23. Mai 1945 an Mondadori stellte Heinrich Mann fest: »Ma *Contemplation de l'Époque*, qu'on tient pour un livre important, mais dont la traduction n'est pas prête, ne pourra paraître en anglais (à New York, chez Dutton) qu'au printemps de 1946.« (Mein Buch *Ein Zeitalter wird besichtigt*, das man für wichtig hält, dessen Übersetzung aber noch nicht fertig ist, wird erst im Frühjahr 1946 englisch bei Dutton in New York erscheinen können.) Fles teilte dann am 21. Februar 1946 mit, daß der Verleger »jetzt das Ganze« habe und »Feuchtwanger um einige Worte über *Zeitalter* bitten« wolle. Am 19. März 1946 unterrichtete Fles den Autor, daß nun »bestimmt im Herbst« das Buch erscheinen werde (dessen Übertragung Heinrich Mann übrigens nicht genügt zu haben scheint; denn er schreibt am 28. März 1947 an Karl Lemke: »Von *Zeitalter* sind zwei untaugliche Übersetzungen nicht benutzt worden.«). Er, Fles, halte es aber für nützlich, ja notwendig, eine kurze Erklärung abzugeben – »schon wegen Churchills letzten Reden«. Das vorsichtig absichernde Vorwort des Übersetzers (»Translator's foreword« wurde von Heinrich Mann in »Nachwort« geändert) lautet:

»The last page of this book was written on ›the seventeenth day after D-day‹, that is, on June 23, 1944. This accounts for some discrepancies in the text, as seen from today's perspective. The author's comment on the Beveridge Plan, and his view of the personality of Churchill, for instance, would have undoubtedly been different had he written them two or three years later. It is hoped that the reader will keep this in mind.

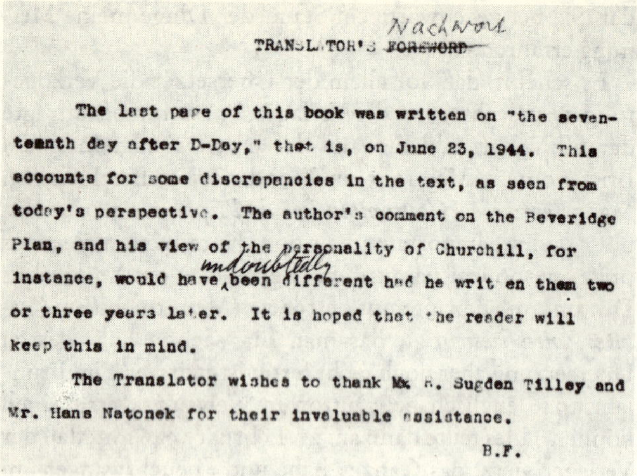

TRANSLATOR'S ~~FOREWORD~~ Nachwort

The last page of this book was written on "the seventeenth day after D-Day," that is, on June 23, 1944. This accounts for some discrepancies in the text, as seen from today's perspective. The author's comment on the Beveridge Plan, and his view of the personality of Churchill, for instance, would have undoubtedly been different had he written them two or three years later. It is hoped that the reader will keep this in mind.

The Translator wishes to thank Mr. R. Sugden Tilley and Mr. Hans Natonek for their invaluable assistance.

B.F.

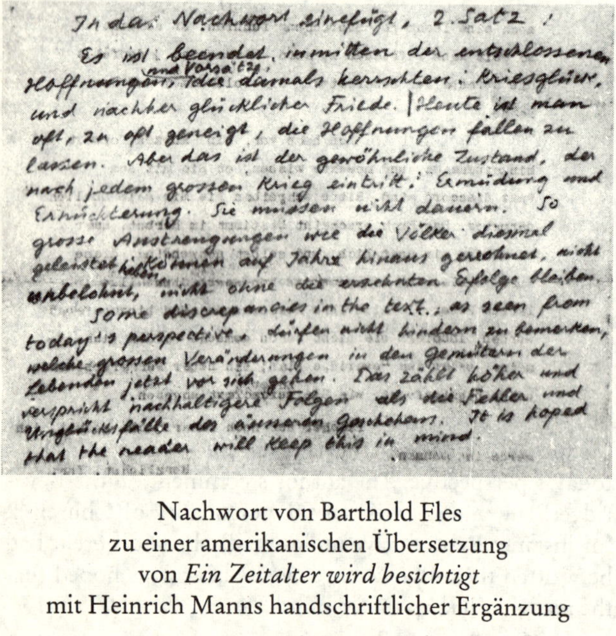

In das Nachwort einfügt, 2. Satz:

Es ist beendet, inmitten der entschlossenen Hoffnungen und Vorsätze, die damals herrschten: Kriegsglück, und nachher glücklicher Friede. | Heute ist man oft, zu oft geneigt, die Hoffnungen fallen zu lassen. Aber das ist der gewöhnliche Zustand, der nach jedem grossen Krieg eintritt: Ermüdung und Ernüchterung. Sie müssen nicht dauern. So grosse Anstrengungen wie die Völker diesmal geleistet haben, können auf Jahre hinaus gerechnet, nicht unbelohnt, nicht ohne die erwarteten Erfolge bleiben.

Some discrepancies in the text, as seen from today's perspective, dürfen nicht hindern zu bemerken, welche grossen Veränderungen in den Gemütern der Lebenden jetzt vor sich gehen. Das zählt höher und verspricht nachhaltigere Folgen als die Fehler und Unglücksfälle des äusseren Geschehens. It is hoped that the reader will keep this in mind.

Nachwort von Barthold Fles
zu einer amerikanischen Übersetzung
von *Ein Zeitalter wird besichtigt*
mit Heinrich Manns handschriftlicher Ergänzung

The translator wishes to thank Mr. R. Sugden Tilley and Mr. Hans Natonek for their invaluable assistance. B. F.«

»Die letzte Seite dieses Buches wurde am ›siebzehnten Tag nach dem Beginn der Invasion in Frankreich‹, das heißt am 23. Juni 1944, geschrieben. Daraus erklären sich einige Unstimmigkeiten im Text, wenn man ihn aus heutiger Sicht betrachtet. Die Meinung des Autors zum Beveridge-Plan und seine Ansichten über die Persönlichkeit Churchills zum Beispiel wären zweifelsohne anders, hätte er sie zwei oder drei Jahre später niedergeschrieben. Möge der Leser dessen eingedenk sein.

Der Übersetzer möchte Herrn R. Sugden Tilley und Herrn Hans Natonek für ihre wertvolle Unterstützung seinen Dank abstatten. B. F.«)

Auf der Rückseite von Fles' Begleitbrief hat Heinrich Mann mit Bleistift folgende Ergänzungen dazu notiert:

»In das Nachwort eingefügt, 2. Satz:

Es ist beendet inmitten der entschlossenen Hoffnungen und Vorsätze, die damals herrschten: Krie[g]sglück und nachher glücklicher Friede.

Heute ist man oft, zu oft geneigt, die Hoffnungen fallenzulassen. Aber das ist der gewöhnliche Zustand, der nach jedem großen Krieg eintritt: Ermüdung und Ernüchterung. Sie müssen nicht dauern. So große Anstrengungen, wie die Völker diesmal geleistet haben, können, auf Jahre hinaus gerechnet, nicht unbelohnt, nicht ohne die ersehnten Erfolge bleiben.

Some discrepancies in the text, as seen from today's perspective, dürfen nicht hindern zu bemerken, welche großen Veränderungen in den Gemütern der Lebenden jetzt vor sich gehen. Das zählt höher und verspricht nachhaltigere Folgen als die Fehler und Unglücksfälle des äußeren Geschehens. It is hoped that the reader will keep this in mind« [HMA 234; vgl. Abb., S. 636].

Über diese entschuldigende Erklärung hinaus forderte

der Verlag nun auch Kürzungen und Änderungen im Text des inzwischen in Stockhom erschienenen Werkes. Heinrich Mann wies solche Eingriffe in einem ausführlichen Brief an E. P. Dutton vom 20. April 1946 entschieden zurück. Im Entwurf heißt es:

»Es handelt sich besonders um den Abschnitt ›Ein britischer Gesetzesplan‹. Der Plan ist bis jetzt nicht durchgeführt worden; aber das ist nicht das Wesentliche. Das Wesentliche für die Epoche, die ich darstelle, ist vielmehr, daß der Plan damals dem Parlament und der Nation vorgelegt werden konnte und wenigstens bei der Nation ungeheuren Beifall erhielt. Wenn das Gesetz heute auf Schwierigkeiten stößt, sie werden nicht dauern, der Plan wird wiederkehren. Übrigens habe ich ausdrücklich vorausgesehen, welche Interessenten das Gesetz vorläufig vereiteln könnten.

Der Urheber etc. und Ebenso wichtig...

Darf ich Sie bitten zu begreifen, daß ich mit keiner fremden Redaktion eines so wohlüberlegten Abschnittes einverstanden sein kann.

Ihr Redakteur scheint eigene Zweifel gehabt zu haben, ob der Abschnitt nicht doch bestehen bleiben solle. Mr. Fles sagte mir, die Absicht, ihn zu kürzen, sei aufgegeben. Das war wohl vorübergehend. Man will wieder ändern, wie ich glaube. Man stützt sich auf Änderungen, die ich selbst, aus Gefälligkeit, gemacht habe, während ich kein MS besaß und den Zusammenhang nicht kontrollieren konnte. Seitdem habe ich das deutsche Buch gesehen und meine Zugeständnisse zurückgenommen. Der Abschnitt ›Gesetzesplan‹ kann und darf nicht verändert werden.

Das deutsche Buch, das vollständig ist, hat mir die Komposition des Werkes erst wieder vor Augen geführt. Es ist eingeteilt in 1) 150 Seiten Zeitgeschichte, 2) 150 Seiten Autobiographie, 3) wieder 150 Seiten Zeitgeschichte und 4) 100 Seiten Schluß-Folgerungen. Sobald etwas fehlt, kommt das Gebäude ins Wanken. Im Grunde liegt es, wie für den ›Gesetzesplan‹, auch für die ›Liebesgeschichte‹, die nach der Absicht des Verlages fortbleiben soll. Das Kapitel ›Liebe‹ wäre dann lückenhaft, der Eindruck wäre falsch. Ich kann mich unmöglich beschränken auf die ›Liebe der großen Männer‹ und die ›geistige Liebe‹. Die ›Liebesgeschichte‹ gibt, was sonst fehlen würde, die soziale Definition der Liebe in einer Epoche, wo Geschäft und Liebe gegenseitig einwirken.

Die Auffassung ›keine fiction in ein non-fiction-Buch‹ mag oft richtig sein: nicht bei mir. Ein Romancier besichtigt sein Zeitalter, wie sollte da nicht romanciert werden, öfter als einmal, aber nie leichtsinnig. Um die moralische Wirkung des Hitler-Stalinschen Paktes zu zeigen, war das beste, ein erfundenes, obwohl wirkliches Gespräch einzufügen, zwischen einem Rotarmisten u. einem deutschen Soldaten. Aus demselben Grunde und mit der gleichen Berechtigung habe ich die ›Liebesgeschichte‹ – nicht etwa außerhalb des Buches erfunden, sondern aus dem Zusammenhang des Geschehens hat sie sich mit ergeben. Aus der Wirklichkeit selbst, wie am Anfang der Geschichte gesagt wird.

Ich hoffe sehnlich, Sie mit diesem Brief überzeugen zu können. Die Weglassungen oder Kürzungen, die ich leider befürchten muß, wären gegen mein Buch ein schweres Unrecht. Ein literarisches Unrecht und, wie ich leider hinzusetzen muß, vertragliches. In meinem Vertrag ist eine redaktionelle Bearbeitung meines Buches nicht vorgesehen, was auch erstaunlich wäre. Das Buch hat einen sehr erfahrenen Autor.

Es interessiert Sie nicht direkt; erlauben Sie mir dennoch, Ihnen zu sagen, daß ich eine unvollständige Ausgabe nirgends hinschicken könnte, in keins der Länder, wo das Buch übersetzt werden soll, aber ebensowenig nach England. Ich glaube fest, daß niemand in Europa die Eingriffe in meinen Text mitmachen möchte. Ich bitte und beschwöre Sie, darauf zu verzichten. Ich weiß nicht, ob das Buch Erfolg haben kann: aber eher hat es ihn in einer vollständigen Ausgabe. Eine unvollständige könnte ich keinesfalls verantworten.«

Nach dieser energischen Stellungnahme Heinrich Manns scheint der Verlag E. P. Dutton das Projekt erneut zurückgestellt zu haben, bis die politische Situation in den USA das Erscheinen des Buches tatsächlich nicht mehr geraten erscheinen ließ; denn inzwischen hatte der »Ausschuß zur Untersuchung unamerikanischer Tätigkeit« seine demagogisch verbrämten Hetzjagden auf alle Vertreter fortschrittlicher Ideen aufgenommen. Und so schlug Dutton Fles am 17. April 1947 die Lösung des Vertrages vor; Heinrich Mann erklärte resigniert sein Einverständnis. Im offiziellen Aufhebungsschreiben des Verlages vom 30. April 1947 heißt es zur Begründung: »As explained in our letter of April 17, we feel that it would be unwise for both the author's and the publisher's sake to publish this book.« (Wie wir in unserem Schreiben vom 17. April dargelegt haben, meinen wir, daß es sowohl im Interesse des Verfassers als auch des Verlegers unklug wäre, dieses Buch zu veröffentlichen.) Heinrich Mann kommentierte in einem (als Entwurf erhaltenen) Brief an Barthold Fles vom 22. April 1947 die Entscheidung des Verlages mit folgenden Bemerkungen:

»Das Buch ist unbrauchbar geworden, nachdem es anfangs sehr brauchbar gewesen war. 3 Jahre, 4 Monate, 10 Tage hat es dagelegen. Vom 7. XII. 43 bis 17. IV. 47 ist der Vertrag unerfüllt geblieben. Die Zeit ist vertan worden, unter anderem mit überflüssigen Textrevisionen. Zu spät wurde bemerkt, worauf es wirklich ankam. Ein politisches Buch kann inopportun werden. Wenn ich früher zu bedenken gab, daß es seine guten Aussichten verlieren könne, wurde mir geantwortet, das Buch sei nicht für den Augenblick, sondern für eine lange Zukunft bestimmt.

Jetzt ist es nicht nur unzeitgemäß, es ist gefährlich – noch mehr natürlich für den Verfasser, aber auch für den Verleger. Dutton hat nichts dagegen, daß ein anderer Verlag die Gefahr übernimmt, wenn der andere ihm nur seine Kosten ersetzt. Dafür daß Dutton etwas Geld bekommt, mag mir geschehen, was will: Deportation oder Ausreiseverbot, auch Verhaftung. Zu viel Güte, ich danke.

Ich werde von dem gezahlten Vorschuß nichts zurückgeben. Ich erleide schweren Schaden. Das Buch konnte mir Ehre und Gewinn bringen; jetzt muß ich mich vor ihm hüten: alles infolge der Verschleppung. Ich tue genug, wenn ich die Angelegenheit für erledigt ansehe.«

Barthold Fles antwortete am 7. Mai 1947 darauf: »Ich teile Ihre Enttäuschung natürlich; nach aller Arbeit ist es schrecklich, daß dieses Buch nun doch nicht erscheint. Aber ich bin auch der Meinung, daß die Veröffentlichung jetzt nur schädlich sein könnte.« In einem Brief an Wolfgang Bartsch vom 3. Februar 1949 resümierte Heinrich Mann noch einmal seine Eindrücke aus dieser Affäre und gliederte sie in die bitteren Erfahrungen seines amerikanischen Exils ein: »Amerika kennt mich fast so wenig, wie ich es kenne. Nichts Neues ist seit 10 Jahren hier von mir erschienen, ich wünsche es auch nicht, seit die Vorbereitung von ›Zeitalter‹ abgebrochen werden mußte.«

Unter ähnlichen Vorzeichen scheiterte eine spanische Ausgabe, die Alfredo Cahn in Buenos Aires zustande zu bringen suchte. Heinrich Mann schickte ihm – wohl Ende August/Anfang September 1944 – eine Kopie des *Zeitalter*-Manuskripts. Cahn äußerte am 13. November 1944 dazu: »*Ein Zeitalter wird besichtigt* wird unter den herrschenden politischen Umständen nicht so einfach unterzubringen sein, da unsere Behörden nicht gerne Loblieder auf Stalin und die URSS lesen, mögen sie noch so begründet und vernünftig sein.« Hier ist – bereits Ende 1944 – unumwunden ausgesprochen, was dem Buch in den USA zum Verhängnis werden sollte: das Bekenntnis zum Sozialismus und zur Sowjetunion. Cahn fand, wie er am 19. Mai 1945 an Heinrich Mann schrieb, seine Befürchtung bestätigt, »daß dieses Mpt. auf einen kleinen Widerstand stoßen werde«. Gleichwohl gelang es Cahn schließlich, das *Zeitalter*-Manuskript unter dem Titel *Revisión de una época* gegen einen Vorschuß von 300 Dollar an Editorial Claridad in Buenos Aires zu verkaufen – freilich ist die Ausgabe nie erschienen.

Ergebnislos blieben auch alle weiteren Versuche, das Buch in anderen Ländern zu publizieren. Landshoff, der, wie er am 12. Mai 1947 Heinrich Mann bekannte, den Bericht über das Schicksal der amerikanischen Ausgabe »mit aufrichtiger Empörung« gelesen hatte, bemühte sich bei Hutchinson in England. Heinrich Mann selbst korrespondierte 1945/46 mit Mondadori, und Editions du Bateau Ivre, Paris, nahm sogar eine Option auf.[4]

In der dieser Ausgabe zugrunde liegenden Textvorlage ist zur Textkonstitution von *Ein Zeitalter wird besichtigt* angegeben:

Die Forderungen, die Heinrich Mann in der Auseinandersetzung mit dem New Yorker Verlag E. P. Dutton in bezug auf vollständige und korrekte Wiedergabe seines Werkes erhob, bedeuten für die vorliegende Neuausgabe eine besondere Verpflichtung, zumal sowohl die Stockholmer als auch die Berliner Ausgabe unter den schwierigen Verhältnissen der ersten Nachkriegsjahre ohne eine letzte

4 *GW 24* [s. Anm. 1], S. 606–615.

Autorkorrektur erscheinen mußten und die Stockholmer Ausgabe überdies von schwedischen Setzern gesetzt worden sein dürfte.

Für die Gewinnung eines authentischen Textes standen folgende Materialien zur Verfügung:

1. Die Erstausgabe im Neuen Verlag, Stockholm o.J. [= 1946], 560 Seiten. Sie liegt dem Text unseres Bandes zugrunde.

2. Die beiden Auflagen im Aufbau-Verlag, Berlin 1947, die, wie im Nachwort vermerkt, »vollständig und unverändert von der Originalausgabe übernommen« wurden. Nach der ersten Auflage, die 508 Seiten umfaßte, wurde der Text neu gesetzt, und die zweite Auflage, von der gleichfalls 20000 Exemplare gedruckt wurden, enthielt (bedingt durch veränderten Satzspiegel und größere Schrift) 552 Seiten.

3. Die Handschrift der Kapitel 15 bis 19 sowie ein Konvolut handschriftlicher Textteile, die Heinrich Mann selbst bei der Arbeit an ebendiesen Kapiteln ausgeschieden hat und die wir – soweit sie nicht nur stilistische Varianten sind – als Paralipomena-Gruppe I im Anhang mitteilen [vgl. S. 558 ff.]. Diese (wie Heinrich Mann sie bezeichnete) »abgelegten« Manuskriptpartien mit einer älteren Paginierung, gesammelt in einem blauen Aktendeckel mit der Aufschrift »1940«, geben wichtige Aufschlüsse über Arbeitsweise und Arbeitsstadien; mit Sicherheit lassen sie den Schluß zu, daß – zumindest für die Kapitel 15 bis 19 – zwei handschriftliche Fassungen existiert haben. Darauf deutet in der genannten Mappe auch ein kleiner Zettel, auf dem Heinrich Mann folgende Angaben notiert hat:

S. 553–569 möglichst streichen
56 ff. zu überlegen
566 »Krieg – heiml. Existenzkampf«

Tatsächlich finden sich unter den »abgelegten« Textteilen die Seiten 555 bis 569 (einer älteren Paginierung).

4. Eine Kopie des Satztyposkripts, das zwar (bis auf wenige Abschnitte, die Heinrich Mann für Sonderabdrucke vorbereitete) unkorrigiert ist und in dem einige Seiten fehlen, das aber aufschlußreiche gestrichene Passagen aufweist und überdies als Handexemplar des Autors einige wichtige Rückseitennotizen enthält, die, wie die getilgten Partien, in der Paralipomena-Gruppe III zusammengestellt wurden [vgl. S. 605 ff.]. Der textgeschichtliche Wert dieses Typoskripts ist mithin begrenzt, zumal zahlreiche größere Änderungen beweisen, wie intensiv Heinrich Mann noch nach der Abschrift an der eigentlichen Satzvorlage gearbeitet hat. Gleichwohl konnte das Typoskript für die zahlreichen Stellen zu Rate gezogen werden, an denen im gedruckten Text unsaubere oder verderbte Lesungen offensichtlich waren oder vermutet werden mußten. Durch den sorgfältigen Vergleich der Buchausgaben mit dem Typoskript und den erhaltenen Kapiteln der Handschrift konnten zahlreiche Fehler erkannt und eliminiert werden. In mehreren Fällen, wo der Kontext eindeutig für die Version von Handschrift oder Typoskript sprach und die Lesung der Stockholmer Ausgabe auf eine vom Setzer verursachte Entstellung schließen ließ, hielten wir eine Konjektur für erforderlich. Nicht korrigiert haben wir dagegen einige Stellen, an denen typische Satzkonstruktionen Heinrich Manns, die sich im Typoskript noch finden, in der Buchausgabe im Sinne der deutschen Stilistik normiert worden sind (statt »Wenn das Siegen einmal unterbrochen wird, verzweifeln...« heißt es im Typoskript: »Das Siegen einmal unterbrochen, verzweifeln...« [S. 394, Z. 35]; statt »Wenn man das Beispiel Britanniens überall befolgt, wird...« heißt es in der Handschrift und im Typoskript: »Das Beispiel Britanniens überall befolgt, wird...« [S. 522, Z. 27f.] usw.). Sehr

wahrscheinlich handelt es sich dabei um redaktionelle Eingriffe des Neuen Verlages.

5. Heinrich Mann hatte nach Abschluß des Manuskripts selbst ein »Verzeichnis der Namen und Titel« zusammengestellt, das in drei handschriftlichen Fassungen und in einer Schreibmaschinenabschrift erhalten ist und dessen eingetragene Seitenzahlen sich auf die Paginierung des Typoskripts beziehen. Auf einem ersten Blatt sind die Namen noch ungeordnet. Eine zweite Liste, ebenfalls mit Bleistift geschrieben, bringt die Namen in alphabetischer Reihenfolge. Schließlich ist auch die Reinschrift dieser Fassung (mit Tinte) überliefert, die der Maschinenabschrift zugrunde lag. Heinrich Mann hatte offensichtlich auch den Neuen Verlag in Stockholm auf die Notwendigkeit eines Registers hingewiesen. Allerdings wurde es in die Stockholmer Ausgabe nicht aufgenommen (um, wie Max Tau am 5. Februar 1946 an den Autor schrieb, den Druck des Werkes nicht zu verzögern; der Verlag hoffe, das Verzeichnis, das von Ernst Alker ausgearbeitet (!) werde, in der nächsten Auflage unterzubringen). Heinrich Manns handschriftliches Register enthält zu einigen Personen kommentierende Zusätze, die über die sonst gebrauchten sachlichen Angaben wie »Autor«, »Polizeipräsident«, »General« usw. hinausgehen. So wird etwa Heydrich als »hangman« (Henker) charakterisiert, Papen mit den Worten »immer Spion, einmal auch Reichskanzler«. Zum Stichwort Hitler heißt es in der ersten, noch nicht alphabetisch gruppierten Liste: »351 – und überall«; in der Reinschrift gibt Heinrich Mann zwei Seitenbelege, dann notiert er: »und zu oft« [vgl. Abbildung, S. 646]. Diesem Verfahren folgend, haben wir für das Register zu diesem Band auf den Nachweis der Stellen verzichtet, an denen sich der Autor mit Hitler auseinandersetzt.

Orthographie und Interpunktion entsprechen weitge-

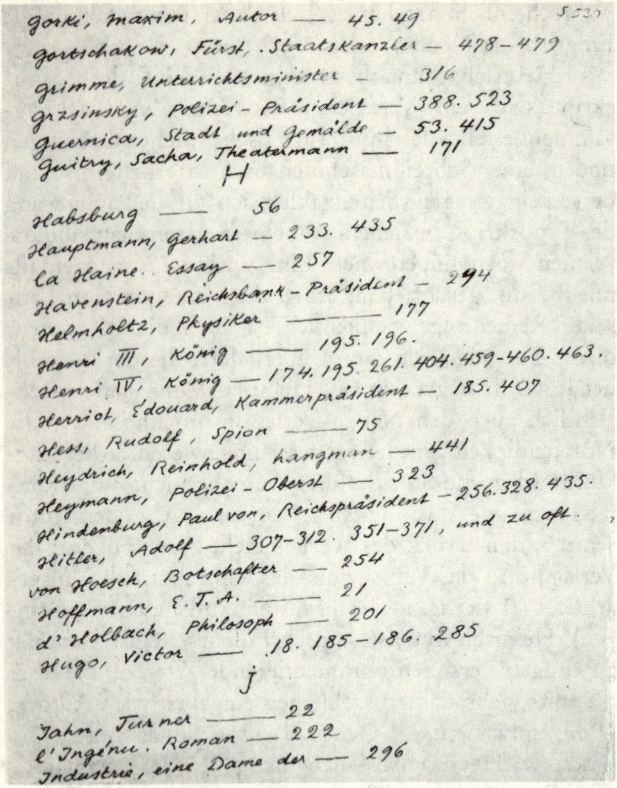
Gorki, Maxim, Autor — 45. 49
Gortschakow, Fürst, Staatskanzler — 478–479
Grimme, Unterrichtsminister — 316
Grzsinsky, Polizei-Präsident — 388. 523
Guernica, Stadt und Gemälde — 53. 415
Guitry, Sacha, Theatermann — 171
H
Habsburg — 56
Hauptmann, Gerhart — 233. 435
La Haine. Essay — 257
Havenstein, Reichsbank-Präsident — 294
Helmholtz, Physiker — 177
Henri III, König — 195. 196.
Henri IV, König — 174. 195. 261. 404. 459–460. 463.
Herriot, Édouard, Kammerpräsident — 185. 407
Hess, Rudolf, Spion — 75
Heydrich, Reinhold, hangman — 441
Heymann, Polizei-Oberst — 323
Hindenburg, Paul von, Reichspräsident — 256. 328. 435.
Hitler, Adolf — 307–312. 351–371, und zu oft.
von Hoesch, Botschafter — 254
Hoffmann, E. T. A. — 21
d'Holbach, Philosoph — 201
Hugo, Victor — 18. 185–186. 285
J
Jahn, Turner — 22
l'Ingénu. Roman — 222
Industrie, eine Dame der — 296

Seite aus Heinrich Manns handschriftlichem Register
zu *Ein Zeitalter wird besichtigt*

hend dem heutigen Gebrauch; charakteristische Eigenheiten Heinrich Manns, vor allem in der Verwendung des Kommas bei appositionellen Fügungen, sowie des Kommas, das eigentlich in der Funktion eines Gedankenstrichs steht, blieben erhalten.[5]

5 *GW 24* [s. Anm. 1], S. 616–620.

Materialien

1 Heinrich Mann: *Zur Zeit von Winston Churchill. Zweiter Teil. Tagebuch Vom Beginn des Krieges bis Ende 1939* [Auszüge]:

8. September 1939. – *Es ist Krieg*, seit einer Woche schon, angenommen, daß er am 2. dieses Monats eröffnet worden ist. Der Anfang wäre dann die Bombardierung polnischer Städte durch Hitlersche Flieger gewesen. Das Nächste war, daß die englische Regierung Herrn Hitler den Krieg erklärte, dies am 3. September. Pünktlich am 4. quittierte er mit der Torpedierung eines englischen Dampfers. Dieser hatte vierzehnhundert Passagiere, darunter zweihundert Amerikaner.

Das sind kriegerische Handlungen von einer Art, die man im vorigen Krieg erst gegen Ende vornahm, und die kaiserliche Regierung und Heerführung hatten sie sich abgerungen. Damit fängt es jetzt an, und Selbstüberwindung scheint es nicht gekostet zu haben. Man ist sofort beim Äußersten, wirft Brandbomben auf das nationale Heiligtum Polens in Czestochowa, auf einen einzelnen Hirten, auf eine Kinderschar. Kein Kampf, oder nur sowenig wie möglich Kampf. Anstatt seiner eine zusammenhängende Reihe von Attentaten. Sie werden abgeleugnet.

Die letzte Zeit bevor Krieg war, führte Hitler ihn außeramtlich auch schon so. Er bezahlte Iren, damit sie in London zahlreiche Explosionen anlegten. Man bringt in einem Bahnhof oder anderen verkehrsreichen Orten heimlich eine Bombe unter und entfernt sich bei Zeiten.

Mit gleicher Technik und derselben Gesinnung unternimmt man ein Land in Brand zu stecken, um eine Armee nicht erst schlagen zu müssen. Kein Kampf, oder nur was unvermeidlich ist von den früher üblichen Kampfhandlungen. Wenige hundert Techniker in den Lüften genügen nach den Forschungen der Hitlerschen Kriegswissenschaft, um eine feindliche Nation zu entmutigen, womit man ihren Herren, seelisch und materiell, den Boden entziehen will. Sie sollen in die Enge getrieben sein und den Glauben an ihre Sache verloren haben noch vor der ersten Schlacht.

Das ist falsch, insofern man meint, aus der Luft den Krieg zu entscheiden. Aber die Brand- und Bombenpsychologie der Hitlerschen Wissenschaft ist sinnreich, sobald sie richtig verstanden wird als ein Gebot dieses Regimes und seiner eigenen Erhaltung. Nur so und nicht anders kann das Regime seinen Krieg ertragen. Hinwider geht es fehl in der Rechnung auf die Zähmung des Gegners. Man vergißt oder läßt beiseite, daß der Gegner eine Überzeugung hat und die lebt sogar in dem brennenden Land. Es glaubt an sein Recht unabhängig zu sein. Das Volk Polens und das Heer, jeder Einzelne ist seiner Freiheit eingedenk, er weiß, daß seine persönliche Würde abhängig ist vom Bestand der Nation. Insofern ändern die Bomben nichts. Im Gegenteil wäre ihnen eine zündende Wirkung beizumessen, auf den Willen der überfallenen Nation, sich am Leben zu erhalten.

Aber erwünscht kommt es einem unbeliebten Selbstherrscher mit nur scheinbarer Gewalt, daß er für seine ersten Erfolge keiner gewagten Kämpfe bedarf. Er hat sie mit Attentaten und kann zu Haus davon melden. Die feindliche Armee weicht nur schrittweise, viel zu langsam, viel zu tapfer, als daß die vollständige Einnahme des Landes durch den so sehr überlegenen Angreifer ihn zuletzt noch ehren könnte. Ob die Deutschen sich geehrt fühlen, durch den Krieg in Polen überhaupt, und durch sein mäßiges Tempo? Sie erinnern sich wohl, daß Hitler versprochen hatte, er werde kommen wie der Blitz in der Nacht. Man kann ihn nicht blitzhaft nennen, abgesehen natürlich von dem Hyperit, Ekrasit oder was sonst aus den Wolken fällt. Das zischt hoch, kracht großartig, und der Hirte mit seinen Hammeln gelangt viel schneller als sie hätten laufen können, an das andere Ende der Weide, jedes Glied für sich.

Die Deutschen dürfen hiernach nicht zweifeln, daß ihr oberster Kriegsherr etwas kann. Sie sind überdies versichert: mit ihnen selbst würde er es nicht anders machen, gesetzt, sie wollten die Gelegenheit des Krieges benutzen, um sich seiner zu entledigen. Eine deutsche Revolution hätte für das Erste mit seiner Technik der Lüfte zu rechnen. Das ist die sicherste, auch seinem Heer macht sie Eindruck und erleichtert diesem Heer die anfechtbarsten Handlungen. Sehr möglich, daß dieses Hitlersche Heer voll Pflichtgefühl ist. Darum muß es noch nicht überzeugt sein. Überzeugt ist es weder von der Berechtigung seines Eindringens in Polen, noch von dem Dienst, den es Deutschland erwiese, wenn es siegte. Das Heer Hitlers hat seine Erfahrungen mit der Tschechoslovakei und den Folgen.

Der Glaube an die nationale Sache ist bei den Polen. Das Heer Hitlers tut seine Pflicht, was immer noch etwas ist. Nicht jedes Heer brächte es fertig, wie die Dinge liegen. Denn schließlich, Deutschland ist mit diesem Heer nicht. Es mißbilligt jeden seiner Schritte. Frauen haben sich auf die Gleise geworfen, als die Züge ihre Männer entführten. Arbeiter haben die Maschinen ausgerückt und die Fabrik verlassen. Gewiß, sie sind zurückgekehrt, sie machen jetzt unbezahlte Überstunden so viele befohlen werden. Niemand fragt, mit welchen Gefühlen. Es ist Krieg, der Krieg, den alle Deutschen von Hitler befürchtet hatten, zuletzt im Zustand der Hysterie. Von ihrer Angst sind sie nunmehr befreit vermöge der vollendeten Tatsachen. Schweigend erwartet das Land sein Schicksal.

Auszusprechen, welches Schicksal man erwartet, ist gefährlich. Das Volk und auch das Heer werden pünktlich gereinigt von Personen, die nicht schweigen können. Der Adjutant des Generals von Stülpnagel, von Kreienfels, soll am 3. September neuneinhalb Uhr abends erschossen worden sein. Er hatte unmöglich bei sich behalten können, daß Hitler ein Wortbrüchiger sei – nicht so sehr gegen Polen oder auch gegen Deutschland; aber der Armee habe er sein Wort nicht gehalten. Das war zuviel für einen Militär von Beruf, der darum an die Wand gestellt wurde zum Kriegsbeginn. Seine Vorfahren im Heer hatten hierfür den Ausdruck: »Über die Klinge springen.« Nur fing für sie kein Krieg so an.

Die Militärs haben eine berufliche Moral und Denkungsart, von der kein Einzelner in solchem Maße abweicht, daß nur er allein verdienen würde, über die Klinge zu springen. So gut wie von Kreienfels wären andre geeignet. Sie lassen sich warnen und verstummen, bis auf Weiteres. Die Arbeiter sind an die Maschinen zurückgekehrt und arbeiten zu herabgesetztem Lohn. Ihre Moral und Denkungsart bleibt einheitlich wie die militärische. Auch ist nicht anzunehmen, daß die Bauern ihre Gesinnung gegen das Regime geändert haben, bloß weil Krieg ist. Vorher haben sie ihre Marktfreiheit und gerechten Preise aufsässig gefordert und hinten herum zu erreichen gewußt. Auch sie werden ihre geschickte Sabotage bis auf Weiteres zurückgestellt haben. Indessen bleiben sie, die sie sind, hinzugerechnet, daß auch noch der allen unwillkommene Krieg ist.

Höhere Beamte, zum Beispiel der Bürgermeister von Lübeck, dessen Vorgänger im Rang von Fürsten standen, – dergleichen Herren verschwinden jetzt spurlos. Er hatte geäußert, Deutschland eröffne diesen Krieg in einem gleich trostlosen Zustand, wie es den vorigen beendet habe. Alle insgemein, Militärs, Arbeiter, Bauern, Beamte, sind Deutschland. Mit Blicken wie diese, Reden wie hier, und einem solchen Schweigen folgt Deutschland dem Heer, das in Polen vorrückt. Eine gewaltige Probe auf das Pflichtgefühl eines Heeres, so geleitet vom eigenen Lande, dennoch unbeirrt vorzurücken. Wenn nicht im Herzen und Gewissen unbeirrt, wovon niemand nichts weiß, dann doch allemal mit Gliedmaßen, die gehorchen, und den gelernten Griffen. Die Maschinen sind nicht ausgerückt, die Nachtarbeit wird unbezahlt gemacht.

13. September [1939]. – »*Der Unglückliche!* Nur sechs Jahre hat er gebraucht, um sein Land zum Abgrund zu führen.« Dies schreibt mir ein Mitglied der französischen Akademie, mein Freund. Der Unglückliche, das ist die französische Bezeichnung eines Verirrten und Verworfenen. Man weiß hier aus langer moralischer Überlieferung, daß der nichts als Boshafte an seiner Bosheit scheitern muß. Er trägt die Niederlage in sich, soviel es kosten mag, sie ihm zu bereiten. Mein Freund sagt weiter: »Er rennt in sein Verderben, aber wie vieles zieht er mit hinein! Alle die Trümmer! All das Blut, für den albernen Übermut eines Einzelnen.«

Des Weiteren sagt mein Freund: »Wenn ich für Sie etwas tun kann, benutzen Sie mich. Ich fühle oder ahne, wie Ihnen zu Mut ist und wieviel Schmerz sich wohl in Ihren Zorn mischt.« Dann erst nennt er seinen eigenen Schmerz. »Meine beiden älteren Söhne sind einberufen, die beiden anderen folgen in acht Tagen. Der Ausgang ist nicht zweifelhaft, er steht im voraus geschrieben. Aber in den einzelnen Fällen gewährt das keine Beruhigung. Die Väter und Mütter haben zwei Jahre zu zittern. Vor fünfundzwanzig Jahren war es weniger hart. Selbst mitgehen, ist ganz einfach. Etwas völlig anderes ist es, wenn die Kinder gehen.«

Ich habe meinem französischen Freund geantwortet, daß ich ihn tief beschämt um Verzeihung bitte. Verzeihung für Deutschland, das es hierher hat kommen lassen. Verzeihung für mich und für alle tätigen Gegner Hitlers, deren Anstrengungen vergeblich gewesen sind. Sie haben den Krieg Hitlers nicht verhindert, haben nicht erreicht, daß die deutsche Erhebung früher käme als sein Krieg. Gezählt seien nunmehr die Tage, schrieb ich, während deren die Deutschen sich noch rechtfertigen können. Bis jetzt trägt vor der Welt nur Hitler die Schuld an seinem Verbrechen. Ein Deutschland, das monatelang für ihn kämpfen würde, übernähme die Verantwortung und gewärtigte die Folgen.

Was hab' ich da gesagt! Der Vater von vier französischen Soldaten ist darauf gefaßt, zwei Jahre lang um sie zu zittern. Der Gedanke kommt ihm gar nicht, die Deutschen könnten ihre verfehlte Sache bei Zeiten retten. Sie könnten die Waffen niederlegen oder sie sogar gegen ihren wirklichen Feind richten, – er traut es ihnen nicht zu. Ich enthalte mich zu fragen, ob er ein anderes Volk fähig der Selbstbesinnung hielte und nur dieses nicht. Vielleicht würde kein Volk am Anfang eines schlechten Krieges seinem Verführer und Vergewaltiger die Macht entreißen. Sonst hätte es ihm die Macht weder gegeben noch gelassen. Deutschland hat den »Unglücklichen«, der es an den Abgrund führen sollte, ertragen unter allgemeinem Widerstand; aber ertragen hat es ihn. Zuletzt war der Abscheu angewachsen bis zum Unwahrscheinlichen. Die Gefühle Deutschlands für seinen Machthaber waren nachgerade von der Art, daß jeder andere als nur »der Unglückliche« ihnen gewichen wäre.

Der flüchtete in seinen Krieg. Der Zeitpunkt war falsch, der Anlaß und der nächste Gegenstand des Unternehmens waren gefährlich. Der Unglückliche ist gewarnt worden. Unter solchen Zeichen des Verfalls und Abfalls im eigenen Land macht niemand Krieg. Er hat ihn gerade deshalb gemacht. Ohne Gewissen, war er natürlich der Erkenntnis bar. Er hatte im Kopf sein Führerprinzip, dagegen verschlägt der Zustand des geführten Volkes nichts und wieder nichts. In diesem Kopf geisterten armselig sein Blitzkrieg, seine technische Unüberwindlichkeit, seine Allmacht über die Geister vermöge der Lüge. Am zwölften Kriegstag hält er sein inneres Gerüst aufrecht durch ein wahnsinniges Getue. Es heißt, er spreche stundenlang laut mit sich selbst. Er wiederhole, für nichts und niemand, immer nur den Befehl, die polnische Armee zu vernichten. Einer der kaiserlichen Generäle, Hoffmann, spielte die gleichen strategischen Soloszenen – nach der Niederlage, in einem Sanatorium.

Als ob noch so viele Vernichtungen an seiner Unmöglichkeit etwas ändern könnten. Der Akademiker, mein Freund, erwartet offenbar von Deutschland nicht, daß es Hitler stürze. Er scheint im Gegenteil damit zu rechnen, daß zuerst alles andere, was jetzt deutsch heißt, entwertet werden muß bis zu dem tiefsten Punkt, und den bezeichnet der Führer. Den Beurteiler wundert der Sachverhalt kaum. In Erstaunen haben ihn die Polen versetzt. »Ich bezweifele ihren Mut nicht, befürchtete aber ein drunter und drüber.« Anstatt des Durcheinander erblickt man Taten der Besonnenheit, so gut wie kühne Taten. Die Westerplatte, sechzig ihrer Verteidiger waren von zweihundert übrig geblieben, als die Polen die Westerplatte aufgaben. Ihre tagelange Ausdauer unter einer Beschießung, die ganz unverhältnismäßig und eine bloße Prahlerei war, hat ihr Land größer gemacht. Deutschland wird kleiner durch Erfolge wie dieser. Was hilft es andererseits dem Angreifer, Land zu besetzen, wenn man es ihm mit Vorbedacht überläßt, damit die polnische Armee nicht mehr dreizehnhundert Kilometer Front zu decken hat, sondern siebenhundert. Die Front ist halbiert, die Armee bleibt ganz und hält stand. Wo ist der Blitzkrieg?

»Wo ist der Blitzkrieg?« fragt der Franzose unter Anwendung des deutschen Wortes. »Die deutsche Armee ist scheinbar nicht mehr, was sie war. Gute Nazis sind nicht notwendig gute Heerführer. Die Gesinnung ersetzt nicht die Ausbildung noch die Begabung noch den festen Stamm (les cadres). Die Qualität scheint sehr gesunken. Nicht ungestraft bekämpft man den Geist: der Geist nimmt Rache. Seine Verächter schlägt er mit Blindheit und Dummheit. Die Propaganda ist nicht alles. Es genügt nicht die Schädel zu verstopfen, damit hat man noch keine guten Soldaten.« Das ist der erste Eindruck des französischen Intellektuellen von dem Heer, das einem Hitler gehorcht.

[27. September 1939]
[...]
Was hier folgt, ist mein letzter Aufruf an die Deutschen nach Kriegsbeginn, geschrieben für den Freiheitssender, durch den ich oft in das Land hinein gesprochen hatte. Mein letzter Aufruf fand den Weg nicht mehr.

Deutsche! Nieder mit Hitler!

Es ist Krieg, und ihr seid die Opfer. Es ist ein Krieg des Wahnsinns, euren Soldaten mußte gesagt werden, sie gingen ins Manöver. Die Gefangenen erfuhren als erste, daß Krieg ist. Niemand glaubt, und ihr selbst am wenigsten, daß ein völlig vereinsamtes Deutschland die ganze Welt überwinden kann. Eure Bundesgenossen haben euch verlassen. Eure Freunde haben euch aufgegeben. Überall ist eure Lage bekannt: ihr habt zu den Rohstoffen keinen Zugang. Ihr seid ohne Vorräte von Lebensmitteln, und eure seelische Stimmung ist leer wie die Vorratskammern.

Frauen, ihr habt euch vor die Züge geworfen, als sie eure Männer entführten. Männer, ihr kämpft nur gezwungen. Ihr kämpft, weil es mit euch dahin gekommen ist. Viel länger als erlaubt war, habt ihr diesen Führer ertragen. Er hat euch Heil Hitler rufen lassen, bis er euer Unheil vollendet hatte.

Mit euch ist es dahin gekommen, daß ihr noch mehr bemitleidet als gehaßt werdet, um eines solchen Führers willen. Über Deutschland sind Bombenflugzeuge erschienen, aber sie warfen nur Flugzettel ab. Ihr könnt den Frieden haben, so sagt man euch. Es ist nötig, euren verbrecherischen Führer zu beseitigen, euch aber möchte man verschonen. Man ist bereit, sogleich zu verhandeln, mit jeder deutschen Regierung, die auch ihrerseits bereit wäre. Euer Hitler kann es nicht sein.

Euer Hitler zappelt im Netz seiner Schandtaten. So einer kann nicht zurück. Wenn er ein Gewissen hätte, beginge er Selbstmord. Es wäre das einzige, was er für Deutschland jemals getan hätte. Aber Deutschland ist ihm nichts, und die Selbsterkenntnis hat er nie gelernt. Mit verlogenen Redensarten und dem Dünkel eines Dummkopfes hat dieses traurige Individuum sich selber vorgemacht, er wäre der Herr der Welt. Ihm widerstände keiner. Er brauchte nur zu winken, und verschlingen lasse sich jedes Land und Volk. Gegen ihn zur Waffe greifen, das würde niemand wagen, so meinte dieses übergeschnappte Nichts.

Er war unfähig zu begreifen, daß Zugeständnisse, sogar unberechtigte ihm absichtlich gemacht wurden, um ihn zu prüfen, um ihn vielleicht zu besänftigen, um ihn womöglich zu civilisieren. Die Grenze der Zugeständnisse, er sah sie nicht. Die Grenze zwischen Frechheit und Irrsinn, die Grenze zwischen seinem vorgeblichen Lebensraum und dem Sprung ins Leere, ihm ahnte nichts davon. Jahre hindurch hat er sich eingebildet, die Welt mit Spionen zu überziehen, das heiße schon sie wehrlos machen. Von dem sinnlosen Lärm seiner Propaganda betäubt, wäre die Welt auch schon erobert.

Der Erfolg? Jetzt flüchtet aus jedem fernsten Land die gesamte deutsche Kolonie. Die Agenten des Welteroberers sind verjagt oder eingesperrt. Gewisse Regierungen verhaften wahllos alles was deutsch ist. Weggeblasen ist auf einmal vom Erdkreis die ganze wilde Betriebsamkeit des hereingefallenen Schwindlers. Und der stand schon längst unter Beobachtung, was er nie bemerkt hat. Er glaubt, wenn er nur beredt wäre, die Dummen finden sich immer. Er verließ sich bei den Menschen auf einen geistigen Tiefpunkt, wo die plumpsten Lügen am willigsten geschluckt wurden.

Inzwischen sind alle seine Lügen vermerkt und aufbewahrt worden. Man kennt den Tag und die Stunde, als er geschworen hat, die Unabhängigkeit Österreichs zu achten. Und die Unabhängigkeit der Tschechoslowakei. Und die Unabhängigkeit Polens. Januar 1934 machte er mit Polen den Vertrag, der zehn Jahre gelten soll. Noch am 30. Januar dieses Jahres 1939 lobt er den Vertrag. Ende September 1938 erkennt er an, daß mit Polen alle wirklichen Angelegenheiten in bester Ordnung seien. Nur elf Monate brauchte er hierauf, um Polen anzufallen im Namen der deutschen Volksgemeinschaft, und weil die armen, armen Deutschen es in Polen so schlecht haben sollen.

Als ob es für Deutsche irgend denkbar und als ob es ausführbar wäre, daß ein fremder Staat sie noch bösartiger mißhandelt, noch gemeiner unterdrückt als ihr eigener. Ach! wenn es ihr eigener wäre. Dann gäbe es keinen Hitler. Die größte seiner Lügen ist, daß der sogenannte Führer sich gleichsetzt mit Deutschland. Daß er sich überhaupt deutsch nennt. In Wirklichkeit ist er ein wurzelloser Abenteurer, ein Vaterlandsloser, keinem Deutschen verwandt oder ähnlich, und zuständig nirgends.

Deutsche! Ihr kennt ihn doch. Sechs lange Jahre hatten euch über ihn belehrt. Ihr hattet unter ihm gelitten, wie unter einem einzelnen nur selten gelitten worden ist von einem ganzen Volk. Ihr hattet ihn verachtet, seine Furcht um sein Leben, seine zehntausend Leibwächter. Ihr hattet ihn durchschaut, er ist ein Mißratener, umso ehrgeiziger, weil er ehrlos ist. Was für ein schamloses Subjekt, das von deutschen Brüdern faselte, aber die Tschechen annektierte und die Tiroler verkaufte. Zwei und ein Viertel Millionen Deutsche von der Ostsee, vom Balkan und von überall sollen durch ihn eine vielhundertjährige Heimat verlieren, das nennt er sein Großdeutschland. Das wirkliche Deutschland ist ihm nichts, er kennt es nicht. Ihr kommt in seinen Reden gar nicht vor. Deutsche! Hatte er auch nur eine Regung übrig für euer Deutschland, dann war es der Drang, es verhaßt zu machen.

Längst habt ihr gefühlt und es ausgesprochen: das kann nicht gut enden. Ihr sahet mit Augen: die Geduld der belogenen, betrogenen Umwelt ist nächstens erschöpft. Europa erträgt in seiner Mitte keinen treulosen Gewalthaber, kein unsoziales Element, keinen Feind aller Völker, des deutschen zuerst. Der taumelt von einem Wortbruch zum andern und trampelt auf dem Recht der Nationen. Am 20. Februar 1938 sind in seiner Rede »die Nationen eine historische Wirklichkeit«. Alsbald folgen seine Verbrechen gegen die historische Wirklichkeit und die Nationen. Seine ganze Karriere hat der Kerl mit dem Antibolschewismus gemacht. Den habt ihr ihm glauben müssen, die hunderttausend Opfer seines Antibolschewismus zeugten für ihn.

Auf einmal ist auch das nicht wahr. Der Gesinnungslump kriecht vor den »Judäomarxisten«, die ihn tödlich verachten. Der Nichtangriffspakt erlaubt ihnen einfach, seinen Sturz zu erwarten. Der ist ohnedies beschlossen. Zweifelt daran nicht! Sein Sturz liegt beschlossen in den

Ereignissen, in der Selbsterhaltung der Völker und Staaten, in der Einsicht seiner Freunde, die es nicht mehr sind. Er bleibt allein mit seiner elenden Person, ein Gerichteter, der sich selbst das Urteil gesprochen hat. Sein Krieg verrät ihn! Wer diesen Krieg gemacht hat, ist nicht lebensfähig. Seine eigenen Generäle weigern sich zu gehorchen. An der Westfront unterbleibt der mörderische Massenangriff, der Hitler retten soll. Aber ein jämmerlicher Unsinn wird ausgebrütet, wie die Landung in England mit hunderttausend Fallschirmen.

Für den bankerotten Schwindler wolltet ihr kämpfen und sterben. Deutsche! Ihn wolltet ihr halten? Das könnt ihr nicht. Deutsche, das wollt ihr nicht. Ihr werdet nicht für ihn kämpfen, werdet nicht das Schauspiel geben, als wäre Deutschland von seiner Art und verdiente einen Hitler. In seinem wahren Innern hat Deutschland mit ihm keine Gemeinschaft. Hitler, bei noch so viel Macht, besitzt Deutschland nicht. Deutschland verantwortet diesen Menschen nicht. Aber das muß laut bekannt werden, sonst fällt die Verantwortung zuletzt auf euch, Deutsche! Noch werdet ihr bemitleidet für einen solchen Führer, was der Demütigung schon genug ist. Bald wäret ihr mit ihm gleichgestellt und teiltet sein Geschick.

Versäumt die Stunde nicht! Noch könnt ihr aufstehen gegen diesen verworfenen Peiniger aller Völker – und des deutschen. Mit den Völkern seid, und nicht mit ihm! Sie haben alle nur einen Feind, und der ist auch der eure. Verlaßt ihn! Sabotiert seinen Krieg! Werft Hitler nieder! Für ihn zu kämpfen verbietet euer Gewissen; darum könnt ihr nicht siegen. Wartet nicht ab, was käme, wenn Deutschland besiegt wäre. Das wäre kein »Versailles« mehr. Euch droht Schlimmeres, das verdankt ihr dem Führer. Kommt dem zuvor! Werft ihn nieder!

Wie teuer die Revolution gegen den feigen Schreckenshelden auch zu stehen käme, sie wird noch das Wohlfeilste sein. Dem Ende, das er euch vorbehält, kommt zuvor! Werft ihn nieder!

26. Oktober 1939. *France, in diesem Krieg*. Mancher vergißt, daß er, was sonst immer, dennoch das gelungene Abbild seines Landes gewesen ist. Er war es für das letzte Drittel des Jahrhunderts und darüber hinaus. Mehr: die französische Kultur insgesamt hat keinen gleich vollkommenen Ausdruck seither wiedergefunden. Es wird versucht, sein Alter abzutrennen von den Epochen des Lebens, als er noch keine Zugeständnisse an den Ruhm und die Beliebtheit gemacht habe. Wann wäre das gewesen? Er hatte im Gegenteil als leicht lesbarer Epikuräer angefangen; damals erregte er weder Anstoß noch billigte er den Ungeschmack eines Zola, dessen Gefährte im Kampf er gleichwohl werden sollte. Die moralische Krise, die nach Dreyfus benannt wird, einmal überstanden, schon sechzig, da war er erst voll er selbst, dank den Erkenntnissen des Kampfes. Er war eine der Naturen, die zart beginnen, zögernd beginnen dürfen, weil sie ganz alt werden sollen und Zeit haben, noch Fesseln abzustreifen, wenn andere schon ermüden.

Er zählt zu den seltenen Schriftstellern, die im Alter, dank dem erreichten Alter, die höchste Redlichkeit bewähren. Eine Nachwelt, die nicht seine ist, erlebt jetzt einen Krieg, der ganz aus Versäumnissen, aus Furcht vor der Wahrheit zusammengesetzt ist. Da findet sie die Überlegenheit, ihn mutlos und ohne Größe zu nennen. Er sei einer der Greise gewesen, die nicht aufhören wollen, eine Rolle zu spielen. Die gewohnten Ehren lassen sie, wie behauptet wird, nicht ruhen und bringen sie herunter; sie ergeben sich einer immer billigen Beliebtheit. Die Jugend 1939 habe Recht sie zu verachten. Um welcher Schande willen, die Frage bleibt offen. Das allein entscheidende Wort, das einen der gütigsten Reichen im Geist nunmehr schlecht und arm machen soll, wird vermieden. Es heißt aber einfach: Kommunismus.

Anatole France wurde durch die Erkenntnisse seines Kampfes ein Sozialist. Auch Zola wurde es vermittels der Arbeit an seinem Werk. Zu der Zeit von *L'Argent* bemerkte er was mit ihm vorging, und sprach es aus. Wär' er nicht 1902 gestorben, er hätte seinen Zugang zum Kommunismus gefunden. Die Partei ist es nicht, die ihresgleichen anzieht. Barbusse, ein Soldat des vorigen Krieges, kämpfte nachher für die Partei. Zola, France, ihr Geschlecht, das die letzte Blüte des intellektuellen Jahrhunderts war, sie alle hingen Ideen nach. Ihr Gesetz war, Ideen nie zu fürchten; gefährlich zu denken, wenn die Redlichkeit es will. France, mutlos? Ich möchte einen einzigen Schriftsteller dieser Tage so viel wagen sehen! Wir im Exil können so viel gar nicht wagen wie France, der zu Hause blieb als Krieg war, und die gute Sache vor den anströmenden Besuchern untersuchte, bis sie verdächtig wurde wie jede gute Sache, die man untersucht.

»Ich liebe ihn, ich verehre ihn, aber noch ein Wort und ich verhafte ihn«, hat Clémenceau gesagt, und war doch ganz der Mann, die geistige Ungebundenheit zu begreifen. Wahrhaftig ist keine Rede davon, der guten Sache zu schaden, wenn man ihre Bedingtheit und Mehrdeutigkeit zu verstehen gibt. France hätte die Niederlage Frankreichs abscheulich genannt. Indessen verabscheute er ebenso, annähernd ebenso, das Nichtwissen und Nichtwissenwollen. So war ein Geschlecht, das keine Nachwelt haben sollte. Siehe den oberflächlichen Antikommunismus der Zeitgenossen 1939, die genau so gut Kommunisten wären, wenn es das Bequeme, Wohlgelittene wäre. Den alten France aber nennen sie einen Schmeichler, der Menge und ihrer Meinungen.

Als ob die Menge ihn berühmt und ihre Meinungen ihn reich gemacht hätten! Als ob er es leicht gehabt hätte! Es brauchte im Gegenteil ein Talent wie seines, das den Erdkreis erobert hatte. Etwas weniger davon, und das Bürgertum, das bis jetzt den Ruhm und das Einkommen zu vergeben hatte, sogar das gebildete, duldsame Bürgertum seines Zeitalters hätte ihm Einkommen und Ruhm entzogen. Zola und France sind leuchtende Beweise der Ehrenhaftigkeit Frankreichs – zu gewissen Zeiten, wo sie die Mehrheit hat. Nur hier, und in Rußland, konnten die Empörer aus geistiger Ungebundenheit diese Höhe des Ansehens behaupten. Anderswo beugte man sich ihrer Geltung spät oder nie. Zola hat den Nobelpreis versäumt. France war älter als achtzig, hätte ihn aber zwischen vierzig und fünfzig bekommen, wenn er einfach elegant und skeptisch geblieben wäre. Eine Geste tat dar, wie viel mehr er seither geworden war. Er überwies den ganzen Betrag des Preises für die hungernden Kinder der Sowjet-Union.

Übrigens will ich mit ihm aufrichtig verfahren, wie er selbst tat. Er glaubte an den Kommunismus auf lange Sicht, eine viel längere, als er heute noch zuließe. Unter den Umwälzungen persönlich leiden zu müssen, das hat er nicht ins Auge gefaßt. Indessen gab er mehr preis als dieses vorläufige Behagen. Er glaubte in dem neuen Europa, das er werden sah, an den Bestand seines Werkes nicht. Das sprach er zuletzt, es war sein letzter Irrtum. Daß jeder von uns mit einem gleich ehrenhaften Irrtum das Leben beschlösse!

9. November 1939. *Die Vorsehung.* – Mir war doch gleich, als hätte der Führer nicht ohne Vorbedacht in seiner Bierrede die Vorsehung bemüht, und so aufdringlich. Eine Veranlassung fehlte, außer er hätte gewußt, daß in der Nähe die Höllenmaschine lag und die Minuten zählte. Beim Anbruch der letzten zehn Minuten machte er sich dünn. Die acht Toten des Bürgerbräus, meistens »alte Kämpfer«, und die dreiundsechzig angerissenen Partei-

genossen sind höheren Zwecken dargebracht worden. Bedenken konnte nicht platzgreifen. Zum Durchbruch kam wie immer der Führergedanke. Bevor er sich nach München begab, um seine Getreuen mit Bier und dem Sprengstoff Celinit zu bewirten, hatte Hitler eine Unterredung mit Himmler, Chef der Gestapo. Schauplatz: ein Saal aus Pfeilern von Marmor. Zeit: 24. Oktober.

Hitler: »Soll es wirklich wieder passieren, Heinrich?«

Himmler (sanft): »Mein Führer! Ein dreißigster Juni liegt im Plan der Vorsehung.«

Hitler: »Die Vorsehung ist informiert. Aber ich weiß von nichts!«

Himmler (die Hand am Herzen): »Mein Führer weiß von nichts. Die Terroristen wollen es nicht anders.«

Hitler: »Welche Terroristen? Gleichviel, es gibt immer genug. Wir haben die Kommunisten.«

Himmler: »Mein Führer vergißt, daß sie zur Disposition gestellt sind.«

Hitler: »Die Monarchisten meine ich. Wer kann all die Staatsfeinde auseinanderhalten.«

Himmler (rückt am Kneifer. Spricht von Amts wegen): »Der Bolschewismus ist in Deutschland legal. Ich köpfe keine Kommunisten mehr. Nur Attentäter, die zufällig Kommunisten sind.«

Hitler: »Da hat er nichts zu reden.«

Himmler: »Richtig. Er muß Ihnen noch gratulieren.«

Hitler (schlägt Himmler vor den Bauch): »Heinrich, wir geben's dem Joseph!«

Himmler (verliert seinen Kneifer, sucht am Boden. Springt zurück. Steht mit gezogenem Revolver).

Hitler (auch Revolver): »Du glaubst?«

Himmler: »Ich meinte nur, hier wäre ein Terrorist. Zum Beispiel ein General.«

Beide (suchen unter Möbeln. Stecken die Revolver ein): »Diesmal war es nichts.«

Pause, um aufzuatmen.

Hitler: »Wenn ich an Unity denke!«

Himmler: »Denken Sie nicht an Unity!«

Hitler: »Sie war die nordische Rasse persönlich. Eine echte Engländerin, das kommt nicht wieder. Ach! Daß nichts Bestand hat! Daß alle von mir gehen müssen, bis ich dereinst selbst die Augen schließe!« (Er kann vor Rührung nicht weiter): »Mein Fritsch, warum mußtest auch du mich verlassen?«

Himmler: »Heul nicht! Rindvieh!«

Hitler (schlaffe Haltung, leerer Blick): »Deine Worte, Heinrich, tun mir wohl. Ich weiß genau, auch du wirst vor mir sterben. Wie Fritsch. Wie Unity.«

Himmler: »Bin weder Unity weder Fritsch.«

Hitler: »Was? Du wolltest mich überleben? Nichts da! Bei dem Attentat im Bürgerbräu kommst du mir nicht von der Seite!«

Himmler: »Befehl des Führers. Das Ding wird gedreht.«

Hitler: »Mach was du willst! Nur mir darf nichts zustoßen.«

Himmler: »Wünscht mein Führer die Höllenmaschine zu besichtigen? Sie ist erstklassiges Fabrikat. Ich trage sie bei mir.«

Hitler (mit Klimmzug auf den höchsten Pfeiler. Flach hingelegt. Unsichtbar): »Raus, Feigling! Gemeiner Mörder! Wortbrüchiger Verräter! Kein Treu und Glauben nicht! Keine Scham und Schande nicht! Hat den Haß der ganzen Welt auf sich geladen! Raus mit dem Feind der Menschheit und Civilisation!«

Himmler (öffnet seine Cigarettendose): »Mit dem da auf Gedeih und Verderben?«

Hitler: »Mach das Ding zu oder ich schieße!« (Sein Revolver zittert und fällt vom Pfeiler).

Himmler (hilft Hitler herunter. Still und sanft): »Ich bin eine stille, sanfte Seele.«

Hitler (etwas mitgenommen, in einem Sessel aus Gold, Seide und den Schädeln früherer Feinde. Die Augen sind Edelsteine): »Ich bin gefühlvoll. Daher jedesmal die Krise vor meinen historischen Entschlüssen.«

Himmler (steht stramm. Spitze Nase, Stecknadelaugen in den Schlitzen. Dünne Hängebacken, langer Hals. Anzug des schlichten Beamten): »Mein Führer, historisch bist du den ganzen Tag. Weltgeschichte, nix wie Weltgeschichte! Du hast nie eine Schlacht verloren.«

Hitler: »Gerade im Bürgerbräu pflegt es schiefzugehen mit den Schlachten. Damals mußte ich mich flach hinlegen.«

Himmler (sehr sächsisch): »Aber wer sso viel gewann, kommt es den auf eene an?«

Hitler: »Dichte weiter! Wir sind so begabt. Meine Sendung war doch die Kunst.«

Himmler (sächsisch): »Wer soll nach dem Attentat Täter werden von der Tat? Ich war so frei, die Liste liegt bei.«

Hitler (Hornbrille. Er liest): »Recht brav! Recht fleißig! Die kannst du alle hinrichten.« (Er wächst): »Aber es sind nicht genug. Wo bleiben meine Monarchisten? Mein Kardinal? Mein Kronprinz? Immer bei den feinen Leuten verliert ihr die Laune. Du bist mir ein schöner Bolschewik!«

Himmler: »Seine Kaiserliche Hoheit der Kronprinz hat Hausarrest. Der Regierungspräsident von Potsdam ist plötzlich gestorben, frisch und gesund wie der Mann war. Andererseits erlaube ich mir die Anregung, daß wir das Protektorat und die Ostmark gründlich auskämmen. Die sind es gewesen!«

Hitler: »Noch war's keiner!«

Himmler: »Aber recht wär's allen!«

Hitler (springt auf): »Sie wollen dem deutschen Volk seinen Führer nehmen! Es ist ein Verbrechen gegen das deutsche Volk! Im Fall, daß wir unter den Attentätern, ich nehme mal an, einen einzigen Juden entdecken, dann – war die Bartholomäusnacht ein Spaß!«

Himmler: »Schonen Sie sich, mein Führer!«

Hitler (bleich vor Zorn): »Ich bin bleich vor Zorn! Ich kenne mich nicht mehr. Diesmal wird kein Feind des deutschen Volkes mir entgehen. Ich war zu gut! Dies Attentat liefert mir alle, die es sich gewünscht haben. Ich mache Schluß mit allen. Die Juden!«

Himmler: »Die Christen!«

Hitler: »Die Intellektuellen! Die Kommunisten!«

Himmler (räuspert sich).

Hitler: »Wollte sagen: die Plutokraten!«

Himmler: »Schon besser!«

Hitler: »Die Monarchisten! Nudisten. Fetischisten! Germanisten! Ich schrecke vor keinem Antichristen zurück!«

Himmler: »Aber aber! Der Antichrist bist du selber, Adolf.«

Hitler (in der Fistel): »Auf wen machst du das Attentat?«

Himmler: »Auf dich, mein Führer. Auf das deutsche Volk. Du hast nur gar zu viele Verehrer, die einverstanden wären mit deiner Ermordung. Was du alles herzählst, da bleibt vom deutschen Volk nichts übrig. Dich selbst hast du mit hergezählt!«

Hitler (wischt sich die nasse Locke aus dem Gesicht und den Schaum vom Mund): »Ich brauche eine Erfrischung. Reich' mir die Weltkarte!«

Himmler (als ob er sucht): »Lieber nicht. Er käme wieder auf England zu sprechen. Ohnehin berichte ich ihm stündlich, was Churchill macht.«

Hitler (steigende Erregung): »Das Attentat ist ein englisches Verbrechen! Mein deutsches Volk liebt mich. Das Protektorat, die Ostmark, Polen halten mir die Treue. Aber England hetzt und England zahlt. Holland setzt sich justament unter Wasser, Belgien läßt die Franzosen herein. Die City steckt dahinter, die City sag' ich, und ich weiß was ich sag'. Wagenladungen von Sterlingpfund! Deixel, wer die hätt'! Finanziert haben die! Finanziert sag' ich! Hamburg, Potsdam, Düsseldorf, alles manifestiert, weil die finanziert haben! Gegen den Krieg, gegen mich. Das sind die Intelligenzler! Das englische Intelligenzservice! Deutsche Volksgenossen! Die Intelligenz hat euch Vernichtung geschworen. Finanziert und geschworen. Sie hassen euch, weil ihr ganz ohne Intelligenz hundert Millionen geworden seid. Ihr verbittet euch die Intelligenz, ihr habt euren Führer. Ich zerschlage das Intelligenzservice. Heil Hitler!«

Himmler (Aus der entferntesten Ecke, macht in mehreren Tonlagen die Stimmen des Chors): »Wir danken dem Führer! Wir danken dem Führer!«

Hitler (hinter einem Stuhl. Die Fäuste um die Lehne. Die bekannte Radiostimme): »England hat zwanzig Jahre lang diesen schändlichen, barbarischen Krieg vorbereitet gegen die deutsche Civilisation.«

Himmler (macht Volkswut): »Gott strafe England!«

Hitler: »Ich bin ausersehen von der Vorsehung. Zu langmütig war ich mit England bei allen seinen Herausforderungen. Jetzt aber hat England gewagt, gegen euren Führer die Hand zu erheben. Das ist zu viel. Alles kann man euch zumuten, wer weiß das besser als ich! Mit euch macht einer was er will. Nur das nicht! Das Attentat im Bürgerbräu, das habt ihr gebraucht. Das begeistert euch Trotteln bis zur Raserei! Endlich seid ihr schlachtreif für Massenverluste! Mir soll es darauf nicht ankommen! Je mehr Staatsfeinde hin sind, umso besser! Wartet nur, bis ich in Holland einfalle! In die Schweiz einfalle! In Rumänien!«

Himmler (flüstert durchdringend): »Achtung auf Joseph!«

Hitler (in der Fistel): »In Rumänien!«

Himmler (drückt sich zur Tür hinaus): »Wir danken dem Führer! Heil Hitler!«

Hitler (klappt zusammen, starrt ins Leere. Von der Locke tropft Feuchtigkeit. Er murmelt, stammelt, ächzt): »Was mach' ich aber wirklich? Hier im Pfeilersaal ist es schrecklich einsam. Ich muß meine Generale hinrichten. Alle! Früher wird nichts aus dem totalen Krieg.«

Anhaltende Erschöpfung, der Geist abwesend. Blick eines Idioten. Die Schultern schaudern.

Hitler (fängt wieder an): »Mein deutsches Volk!«

Er redet noch fünfunddreißig Minuten nach der Uhr.

[Sylvester 1939]

[...]

Deutschland, wer es immer regiere, ist künftig genötigt, die Grundlagen seiner Wirtschaft in den nationalen Gemeinbesitz überzuführen – nicht in den Besitz einer Tyrannis wie jetzt; aber sogar der vorläufige und falsche Anlauf zeigt an, daß der richtige nicht länger aufschiebbar ist. Die Privatleute, die bis vor kurzem die Schlüsselindustrien beherrschten, sind unfähig befunden, roh im Geist und im Herzen; sie können nur noch abtreten. Ihre Flucht aus dem Lande, die nachgerade zur Regel wird, ist das verspätete Eingeständnis, daß sie fertig sind. Sie hatten Hitler gemacht. Sie haben allem Unfug, den er trieb, befriedigt zugesehen, unberührt von der geistigen Knechtung, der körperlichen Verelendung der Nation. Die Reihe ist an ihnen, da entblößen sie sich vollends und bejammern seinen Krieg, als wäre es nicht der ihre, als hätten sie nicht schon dem vorigen die schlechten Vorwände geliefert.

Die einzige unbeschränkte Plutokratie hat über Deutschland geboten. Herangewachsen unter Wilhelm II., erfrecht in der Republik, mit Hitler allmächtig, hat sie aus der Raffgier weniger Individuen die deutsche Grundtatsache und den ganzen Antrieb der deutschen Handlungen gemacht. Nichts und niemand kam gegen sie auf. Nie und nirgends ist ernstlich unternommen worden, diese geschlossene Gesellschaft aufzulösen, ihre Mitglieder abzuführen und unter das Gesetz zu stellen. Die Nation, in allen öffentlichen Anliegen unerzogen und immer geneigt zur Hinnahme jedes Übermutes, hat zuletzt die Macht in ihrer schmutzigsten Gestalt verehrt, bei Gangstern des Kapitals. Woraus verdientermaßen der gewalttätige Gang der Hitlerei hervorging. Die westlichen Mächte sind erfahren genug um zu verstehen, daß dies wohl der Weg einer Nation gewesen sein kann, ohne daß es ihr wirklicher Wille war.

Wer wollte vorherbestimmen, ob ein Volk, das in der geistigen Freiheit vormals unbemessen war, sie wiederfindet vermöge sozialistischer Einrichtungen. Ich spreche nicht von dem vollendeten Sozialismus; die Ausscheidung des Monopolkapitals, eine unumgängliche Bedingung der deutschen Befreiung, ist wirtschaftlich kein ungeheurer Umsturz. Man muß sie allerdings durchführen. Dafür geeignet ist kein Personal wie die vorige deutsche Republik es verwendete, schlecht und rechte Betreuer von Interessen, die nur interessierten, wenn sie materiell waren, und gerade darum kamen sie nicht vom Fleck. Die sittlichen Antriebe allein bringen eine Demokratie auf den Weg. Die Moral ist Anfang und Ende. Auch Verstaatlichungen, Gemeinbesitz oder was man immer vornähme, blieben ohnmächtige Handgriffe, – es sei denn, daß die Sicherung der öffentlichen Freiheiten gemeint ist. Das allein gewährt dem Vorsatz die Überzeugung. Der Mut, der verlangt wird, geht weit hinaus über die wirtschaftlichen Maßnahmen selbst. Sie müssen eingegeben sein von dem innersten Mitgefühl für ein Volk, dem das Denken in langen Jahren verboten gewesen war; das durch eine

Schule der Selbstbeurteilung, Selbstbeherrschung auch vordem nie gegangen war; das beides verkannt hatte, die Zusammenhänge der europäischen Gesittung und seine eigene Würde.

Die Sicherheit Europas und sein Wohlstand haben unter anderen Voraussetzungen auch eine deutsche, – die ich nicht voranstelle, nicht überschätze. Eines bleibt gewiß: unsere gemeinsame Gesittung, diese teure Civilisation, deren unbegrenzte Dauer man sich jetzt gewöhnt in Frage zu ziehen, dem Abgrund nahe wird sie wanken und siechen, wofern nicht Deutschland ernstlich geeint wird; unter der Tyrannis keine Einheit; und wenn es nicht von seinen wirtschaftlich Übermächtigen befreit wird: eine Angelegenheit der Freiheit schlechthin.

[...]

Original: HMA 237. – Druck: *Heinrich Mann 1871–1950. Werk und Leben in Dokumenten und Bildern.* Mit unveröffentlichten Manuskripten und Briefen aus dem Nachlaß. Hg. von der Akademie der Künste in Berlin anläßlich der Ausstellung zu seinem 100. Geburtstag. Ausstellung und Katalog: Sigrid Anger unter Mitarbeit von Rosemarie Eggert und Gerda Weißenfels. Berlin und Weimar: Aufbau-Verlag 1971, S. 496–515.

[Im folgenden zit.: *Dok.*]

2 Heinrich Mann: *Zur Zeit von Winston Churchill. Erster Teil. Rückblick vom Jahre 1941 auf das Jahr 1939: Erfahrungen mit Europa* [Auszüge]:

Das letzte Jahr, das ich in Deutschland verbrachte, war das Gedenkjahr Goethes. Nach siebenjährigem Aufenthalt in Frankreich erlebte ich dort die Gedenkfeier der französischen Revolution. Die Ähnlichkeit der beiden Vorgänge fiel ins Auge. Keinem der beiden Völker lag viel daran, sich seiner vergangenen Männer und Taten ernstlich zu erinnern. Dem Teil der Öffentlichkeit, der den Vortritt hatte und die zeitgemäßen Meinungen äußerte, waren Goethe, wie auch die Revolution, bloße Verlegenheiten. Das ging bis zum offenen Widerwillen, ja, bis zum Haß.

Gegen Ende des Jubeljahres 1932 wählte die preußische Akademie der Künste den neuen Präsidenten. Als Vorsitzender der Sektion Dichtung erklärte ich ihren Anspruch auf die Nachfolge; ich tat es unter Berufung auf den gefeierten Goethe, wobei ich mir das Meine dachte. Die Versammlung antwortete demgemäß mit Schweigen, unverbindlich über den Tisch sagte einer: genug gefeiert. Und das hatten alle im Sinn gehabt. Nichts kam in Wirklichkeit so unerwünscht wie eine Vereinigung in derselben Gestalt von Kunst, Wort, Wissenschaft, von Weltgeist, Menschheit, unverlierbarer Freiheit, persönlicher Größe.

Gemeint ist ein Deutschland, das damals höchst aktuell wurde, und das seinen moralischen Zustand in bekannter Weise seither betätigt hat. Ein anderes wird wahrscheinlich wiederkehren. Auch Frankreich wird die kühnste und folgenreichste seiner geschichtlichen Epochen nicht auf die Dauer verleugnen. 1939 fand die Regierung der Dritten Republik sich recht und schlecht mit der Tatsache der Ersten ab. Volkstümliche Veranstaltungen von Belang und Schwung blieben, merkwürdig genug, der äußersten Linken überlassen. Die Revolution von 1789 war, alles in allem, rechtsbürgerlich gewesen, sie hatte nicht den bescheidensten Sozialismus geduldet.

Vor dem ersten der beiden europäischen Kriege und noch eine lange Weile nachher, hätte die Republik ihre Ahnen wesentlich anders behandelt, von gleich zu gleich wenigstens, und gewiß nicht als halbwegs Verdächtige. Clémenceau, denkt man nur, hätte noch da sein müssen! Aber inzwischen war mehr eingetreten, als das Wegsterben des letzten entschlossenen Jakobiners. Seine Gegenspieler, die ihn, lebend oder tot, verdrängten und aufhoben, hatten ihre gute Gelegenheit bekommen. Die öffentlich Handelnden werden nichts aus eigener Kraft allein. Sie benutzen, je nach Umständen, den Aufschwung einer ausgedehnten Gemeinschaft, oder ihren Verfall, ein Aussetzen des allgemeinen Willens.

Mehrere Nationen hatten ihre freie Selbstbestimmung abgedankt in die Hände Einzelner. Das geschieht aus Schwäche, möge übrigens eine gehobene Stimmung den Vorgang begleiten. Eine in sich gefestigte Nation braucht weder den Tyrannen noch den Retter. Sie kennt ihren Weg; sie weiß, daß sie Frieden halten und die menschliche Lage verbessern muß. Weder dies noch jenes pflegt die Sache der schicksalhaften Tyrannen und Retter zu sein. Was hilft es, sie bieten allerdings den Anblick vorbestimmter Gestalten; vor ihrer Ankunft gelten sie für unausweichlich, obwohl sie es niemals bis zu einer Stimmenmehrheit gebracht haben. Die Mehrheit findet sich nachher, hauptsächlich, weil die Qual der Erwartung endlich vorbei ist.

Hier ist absichtlich von keiner fünften Kolonne die Rede; es handelt sich, für die Anfänge jeder willkürlichen Machtergreifung, nur mittelbar um Terror und Verrat. Was entscheidet, ist die innere Hilflosigkeit der Demokratien, die stürzen sollen, ihr Unglaube, ihre Lässigkeit und Furcht. Im Niedergang begriffen, fürchten sie die Neuheiten, die ihrer Natur gemäß, die Wagnisse, zu denen sie vom Sinn der Dinge verpflichtet wären. Sie ergeben sich immer noch lieber der gewalttätigen Minderheit, als daß sie von ihrer eigenen, wohlbegründeten Autorität endlich Gebrauch machten. Wie sehr begrüßte Berlin, bis kurz vor dem Umsturz, jeden Akt der Republik, wenn er ein Erwachen ihrer Kraft zu versprechen schien!

Die republikanische Schutzpolizei zog beritten Unter den Linden auf, mit viel Zulauf der Volksmenge und ihren Hochrufen. Man wußte: das sind im Lande hunderttausend Mann, stark bewaffnet, jedem Aufstand gewachsen, und die Reichswehr, eine Truppe von gleichem Umfang, ist keineswegs gesonnen, gegen sie zu kämpfen. Als aber in der letzten Stunde nur noch Waffen die Republik schützen konnten, wurde dieselbe Schutzpolizei, die vorher triumphal ihre Wachen ablösen durfte, kläglich dem Feind überlassen. Einige Monate früher hatte ich selbst dem Minister, angesichts der unerträglichen Herausforderungen, den Plan vorgelegt für eine republikanische Propaganda, treffend genug, daß andere ihr nicht gewachsen wären. Alles war besprochen und zu Papier gebracht, dann saßen wir eine Stunde, ohne daß die Sekretärin mit der Abschrift kam. Sie war zum Essen gegangen.

Eine Regierung wird nicht bedient, sobald man ihr Zweifel ansieht. Sie muß sich für bedingt halten vom Leben selbst; wo nicht, fällt jede Rüstung von ihr ab, ich hab' es mit Augen gesehen in zwei Ländern, ein theatralischer Vorgang und changement à vue, zu verwundern war nichts. Nur einmal, ganz zuletzt, hab' ich in Berlin das Erstaunen gekannt, wenn nicht sogar ein Grauen. Hitler besaß die Macht schon, es waren die vierzehn Tage, als er zögerte, den Schrecken loszulassen, wofür er dann den Reichstagsbrand wählte, mit Hilfe literarischer Anregungen, die seiner Bildung oder dem Geschmack seiner Leute entsprachen. An einem dieser Abende, die unwirklich genannt werden konnten, versammelte sich in einem Berliner Hause der Rest der Republik, so viele geschlagen, aber noch nicht geflüchtet waren.

Natürlich wurde die beste Musik gemacht. Auch das Buffet wahrte die gewohnte Höhe; nur die menschlichen Erscheinungen waren entstellt bis zur Unkenntlichkeit. Ihre Lässigkeit und Skepsis bestand nicht mehr, eingetreten war nunmehr die Verzweiflung – in verschiedener Gestalt, als verzweifelte Neugier auf das ausbrechende Unheil, als verzweifelte Ausgelassenheit in Worten, nach aller versäumten Tatkraft. Der Minister, den nicht einmal seine

Sekretärin bedient hatte, verhieß, die Brust vom Rachedurst gepreßt: »Jagen wird man sie wie die Ratten!« Er meinte die neuen Inhaber der Macht, denen er sie überlassen hatte, und die ihn selbst alsbald aus dem Lande jagten, ein vergleichsweise freundlicher Fall.

Besonnen in der allgemeinen Verstörtheit blieb der französische Botschafter; zu mir sagte er: »Wenn Sie über den Pariser Platz gehen, mein Haus steht Ihnen offen.« Das war die Warnung, ich verstand sie. Zwei Tage später fuhr ich, ohne Aufenthalt in der Botschaft, über die Grenze Frankreichs. Noch war ich nicht angelangt, da wurde meine Berliner Wohnung durchsucht. Als sie mich nicht fanden, verkündeten sie auf der Straße mit Lautsprechern, sie hätten mich. Daran haben später ihre Kriegs- und Siegesberichte mich manchmal erinnert, und erinnern mich heute daran täglich. Ein wenig zur Ruhe gekommen, befolgte ich den Rat eines französischen Freundes und schrieb, zuerst französisch dann deutsch, ein Buch, das die deutsche Katastrophe dem Verständnis und der Anschauung nahe bringen wollte.

Wäre dies gelungen, so half es doch nichts. Hitler war ohnehin für unvermeidlich gehalten worden, nicht in Deutschland allein, auch von den Bürgern der älteren Demokratien. Alles in allem ließ es sie kalt, daß eine der jüngsten unterging, – womit wenigstens die französische ihre eigene, herabgesetzte Kraft verriet. Die furchtbaren Erfahrungen der deutschen Republikaner erregten ein unbeteiligtes Bedauern, davon zu schweigen, daß sie auch begrüßt wurden. Die älteren der kontinentalen Demokratien hatten innere Feinde, deren Gelüste das deutsche Beispiel belebte. Der »6. Februar«, ein verfrühter Putschversuch der Pariser Fascisten, hätte so bald nicht stattgefunden, aber der Zustand des Nachbarlandes ermutigte jede Neigung zur Unordnung und Gewalt.

Die Gewalt braucht nur Erfolg zu haben, ihrer Anziehung ist sie gewiß. Die Französische Republik indessen stellte sich, als läge Deutschland auf dem Mond. Deutschland sollte sich seine bösartige Minderheitsregierung »freiwillig« gegeben haben und trug die Folgen, die niemand sonst betrafen, – als wäre die Absetzung Wilhelms des Zweiten nur erfolgt, damit ein anderer die kaum überwundene Bedrohung Europas nochmals unternehme. Die französische Öffentlichkeit, und nicht anders die britische damals, hat den Versailler Vertrag mitsamt der Sicherheit ihres Landes genauso lässig dahingegeben, wie die Deutschen ihre Freiheit. Dies geschah mit der Begründung, die das Grundübel der bisherigen Demokratien war: daß auch die Feinde der Freiheit auf sie ein Recht haben; die Demokratien enthielten sich unter dem Vorwand der Nichteinmischung in fremde innere Angelegenheiten. Deutsche Truppen besetzten vertragswidrig das Rheinland: sogar hierin sahen die meisten Franzosen eine innere Angelegenheit, und daher dann auch in der deutschen Aufrüstung, der deutschen Annexion Österreichs, überhaupt in allen den ungesetzlichen Handlungen, die zusammen den nächsten Krieg ergeben mußten: wer redlich war, sah es. Briand hatte den Krieg sogar der deutschen Republik schon angesehen. An einem der letzten Tage seines Ministeriums saß ich ihm gegenüber, bei seinem abgeräumten Schreibtisch, und hörte ihn traurig wie einen Sterbenden von Deutschland reden.

Als Hitler 1934 den Rhein militarisierte, soll er zwei Nächte nicht geschlafen haben. Dann schloß er mit Recht, daß dieser unbestrafte Übergriff ihm alles erlaubte, was er vorhatte. Ich fragte meinen ältesten, besten französischen Freund, warum die neue Militarisierung der Grenze nicht kurzweg verhindert worden sei von der stärksten Armee der Welt. »Gerade das wollen wir nicht«, war die Antwort. Sondern sie genehmigten, um einer scheinbaren Unbeteiligtheit willen, die wirklichen Verwicklungen, die ihnen deutlich bevorstanden, das Ende ihrer eigenen Republik mit einbegriffen. Wenige Jahre später las ich in einem Brief meines Freundes einen Nachruf auf die Dritte Republik, die äußerlich da war wie je. Aber er betrauerte sie schon. Sie sei in der Geschichte, trotz allem, der schönste Versuch gewesen, einen Staat mit Freiheit, eine Nation mit Geist zu erfüllen.

Die Republik war bestimmt zu fallen – nicht durch einen unglücklichen Krieg allein; die Ursachen waren älter, lagen tiefer, sie heißen Ungläubigkeit und Selbstaufgabe. Der Kontinent, voran Frankreich als das kontinentale Musterland, hatte Zweifel genährt, ob seinen Völkern noch länger zu trauen sei, ob die Wähler und ihre Mehrheiten nach wie vor geeignet seien, die gegebene Ordnung zu erhalten. Sehr berechtigte Zweifel. Die Ordnung, wie man sie verstand, war weder haltbar noch der Unantastbarkeit würdig. Das Leben der Völker verlangte dringend nach dem gründlichen sozialen Umbau. Im Frieden versäumt, soll er nunmehr aus dem Krieg hervorgehen. Zu bedauern bleibt, daß jede Bemühung ihn gesetzlich und demokratisch zu erreichen, durchkreuzt werden mußte von Klasseninteressen und bösartigen Ideologien.

Die französische Volksfront, eine wohlgemeinte letzte Anstrengung, besaß die überwältigende Mehrheit und wurde getragen von einer Begeisterung, einer Zuversicht, wie Nachklänge edlerer Zeiten. Die Interessenten und bösartigen Ideologen fanden dennoch das Mittel, ihr ein Unding entgegenzusetzen, etwas nicht Vorhandenes, sie betitelten es le pays réel. Das wirkliche Land sollte keine noch so einmütige Demokratie sein, ihre Zeit war abgetan. Als die wahre Wirklichkeit empfand man die Gewaltherrschaft einer Minderheit; die französische Minderheit behauptete ihre Ansprüche mehr oder weniger aufrichtig. Was die demokratische Mehrheit anbetrifft: es ist unmöglich, ja, in der ersten, ungetrübten Aufwallung einer

Volksfront bleibt es dennoch vergeblich, an den Sieg der Vernunft und Güte fest zu glauben für ein einzelnes Land, wenn mehrere andere ein mächtiges Erwachen vorführen dürfen, und das ist ungut, ein Erwachen, nicht zum Denken, sondern zur Unbedenklichkeit.

Die Einwirkung der fremden Gewaltanbetung auf Frankreich – und auf andere – hat viel früher begonnen, als gemeinhin angenommen wird. Aus dem Jahre 1935 erinnere ich mich meines Auftretens vor einem Comité des Völkerbundes. Ich habe die Scene 1939 in meine Aufzeichnungen, die hier folgen, eingefügt – ihrer Vorbedeutung wegen. Diese befugten Mitglieder souveräner Staaten hörten ungern eine Macht verklagen. Unter dem unzutreffenden Namen eines Völkerbundes vertraten sie selbst durchaus keine Völker, nur Mächte; verbunden fühlten sie sich sogar einem Hitler, der sie unter Beleidigungen allein gelassen hatte, und glaubten sich hoch erhaben über Machtlose. Gerade deshalb sind sie es heute selbst.

Original: HMA 235. – Druck: *Dok.,* S. 516–522.

Heinrich Mann: Entwürfe für die *Kleine Encyclopädie des Zeitalters* [1942/43]: 3

Arbeit ist körperliche Arbeit. Beweis: jeder Intellektuelle, den dies Zeitalter nötigt an der Drehbank zu stehen, sagt zu einem anderen, bis jetzt entkommenen: »Sie, der Sie nicht arbeiten,« – und der noch nicht Gefaßte nimmt es als verdient hin. Er tut keine Arbeit, er beschäftigt sich ohne daß es verlangt wird oder ihn ernährt. Einst gab es »Privatgelehrte« mit Renten. Sie versuchten niemals, zu lehren was sie wußten. Sie blieben Schüler ihr Leben lang, sie studierten zu ihren selbstgewählten Stunden. Hörten sie von einer bedeutenden Vorlesung, besuchten sie die Universität mit 50 Jahren wie mit 20. Diesen Lebensstil halten jetzt einige fest, sie darben lieber als daß sie arbeiten. Es ist Hochmut, Faulheit, die Unfähigkeit neu anzufangen, – aber das wäre kein Kunststück, Not lehrt beten. Es ist auch Würde, und ist die lautere Überzeugung von der Kontinunität der Kultur. In einigen Fällen wird, mit Recht oder Unrecht, der Verzicht auf die unabhängige Persönlichkeit abgelehnt.

Produktiv, unproduktiv – es ändert nichts: jedes dieser abgewichenen Individuen trägt an seiner Reue. Obwohl es seine Untätigkeit bitter bezahlt, verfolgt die versäumte Pflicht das arme Individuum: es muß nicht gerade ein Familienvater sein. Ohne Anhang, ein Bettler für eigene Rechnung, weiß der Mann, daß er den Anschluß versäumt hat, der Gemeinschaft verlustig, dem Zeitalter fremd ist. Aber eine Frau, eine Tochter werden von selbst, nur den Umständen gefügig, statt seiner an die Arbeit gehen – in die Fabrik natürlich. Er wird mitessen, oh! nicht viel, der Appetit eines Überflüssigen verringert sich auffällig. Dennoch wird die Annahme sein, von ihr und ihm, daß alles nur für den Mann geschieht. Wenn er nicht wäre, müßte sie nicht arbeiten. Sie müßte auch dann arbeiten, aber es ist die Annahme, daß der Mann sie nötigt, daß er eine Last ist – eine gleichwohl geliebte Last. Ohne ihn, ohne sein zweckloses Dasein hätte ihre Arbeit selbst den Zweck verloren, ihre Mühsal wäre einsam, der Wochenlohn wäre kein Lohn mehr, die Aussicht in die Zukunft käme abhanden. Vorsichtshalber blickt sie in keine Zukunft, nur soll der Mann nicht sterben. Es wäre sein letztes Unrecht. Er weiß es. Ihm wäre wohler, weder dies noch anderes zu wissen. Nicht mehr sein, ist weniger beschwerlich als die Last, die eine Frau an ihm trägt. Von seiner eigenen gewöhnt er sich zu schweigen. Seine Arbeit – was früher Arbeit hieß – geht unter drückenden Bedingungen vor sich. Am Abend ist er erschöpft, nicht weniger als die Frau von der Arbeit, die wirklich eine ist. Sie hat das Recht müde zu sein: er nicht. Man gesteht nicht, daß man sich bei einer Geliebten ausgibt; – aber mit geistiger Anstrengung die Gesundheit erschüttern, ist nicht weniger und nicht mehr als lieben. Es ist Lust, die entkräftet, man wird still von der Lust und ihren Folgen, heute, wo das Gewissen sie verböte. Man entschuldigt sie noch mit der empfangenen Berufung, – für sie allein war man auf Erden, achtete sich und wurde hoch geachtet, sogar von den Kenntnislosen, ja, erst recht von ihnen, obwohl etwas wie Mitleid immer mitging. Auf einer Straßenbahn fuhr jeden Morgen ein kleiner Alter. Vor der Universität stieg er aus, verabschiedet vom Schaffner, der nicht verfehlte, den Fremden auf der Plattform zu erklären: »Ein berühmter Professor. Weltgeschicht', nichts als wie Weltgeschicht'.« Das war die Hochachtung, und war auch das Mitleid, mit der Berühmtheit und mit der Weltgeschichte. Ihnen hat immer etwas geahnt, als stände es mit beiden flau. Die Übereinkunft, sie über die körperliche Arbeit zu erheben, den Luxus zuerst und erst nachher das tägliche Brot, es hat niemand recht eingeleuchtet. Das Schicksal der Intellektuellen wird vom Durchschnitt als eine Berichtigung der Tatsachen genommen, sofern man es überhaupt bemerkt. Das Zeitalter macht sich eigentlich verdient.

Es macht sich auch nützlich, wenn es Intellektuellen die Achtung vor der körperlichen Arbeit beibringt. Sie lernen sie kennen, sowohl wenn ihre Frauen sie damit ernähren, als auch durch eigenes Zugreifen. Die wünschenswertere Ordnung der Dinge, die einmal eintreten könnte – was will der Zufall nicht alles! – wäre erleichtert, wenn zahlreiche Personen ihren Kopf und auch die Hände zu gebrauchen wissen. Eine klassenlose Gesellschaft, mag sein, der Krieg und dies Zeitalter erstreben sie unbewußt. (Allerdings ist zu bezweifeln, daß bei demselben Individuum die Ausbildung des Körpers mit der geistigen Bildung Schritt hält. Beide auf derselben Höhe, wird die seltene Ausnahme sein. Die allein noch gekonnten Handgriffe könnten leicht den Arzt oder Privatdozenten auf den Einfall bringen, daß seine vorigen Studien nichts wert waren und künftighin auch andere nicht auszeichnen, eher herabsetzen. Das wäre wieder kein Gewinn für die Verständigung unter den Menschenarten.)

Seine Frau – ist nicht der Durchschnitt. Sie hat ein oder zwei Jahrzehnte mit ihm verbracht, hat seinen Glanz auf sich bezogen, wenn er glänzte, war eingeweiht in seine Leiden, die niemand sah. Verkrümmte Glieder und Geldsorgen waren es nicht, umso höher hat sie ihren Gefährten geachtet und achtet den Gefallenen wie je. Sie sagt es nicht, sie läßt es durchblicken zwischen ihren Anklagen. »Dahin hast du uns gebracht. Wie konnte es nur kommen? Die Kleinen bringen sich durch.« Sie hält ihn für groß und zu Unrecht mißachtet, sie ist die Einzige. Sie allein drückt ihren Glauben tätig aus: sie arbeitet für ihn. Die verkrümmten Glieder, die Geldsorgen sind ihr Teil, da sie seiner nicht mehr werden können. Acht Stunden des Tages – in einem Land, wo noch nicht zwölf Stunden gearbeitet wird – dreht sie sich zwischen Maschinen umher, jede will auf die Minute bedient sein, sonst kommen alle aus der Reihe. Es ist Krieg, die Maschinen sind schadhaft, plötzlich spritzt ein Strahl kochenden Wassers hervor, immer an unerwarteten Stellen, ausgeschlossen, daß man sich schützt. Brandwunden haben alle Arbeiterinnen. Sie werden darum nicht fortbleiben; in den Werken mit einiger Sicherheit – aber wo gibt es sie – und mit höherem Lohn würden sie nicht angestellt: sie sind Fremde. Sie sind im Exil, das freundliche Gastland gewährt ihnen diese, wenn auch gefährliche Arbeit; dafür bekommen ihre schriftkundigen Männer keine. Untereinander verkehren sie froh und angenehm, vom Elend verraten sie nichts, oder nur ihre sorgsam geschonten Kleider fangen an, auszusagen, wie es um eine ehemalige Dame steht.

Die Damen werden bald geschickt und tüchtig gleich den Proletarierinnen, ihren Genossinnen, und diese können, bei der Ankunft im Maschinensaal, beinahe für Damen gelten: onduliert, geschminkt, reizend angezogen. Umgekleidet, mit dem weißen Kittel am Leib, werden sie ohne weiteres Arbeitstiere. Altgediente haben ein Haus. Einen Wagen braucht jede, die öffentlichen Beförderungsmittel sind zeitraubend. Sie wollen aber Überstunden machen, wollen im Tarif steigen, müssen Ersparnisse zurücklegen. Nach dem Ende des Krieges und der Rückkehr der Männer, die zurückkehren, werden alle entlassen, damit rechnen sie. Wenn sie in einer Zehnminuten-Pause von der Zukunft reden, hofft eine Europäerin ihr Land wiederzusehen. Eine Mexikanerin, mit Erfahrungen über die Vereinigten Staaten, erwidert ihr auf das Bestimmteste: »Sie werden nie wieder hinkommen.« Gefragt, warum: »Weil die Reise teuer ist. So viel verdient in Amerika kein Arbeiter.« – Da haben wir die Arbeit. Das ist die körperliche Arbeit, die einzige und rechte des Zeitalters, weil sie ohne Lust geschieht. Frauen, die Geschöpfe der Lust wären, verrichten sie, seit die Männer entweder für den Krieg oder gar nicht gebraucht werden. Die Frauen verbrühen sich, von der immer gleichen Bedienung der Maschinen tritt der Bauch heraus, die Schultern und Arme hängen vor. Sie überschreiten ihre Kraft, ihre Umsicht setzt aus, das ist der Augenblick für das Unglück. Es tritt ein, aber keine Versicherung tritt ein, kein Recht auf Entgelt für den gebrauchsunfähigen Körper. Die Kosten, wenn sie ein Auge verlieren, tragen sie selbst. Alles, um nicht einmal genug übrig zu behalten, damit sie heimkehren und in ihrem Lande sterben dürfen.

Dies ist nur die rationalisierte Ausnützung der menschlichen Leistungsfähigkeit. Nichts von Grausamkeit, im Gegenteil, eine kluge Ausbeutung verlangt auch Wohltätigkeit. Einer Frau, deren Arm bis auf den Knochen verbrannt ist, wird die ganze verlorene Zeit ersetzt. 3000 Dollars, sie hat so viel Geld entweder nie oder nur in einem längst geschlossenen Abschnitt ihres Lebens gesehen. Mit ihrem Skelett-Arm arbeitet sie wie keine, sie ist von allen die lustigste. Ihr ist Heil widerfahren, unverhofft, ohne ein verbrieftes Anrecht. Sie weiß von der Güte der Compagnie zu sagen. In einem alten Roman, 120 Jahre, war des Lobes nicht genug für einen Unternehmer, der eine ganze Familie versorgte, nachdem ihr Ernährer in seinen Diensten tödlich verunglückt war. Nichts verpflichtete ihn als nur sein braves Herz und christliches Gewissen. Abgesehen hiervon, arbeitete nunmehr die ganze Familie an seiner Bereicherung. Denselben Standpunkt wie vor 120 Jahren der einzelne Faßbinder, behauptet heute die großkapitalistische Gesellschaft. Soziale Gesetze lehnt sie entschieden ab, und mit ihr die öffentliche Meinung, das sind die Arbeiter selbst. Jeder Einzelne behält lieber eine Chance gegen ungezählte, dereinst reich zu werden. Eine bescheidene Sicherheit der Existenz wäre kein Ziel seines Lebens, damit lohnt es nicht. Aus einer Million zieht wirklich einer das große Los; denn die kapitalistische Wirtschaft ist eine Lotterie, – was sie traumbefangen, nicht erfassen. Ausgebeutet wird, wer es sein will. Die geretteten Europäer machen mit. Einige wissen, daß es bei ihnen ehemals einen »Wohlfahrtsstaat« gab. Das Wort wurde entwertet und verhöhnt (von dem ersten, offen antirepublikanischen Reichskanzler, dem Spion von Papen); denn die staatliche Wohlfahrt bestand zu der Zeit in Almosen. Arbeit wurde von der privaten Wirtschaft nicht vergeben – in voller Absicht, bis sie ihren Hitler hatte. Da gab es Arbeit, und welche!

Asphalt – »chaldäisches Wort, das eine Art von Erdharz bezeichnet. Es ist häufig in dem Lande, das der Euphrat bewässert; auch unser Klima bringt es hervor, aber sehr

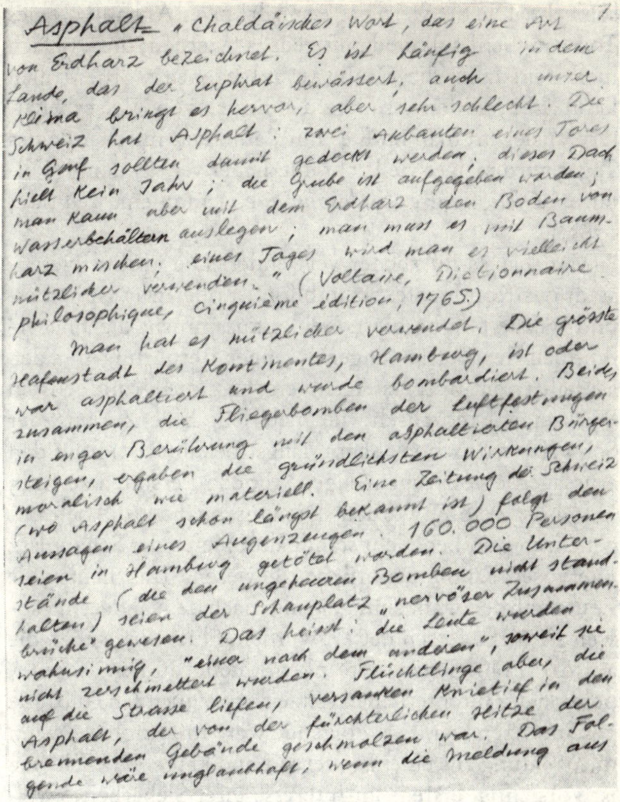
1.

Asphalt = „Chaldäisches Wort, das eine Art von Erdharz bezeichnet. Es ist häufig in dem Lande, das der Euphrat bewässert, auch unser Klima bringt es hervor, aber sehr schlecht. Die Schweiz hat Asphalt: zwei Anbauten eines Tores in Genf sollten damit gedeckt werden, dieses Dach hielt kein Jahr; die Grube ist aufgegeben worden; man kann aber mit dem Erdharz den Boden von Wasserbehältern auslegen; man muss es mit Baumharz mischen; eines Tages wird man es vielleicht nützlicher verwenden." (Voltaire, Dictionnaire philosophique, cinquième édition, 1765.)

Man hat es nützlicher verwendet. Die grösste Hafenstadt des Kontinentes, Hamburg, ist oder war asphaltiert und wurde bombardiert. Beides zusammen, die Fliegerbomben der Luftfestungen in enger Berührung mit den asphaltierten Bürgersteigen, ergaben die gründlichsten Wirkungen, moralisch wie materiell. Eine Zeitung der Schweiz (wo Asphalt schon längst bekannt ist) folgt den Aussagen eines Augenzeugen. 160.000 Personen seien in Hamburg getötet worden. Die Unterstände (die den ungeheuren Bomben nicht standhalten) seien der Schauplatz „nervöser Zusammenbrüche" gewesen. Das heisst: die Leute wurden wahnsinnig, „einer nach dem anderen", soweit sie nicht zerschmettert wurden. Flüchtlinge aber, die auf die Strasse liefen, versanken knietief in den Asphalt, der von der fürchterlichen Hitze der brennenden Gebäude geschmolzen war. Das Folgende wäre unglaubhaft, wenn die Meldung aus

Beginn des Textes »Asphalt«
aus der *Kleinen Encyclopädie des Zeitalters*
in der Handschrift Heinrich Manns

schlecht. Die Schweiz hat Asphalt: zwei Anbauten eines Tores in Genf sollten damit gedeckt werden; dieses Dach hielt kein Jahr; die Grube ist aufgegeben worden; man kann aber mit dem Erdharz den Boden von Wasserbehältern auslegen; man muß es mit Baumharz mischen; eines Tages wird man es vielleicht nützlicher verwenden.« (Voltaire, *Dictionnaire philosophique*, cinquième édition, 1765.)

Man hat es nützlicher verwendet. Die größte Hafenstadt des Kontinentes, Hamburg, ist oder war asphaltiert und wurde bombardiert. Beides zusammen, die Fliegerbomben der Luftfestungen in enger Berührung mit den asphaltierten Bürgersteigen, ergaben die gründlichsten Wirkungen, moralisch wie materiell. Eine Zeitung der Schweiz (wo Asphalt schon längst bekannt ist) folgt den Aussagen eines Augenzeugen. 160000 Personen seien in Hamburg getötet worden. Die Unterstände (die den ungeheuren Bomben nicht standhalten) seien der Schauplatz »nervöser Zusammenbrüche« gewesen. Das heißt: die Leute wurden wahnsinnig, »einer nach dem anderen«, soweit sie nicht zerschmettert wurden. Flüchtlinge aber, die auf die Straße liefen, versanken knietief in den Asphalt, der von der fürchterlichen Hitze der brennenden Gebäude geschmolzen war. Das Folgende wäre unglaubhaft, wenn die Meldung aus einem anderen Land käme. Die Schweiz ist vorsichtig, erstens im Interesse ihrer Sicherheit, zweitens wegen der unberechenbaren Mengen nationalsozialistischen Geldes, das sie bei sich verwahrt. Weder die gefährlichen Totalkrieger, die ihre Grenzen umtoben, noch die Kunden ihrer Banken wird sie herausfordern mit der leichtsinnigen Verbreitung von Greuelmärchen. Dennoch ist dort gedruckt worden: »Patrouillen, die gerade vorbeikamen, erlösten sie (die knietief Eingesunkenen) mit wohlgezielten Schüssen, da sonst keine Hilfe möglich war.«

Warum Hilfe unmöglich war, bleibt fraglich. Geschmolzener Asphalt ließe sich zerschneiden, nachdem Brücken darüber gelegt sind, um zu vermeiden, daß auch die Retter hineinfallen. Sie würden die Versunkenen herausholen, mit oder ohne Unterschenkel. Die Beine wären verbrannt bis auf den Knochen, nur als Skelette hätten sie künftig ihren Dienst versehen. Die Möglichkeit besteht, ob noch so schwach, daß ihr Inhaber immer noch einen Fuß vor den anderen hätte setzen können. Damit ist in Hamburg nicht gerechnet worden, oder die Patrouille, die jeden Eingesunkenen kurzweg erschoß, fand es überflüssig, daß er weiterlebte. Das Kommando »Feuer!« fiel von selbst, automatisch wurde es ausgeführt. Denn gelernt ist gelernt. Wo man die angeblich Unheilbaren vergast, wird man mit Leuten, die im Asphalt stecken, keine Umstände machen. Das setzt manches voraus. Eine sogenannte Weltanschauung muß nachgerade Volksbesitz geworden sein. Das Menschenleben ist nicht, wie in versunkenen, im weichen Asphalt versunkenen Zeiten, bestimmt erhalten zu werden: das Normale ist seine Vernichtung.

Das gilt für Feinde, will sagen für die Einwohner eines überfallenen Landes. Die Stadt Orel ist neulich von der Roten Armee zurückerobert worden. Als nun der bleiche Mond eine Mauer des Gefängnisses beschien, haben Soviet-Ärzte in Gegenwart ausländischer Zeugen ein Massengrab geöffnet. Es war das Werk der deutschen Eroberer, die seither geflüchtet sind. Dieses einzige Grab enthielt die Leichen von 5000 erschossenen Civilisten. Ein Gestank erhob sich, daß der Generalarzt der Roten Armee sich zurückziehen mußte. Außerhalb der Stadt wurden noch vier Massengräber gefunden. Die Mehrzahl der Toten ist bisher unbekannt geblieben. Festgestellt ist eine Sängerin von der Ukrainischen Oper: in ihrer Handtasche lag ihre Rolle, von ihrer Arbeit weg war die Künstlerin dem Grabe zugeführt worden. Nach deutscher Auffassung verdient das Grab den Vortritt vor der Oper. Oder ihm gebührt die höchste Wichtigkeit nach der Meinung von Deutschen, wie dieser Krieg sie gemacht hat. Die Zeit, die es kostet, alle die Massengräber auszuheben, haben sie für wohl verwendet gehalten. Angenommen, die Russen, die begraben werden sollten, mußten selbst graben, den Deutschen blieb immer noch viel zu tun übrig: zehntausende von Erschießungen, und aufpassen, daß keiner unbegraben entkommt. Sie haben es sich nicht verdrießen lassen. Sie sind in Orel fleißiger gewesen als in Hamburg, wo die Rettung der knietief im Asphalt Versenkten große Mühe gemacht hätte. Da war die Patrouille sogleich entschlossen es sich zu schenken und sie leichter Hand totzuschießen. Die Feinde, die man nicht singen läßt sondern begräbt, sollten aufhören sich zu beschweren. Ihre eigenen Mitdeutschen werden von den Deutschen dieses Krieges nicht besser, eher noch schlechter behandelt. Auch in Hamburg ist Krieg, was will man, und Leute, die im Asphalt stecken, sind in demselben Augenblick keine Deutschen mehr. Menschlichem Ermessen zufolge haben sie allen Wert verloren für das weltbeherrschende Deutschland. Aus dem Weg!

»Die heilige Schrift spricht von fünf Städten, die vom Feuer aus dem Himmel verschlungen seien. Die Physik zeugt bei dieser Gelegenheit für das alte Testament, obwohl es dessen nicht bedarf, und obwohl sie nicht immer einer Meinung sind. Man hat Beispiele von Erdbeben, die zusammen mit Gewitterschlägen, beträchtlichere Städte zerstört haben als Sodom und Gomorrha.« (Voltaire, an der genannten Stelle. Er hat aber nur erlebt, daß drei Viertel der Stadt Lissabon in Trümmern lagen, was alsbald eine moralische Gegenwirkung auslöste. Ein autodafé wurde veranstaltet, damit der Himmel auf die Vernichtung des letzten Viertel verzichtete. Voltaire konnte nichts ahnen von den technischen und moralischen Versuchen mit dem Hamburger Asphalt.)

Geschlecht. – Dieses Zeitalter, selbständig in allem, hat seinen eigenen Geschlechtsverkehr. Auf Reiz und Zauber ist er nicht angelegt, hieraus erklärt sich die Abwesenheit des Geheimnisvollen, der Verzicht auf das Steigern der Begierde durch das Hinauszögern ihrer Befriedigung. Immer noch angenommen, daß überhaupt die Lust drängt, daß nicht einfach eine Gelegenheit wahrgenommen, eine Pflicht erfüllt wird.

Um 1880 empfing eine Dame, deren Hände ohne Spur einer Arbeit waren, Besuche in ihrem mäßig verdunkelten »Boudoir«: wörtlich »Schmollwinkel«, weil man dort schwieg oder sich verstellte. Das eigentlich Gemeinte kam nie zur Sprache. Die Dame war eine Gefangene. Ausgehen konnte sie nur unter dem Schutz des Gemahls oder der Mutter – meistens zu anderen Damen, die in demselben Boudoir saßen, und auch bei ihnen prangte ein Plauderer, womöglich in glänzender Uniform. Der Kavalier wehte über das Eigentliche dahin, unmerklich, falterhaft. Die Dame war in jedem Fall eine erwartungsvolle Rose, üppig erblüht. Mit soviel Fleisch, wie sie damals aufwiesen, alle die Keuschheit, die ihr Anspruch war! Der Busen wurde oft entblößt, nur der Busen. Eine Alternde holte ihn freimütig aus der Verhüllung, sie versicherte dem Bewunderer: »Er ist noch immer schön.« Hierauf ging der Flirt weiter wie zuvor. Kam er jemals zu seinem natürlichen Abschluß, dann wurde wenig davon gemunkelt: das Ereignis war normwidrig und eine Verlegenheit. Schwieg man aber ganz, dann wußte man im Stillen von einer ritterlichen Auseinandersetzung der beteiligten Herren.

Der Reiz lag in der gezüchteten Blüte eines schwer zugänglichen Harem, klein aber mein. Den Reiz vermehrte eine komplizierte Unterkleidung; aber noch weniger greifbar war die Sinnlichkeit der Frau. »Ach ich hab' sie ja nur auf die Schulter geküßt«, gehörte der Operette an. Im Leben war es genug, sich zu entzücken, wenn am Boden aus dem gebauschten Rock die Hälfte eines Fußes hervorglitt. Die Besuchsstunden der Damen, mittags bitte, man aß erst später, können nichts anderes gewesen sein als eine fortwährende geschlechtliche Herausforderung, milder: Anspielung. Den spielerischen Zugeständnissen folgte die conventionelle Zurücknahme. Die Handlung gipfelte in »lebenden Bildern« nach Art der Unterhaltung, die bei der Gesellschaft beliebt waren. Schließlich hätte sie zusehen dürfen; unter vier Augen blieb man dezent.

Die Frau hatte als Erfüllung so vieler unernsten Versprechungen die Ehe, – die ihrerseits reizvoll gewesen sein muß. Der liebebedürftige Körper war unter Schwierigkeiten aus seiner Verpackung zu wickeln: für den Mann eine ausführliche Tätigkeit voll der Anregungen, mit dem geschnürten Corset als pièce de résistance. Zum Nutzen des einzelnen Herrn, dem diese legitimen Genüsse versagt waren, bestand die Einrichtung der Prostitution. Auch sie besaß ein gesetzliches Anrecht, nicht zu reden von ihrer gesellschaftlichen Zulässigkeit. Sie war eingeteilt in einen schaubaren Abschnitt, das Tingeltangel, und einen praktikablen, den Strich. Im Tingeltangel erblickte man nackt und baar die ganze Herrlichkeit, um die das Boudoir andeutungsvoll herumging. Unter dem Plafond des Theaters, senkrecht über den Zuschauern, bewegten sich an Stricken, Leitern, Netzen dieselben reichen Formen, deren Wunder die Damen als ihr Geheimnis hüteten. Hier war es offenkundig, gebannt und geblendet, sein Gesicht waagerecht hinangerichtet, betrachtete der Jüngling, was breite weiße Schenkel irgend vermögen an Anmut und Kraft in allen nur vorstellbaren Lagen.

Anzumerken ist hier, daß die Darbietungen ungefährlich sein mußten. Den öffentlichen Autoritäten war es niemals darum zu tun, geschlechtliche Freuden zu stören: auf der Galerie, neben dem Pissoir, warteten schon die Huren. Nur die Aufregungen, die in Unglücksfälle ausarten können, verbot sie strikt. Akrobatische Kunststücke, die mit dem Absturz und der Leibesbeschädigung spielten, waren durchaus unerwünscht: nicht wegen des einzelnen Artisten, der vielleicht abstürzte und zu Tode fiel. Sondern das Publikum wurde geschont, es sollte in krankhaften Sensationen nicht schwelgen lernen. Verrohen durfte es nicht, als die bürgerliche Gesittung echt und auf ihrer Höhe war.

Was den Strich betrifft, ging er mitten durch die bürgerliche Welt, mit dem Anschein, sie nie zu berühren, abgesondert im Gedränge der Straßen, aber erkennbar auf den ersten Blick. Nur die Dirne war geschminkt, sie war bläulich gepudert, anstandslos schätzte sie die möglichen Kunden ab, – keine andere Frau erwiderte auch nur den höflichsten Blick eines Fremden. Die Hure, Nutte oder Cocotte entblößte auch in der Sommernacht keine anderen Teile ihres Körpers als die Mode vorschrieb: das war es nicht. Es war vielmehr der Wellengang des Hintern, der sie auszeichnete, eine auffallende Pracht der Büste, oder im Gegenteil ihre ermattete Haltung, und Beine, die unter den Röcken nachgaben, als wollten sie sich hinlegen. Müdigkeit wurde anschaulich gemacht wie im Tingeltangel die Kraft, aber deutlich genug verfügte das bleiche Geschöpf über die Kraft, noch müder zu werden. Sie bog in eine Seitenstraße, denn man folgte ihr. Sie sagte, um die Tatsache richtigzustellen: »Du läufst mir schon eine Stunde lang nach.« Die ausgesprochene Verständigung bestand im Du. Eher diskret setzte sie das beschlossene Verhältnis fort. »Was hältst du von der Unsterblichkeit der Maikäfer?« konnte sie fragen. Seine Antwort betraf den Preis.

Dies war 1880. Es war, mit Abwandlungen, nach dem

Cynismus hin, noch 1900. Jetzt tritt ein Zeitalter an, kein Zug des vorigen bleibt an ihm übrig. Das »gefährliche Leben« kommt in Schwang, die Akrobaten dürfen sich totfallen soviel sie Lust haben, für die Nerven der Zuschauer wird nicht gefürchtet. Sie sind bestimmt, noch ganz anderes auszuhalten, vielmehr zu genießen. Nach der »Machtergreifung« sprach in einem Münchener Café ein junger Mann: »Mein Mädchen versetzt mich, aber es ist mir gleich. Ich gehe zum Foltern, man kann zusehen. Es tut dasselbe.« Nach der Tortur der Krieg, mit dem Ergebnis: Blut und Wollust. Allerdings fließt nicht nur das Blut der anderen, bei weitem nicht, und die Notzüchtigung eines feindlichen Dorfes erleidet Zwischenfälle, wie die Zurückeroberung durch den Feind, und die Notwendigkeit, alle Frauen in einer Scheune zu verbrennen, bevor man flüchtet. Zum Überfluß gedrückter Stimmung wirft der Feind Flugzettel ab: deutsche Frauen sind darauf abgebildet, wie sie sich Kriegsgefangenen oder feindlichen Zwangsarbeitern hingeben. Der deutsche Soldat, der seine eigene Eheliebste wiedererkannt hat, wird jetzt entweder alles Weibliche hinmetzeln, oder er rührt nichts mehr an. Die Sexualverbrechen des Zeitalters – die civilen – sind sonderbar. Da gibt es einen knife man, wohlgebildeter Junge, sähe normal aus. Ihn quält nur die Eigenheit, daß er unter Anwendung eines Messers erreichen muß, was ohne dieses leichter zu haben wäre. Das Messer macht die Frauen scheu, er gerät in Prozesse, die sensationell aufgezogen werden, – als ob inmitten der allumfassenden Perversion des Krieges irgend ein unerlaubtes Privatvergnügen auch nur die geringste Interessantheit behielte. Eine Einzelheit muß besonders gut erfunden sein, damit sie auffällt: so, in der Zwischenzeit der beiden Kriege, ein deutscher »Onkel Denke«, der Wanderburschen erschlug, um an die Bevölkerung, die ihn jovial fand, das Fleisch zu verkaufen. Oder der Franzose Landru, ein Blaubart mit zahllosen Frauen, die er alle nach seinem Landhaus begleitete. Keine wurde wieder erblickt. Sparsam wie er war, hatte er eine einzige Karte für die Rückfahrt gelöst.

Wohl wahr, Jack der Aufschlitzer gehört in andere Zeiten. Aber erstens schlitzte er wirklich; um eine gepfefferte Vergewaltigung nach Art des knife man war es ihm nicht zu tun. Sodann verstand er unterzutauchen. Die Heutigen wollen es nicht einmal, ihnen liegt am Aufsehen, und am Mitgehen mit einer mörderischen Welt. Sie verschmähen die gebotenen Vorkehrungen, um auch nur das eigene Leben zu erhalten, wenn schon das Leben der Anderen keine Bedenken wert ist.

Damit nach der starken Seite der geschlechtlichen Sitten auch die mehr oder weniger harmlose ihr Recht antritt: die weibliche Industrie der Ehescheidungen rückt in Amerika nach ganz vorn. Die Filmindustrie nannte sich die zweitwichtigste des Landes. Ich bezweifle, daß sie es noch ist. An den Scheidungen, alles zusammengerechnet, Unternehmerinnen, Opfer, sowie die Juristen, Agenten, Zeugen, Zeitungen und was alles mitspielt – wird wahrscheinlich mehr verdient. Eine Frau, die sich scheiden läßt, ist sicher der allgemeinen Zustimmung, das günstige Vorurteil der Gerichte fehlt ihr nie. Ihr Gewinn ist Reklame, die jeder wohltut, sie muß keine actress sein; in dem ganzen umfänglichen Land die Wiedergabe ihrer Beine, ihres großen, begehrlichen Mundes; schließlich, solange das Opfer lebt, ein Einkommen ohne Gegenleistung. Was das Opfer betrifft, macht es sich nur verhaßt, dies umso mehr, je mehr Frauen es als Gegenstand ihrer Industrie benutzen. Dagegen ist die Bigamie keine strafbare Handlung, gesetzt, daß sie es einmal war. Der Mann muß einfach beide Damen versorgen, ihre Prozeßkosten und Versicherungen tragen, und mindestens die eine behält er, des Anstandes wegen.

Die weiblichen Sitten werden von Tag zu Tag erleichtert

durch die Auflösung der gesamten Moral, nicht nur der geschlechtlichen, die ein Überrest war. Einem Chauffeur, Europäer überdies, der leider für Extratouren keine Zeit hatte, boten sich am Ziel der Fahrt seine Kundinnen an. »Wollen Sie mich? Wollen Sie zwei? Oder alle vier?« Das ist direkter gesprochen, deutlicher zur Sache selbst geschritten, als die Frage einer Verschollenen, nach der Unsterblichkeit der Maikäfer. Die Frage nach dem Preis fällt ganz weg. Diese Frauen gehen allerdings in Hosen, Männermänteln, ihre Formen nähern sich den männlichen an, besonders in Aspekten, die einige mäßige Rundungen ganz unterdrücken. Dieses Wesen, von hinten gesehen, ähnelt einem langhaarigen Kaffeehaus-Literaten von einst. Welche Vergleiche ergeben sich, bei der wohlwollenden Besichtigung eines Zeitalters, das noch nicht alt ist, und der jungen Zeitgenossinnen. Sie arbeiten (wie unter dem Paragraphen »Arbeit«). Sie sind nicht mehr die überernährten und lüsternen Produkte des männlichen Luxus: ihre Existenz halten sie in ihren eigenen, schlanken aber harten Händen. Ihnen gebühren alle Rechte, und viel Heuchelei fällt weg. Ihre Vorwände, um vom Mann das Geld zu erpressen, sind oftmals zum Lachen, siehe Scheidung wegen »cruelty«. Grausam war der Mann, wenn er auf »parties« ging oder nicht gehen wollte, wenn er ohne die Frau verreiste oder sie nötigte mitzukommen, wenn er belehrend redete wie ein Abiturient oder im Gegenteil ein Dussel war. Man lacht tatsächlich, aber zu Gunsten der Frau. Den Mann kostet es zwei Drittel seines Einkommens, was weiter. Er selbst beutet andere Leute aus. Die arbeitende, vollberechtigte Frau ist nicht nur ermächtigt auszubeuten: sie ist dazu angehalten. Ihr Verzicht auf Profit wäre ein Verstoß gegen die herrschende Ordnung, dies würde bezweifelt, eigentlich schon angegriffen. Die Frauen, konservativ vom Geschlecht her, denken daran nicht. Sie sind mit ihrer Liebe freigebig: eine der Tatsachen, die ein Zeitalter retten könnte, angenommen, ihm fehlten alle Aktivposten. Welten trennen sie von der undankbaren Sucht ihrer einstigen Vorgängerinnen, »d'allumer«, aber immer das Feuer zu scheuen. Entgelt – wofür? Sie arbeiten wie der junge Kamerad, und nehmen sich ein wenig Vergnügen, nicht mehr als er. Das geht vor sich leicht und nebenbei; die Beschaffung der »rationierten«, d. h. nicht vorhandenen Nahrung bereitet mehr Kopfzerbrechen. Was anderswo, zu anderen Zeiten eine »Absteige« hieß, ist diesen Jugendlichen schwerlich bekannt. Im Wagen, draußen bei verringerter Beleuchtung, obliegen sie ihren Angelegenheiten. Ein langer Zug gleichgesinnter Wagen hält vor und hinter ihnen. Wohl möglich, daß eine rechte Intimität, zärtliche Befreundung, kurz: Liebe, unter den gegebenen Umständen nicht Platz findet. Die einfache Verrichtung, als ob man auch hier für die Werkstatt arbeitete; dann schnell ins Kino.

Leidenschaften sind zur Spezialität weniger geworden. Ein halbes Kind kann für die älteren Herren schwärmen: es ist eine fortgeerbte Neigung, die niemals endet. Die Leidenschaft macht durchaus fähig des Liebestodes wie auch einer Gewinnsucht, die in Familientragödien ausartet. Sie ist altmodisch, old fashioned, eigentlich »Kontinental«, wie andererseits die europäische Prostitution, ihre eigentlich überflüssige Aufrechterhaltung. Abgeändert ist diese Form des Geschlechtsverkehrs im Sinne der beschleunigten Verkehrsmittel. Der Amateur für gewerbsmäßige Liebhaberinnen ruft das Haus an, sogleich schickt es ihm den Wagen mit einer Kandidatin darin. Hoffentlich conveniert schon die erste, sonst ginge an das Hin- und Herfahren kostbare Zeit verloren.

Dies alles ist, jeder Präsident sei mein Zeuge, vorurteilsfrei gedacht. »Wollen Sie alle vier?« oder vor dem Kino eine Spazierfahrt, einbegriffen die Scheidungsindustrie, ja, sogar den knife man: mir ist alles recht. Ich bin der

Meinung von Flaubert, daß die Dinge des Geschlechts nicht wichtig genommen werden sollten. (Sie sind von selbst schon ernst genug.) Die gleichgültige Verschwendung des Körpers finde ich genauso natürlich wie eine überreizte Phantasie – die wirklichen Genüsse sind die eingebildeten – oder wie das Wohlgefallen an Opfern, die für nichts und wieder nichts immerfort zahlen sollen. Das alles geht. Es sind Handlungen, die auf einen menschlichen Vorteil hinzielen, oft auf Lust, den ungeschickten Versuch einer Lust, in seltenen Fällen auf Liebe. Abgelehnt wird, was die Freiwilligkeit der geschlechtlichen Handlungen aufhebt, dem Geschlecht seinen Willen verbietet, es ohne Wunsch in Tätigkeit setzt, zum Vorteil dritter Personen, auf Befehl, im Dienst eines düsteren Wahnsinns, »Rasse« und Bevölkerungspolitik. Das Gestüt, das menschliche Gestüt fehlte einem Zeitalter, das Menschen nicht kennen soll, nur Zuchtvieh des Staates. Das Gestüt, die Vergewaltigung des Geschlechts, ist das Entscheidende, Letzte, das eine totale »Machtergreifung« über die Gattung Mensch noch verhängen konnte.

Wie recht und billig, ist es eine deutsche Erfindung. Die Deutschen haben nicht viele gemacht, aber die ihnen einfielen, sind »weltanschaulich«: will sagen, daß sie pfeifen auf eine Welt, die leben will. Sie soll nicht leben, sie krepiere gefälligst für den deutschen Staat. Sie soll nicht lieben, sie mache ihm Nachwuchs seiner Schlachtopfer. Tausend Millionen lassen sich aus Deutsch-Europa herausschlagen, abgesehen von tausend mal tausend Billionen Papiermark. Die deutsche »Herrenrasse« muß ihr Maximum liefern. In Zwangslager werden Jungen und Mädchen gepfercht. Sollte es ihnen beikommen, dem Staat ihre Pflicht zu verweigern, wird der Aufseher einschreiten. Das kostet Nieren und ein Auge. Aber er muß nicht in Tätigkeit treten: am Erdboden ist es kalt, ein Leib wärmt den anderen, eine Berührung gibt die andere. Sie gefällt ihm gar nicht.

Ihn hat sie noch nicht anders gesehen als hungrig und bedreckt. Der Geschlechtsverkehr der beiden müden Knechte fände nicht statt. Er findet dennoch statt. Vor Tag steht der Junge auf und entfernt sich. Er will das nicht so genau wissen, nachdem es hinter ihm liegt. Wenn er Glück hat, paßt ihm eine andere besser. Die Geschwängerte erkennt er nie im Leben. Was will sie, da könnte jede kommen. Aber sie denkt nicht daran sich zu melden, obwohl sie sicher ist, welcher es war: sie, ja.

Sie arbeitet bis sie gebiert, dann bringt sie das neue Geschöpf nach Haus zu den Ihren. Wohl geht ihre Mutter selbst auf Arbeit. Der Vater, schon ein wenig älter, steht als Soldat von herabgesetzter Güte in Frankreich, um den »deutschen Ozean« gegen Einbrüche zu verteidigen (oder zu meutern und erschossen zu werden). Dies die Familie. Das Kind, das niemand verantwortet, am wenigsten Kuppler Staat, wird trotzdem heranwachsen, und wird von minderer Rasse sein, dank dem Um und An seiner Erzeugung, und den nachfolgenden Umständen. Das macht nichts aus, ein mißlungenes Produkt mehr oder weniger verschlägt der Herrenrasse nichts. Sie wird zur gleichen Zeit aufgefrischt, wenn auch gemischt, durch die vielen Millionen fremder Männer, die in das Land verschleppt sind. Sie haben wahrhaftig nicht nur Hände, um sich zu betätigen. Deutsches Gut ist nicht allein die fünfzehnstündige Schufterei, für die sie geholt wurden. Ihre Kinder von deutschen Frauen sind es, was der Rasse wohltut. Die deutsche Rasse kennt eine lange Geschichte der Vermischungen; es ist wieder einmal an der Zeit, hohe Zeit wird es, daß sie rein und reiner wird nicht weltanschaulich sondern anders herum. Die Fremden, man nehme Italiener und Franzosen, tragen in sich Vatergefühle, gut erhaltene Natur. Sie mögen in Briefen lächeln über die deutschen Frauen, die kurios seien, sie böten sich an. Sollten die Frauen aber die Rückkehr ihrer Ehemänner noch fünf

Jahre erwarten? Kein Spott verhindert die fremden Väter, die Kinderwagen zu schieben (wenn die Gestapo wegsieht, wofür sie Gründe hat). Sie lieben den poupon, den bambino, ihren gesunden Bastard. Späterhin, in ihrem Land, wird das Kind ihnen immer willkommen sein, es wird die Verbindung der Völker herstellen, wird der wirkliche Gewinn dieses Krieges sein. Irgendeinen muß er doch abwerfen. Eine untergehende Welt wird zuletzt noch Schätze speien. Diese macht weiter – gründlich abgewichen von der Weltanschauung der Veranstalter. Die vorsätzliche Bosheit kann nicht umhin, sie veranlaßt auch Güte.

Schweigen wir demnach von den Lagern, von dem sinistren Vorgang der staatlichen Kuppelei, des befohlenen Geschlechtsverkehrs. Voll der alleräußersten Niedertracht der amtlichen Absichten, vom sittlichen Geist verworfen wie noch längst nicht der Lustmord, stellt die ganze offizielle Perversion nichts weiter dar, als ein verächtliches Détail. Es kann um sich greifen, von Deutschland auf den Kontinent und auf noch mehr der Kontinente. Ein Zeitalter, das sich die sinnlose Tötung des Menschengeschlechts beimißt, übertrifft sich selbst allein noch, wenn es den Menschen die Liebe abspricht. Der Geschlechtsverkehr findet gleichwohl seine eigenen, zauberischen, tragischen Gleise. Ein Staat, mit seinem Gerümpel von Weltanschauung und Prügelei, ist nichts, vermag endlich nichts: Wirklich bleiben für immer die beiden Leiber auf ihrer Bettstatt, die einander lieben – auch ohne Bettstatt.

Gott. – Ein unbegreifliches Selbstvertrauen ist nötig, um Gott zu leugnen. Mit welchem Recht? Welchen Beweisen? Wo sind die Tatsachen? Die Tatsache ist, daß die Existenz Gottes mit dem Dasein der Menschen verbunden und mit ihnen mitgegeben ist, seit sie erschienen sind. Die Wirk-

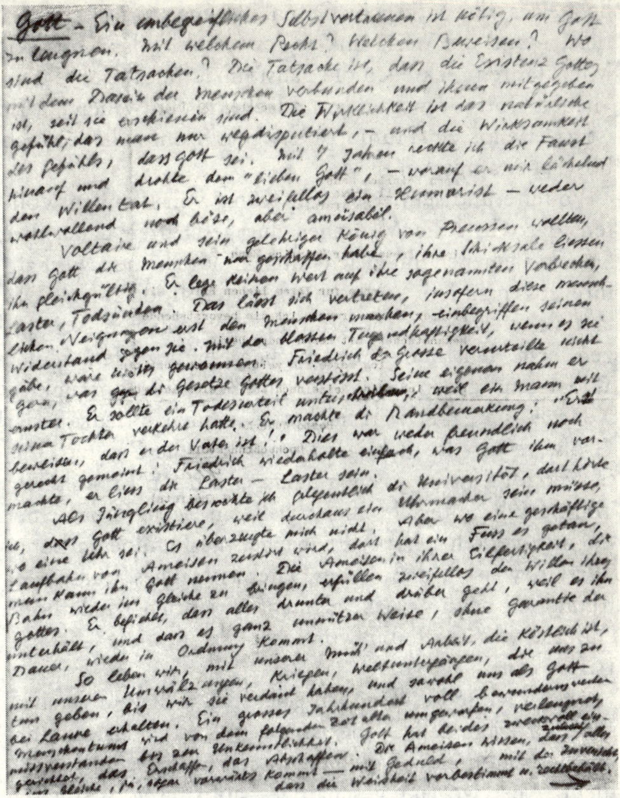

Gott – Ein unbegreifliches Selbstvertrauen ist nötig, um Gott zu leugnen. Mit welchem Recht? Welchen Beweisen? Wo sind die Tatsachen? Die Tatsache ist, dass die Existenz Gottes mit dem Dasein der Menschen verbunden und ihnen mitgegeben ist, seit sie erschienen sind. Die Wirklichkeit ist das natürliche Gefühl, das man nur wegdisputiert, – und die Wirksamkeit des Gefühls, dass Gott sei. Mit 7 Jahren reckte ich die Faust hinauf und drohte dem »lieben Gott«, – worauf er mir lächelnd den Willen tat. Er ist zweifellos ein Humorist – weder wohlwollend noch böse, aber amüsabel.

Voltaire und sein gelehriger König von Preussen wollten, dass Gott die Menschen nur geschaffen habe, ihre Schicksale liessen ihn gleichgültig. Er lege keinen Wert auf ihre sogenannten Verbrechen, Laster, Todsünden. Das lässt sich vertreten, insofern diese menschlichen Neigungen erst den Menschen machen, einbegriffen seinen Widerstand gegen sie. Mit der blossen Tugendhaftigkeit, wenn es sie gäbe, wäre nichts gewonnen. Friedrich der Grosse verurteilte nicht gern, was gegen die Gesetze Gottes verstösst. Seine eigenen nahm er ernster. Er sollte ein Todesurteil unterschreiben, weil ein Mann mit seiner Tochter verkehrt hatte. Er machte die Randbemerkung: »Erst beweisen, dass er der Vater ist!« Dies war weder freundlich noch gerade gemeint. Friedrich wiederholte einfach, was Gott ihm vormachte, er liess die Laster – Laster sein.

Als Jüngling besuchte ich gelegentlich die Universität, dort hörte ich, dass Gott existiere, weil durchaus ein Uhrmacher sein müsse, wo eine Uhr sei. Es überzeugte mich nicht. Aber wo eine geschäftige Laufbahn von Ameisen zerstört wird, dort hat ein Fuss es getan, man kann ihn Gott nennen. Die Ameisen in ihrer Eilfertigkeit, die Bahn wieder ins Gleiche zu bringen, erfüllen zweifellos den Willen ihres Gottes. Er befiehlt, dass alles drunter und drüber geht, weil es ihn unterhält, und dass es ganz unnützer Weise, ohne Garantie der Dauer, wieder in Ordnung kommt.

So leben wir, mit unserer Müh' und Arbeit, die köstlich ist, mit unseren Umwälzungen, Kriegen, Weltuntergängen, die uns zu tun geben, bis wir sie verdaut haben, und sowohl uns als Gott bei Laune erhalten. Ein grosses Jahrhundert voll bewunderungswerten Menschentums wird von dem folgenden Zeitalter umgeworfen, verleugnet, missverstanden bis zur Unkenntlichkeit. Gott hat beides zweckvoll eingerichtet, das Erschaffen, das Abschaffen. Die Ameisen wissen, dass alles das Gleiche, ja, sogar verwandtes kommt – mit Geduld, mit der Zuversicht, dass die Weisheit vorbestimmt u. zurückkehrt. →

Stichwort »Gott«
aus der *Kleinen Encyclopädie des Zeitalters*
in der Handschrift Heinrich Manns

lichkeit ist das natürliche Gefühl, das man nur wegdisputiert, – und die Wirksamkeit des Gefühls, daß Gott sei. Mit 7 Jahren reckte ich die Faust hinauf und drohte dem »lieben Gott«, – worauf er mir lächelnd den Willen tat. Er ist zweifellos ein Humorist – weder wohlwollend noch böse, aber amüsabel.

Voltaire und sein gelehriger König von Preußen wollten, daß Gott die Menschen nur geschaffen habe, ihre Schicksale ließen ihn gleichgültig. Er lege keinen Wert auf ihre sogenannten Verbrechen, Laster, Todsünden. Das läßt sich vertreten, insofern diese menschlichen Neigungen erst den Menschen machen, einbegriffen seinen Widerstand gegen sie. Mit der bloßen Tugendhaftigkeit, wenn es sie gäbe, wäre nichts gewonnen. Friedrich der Große verurteilte nicht gern, was gegen die Gesetze Gottes verstößt. Seine eigenen nahm er ernster. Er sollte ein Todesurteil unterschreiben, weil ein Mann mit seiner Tochter verkehrt hatte. Er machte die Randbemerkung: »Erst beweisen, daß er der Vater ist!« Dies war weder freundlich noch gerecht gemeint: Friedrich wiederholte einfach, was Gott ihm vormachte, er ließ die Laster – Laster sein.

Als Jüngling besuchte ich gelegentlich die Universität, dort hörte ich, daß Gott existiere, weil durchaus ein Uhrmacher sein müsse, wo eine Uhr sei. Es überzeugte mich nicht. Aber wo eine geschäftige Laufbahn von Ameisen zerstört wird, dort hat ein Fuß es getan, man kann ihn Gott nennen. Die Ameisen in ihrer Eilfertigkeit, die Bahn wieder ins gleiche zu bringen, erfüllen zweifellos den Willen ihres Gottes. Er befiehlt, daß alles drunter und drüber geht, weil es ihn unterhält, und daß es ganz unnützer Weise, ohne Garantie der Dauer, wieder in Ordnung kommt.

So leben wir, mit unserer Müh' und Arbeit, die köstlich ist, mit unseren Umwälzungen, Kriegen, Weltuntergängen, die uns zu tun geben, bis wir sie verdaut haben, und sowohl uns als Gott bei Laune erhalten. Ein großes Jahrhundert voll bewundernswerten Menschentums wird von dem folgenden Zeitalter umgeworfen, verleugnet, mißverstanden bis zur Unkenntlichkeit. Gott hat beides zweckvoll eingerichtet, das Erschaffen, das Abschaffen. Die Ameisen wissen, daß zuletzt alles ins gleiche, ja, sogar vorwärts kommt – mit Geduld, mit der Zuversicht, daß die Weisheit vorbestimmt und recht behält.

Staat. Mit dem Staat wird immer Staat gemacht, als wäre er etwas. Er ist aber nichts. Er macht aus seinem »Menschenmaterial« nur, was es sein wollte: sonst wäre der ganze Staat nicht. Sie waren es, bevor er war. In Ländern, die noch eine »Verfassung« haben, hat kein Staat sie sich gegeben. Es ist genau die Verfassung, in der seine meisten Insassen sich befinden. Keine Verfassung, ist auch eine. Sie bedeutet, daß die Einwohnerschaft aus den Fugen ist und lieber darauf verzichtet, dokumentarisch zu bekennen, wie es um sie steht.

Als mein Bruder und ich sehr jung waren, machten wir uns über den Staat lustig. Wir personifizierten ihn in einer strengen Gestalt, die wir »Doctor von Staat« nannten. Er ist vom Adel, u. hat Examen gemacht. Wie sich das geändert hat! Je weniger einer gelernt hat, umso eher ist er »der Staat«. Ein ganz »miser Baldower«, sans feu ni lieu, genießt die beste Aussicht. Seit dem Aufkommen dieses Typs hat der Staat sich ungeahnt verschärft. Wie konnte es aber anders kommen. Die Nichtse, die den boshaften Staat – den fascistischen verkörpern, wären durch sich allein nicht mal Anstreicher, Zeichenlehrer, Weinreisende, morphiumsüchtige Flieger, Irrenhäusler mit »Jagdschein«, Literaten ohne Rang und Namen. Eine Nation hat zugelassen, daß sie »der Staat« sind: ihnen bleibt einzig ein Höchstmaß bösen Willens, um zu beweisen, daß sie da sind. Was Wilhelm von Humboldt forderte: der Staat sollte gar nicht bemerklich sein, grade das ist unerlaubt den Unwürdigen. Auf Schritt und Tritt muß ihre Macht und Gewalt verspürt werden, da von ihrer Persönlichkeit, auch bei großer Anstrengung, niemals etwas anderes in Sicht kommt, außer Schwindel, Dünkel – und den Mißerfolgen, die notwendig folgen bis zu der Anschaulichkeit einer Katastrophe.

Der Staat, der vorfascistische und jetzt dieser, hat Generationen von Botmäßigen, allzu Botmäßigen, zuerst nur belästigt, dann gequält. Hat angefangen mit ihrer Enteignung, der bewußten Entwertung ihres Einkommens ohne Entgelt an garantiertem Erwerb, – bis er dazu überging, die menschliche Person selbst zu enteignen und kurzweg zu streichen. Zuerst die äußerste Unsicherheit der Existenz, die Existenzangst nahe dem Wahnsinn: dann die Zwangsarbeit, die eigentlich zu begrüßen wäre nach dem vorigen Zustand: nur daß sie auch aufgelöste Familien, Verschickungen in die Weite und ein obskures Sterben mit einschließt. Dann die unbedauerten menschlichen Luder der Schlachtfelder, das halbe Europa in Gefangenenlagern, außer, es wären Konzentrationslager. Dann die gewaltsame Ausrottung der Jungen beider Geschlechter, nachdem die Unjungen sämtlicher Klassen und Berufe aus ihnen vertrieben und genötigt sind, zu arbeiten was sie nicht können. Greise, die ohne Anwendung von Gewalt nicht verrecken wollen, lernen zum Schluß noch »die Front« kennen und müssen »kämpfen«, das kann jeder.

Die Ausstoßung der Intellektuellen kennzeichnet, alle Greuel beiseite, den Staat, wie er geworden ist. Einem Schriftsteller, der im Radio zu den Deutschen spricht, entgegnet »der Führer« höchstselbst: gleich bis nach Amerika sei er entwichen. Aber zwischen uns und ihn den Ozean zu legen, ist nicht genug. Wir haben gehört, daß der Lump sich mit Absichten trägt, die Deutschen – will meinen, sein Deutsch-Europa – das Lesen verlernen zu lassen. Seine Knechte sollen künftig die einzigen Schriftkundigen sein. Das geht über jeden Begriff? Der Staat selbst übersteigt das Maaß des Erträglichen, sobald irgend jemand von ihm sagen darf: »Der Staat bin ich.« Es ist das Wort eines Edelmanns u. großen Königs: der wollte keine Analphabeten, er wollte Wissen und Anstand. Der Komödienschreiber und Schauspieler Molière war sein Kammerherr; die Adeligen von Geblüt durften sich nicht weigern, mit ihm zusammen das Bett des Königs zu machen. Der Bourgeois gentilhomme fiel bei Hofe durch, weil Louis dazu schwieg; in der Stadt schien er nie gespielt werden zu sollen. Vierzehn Tage später setzte er das Stück nochmals an. Als es geendet hatte, trat er vor den Autor hin. »Monsieur de Molière«, sprach Louis. »Das vorige Mal habe ich geschwiegen, weil ich nachdenken wollte. Ihr Stück ist neuartig und sehr gut.« So entsteht ein Ruhm von 300 Jahren, wenn er zufällig vergeben wird von einem Mann, der will, daß man die »Verfassung« seines Königreiches kennt. Zu vergleichen mit dem Jämmerling und Lügenbold, der nur den Wunsch hegt, daß man über ihn die Wahrheit nicht kenne, und daß darum die Wesen, die er am Leben läßt, ihre eigene Verfassung nie begreifen.

Aber nicht einmal ein Louis rechtfertigt den Vorrang des Staates. Er werde zurückgedrängt in seine Schranken! Er hat den Individuen zu dienen, nicht diese ihm! Ein sozialistischer Staat möge ein freier Staat sein! (»Ein Staat, in dem es arme Leute gibt, ist nicht frei«, sagt der Dean of Canterbury.) Er sei wohltätig durch seinen Dienst am Menschen. Ihm diene man so selbstverständlich, so sehr zum eigenen Nutzen, so gern, daß man ihn gar nicht bemerkt!

Tod. – Immer gibt es Zwanzigjährige, sie setzen das Leben fort und fürchten den Tod mehr als Achtzigjährige, deren

Tod auch nur das Leben verlängern wird. Dies wissen sie und erschrecken vor ihm nicht mehr. Ein Bischof, ich glaube im »Lucien Leuwen«, erklärt, mit seinen 70 Jahren lasse alles was in zehn Jahren geschehen solle, ihn kalt. Das ist ein Bischof, der sich verkennt. Für die Ereignisse, denen er nicht mehr beiwohnen wird, ist er verantwortlich wie jeder jetzt Mitlebende, ja, mehr als sie. Er war dabei, als sie geflochten und verhandelt wurden. Wie sie ausgehen, das entscheidet über seinen Ruf, seine Dauer; es schließt die Frage ab, ob er und sein Geschlecht verdient haben genannt zu werden: das heißt, ob sie einmal von dieser Welt gewesen sind und Wirklichkeit darstellten. Der Siebzigjährige, der sich nur noch rasiert und schlafen geht, braucht seine Achtzig nicht zu erwarten: er ist tot. Die Zwanzigjährigen, denen alles was in 50 Jahren sein wird, im voraus einen Kehricht gilt, werden leichthin selbst weggekehrt. Es mag übrigens kleine Weltuntergänge kosten, bis sie fort sind. Ihre Gleichgültigkeit bei allem Umtrieb, noch mehr ihre innere Lauheit als ihre ausgelassene Gewalt, versetzt sie durchaus neben den Greis, den keine Zukunft angeht.

Tod und Leben gelten gleichviel, sie sind dasselbe Ganze – unter der Bedingung, daß man seiner bewußt wird und es im Auge behält, solange wir atmen: auch nachher, auch nach dem Abscheiden, wie manche hoffen. Sie behaupten es umso fester, je mehr sie mit dem Dasein zu verlieren hätten: darum hüten sie sich es aufzugeben, sie glauben an kein Ende. Goethe, Napoleon, Bismarck waren von ihrer Unsterblichkeit überzeugt: ihr Werk hätte anders nicht gelohnt, sinnvoll wäre es nicht mehr, wenn sie persönlich unterlägen. Die Macht eines Lebensinhaltes ist daran abzuschätzen, ob sein Vollstrecker sich und das Seine der Ewigkeit vertraut. Die Spanne, die er hier verbringt, wird ihm zum Gleichnis. Er wird im Tode so viel und mehr tun als jetzt. Anstatt seiner eigenen Gegenwart wird er das fortlebende Werk haben, es wandelt mit den veränderten Zeiten, und wird Nachfolger haben: sie kämpfen wie er, für die sittlichen Erfolge, immer dieselben, die einzig zählen. Sie überwinden nochmals seine eigenen Anfechtungen. Leicht und mutig schritt Goethe hinweg über Werther, den erfolgreichen Selbstmörder, der andere verführte. Streng und mutig, Napoleon über Sturz und Erniedrigung: er blieb der Kaiser, der einzige Kaiser, der seither wirklich gelebt hat. Welch eines Gottvertrauens, Selbstvertrauens, bedurfte Bismarck, um durchzustehen, was ihm zustieß, und besonders seinen Haß.

Es ist nicht gut für ein Zeitalter, für ein Land, für die Inhaber beider, wenn ihre Sterblichkeit sie nicht mehr bedrückt, wenn die Pflicht fortzudauern, sie ungerührt läßt. Wohl wahr, das jetzt übliche Massensterben setzt den Einzelnen vor sich selbst herab. Seine eigene Entbehrlichkeit überwältigt ihn, da so viele überflüssig waren, außer in der Minute des Sterbens. So stirbt denn auch er und alles ist gesagt. Sie setzen für das Fortleben die Rasse, – die aber auch nicht fortleben muß, wenn jeder Einzelne unnötig lebt. Man hat gemeint, den Deutschen hat man es nachgesagt, daß sie eine Schwäche für den Tod haben, ihn, ordinär ausgedrückt, »lieben«. Was ist gemeint? Der Selbsterhaltungstrieb kann sie unmöglich verlassen haben. Was das Töten anderer betrifft, zeigt es Nichtachtung ihres Lebens an. Keineswegs bewerten sie darum den fremden Tod sehr hoch, das bewiese mehr Achtung als sie aufbringen können, Achtung vor dem Ganzen, das gemacht aus Tod und Leben ist.

Nein, aber sie sind, wie nach meinen Erinnerungen Schopenhauer festgestellt hat, das ungläubigste Volk – sind es geworden, nachdem sie lange eines der gläubigsten waren. Die Güter, die man nicht sieht, das innere Wissen, der Traum von einer niemals handgreiflich zu besitzenden Welt – und von ihrer Erhöhung jenseits, waren ihr Teil, auch ihrer. Sie mußten sich radikal umkehren, mußten ihre paar weltlichen Erfolge maßlos überschätzen und mißverstehen, ihre eigene Geschichte belügen und die anderen Nationen um die ihre betrügen: dann konnte es kommen, wie es gekommen ist. Es ist ein großer Jammer mit ihnen. Sie führen nunmehr Krieg, als sollte er immer sein, und verraten nur ein Ziel: das Nichts. Das überhaupt denkbare Nichts ist die bewußte Zwecklosigkeit, das nicht verantwortete Verhalten zum Leben und zum Tod. Tausend Ortschaften wegnehmen, um sie, hartnäckig und reuelos, einzeln wieder herzugeben, darüber mag, Zwischenfälle abgerechnet, das Jahrhundert vergehen, und zum Schluß wird nichts gewesen sein. Das ist nun wahrhaft der Unglaube. Es wird nicht eigentlich gestorben, da ohne Verantwortung gelebt worden ist. Das Ganze, von Tod und Leben, ist ein Quark geworden. Das Zeitalter, das sie dafür nimmt, ist noch weniger als ein Quark. Mit dem Wegschütten, das einst beschlossen wird, beginnt die Wiedererziehung, eine Wiedergeburt, wenn jemals der Name zutraf und die Sache noch anging.

Aber die Renaissance geht immer, nach Jahrhunderten des Verlernens und Absterbens jubeln und genießen neubelebte Geschlechter. Die werden sich dem Leben geschenkt fühlen, und nicht weniger dem Tod. Die werden wissen, wie viel, wie Unzähliges es besagt, ein mühe- und freudevolles Dasein abzuschließen, spät und weise. Goethe nahm es einem Altersgenossen übel, daß er schon mit 75 »sich davonmachte«. Sie machen sich jetzt mit 18 davon. Sie wissen nicht, was sie tun. Sie glauben an den Tod nicht, weil sie eine kurze Frist ein ungläubiges Leben hatten. Verantworten, wissen, und geboren sein für die Ewigkeit, das sind Bedingungen, damit beide ernst, beide gleich werden: das Leben und der Tod.

Original: HMA 228. – Druck: *Dok.*, S. 523–545.

Nelly Mann an Salomea Rottenberg, 4
Hollywood, 25. September 1941:

Meine liebe Salomea,
dieses Mal haben sich unsere Briefe gekreuzt. Wir dachten wohl beide zu gleicher Zeit an Uns. Ich habe mit Freuden gelesen, daß es Ihnen doch gelungen ist, sich ein wenig einzuleben, und das ist nachdem man schon hier ist, das Beste. Ob wir wieder zurückkommen ist fraglich! Ich möchte auch garnicht. Uns geht es einfach schlecht; aber ich bemühe mich weiter, etwas zu finden, was meinem Mann das Weiterarbeiten ermöglichen könnte. Die Absicht nach New York zu kommen, mußten wir fallen lassen. Ersten[s] gibt es dort wohl schon genügend europäische Schriftsteller, dann ist auf die Dauer das Klima in New York für einen geistig arbeitenden Menschen, nicht zu vergessen, einen alten Mann! sehr anstrengend. Das Fahrgeld hätten wir ohnehin nicht. Wir müßten mit dem Wagen kommen. Das ist für mich ein Vergnügen, für Heinrich schauderhaft. Also bleibt alles beim Alten.

Wir haben zwei Bücher fertig, eins war drei Monate bei Knopf, dann entschloß sich Madame Knopf das Buch anzunehmen unter vielen Bedingungen und Änderungen. Das lehnte Heinrich Mann ab, er glaubte als Schriftsteller und *sich selbst* genug zu wissen, was *ER* zu schreiben hat! Und ich gebe ihm recht, denn sonst wäre das Buch nicht »ein Werk H. M.« Nun sind Verhandlungen mit einem anderen Verlag. Das zweite Buch, (ein Roman) geht in diesen Tagen an Dr. Landshoff ab, der versuchen wird, es zu vertreiben. Ich verzweifle bald. Hätte ich 5000 Dollar, könnte ich eine sehr gute Existenz kaufen, und damit ermöglichen, daß Heinrich Mann arbeiten kann, wie und was er will, das wäre für später sehr gut. Jetzt ist es uns nicht möglich das Essen für Morgen zu beschaffen. Wie kann man da arbeiten?

Meine sämtlichen Schmucksachen sind hin. Bis zum 1. Dez. habe ich unser Haus bezahlt, dann sitzen wir ohne Wohnung – – wenn nicht ein Wunder geschied.

Hier ist es unmöglich, sich etwa Vorschuß oder sonstige Hilfe auf Arbeiten zu beschaffen (was ich ohne Wissen meines Mannes tun würde) – hier sind wir unter lauter Raben. Alle sind neidisch auf jeden Ankömmling. Verkehr haben wir kaum gefunden unter den Geschäftlhubern und sonstigen Neidern. Wie habe ich mir Amerika anders gedacht!

Eben erhielt ich einen Brief von Dr. Landshoff, der versuchen will, wenigstens das Leste [Letzte], was wir haben, zu retten. Er hat nicht verstanden, daß die 65 Dollar für den *Transport* nach hier zu zahlen sind. Er ist wohl auch ein bischen durcheinander. In den Kisten sind einige handgeschriebene Manuskripte, die wertvoll sind, gar nicht zu sagen, wie glücklich Heinrich wäre, seine für ihn wertvolle Bibliothek (unwiederkäuflich) zu haben. Ich schäme mich, Salomea, zu sprechen, daß ich nicht in der Lage bin, Ihnen Ihre Auslagen zu schicken. In solch einer Situation war ich natürlich noch nieeeeeee.

Original: HMA SB 111/7. – Druck: *Dok.*, S. 328 f.

5 Heinrich Mann an Thomas Mann,
Los Angeles, 15. April 1942:

Lieber Tommy,
Du hast mich sehr gerührt. Wohltuend ist das Bewusstsein, dass meine Lage einen Anderen, der einzig Du sein kannst, so ernst beschäftigt. Beschämt zu sein, verbietet mir unsere natürliche Verbundenheit, und auch meine – lieber sage ich Gottergebenheit als Resignation. Da die Um-

stände beständig wechseln, würde man vielleicht im falschen Augenblick verzichten. Russland, dieses Land des Schicksals, zeigt mir, dass auch ich nicht auf einmal überflüssig bin: sie lassen auch was ich getan habe, zu ihrer grossen Sache zu. Wenn sie mir überdies Geld geben, ist es wahrhaftig mehr Auszeichnung als Entgelt, und zählt für das Vielfache, bedenkt man ihre eigene, furchtbar gespannte Existenz.

Jetzt die platte Frage, wie weit die Summe reichen könnte. Bis New York und etwas darüber, ich hoffe es, habe übrigens für die Übersiedlung dieselben Gründe, die Du nennst. Allerdings sind von den 750 Dollars, sobald sie eintreffen, mehrere notwendige Zahlungen abzurechnen, besonders der Zahnarzt, plötzlich eine lebenswichtige Gestalt. Zu ihm kam ich mit einer ungewöhnlich vorgeschrittenen Cyste; ihre Beseitigung soll nicht genügt haben, er entfernte sämtliche Spuren meines eigenen Gebisses, die kahlen Kiefern erwarten nunmehr das neue; das ganze Verfahren wird billigst mit 225 $ berechnet, ein harter Schlag. Auf Raten verteilt, würde die Forderung auf eine Bank übertragen werden, was die Kosten vermehrt und mich langfristig belastet: eine Angstpartie, wie ich seit dem Ankauf des Autos weiss. Von dem Auto selbst sind noch 300 $ zu bezahlen, vorher darf ich es nicht fortgeben. Die beiden Beträge sogleich abgezogen, blieben von den erwarteten 750 nur 225, aber nach der Reise, die im Wagen noch am wenigsten kostet, würde man ihn dort verkaufen und hätte für einige Monate genug.

Mehr als einige gesicherte Monate darf ich nicht verlangen; dennoch wird mir etwas bange von den Fehlschlägen, die in diesem Lande hinter mir, daher möglicherweise auch vor mir liegen. Gern will ich Deine Annahme teilen; an Ort und Stelle sein, ist immer schon etwas; nur bin ich gerade jetzt nicht in der geeignetsten Verfassung, körperlich und in Betreff des unbefangenen Sinnes, womit man auftritt und sich zur Geltung bringt. Indessen ist daran nichts Ungewöhnliches; sogar die Jugend kennt jetzt dergleichen. Greifbarer hält es mich auf, dass drei unfertige Arbeiten daliegen und dass ich, hoffentlich nicht mehr lange, ihre Fortführung hinausschieben muß. Wenn der Fall einträte, dass jemand sie erwartet und honoriert, könnte mir davon früher wohl werden. Ich will denn hinreisen und es darauf ankommen lassen, ob der Glücksfall eintritt.

Lässt er aber warten, erhebt sich alsbald die Frage, ob ich Dich nochmals in Anspruch nehmen darf. Es ist schon hier eine Zumutung, in New York wäre es eine noch grössere. Ich weiss durchaus, was Du Dir und den Deinen schuldest; auch das Haus ist berechtigt, auf die Dauer wird nichts daran verloren sein. Aber selbst ein, wenn auch staatlicher Lektor sein müssen, und dann den Bruder erhalten sollen, das überschreitet eigentlich den erlaubten Zustand. Ich werde zusehen müssen, dass ich mich durchbringe und dass Dein monatlicher Beistand nicht wieder nötig wird, nachdem Litvinoff das Geld überwiesen hat. Herrn Litvinoff werde ich danken, sobald ich es bekomme.

In New York, wenn ich hingelange, werde ich Dich noch seltener sehen können; schon hier war es zu selten, obwohl ich immer Zeit hätte. Du bist beschäftigt, gewiss mit Leuten obendrein: mich lassen sie in Ruhe, was nichts ausmacht. Nur mit Dir ist etwas versäumt und nicht mehr nachzuholen, oder dies wäre eine unzeitgemässe Vorstellung. Mag sein, dass zuletzt die persönliche Gegenwart zurücktritt hinter die Erinnerungen. Ohne Vorsatz und kaum dass ich weiss warum, habe ich plötzlich angefangen, *Buddenbrooks* zu lesen.

Herzlich H.

In: Thomas Mann / Heinrich Mann: *Briefwechsel 1900–1949.*

Hg. von Hans Wysling. Erweiterte Neuausgabe. Frankfurt am Main: S. Fischer 1984, S. 301f.
[Im folgenden zit.: *TM/HM*]
Thomas Mann hatte sich an den Sowjetbotschafter in Washington, Maxim M. Litwinow (1876–1951) gewandt, er möge sich in Moskau dafür einsetzen, daß Heinrich Mann ein Teil seiner Rubel-Tantiemen ausgezahlt und nach Amerika überwiesen werde. Am 11. April 1943 erhielt Thomas Mann von Litwinow eine positive Nachricht, die er am nächsten Tag in einem »längeren Brief an Heinrich« weitergab [vgl. Thomas Mann: Tagebücher 1940–1943. Hg. von Peter de Mendelssohn. Frankfurt am Main: S. Fischer 1982, S. 418]. Der Verbleib dieses Briefes von Thomas Mann, auf den der oben abgedruckte antwortet, ist bislang nicht bekannt. Litwinow hatte gegenüber Thomas Mann die Zahlung von 3000 Rubel zugesagt [vgl. ebd., S. 417]. Gleichzeitig hatte Thomas Mann aber auch dem Bruder die »dringende Empfehlung« gegeben, »nach New York überzusiedeln« [ebd., S. 418].

Heinrich Mann an Carl Roessler, 6
Los Angeles, 8. August 1942 [Auszug]:

Gott! wenn die United Nations siegen könnten – ob mit zweiter Front oder 5000 Riesenbombern, die nach meinem bescheidenen Ermessen das Sicherste wären. Wer es wissen wird, ist Mr. Churchill. Ich teile Ihre Liebe für ihn. Mein Kriegstagebuch des ersten Jahres 39–40 war ganz auf ihn hingerichtet, er sollte erst noch kommen. Jetzt wünschte ich weniger tragisches Gewölk um sein Haupt. Gleichviel, zuletzt siegen die grösseren – heisst auch: die besseren – Menschen, und man sieht, wo die sind. Ergreifend sind auch die Russen, mit ihrer unbedingten Ehrfurcht vor dem Sittlich-Geistigen, noch heute sorgen sie sich um das Wohlergehen von Schriftstellern.

Nichts ist, im Gegenteil, den Deutschen gleichgültiger.

Ihre Missachtung des Sittlich-Geistigen ganz allein hat sie dahin gebracht wo sie sind, in diese üblen Hände, auf diese Felder der Unehre. In dem verlorenen Land muss künftig allem anderen die Erziehung vorangehen. Dies ist mein Satz.

Original: Deutsches Literaturarchiv / Schiller-Nationalmuseum, Marbach am Neckar (A: H. Mann; 75.214/2).

Der Lustspieldichter Carl Roessler (1864–1949) lebte damals in London in der Emigration und war mit Heinrich Mann seit dessen Münchener Zeit befreundet.

7 Heinrich Mann an Alphonse Sondheimer,
Los Angeles, 9. April 1943 [Auszug]:

Für mich bin ich immer bestrebt meinem Beruf zu genügen. Tatsächlich schreibe ich, wie in meinen ersten, obskuren Anfängen, mir selbst meine Sachen auf. Das weitere steht dahin. Wie Sie es befürchten, können alle unsere Bücher verloren gehen, zuerst die ungedruckten oder sogar die unvollendeten. Beide Gattungen lerne ich in dieser Periode kennen.

Ihre Teilnahme bewegt mich wirklich. Sie erinnern sich meiner pünktlich und treu. Sie sind um unsere arme – einst reiche und mächtige – Literatur besorgt. Ich weiss nicht, ob mit Recht. Vielleicht wird künftig die Welt, die unsere war, dahin sein mit ihrem Bestand an geistigen Werten. Dergleichen ahnte dem sterbenden Anatole France. Aber Sterbende glauben gern, dass mit ihnen alles endet (oder sie halten sich gleich für unvergänglich). Die russische Literatur und ihr neues, hohes Ansehen im Lande widerlegt die äussersten Auffassungen – vielleicht auch für ein späteres Deutschland, so verdächtig es sich heute, und nicht erst heute macht.

Original: Deutsches Literaturarchiv / Schiller-Nationalmuseum, Marbach am Neckar (A: Herrmann-Neiße; 60.770/3). – Druck (teilweise): *Dok.*, S. 332.
Alphonse Sondheimer († 1960), der sich nach seiner Emigration in London niedergelassen hatte, war ein Freund und Förderer Max Herrmann-Neißes; über diesen war er mit Heinrich Mann in brieflichen Kontakt gekommen.

Heinrich Mann an Alfred Kantorowicz, 8
Los Angeles, 3. März 1943:

Lieber Herr Kantorowicz,
meine Frau kann nicht so bald wie ich hoffte abschreiben. Damit Sie wenigstens etwas in Händen haben, sind hier meine Antworten.

1) Erster Aufenthalt in Paris 1893, in Italien (mit Unterbrechungen) 1893 bis 98. Dazwischen immer München und Berlin; das übrige Europa damals noch nicht. – Während des Jahrzehntes, das ohne Pflichten, ohne Werk war, habe ich das italienische Volk gut genug kennengelernt, daß ich im nächsten Jahrzehnt – 1907 bis 09 – *Die Kleine Stadt* schreiben konnte; das durchaus echte Italien vor dem Faschismus.

2) Was Deutschland angeht: meine ersten Notizen für den *Untertan* sind von 1906. Geschrieben wurde er 1912 bis 14; (erschien bis zum Ausbruch des Krieges in einer Zeitschrift, als Buch erst Dezember 1918; hatte in sechs Wochen 100000 Auflage).

3) Wenn dieser Roman die Vorgestalt des Nazi enthält, dann zeigt ein anderer, *Zwischen den Rassen*, geschrieben 1905 bis 07, schon den Fascisten (ohne dass ich es wusste; ich hatte nur Fühlung für die Erscheinungen).

Diese Daten lassen kaum Zweifel, dass ich mich höchstens im mittleren Tempo, eher sogar langsam entwickelt habe. Mit 20 konnte ich gar nichts. Gegen 30 lernte ich an meinem *Schlaraffenland* (Berlin der 90er Jahre) die Technik des Romans.

Stofflich, stilistisch, besonders in meiner Anschauung der Zeitgenossen griff ich um einiges vor. Daher war von 1900 bis 1916 mein Erfolg immer nur »literarisch«. Wie Wedekind, der es mir sagte, habe ich 15 Jahre gebraucht, um populär zu werden. Georg Heinrich Meyer, Direktor des Kurt Wolff-Verlages, erkannte 1916 den Zeitpunkt. Plötzlich verkaufte er von den sechs Romanen meiner »ersten Periode« dreiviertel Millionen. Solange hatten alle zusammen wenige Tausend gehabt.

Darum war es mir vorher nicht schlecht ergangen, denn ich hatte von 1910 bis 16 einen Mäzen, Paul Cassirer: mein erster jüdischer Verleger und ein viel zu grosser Kunsthändler, als er mir meinen Absatz nachrechnete. *Der Untertan* hätte ihn entschädigt für die reichliche Rente, die er mir zahlte; dieses Buch konnte nicht erscheinen. Er war es zufrieden, dass ich Stücke für seine Frau schrieb.

Mit dem Theater machte ich mir einige Jahre ein leichteres Leben als das sehr angestrengte meiner Romane. Ein Stück brauchte Wochen, wo ein Roman Jahre verlangte, und der Dialog lief von selbst. Dann spielte Tilla Durieux, und ich bekam Geld – ihr Mann zog es von der Rente nicht ab. Um die 40 hatte ich meine lustigste Zeit, obwohl zwischenein Tragödien fielen.

Ein einziges Stück nahm ich so ernst wie meine Romane: *Madame Legros;* 1917 Februar und April kam es an den Münchner Kammerspielen und am Lessingtheater (ging dann weiter). Vor dem Theater hörte ich eine Frau sagen: »Endlich kann man einander wieder ins Gesicht sehen.« (Der erste Krieg näherte sich dem Zustand des zweiten heute, erreichte ihn aber nicht.)

Vorher geteilt zwischen Deutschland und Italien, verbrachte ich den ersten Krieg in München oder Berlin. 1916 in einem Berliner Haus aus der Finanz, sagte ich einem künftigen Reichsfinanzminister der Republik auf den Kopf zu, dass die Banknoten nicht mehr gedeckt seien. Er hielt keinen deutschen Minister dessen fähig. Später druckte er selbst die Billionen-Mark.

1917 im Frühling hörte ich, wie der Fürst Lichnowsky gefragt wurde: »Vor einem Jahr meinten Sie, wenn wir Elsaß-Lothringen abträten und der Kaiser abdankte, kämen wir noch leidlich davon. Sagen Sie das noch jetzt?« Der Fürst antwortete: »Nein.« Ich habe die Klarsicht immer geachtet; es ist eine Charaktereigenschaft; Ehrlichkeit macht wahr.

Die Republik, die nun folgt, war schrecklich verlogen: der eigentliche Grund ihres Misserfolges. Sie hat die Tatsachen des vorigen Krieges niemals anerkannt: Masaryk und Briand sagten mir gleichlautend was ich schon wusste. Die ersten Gesandten der Republik waren Conventikler und Gesundbeter; in ihren Kreisen trieben alle denselben Schwindel.

Die Lügen Hitlers sind nicht seine; die Republik hat sie ihm in den Mund gelegt. Nur, dass aus dem Gewinsel über »Versalch« allmählich die Hetze und die Drohung wurde – auch dies schon unter der Republik; sie hatte endlich gegen ihren Nachfolger keine Waffe, er benutzte ihre eigenen.

Ich sah jeden »Kampf« um eine wirkliche demokratische Republik von Anfang an verloren. Publizistisch tat ich was ich konnte. Die wirksamsten Artikel konnten bei Ullstein nur am Sonntag in dem »grossen Blatt« erscheinen (*Morgenpost*, 300000, Leser nur Arbeiter). Was half es. Der Gewerkschaftsführer Legien hatte einen Vertrag mit den Industriellen, schon Ebert hatte sich den Generälen verbündet.

Bis zum Schluß habe ich »scharf« gemacht, auch die Minister persönlich; entwarf Pläne für eine bessere Verteidigung, bot Propaganda an. In der Akademie machten wir (besonders Döblin mit mir) ein Schul-Lesebuch, das endlich volkstümlich sein sollte. Als es fertig war, liessen die Ministerial-Beamten es verschwinden. Der Minister, ein Sozialdemokrat, hatte gute Absichten, war aber machtlos.

Die Macht war die alte geblieben, Industrie und Junker. (Bürgermeister Petersen von Hamburg beklagte sich bei mir, dass der Übersee-Handel nicht gefragt werde.) Die wenigen demokratischen Vorgesetzten litten furchtbar unter dem Hass ihrer Untergebenen. Ich sah es auf meinen Vortragsreisen, die ich bis in das letzte Jahr fortsetzte. Unvergesslich sind mir die Oberpräsidenten von Breslau und Magdeburg. Der erste ist unter Hitler misshandelt worden. Dem zweiten wird es noch schlimmer ergangen sein, wenn er nicht geflüchtet ist. Sein Name, Falk, verdient aufbewahrt zu werden; er war ein tapferer Mann.

Aus einem Fenster der Akademie, Pariser Platz, sah ich die berittene Schutzpolizei aufziehen, bei der Wache am Brandenburger Tor. Die Zurufe aus der gedrängten Menge klagen wie Hilferufe in der äussersten Stunde: Noch ist Zeit! Aber es war keine mehr.

Am 15. Februar 1933 wurde ich aus der Akademie entfernt. (Der Minister für Volksaufklärung, Inhaber eines »Jagdscheines«, hatte es den Studenten versprochen.) Ich blieb dennoch in Berlin, wo nette Puppen reissenden Absatz fanden: mein Kopf, und die Beine von Marlene Dietrich (*Der blaue Engel*).

Am 19. in der Abendgesellschaft mit den Trümmern der Republik, meistens von Sinnen, kam M. François-Poncet auf mich zu. Er sagte: »Wenn Sie am Pariser Platz vorbeikommen, mein Haus steht Ihnen offen.« Dieses Zeichen genügte mir: zwei Tage später reiste ich ab, still und leise, aber die SA betraten alsbald meine Wohnung. Sie war längst überwacht gewesen. – Da sie mich nicht hatten, verkündeten sie mit Lautsprechern, sie hätten mich.

Nach Frankreich war ich seit 1907 immer häufiger gekommen. 1923 hatte ich angefangen, für die Verständigung zu arbeiten. Wenn man weiss, dass der Eine sich verständigen will, während der Andere Rache brütet, ist das ein schwieriges Geschäft, – Kampf habe ich es nie genannt. Ich kenne nur Werke, die manchmal übrigbleiben. Von den Kämpfen, die ich miterlebte, ist nichts geblieben. Aber hoffen wir!

Die 8 Jahre meines »Exils« in Frankreich waren ein etwas ausgedehnter Aufenthalt in einem Land, wo ich ohnehin meine Gewohnheiten, auch Freunde und einen besten Freund hatte. Felix Bertaux hat ein *Panorama de la Littérature allemande* verfasst, darin steht über mich, und über Andere, das Beste was je gesagt wurde.

Die 8 Jahre, besonders der *Front populaire* 1936, machten mich zu einem Zugehörigen. Ich sprach nicht mehr allein, vor geladenen Hörern; mit den französischen Schriftstellern Barbusse, Gide, Aragon, Bloch, leitete ich Volksversammlungen.

Die deutsche Volksfront wurde unternommen. Ich kam in den persönlichen »Untergrund«-Verkehr mit den antifascistischen deutschen Arbeitern. Ihre Berichte waren gemeinsam gezeichnet von den Funktionären beider Parteien. Sie gaben mir viel Hoffnung; noch jetzt dauert mein Eindruck, dass die Revolution kam, wenn nicht der Krieg kam; dass Hitler nur die Wahl hatte. Die alte und fehlgeschlagene Hoffnung ermutigt heute, wieder zu hoffen. (Mit Vorbehalt. Das Untergrund-Manifest, das wir kürzlich lasen, spricht von keiner Revolution, nur vom Frieden schlechthin.)

In Frankreich habe ich meinen *Henri Quatre* geschrieben. Er ist das wohlausgereifte Werk meiner späten Zeit. Mir hat Frankreich mein Leben lang Gutes gegeben. Ich liebe es als geschichtliche Erscheinung bis in seine vorletzten Tage.

Die Sowiet-Union liebe ich voll gegenwärtig. Sie ist mir nahe – und ich ihr. Sie liest mich massenhaft, gibt mir zu leben, und ich sehe ihr zu, als wäre sie schon die Nachwelt, die mich kennt.

Nach diesen sechs Seiten Schreibarbeit nehmen Sie meinen herzlichen Gruss und die Bitte, mir davon *eine Abschrift zu schicken.* Ich weiss nicht, wann meine Frau tippt.

Ihre Fragen nach meinem Privatleben habe ich übergangen, das paßt nicht hinein. Material haben Sie genug, wenn ich auch nicht weiß, wie daraus ein Hörspiel wird, und so schnell!

In Amerika kam ich wohl den 13. Oktober 1940 an. Früher nie. Auch nicht in Südamerika. Eindrücke belanglos.

Jetzt habe ich einen dialogisierten Roman über das Ende des Henkers Heydrich geschrieben. Das Nächste wird wohl sein, dass ich meinen *Friedrich den Grossen* fortsetze: persönliche Auffassung, wie ich möchte, dass künftig über ihn gelehrt wird. Ich bin nur erst beim Kronprinzen und behandele auch diesen Gegenstand scenisch. Erzählen – dauert zu lange. Diesen Monat werde ich 72.

Genug damit. Mir wird schon übel von dem Reden über mich.

Können Sie warten, dann bekommen Sie auch noch die 30 Seiten des angefangenen Essai. Sonst bestätigen Sie mir, bitte, das Heutige.

Unsere Grüße an ihre Gattin Ihr

H. Mann

Original: Deutsches Literaturarchiv / Schiller-Nationalmuseum, Marbach am Neckar (A: Heinrich Mann; 64.39). – Druck (unvollständiges Faksimile): *Kurze Selbstbiographie.* – In: Herbert Jhering: *Heinrich Mann.* Berlin: Aufbau-Verlag 1951, 6. S.

Heinrich Mann an Alfred Kantorowicz, 9
Los Angeles, 4. Juli 1943 [Auszug]:

Ueber die »Heimkehr« denke ich wie Sie: niemand ist gesonnen, sie uns leicht zu machen. Wenn meine Bücher, anstatt meiner Person, ins Land könnten, wäre viel gewonnen. Hier will man nichts von ihnen wissen, das bestätigt nur die anderen Symptome.

Zit. nach: *Aus unveröffentlichten Briefen des Dichters [Heinrich Mann].* In: ›Tägliche Rundschau‹. Berlin/Ost. Nr. 67 (1485) vom 19. März 1950, S. 4.

Heinrich Mann an Alfred Kantorowicz, 10
Los Angeles, 24. Oktober 1943 [Auszug]:

1940 schrieb ich, für mich allein, über den soeben geschlossenen Pakt: die Union wird angegriffen werden. Die Rote Armee wird eines Tages in Berlin stehen, wer dann über Deutschland verfügt, liess ich weg, entwarf aber ein imaginäres Gespräch zweier Soldaten, die der Pakt zu Verbündeten machte. Der erste gab dem zweiten gute Ratschläge für die künftige Revolution. Meine Erfindung – es lohnt sich, die Wahrheit zu erfinden – wird jetzt bestätigt von den Ueberläufern aus Gesinnung.

Zit. nach: ebda. Mit »Pakt« ist der Hitler-Stalin-Pakt vom 23. August 1939 gemeint.

Heinrich Mann an Alfred Kantorowicz, 11
Los Angeles, 11. November 1943:

Lieber Herr Kantorowicz,
Sie haben sich meinetwegen keinen Vorwurf zu machen. Auch meine »Verärgerung« wird merklich abgeschwächt

durch den Umstand, dass ich nicht zu reisen brauchte. Mir war wenig danach zu Mute, ich wünschte nur einer Pflicht zu genügen und werde es ebenso gern bei anderer Gelegenheit tun. Lieb wäre es mir, wenn diese erst im Frühling einträte.

Ausser einem unsicheren Befinden hält mich eine Arbeit fest; sie spannt mich sogar. Es handelt sich um das Gesamtergebnis, dass ich ziehe. Wer den entscheidenden Anstoss gab? Sie selbst. Sie sahen ein Stückchen Autobiographie und meinten, es müsste ausgeführt werden – ein hingesprochenes Wort vielleicht; genug, ich bin jetzt weniger um Selbstbetrachtung bemüht, als das Zeitalter zu besichtigen. Dabei erfahre ich erst, was ich alles erfuhr: das ist das Spannende.

Die Gegenwart ist natürlich ebenso hell wie dunkel, das kann die nächsten 50 Jahre kaum anders werden. Deutschland besonders ist der Fleck, der auf den Karten Afrikas früher schwarz angestrichen war, als unerforscht. Sie aber sind expert of European affairs, meinen Glückwunsch.

Herzliche Grüsse von Haus zu Haus. Ihr

H. Mann

Druck: *»Ehrlichkeit macht wahr«. Heinrich Mann: Unveröffentlichte Briefe an Alfred Kantorowicz und Arnold Zweig.* In: ›Die Zeit‹. Hamburg. Nr. 1 vom 1. Januar 1982, S. 29.

12 Heinrich Mann an Alfred Kantorowicz,
Los Angeles, 29. Dezember 1943:

Lieber Herr Alfred Kantorowicz,
vielen Dank für Ihren Brief. Unsere Neujahrswünsche hätten Sie schon bekommen sollen, aber meine Frau hat angegriffene Nerven, vielleicht konnte sie noch nicht schreiben. Daher wünsche ich von Herzen Ihnen und Ihrer Gattin das beste aller denkbaren Jahre.

Möchten die Lebenden einige ihrer Hoffnungen erfüllt sehen! Bis zur Elbe, so höre ich, soll Deutschland von den Sowiets kontrolliert werden – mithin auch das Skelett von Berlin. Wenn die Nazi-Häuptlinge in ihren U-Booten nach Japan abgereist sind, was lassen sie zurück? In welchem Zustand die Menschen, die sie zum Schluss nicht umgebracht haben? Aber je weniger wir voraussetzen wollen, um so eher lässt sich vielleicht doch an einer Besserung der Dinge arbeiten.

Die Einigung der Emigranten erscheint überflüssig. Halte sich jeder auf der Seite, wohin er gehört, Entscheidungen fallen doch nur im Lande. Mit den Guten, die sich dort tapfer durchgebracht haben, sollten beizeiten Verbindungen aufgenommen werden.

Ich sitze tief in Arbeit. Über eine abgesagte Reise bin ich keineswegs ärgerlich.

Aufrichtig Ihr

H. Mann

Druck: ebd., S. 29f.

Thomas Mann: Tagebuch-Eintrag 13
Pacific Palisades, 11. Juni 1944 [Auszug]:

Zum Thee der Agent Fles. Über Heinrich und seine Produktion, seine Stellung hier. *Das Zeitalter.* Wiederauflegung des *Untertan.*

In: Thomas Mann: *Tagebücher 1944–1946.* Hg. von Inge Jens. Frankfurt am Main: S. Fischer 1986, S. 65. – Zu Barthold Fles (geb. 1902) vgl. S. 627ff.

14 Heinrich Mann an Carl Roessler,
Los Angeles, 27. Juni 1944 [Auszug]:

Endlich bin ich ein amerikanischer Autor geworden. Das heisst, von mir erscheinen Bücher, neue und alte abwechselnd. Wie junge Talente entdeckt werden! Die N.Y.Times vergleicht mich mit Tolstoi. In Cleveland, Ohio, schreibt ein Herausgeber über meine newest novel, womit er »Professor Unrat« meint: It is a greater book than the brevity of this notice might lead you to suppose.

So, jetzt habe ich mich bei Ihnen in das rechte Licht gestellt. Tatsache ist, dass ich vor Müdigkeit keuche: nicht gerade von dem alten kleinen Roman, der wurde mir damals leicht. Jetzt habe ich 600 Seiten MS hinter mir, eine ganze Zeitgeschichte mit eingeflochtener Autobiographie (ungefähr wie Kater Murr immer in die Geschichte des Kapellmeisters Kreisler hineinplatzt). Jetzt wird die Sache übersetzt, Neujahr soll sie erscheinen, dann wünsche ich mir Sie als Leser.

Original: Deutsches Literaturarchiv / Schiller-Nationalmuseum, Marbach am Neckar (A: H. Mann; 75.216).

15 Heinrich Mann an Thomas Mann,
La Crescenta, 2. September 1944 [Auszug]:

Die realistische Enthüllung einer Welt, die man unberührbar fern glaubte, lässt dennoch zu, dass sie ehrwürdig bleibt: sie wird es erst recht. Der ganze Grund ist, dass sie selbst, Eingeweihte und Masse, jeder auf seine Art, das Geistige achten, vor dem Unfassbaren mehr Respekt haben als vor den »wässerigen Dingen«, wie eine Kapitel-Überschrift sagt. Das »drollige« Ägypten erweist sich, mit dem Vater »im Himmel«, nicht weniger heilig – unter

Schwierigkeiten heilig – als Israel. Dies war mein entscheidender Eindruck.

Die Intellektualität (für Heiligkeit) drückt sich weltlich in der sozialen Gesetzgebung eines Judäo-Ägypters aus. Das ist aber ein Vorgang wie wir ihm beiwohnen, angesichts von Roosevelt, Churchill (der Gesetzentwurf seines Beveridge, der die Not einen Skandal nennt), und als erste Zeitgenossen der Soviet-Union. Mein eigenes Buch will die Ehre dieses Zeitalters retten: es ist nicht nur greulich, es hat das seltene Phänomen des Intellektuellen an der Macht.

Das finde ich bei Dir wieder, und mein verwandtes Interesse macht mir den letzten Band Deines grossen Werkes so wert der Liebe und des Dankes.

Herzlich H.

Druck: *TM/HM*, S. 310.
Mit diesem Brief bedankt sich Heinrich Mann beim Bruder für die Übersendung eines Exemplars von *Joseph, der Ernährer*, das Thomas Mann am 29. Juli 1944 geschickt hatte [vgl. *TM/HM*, S. 308f.]

Johannes R. Becher an Heinrich Mann, 16
Moskau, 18. März 1945:

Lieber, sehr verehrter Herr Heinrich Mann!
Ihr Buch *Ein Zeitalter wird besichtigt* haben wir erhalten, und ich beglückwünsche Sie besonders zu dieser so schönen und so außerordentlich gelungenen Arbeit. Sie ist unzweifelhaft der beste Beitrag, den wir auf literarisch-essaiistischem Gebiete haben, um den Nazismus auch politisch-moralisch zu schlagen. Mehrere Kapitel aus Ihrem Buch werden wir in der ›Internationalen Literatur‹ zum Abdruck bringen. Das Honorar ist Ihnen bereits angewie-

sen. Ich bin glücklich, endlich wieder einmal von Ihnen eine repräsentative Arbeit bringen zu können. Die Zeitschrift lassen wir Ihnen regelmäßig zugehen, aber wir haben keinerlei Anhaltspunkte dafür, ob unsere Zeitschrift Sie auch erreicht. Bitte, schreiben Sie uns doch einmal! Ich lege diesem Brief zwei neue Arbeiten von mir bei, und hoffe nur, daß auch diese Sie erreichen.

Bitte, grüßen Sie alle Freunde, und seien Sie herzlichst gegrüßt von Ihrem Johannes R. Becher

Original: HMA 3263. – Druck: *Dok.*, S. 327.
Die ›Internationale Literatur‹ veröffentlichte in Heft 3 und 4 von 1945 die Abschnitte *Die Sowjetunion* und *Die deutsche Republik* aus *Ein Zeitalter wird besichtigt* als Vorabdrucke.

17 Thomas Mann an Heinrich Mann,
New York, 9. Juni 1945 [Auszug]:

Lieber Heinrich,
Deine Briefzeilen, die Du dem großartigen Aufsatz in der ›Rundschau‹ noch hinzufügtest, habe ich so wenig wie diesen ohne Tränen lesen können. Laß mich Dir danken, so gut es in dem nicht gesuchten, aber doch eben auch nicht vermiedenen – aus »Freundlichkeit« nicht vermiedenen – Trubel dieser Tage gehen will, für all Deine Liebe und Treue, die mich nicht so ergreifen würde, wenn nicht ihresgleichen aus meinem Herzen ihr innig antwortete. [...]

Dein Beitrag ist selbstverständlich das größte Stück in Bermanns Heft, reizend im Persönlichen, ergreifend besonders durch die Erinnerungen an Papa, an den auch ich so oft im Leben habe denken müssen, und ein wundervolles Dokument, wo es unser brüderlich-variierendes Verhältnis zum Deutschtum darstellt. Die Prosa ist einzigartig. Ich habe nicht zum ersten Mal das Gefühl, daß diese kondensierte und intellektuell federnde Schlichtheit die Sprache der Zukunft, der neuen Welt ist.

In: *TM/HM*, S. 323f.
Mit »Aufsatz« und »Beitrag« ist der Abschnitt *Mein Bruder* aus *Ein Zeitalter wird besichtigt* gemeint, den Heinrich Mann zu dem Sonderheft der ›Neuen Rundschau‹ zu Thomas Manns 70. Geburtstag beisteuerte und der gleichzeitig – ebenfalls mit dem Vermerk »Zu Thomas Manns 70. Geburtstag« – in der in Mexiko erscheinenden Exil-Zeitschrift ›Freies Deutschland‹ erschien. Beide Drucke waren somit auch Vorabdrucke aus Heinrich Manns Memoirenwerk.

Thomas Mann Tagebuch-Eintrag, 18
Pacific Palisades, 15. September 1945 [Auszug]:

Abends im Juni-Heft der ›Neuen Rundschau‹ [...] Das Heft hat immer noch Überraschungen für mich und bleibt als Ganzes eine Überraschung. (»Ist es möglich?«) In Heinrichs Beitrag die Selbstbehauptung sehr fein.

In: Thomas Mann: *Tagebücher 1944–1946*. Hg. von Inge Jens. Frankfurt am Main: S. Fischer 1986, S. 253.

Thomas Mann: Tagebuch-Eintrag, 19
Pacific Palisades, 19. Oktober 1945 [Auszug]:

Abends / lange in Heinrichs Memorien / (Intern. Literatur.) Ein großer Schriftsteller, – nach dessen Prosa etwas Adalb. Stifter vorm Einschlafen gut tun wird.

In: ebd., S. 266.

20 Thomas Mann: Tagebuch-Eintrag,
Pacific Palisades, 5. November 1945 [Auszug]:

Briefe von Klaus [...]. Schreibt gescheit über Heinrichs *Mein Bruder*, das Agressive und Bittere nicht verkennend.

In: ebd., S. 272.

Klaus Mann an Katia Mann, Rom, 9. Oktober 1945 [Auszug]: »Endlich habe ich ein Exemplar von der Wiedergeburts- und Geburtstagsnummer der Neuen Rundschau erhalten. Ein eindrucksvolles Dokument. [...] Onkels brüderlicher Essay ist höchst bemerkenswert – wunderschön geschrieben, feierlich, bewegend, naiv, teilweise überraschend aggressiv (ich denke an die Passagen über das deutsche Problem), nicht ganz frei von Bitterkeit, doch hinführend zu einem aufrichtig herzlichen, glänzend formulierten Finale.« (Klaus Mann: *Briefe und Antworten.* Band II: 1937–1949. Hg. von Martin Gregor-Dellin. München: Edition Spangenberg 1975, S. 441.)

21 Heinrich Mann an Klaus Pinkus,
Los Angeles, 21. November 1945:

Cher ami,
Vos deux lettres m'ont été d'une grande satisfaction et la fidélité de votre souvenir me touche, n'y étant guère habitué par ce temps de lâchage et d'oubli.

Si j'ai renvoyé ma réponse d'une semaine à l'autre, ce n'est certes pas par indifférence. J'hésite plutôt à parler de moi, ce que pourtant s'impose après une longue séparation. Ici je ne fus pas heureux et, pour comble d'adversité, j'ai perdu ma femme. Au mois prochain il y aura de cela un an; depuis ce moment j'ai v[i]eilli rapidement.

Vous avez éprouvé cette affreuse tristesse de perdre une compagne chère. Jeune encore, vous en êtes revenu. J'aurai bientôt 75 ans et c'était elle qui, malgré ses dépressions et sa pauvre tête malade, me retenait de m'isoler. À présent, c'est fait, sous prétexte de sa mort j'ai laissé s'en aller la plupart des relations, tout ce que tenait de la vie extérieure, et même n'en regrette rien. Je reçois quelques visites. La fatigue m'empêcherait d'aller dans le monde, si j'en sentais l'envie.

Dans ces conditions je ne nous vois pas encore établis, comme autrefois, au Café de l'Univers, à échanger nos vues sur le monde ainsi qu'il va, et d'ailleurs il semble qu'il va d'une façon déplorable. À partir de ce mois je pourrais faire valoir mes droits à la naturalisation. À quoi bon? Je n'irais pas en France; d'abord, parce que sous l'Américain frais émo[u]lu, on saurait distinguer autre chose; et je n'aurais pas, comme vous, l'excuse d'une héroique constance. Bravo! vous vous êtes maintenu dans un pays qui en vaut encore la peine, du moins je l'espère, et qui un jour vous revaudra vos peines et vos efforts.

J'en parle, de la France, lui offrant ma gratitude et mon amour, dans un livre intitulé en anglais *View of an Age* et qui doit paraître au printemps. Je vous l'enverrai si je peux. Quant à l'édition originale, elle se trouve à Stockholm toute prête pour une diffusion, énorme si l'on veut, mais qui n'a pas lieu, faute de moyens de transport. Est-ce beau?

Je vous dis Au revoir malgré tout, mon cher ami. Pensez quelquefois à moi, et quand le cœur vous en dit écrivez moi.

Affectueusement vôtre
H. Mann

[Übersetzung des Briefes auf S. 726/727]
In: Heinrich Mann: *Briefe an Karl Lemke und Klaus Pinkus.* Hamburg: Claassen o. J. (1964), S. 151 f. [Übersetzung: ebd. S. 190 f.]
[Im folgenden zit.: *Lemke/Pinkus-Briefe*.]
Klaus Pinkus hatte Heinrich Mann im Mai 1939 in der Emigration in Frankreich kennengelernt und war während der Kriegszeit in Frankreich – meist in Stellungen als Gärtner – geblieben.

Übersetzung des Briefes:

Lieber Freund,
Ihre beiden Briefe waren mir eine große Genugtuung und Ihr treues Gedenken rührt mich, da ich gar nicht mehr daran gewöhnt bin durch diese Zeit des Verlassenseins und Vergessens. Wenn ich meine Antwort von einer Woche auf die andere verschoben habe, so ganz gewiß nicht aus Gleichgültigkeit. Vielmehr zögere ich von mir zu sprechen, was einem nach einer langen Trennung zur Regel wird. Ich war hier nicht glücklich und ich habe, damit das Maß voll sei, meine Frau verloren. In einem Monat wird es ein Jahr her sein; seither bin ich rasch gealtert. Sie haben selbst den schrecklichen Kummer erfahren, eine geliebte Gefährtin zu verlieren. Sie waren noch jung, und so konnten Sie es verwinden. Ich werde bald 75 Jahre alt, und sie war es, die mich, trotz ihrer Depressionen und ihres armen kranken Kopfes, davor zurückhielt, mich zu isolieren.

Nun ist es geschehen, unter dem Vorwand ihres Todes habe ich die Mehrzahl der Verbindungen fallenlassen, alles was an das äußere Leben band, und ich bedaure es nicht einmal. Ich empfange einige Besuche. Die Müdigkeit würde mich daran hindern, unter die Menschen zu gehen, wenn ich die Lust danach verspürte.

Unter diesen Gegebenheiten sehe ich uns noch nicht, wie einst, im Café de l'Univers sitzen, unsere Ansichten über den Lauf der Welt austauschen, und zudem scheint es, daß sie recht jämmerlich läuft. Seit diesem Monat könnte ich meine Rechte auf Naturalisierung geltend machen. Doch wozu? Ich würde nicht nach Frankreich gehen; zunächst, weil man bei dem frischgebackenen Amerikaner andere Maßstäbe anlegen würde; und ich hätte nicht wie Sie die Ausrede heldenhafter Standhaftigkeit. Bravo! Sie haben in einem Lande ausgeharrt, das es immer noch wert ist, ich hoffe es wenigstens, und das Ihnen eines Tages Ihre Leiden und Opfer vergelten wird.

In einem Buch mit dem englischen Titel *View of an Age*, das im Frühjahr erscheinen wird, spreche ich davon, von Frankreich, und biete ihm meine Dankbarkeit und meine Liebe. Ich werde es Ihnen, wenn ich kann, schicken. Die Originalausgabe liegt in Stockholm zur Verbreitung bereit, großartig, wenn man so will, aber sie findet nicht statt, weil es an Versandmöglichkeiten fehlt. Schön, nicht?

Ich sage Ihnen Lebewohl, trotz allem, mein lieber Freund. Denken Sie manchmal an mich, und wenn das Herz es Ihnen befiehlt, so schreiben Sie mir.

Herzlich Ihr
H. Mann

Thomas Mann: Bericht über meinen Bruder. 22
[Zum 75. Geburtstag Heinrich Manns 1946]:

Geehrte Herren vom *Freien Deutschland*,
bei Annäherung des fünfundsiebzigsten Geburtstages meines Bruders fragen Sie mich nach seinem Ergehen. Es geht ihm recht wohl, ich danke sehr. Den vor bald anderthalb Jahren erlittenen Verlust seiner Lebensgefährtin, der Frau, die ihn an jenem 21. Februar 1933 in Berlin zur Straßenbahn, zum Bahnhof nach Frankfurt (zunächst nach Frankfurt) begleitete und tapfer dabei ihre Tränen unterdrückte, hat er mit der eigentümlichen Kraft und Gefaßtheit des Geistes, die dem Schicksal ebenbürtig sind, überwunden, und seine Einsamkeit, ein im Grunde natürliches Element für seinesgleichen und ihm vertraut durch viele Jugend- und frühe Mannesjahre, ist belebt und diskret betreut von bewundernder Freundschaft, von der ehrerbietigen Liebe seiner Nächsten.

Die Entfernungen hierzulande sind beschwerlich. Die zwischen seinem Platz und unserem könnte hinderlicher sein: Sie beträgt eine halbe Stunde Wagenfahrt, wenn man Glück hat mit den Lichtern. Es ist so, daß wir näher dem Ozean, schon in den Hügeln von Santa Monica leben, während er in städtischerer Gegend, landeinwärts, nicht gerade down-town, aber in Los Angeles doch, seine Wohnung hat. Gern, einmal wöchentlich gewiß, läßt er sich von uns ins Ländliche holen und verbringt die Stunden vom Lunch bis zum Dunkelwerden bei uns. Zur Abwechslung finden wir uns bei ihm zu einer Art von Pick-nick-Abendessen ein, das außerordentlich gemütlich zu sein pflegt und nach welchem er uns, nach Befinden, aus neuen Merkwürdigkeiten liest, die er geschrieben, oder von dem zu hören verlangt, was ich zustande gebracht.

Man plaudert, man spricht von der Vergangenheit, von italienischen Tagen, von unseres Lebens wunderlicher Führung, in deren Billigung wir uns finden, von den Zeitereignissen. Seine Art, sich über diese zu äußern, könnte man jovial nennen, da sie nicht weit entfernt ist von dem, was kritische Beobachter Goethe's seine »Toleranz ohne Milde« nannten. Nein, milde ist er nicht, aber duldsam von oben herab und recht pessimistisch. Dem Faschismus verheißt er noch eine große Zukunft – natürlich, denn da nie ernstlich und ungebrochenen Willens gegen ihn Krieg geführt wurde, ist er auch nicht geschlagen und wird bewußt, halbbewußt, am liebsten unbewußt begünstigt so gut wie zur Zeit des appeasement. Die Furcht vor seinen Greueln, die schließlich Ordnungsgreuel sind, wird weit überwogen von der vor seiner Alternative, dem Sozialismus, und so stehen die Gemüter ihm offen. Die amerikanischen Soldaten lernen ihn in Europa – sie könnten ihn ebenso gut zu Hause lernen, wenn sie ihn überhaupt erst lernen müßten. Die Epoche selbst ist faschistisch – eine Feststellung, die sich gelassen gibt, aber eine resignierte Brandmarkung ist.

Es gibt über diese Dinge zwischen uns keine Meinungsverschiedenheiten. Zu seiner Nichte Erika, meiner Ältesten, hat er auf einer Heimfahrt von uns einmal gesagt: »Mit Deinem Vater verstehe ich mich politisch jetzt wirklich recht gut. Etwas radikaler ist er als ich.« Das klang unendlich komisch, aber was er meinte, war unser Verhältnis zu Deutschland, dem teuern, auf das er weniger zornig ist als ich, aus dem einfachen Grunde, weil er früher Bescheid wußte und keinen Enttäuschungen ausgesetzt war. Heute lehnt er es ab, in der deutschen Aufführung einen ganz und gar »monströsen Einzelfall«, eine

»unbedingte und zusammenhanglose Verschuldung« zu sehen – ich brauche seine Worte. Es ist alles bedingt und erklärlich, wenn nicht verzeihlich, und die Deutschen sind auch nur Menschen: Ich glaube, die Behauptung, sie seien so ganz ausnehmend schlecht, würde ihm als eine Form des Nationalismus erscheinen. Er hat von der deutschen Verrücktheit an Qual und Einbuße so viel auszustehen gehabt wie ich – mehr sogar, da er bei seiner Flucht aus Frankreich in persönlicher Lebensgefahr geschwebt hat. Aber er bringt es fertig, es den Leuten dort nicht so übelzunehmen, wie ich ihnen, schlecht und recht, den Verlust von Freunden nachtrage, die Zierden meines Lebens waren (Karel Čapek, der an gebrochenem Herzen starb, Menno ter Braak in Holland, der sich erschoß). Die Sache ist, daß er, obgleich von zarterer Körperbeschaffenheit, seelisch immer viel ausgeglichener war als ich, und dabei politisch viel früher auf dem Plan.

Wäre in Deutschland beizeiten die rettende Revolution ausgebrochen, ihn hätte man zum Präsidenten der Zweiten Republik berufen müssen, ihn und keinen anderen. Und selbst jetzt – wie lächerlich, daß um mich dieser törichte Lärm entstanden ist, ob ich zurückkehre, ob nicht, – während nach ihm niemand zu fragen schien. In wem von uns beiden war denn unser lateinisch-politisches Bluterbe aktiv von je? Wer war der gesellschaftskritische Seher und Bildner? Wer hat den *Untertan* geschrieben und wer in Deutschland die Demokratie verkündet, zu einer Zeit, als andere sich in der melancholischen Verteidigung protestantisch-romantisch-antipolitischer deutscher Geistesbürgerlichkeit gefielen? Ich habe mir in die Lippe gebissen, als er schließlich in aller Sanftmut fragte: »Warum läßt man eigentlich mich ganz in Ruh?« Und es war mir eine wahre Erleichterung, als jetzt endlich ein Ruf ihn aus Deutschland erreichte, natürlich aus der russischen Zone: Becher hat ihm geschrieben und ihm gemeldet, daß alles dort auf ihn warte. Nun, es war Zeit. Er wird kaum gehen; er ist, Gott weiß es, entschuldigt. Aber es schickte sich doch, daß man nach ihm verlangte.

»Wie heute die Dinge liegen«, meinte er kürzlich, »bleibt man am besten zu Hause.« Auch das kam rührend komisch heraus, denn es ist ja, gelinde gesagt, ein etwas zufälliges Zuhause, das er so nennt, – irgendwo in der Gegend, wo Los Angeles in Beverly Hills übergeht. Er hängt aber an seiner bequemen kleinen Parterre-Wohnung, South Swall Street, von wo er zu Fuß seine Einkäufe machen kann und durch die noch der Atem der Verstorbenen weht. Der nach der Straße gelegene living-room, gut eingerichtet, mit elegantem Schreibtisch, den er aber nicht benützt, da er zurückgezogen im Schlafzimmer arbeitet, hat einen vorzüglichen Radio-Apparat, und viel hört er abends Musik – in Kalifornien ausgerechnet hat er seine Kenntnis des symphonischen Weltbestandes bedeutend erweitert und vertieft. Zu bestimmten Stunden des Tages liest er französisch, deutsch und englisch, und zwar, wenn die Prosa es wert ist, laut. Am Morgen, wenn er seinen starken Kaffee gehabt, früh sieben Uhr wohl bis Mittag, schreibt er, produziert unbeirrbar in alter Kühnheit und Selbstgewißheit, getragen von jenem Glauben an die Sendung der Literatur, den er so oft in Worten von stolzer Schönheit bekannt hat, – fördert das aktuelle Werk, indem er, immer noch mit eingetauchter Stahlfeder, Blatt auf Blatt mit seiner überaus klaren und deutlich ausgeformten Lateinschrift bedeckt, – gewiß nicht mühelos, denn das Gute ist schwer, aber doch mit der trainierten Fazilität des großen Arbeiters.

Da entstehen denn die unermüdeten, von seines Geistes Siegel unverwechselbar geprägten Neuigkeiten, von denen man bald hören wird: die in eigentümlichem Emaille-Glanz historischen Kolorits leuchtenden episch-dramatischen Szenen, die, überraschende Stoffwahl, dialogisch das Leben des preußischen Friedrich erzählen; der Roman *Empfang bei der Welt*, gespenstische Gesellschaftssatire, deren Schauplatz überall und nirgends; ein neuer Roman schon wieder, ich weiß noch nicht welchen Gegenstandes; vor allem (ich finde: vor allem) das faszinierende Memoiren-Buch *Ein Zeitalter wird besichtigt*, von dem große Teile in der Moskauer ›Internationalen Literatur‹ zu lesen waren und dessen englische Übersetzung abgeschlossen ist: eine Autobiographie als Kritik des erlebten Zeitalters von unbeschreiblich strengem und heiterem Glanz, naiver Weisheit und moralischer Würde, geschrieben in einer Prosa, deren intellektuell federnde Simplizität sie mir als die Sprache der Zukunft erscheinen läßt. Ja, ich bin überzeugt, daß die deutschen Schul-Lesebücher des einundzwanzigsten Jahrhunderts Proben aus diesem Buch als Muster führen werden. Man druckt es in Stockholm zur Zeit, und für mein Teil kann ich kaum erwarten, daß unsere Deutschen daheim es zu lesen bekommen. Natürlich werden sie beleidigt sein – wann wären sie es nicht? Sie müssen sich immerfort und um jeden Preis beleidigt fühlen und unverstanden, und wenn man sie nur zu gut versteht, so sind sie desto beleidigter. Aber das ist Kinderei. Die objektive Tatsache, daß dieser nun Fünfundsiebzigjährige einer ihrer genialsten Schriftsteller war, wird sich als stärker erweisen als ihre Laune und über kurz oder lang auch von ihrem widerstrebenden Bewußtsein Besitz ergreifen.

Erstdruck in: ›Neues Deutschland‹. Mexiko. 5. Jg., Nr. 3–4, März–April 1946, S. 3 f. mit der Unterschrift: »Pacific Palisades, California den 6. Februar 1946«. – Ebenfalls in: Thomas Mann: *Reden und Aufsätze I.* Frankfurt am Main: S. Fischer 1965, S. 688–692.

23 Heinrich Mann an Carl Roessler,
Los Angeles, 19. Juni 1946 [Auszug]:

Wer weiss, was noch bevorsteht, wenn meine Organe aushalten. Zum Beispiel kann man »deportiert« werden, was vielleicht geschähe, wenn mein Memoirenbuch *Ein Zeitalter wird besichtigt* bekannt würde. Es wird aber in Stockholm zurückgehalten, gleichviel in welcher Absicht, sie kann sogar wohltätig sein. Ich bin oft erschienen, es macht mir nichts mehr aus. Der Nachruhm berührt mich dereinst nicht mehr, so wäre alles in Ordnung und ich kann in Ruhe, nur für meine Schieblade vorläufig, noch ein paar Romane schreiben.

Hierfür ist nötig eine tiefinnere Heiterkeit. Mit überlasteter Seele wird man es nicht können. Daran sehen Sie: verzweifelt bin ich nicht – habe einfach das Ärgste, das mir bisher bestimmt war, hinter mich gebracht. Den Rest nehme ich hin, bedarf keiner Resignation, nur der freiwilligen Zustimmung: alles war wie es musste. Die äusseren Schicksale, die letzthin etwas unruhig waren, ändern nichts an dem Mass inneren Erlebens, das wir gleich mitbringen.

Original: Deutsches Literaturarchiv / Schiller-Nationalmuseum, Marbach am Neckar (A: Heinrich Mann; 75.217).

24 Heinrich Mann an Karl Lemke,
Los Angeles, 16. September 1946 [Auszug]:

Über mich in den kritischen Tagen können Sie bei mir nachlesen. Sie scheinen das Buch *Zeitalter* zu kennen. Sonst ist ein deutscher Nachdruck zu erwarten, Joh. R. Becher kündigt ihn mir an. Noch einfacher wäre, wenn es Landshoff-Querido endlich gelänge, das Buch von Schweden zu erwerben. Er könnte ganz Deutschland und Europa beliefern.

Dies vorläufig nur, damit Sie persönlich Bescheid wissen. Ich darf den Handel nicht stören. [...]

Drucken Sie alles nach, besonders aus Zeitalter!

In: *Lemke / Pinkus-Briefe*, S. 37f.

Karl Lemke (1895–1969), Autor, Redakteur und Verlagslektor, hatte Heinrich Mann 1926 in Berlin kennengelernt. Nach 1946 trug er Materialien für eine größere Biographie von Heinrich Mann zusammen, die Lemkes kleine Monographie zu Heinrich Manns 75. Geburtstag, die 1946 im Aufbau-Verlag erschienen war, fortsetzen sollte.

Heinrich Mann an Karl Lemke, 25
Los Angeles, 7. November 1946 [Auszug]:

Hiermit haben die biographischen Daten begonnen, falls Sie denn meine Biographie in Aussicht nehmen. Ich kann Ihnen weder zu- noch abraten. Soviel ich selbst beigetragen hätte, lesen Sie in *Zeitalter* und dürfen es nicht versäumen. Natürlich gibt es mehr.

In: *Lemke / Pinkus-Briefe*, S. 39.

Nachwort des Aufbau-Verlags zu 26
Ein Zeitalter wird besichtigt (1947):

Die vorliegende Ausgabe wurde vollständig und unverändert von der Originalausgabe übernommen, die im Jahre 1945, noch während des Krieges, im »Neuen Verlag«, Stockholm, auf Grund des im Juli 1944 in Los Angeles, Californien, abgeschlossenen Manuskripts erschien.

Die Erinnerungen und Bekenntnisse, die dieses Buch umfaßt, wurden niedergelegt in den Jahren 1941 bis 1944. Die Niederschrift begann in der Zeit des japanischen Angriffs auf Pearl Harbour (1. Dezember 1941) und der Kriegserklärung Deutschlands an die Vereinigten Staaten von Amerika, als die Angriffsmacht Hitlers und der »Achse« auf ihrem Höhepunkt schien, während den deutschen Armeen vor Moskau schon der erste entscheidende Halt geboten worden war; sie wurde beendigt in der Zeit der englisch-amerikanischen Invasion in der Normandie (»D-Day«, 6. Juni 1944), als die militärische Entscheidung des Krieges an der russischen Front bereits besiegelt war und das Bündnis der großen demokratischen Mächte den Sieg und die Befreiung vom Joche Hitlers nahe rückte.

Zum Reichtum der »über ein Zeitalter« ausgespannten Eindrücke tritt in diesem Werk das Gewicht des Zeugen, dessen tätiger Geist seine Zeit durch die Jahre gewaltigster Spannung zum welthistorischen Höhepunkt geleitet, und tritt die Leidenschaft des Moralisten, der über die unmittelbaren Folgeerscheinungen hinweg die großen Resultate, die sich an die Leistungen binden, zu erblicken bestrebt ist.

In einigen Einzelheiten enthält die Niederschrift des Werks sachliche Irrtümer, die aus damals unaufklärbaren, während der Kriegszeit als Tatsachen in der ganzen Welt verbreiteten Falschmeldungen hervorgingen. Hierzu gehört z.B. die Totsagung des früheren französischen Ministerpräsidenten Edouard Herriot. Über die Beziehungen zwischen den deutschen Generalen und Hitler brachten die Ereignisse des 20. Juli 1944 Material zu Tage, das vorher unzugänglich war. Die wahnwitzige Fortsetzung des Krieges im eigenen Land durch Hitler und die ihm treu gebliebenen Generale fügten dem besichtigten Zeitalter noch einige überraschende Auftritte hinzu, wie den Selbstmord in der belagerten Reichskanzlei.

Zu einigen anderen Punkten entwarf sich dem Verfasser während des Krieges von einzelnen Persönlichkeiten ein Bild, das diese seither durch ihre geänderte Haltung selbst widerlegt haben und das ebenfalls der Unmöglichkeit entsprang, über ihre Rolle in den entscheidenden Aktionen der demokratischen Mächte voll und genau informiert zu sein. Dies betrifft z. B. den französischen General Charles de Gaulle, gegen dessen diktatorische Ambitionen schon der verstorbene amerikanische Präsident Franklin D. Roosevelt tiefe Bedenken hegte, wie jetzt erst bekannt wurde; es betrifft auch den früheren britischen Ministerpräsidenten Winston Churchill, der heute öffentlich wieder einen Platz an der Spitze der Reaktion einnimmt und der – wie kürzlich veröffentlichte Dokumente bekunden – auch während des Krieges in schärfster Auseinandersetzung mit Roosevelt über die Strategie der Kriegführung und die demokratischen Ziele des Krieges stand.

Was einige Persönlichkeiten vom Kredit, den ihnen der Verfasser – und die vereint kämpfenden Nationen – damals einräumten, in der Folgezeit nicht eingelöst, was sie dadurch an Statur verloren haben, das erhöht noch das moralische Guthaben der Volkskräfte und Persönlichkeiten, die unzweideutig daran wirkten, daß »dieses Zeitalter zum Schluß die bessere Seite freigelegt hat, die rechte, die sich sehen lassen kann«.

Zu ihnen gehört, als einer der Großen, der Autor selbst.

In: Heinrich Mann: *Ein Zeitalter wird besichtigt.* Berlin/Ost: Aufbau-Verlag 1947, S. 503 f.

Heinrich Mann an Karl Lemke, 27
Los Angeles, 20. Juli 1947 [Auszug]:

Wenn Sie *Zeitalter* inzwischen gelesen haben, wissen Sie, was ich über mich, im Zusammenhang der Dinge, zu sagen hatte. Natürlich gäbe es anderes, das mich nicht mehr genug interessiert hat, einen Biographen aber wohl anginge.

In: *Lemke / Pinkus-Briefe*, S. 54.

28 Heinrich Mann an Karl Lemke, Los Angeles, 10. Dezember 1947 [Auszug]:

Lieber Herr Lemke,
besten Dank für Ihre Briefe und die Kritik. Viko sagt mir, es sei die erste. Sie ist, wenn vorläufig gemeint, doch sorgfältig überlegt. Natürlich darf man wichtige Punkte, besonders einen, nicht berühren. Falsche Voraussagen sind kaum zu beklagen, obwohl mein optimistischer, vielmehr gehobener Schluß jetzt nicht zu wiederholen wäre. Aber ich habe auch nicht geglaubt, daß er lange berechtigt bleiben werde. Das Buch kommt ungelegen, außer vielleicht dort, wo es erschienen ist. Mehr als zehntausend werden kaum nötig sein.

In: *Lemke / Pinkus-Briefe*, S. 58.
Mit »Kritik« ist Lemkes Besprechung von *Ein Zeitalter wird besichtigt* [siehe S. 740] gemeint. »Viko« ist Heinrich Manns jüngster Bruder Viktor, der in München lebte und mit dem Karl Lemke eine Anthologie aus den Werken Heinrich Manns plante.

29 Heinrich Mann an Alfred Kantorowicz, Los Angeles, 10. Januar 1948 [Auszug]:

Mit der Besprechung meines *Zeitalters* hat der Verfasser Friedrich Luft und haben Sie selbst mir viel Ehre erwiesen. Diese unbedingte Anerkennung könnte mich bedenklich machen. Aber eine längst gewöhnte Erscheinung nimmt man endlich, wie sie ist; ihre Irrtümer gehören zu ihr. Die »menschliche Verwandlung«, mit der ich das *Zeitalter* beschließe, mag ein Irrtum sein; ich glaube es nicht. Nur begreife ich die Verwandlung nicht sogleich politisch. Nach Kriegen macht man mit ermüdeten Völkern, was man will, vor allem mit den Siegern, sie wären denn, wie auch ihre Regierungen, ungewöhnlich besonnen.

Sind nicht die ungünstigen unter den wahrscheinlichen Folgen des Krieges in dem Buch *Zeitalter* hier und dort angedeutet? Es hält sich bei ihnen nicht auf; festzuhalten war der freudige, ehrenvolle Moment der sittlichen Verwandlung, als sie begann. Im Innersten der Ereignisse vollzieht sie sich weiter. Das äußere Leben ist es, das immer nur auf Zwischenfälle wartet, damit es entgleisen kann. Als ich im Radio vom Tode Roosevelts hörte, war ich allein, sprang aber vom Sitz und brach in Tränen aus.

Mir scheint, daß ich Bescheid gewußt habe. Dennoch bleibt, daß eine menschliche Verwandlung sich durchkämpfen kann, bis sie greifbar und spektakulär wird. Vorerst sehe ich – unter anderem –, daß in Deutschland mehr Zeitschriften, mehr gute sogar, erscheinen als früher, wahrhaftig mit Erfolg.

In: *Ost und West.* Berlin. Jg. 2, Heft 2, Februar 1948, S. 92. – Zur Besprechung von Friedrich Luft siehe S. 730.

Franz Carl Weiskopf an Heinrich Mann, 30
27. Februar 1948 [Auszug]:

Ich war fünf Tage in Berlin [...]. Alle Welt fragte nach Ihnen. Als ich zitierte, was Sie mir einmal schrieben, als Ihnen die Wartburg angeboten wurde, lachten alle sehr, aber dann wurde mir in aller Form erklärt: »Sollte Heinrich Mann herkommen wollen, er könnte hier so ungestört, so bequem leben wie in Californien. Und er fände hier, was er dort nicht finden kann: unmittelbare Wirkungsmöglichkeiten, Lesermassen, Schüler, die ihn bewundern und zu denen er in seiner Sprache reden kann.« Die Lebensverhältnisse sind schwer, aber Schriftsteller gehören zu den privilegierten Gruppen. Und ich zweifle nicht im mindesten, daß man Sie wirklich auf den Händen tragen würde.

In einer Bibliothek sah ich eine Liste von mehreren hundert Namen: es waren Leser, die darauf warteten *Ein Zeitalter wird besichtigt* ausleihen zu können.

In: *Heinrich Mann – F. C. Weiskopf. Briefwechsel.* In: ›Neue Deutsche Literatur‹. Berlin/DDR. 30. Jg., Heft 11, November 1982, S. 9–58; Zitat S. 50f.

31 Heinrich Mann an Karl Lemke,
Santa Monica, 10. Dezember 1948 [Auszug]:

Ein Leser des *Untertan* schrieb dem Aufbau-Verlag, das sei kein Roman, sondern ein Leitartikel. Dieser nannte sich jung, mußte es auch sein, als Produkt der Nazi-Erziehung. Eigentlich aber haben sie mich nie gemocht, andere Generationen so wenig wie die vorläufig junge. Meine Erfolge haben sie so lange möglich verschleppt, um sie schließlich nicht zu gewähren, sondern hinzunehmen. (Heute werde ich boykottiert; der Absatz von *Zeitalter* wäre schon nicht mehr möglich, jetzt geht das schnell.) Was ich büße, ist mein Sinn für das öffentliche Leben, die Voraussetzung jedes einzelnen. Damit befremdete man, als ich anfing, in Deutschland; trotz Fontane, der da war. Ihn kannte ich, zugleich mit den Franzosen, seinen Zeitgenossen. Die sozialen Romane der Russen sind das andere Beispiel des gleichen Glücksfalles. Eine ganze Epoche muß auf den Roman hinweisen, muß selbst für ihn gebaut sein. Die äußeren Bedingungen der Welt, die ein Autor erfährt, sind unerläßlich wie seine eigenen Qualitäten: ein halbes Wunder, wenn alles zusammentrifft und arbeitet, bis große Romane wirklich geboren sind. »Stellung zum Roman« kann man dies nennen, es trifft auch scheinbar private Einzelheiten, den *Pippo Spano* und vieles andere. Indessen, einmal von einem Publikum festgelegt als »politischer« Romancier, blieben Schönheiten meist unbeachtet; werden es bleiben, wenn Sie nicht sehr mächtig einschreiten. Stendhal sah richtig voraus, daß er dreißig Jahre später entdeckt werden sollte. Er hatte die Chance, bis zum Tode unentdeckt zu sein. Die fehlt mir, ich bin nur falsch entdeckt. Als Verfasser eines romanhaften Leitartikels möchte ich nicht fortleben.

In: *Lemke / Pinkus-Briefe,* S. 90f.

Heinrich Mann an Wolfgang Bartsch, 32
Santa Monica, 3. Februar 1949 [Auszug]:

Amerika kennt mich fast so wenig wie ich es kenne. Nichts Neues ist seit 10 Jahren hier von mir erschienen, ich wünsche es auch nicht, seit die Vorbereitung von *Zeitalter* abgebrochen werden mußte.

Original: HMA SB 158 / 1. – Druck (Auszug): *Dok.,* S. 331. Der Student Wolfgang Bartsch schrieb zu dieser Zeit an einer Dissertation über Heinrich Mann an der Universität Frankfurt am Main [vgl. *Lemke / Pinkus-Briefe,* S. 114 und S. 181].

Zeitgenössische Rezensionen
(Auswahlbibliographie)

Lemke, Karl: Heinrich Mann als Geschichtsschreiber.
In: ›Münchner Kultur-Pressedienst‹. Hg. von Karl Lemke. Jg. 1, 1. November 1947.

Luft, Friedrich: Heinrich Mann: *Ein Zeitalter wird besichtigt.*
In: ›Ost und West. Beiträge zu kulturellen und politischen Fragen der Zeit.‹
Berlin (Ost). Jg. 1, 1947, Heft 5, November, S. 87f.

Z.: Heinrich Mann: *Ein Zeitalter wird besichtigt.*
In: ›Buchberatung für Arbeiterbibliotheken‹. Bern. 1947, S. 9.

Kantorowicz, Alfred: Heinrich Mann besichtigt sein Zeitalter.
In: ›Tägliche Rundschau‹. Berlin (Ost). Jg. 4, Nr. 3 (808) vom 4. Januar 1948, S. 4.

Blachstein, Peter: Heinrich Mann besichtigt sein Zeitalter.
In: ›Hamburger Akademische Rundschau‹. Jg. 2, Heft 7/8, Januar/Februar 1948, S. 394f.

Kiewert, Walter: Heinrich Manns Abrechnung mit dem Zeitalter.
In: ›Die Weltbühne. Wochenschrift für Politik, Kunst, Wirtschaft‹. Neu hg. von Maud von Ossietzky und Hans Leonard. Berlin (Ost). Jg. 3, Nr. 13/14 vom 1. April 1948, S. 330–334.

Schüller, Helmut: Heinrich Mann: *Ein Zeitalter wird besichtigt.*
In: ›Der Volksbibliothekar. Zeitschrift für die Volksbücherei-Praxis‹. Berlin (Ost). Jg. 2, 1948, Heft 5, S. 323–325.

syl.: Ein Lebensbekenntnis.
In: ›Einheit. Theoretische Zeitschrift des wissenschaftlichen Sozialismus‹. Berlin (Ost). Jg. 3, 1948, Heft 3, August, S. 767.

sbg. [d. i. Sieburg, Friedrich]: Noch nicht das Ende.
In: ›Die Gegenwart. Eine Halbmonatsschrift‹. Freiburg im Breisgau. Jg. 3, Nr. 72 vom 1. Dezember 1948, S. 18f.

Mayer, Hans: Heinrich Mann und Stefan Zweig: Die Welt von gestern – zweimal besichtigt.
In: Hans Mayer: *Literatur der Übergangszeit.* Berlin (Ost): Volk und Welt 1949, S. 182–187.
[über *Ein Zeitalter wird besichtigt* und Stefan Zweig: *Die Welt von Gestern.*]

A. K.: Heinrich Mann: *Ein Zeitalter wird besichtigt.*
In: ›Funk und Schule. Zeitschrift für den Schulfunk im Deutschen Demokratischen Rundfunk‹. Berlin (Ost) und Leipzig. Jg. 4, 1950, Heft 1, S. 4f.

Zeittafel

1870/1871	Deutsch-Französischer Krieg. Gründung des Deutschen Reiches unter preußischer Vorherrschaft (18. 1. 1871). Bismarck Reichskanzler
1871	Luiz Heinrich Mann am 27. März als erster Sohn von Thomas Johann Heinrich Mann und seiner Ehefrau Julia, geb. da Silva-Bruhns, in Lübeck geboren
1875	Geburt des Bruders Thomas
1877	Wahl des Vaters zum Senator von Lübeck
1878–1890	Sozialistengesetz
1884	Reise nach St. Petersburg
Seit 1885	Erste erzählerische, seit 1887 erste poetische Versuche
1889	Abgang vom Gymnasium aus Unterprima. Buchhandelslehrling in Dresden. Heinrich Manns erste Veröffentlichung einer Erzählung in den ›Lübeckischen Nachrichten‹
1890	Entlassung Bismarcks
1891–1892	Volontär im S. Fischer Verlag, Berlin. Studien an der Friedrich-Wilhelms-Universität
1891	Tod des Vaters (geb. 1840). Liquidierung der Firma Johann Siegmund Mann. Erste Rezensionen in ›Die Gesellschaft‹
1892	Sanatoriumsaufenthalt nach Lungenblutung in Berlin; danach Kuraufenthalte in Wiesbaden, im Schwarzwald und in Lausanne. Rezensionen in ›Die Gegenwart‹

1893	Übersiedlung der Familie nach München Reisen nach Paris, Italien
1894	*In einer Familie*, Roman
1895–1896	Herausgeber der Monatsschrift ›Das Zwanzigste Jahrhundert. Blätter für deutsche Art und Wohlfahrt‹
1895–1898	Aufenthalt in Rom und Palestrina, zeitweilig zusammen mit dem Bruder Thomas *Im Schlaraffenland* begonnen Erste Notizen zu den *Göttinnen*
1897	*Das Wunderbare und andere Novellen*
1898	*Ein Verbrechen und andere Geschichten*
1899–1914	Ohne festen Wohnsitz. Aufenthalte in München, Berlin, meistens in Italien, oft in Riva am Gardasee im Sanatorium von Dr. von Hartungen
1900	*Im Schlaraffenland. Ein Roman unter feinen Leuten*
1903	*Die Göttinnen oder Die drei Romane der Herzogin von Assy* *Die Jagd nach Liebe*, Roman
1905	*Flöten und Dolche*, Novellen *Professor Unrat oder Das Ende eines Tyrannen*, Roman *Eine Freundschaft: Gustave Flaubert und George Sand*, Essay Übersetzung von Choderlos de Laclos' *Gefährliche Freundschaften* Bekanntschaft mit Inés (Nena) Schmied
1906	Erste Notizen zum *Untertan* Drei Novellenbände: *Schauspielerin, Stürmische Morgen, Mnais und Ginevra*
1907	*Zwischen den Rassen*, Roman
1908	*Gretchen*, Novelle aus dem Stoffkreis des *Untertans. Die Bösen*, Novellen

1909	*Die kleine Stadt*, Roman
1910–1913	Jährliche Uraufführungen der Schauspiele Heinrich Manns in Berlin
1910	*Französischer Geist* (später *Voltaire – Goethe*); *Geist und Tat*, kulturpolitische Essays
	Das Herz, Novellen
	Freitod der Schwester Carla (geb. 1881)
	Variété, Einakter
1911	*Die Rückkehr vom Hades*, Novellen
	Schauspielerin, Drama
1912	Bekanntschaft mit der Prager Schauspielerin Maria (Mimi) Kanová während der Proben zu *Die große Liebe* im Deutschen Theater, Berlin
	Beginn der Niederschrift von *Der Untertan*
1913	*Madame Legros*, Drama
1914	*Der Untertan* als Fortsetzungsroman in ›Zeit im Bild‹
	13. August: Abbruch des Vorabdrucks nach Beginn des Ersten Weltkrieges. Weiterer Abdruck der russischen Übersetzung bis Oktober in Petersburg (›Sowremennij Mir‹)
	12. August: Heirat mit Maria (Mimi) Kanová. Wohnsitz in München
1915	Russische Buchausgabe des *Untertan*
	Konflikt mit dem Bruder. Abbruch der Beziehungen nach dem Erscheinen von Thomas Manns *Gedanken im Kriege*
	Zola, Essay; in ›Die Weißen Blätter‹, hg. von René Schickele
1916	*Der Untertan*, Privatdruck in etwas mehr als 10 Exemplaren
	Geburt der Tochter Henriette Maria Leonie

1917 *Die Armen*, Roman

Brabach, Drama

Madame Legros an den Münchener Kammerspielen und am Lessing-Theater in Berlin uraufgeführt

Grabrede auf Frank Wedekind

Versuch einer Versöhnung mit Thomas Mann

1918 Ende des Ersten Weltkrieges. Abdankung Wilhelms II. Novemberrevolution in Deutschland

Mitarbeit Heinrich Manns im ›Politischen Rat geistiger Arbeiter‹ in München

Der Untertan, Roman

Beginn der Arbeit am Roman *Der Kopf*

1919 Ermordung Karl Liebknechts und Rosa Luxemburgs. Friedrich Ebert Reichspräsident. Beginn der Weimarer Republik (Weimarer Reichsverfassung)

Macht und Mensch, Essays (Gewidmet *Der deutschen Republik*)

Gedenkrede für Kurt Eisner, den ermordeten Ministerpräsidenten der bayerischen Räterepublik

1920 *Der Weg zur Macht* im Residenz-Theater München uraufgeführt. In den folgenden Jahren wachsende publizistische Tätigkeit

Die Ehrgeizige, Novelle

1921 *Die Tote und andere Novellen*

1922 Aussöhnung mit Thomas Mann

Bekanntschaft mit dem französischen Germanisten Félix Bertaux

Rapallo-Vertrag zwischen Deutschland und der UdSSR

1923 Ruhrbesetzung, Generalstreik. Putschver-

1923	such der Nationalsozialisten in München. Hitler in Festungshaft. Inflation und erster Nachkriegsbesuch Heinrich Manns in Frankreich (Teilnahme an den Entretiens de Pontigny)
	Rede bei der Verfassungsfeier in der Staatsoper Dresden
	11. März: Tod der Mutter Julia (geb. 1851). *Diktatur der Vernunft*, Reden und Aufsätze
1924	Reise in die Tschechoslowakei, Begegnung mit Tomáš G. Masaryk auf Schloß Lana bei Prag
	Abrechnungen, Novellen
	Der Jüngling, Novellen
	Das gastliche Haus, Komödie
1925–1932	*Gesammelte Werke in 13 Bänden* im Paul Zsolnay Verlag, Wien
1925	Zweite Frankreichreise nach dem Krieg, erste Impulse für den *Henri Quatre* in den Pyrenäen und in Pau
	Der Kopf, Roman
	Kobes, Novelle
	Tod Friedrich Eberts. Hindenburg zum Reichspräsidenten gewählt.
	Zusammenfassung der Romane *Der Untertan*, *Die Armen*, *Der Kopf* zur *Kaiserreich-Trilogie*, der *Romane der deutschen Gesellschaft im Zeitalter Wilhelms II*.
1926	Wahl zum Mitglied der Preußischen Akademie der Künste zu Berlin, Sektion Dichtkunst am 27. Oktober
	Liliane und Paul, Novelle
1927	Verstärktes Wirken für eine Verständigung zwischen Deutschland und Frankreich

1927 Rede im Trocadéro, Paris, zum 125. Geburtstag von Victor Hugo

Begegnungen Gustav Stresemanns mit Aristide Briand

Freitod der Schwester Julia (geb. 1877)

Mutter Marie, Roman

1928 Trennung von Maria Mann, Übersiedlung nach Berlin

Vorsitzender des Volksverbandes für Filmkunst

Eugénie oder Die Bürgerzeit, Roman

1929 Bekanntschaft mit Nelly Kröger, seiner späteren zweiten Frau

Sie sind jung, Novellen

Sieben Jahre. Chronik der Gedanken und Vorgänge (1921–1928), Essays

Weltwirtschaftskrise

1930 Scheidung von Maria Mann

›Der blaue Engel‹, Verfilmung des Romans *Professor Unrat*

Die große Sache, Roman

1931 Wahl zum Präsidenten der Sektion Dichtkunst bei der Preußischen Akademie der Künste. Feier in Berlin zu Heinrich Manns 60. Geburtstag mit Reden von Gottfried Benn, Lion Feuchtwanger, Adolf Grimme, Max Liebermann und Thomas Mann. Teilnahme an einem internationalen Schriftstellerkongreß in Paris. Gespräch mit Aristide Briand. Rede im Admiralspalast zur deutsch-französischen Verständigung

Geist und Tat. Franzosen 1780–1930, Essays

1932 Wiederwahl Hindenburgs zum Reichspräsidenten

1932	*Ein ernstes Leben*, Roman *Das öffentliche Leben*, Essays *Das Bekenntnis zum Übernationalen*, Essay Beginn der Arbeit am *Henri Quatre*
1932/1933	Unterzeichnung von Aufrufen zur Aktionseinheit von KPD und SPD gegen die Nationalsozialisten, gemeinsam mit Käthe Kollwitz und Albert Einstein
1933	30. Januar: Hitler Reichskanzler 15. Februar: Ausschluß mit Käthe Kollwitz aus der Akademie der Künste 21. Februar: Flucht nach Frankreich über Frankfurt am Main, Kehl am Rhein und Straßburg 25. August: Aberkennung der deutschen Staatsbürgerschaft *Der Haß. Deutsche Zeitgeschichte*, Essays
1933–1940	Wohnsitz in Sanary-sur-Mer, dann in Nizza. Reisen nach Prag, Genf und Zürich. Politische Artikel in der ›Dépêche de Toulouse‹ Vorsitzender des Vorbereitenden Ausschusses der deutschen Volksfront, Ehrenpräsident des SDS. Antifaschistische Flug- und Tarnschriften
1934	10. Mai: Heinrich Mann Präsident der Deutschen Freiheitsbibliothek *Der Sinn dieser Emigration*, Essays
1935	Juni: Rede auf dem Internationalen Schriftstellerkongreß zur Verteidigung der Kultur in Paris *Die Jugend des Königs Henri Quatre*, Roman
1936	Heinrich Mann wird tschechoslowakischer Staatsbürger

1936 Beginn des spanischen Bürgerkriegs
Es kommt der Tag. Deutsches Lesebuch, Essays

1937 10./11. April: Volksfrontkonferenz in Paris, Eröffnungsansprache Heinrich Manns

1938 Münchner Abkommen
Die Vollendung des Königs Henri Quatre, Roman

1939 *Mut*, Essays; *Nietzsche* (Kommentar zu einer Auswahl)
9. September: Heirat mit Nelly (Emmy) Kröger in Nizza
Hitler-Stalin-Pakt. Ausbruch des Zweiten Weltkriegs
Verschleppung Maria Manns ins KZ Theresienstadt

1940 Kapitulation Frankreichs vor den Hitler-Truppen
Flucht über Spanien und Portugal in die USA. Aufenthalte in New York, Princeton, Hollywood, Wohnsitz in Los Angeles und Santa Monica bis zum Tod

1941 Beginn der Arbeit am Roman *Empfang bei der Welt*

1943 Ehrenpräsident des Lateinamerikanischen Komitees der Freien Deutschen
Lidice, Roman

1944 17. Dezember: Freitod Nelly Manns (geb. 1898)

1945 Bedingungslose Kapitulation Deutschlands
Ein Zeitalter wird besichtigt, Autobiographie
Klaus Mann bringt die gesundheitlich schwer geschädigte Maria Mann aus dem KZ Theresienstadt nach Prag zurück

1947	Ehrendoktor der Humboldt-Universität Berlin
	Tod Maria Manns in Prag (geb. 1886)
1949	Nationalpreis I. Klasse für Kunst und Literatur der DDR
	Tod des Bruders Viktor (geb. 1890)
	Der Atem, Roman
1950	Berufung Heinrich Manns zum ersten Präsidenten der neugegründeten Akademie der Künste zu Berlin/DDR. Vorbereitung zur Rückkehr mit dem polnischen Dampfer ›Batory‹
	12. März: Tod Heinrich Manns in Santa Monica bei Los Angeles
1951	DEFA-Verfilmung von *Der Untertan*
1955	Thomas Mann stirbt am 12. August
1956	*Empfang bei der Welt*, Roman
1958/1960	*Die traurige Geschichte von Friedrich dem Großen*, szenisches Romanfragment
1961	Überführung der Urne Heinrich Manns von Kalifornien nach Prag
	25. März: Überführung der Urne nach Berlin und Beisetzung auf dem Dorotheenstädtischen Friedhof in Anwesenheit von Leonie Mann

Herausgeber und Verlag danken dem Heinrich-Mann-Archiv der Akademie der Künste zu Berlin und dem Deutschen Literaturarchiv, Marbach am Neckar, für vielfältig gewährte Unterstützung durch Auskünfte und Bereitstellung von Abbildungsvorlagen.

Register

Dieses Register erfaßt alle Personen und ihre Werke sowie die Periodika, die Heinrich Mann in *Ein Zeitalter wird besichtigt* und in den Paralipomena bespricht oder erwähnt. Aufgenommen wurden, soweit sie zu erschließen waren, auch die Namen der indirekt genannten Personen [in eckigen Klammern]. Vgl. auch S. 645 ff. dieses Bandes.

Register der Werke Heinrich Manns

Heinrich Mann

Studienausgabe in Einzelbänden

Herausgegeben von Peter-Paul Schneider

Der Atem
Roman. Band 5937

Die Armen
Roman. Band 12432

Empfang bei der Welt
Roman. Band 5930

Ein ernstes Leben
Roman. Band 5932

Es kommt der Tag
Essays. Band 10922

Flöten und Dolche
Novellen. Band 5931

Die Göttinnen
Die drei Romane
der Herzogin von Assy
I. Band: Diana
Band 5925
II. Band: Minerva
Band 5926
III. Band: Venus
Band 5927

Der Haß
Deutsche Zeitgeschichte
Band 5924

Im Schlaraffenland
Ein Roman
unter feinen Leuten
Band 5928

Die Jagd nach Liebe
Roman. Band 5923

Die Jugend des
Königs Henri Quatre
Roman. Band 10118
Die Vollendung des
Königs Henri Quatre
Roman. Band 10119

Die kleine Stadt
Roman. Band 5921

Der Kopf
Roman. Band 12731

Macht und Mensch
Essays. Band 5933

Mut
Essays. Band 5938

Professor Unrat oder
Das Ende eines Tyrannen
Roman. Band 5934

Sieben Jahre
Chronik der Gedanken
und Vorgänge
Essays. Band 11657

Stürmische Morgen
Novellen. Band 5936

Der Untertan
Roman. Band 10168

Ein Zeitalter
wird besichtigt
Band 5929

Zwischen den Rassen
Roman. Band 5922

Heinrich Mann

Die kleine Stadt

Roman

440 Seiten. Leinen

Die kleine Stadt liegt in Italien. Ihr Vorbild mag das Landstädtchen Palestrina in den Sabiner Bergen gewesen sein (die Geburtsstadt des großen Musikers gleichen Namens), wo die Brüder Heinrich und Thomas Mann Ende der neunziger Jahre einige lange italienische Sommer verbrachten. Alles beginnt mit dem Erscheinen einer Theatertruppe in der kleinen Stadt. »Unsere Ankunft«, so der jugendliche Held und Liebhaber der Truppe, »hat belebend gewirkt auf die Einwohner dieser Stadt, auf einmal ist ihnen der Mut gekommen, ihre Laster in Freiheit zu setzen«. Es beginnt ein Fastnachtstreiben, ein Liebes- und Rüpelspiel, heiter und böse, zart und leidenschaftlich. In seltsamen, manchmal gespenstischen Reigen verbinden sich die Schicksale der fahrenden Künstler und der Kleinbürger – Kunst und Leben, das große literarische Thema der Jahrhundertwende klingt an. *Die kleine Stadt* ist ein utopischer Gegenentwurf zur politisch unmündigen Gesellschaft der Wilhelminischen Ära. »Was hier klingt«, schrieb Heinrich Mann zu diesem Roman, »ist das hohe Lied der Demokratie. Es ist da, um zu wirken in einem Deutschland, das ihr endlich zustrebt. Dieser Roman, so weitab er zu spielen scheint, ist im höchsten Sinn aktuell.«

S. Fischer

fi 1144 / 5

Heinrich Mann

Professor Unrat

oder Das Ende eines Tyrannen

Roman

248 Seiten. Leinen

Mit diesem erstmals 1905 erschienenen Roman begründete Heinrich Mann seinen Weltruhm. Erinnert sei an die Verfilmung des Romans mit Marlene Dietrich und Emil Jannings unter dem Titel Der blaue Engel (1930); am Drehbuch hat Carl Zuckmayer mitgearbeitet. Doch die Geschichte vom tyrannischen Gymnasialprofessor Raat (»Da er Raat hieß, nannte die ganze Schule ihn Unrat. Nichts konnte einfacher und natürlicher sein«), der in die Fänge der »Künstlerin« und »Barfußtänzerin« Rosa Fröhlich gerät und als Bankhalter beim verbotenen Glücksspiel seine bürgerliche Existenz verspielt, trug Heinrich Mann auch ersten Haß ein. Denn, so heißt es in einer Interpretation: »Obwohl es so scheinen mag, ist Professor Unrat nicht eine Randerscheinung der bürgerlichen Gesellschaft, sondern ihr ins Extreme gesteigerter Vertreter.« Wie später mit seinem *Untertan* hatte Heinrich Mann mit dem satirischen Roman *Professor Unrat* die Träger des Wilhelminischen Reiches in ihrem Nerv getroffen. Kurt Tucholsky, im selben Lager wie der zeit seines Lebens angefeindete Heinrich Mann, verteidigte den von ihm sehr geschätzten Autor: »Es spricht für den genialen Weitblick des Künstlers, daß nichts so übertrieben ist, wie seine Feinde es gern wahr haben möchten. Man hat ihm von rechts immer wieder vorgehalten: Karrikatur! Satire! Pamphlet! Und ich sage: bescheidene Fotografie.«

S. Fischer

fi 1162 / 5

Heinrich Mann

Haltlos

Sämtliche Erzählungen

Band 1

582 Seiten. Leinen

Bisher sind Heinrich Manns kürzere Texte – mögen sie Novellen heißen oder Erzählungen – in siebenundzwanzig Ausgaben in neunzehn verschiedenen Verlagen erschienen, in verschiedenen Zusammenstellungen und auch als Einzeldrucke. Die Überlieferungsgeschichte dieser Texte Heinrich Manns ist so verwickelt wie hinderlich für ihre Rezeption. Dabei schätzte er gerade diese Texte besonders hoch ein. »Manchmal das Beste« schrieb er in einer autobiographischen Notiz an den Mailänder Verleger Mondadori, als er auf seine Novellen zu sprechen kommt. Die Verlockung zur Lektüre der kürzeren literarischen Texte Heinrich Manns liegt darin, daß der Leser den Autor auf der Suche nach seiner eigenen Form nacherleben kann – wie er seine Themen und seine Kunstmittel findet. Über die Jahrzehnte hinweg haben seine Erzählungen sein Romanschaffen vorbereitet, begleitet und weitergeführt, sie stehen über thematische Zusammenhänge auch in enger motivischer Beziehung. Fast von Anfang an geht es dabei um diese Themen: Problematik des Künstlers in spätbürgerlicher Gesellschaft, um den Widerspruch zwischen Geist und Macht, um moralische Deformierungen in der bürgerlichen Gesellschaft, um Herrschaft und Abhängigkeit.